范晓燕／编著

唐诗三百首

赏译

中国人民大学出版社
·北京·

摄于2014年8月深圳大学MOCC课程教学

目 录

注：标*为蘅塘退士《唐诗三百首》所未收录。

李　白

王 绩

王绩（约589—644），字无功，号"东皋子"，绛州龙门（今山西河津）人。出身官宦世家，隋末大儒王通之弟，由隋入唐。自幼好学，博闻强记。十一岁游历京都长安，拜见权倾朝野的杨素，在座公卿称为"神童仙子"。高祖武德年间，为门下省待诏，自叹"才高位下"（王绩《自撰墓志铭》）。太宗贞观年间，曾任太乐丞，后因疾罢归。

性情狂放，不甘约束，一饮斗酒，撰有《酒经》。为人行事追慕魏晋名士阮籍、东晋隐士陶渊明，三仕三隐。其诗多遁世隐逸情趣，风格质朴清新，自拔于南朝浮艳诗风的旧习。有《东皋子集》。

野 望

东皋薄暮望①，　　徙倚欲何依②。
树树皆秋色③，　　山山唯落晖。
牧人驱犊返，　　猎马带禽归④。
相顾无相识⑤，　　长歌怀采薇⑥。

【注释】

①东皋（gāo）：王绩隐居故乡龙门时的常游之地，自号"东皋子"。暗用东晋·陶渊明《归去来兮辞》"登东皋以舒啸，临清流而赋诗"的句意。皋，水边高地。薄暮：傍晚。薄，迫近。②徙倚（xǐyǐ）：徘徊。欲何依：化用三国·曹操《短歌行》"月明星稀，乌鹊南飞，绕树三匝，何枝可依"的句意，表现无所聊赖的彷徨心情。③秋色：指秋天树木的疏冷萎黄之色。④禽：鸟兽的总称，此指猎获物。⑤顾：四周环视。相识：相知，知己。⑥长歌：拉长声调吟唱。采薇：西汉·司马迁《史记·伯夷列传》：商末孤竹国君死后，伯夷、叔齐二子互相禅让君位。武王伐纣，伯夷、叔齐曾叩马谏阻，不纳。后武王灭商建周，兄弟二人不食周粟，隐于首阳山采薇充饥，以致饿死。后因以"采薇"指隐逸。薇，一种植物，嫩苗可食。

【赏析】

据宋·宋祁等《新唐书》本传：隋炀帝大业年，王绩应孝廉举，中第，授秘书省正字。但他生性简傲，"不乐在朝，求为六合丞。以嗜酒不任事，时天下亦乱，因劾，遂解去。叹曰：'网罗在天，吾且安之！'乃还乡里。"王绩于隋唐之际，因仕途失意而先后三次弃官归隐，故其诗多写田园山水之趣，这首《野望》是最为人传诵的一首。

首、尾两联抒写隐逸情怀，中间两联用清疏的笔墨描绘山野晚秋景色。诗中树色山光、牧人猎马，充满了牧歌式的田园情调，隐逸之情与恬寂之景自然融合，意境高古。诗作于动荡纷乱的隋末，虽是抒写躬耕东皋的遁世生活，却流露出彷徨"何依"的苦闷，见出世乱的影响。王绩为人仰慕东晋隐士陶渊明，作诗亦受陶诗熏染，旷怀高致时有魏晋之风，但此诗中的这一缕孤寂无依，终不及陶渊明挂冠归田的闲适自得。

此诗真率清新，疏朴自然，洗脱齐梁雕饰华艳之陋习，在初唐诸家中，"如鸾凤群飞，忽逢野鹿，正是不可多得也"（清·翁方纲《石洲诗话》）。

【辑评】

[明]吴烶《唐诗直解》：浅而不薄。

[明]李攀龙《唐诗训解》：起句即破题。

[清]顾安《唐律消夏录》：末句说出自己胸襟也。……"长歌"一言，壁立万仞矣。

【今译】

默默地眺望　　　　　　　　　返回炊烟茅舍，

在东皋淡笼的暮色里，　　　　马儿驮着猎兽

我，独自徘徊　　　　　　　　走下山岗，悠悠迟迟。

不知何处是归依。　　　　　　四周寻望

一树树黄叶　　　　　　　　　茫然不见知己，

飘坠秋色的枯寂，　　　　　　长长，一声吟啸

远山起伏着　　　　　　　　　在这吟啸里

夕阳，一卧静谧。　　　　　　深深地，追怀

牧人赶着牛犊　　　　　　　　采薇的高洁隐士。

骆宾王

　　骆宾王（约638—684?），婺州义乌（今浙江义乌）人。出身寒门。七岁即能赋诗，被称为"神童"。高宗永徽年间，任侍御史，曾随军西域戍边。调露元年（679）因上疏言事，遭诬下狱，被贬为临海丞，悒悒不得志，辞官而去。睿宗光宅元年（684），徐敬业起兵反武则天，代徐作《讨武曌檄》，气势磅礴、文采斐然，传武氏阅后矍然叹曰："宰相安得失此人！"（《新唐书》本传）兵败，不知所终，或说被诛，或说隐迹为僧。

　　中宗复位后，诏求骆文，得数百篇。为"初唐四杰"之一，才情纵放，笔调宏肆。尤擅长七言歌行，其《帝京篇》辞彩华赡，慷慨流走，铺排而不堆砌，是初唐仅有的大篇。五律精工谐亮，亦有佳作。有《骆临海集》。

在狱咏蝉

　　　西陆蝉声唱①，　　南冠客思深②。
　　　不堪玄鬓影③，　　来对白头吟④。
　　　露重飞难进，　　风多响易沉⑤。
　　　无人信高洁⑥，　　谁为表予心？

【注释】

　　①西陆：秋天。唐·魏徵等《隋书·天文志》："（日）行东陆谓之春，行南陆谓之夏，行西陆谓之秋，行北陆谓之冬"。②南冠：据东周·左丘明《左传》载，春秋时，楚人钟仪"南冠而絷"（戴楚帽而被缚）。晋侯问是何人，有司回答说："郑人所献楚囚也。"后因以"南冠"为囚徒的代称。客思：客居异乡的思亲怀乡的情绪。深：一作"侵"。③不堪：不能忍受。堪，忍受。玄鬓：古代妇女将鬓发梳成薄薄的，如蝉翼状，称"蝉鬓"。这里反过来以蝉鬓称蝉，因蝉首色玄（黑），故称"玄鬓"。④白头：时作者不足四十岁，但忧心深重，鬓添白发，而且又与蝉翼乌黑两相对照，不禁自伤老大，故自谓"白头"。吟：此指蝉鸣。"白头吟"又双关汉乐府曲名《白头吟》，内容多自伤清直而遭诬谤。⑤响：指蝉声。⑥高洁：古代人认为蝉栖高树，餐风饮露，故以之为清高的象征。汉代以蝉形作为高官冠上的装饰，取其"居高食洁"之意。

【赏析】

　　清·陈熙晋《骆临海集笔注》云："临海少年落泊，薄宦沉沦，始以贡疏被愆，继因草檄亡命。"可谓充满悲剧色彩的一生。高宗调露元年（679），骆宾王因上书讽谏，触忤武则天，被诬以贪赃罪入狱。狱中，高墙外古槐秋蝉的长吟，触动了他蒙冤受难的一怀客愁和怨慨，遂写下此诗。

　　这是一首托物自喻的诗，诗人因蝉起兴，借蝉自况，用比兴手法寄寓自己的沉郁忧愤。以蝉的"飞难进"比己之身陷囹圄、难获自由；以蝉的"响易沉"喻己之有口莫辩、沉冤难伸；更以蝉的"居高食洁"况己之清白廉正，咏蝉即写人，蝉与人交融而无牵强。此诗用语自然直白，却情思凝重而寄托遥深，在古代咏蝉诗中属上乘之作，与虞世南的《蝉》、李商隐的《蝉》皆工于比兴，托蝉寓意而又各呈面貌，为唐代诗坛"咏蝉"三绝。

【辑评】

[明]陆时雍《唐诗镜》：大家语，大略意象深而物态浅。

[明]黄克缵、卫一凤《全唐风雅》：黄云：咏蝉诗描写最工，词甚雅正。

[清]高步瀛《唐宋诗举要》：以蝉自喻，语意沉至。

【今译】

西角，高墙外	却难向高处振翅飞进，
枯瘦的古槐树	黄昏，冷风狂虐
秋蝉，一声声嘶鸣，	高亢的吟唱
狱中囚禁的我	也容易被风声掩沉。
思乡心绪一阵阵渐深。	你，枉居高树
最不能忍受	啜饮清露
这蝉儿扇动乌翅，	这昏昏浊世，无人
对一头斑斑白发	相信那高洁冰清，
不止地长吟。	又能有谁
蝉儿，清晨露水太重	——为我表白
虽有轻盈双翼	皎皎廉洁的一颗心？

于易水送人①

此地别燕丹，　　壮士发冲冠②。
昔时人已没③，　　今日水犹寒。

【注释】

①易水：即易河，源于河北易县境内，为战国时燕国的南界。②发冲冠：即"怒发冲冠"，愤怒得头发直立、顶着帽子，形容怒不可遏。③没：同"殁"，死。

【赏析】

易水之滨送别，自然联想到荆轲。据西汉·司马迁《史记》载：战国时，荆轲受燕太子丹之托刺杀秦王。临行，燕丹等人身着白衣冠（丧服）送于易水，高渐离击筑，荆轲和而歌之："风萧萧兮易水寒，壮士一去兮不复还。"歌声悲壮激越，"士皆瞋目，发尽上指"。此诗前两句芟夷枝蔓，直入史事，概写当年情景。后两句转而抒情，以"人已没"与"水犹寒"对照，将昔时易水壮别与今日易水送别两相融合，进而点明诗旨。全诗表达了对荆轲视死如归、千载犹存的深深仰慕，也暗寓了对友人的赠别之意，而诗人自己彷徨企求而又无所知遇的郁愤亦曲折见出。

诗题为"送人"，但诗人略去常见的熟言套语，紧扣"易水"借古慨今，不作离愁别恨的低吟，而是慷慨悲歌一曲，给人回肠荡气之感。这似乎是一次异乎寻常的送别，诗中虽然没有点明所送何许人，然而，人们却可以想象如"慷慨倚长剑，高歌一送君"（王维《送张判官赴河西》）

的愤激悲壮的场景，那所送之人，当是肝胆相照的挚友。

【辑评】

[明]高棅《唐诗正声》：吴逸一曰：只就地摹写，不添一意，而气概横绝。

[清]朱子荆《增订唐诗摘钞》：因临易水而想古人，其水犹寒，侠气凛然。

俞陛云《诗境浅说续编》：此诗一气挥洒，怀古苍凉，劲气直达，高格也。

【今译】

当年，荆轲
悲歌一曲辞别燕丹，
一去不返的壮士
风，萧萧兮
怒发冲冠。
去了，昔日壮士，

今天——
易水啊，依然回漩
在那歌声里
流淌一河
千古悲壮的凛寒。

杜审言

　　杜审言（645？—708），字必简，祖籍襄阳（今属湖北），父迁居巩县（今属河南）。杜甫之祖父。为人恃才自负，遭众人忌恨。高宗咸亨元年（670）进士，任洛阳丞等职。武后圣历元年（698），坐事贬吉州司户参军，系狱，后授著作佐郎，官迁膳部员外郎。中宗时，因结交武后幸臣张易之，获罪流放峰州。不久召还，授国子监主簿，病卒。

　　少时便有才名，与李峤、崔融、苏味道合称"文章四友"。晚年与沈佺期、宋之问相唱和，大力创作律诗，为唐代近体诗奠基人之一。诗多律体，五律尤谨严纯熟，不乏佳作，杜甫对其诗法多有所承袭。有《杜审言集》。

和晋陵陆丞早春游望①

　　独有宦游人②，　　偏惊物候新③。
　　云霞出海曙，　　梅柳渡江春。
　　淑气催黄鸟④，　　晴光转绿蘋⑤。
　　忽闻歌古调⑥，　　归思欲沾襟。

【注释】

　　①和（hè）：古人作诗的一种方式，依照他人诗词的内容、体裁及押韵作诗，作为赠答。晋陵：今江苏常州市。陆丞：诗人的好友，姓陆，时为晋陵县丞（县的副长官，掌管文书及仓狱）。②宦游：离家外出做官。③物候：景物气候的不同。④淑气：和暖的春气。淑，美好。黄鸟：黄莺，又名"鸧鹒"。⑤"晴光"句：指晴光的照耀使蘋草由嫩绿转为深绿。南朝梁·江淹《咏美人春游》："江南二月春，东风转绿蘋。"此处化用江淹诗句。⑥古调：指陆丞的《早春游望》，赞美其格调古朴，近于古人。

【赏析】

　　这是一首奉和之作，原唱是陆丞的《早春游望》，作者用原唱同题抒写宦游江南的归思。起首一"惊"新，结尾一"沾"襟，既切合诗题而又见出诗旨。中间两联为佳句，一气串用"出""渡""催""转"四个动词，将江南早春的云霞生涌、梅柳初绽、黄鸟啼啭，绿蘋渐深的新鲜生机盎然传出，意境清新而绚丽。时杜审言宦游已近二十年，诗名甚高，却身处微职，所以篇末由春光融暖转结为归思凄清，惊新而不快，赏心而不乐，失意的伤感和骚怨见于言外。

　　杜甫曾说"吾祖诗冠古"（《赠蜀僧闾丘师兄》）。虽然是自矜，但初唐近体诗多音律未谐，韵度尚乏，而杜审言的五律诗工致天然，构思新巧，格律谐美，如这首《和晋陵陆丞早春游望》，被明·胡应麟《诗薮》推许为"初唐五律第一"。

【辑评】

　　[元]方回《瀛奎律髓》：律诗初变，大率中四句言景，尾句乃以情缴之。起句为题目。审言于少陵为祖，至是始千变万化云。

[明]陆时雍《唐诗镜》：三、四如精金百炼。"云霞出海曙，梅柳渡江春"，"曙""春"一字一句，古人琢意之妙。

俞陛云《诗境浅说》：中四句"出"字、"渡"字、"催"字、"转"字，用字之妙，可为诗眼。春光自江南而北，用"渡"字尤精确。

【今译】

只有宦游的人
寄居他乡，偏惊异
景物气候的更新。
看，云气霞光
拥着绚烂的旭日
从海上升起清新的早晨，
初绽的梅花
抽青的杨柳
翩翩渡过长江
染遍江南的盎然初春。
和暖微薰的春气

催促枝头黄莺儿
欢快地啾鸣，
阳光朗照里
池塘蘋草一抹浅绿
也渐渐转深。
忽然，听见你
诗调淳厚古朴的吟唱，
啊，这归思
禁不住和泪落下
——沾湿了衣襟。

苏味道

苏味道（648—705），赵州栾城（今属河北）人。九岁能文。高宗乾封三年（668），二十岁进士及第，累迁咸阳尉。武周时，前后居相位多年，深得赏识，遇事依违两可，苟合取安，常对人言"处事不欲决断明白，若有错误必贻咎谴，但模棱以持两端可矣"（《旧唐书》本传），故人称"苏模棱"。因诏附张易之兄弟，中宗时贬为郿州刺史，卒于任所。其子苏份留居四川眉山，宋代"三苏"为其后裔。

工诗善文，少时与李峤以文辞齐名，并称"苏李"。其诗多应制唱酬，浮艳雍容，五律甚多，然成就不及沈佺期、宋之问。《全唐诗》存其诗一卷。

正月十五夜①

火树银花合②，　星桥铁锁开③。
暗尘随马去④，　明月逐人来。
游伎皆秾李⑤，　行歌尽落梅⑥。
金吾不禁夜⑦，　玉漏莫相催⑧。

【注释】

① 一题作《上元》。旧以农历正月十五日为"上元节"，又名"元宵节"，自唐代始也为灯节。唐玄宗曾于先天二年（713）正月十五，命点千盏花灯，张灯三夜，成为一时之盛。至北宋乾德年间，放灯又增至五夜，起于十四止于十八，更为兴盛。②火树银花：指悬挂在树上的花灯。合：形容灯火连成一片。③"星桥"句：长安城外护城河上设有桥梁，平日夜晚由禁卫军执戈守卫，严禁通行。元宵夜开禁，敞开城门，让人夜游。唐·崔液《上元夜》："玉漏铜壶且莫催，铁关金锁彻明开。"星桥：形容桥上灯火灿若星河。④暗尘：夜间走马，暗中尘土飞扬看不清，故说"暗尘"。⑤伎：歌妓。秾李：语出《诗经》："何彼秾矣，华如桃李。"用桃花李花形容女子容颜服饰之美。⑥落梅：即《梅花落》，属汉乐府横吹曲调，传为西汉李延年所作，别名《落梅》《落梅花》《大梅花》《小梅花》等。自魏晋南北朝以来，历唐宋元明清一直流传，和《折杨柳》一起成为古代笛曲的代表作品。⑦金吾：京城禁卫军。唐·刘肃《大唐新语》："神龙（唐中宗年号）之际，京城正月望日（十五），盛饰灯影之会，金吾弛禁，特许夜行。"⑧玉漏：精美的玉制计时漏壶。

【赏析】

这首诗恰似一幅初唐民俗图，从一个侧面再现了初唐社会的繁荣安定。火树、银花、星桥，诗一开篇就用灿亮的词语，展示出一个灯火辉煌的正月十五夜。接下"暗尘随马去，明月逐人来"，一去一来、一明一暗，错落有致，描绘出了灯夜一片人潮涌动的喧闹场景。这灯影月光里，招人注目的是"游伎皆秾李，行歌尽落梅"，那艳装、那妙喉，让人如见其人，如闻其歌。诗的前六句，写尽了元宵之夜的灿烂、喧腾和明丽，后两句转入写"莫相催"的游兴未尽。整首诗在缕金错彩中流溢出浓郁的情韵。

唐·刘肃《大唐新语》载：时正月十五，长安城大放花灯，前后三天夜间不戒严，观灯者人山人海，人们车马喧阗，歌声笑语，无不夜游。文士数百人赋诗以纪其事，而苏味道夺魁。可知此诗曾名重一时。

【辑评】

［清］屈复《唐诗成法》：此诗人传诵已久，他作莫及者。元夜情景，包括已尽，笔致流动。

［清］卢弼、王溥《闻鹤轩初盛唐近体读本》：陈德公先生曰：三、四故是爽笔。"秾李""落梅"工切，便极见妍姿。

［元］方回选、李庆甲集评《瀛奎律髓汇评》：纪昀：三、四自然有味，确是元夜真景，不可移之他处。夜游得神处尤在出句，出句得神处尤在"暗"字。

【今译】

如流火，烁银	绰约艳美的歌妓
一树树花灯流光溢彩，	三三两两桃红李白，
灿若星河的灯桥	一路《落梅》
点点灼灼	一路花灯
映着城门敞然大开。	柔曼地唱，悠闲地睐。
隐隐细尘随车马	更漏莫要催促
喧腾，暗自扬去，	今夜京城不禁戒，
皎皎明月	只须与花灯游人
追逐游人盈盈地来。	在这春夜
月光灯影里	一起，流连徘徊。

王 勃

王勃（650—676），字子安，绛州龙门（今山西河津）人。出身望族，隋末大儒王通之孙。早慧，为时人所称。六岁即能文，"九岁，得颜师古注《汉书》读之，作《指瑕》以摘其失"（《新唐书·文艺传》）。高宗麟德二年（665），十四岁以神童应举中第，授朝散郎。为人恃才傲物，曾两次因罪革职，其父受牵连贬交趾县令。上元二年（675）赴交趾省亲，次年春回时渡海溺水，惊悸而死，年二十六岁。

于初唐文坛，与杨炯、卢照邻、骆宾王并称"四杰"，居其首，才气甚高。《新唐书》本传记载："勃属文初不精思，先磨墨数升，则酣饮，引被覆面卧，及寤，援笔成篇，不易一字，时人谓勃为'腹稿'。"其诗多抒发个人情志，擅长五言近体，风格清新。有《王子安集》。

滕王阁诗①

滕王高阁临江渚②，　　佩玉鸣鸾罢歌舞③。
画栋朝飞南浦云④，　　珠帘暮卷西山雨⑤。
闲云潭影日悠悠，　　物换星移几度秋⑥。
阁中帝子今何在⑦？　　槛外长江空自流⑧。

【注释】

①滕王阁：故址在今江西南昌市赣江滨。唐高宗上元三年（676）重新修缮，据五代·王定保《唐摭言》："王勃著《滕王阁序》，时年十四。都督阎公不之信。勃虽在座，阎公意属子婿孟学士者为之，已宿构矣。及以纸笔，延让宾客，勃不辞让。公大怒，拂衣而起，专令人伺其下笔。第一报云'南昌故郡，洪都新府'，公曰：'亦是老生常谈。'又报云'星分翼轸，地接衡庐'，公闻之，沉吟不言。又云'落霞与孤鹜齐飞，秋水共长天一色'，公矍然而起，曰：'此真天才，当垂不朽矣。'遂亟请宴所，极欢而罢。"王勃作《滕王阁序》后，唐代王绪写《滕王阁赋》，王仲舒写《滕王阁记》，史书称为"三王记滕阁"。韩愈也撰文述："江南多临观之美，而滕王阁独为第一。"故有"西江第一楼"之誉。②渚（zhǔ）：水中陆地，小洲。③"佩玉"句：西汉·戴圣《礼记》云："君子在车，则闻鸾和之声，行则鸣佩玉。"佩玉，腰间挂的玉饰。鸾，通"銮（luán）"，车铃。此处用"佩玉鸣鸾"比喻君子贤士，意谓当年群贤毕至，歌舞华宴，如今却盛筵不再，曲终人散。④画栋：有彩绘雕饰的栋梁。南浦：南面的水湾或水滨。一说，南昌西南确有名为"南浦"的湖汊。⑤西山：在南昌之西，一名"南昌山"。⑥物换星移：景物改换，星辰移位。形容事物变迁，岁月流逝。⑦帝子：帝王之子，此指滕王李元婴。后晋·赵莹等《旧唐书》本传：李元婴，唐高祖李渊之二十二子，受封为滕王，食禄山东滕县，"骄纵逸游，动作失度"。⑧"槛外"句：含有逝者如斯、时不我待的感慨。春秋《论语》："子在川上曰：'逝者如斯夫，不舍昼夜！'"

【赏析】

滕王阁，是唐高祖之子滕王李元婴所建。时已荒废，高宗上元三年（676），洪州都督阎伯屿重新修复，落成，宴集群僚于阁上。酒筵间，省亲途经的王勃即席作《滕王阁序》，顷刻而就，"满座大惊"（元·文辛房《唐才子传》），序末附此诗。

诗的前四句着力描写滕王阁的地理形胜。"画栋朝飞南浦云，珠帘暮卷西山雨"，用泼墨式的大写意，状绘出了滕王阁居高临远、飞云卷雨的气势。后四句深沉慨叹滕王阁的今昔盛衰。慨叹之中，并不曾寄寓自己位卑不遇的牢骚，而是以滕王为鉴，抒发时不我待、建功立业的胸襟。此诗写景、咏古、抒怀皆卓然不凡，在意象悠阔、格调高雅中见出诗人才高自负的兀傲来。全篇词采华美，对仗工整，虽残留六朝藻饰的余习，但除去了堆垛、浓腻，其自然流转、意境高远，开唐诗七律之先。

【辑评】

[明]凌宏宪《唐诗广选》：只一结语，开后来多少法门。

[清]郎廷槐《师友诗传录》：萧亭答：若短篇，词短而气欲长，声急而意欲有余，斯为得之。短篇如王子安《滕王阁》，最有法度。

[清]周容《春酒堂诗话》：俯仰自在，笔力所到，五十六字中，有千万言之势。

【今译】

滕王高阁，俯瞰　　　　　　一日复一日
苍茫的江洲，　　　　　　　这片云江影
当年佩玉鸣銮的宴集　　　　亘古不变，闲悠，
已是歌罢舞休。　　　　　　可是物换星移
朝朝暮暮，只有　　　　　　忽忽，人世几度春秋。
雕梁画栋飞挂　　　　　　　建阁的帝王之子
南浦残云的浮游，　　　　　如今在哪里？
珠帘翠箔　　　　　　　　　啊，楼阁栏杆外
卷入西山青岚　　　　　　　东去的长江
满帘，冷雨飕飕。　　　　　——空自在流。

送杜少府之任蜀州①

城阙辅三秦②，　　风烟望五津③。
与君离别意④，　　同是宦游人。
海内存知己，　　　天涯若比邻⑤。
无为在歧路⑥，　　儿女共沾巾⑦。

【注释】

①少府：即县尉，掌管一县治安。之任：赴任。之，往。②城阙：城郭宫阙，指京城长安。阙，皇宫门前的望楼。辅三秦：即以三秦之地为辅卫。三秦，泛指当时长安附近的关中之地。古为秦国，项羽灭秦后，将其地分为雍、塞、翟三国，故称"三秦"。③五津：长江从灌堰至犍为一段有白华津、万里津、江首津、涉头津、江南津，合称

"五津"，均在四川境内。④君：对对方的尊称，您。⑤比邻：近邻。古时五家相连为"比"。⑥无为：不要。歧路：岔路，此指分手的地方。⑦儿女：青年男女。

【赏析】

　　送别是诗歌中常熟的题材，但诗人写来一新耳目，不落"黯然销魂"的俗套。京城送别，眺目一望，风烟杳渺，行程杳渺，起首微露伤别之意。接下转而宽解对方：同是宦游，天涯咫尺。用肺腑相倾的深挚言语，劝慰孤身远行的友人，极真切，极慰藉。"海内存知己，天涯若比邻"一联，本出于三国魏·曹植《赠白马王彪》："丈夫志四海，万里犹比邻。恩爱苟不亏，在远分（情分）日亲。"但王勃辞意更精警、概括，自铸壮词，为千古名句。尾两句收束全篇，曲折表达惜别之情，而又以"无为"二字摒除儿女情长，劝励对方的男儿意气。

　　时王勃供职京城长安，正少年得志。此诗以"大家笔力"（清·高步瀛《唐宋诗举要》引吴北江语），赠别不作悲酸语，惜别而不怨别，境界开阔，音调爽朗，自有一种超拔、旷达之气。这，就是大丈夫志在四海的送别。

【辑评】

　　[明]陆时雍《唐诗镜》：此是高调，读之不觉其高，以气厚故。

　　[清]王尧衢《古唐诗合解》：此等诗气格浑成，不以景物取妍，具初唐之风骨。

　　俞陛云《诗境浅说》：一气贯注，如娓娓清谈，极行云流水之妙。大凡作律诗，忌支节横断。唐人律诗，无不气脉流通。此诗尤显。

【今译】

城墙宫阙，高耸
这长安京都
被拱卫在辽阔三秦，
远远地凝望
一片风烟，迷茫了
你将去的五津。
此时，送别的意绪，
我与你同是
宦游他乡的人。

四海之内，只要
心心相通的知己，
天涯各一方
也如咫尺近邻。
呵，不要
在这分手的岔路口，
像小儿女一样
让伤心泪水
——沾湿佩巾。

宋之问

宋之问（656？—约713），一名少连，字延清，汾州（今山西汾阳）人。宋氏三兄弟，宋之问工于文词，其弟宋之悌骁勇过人、宋之逊精于草隶，为当时之佳话美谈。高宗上元二年（675）进士。武周时，以文才为宫廷侍臣，迁左奉宸内供奉，颇得宠幸。神龙元年（705）中宗复位，因谄事武则天男宠张易之，贬为泷州参军，转考功员外郎，后以贪贿罪贬为越州长史。睿宗即位，以其"无悛悟之心流钦州"（元·辛文房《唐才子传》）。玄宗初年，赐死。

其诗属对精密，音韵谐调，与沈佺期齐名，号称"沈宋体"。作诗尤善五律，巧思善练，于精丽缜密中见自然之致。虽多为歌功颂德的应制诗，但因一再贬逐，处势不同，后期诗不乏哀怨真切之作。有《宋之问集》。

题大庾岭北驿①

阳月南飞雁②，　　传闻至此回。
我行殊未已③，　　何日复归来？
江静潮初落，　　林昏瘴不开④。
明朝望乡处⑤，　　应见陇头梅⑥。

【注释】

①大庾岭：在今江西大庾县。古人认为此岭为南北的分界线，有北雁南飞至此不再过岭、逢春而还的传说。驿：驿站。古代官办交通站，供传递公文或来往官员途中换马歇宿。②阳月：古代以农历十月为"阳月"。③殊：极，很。已：止。④瘴：南方山林中的温热蒸郁之气，常使人致病。⑤望乡处：指岭上高处，即下句的"陇头"。⑥陇头梅：大庾岭又名"梅岭"，原古道经庾岭之山脊筑有一雄关，石板古驿道旁多植梅树。因其气候早暖，十月即有梅开，开时红白梅夹道。陇，同"垄"，高地。此处暗用"驿路梅花"典故。南朝宋·盛弘之《荆州记》：南朝梁时诗人陆凯，自江南寄梅花一枝给长安的好友范晔，并赠诗一首："折梅逢驿使，寄与陇头人。江南无所有，聊赠一枝春。"后常用此典故表示对亲友的思念。

【赏析】

此诗是宋之问被流放岭南，途经大庾岭北驿时所作。武后朝，宋之问颇得宠幸，如今却成了谪罪之人，眼前山岭绵横、山色苍茫，迁谪失意的痛苦、怀土思乡的忧伤一并泛起，故抒泄于诗。此诗先以雁起兴，用大雁南飞"至此回"映衬自己南逐"未已"，两两相形，人不如雁的哀怨深蕴其中。再以岭南的蛮荒瘴疠烘托落魄他乡、前路未卜的悲哀，那凄寂迷暝的是江潮林瘴，也是诗人的心境，感情至此更推进一层。最后拓开一笔，拟想明朝过岭应见陇头梅开，暗用"驿路梅花"的典故，将望乡怀归之情升发到至点。

全篇写乡愁谪怨，但未曾着一"怨"字一"愁"字，诗人以情布景，又以景衬情，情与景的融合中，怀土思乡之凄哀溢于言外，而迁谪失意之幽怨见于言内，写出了谪人逐臣的一怀愁绪，所谓"善言情者，吞吐深浅，欲露还藏"（明·陆时雍《诗镜总论》）。

【辑评】

[明]邢昉《唐风定》：凄咽欲绝。

[清]姚鼐《五七言今体诗钞》：沉亮凄婉。

[清]蘅塘退士《唐诗三百首》：四句一气旋折，神味无穷（首四句）。

【今译】

十月，大雁翩翩
一行南飞，
传说到这山岭止栖
来年春天返回。
我，继续南行
带着孑然一身的谪罪，
不知什么时候
重越大庚岭北归？
暮色昏茫降下

江潮刚退落
剩下一江寂静的寒水，
林间瘴气，如烟
蒸郁着一片
弥弥不散的阴晦。
明天清晨
登上高高望乡处，
该会看到山脊
那一枝早开的红梅。

张若虚

张若虚（生卒年不详），扬州（今江苏扬州市）人。曾官兖州兵曹，中宗神龙年间，与贺知章、张旭、包融以文词俊秀驰名，称为"吴中四士"。所作诗多散佚，据程千帆先生考证，今所存《唐人选唐诗（十种）》，宋代《文苑英华》《唐文粹》《唐百家诗选》《唐诗记事》以及元代《唐音》等唐诗选本，均未见载其诗作。其《春江花月夜》为宋·郭茂倩《乐府诗集》卷四十七所收录，"孤篇横绝，竟为大家"（清·王闿运《论唐诗诸家源流》）。《全唐诗》存其诗二首。

春江花月夜①

春江潮水连海平，　　海上明月共潮生②。

滟滟随波千万里③，　　何处春江无月明？

江流宛转绕芳甸④，　　月照花林皆似霰⑤。

空里流霜不觉飞⑥，　　汀上白沙看不见⑦。

江天一色无纤尘，　　皎皎空中孤月轮。

江畔何人初见月？　　江月何年初照人？

人生代代无穷已⑧，　　江月年年只相似。

不知江月待何人⑨，　　但见长江送流水⑩。

白云一片去悠悠，　　青枫浦上不胜愁⑪。

谁家今夜扁舟子⑫？　　何处相思明月楼？

可怜楼上月徘徊⑬，　　应照离人妆镜台。

玉户帘中卷不去，　　捣衣砧上拂还来。

此时相望不相闻，　　愿逐月华流照君⑭。

鸿雁长飞光不度⑮，　　鱼龙潜跃水成文⑯。

昨夜闲潭梦落花⑰，　　可怜春半不还家⑱。

江水流春去欲尽，　　江潭落月复西斜。

斜月沉沉藏海雾，　　碣石潇湘无限路⑲。

不知乘月几人归，　　落月摇情满江树。

【注释】

①《春江花月夜》属《清商曲辞·吴声歌曲》，相传创自南朝陈后主，一说，为隋炀帝所制作。②共潮生：明月从地平线初升，望去，似从海潮中涌出。③滟滟：波光动荡闪烁的样子。里：一作"顷"。④宛转：曲折。芳甸：遍生花草的原野。甸，郊外之地。⑤霰（xiàn）：细密的雪珠。⑥"空里"句：是说在洁白的月光笼罩下，上下浑然一片银白，空中的流霜和洲上的细沙都分辨不清了。⑦汀（tīng）：水中或水边平地。⑧无穷已：没有止尽。穷，尽。

已，止。⑨待：一作"照"。⑩但：只，只是。⑪青枫浦：一名"双枫浦"，今湖南浏阳县境内，此处泛指离别的水边。胜（shēng）：经受，承受。⑫扁（piān）舟子：飘荡江湖的游子。扁舟，小船。⑬可怜：可爱。怜，喜爱。⑭月华：月光。华，光辉。⑮"鸿雁"句：意谓鸿雁飞得再远，也不能逾越月光。度，通"渡"。东汉·班固《汉书·苏武传》记有鸿雁传递书信之事，此处"鸿雁"兼指信使。⑯文：通"纹"，花纹。⑰闲潭：清幽平静的水潭。⑱可怜：可惜。⑲碣（jié）石：山名，在今河北乐亭县西南。一说，碣石山已沉入海里。潇湘：二水名，在湖南零陵县合流，称"潇湘"。"碣石潇湘"，此处借指天南地北。

【赏析】

这是一篇旷世杰作。春、江、花、月、夜，是五种寄托无限情思的美妙意象，诗人用它组成了一幅清幽朦胧而又清丽柔媚的画面。其中"月"为主体，以月的初升到坠落作为全诗的起止，并用月光贯通上下，牵动整个诗情。诗由春江花月夜的幽美景色，生发出对宇宙、人生的遐思冥想，再引出游子思妇的别离伤感，一切都统摄在空灵流走的月光下，汇成诗情、画意和哲理交融的深邃邈远的意境，全篇神气凝聚，浑然一体。

这首七言古诗，写游子思妇天各一方的思念，是一首咏叹离情别怀的小夜曲。它以春江花月夜为背景，并借此而引发、渲染、暗示、寓托别离情怀。别离相思是愁苦的，而人生却那么短暂，就像春光、江水、落花、残月、长夜一样容易流逝，难以把握住，也无法挽留。但是诗人用缠绵的笔致，将其悠悠相思写得柔婉似水，别离的哀愁只是淡淡的一缕，其中隐然融入了良辰美景长有而人生不再的感怀，更交织着对生命、青春的追求与眷恋，轻微的叹息从优美流宕的韵调中抒泄出来。

《春江花月夜》为乐府旧题，陈、隋时，多用以写浮艳的宫体诗。张若虚此诗不落窠臼，在传统题材中注入新意，从春江花月夜中摇曳出一片清幽、迷离的梦幻美，令人心醉神迷，闻一多誉之为"诗中的诗"（《宫体诗的自赎》）。

【辑评】

[明]陆时雍《唐诗镜》：微情渺思，多以悬感见奇。

[明]钟惺、谭元春《唐诗归》：将"春江花月夜"五字，炼成一片奇光，分合不得，真化工手。

[明]周珽《唐诗选脉会通评林》：汪道昆曰："白云一片"数语，此等光景非若虚笔力写不到，别有一种奇思。

[清]徐增《而庵说唐诗》：起用出生法，将春、江、花、月逐字吐出；结用消归法，又将春、江、花、月逐字收拾。

【今译】

春江潮水，连着　　　　　　　哪一处春江
大海浩渺无垠，　　　　　　　没有月色波光的耀明。
海上，一轮明月　　　　　　　江水，弯弯曲曲
浪潮起伏中涌生。　　　　　　绕过花草原野，
随着水波闪动　　　　　　　　月色泻在花树
月光，流向千里万里，　　　　如撒一层雪霰的晶莹。

月光浸染的天地
上下洁白如银，
空中暗飞的霜雾
不觉里，流走
小洲上的白沙
如细银闪烁分辨不清。
江水、天空
不染纤尘地纯净，
皎洁的夜空
天边，孤月一轮。
啊，不知是何人
最初江边看见明月？
明月又是何年
开始照耀人间凡尘？
人生短暂即逝
可代代相传无尽，
江月与之共存
年年相似，不曾变更。
江上明月在徘徊
等待何人？
只见长江的水
向天际流去，无情。
漂浮远方的
是白云一片悠悠，
那青枫浦边
游子多少离恨。
今夜，孤舟中游子
是谁家郎君？
何处月明楼中
不眠，一怀相思深深？
惹人怜爱的
是楼头低徊的月，
如水的清辉
轻柔洒在梳妆台镜。

思念，如月色
闺中帘卷不去，
一抹，轻轻拂去了
又流泻捣衣石砧。
此时共望一轮明月
两地隔断音信，
愿这一缕相思
随月光流向远方的爱人。
想托天边鸿雁
将音书捎寄
可它飞不出月的光晕，
鱼儿，水中潜跃
只徒然搅泛起
江心明月一圈波痕。
春色将老
游子哟，未归，
昨夜，一枕春梦
见落花片片
飘零绿潭的幽静。
江水匆匆，将
流走暮春残景，
深潭的水面
落月淡影又向西斜倾。
明月，在斜落
迷茫海雾中渐沉，
碣石，潇湘
天南地北的人相隔
——山长水深。
不知今夜里
几人乘这月色归去，
那，别离的愁思
被如烟残月
摇落在江边深树林。

陈子昂

陈子昂（659—700），字伯玉，梓州射洪（今属四川）人。世称"陈拾遗"。出身权门豪族，少时使气任侠，后始发愤读书，熟览经史百家。睿宗文明元年（684）进士。武周代唐，上表称颂得赏识，升任左拾遗，为人耿介不阿，屡次上书谏诤。曾两度随军出征西北边塞，因触怒主帅而遭排斥。圣历元年（698）解官还乡，居丧期间，遭县令段简诬陷，冤死于狱中。

作诗标举风雅比兴、汉魏风骨，反对"彩丽竞繁，而兴寄都绝"（陈子昂《修竹篇·序》）的齐梁诗风。其诗反映社会现实甚为广泛，深沉蕴藉，质朴刚劲，使初唐诗风为之转变，于唐诗有开启之功，深得后来的李、杜、韩、柳等人的推崇。有《陈子昂集》。

登幽州台歌①

前不见古人，
后不见来者②。
念天地之悠悠，
独怆然而涕下③。

【注释】

①幽州台：即蓟北楼。故址在今北京市西南，唐代属幽州蓟县。战国时，燕昭王尊郭隗为师，筑此高台，置黄金于上，以招揽天下贤士。事见西汉·司马迁《史记·燕昭公世家》。②"前不见"二句：战国·屈原《远游》有"往者余弗及兮，来者吾不闻"，表达忠直遭谤的悲嗟。陈子昂此时的处境心境与屈原相通，故化用其诗句。古人，古代圣贤，指像燕昭王那样礼贤下士的人。来者，后世圣贤，指效法燕昭王重用贤才的人。③怆（chuàng）然：悲痛的样子。

【赏析】

武周万岁通天二年（696），陈子昂随主帅武攸宜北征契丹。时唐军前锋惨败，举军震恐不前。陈子昂屡进良策，不纳，反因触怒主帅被降职。当他登上幽州台，极目古今，仰俯天地，有感于燕昭王招贤纳士之事，想到自己空怀济世之才却备受排斥，于是不可遏止地"泫然流涕而歌"（唐·卢藏用《陈子昂别传》），唱出了这首不朽的诗篇。

全诗骤然而起，戛然而止，冲决式地直接抒泄郁结，短短四句展示出含蕴不尽的画面：古今悠悠，天地悠悠，时空的一片浑茫旷远中，悲怆涕下的诗人孑然兀立；那一仰一俯之间，传出的是生不逢时、功业难就的长长悲吟。这阔大与渺小的对峙中，无声地回响着宇宙永恒、人生短暂的深深慨叹。清·沈德潜《唐诗别裁》曾叹曰："余于登高时，每有今古茫茫之感。古人先已言之。"确然，千百年来，这首诗以它登高远眺时，纵览古今的浑远、宇宙沉思的苍茫和人生浩叹的沉雄，唤起人们深沉而强烈的共鸣。它使人仿佛立身于历史长河中，听苍苍天宇之下、茫茫地野之上，撞然一声"洪钟巨响"，感受到心魂激动的悲壮。

【辑评】

[明]杨慎《升庵诗话》：其辞简质，有汉魏之风。

[清]黄周星《唐诗快》：胸中自有万古，眼底更无一人。古今诗人多矣，从未有道及此者。此二十二字，真可泣鬼。

【今译】

前世的
礼下贤士的圣主
已不复看见；
后世的
重用贤才的明君
来不及遇见。

啊，天宇苍苍
地野茫茫，
我——
独自兀立高台
不禁悲从中来
泪下潸潸……

贺知章

贺知章（659—约744），字季真，号"四明狂客"，越州永兴（今浙江萧山）人。世称"贺监"。武周证圣元年（695）进士，迁太常博士。玄宗开元年间，任礼部侍郎、集贤院学士等职，累官至太子宾客、秘书监。天宝三年（744），上疏请度为道士，归隐镜湖，不久病逝。

为人旷达不羁，放诞好酒，善谈笑，有"清谈风流"之誉。少时便以文辞知名，能诗善书，"醉后属词，动成卷轴"（《旧唐书》本传），与张旭、包融、张若虚并称为"吴中四士"。其诗大多散佚，今存诗中多祭神乐章和应制诗，亦颇有情味隽永之作。诗风质朴清新，无意求工，然时有新意。《全唐诗》存其诗一卷。

咏　柳

碧玉妆成一树高①，　万条垂下绿丝绦②。
不知细叶谁裁出，　二月春风似剪刀。

【注释】

①"碧玉"句：形容翠绿的柳树亭亭而立，像用碧玉打扮而成。②绦（tāo）：用丝编成的带子。

【赏析】

这是一首咏物诗，描写初春二月的杨柳。诗人细致观察，巧妙联想，接连运用三个比喻：先将亭亭泛绿的树身比作碧玉妆扮而成，已是落笔新奇；再把纷披纤柔的枝条看似丝带悬挂，更见贴切；末了，又是一个最浅近而又最尖新的比喻——"不知细叶谁裁出，二月春风似剪刀。"春风吹生杨柳本是无形的，但用一"裁"一"剪刀"，便将它缀满枝条的尖尖细叶具体形象地写了出来。这点睛压卷的绝妙一喻，传春之神，逗人兴味。四句小诗一喻再喻，复而不厌，正在于此。

这首比喻新奇贴切的小诗，咏柳而咏春，洋溢着早春的自然生机和欣喜之情，清新，温润，读来如沐春风。

【辑评】

［清］黄周星《唐诗快》：尖巧语，却非由雕琢而得。

［清］黄叔灿《唐诗笺注》：赋物入妙，语意温柔。

【今译】

亭亭，绿柳　　　　　　　　千缕，万缕
如碧玉妆扮而成　　　　　　如绿色丝带随风袅袅。
一树树真高，　　　　　　　满枝新叶儿
低拂的细柔枝条　　　　　　尖细地，缀着

不知是谁裁出？

噢，二月春风

一阵阵和煦，送暖

恰似一把

——灵巧的剪刀。

回乡偶书（其一）①

少小离家老大回，　　乡音无改鬓毛衰②。

儿童相见不相识，　　笑问客从何处来③。

【注释】

①偶书：有感于事，偶然随意而写。书，写。本题共二首，此是其一。②衰（cuī）：指鬓发疏落变白。一作"摧"。③"儿童"二句：清·范晞文《对床夜语》："卢象《还家》诗云：'小弟更孩幼，归来不相识。'贺知章云：'儿童相见不相识，笑问客从何处来。'语益换而益佳，善脱胎者宜参之。"

【赏析】

玄宗天宝三年（744），贺知章告老返乡于越州永兴。诗人一生宦海生涯，饱经世事沧桑，八十多岁辞官还乡，不尽感慨，随意写下此诗。前三句"少小离家"与"老大回"，"乡音无改"与"鬓毛衰"，"相见"与"不相识"，在对比中抒写久客返乡之情，为末句作铺垫。末句"笑问客从何处来"，一"笑"字，从可爱的孩童身上映现出自己重归故土的亲切和喜悦；同时，也从儿童笑问、反主为宾这一饶有生活情趣的场景中，翻出年迈衰颓的哀伤来。诗在有问无答中悄然作结，余意不尽，孩童天真娇憨的神态在"问"中跃然如在眼前，诗人耄耋返乡的种种心绪，又隐然见于无答之外。

此诗绝去雕饰，情感极质朴真切，语言极明白晓畅，仿佛从肺腑自然流出，引人入境，引人动情，所以传诵至今，妇孺皆熟记于心。

【辑评】

[明]唐汝询《唐诗解》：摹写久客之感，最为真切。

[清]王尧衢《古唐诗合解》：此作一气浑成，不假雕琢，兴之偶至，举笔疾书者。

[清]宋宗元《网师园唐诗笺》：情景宛然，纯乎天籁。

【今译】

少时离家远游

如今，归来

年已老迈，

家乡的口音

依旧未改，只是

鬓发已稀疏花白。

家门口的孩童

见了，不认识，

笑着问——

大爷，您从哪里来？

张九龄

张九龄（678—740），字子寿，韶州曲江（今广东韶关）人。少聪慧能文。武周神功元年（697），弱冠进士及第，授校书郎。玄宗时，历任左拾遗、中书舍人、同中书门下平章事等职。为开元名相之一，正直敢谏，任贤用能。开元二十四年（736），遭李林甫诬陷，罢相，次年贬为荆州长史。以文史自娱，不戚戚于怀，后病卒。

工诗能文，其诗文为当世所推重。初唐五言古体犹绍承六朝绮丽旧习，唯陈子昂、张九龄直接汉魏，骨峻神竦，思浑力遒，一变初唐诗风，故后世以"陈张"并提。其《感遇》组诗格调劲健，兴寄深婉，与陈子昂相近。其他写景抒情诸作，和雅清淡，启开王、孟一派。有《张曲江》集。

望月怀远①

海上生明月，　　天涯共此时②。
情人怨遥夜③，　　竟夕起相思④。
灭烛怜光满⑤，　　披衣觉露滋⑥。
不堪盈手赠⑦，　　还寝梦佳期⑧。

【注释】

①远：远人，或指亲友、恋人。②"海上"二句：从南朝宋·谢庄《月赋》"隔千里兮共明月"化出。③情人：有情之人。④竟夕：整夜，终夜。竟，终。⑤"灭烛"句：南朝宋·谢灵运《怨晓月赋》有"灭华烛兮弄素月"，与此句意近，都写为赏玩月光而灭烛。怜，爱。⑥滋：沾润。⑦"不堪"句：暗用西晋·陆机《拟明月何皎皎》"照之有余辉，揽之不盈手"诗意。堪，能够，可以。盈，满。⑧佳期：欢娱的相会。

【赏析】

托月寄情这一类诗历来多有，但此诗词采清丽，情致深婉，自有耐读之处。全诗围绕"望月怀远"四字生发开来，拓展开去。首句出"月"，次句紧承而"望"；继而遥夜相思，由望月转入"怀远"。往下四句，灭烛怜光与露水滋衣，盈手欲赠与还寝寻梦，一"望"一"怀"紧相勾连，隐现出伫立望月之举，也见出眷眷怀远之情。整首诗望月与怀远交互，景与情相生，读来气韵流转，情味深厚，"浑是一片元气"（明·钟惺《唐诗归》）。

篇首"海上生明月，天涯共此时"二句，看似脱口而出，却气象高华，境界阔远，将随月升起的思念浑涵其中，起得极深远。篇末"不堪盈手赠，还寝梦佳期"两句，构思奇妙，意境幽清，将月下生涌的思念收敛起，藏入梦里，结得极悠长。这一起一结，皆为传诵的佳句。

【辑评】

[明]周珽《唐诗选脉会通评林》：通篇全以骨力胜，即"灭烛""光满"四字，正尽月之神。用一"怜"字，便含下结意，可思不可言。

［清］黄叔灿《唐诗笺注》：首二句领得妙。"情人"一联，先就远人怀念言之，少陵"今夜鄜州月"诗同此笔墨。

【今译】

一轮皎洁明月　　　　　　　　更撩乱人的心绪，

从海上粼粼波光涌起，　　　　披衣步入庭院

远在天涯的人　　　　　　　　伫立，久久

仰头凝望　　　　　　　　　　渐觉夜露沾衣。

与我同在此时。　　　　　　　一庭月光清幽，如水

难眠，怨恼这月夜　　　　　　我盈手一掬

太长太寂，　　　　　　　　　可怎么赠寄给你，

整夜萦绕，尽是　　　　　　　还是返回卧室

拂不去的相思。　　　　　　　睡吧，入梦里

吹灭明晃红烛　　　　　　　　也许——

可爱的月光满屋流走　　　　　与你欢娱相聚。

王之涣

王之涣（688—742），字季凌，原籍晋阳（今山西太原）人，迁居绛州（今山西新绛）。少负侠气，后精研文章，穷经典之奥。曾任冀州衡水主簿，因受人诬谤，愤然拂衣辞官，优游于山水。家居十余年。晚年出任文安县尉，为官清正，玄宗天宝元年（742）病卒于任所。

唐·靳能《太原王府君墓志铭并序》称王之涣："孝闻于家，义闻于友，慷慨有大略，倜傥有异才。"平生击剑悲歌，放情纵酒，不屑孜孜求取功名，好与名士交往，与高适、王昌龄、崔国辅等相互唱和。其歌吟从军出塞的诗"传乎乐章，布在人口"，名动一时。绝句成就甚高，尤以边塞诗著称。诗作大都散佚，《全唐诗》仅存绝句六首。

登鹳雀楼①

白日依山尽，　　黄河入海流。
欲穷千里目②，　　更上一层楼。

【注释】

①鹳雀楼：又作"鹳鹊楼"，旧址在山西蒲州（今永济县）郡城西南城上，时有鹳雀（鹤一类的水鸟）栖其上，故名。楼高三层，前瞻中条山，下临黄河，是当时的登临胜地。②穷：尽。千里目：纵目而望及千里。

【赏析】

唐代登鹳雀楼题诗者甚多，但以王之涣这首独步千古。前两句描写登楼所见，"白日"与"黄河"相映，笔墨粗犷而色彩浑厚，并置之于"依山尽""入海流"的动态之中，顿然境界大开，悠阔壮伟而又气韵生动。这一前眺一俯瞰，上下、远近、纵横的景物尽摄入笔底，短短十字，尺幅千里。后两句由"入"字，不露痕迹地转出："欲穷千里目，更上一层楼。"从状景转向说理抒情，别翻新意，道出了站得高才看得远的人生哲理，抒发了一种高瞻远瞩的胸襟和进取开拓的精神。一般诗忌说理，但此诗将理融于景中、寓于情中，景、理、情自然而然汇为一体，毫无抽象说理的枯燥乏味。

这是一首全对格的绝句，前两句是严整的工对，后两句是流水对，虽四句全用对仗，却在语句浅近中一气泻下，情景高远而理趣横生，并无呆板、支离之感。清·沈德潜《唐诗别裁集》云："四语皆对，读来不嫌其排（堆砌），骨（气格）高故也。"

【辑评】

[明]李攀龙《唐诗训解》：结语天成，非可意撰。

[清]朱子荆《增订唐诗摘钞》：两对工整，却又流动。五言绝，允推此为第一首。

俞陛云《诗境浅说续编》：二十字中，有尺幅千里之势。

【今译】

远处的夕阳
依着山脊沉落悠悠，
横卧的黄河
奔入大海
一泻千里东流。

想要极目远眺
览尽千里万里之外，
那就——
再登上一层
高高耸立的顶楼。

凉 州 词①

黄河远上白云间②，　　一片孤城万仞山③。
羌笛何须怨杨柳④，　　春风不度玉门关⑤。

【注释】

①凉州词：当时流行的一种乐府曲调，传说来自龟兹国（今新疆库车一带）。宋·郭茂倩《乐府诗集》引《乐苑》："《凉州》，宫调曲，开元中西凉府都督郭知运进。"其曲词多写塞外风光和征役之苦。凉州，今甘肃武威县，唐代为西北边境。一题作《出塞》。②黄河远上：一作"黄沙直上"。③仞：古代八尺为"一仞"。④羌笛：古代西域羌族的一种乐器。杨柳：《折杨柳》曲。北朝乐府鼓角横吹曲有《折杨柳枝》，云："上马不捉鞭，反拗杨柳枝。下马吹横笛，愁杀行客儿。"歌词多唱离愁乡思，曲调凄凉哀怨。⑤春风不度：指边关荒寒春迟，此也暗喻朝廷恩泽不施及边域士卒。玉门关：今甘肃敦煌县西，是古代通往西域的要道。

【赏析】

这首《凉州词》，有过"旗亭画壁"的轶事。据唐·薛用弱《集异记》载：开元年间，一日天寒微雪，王之涣与高适、王昌龄到旗亭（酒馆）饮酒，遇梨园伶人唱曲宴乐。三人私下约定，以伶人演唱各自诗的多少定诗名高下，唱一首于旗亭壁上画一笔。王昌龄和高适二人的诗均被唱到，剩王之涣，指伶人中最美者说："此女所唱，如非我诗，则终身不与诸公争衡。"该女子发声，果然是"黄河远上白云间"。可见此诗在当时已是世人传唱的名篇。

诗中不直言戍边的苦怨，却说"羌笛何须怨杨柳，春风不度玉门关"。那羌笛吹奏的《折杨柳》，曲调极哀怨，似在怨折柳、怨离别，又似在怨关外荒寒，柳色不青，春风不到，更似在怨朝廷恩泽不及边关士卒。其乡愁、戍苦、征怨，尽在"怨杨柳"中曲折托出。诗的前半写景从大处着笔，雄浑苍凉，后半言情于小处落墨，细柔婉曲。全篇置幽情于阔景中，故而苦而不哀，怨而不怒，用笔苍硬而措辞蕴藉，在边塞诗中不失为佳作。

【辑评】

[明]唐汝询《汇编唐诗十集》：唐云：一语不及征人，而征人之苦可想。

[明]李攀龙《唐诗训解》：句奇，意奇。

叶景葵《卷盦书跋》：诗句有一字沿讹为后人所忽略者，如《凉州词》"黄河远上白云间"，古今传诵之句也，前见北平图书馆新得铜活字本《万首唐人绝句》，"黄河"作"黄沙"，恍然有悟。

向诵此诗，即疑"黄河"两字与下三句皆不贯串，此诗之佳处不知何在！若作"黄沙"，则第二句"万仞山"便有意义，而第二联亦字字皆有着落。

【今译】

黄河淼淼，直入
天际白云间，
一座城堡
孤零，困守在
万仞耸立的丛山。
啊，幽咽羌笛

何必吹弄《折杨柳》
这般如泣地哀怨，
那融暖春风
不愿吹过，这
荒凉苦寒的
——玉门关。

孟浩然

孟浩然（689—740），襄阳（今属湖北）人。世称"孟襄阳"。早年隐居鹿门山，后又隐居其祖居园庐。玄宗开元十六年（728），游长安，应进士举不第，还襄阳。后漫游吴越，穷极山水之胜。开元二十五年（737），张九龄镇荆州，招为幕僚，不久归居故园。背生疽疮且愈，逢王昌龄来访，相与饮酒甚欢，食鲜疾发而卒。

唐·王士源《〈孟浩然集〉序》称其"骨貌淑清，风神散朗"。终生布衣，喜好漫游，以隐逸闻名。继谢灵运之后，开唐代山水田园诗派之先，诗风与王维相近，历来"王孟"并称。其诗多表现隐逸情趣，以孤清恬淡见长，生前身后皆享有盛誉。有《孟浩然集》。

秋登万山寄张五①

北山白云里，　　隐者自怡悦②。
相望试登高，　　心随雁飞灭。
愁因薄暮起，　　兴是清秋发。
时见归村人，　　沙行渡头歇。
天边树若荠③，　　江畔舟如月。
何当载酒来，　　共醉重阳节④。

【注释】

①张五：名子容，排行五，隐居于襄阳岘山南约两里的白鹤山。孟浩然的园庐在岘山附近，因登岘山对面的万山远望张五，故写此诗致意。②"北山"二句：南朝梁·陶弘景《答诏问山中何所有》："山中何所有，岭上多白云。只可自怡悦，不堪持赠君。"此处从陶诗脱化而来。③"天边"句：意谓远远望去天边的树木如荠，显得细小。荠(ji)，草名。④重阳节：又叫"重九节"，我国传统节日，农历九月初九。古人认为九是阳数，两阳相重，故称"重阳"，旧时有登高、赏菊、饮酒的风俗。

【赏析】

这是一首怀人之作。诗人思念好友，故在薄暮时分登高瞻望，心绪随飞雁而远，逸兴由清秋而发，只为期望友人即时到来、共醉重阳佳节。那远望中所见的晚归的村夫、天边的树木、江畔的船只，看来似是闲笔，其实正衬托出诗人的孤独，见出热切的盼望和思念。全篇情随景生，景又衬情，情飘逸而景清淡，情景融和为一。

"天边树若荠，江畔舟如月"二句，乃是诗人不着力平淡自然写出，摹写物象超然入神，营造出一种静谧的气氛和淡远清寂的境界，与其"野旷天低树，江清月近人"（《宿建德江》）等诗句颇为近似，每每吟之，犹见舟泊江畔、月浸江心之景，让人心旷神怡。孟浩然的诗"淡"，但语淡味不薄，须仔细吟咏，才能品尝其味，如这首赠寄邀人诗。

【辑评】

[明]杨慎《升庵诗话》：《罗浮山记》云："望平地树如荠。"自是俊语。梁戴暠诗"长安树如

荠"，用其语也。后人翻之益工，薛道衡诗："遥原树若荠，远水舟如叶。"孟浩然诗："天边树若荠，江畔洲如月。"

[元]方回选、李庆甲集评《瀛奎律髓汇评》：纪昀：王、孟诗大段相近，而体格又自微别。王清而远，孟清而切。

【今译】

不远处，北山
悠游的白云在浮曳，
隐居的山人我
独自怡然欣悦。
为了远望你
试着登上高耸的山岭，
顿时，心随鸿雁
远远向天际飞灭。
一丝愁绪轻泛
因那迷蒙的暮色牵扯，
兴致勃然触发
由眼前的清朗山色。
不时地，望见

劳作一天的人们
三三两两，归向村舍，
有的行走沙滩
在渡口候船休歇。
看去，天边树林
细如一片芥草，
江边小船横泊
如一弯倒映的新月。
何时，载酒来
不负清秋的山朗水澈，
你与我畅饮
酣醉这重阳佳节。

夏日南亭怀辛大①

山光忽西落②，　池月渐东上。
散发乘夕凉③，　开轩卧闲敞④。
荷风送香气，　竹露滴清响。
欲取鸣琴弹，　恨无知音赏⑤。
感此怀故人，　中宵劳梦想⑥。

【注释】

①辛大：孟浩然的好友，姓辛，排行老大，生平不详。②山光：依山而落的夕晖。③散发：把头发披散。古时男子蓄发，挽在头顶。④轩：窗。闲敞：清静宽敞之处。⑤知音：战国秦·吕不韦等《吕氏春秋》载：春秋时，楚人钟子期通晓音律，能品出伯牙琴中的曲意。伯牙鼓琴，志在高山，钟子期曰"巍巍乎若太山"；志在流水，钟子期又曰"汤汤乎若流水"。后钟子期死，伯牙破琴绝弦，不复弹奏，认为世人再无知音。后世又称知己为"知音"。此处指辛大。⑥中宵：夜中。

【赏析】

此诗写夏日纳凉对故人的思念，表现出隐居的闲适情趣。山腰夕阳西落，池边明月东上，一头散发、一袭便衫，闲卧在门窗开敞的南亭。诗一落笔便写出一个悠闲自适的境界。更美妙的是乘凉时，荷风送香，淡而可嗅；竹丛坠露，细而可闻，其境界之静极、幽极，令人叹为清绝。这夏夜清幽绝俗，正宜操琴弹曲，却无知音聆听。一个"恨"字，夏夜的清幽变得沉寂了，悠闲的自得变得孤寂了，自然而然地落到了"怀人"。可见，孟浩然并非枯井古水微波不兴，内在里也有感情真挚的潜流。但这只是一缕淡淡的孤寂，并不妨碍幽寂夏夜之悠梦。

此诗"遇景入咏，不拘（钩取）奇抉异"（唐·皮日休《郢州孟亭记》），用语也清淡，自是一种闲淡疏豁的意趣。

【辑评】

[宋]刘辰翁《王孟诗评》：刘云：起处似陶，清景幽情，洒洒楮墨间。

[清]吴煊、胡棠《唐贤三昧集笺注》："卧闲敞"字甚新奇。"荷风"二句一读，使人神思清旷。

[清]沈德潜《唐诗别裁》："荷风""竹露"，佳景亦佳句也。外又有"微云淡河汉，疏雨滴梧桐"句，一时叹为清绝。

【今译】

西边，夕阳
落在远山的残霞余光，
素月依傍池水
渐渐地东上。
一头散发，一袭薄衫
乘这夏夜清凉，
闲卧里，亭窗
敞开一围静谧的空旷。
荷塘微风漾来
一阵暗送清香，
竹林清露，在坠

一滴一滴细脆地响。
如此良宵
真想拨弄琴弦
一曲吟唱，
可憾恨没有知音共赏。
不由暗生一缕
思念故人的惆怅，
这幽寂的夜
沉入我的梦吧
梦里——
将你悠悠地怀想。

夜归鹿门歌①

山寺钟鸣昼已昏，　鱼梁渡头争渡喧②。
人随沙岸向江村，　余亦乘舟归鹿门。
鹿门月照开烟树，　忽到庞公栖隐处③。
岩扉松径长寂寥④，　唯有幽人自来去⑤。

【注释】

①鹿门：在今湖北襄阳，在沔水南，与岘山隔汉江相望。据清·佚名《襄阳记》载："鹿门山旧名'苏岭山'。建武中，襄阳侯习郁立神祠于山，刻二石鹿夹神庙道口，俗因谓之鹿门庙，后以庙名为山名，并为地名也。"歌：即歌行，一种由古乐府发展而来、较自由灵活的诗体。②鱼梁：鱼梁洲。北魏·郦道元《水经注》："沔水中有鱼梁洲，庞德公所居。"③庞公：即庞德公，东汉隐士。初隐居岘山，荆州刘表屡次延请，不肯屈从，便携家登鹿门山，采药不返。④岩扉：山崖洞穴的门。⑤幽人：隐士，此作者自指。

【赏析】

鹿门山，自东汉高士庞德公拒绝征召、登山采药隐居后，便成为隐逸圣地。这首七言古诗，题为"夜归鹿门"，表明诗旨在行吟幽隐。前四句写暮还鹿门山，古刹晚钟的悠冥与尘世渡头的喧争，村民的踏沙返家与自己的乘舟归栖，娓娓写来，隐然相对，从中见出恬然自得。后四句写鹿门栖隐处，明月照开烟树，山门掩映松径，一片远离尘嚣的幽僻寂寥，映托出以山林为依、独来独往的隐士形象。

诗人用轻松洒脱的笔调，抒写高蹈出尘、隐逸淡泊的情趣，所写"幽人"虽过于孤寂，有一种脱尽尘世烟火的遁世情调，但这"清幽绝妙"的诗境中所蕴含的意趣，让人抚玩不已。清·翁方纲《石洲诗话》云："读孟公诗，且无论怀抱，无论格调，只其清空幽冷，如月中闻磬，石上听泉。"

【辑评】

[明]唐汝询《汇编唐诗十集》：唐云：浅浅说去，自然不同，此老胸中有泉石。

[明]周珽《唐诗选脉会通评林》：陈继儒曰：明月在天，清风徐引，一种高气，凌虚欲下。知此可读孟诗。

[清]刘邦彦《唐诗归折衷》：吴敬夫云："幽"之一字，非孟襄阳其谁与？

【今译】

山寺的晚钟，悠悠	洒照烟树雾林，
散入灰蒙黄昏，	忽地，来到夜宿处
鱼梁洲的渡口	东汉隐士庞德公
喧哗着争渡的人声。	曾在这里栖隐。
人们踏松软沙岸	岩穴，柴门
走向江边渔村，	对着古松掩蔽的小路
我，乘一叶小舟	隔世的寂静，
独自归往鹿门。	只有我，幽独地
鹿门山，一泻	自来自往——
明月清辉	徘徊在月下松径。

临洞庭上张丞相①

八月湖水平，　　涵虚混太清②。
气蒸云梦泽③，　　波撼岳阳城④。
欲济无舟楫⑤，　　端居耻圣明⑥。
坐观垂钓者，　　徒有羡鱼情⑦。

【注释】

①洞庭：在湖南北部、长江南岸，为我国第二大湖泊。上：呈。一题作《临洞庭湖》。②涵虚：空明的湖水。太清：天空。道家把天分为玉清、上清和太清三层。"涵虚混太清"指水天相接，混涵一体。③云梦泽：古时二泽名，梦泽在长江之南，云泽在长江之北。后大部分淤积成陆地，约为今洞庭湖北岸一带地区。④"波撼"句：洞庭湖面数百里，常多西南风，夏秋水涨，涛声喧闹如万鼓，昼夜不息。当风起涛涌，位于湖东岸的岳阳城仿佛被撼动。撼，摇动。岳阳城，今湖南岳阳市。⑤"欲济"句：古人常用舟楫济川比喻借人引荐而求仕。出自《书经·说命篇》："若济（渡）巨川，用汝作舟楫。"⑥端居：闲居。耻：有愧。⑦"坐观"二句：西汉·刘安等《淮南子·说林训》："临渊羡鱼，不如退而结网。"此处暗用古语表示有心出仕而无人援引之意。垂钓者，比喻为官执政者。羡鱼情，喻指自己求仕的愿望。

【赏析】

唐代干谒风气盛行，读书人为了进取科举仕途，常用自己的诗文拜谒达官贵人，以求其荐引。此诗当作于玄宗开元二十一年（733），孟浩然西游长安，呈献于当时丞相张九龄。为的是求荐，但又不能太刻露，于是诗人苦心孤诣地巧妙运用比兴，借"临洞庭"委婉表达自己不甘隐沦、干禄求仕之意。措辞不卑不亢，没有寒乞相，也无媚态，是一首极得体的干谒诗。前四句描写洞庭湖的浩瀚壮伟，也借以象征开元盛世，反衬出自己的闲居落拓。再由景入情，自然过渡到后四句的"欲济"无舟，观钓"羡鱼"，从而转入本题。作者求人援引的"赠"意含而不露，却又用意分明地表白出来。清·佚名《唐诗从绳》云："此篇望人援手，不直露本意，但微以比兴出之，幽婉可法。"

颔联"气蒸云梦泽，波撼岳阳城"，属对工整而浑若天成，景象开阔、气势雄浑，与杜甫的"吴楚东南坼，乾坤日夜浮"同为咏洞庭的名句。元·方回《瀛奎律髓》云："予登岳阳楼，此诗大书在序毯门壁间，右书杜甫诗，后人自不敢复题也。"

【辑评】

[宋]蔡绦《西清诗话》：洞庭天下壮观，骚人墨客题者众矣，终未若此诗颔联一语气象。

[明]邢昉《唐风定》：孟诗本自清澹，独此联气胜，与少陵敌，胸中几不可测（"气蒸"一联）。

[清]刘邦彦《唐诗归折衷》：唐云：气势在"蒸""撼"二字。

【今译】

八月，秋水盛涨　　　　　　　　　　浩浩淼淼与宽阔的两岸齐平，　　　　　　水边匍匐的岳阳城。

远水接着长天　　　　　　　　　可惜没有船桨

苍茫一色融浑。　　　　　　　　渡过这浩阔洞庭，

水气弥漫向云梦沼泽　　　　　　我，闲居已久

无边无际，蒸腾，　　　　　　　愧对盛世太平。

喧涌的波涛　　　　　　　　　　一旁，观看湖上垂钓者，

昼夜不息地摇滚　　　　　　　　徒然——

仿佛撼动了　　　　　　　　　　几分向往之情。

宿桐庐江寄广陵旧游①

山暝听猿愁②，　　　沧江急夜流③。

风鸣两岸叶，　　　　月照一孤舟。

建德非吾土④，　　　维扬忆旧游⑤。

还将两行泪，　　　　遥寄海西头。

【注释】

①桐庐江：钱塘江流经浙江桐庐县的一段，又称"桐江"。广陵：扬州的别称，汉代属广陵国，故称。②暝（míng）：昏暗。③沧：青绿色。④建德：桐庐邻县，今浙江建德县。土：故土。⑤维扬：扬州的古称。《尚书·禹贡》有"淮海惟（维）扬州"语，故称扬州为"维扬"。

【赏析】

孟浩然长安应试落第后，曾一度漫游江淮。此诗是乘舟去建德，停宿桐庐江时，思念广陵友人而作，悒悒不欢的失意淡入恻恻的思乡怀友之中。

此诗前写"宿"，后写"寄"，前景后情，用一"愁"字绾结。猿啼风鸣、急流孤舟与客中忆旧、两泪遥寄，均为渲染这"愁"而落墨，孤寂的羁思与清寥的景色两相渗透，意境清峭。孟浩然作诗不着力、不刻意，往往兴到笔随，浑然而就，一片清淡。此诗在用笔上也是清而淡，除"沧江急夜流""风鸣两岸叶"略有锤炼外，其余不甚用力，尤其后半抒情似脱口而出。诗中所写乃求仕落空后遥思友人，隐然有一缕孤寞感，然其景其情不见寒碜酸楚，仍然不失却孟诗特有的清远。

【辑评】

［宋］刘辰翁《王孟诗评》："一孤"似病，天趣自得。大有洗练，非率尔得者。

［清］沈德潜《唐诗别裁》：孟公诗高于起调，故清而不寒。

【今译】

暮色迷茫了山色　　　　　　　　啼唤着哀愁，

听，林猿声声　　　　　　　　　青苍的江水

在山峦黝黑的夹峙里
急急匆匆，流。
江风，萧萧掠过
两岸木叶冷飕，
明月淡淡
照着泊岸的孤舟。
将驶往的建德
美好，不是故土，

不由思念昔日
诗酒交游的扬州故友。
今夜，江水
浮载月光远去，
请将我两行清泪
一起——
流向大海西头。

与诸子登岘首①

人事有代谢②，　　往来成古今。
江山留胜迹③，　　我辈复登临。
水落鱼梁浅④，　　天寒梦泽深⑤。
羊公碑尚在⑥，　　读罢泪沾襟。

【注释】

①诸子：同游的众人。岘（xiàn）首：山名，湖北襄阳名胜之地。据唐·房玄龄等《晋书·羊祜传》载：西晋名将羊祜性乐山水，镇守襄阳时，常登岘山置酒言咏。曾对同游者喟然叹曰："自有宇宙，便有此山，由来贤达胜士，登此远望如我与卿者多矣，皆湮灭无闻，使人伤悲。"羊祜生前务修德政，死后，襄阳百姓于岘山建庙立碑，每年飨祭时，望其碑者莫不流涕，故名"堕泪碑"。②代谢：更替变化。③胜迹：名胜古迹，此指岘山羊祜碑等。胜，美好、优美。④鱼梁：鱼梁洲，见前《夜归鹿门歌》注。⑤梦泽：即云梦泽，见前《临洞庭上张丞相》注。⑥羊公碑：即堕泪碑。

【赏析】

孟浩然隐居襄阳时，常与友人登岘山，每有诗作。此诗即游览岘山名篇之一。前两联抒登临之慨。"人事有代谢，往来成古今"，凌空落笔，雄视古今，自然浑成而又深蕴哲理，为孟诗名句。颈联绘登临所见。纵目远眺，近洲远泽无不笼上一抹清寒空寂，添人一层伤感。尾联写登临所吊。羊公碑赫然在目，读罢，仰慕羊祜名垂千古，想到自己隐沦无为，两相对比，不由悲从中来。

可见，此诗旨不在探幽访胜，也不在乐山悦水，而在于吊古伤今。诗中人事沧桑之感悟、身世寂寞之悲叹与岘山古迹之凭吊三者融汇，旷放而寓感慨，通达而有伤叹，尽于平淡清远的描述中一气回旋。宋·刘辰翁评此诗："情景俱称，悲慨胜于形容，真岘山诗也。复有能言，亦在下风。"（明·高棅《唐诗品汇》引）

【辑评】

［清］范大士《历代诗发》：浩气回旋，前六句含情抱感，末一句一点，通体皆灵。

俞陛云《诗境浅说》：前四句俯仰今古，寄慨苍凉。凡登临怀古之作，无能出其范围。句法一气挥洒，若鹰隼摩空而下，盘折中有劲疾之势。

【今译】

人世间纷繁的事
生死，盛衰
无不交迭更新，
春往秋来，岁月流逝
演绎成古和今。
这岘山，遗留
前人美好的印迹，
今天，我辈又登临。
汉水清浅已落

现露出鱼梁沙汀，
长天一色
清寒低笼的云梦沼泽
更远，更深。
世事沧桑
羊公碑赫然犹存，
细细读罢碑文
热泪，落满衣襟。

过故人庄①

故人具鸡黍②，　邀我至田家。
绿树村边合③，　青山郭外斜④。
开轩面场圃⑤，　把酒话桑麻⑥。
待到重阳日⑦，　还来就菊花⑧。

【注释】

①过：造访。②具：备办。黍（shǔ）：黏黄米。③合：指四周树木稠密，连接成一片。④郭：古代城分内城、外城，外城称"郭"。⑤场：晒谷场。圃：菜园。⑥话桑麻：东晋·陶渊明《归园田居》："相见无杂言，但道桑麻长。"此化用陶诗句意。⑦重阳：见前《秋登万山寄张五》注。⑧就菊花：指赏菊。就，赴。

【赏析】

在这首诗里，看不到诗人隐居与求仕的矛盾苦闷，只有绿绕的村舍、横斜的山郭，只有面对晒谷场摆开一桌鸡黍，三杯两盏闲话桑麻。这是俨如世外桃源的农庄，是一片自然清新的天地，是一围安详闲适的气氛，率真纯朴的故人情谊与恬静秀美的田家风光，如此相融相洽。诗人一扫功名俗念，也丢开幽隐的孤寂，惬意地陶醉在其中。

此诗采用直书其事的手法，以省净轻松的笔调，将一次宴饮从邀请到把酒闲话到再约，平淡叙来，既不炫奇猎异，也不搔首弄姿，平易浅淡中充溢温馨的农家气息和淳厚的田园情趣，正如清·沈德潜《唐诗别裁》所称孟浩然诗"语淡而味终不薄"，于平淡见韵味。

【辑评】

[明]杨慎《升庵诗话》：孟集有"到得重阳日，还来就菊花"之句，刻本脱一"就"字，有拟补者，或作"醉"，或作"赏"，或作"泛"，或作"对"，皆不同。后得善本是"就"字，乃知

其妙。

[清]黄生《唐诗摘钞》：全首俱以信口道出，笔尖几不着点墨。浅之至而深，淡之至而浓……结句系孟对故人语，觉一片真率款曲之意溢于言外。

【今译】

老友杀鸡蒸黍　　　　　　　　面对谷场菜园
将丰美的饭菜备下，　　　　　把木桌竹椅摆架，
应盛情邀请　　　　　　　　　醇浓的米酒
我，欣然来到农家。　　　　　你一杯，我一杯
远远，树木环绕　　　　　　　闲话农事桑麻。
浓密绿荫　　　　　　　　　　噢，等到明年重阳
将村庄一围拥夹，　　　　　　篱边黄菊开时，
城外，青山横卧　　　　　　　我一定还来
与平阔的畦田相倚斜。　　　　与你，饮酒赏花。
撑开屋舍窗子

春　晓

春眠不觉晓，　　处处闻啼鸟。
夜来风雨声①，　　花落知多少②？

【注释】

①夜来：指昨夜。②知多少：不知有多少。

【赏析】

这首小诗自然清新，后人叹为"天籁"。它是一首春晨即兴之作，选取春眠初醒、拥衾而卧的片刻来写。通过卧室内诗人的耳闻和猜想，写枝头吱喳的鸟啼、夜半轻柔飘洒的风声雨声、庭院铺缀的点点落花，逗露出窗外、院外乃至整个天地间，那活泼、鲜润而生趣盎然的春光，从中也透露了诗人欣欣喜春而又淡淡惜春的心迹。

但是，这不是寻常浅薄的啼鸟落花情怀，它所表现的是"高人雅士"置身于纷扰的尘世之外，沉浸于春的律动中的一种释放、一种闲适，或者说是一种觅得大自然美趣的超然恬静。这首《春晓》，如明·钟惺《唐诗归》所云"通是清境"，读之，如饮醇醪，不觉自醉。

【辑评】

[明]唐汝询《唐诗解》：昔人谓诗如参禅，如此等语，非妙悟者不能道。

[清]黄叔灿《唐诗笺注》：诗到自然，无迹可寻。"花落"句含几许惜春意。

[清]李锳《诗法易简录》：亦具一气流转之妙。

【今译】

春睡，好沉　　　　　　　　　春风飘飘
不觉中醒来　　　　　　　　　春雨潇潇，
已晨光映窗的清晓，　　　　　今早，庭院一地湿润
窗外，远近起落　　　　　　　那落花片片
啁啾的啼鸟。　　　　　　　　不知——
昨夜依稀听得　　　　　　　　铺缀了多少？

宿建德江①

移舟泊烟渚②，　　日暮客愁新③。
野旷天低树，　　江清月近人④。

【注释】

①建德江：指新安江流经浙江建德一段的江水。②烟渚：水烟笼罩的小洲。③新：增添。④月：指江中倒映的月影。

【赏析】

一叶行舟停宿在迷蒙的烟洲，已是沉落的黄昏，望去，空旷的平野上低垂着苍茫的天宇，舟中旅人一缕客愁不由得渐生、渐增。正是客愁浓处，诗以"江清月近人"戛然而止，似乎孑身远游的行人，终于从近在咫尺的江心月影得到了慰藉。但是，在这孤月伴孤舟孤客的画面外，让人体味到的又似乎是，那愁心终是遣散不去，化入了粼粼不止的江流之中。

这首诗情景相生，思与境谐，建德江边那日暮烟渚、远天低树及江澄月影的恬静清丽与行舟客愁的沉寂孤清，竟如此相对、相映而又相契，达到了情景妙合的境界。而且篇中无余字，篇外有余韵，清清疏疏的几笔，使呈现出空茫不尽的江边暮色，含蕴了散漫于江天之间的无限客思。明·胡应麟《诗薮》称之为"神品"。

【辑评】

[清]张谦宜《茧斋诗谈》："低"字、"近"字，宋人所谓诗眼，却无造作痕，此唐诗之妙也。

[清]黄叔灿《唐诗笺注》："野旷"一联，人但赏其写景之妙，不知其即景而言旅情，有诗外味。

[清]刘宏煦《唐诗真趣编》："低"字从"旷"字生出，"近"字从"清"字生出。野惟旷，故见天低于树；江惟清，故觉月近于人。清旷极矣。

【今译】

行船，停泊在　　　　　　　　　　　烟水朦胧的沙汀，

暮色渐迷茫
一缕客愁蓦然而生。
原野空旷里
苍青天宇垂着
比近岸的树木

还低，还沉，
只有清澈的江心
月影，浮泛着滢滢温柔
与孤寂的我
——相亲相近。

李颀

李颀（？—753？），赵郡（今河北赵县）人。早年出入两京，结交贵友，希冀用世。不成，乃闭门十年，折节读书。玄宗开元二十三年（735）进士及第，任新乡县尉。久不得升迁，愤然而辞官，归隐东川田庄，醉心于学佛读经。

与高适、王维、王昌龄等多有唱酬。诗为盛唐名家，赠别诗、边塞诗、音乐诗均有佳作，尤以边塞诗著称。善七律、七古二体，辞调清秀洒脱，丽而不缛，豪不失粗，明·胡应麟《诗薮》称其"风骨高华"。有《李颀诗集》。

古从军行①

白日登山望峰火，　　黄昏饮马傍交河②。

行人刁斗风沙暗③，　　公主琵琶幽怨多④。

野营万里无城郭⑤，　　雨雪纷纷连大漠。

胡雁哀鸣夜夜飞⑥，　　胡儿眼泪双双落。

闻道玉门犹被遮⑦，　　应将性命逐轻车⑧。

年年战骨埋荒外，　　空见蒲桃入汉家⑨。

【注释】

①古从军行："从军行"为乐府旧题，此诗用它劝讽唐当代征战之事，为了避免犯忌，始加上一"古"字。②交河：故址在今新疆吐鲁番境内。因河水分流绕城，故名。唐时，置交河县。③行人：出征的人。刁斗：古代军中的铜制器具，白天煮饭，夜间用来敲击，代替巡夜报更的更柝。④公主琵琶：汉武帝时，为和亲，以公主远嫁乌孙（西域国名）王，沿途令人于马上弹奏琵琶，以抚慰其思乡愁情。⑤野营：一作"野云"。⑥胡雁：指西北边地的大雁。胡，古代对西北少数民族的通称。⑦"闻道"句：据西汉·司马迁《史记·大宛传》：汉武帝命李广利率兵攻大宛，欲取良马。士兵因饥寒攻战不利，李上书请求罢兵，武帝大怒，派使臣遮挡玉门关，下令："军有敢入者，辄斩之！"遮，关闭。⑧轻车：汉代有轻车将军、轻车都尉，这里泛指将帅。⑨"空见"句：据东汉·班固《汉书·西城传》：汉武帝为求天马（今阿拉伯良马）乱启战端，迫使大宛王禅封，答应每年向汉朝献良马两匹，汉朝使臣采葡萄、苜蓿种子而归，遍植于离宫别馆，弥望皆是。空，徒然。蒲桃，即"葡萄"。

【赏析】

李颀的边塞诗数量不多，而以这首《古从军行》享有声誉。诗采取层层推进的手法，从瞭烽饮马的紧迫到刁斗琵琶的幽怨、雨雪连漠的荒寒、胡儿泪落的凄苦，再到关门遮断、沙场死拼，全篇一句紧一句，句句蓄意，直到逼出最后的"年年战骨埋荒外，空见蒲桃入汉家"。年复一年，无数将士的血肉之躯，仅仅换得炫耀皇威的几株葡萄，如此轻率荒唐之举，发人警省。末两句，"战骨"与"蒲桃"一重一轻，通过强烈而寒颤人心的对照，严厉抨击了统治者为求一己之欲，猎取异域珍奇而视人命如草芥的残酷行径，对无辜战死的将士寄寓了深切的同情。

此诗嘲弄汉武帝的穷兵黩武，实则讥刺后代帝王的好大喜功、轻启战端。厌战怨征是这首诗的主旋律，因此诗中多叙征战的凄怨哀苦，少却从军的慷慨豪壮，格调虽也苍凉悲壮，但终是悲多于壮。

【辑评】

[清]沈德潜《唐诗别裁》：以人命换塞外之物，失策甚矣。为开边者垂戒，故作此诗。

【今译】

白天，登上山头
瞭望四面的烽火，
黄昏牵着战马
饮水来到交河。
夜晚，冷风呼啸黄沙
天地一片昏黑，
巡夜敲击的刁斗
夹着如泣的琵琶声
幽怨，太多。
这军营驻地
万里，一片荒野茫茫
不见半座城郭，
只有纷飞的雨雪
与大漠的昏黄
无边地浑然相合。

胡天的大雁
夜夜凄"唳"飞过，
胡地的士卒
也不耐凄寒，双泪啜啜。
听说玉门关已闭
归路断隔，
只须拼却性命
跟随将帅以死相搏。
一年，又一年
一堆堆尸骨
掩埋在了塞外荒漠，
换来的，只是
——几株葡萄
在汉宫禁苑栽落。

听董大弹胡笳弄兼寄语房给事①

蔡女昔造胡笳声②，　一弹一十有八拍③。
胡人落泪沾边草，　汉使断肠对归客④。
古戍苍苍烽火寒，　大荒沉沉飞雪白。
先拂商弦后角羽⑤，　四郊秋叶惊摵摵⑥。
董夫子，通神明⑦，　深山窃听来妖精。
言迟更速皆应手⑧，　将往复旋如有情。
空山百鸟散还合，　万里浮云阴且晴。
嘶酸雏雁失群夜，　断绝胡儿恋母声。
川为静其波，　鸟亦罢其鸣。
乌孙部落家乡远，　逻娑沙尘哀怨生⑨。

幽音变调忽飘洒，　　长风吹林雨堕瓦。

进泉飒飒飞木末，　　野鹿呦呦走堂下。

长安城连东掖垣⑩，　　凤凰池对青琐门⑪。

高才脱略名与利⑫，　　日夕望君抱琴至。

【注释】

①董大：唐代著名琴师董庭兰，排行老大，故称。胡笳：一种管乐器，汉代流行于塞北和西域一带，故称"胡笳"。"胡笳弄"为汉代名曲，是按胡笳声调翻为琴曲的。弄，曲调。房给事：房琯，唐肃宗时任给事中（宰相，门下省的长官），故称。董庭兰因善弹琴成为其门客，深得宠信。②蔡女：蔡琰，蔡文姬。据南朝宋·范晔《后汉书·董祀妻传》记载：博学有才，辨通音律。东汉末年，战乱中为董卓旧部羌胡兵所掳，流落南匈奴左贤王部，居十二年，并育有二子。其父蔡邕为曹操挚友，建安十八年（213）曹操重金将她赎回。有感于胡笳之音，翻胡笳调入琴曲，作《胡笳十八拍》。③有：通"又"，放在整数与零数之间。"十有八拍"即"十八拍"。拍：段、章。④归客：指自匈奴归汉的蔡文姬。⑤"先拂"句：轻轻拂拭琴弦，次序先从商弦再到角、羽弦。古琴七弦，配宫、商、角、徵、羽及变宫、变徵为七音。⑥摵摵（shè）：落叶声。⑦董夫子：指董庭兰。夫子，古代对男子的尊称。通神明：指董庭兰琴技高妙，能感动鬼神。⑧"言迟"二句：形容指法娴熟，得心应手。⑨"乌孙"二句：形容琴声哀怨，如汉、唐朝的公主思乡而幽怨。乌孙，西域诸国中的大邦。据东汉·班固《汉书》记载：汉武帝为了抚定西域，遏制匈奴，以牛马玉帛结好乌孙，并两次以宗女下嫁，订立和亲之盟。逻娑，吐蕃的都城，今西藏拉萨市。唐朝有文成公主、金城公主远嫁到吐蕃。⑩东掖：唐代京城皇宫面南坐北，门下省、中书省（朝廷两个首脑机关）分别地处禁中左、右掖（犹人的两腋）。门下省在左，故称"左掖"，也叫"东掖"。⑪凤凰池：中书省内的水池，因近幸皇帝而得名。青琐门：门下省的阙门。⑫脱略：轻慢，轻率。

【赏析】

这是一首七言古体长诗。诗的前六句叙述《胡笳十八拍》曲调来由、乐声哀婉；中间部分着力描绘董庭兰技艺高妙、琴声优美；最后四句赞美房琯雅好音乐、脱略名利。诗的内容与题目相切合，是一首较早描写音乐的佳作。

为了充分表现乐声的动听和琴技的高超，诗人驰骋丰富的想象力，将风云山川、鸟兽木石、清泉流水、历史陈迹一一拈来，用以形容琴声的种种变化，将难以言传的抽象的乐声，传神地描摹成一个个具体生动而美妙的形象。琴弦一拨动，秋叶就瑟瑟落下，山中精灵也前来窃听，散去的群鸟重新聚拢，阴沉的天空转而为晴，河水滞住了流淌，鸟儿不再啼鸣，天地万物都为琴声所感动。那琴声一会像雏雁嘶叫，一会像儿呼母声，时而是乌孙公主的悲叹，时而是文成公主的幽怨；突然之间，又像长风吹林、雨打屋瓦、飞泉射树、野鹿呦鸣。随着琴声的忽高忽低，忽强忽弱，诗人的运笔亦忽纵忽收，忽开忽合，可谓洋洋洒洒，淋漓尽致。清·吴煊《唐贤三昧集笺注》云："形容佳妙，比之白氏《琵琶行》等，亦自有一种奇气。"

李颀摹写音乐的诗有三首，这首《听董大弹胡笳弄兼寄语房给事》和《琴歌》《听安万善吹觱篥歌》，三首诗机杼相近，却写得春兰秋菊各具妙处。其描摹音乐的手法，实为后来的白居易、韩愈、李贺等人开启了先河。

【辑评】

[明]唐汝询《汇编唐诗十集》：吴逸一云：盛唐杰作如此篇者，亦不能多得。

[明]周珽《唐诗选脉会通评林》：周珽曰：翻笳调收入琴自文姬始，故先状其曲之悲，而后叙

董音律之妙，迟速应手，往旋有情。如下诸语无非摹写其通神明之处，盖酸楚哀恋之声能逐飞鸟，遏行云，灵感鬼神，悲动夷国，所奏真足高绝古今。至变调促节若风吹林，雨堕瓦，泉飒木末，鹿走堂下，说出变态，陡起精彩。殷璠所谓"足可歔欷，震荡心神"者，非胸中另具一元化，安能有此幽远幻妙？

【今译】

那是东汉乱世
才女蔡文姬
翻制了琴曲"胡笳声"，
一弹十八拍
每一拍繁声促音。
胡人泪落边草
不堪那哀音凄清，
闻之断肠，是
迎她归汉的使臣。
弹奏一声声里
古老的戍台
烽火笼下青黑的寒静，
无边大漠，飞雪
洒落苍白的阴冷。
现在，一拂琴弦
曲调初起时
轻轻迟缓，低沉，
惊起郊野秋风秋叶
坠落纷纷。
这，是董庭兰
琴技高超感泣鬼神，
引得深山精灵
悄悄来偷听。
指法缓急得心应手，
回旋往复里
每一音都婉曲含情。
空寂的山林中
散去的鸟群又聚拢，
万里远天
一片浮絮轻阴转晴。
这琴声，好像

失群的雏雁
漆黑夜里哀叫不宁，
胡儿哭唤生母
一阵阵撕肺揪心。
只为琴声凄恻
河水，平息了波涛，
百鸟停止啼鸣。
又好像遥远的
异域部落
鸟孙公主思乡低吟，
远嫁吐蕃的文成公主
哀怨荒漠沙尘。
突然，这幽咽声
变得轻快爽明，
如一阵疏雨
飘洒冷碧的檐瓦，
似浩浩长风
吹过阵阵涛声的松林。
又似飒飒，树梢
泻下一泉幽清，
华屋高堂前
惊起野鹿呦呦飞奔。
噢，长安京都
凤凰池对着青琐门。
宰相您才德高尚
淡泊利与名，
晨光暮霭里
只盼抱琴而至的董君，
聆听不厌
——这美妙琴声。

綦毋潜

綦毋潜（692？—749？），字孝通，一作季通，虔州（今江西赣县）人。玄宗开元十四年（726）进士，授宜寿尉，官至著作郎。以名位不达，挂冠归隐。游历于江淮一带，不知所终。

才名盛于当时，与王维、李颀、韦应物等过从甚密，多有交游酬唱。其诗清丽幽秀，善写方外之情、山林之景，流露出追慕隐逸的情趣。《全唐诗》存其诗一卷。

春泛若耶溪①

幽意无断绝②，	此去随所偶③。
晚风吹行舟，	花路入溪口。
际夜转西壑④，	隔山望南斗。
潭烟飞溶溶⑤，	林月低向后。
生事且弥漫⑥，	愿为持竿叟。

【注释】

①若耶溪：在今浙江绍兴市东南。相传是西施浣纱处，溪水清澈如镜，为游览胜地。②幽意：指避世幽居、放任自适的意愿。③偶：遇。④际：至。⑤溶溶：月下水雾蒙蒙的样子。⑥生事：人事，世事。

【赏析】

此诗约作于诗人南游江淮之际。一个春溪花月之夜，诗人于若耶溪荡漾轻舟，不由滋生出超然出世的逸兴，写下了这首幽秀脱俗的诗。

诗的前八句紧扣题中"泛"字而写，在轻舟曲折的漂流中，随时间推移不断转换景色，花路溪口、西壑南斗、潭烟溶溶、林月低后，可谓绘景如画，而且烘染出一种意境：与嚣嚣世事相隔绝的清雅、幽寂和迷蒙。置身于其中的泛舟人，自然转出了"愿为持竿叟"的心迹，末两句抒发了对山林潇散生活的追慕。诗人的幽清逸趣给若耶溪抹上了一层孤清幽静的色彩，但幽清而不荒僻，静谧而不沉寂，因为随舟行景移，在画面的不断跳跃中呈现出恍惚流走的动势，有一种清悠缥缈的美。唐·殷璠《河岳英灵集》称綦毋潜诗"举体清秀，萧萧跨俗"，于此诗可见。

【辑评】

[明]周珽《唐诗选脉会通评林》：陈继儒曰：遗其形迹，动乎天机，诗至此进乎技矣。

[清]范大士《历代诗发》：景色佳胜，呈露笔端。

[清]王闿运《王闿运手批唐诗选》：真景实赋，便成奇句。

【今译】

不曾断绝，追慕　　　　　　　　今夜，随所遇
放任自适的幽独，　　　　　　　顺一溪碧水漂流。

晚风习习
吹送一叶轻舟，
缓缓地荡入了
春花夹岸的溪口。
夜色渐深时，忽地
转出西边山谷，
隔着层叠如屏的山峦
望见远处天际
缀着闪烁的南斗。
溪上，淡淡水雾
溶进淡淡月光

在夜色里飘忽流走，
岸边的林梢
挂一轮清莹明月
悄悄退向船后。
啊，世事茫茫
恰是这水面
弥漫如幻的轻烟薄雾，
不如——
远离嚣喧的尘世
做这若耶溪上
悠闲自得的钓鱼叟。

王昌龄

王昌龄（698？—756？），字少伯，京兆长安（今陕西西安）人。世称"王江宁""王龙标"。家境贫寒。玄宗开元十五年（727）进士及第，授秘书省校书郎。登博学宏词科，超绝群伦，迁汜水尉。越数年，以事贬岭南。北返，改任江宁丞。天宝六年（747）因受谤毁，以"不护细行"（《旧唐书》本传）被贬为龙标尉。安史乱起，还归乡里，道出濠州，触忤刺史闾丘晓，被其所杀。

以诗名重一时，所作多边塞、宫怨、闺情、送别之篇什，善用洗练的语言表达丰厚的情致，意味深婉而格调清奇俊爽，时称"诗家夫子王江宁"。尤擅长七绝，后人称之为"七绝圣手"，明·王世贞《艺苑卮言》云："与太白争胜毫厘，俱是神品。"有《王昌龄集》。

从军行（其二）①

琵琶起舞换新声②，　总是关山旧别情③。
撩乱边愁听不尽④，　高高秋月照长城。

【注释】

①王昌龄《从军行》共七首，非一时一地所作，因用同一乐府旧题，又同为七绝，清·彭定求等编《全唐诗》乃汇为一组。此诗为其二。②新声：新的曲调。声，乐曲。③关山：泛指关隘山川，此指征人的故乡，也双关感伤别离的《关山月》曲调。唐·吴兢《乐府古题要解》云："《关山月》，伤离也。"④边愁：士卒久戍边塞的愁绪。

【赏析】

此诗通过描述军旅生活的一个片断——军中宴乐，来表现征人的边愁。前三句一波三折："琵琶起舞换新声"，新翻曲调该给人新鲜的情趣，可"总是关山旧别情"，依旧别情该是乏味，却"撩乱边愁听不尽"。就在征人们沉浸这幽怨、酸楚抑或悲壮的军中宴乐中时，一举头"高高秋月照长城"。顿时，那莽莽苍苍的中天皓月、古老雄关，唤起了征人的豪气热血，还有忧怨和悲凉。结尾宕开的一笔，将情入于景中，"以不尽尽之"（清·刘熙载《艺概》），使前面波折回旋的诗情至此达到升华。此诗之臻于七绝上乘之境，除了音情曲折跌宕外，则在于这绝处生姿的一笔。

这首诗所抒写的边愁，是征人内心深沉而复杂的情感，它既是久戍思归而不得归的哀怨，也未尝没有边患未除、边功未建的心意不平，所以此诗苍凉而不乏明快。明·周珽《唐诗选脉会通评林》引周敬语指出它"音调酸楚"的一面，未免失之单薄。

【辑评】

［清］王闿运《王闿运手批唐诗选》：以"新""旧"二字相起，有无限情韵，俗本作"离别"，便索然矣。

［清］黄叔灿《唐诗笺注》："撩乱边愁"而结之以"听不尽"三字，下无语可续，言情已到尽头处矣。"高高秋月照长城"，妙在即景以托之，思入微茫，似脱实粘，诗之最上乘也。

【今译】

蹁跹起舞

琵琶奏出新的乐声，

军营回荡里

总是依旧的关山别情。

这新曲旧情

撩乱征人的愁绪

一遍一遍听不尽，

抬头，中天

秋月高高悬着

苍苍茫茫

照着——

古老绵亘的长城。

从军行（其四）

青海长云暗雪山①，　　孤城遥望玉门关。

黄沙百战穿金甲②，　　不破楼兰终不还③。

【注释】

①青海：湖名，在今青海西宁市。此处泛指唐朝与吐蕃接壤的西部边城。雪山：即今甘肃祁连山。因终年积雪，故名。②穿：磨穿。③楼兰：汉时西域国名，在今新疆鄯善县。据东汉·班固《汉书·傅介子传》载：西汉武帝时，楼兰王交结匈奴，屡次拦杀汉朝派往大宛的使臣，傅介子奉大将军霍光之命，用计刺杀楼兰王而返。后"楼兰"成为外族敌人的代称。此处借用其典故，意指消灭敌人。

【赏析】

盛唐国势强大，屡屡对外用兵，诗人笔下出现了不少反映边塞征战的作品。这些边塞诗，更多的是讴歌戎马征戍，意气昂扬，也有怨征厌战、慨叹悲凉的一面，无论是慷慨高歌，还是幽怨哀叹，再现的都是那个时代的画面。这首《从军行》当属前者。

此诗出笔遒劲，漫漫长云，遮暗了连绵的雪山。阔远而阴沉的景色中暗含了边陲战势的严峻，悲壮有力地衬托出荒寂无依而又岿然不动的"孤城"，也为戍守者"遥望"的一怀乡思，渲染了黯淡渺远的气氛。三、四句由此转入抒情，上句"黄沙百战穿金甲"，将环境之荒寒、敌人之强悍和战斗之频繁激烈概写无遗，反跌出下句"不破楼兰终不还"的壮烈誓言。这誓言因为有前面"长云暗雪山"之冷峻、"遥望玉门关"之凝愁、"黄沙百战"之惨烈的衬托，才显出如此慷慨悲壮，如此铿锵有力，字里行间依稀听得见战马的嘶鸣、刀枪的撞击，撼人心魄。此诗历来脍炙人口，正在于此。

【辑评】

[清]沈德潜《唐诗别裁》：作豪语看亦可，然作归期无日看，倍有意味。

[清]黄叔灿《唐诗笺注》：玉关在望，生入无由，青海雪山，黄沙百战，悲从军之多苦，冀克敌以何年。"不破楼兰终不还"，愤激之词也。

刘永济《唐人绝句精华》：写思归之情而曰"不破楼兰终不还"，用一"终"字而使人读之凄然。盖"终不还"者，终不得还也，连上句金甲着穿观之，久戍之苦益明，如以为思破敌立功而归，则非诗人之本意矣。

【今译】

青海湖，阴云　　　　　　　浴血的疆场
漫漫沉沉地　　　　　　　　黄沙茫茫
遮暗寒光绵延的雪山，　　　将士们身经百战
孤零的边城　　　　　　　　铁甲已磨穿，
岿然耸立，相望　　　　　　但是，不扫灭敌人
遥远的玉门关。　　　　　　——不回还！

出塞（其一）①

秦时明月汉时关②，　　万里长征人未还。
但使龙城飞将在③，　　不教胡马度阴山④。

【注释】

①出塞：一作《从军行》，乐府旧题，以边塞为内容。②"秦时"句：此句秦月、汉关互文见义，意即秦汉时的明月照在秦汉时的边关。③但使：如果。卢城飞将：指汉将李广。西汉·司马迁《史记·李将军列传》载：李广镇右北平，英勇善战，威震四方，被匈奴称为"飞将军"，避之数年而不敢入塞。这里化用典故，泛指扬威边塞、勇武善战的将领。龙城，即卢龙城。今河北喜峰口一带，时为汉代右北平郡所在地。④胡马：指侵扰边境的匈奴的战马。胡，见李颀《古从军行》注。阴山：长城外横亘于今内蒙古境内的山脉，东与兴安岭相接，是古代北方抵御外侵的天然屏障。

【赏析】

此诗被誉为唐人七绝压卷之作，清·施补华《岘佣说诗》云："意态雄健，音节高亮，情思悱恻，令人百读不厌也。"

玄宗后期政治昏庸，边将无能，致使战事常常失利。诗人针对当时的现实，在诗中发出了劳师力竭不能凯旋、若得良将边烽自息的感叹。其诗的主旨本平常，但诗人匠心独运，于首句见奇妙。明月、边关，原是边塞诗中的常用语，可一旦加上"秦""汉"二字，以秦月汉关互文见义，则变得奇警峭拔了。诗人从千年以前、万里之外下笔，仅用七个字，囊括了极悠阔的时空，形成一种雄浑苍茫的意境。一下把眼前的明月关塞，与秦代筑关备胡、汉代守关御敌的众多战争的历史联系起来，于是那"万里长征人未还"，成了从秦汉以来绵历世代的悲剧，那"但使龙城飞将在，不教胡马度阴山"，也成了从古至今世代的共同愿望。这一"发兴高远"的首句，气势雄阔、意境浑远而音节亢亮，足以统摄全篇，成为千古绝唱。

【辑评】

[明]杨慎《升庵诗话》：此诗可入神品。"秦时明月"四字，横空盘硬语也。

[明]吴烻《唐诗直解》：惨淡可伤。结句出人意表，盛唐气骨。

[清]施补华《岘佣说诗》："秦时明月"一首，"黄河远上"一首，"天山雪后"一首，皆边塞名作，意态雄健，音节高亮，情思悱恻，令人百读不厌也。

【今译】

明月，依旧	未能回还。
是秦汉时的明月	如果，威震边城的
苍茫照临着	飞将军李广还在，
秦汉时的古老边关，	决不会让
从古至今	侵扰疆土的敌骑
万里远征的将士	越过这——
戍守这关塞	天然屏障阴山。

采莲曲（其二）①

荷叶罗裙一色裁，　芙蓉向脸两边开②。
乱入池中看不见③，　闻歌始觉有人来。

【注释】

①采莲曲：属乐府清商曲辞，清·王琦《李太白文集》注："《采莲曲》起梁武帝父子，后人多拟之。"②"荷叶"二句：清·黄叔灿《唐诗笺注》："梁元帝《碧玉诗》'莲花乱脸色，荷叶杂衣香'，意所本。"罗，轻薄柔软的丝织品。一色裁，罗裙裁得和荷叶一样的绿色。芙蓉，荷花的别称。③乱入：杂入，混入。

【赏析】

此诗恰是一幅秀丽艳美的江南水乡《采莲图》，扑面一阵清新自然的荷风。开头两句令人称绝，罗裙与荷叶一色，粉脸与芙蓉同艳，色彩的相配相谐、人荷的交相辉映，给人以怡然悦目的美。第三句写"入"而不见，将前面所描写的融合成花人合一的浑然境界。就在这是花是人寻望莫辨的惊奇怅惘之际，"闻歌始觉有人来"。结尾一句，与唐·崔国辅《小长干曲》"菱歌唱不彻（尽），知在此塘中"同具生动意趣，它顿生灵秀，使满塘生气拂拂，并随那清脆甜美的菱歌飘溢出画面之外。

李白的《采莲曲》："若耶溪边采莲女，笑隔荷花共人语。日照新妆水底明，风飘香袂空中举。"对其情态容貌的描摹不乏生动，但略嫌实了。不及此诗运用映衬手法写美丽的采莲少女，始终不让她们粲然呈露，而是将其掩映在十里莲塘之中，若隐若现，忽出忽没，引人几多遐想、几多心往。

【辑评】

[明]钟惺《唐诗归》：从"乱"字、"看"字、"闻"字、"觉"字，耳、目、心三处参错说出情来，若直作衣服容貌相夸示，则失之远矣。

[明]顾璘《批点唐音》：此篇纤媚如晚唐，但不俗，故别。

[明]周珽《唐诗选脉会通评林》：容貌服色与花如一，若不闻歌声，安知中有解语花也？景趣天然，巧绝、慧绝。

【今译】

荷叶，碧碧
罗裙，绿绿
好似一色剪裁，
灿然荷花依着脸颊
向两边盛开。
忽地，采莲人
融入一池粉莲绿荷

不见，让人疑猜，
只听得——
清静的池塘中
菱歌悠然飘起
哦，才知道
是采莲少女划着小船
从荷丛缓缓移来。

长信秋词（其三）①

奉帚平明金殿开②，　且将团扇共徘徊③。
玉颜不及寒鸦色④，　犹带昭阳日影来⑤。

【注释】

①本题共五首，此为其三，宋·郭茂倩《乐府诗集》收之，题为《长信怨》。②奉帚：手捧扫帚，意指洒扫庭院。西汉·班婕妤《自悼赋》有"供洒扫于帷幄兮"句。③将：拿，握。团扇：圆形的绢扇。相传班婕妤作《团扇诗》云："新裂齐纨素，鲜洁如霜雪。裁为合欢扇，团团似明月。出入君怀袖，动摇微风发。常恐秋节至，凉飙夺炎热。弃捐箧笥中，恩情中道绝。"全诗以秋扇见弃喻君恩中断。此处暗用其诗意。④玉颜：如玉的容颜。寒鸦：寒秋时节的乌鸦。⑤昭阳：汉宫殿名。日影：日光。古代常以日喻君主，此喻指皇帝的恩宠。

【赏析】

东汉·班固《汉书·外戚传》载：汉成帝时，班婕妤秀美有文才，深得宠幸。后成帝转宠赵飞燕姊妹，班婕妤恐日久见危，自求供奉太后于长信宫，乃作《自悼赋》《团扇诗》以自我伤叹。此诗拟托长信故事加以渲染，写唐代宫妃的不幸和幽怨，揭示出金殿玉阶后面的冷酷。

团扇，秋来弃捐不用，而人、扇同命，相与徘徊；玉颜，美丽洁莹，却不及寒鸦犹沐"日影"。诗人用寓意丰富的事物与失宠宫妃相对相衬，将其幽怨凄哀委婉托出。唐人孟迟《长信宫》有"自恨身轻不如燕，春来还绕御帘飞"句，与此诗"玉颜不及寒鸦色，犹带昭阳日影来"相似，都是采用深入一层的写法，不说己不如人，而叹人不如鸟。但孟诗"春燕"轻盈巧丽与美人相近，而此诗中的"寒鸦"却与玉颜相反，一黑一白、一丑一美，反衬极鲜明强烈，故其比喻更见新异，语意更见深婉，蕴涵也更为丰富。清·沈德潜《唐诗别裁》称赏云："优柔婉丽，含蕴无穷，使人一唱而三叹。"

【辑评】

[清]黄生《唐诗摘钞》：此等诗要识其章法错叙之妙，看其如何落想，如何用笔，作者当时必

非率然一挥而就者。

[清]焦袁熹《此木轩论诗汇编》："玉颜不及寒鸦色，犹带昭阳日影来。"玉颜如何比到寒鸦，已是绝奇语，至更"不及"，益奇矣。看下句则真"不及"也，奇之又奇。

[清]朱庭珍《筱园诗话》：用意全在言外对面，寓人不如物之感，而措词微婉，浑然不露，又出以摇曳之笔，神味不随词意俱尽。十四字中兼有赋比兴三义，所以入妙，非但以风调见长也。

【今译】

晓色微明中　　　　　　　　啊，美貌不如
金碧的宫门层层拉开，　　　丑陋的黑鸦
手捧扫帚　　　　　　　　　枉自如玉一般洁白，
洒扫庭院玉阶，　　　　　　瞧，那黑鸦
暂且轻摇一柄团扇　　　　　沐浴着——
一步一曳　　　　　　　　　昭阳宫的阳光
独自与它徘徊。　　　　　　正从殿檐上飞来。

闺　怨

闺中少妇不知愁①，　春日凝妆上翠楼②。
忽见陌头杨柳色③，　悔教夫婿觅封侯④。

【注释】

①不知愁：一作"不曾愁"。②凝妆：盛妆。翠楼：青楼。古代富贵人家的楼阁多饰以青色，这里因平仄用"翠"字，也与少妇的身份和春天的季节相合。③陌头：路边。④觅封侯：指从军远征、建立边功而求取封侯。

【赏析】

这是一个明媚的春日，美丽无忧的少妇，精心梳妆后登上自家翠楼。倚楼闲望时，忽见墙外路边的杨柳已绽出了新绿，春心不由蓦然一动：当初丈夫从军，依依折柳送别；眼前独守闺房，空对春光丽景；往后，如花的容貌将枯槁在年复一年的空寂等待中。于是平日里隐隐不曾触发，而此刻感受异常强烈的那孤独、寂寞、伤心和懊悔，不可抑制地一齐涌了上来，凝合成一句："悔教夫婿觅封侯"。此诗妙在正题反作，写的是"闺怨"，却用"不知愁"下笔，从"春日凝妆上翠楼"的怡然，到"忽见陌头杨柳色"的伤感，一波三折，最后才收落到"悔"，点明闺怨。可谓"深情幽怨，意旨微茫，令人测之无端，玩之不尽"（清·沈德潜《唐诗别裁》）。

这首《闺怨》和《长信秋词》，皆体现了王昌龄七绝构思精巧、立意殊新而情韵永长的特色，同为久负盛誉的佳作。

【辑评】

[明]周珽《唐诗选脉会通评林》：周珽曰：情致语，一句一折，波澜横生。

[清]黄生《唐诗摘钞》：感时恨别，诗人之作多矣，此却以"不知愁"三字翻出后二句，语境

一新，情思婉折。闺情之作，当推此首为第一。

刘永济《唐人绝句精华》：诗人笔下活描出一天真"少妇"之情态。

【今译】

深深庭院　　　　　　　　忽然，望见路边
闺阁美丽的少妇　　　　　绽满了新绿
不知烦恼忧愁，　　　　　一行春色杨柳，
明媚春光里　　　　　　　噢，真后悔
浓妆艳抹，婷婷地　　　　当初让丈夫从军远征
登上小翠楼。　　　　　　求取什么封侯。

芙蓉楼送辛渐（其一）①

寒雨连江夜入吴②，　　平明送客楚山孤③。
洛阳亲友如相问，　　一片冰心在玉壶。

【注释】

①芙蓉楼：原名"西北楼"，故址在江苏镇江西北角，登临可俯瞰长江。辛渐：作者任江宁（今南京）县丞时的诗友，事迹不详。此次辛渐从润州（今江苏镇江）北上洛阳，王昌龄于芙蓉楼饯别，赋诗二首，此为其一。②吴：周代诸侯国，今长江下游一带。芙蓉楼所在镇江古属吴地。③楚：周代诸侯国，原在今湖北、湖南北部，后地域有所扩大。辛渐北入洛阳的路途经楚地。

【赏析】

据元·辛文房《唐才子传》载，王昌龄曾因不拘小节而招致"谤议沸腾，两窜（贬逐）遐荒"。此诗写于第一次被贬岭南，遇赦归来后江宁县丞任上。

诗题为"送"别，故诗的前半，以眼前苍茫的江面和远处孤屹的楚山，渲染并烘托送别时的凄迷孤寒。但是诗人并不着意写离别，接下一个跳跃，诗旨转落到后半的嘱托之语。南朝宋·鲍照《代白头吟》曾以"清如玉壶冰"比喻操守清白，王昌龄点化而来，铸为新词，以更丰富的想象创造出内涵更深的意象："一片冰心在玉壶"。心如冰一样清、一样洁，而清洁如冰的心又蕴置在晶莹剔透的玉壶之中，这是多么无纤尘、无瑕玷的表里。当时，诗人正处于众口交毁的逆境中，从玉壶中捧出的冰心，不只是以光明磊落、廉正清白的自喻告慰洛阳亲友，也表现了诗人高节卓然、蔑视群小的孤介傲岸。同时，这玉壶冰心与江天孤山有意无意地前后对应，使诗中着意的烘托和深婉的用意，都融汇在一片清空意境中，宕出远神。此诗不愧为七绝中的"神品"。

【辑评】

［清］黄生《唐诗摘钞》：古诗"清如玉壶冰"，此自喻其志行之洁，却将古句运用得妙。

［清］王士祯《唐人万首绝句选评》：唐人多送别妙作。少伯诸送别诗，俱情极深，味极永，调极高，悠然不尽，使人无限流连。

［清］黄叔灿《唐诗笺注》：下二句托寄之言，自述心地莹洁，无尘可滓。

【今译】

昨夜沥沥细雨　　　　　　　　到了洛阳京城
连着一江秋水寒意　　　　　　亲友们如问我的境况，
迷茫了东吴，　　　　　　　　可告诉他们：
清晨，芙蓉楼　　　　　　　　我的这颗心
为你饯行　　　　　　　　　　恰似——
远处一片楚山　　　　　　　　一块纯净的冰
突屹着青苍的凄孤。　　　　　盛放在洁莹玉壶。

祖 咏

祖咏（699？—746？），洛阳（今属河南）人。玄宗开元十二年（724）进士，久未授官。曾因张说推荐，任驾部员外郎，不久，离京归居汝坟别业，以渔樵自终。王维《赠祖三咏》云："结交二十载，不得一日展。贫病子既深，契阔余不浅。"可知其一生流落不遇的境况。

与王维、王翰交谊颇深，多有唱酬。诗以游历、赠别为主，多借状绘自然山水，抒写隐逸生活。作诗笔墨省净，用思良苦，气格虽不高，但韵调脱俗。有《祖咏集》。

望 蓟 门①

燕台一望客心惊②，　　笳鼓喧喧汉将营。
万里寒光生积雪，　　三边曙色动危旌③。
沙场烽火侵胡月，　　海畔云山拥蓟城。
少小虽非投笔吏，　　论功还欲请长缨④。

【注释】

①蓟（jì）门：又称"蓟丘"，在今北京市德胜门外。蓟，周代为诸侯国燕的都城。②燕台：即幽州台。见陈子昂《登幽州台歌》注。一望：一作"一去"。③三边：古称幽州、并州、凉州为"三边"。此泛指当时东北、北方、西北边防地带。危旌：高悬的旌旗。④"少小"二句："投笔吏"，南朝宋·范晔《后汉书·班超传》载：东汉班超少时家贫，以做小吏给官府抄写文书谋生，曾叹息说："大丈夫无他志略，犹当效傅介子、张骞立功异域，以取封侯，安能久事笔砚间乎！"后投笔从戎，平定西域三十六国，被封为定远侯。"请长缨"，东汉·班固《汉书·终军传》载：汉武帝时，南越割据政权尚未归附，终军自请出使南越，表示："愿受长缨，必羁南越王而致之阙下。"后遂用"请缨"指投军报国。此处以班超、终军作比，抒写慷慨从戎、为国建立奇功的抱负。

【赏析】

蓟门，当时是唐代内地通往东北边塞的军事重镇，屯扎重兵。诗人登临燕台遥望蓟门，正值唐王朝国力鼎盛时期，山川雄伟，军威强大，不由激发起立功报国的意愿，遂写下这首洋溢盛唐时代精神的诗歌。诗的开篇"燕台一望"，点明诗题。一望而心"惊"的，是帐营中的吹笳击鼓、喧声盈天，是戍楼上的曙色初临、晓风拂旗，是北国风光的积雪生辉、寒气逼人；也是边界征战的狼烟冲天、侵逼明月，是蓟门边城的云山环拱、雄兵屯聚。其意境之阔大，气象之雄浑，令人目眩心惊！如此壮观的景物、显赫的军容，诗人内心油然而生一种报国激情，于是结尾迸发出"少小虽非投笔吏，论功还欲请长缨"的豪言壮语。这首诗从边地战事落笔，勾画出雄阔的山川形胜，抒发了慷慨从戎的壮怀，读来令人奋发激越。

此诗全篇紧扣一个"望"字，写登台的望中所见所感，意脉承转不借助虚字，于笔墨凝练中一气贯下，此即盛唐诗家擅用的"潜气内转"技法。

【辑评】

[明]李攀龙《唐诗训解》：此因临边而有志于立功也。次联语顿挫又雄壮。

［清］吴煊、胡棠《唐贤三昧集笺注》：气格雄浑，以为盛唐正声洵然。

［清］吴瑞荣《唐诗笺要》：格调高秀，自不待言。"生""动""侵""拥"，皆炼第五字。

【今译】

登上幽州台
一望，魄动心惊，
声声胡笳金鼓
喧沸在大将帐营。
万里原野
烁烁寒光生于积雪，
旌旗猎猎
在边地曙光中
飞动军威的严整。

沙场的烽火浓烟
直逼中天月明，
渤海边，雾岭云山
拥覆着蓟丘边城。
年少时不曾
投笔从戎，
若论功名，如今
还是想——
自请缚敌的长缨。

终南望余雪①

终南阴岭秀②，　积雪浮云端。
林表明霁色③，　城中增暮寒④。

【注释】

①终南：秦岭山脉之一，在长安城南。此题意为：于长安城中望终南山余雪。清·彭定求等编《全唐诗》此诗题下有小注："有司试此题，咏赋四句即纳，或诘之，曰'意尽'。"②阴岭：北面的山岭。山北背阳，故曰"阴"。③林表：林梢。霁（jì）色：雨雪后天晴的日光。④增暮寒：俗话说"下雪不冷化雪冷"，积雪融化又值气温降低的黄昏，故寒气倍增。

【赏析】

这是一首唐代科举考试的"试帖诗"。据宋·计有功《唐诗纪事》：此诗是祖咏在长安应试时所作，本限定为五言六韵十二句，但祖咏只写此二韵四句便交卷，考官问为何未作完，答曰："意尽。"考官不悦，遂落第。而正是这意尽言止，使这首诗流传至今。

或认为："'浮'字极好，诗亦佳绝，但只赋得积雪，不赋得余雪。"（明·李攀龙《唐诗选》引）此说然也，亦不尽然。从长安远望终南山，只见北岭清润秀朗，山顶积雪尚未融化尽，一抹寒光烁烁，仿佛在云端浮动。一个"浮"字极好，写远望中的错觉，使积雪浸润的终南山呈现出飘逸的峻美。这前两句已将题中的"终南望余雪"五字都写到了，但意犹未尽，于是后两句在"余雪"上尽情发挥。林梢闪现霁色，故积雪融化；融雪又值日暮，故寒气倍增。这后两句写晴光、寒气，从视觉和感觉作具体描述，进一步将"余雪"二字补充完满。诗写到这里，"终南余雪"的秀色尽呈眼前，其寒气也凛凛侵人，确实"意尽"了。意尽则言止，所以诗人两韵四句便辍笔，不再作赘续，真不失为一首凝练而丰盈的好诗。

【辑评】

[明]高棅《增订评注唐诗正声》：凛凛有寒色。

[清]高步瀛《唐宋诗举要》：《渔洋诗话》曰：古今雪诗，惟羊孚一赞，及陶渊明"倾耳无希声，在目皓已洁"，及祖咏"终南阴岭秀"一篇，右丞"洒空深巷静，积素广庭宽"，韦左司"门对寒流雪满山"句，最佳。

俞陛云《诗境浅说续编》：用流水对句，弥见诗心灵活。

【今译】

望去，终南山北岭　　　　　　洒照着山林

清朗苍秀一片，　　　　　　　冷光在树梢烁闪，

山巅覆盖积雪　　　　　　　　此时——

仿佛浮动在云端。　　　　　　长安城里

一抹初晴夕晖　　　　　　　　更添傍晚的清寒。

王 维

　　王维（701? —761），字摩诘，蒲州（今山西永济）人。曾寓居洛阳和嵩山东溪。玄宗开元九年（721），二十一岁中进士，任大乐丞。因伶人舞黄狮子坐罪，贬为济州司仓参军。开元二十五年（737），曾以监察御史出使凉州。安史之乱中迫受伪职，乱平，免罪降官。但因之难以摆脱失节之嫌的心理阴影，"在京师，日饭十数名僧，以玄谈为乐。斋中无所有，唯茶铛、药臼、经案、绳床而已。退朝之后，焚香独坐，以禅颂为事"（《旧唐书》本传）。肃宗朝，迁中书舍人，官至尚书右丞，世称"王右丞"。其名与字取自大乘佛教经典《维摩诘经》，笃志奉佛，后期日甚，四十岁后半官半隐于蓝田别墅。

　　资质聪颖，多才多艺，书画、音乐均有很高造诣。少时便有诗名，众体兼长，尤工五言律绝，以禅悟诗，有"诗佛"之称。其诗不乏格调高昂的边塞诗，但多写山水田园，清雅淡远，独步于当时，与孟浩然合称"王孟"，为盛唐诗歌一大宗。有《王右丞集》。

渭川田家①

斜光照墟落②，　　穷巷牛羊归③。
野老念牧童，　　倚杖候荆扉④。
雉雊麦苗秀⑤，　　蚕眠桑叶稀⑥。
田夫荷锄至⑦，　　相见语依依。
即此羡闲逸，　　怅然吟式微⑧。

【注释】

　　①渭川：渭河。发源于甘肃渭源县鸟鼠山，流经陕西至潼关入黄河。②墟（xū）落：村落。③穷巷：深僻的小巷。④荆扉：柴门。荆，丛生的灌木。⑤雉（zhì）：野鸡。雊（gòu）：野鸡的啼叫声。秀：植物开花，此指小麦抽穗。⑥蚕眠：蚕蜕皮时不食不动，如睡眠状，蚕眠即吐丝作茧。⑦荷：扛。⑧式微：《诗经·邶风》中的篇名，诗中反复咏叹："式微，式微，胡不归？"式，语助词，无义。微，指天色幽微。胡，为什么。

【赏析】

　　这是王维田园诗的代表作，描绘了一幅初夏田家晚归图。落日斜照着村巷，牛羊成群赶向栅栏，老人依门迎候牧童，农夫们扛锄返家，三三两两笑语依依；野鸡啼啼在呼伴，麦苗抽穗将要结实，蚕儿深眠就要吐丝作茧。田野上的一切都有所归、都在归，归得如此闲适、恬然和融乐，而这恰恰反衬出诗人的怅然无归。"归"是这首诗的诗眼，诗中对田园闲适的羡慕，正见出对仕途纷争的厌倦和遁避，末处"式微，式微，胡不归"（《诗经》），所吟叹的正是诗人急欲归隐之意。清·吴煊《唐贤三昧集笺注》称赏此词"瓣香陶柴桑"，大有渊明遗风。

　　此诗与王绩的《野望》，皆在田园牧歌式的情调中流露出无归的彷徨。不必苛求这"无归"是一种厌世企隐的消极情绪，就整首诗来看不作刻意铺陈，纯用白描，将平常习见的田家农事写得如此生气盎然、诗意盎然，本身就具有一种"天趣自然"的美。

【辑评】

[明]周珽《唐诗选脉会通评林》：王世贞曰：田家本色，无一字淆杂，陶诗后少见。

[清]王尧衢《古唐诗合解》：《田家》诸作，储、王并推，写境真率中有静气。

[清]张文荪《唐贤清雅集》：真实似靖节，风骨各别，以终带文士气。

【今译】

落日，冉冉里　　　　　　　村头，桑林渐稀

宁静的村舍　　　　　　　　蜕皮蚕儿已深深眠睡。

染上一层灰红余晖，　　　　田埂相遇的农夫

牛羊哞咩成群　　　　　　　闲话农事家常

赶向小巷深处的栅围。　　　三两荷锄而回。

惦记牧童的老人　　　　　　让人羡慕，这

拄杖，迎候在　　　　　　　田家晚归的恬静，

篱边柴扉。　　　　　　　　我，不由

麦地，野鸡咕咕　　　　　　——惆怅地吟叹：

那欢快的啼鸣里　　　　　　天色已昏晚

小麦扬花吐穗，　　　　　　为什么还不归？！

辋川闲居赠裴秀才迪①

寒山转苍翠，　　秋水日潺湲②。

倚杖柴门外，　　临风听暮蝉。

渡头余落日，　　墟里上孤烟③。

复值接舆醉④，　　狂歌五柳前⑤。

【注释】

①辋川：在今陕西蓝田县终南山下，初唐诗人宋之问曾在此地建蓝田别墅，后为王维所得，闲居达三十多年。裴秀才迪：裴迪，关中人，与王维友善，多有诗歌唱和。秀才，对未取得功名的士人的称呼。②潺湲（chányuán）：流水声。③"墟里"句：点化东晋·陶潜《归田园居》其一"暧暧远人树，依依墟里烟"诗句。④接舆：春秋时楚人陆通，字接舆，见政治局势混乱，佯狂不仕而遁世，人称"楚狂"。孔子去楚国，接舆唱"凤兮"之歌，嘲笑走过孔子车前。见春秋《论语·微子》。⑤五柳：五柳先生。东晋·陶潜《五柳先生传》的主人公，一位忘怀得失、诗酒自娱的隐者，"宅前有五柳树，因以为号"。此处是王维自称。

【赏析】

宋·宋祁等《新唐书·王维传》载："维别墅在辋川，地奇胜，有华子冈、欹湖、竹里馆、柳浪、茱萸沜、辛夷坞，与裴迪游其中，赋诗相酬为乐。"此诗即是与裴迪相酬为乐之作。王维"晚

年惟好静，万事不关心"（《酬张少府》），这首诗借描绘辋川秋日景色，表现其晚年隐居生活的闲情逸趣。诗采用交错行文的写法：首、颈联写山野暮色，山光水色、落日炊烟，一片和谐静谧；颔、尾联写山居隐士形象，拄杖听蝉、醉饮狂歌，自是安闲潇洒。田园景色如画，居士形象如见，写景与写人相映成趣，达到了物我交融、动静相宜的境界。诗中以春秋时代的楚狂接舆比裴迪，以晋代五柳先生陶潜自喻，表明二人淡泊无争、超然物外的心迹，亦暗含题面的"赠"字。如此佳景良朋，辋川闲居之乐可知矣。

　　颈联历来被人称道。渡头、落日、村墟、炊烟，诗人选取田园典型景物，用自然清淡的语言作白描勾勒：渡口夕阳正徐徐落下，将贴近粼粼水面；村落一缕炊烟已悠然升起，渐入昏黄的暮色。表现出田野黄昏片刻的动态美感，颇具匠心。

【辑评】

　　[明]周珽《唐诗选脉会通评林》：周珽曰：淡宕闲适，绝类渊明。

　　[清]黄生《唐诗矩》：虚实相间格。一、二、五、六用实，三、四、七、八用虚，相间成篇。

　　[清]吴煊、胡棠《唐贤三昧集笺注》："渡头余落日，墟里上孤烟。"景色可想。顾云：一时情景，真率古淡。

【今译】

> 深秋，寒寂山色
> 转苍翠郁郁一片，
> 未干涸的秋水
> 每日里流声潺潺。
> 我，拄着手杖
> 伫立垂柳柴门，
> 迎风，聆听高柳树上
> 低吟暮色的鸣蝉。

> 渡口，落日未下
> 挽着橘霞浸染的水天，
> 茅篱村舍
> 一袅，燃起炊烟。
> 又遇疏放的你
> 恣意醉饮自酣，
> 无拘地，狂歌长啸
> ——我的面前。

过香积寺①

　　不知香积寺，　　数里入云峰。
　　古木无人径，　　深山何处钟。
　　泉声咽危石，　　日色冷青松②。
　　薄暮空潭曲③，　　安禅制毒龙④。

【注释】

　　①香积寺：唐高宗时建，原名"开利寺"。在今陕西长安县南。②"泉声"二句：倒装句法，即"危石泉声咽，青松日色冷"。危石，高峻的山石。③空潭：幽静的深潭。曲：曲折隐蔽处。④"安禅"句：唐·道世《法苑珠林》：传说西方不可依山，甚寒，山中有潭，毒龙居之，屡屡伤人。高僧用佛法制服，毒龙悔过，离潭而去。此处用佛教

典故，以"毒龙"喻指世俗的欲念妄想。安禅，佛教术语，指僧人打坐时心神安定，别无他念。此句意谓寺中高僧坐禅入定，能克服欲念、收敛妄想。

【赏析】

诗人"过"（拜访）香积寺，却从"不知"突兀下笔，依次写云绕的山峰、参天的古木、杳无人迹的小径，忽然一阵钟声隐隐传来，让人恍然惊喜香积寺就在这深山之中。可是，接下还是只写幽咽的流泉、深僻的松林，直到日暮，看见寺前空澄的古潭，香积寺也不曾出现。诗的始终，似乎用一团神秘朦胧的面纱，把香积寺裹住、藏起，不让它露半点容姿。只是随那由远而近、越来越浓的幽僻氛围，分明让人感到这深山密林中，有一座深邃肃静的古刹存在，而且寺内有着"安禅"修炼的高僧。这恰是诗人只字不作正面描写，只从寺外景物落笔，运用环境和气氛的烘染所达到的奇妙效果。这深山古寺，恬静幽寂，带有"禅"的旨趣，而这正是王维晚年心迹的外化和自然流露。

颔联两句声与色对写。泉水本叮咚清脆，但在危石嶙峋上坷坷流过，又在僻寂的山谷听来，故泉声如"咽"；夕晖本灿黄温热，当洒在浓荫蔽天的松林间，抹向青森森的树色，则日色泛"冷"。着一"咽"字、一"冷"字，幽寂深僻之景宛然若见，故历来被人称道。

【辑评】

[明]周珽《唐诗选脉会通评林》：极状山寺深僻幽静，篇法、句法、字法入微入妙。

[清]卢麰、王溥《闻鹤轩初盛唐近体读本》：五、六特作生峭，……写声写色，已难到地，着"咽""冷"字，妙更入神，

俞陛云《诗境浅说》：常建《过破山寺》咏寺中静趣，此咏寺外幽景，皆不从本寺落笔，游山寺者，可知所着想矣。

【今译】

香积寺，茫茫
不知藏落在深山林丛，
行走数里
进入云山雾峰。
古木，参天入云
幽蔽着曲窄小路
杳然无人踪，
忽然，何处一阵
古刹钟声飘来
隐隐回荡深涧山谷中。
山谷的泉水
从嶙峋岩石上淌过

一溜呜咽淙淙，
灿黄的夕晖
照在松间的森森浓荫
泛一抹冷光朦胧。
到傍晚，噢
只见一口古潭
幽深莫测，如洞，
想必那香积寺里
修炼的高僧
正在合十趺坐
一切——
尘俗欲念，皆空。

山居秋暝①

空山新雨后②，　　天气晚来秋。
明月松间照，　　清泉石上流。
竹喧归浣女③，　　莲动下渔舟。
随意春芳歇④，　　王孙自可留⑤。

【注释】

①暝：黄昏。②空山：王维诗中常用"空"字，如《鹿柴》"空山不见人"、《鸟鸣涧》"夜静春山空"之类，此空非虚空，乃含静寂、宁谧的意思。③浣（huàn）女：洗衣女子。浣，洗。④"随意"句：意谓春芳凋谢了，随它谢去，山中还有怡人的秋色。随意，任凭。⑤"王孙"句：西汉·淮南小山《楚辞·招隐士》："王孙游兮不归，春草生兮萋萋。……王孙兮归来，山中兮不可以久留。"王孙，贵族子弟，也指出门远行的人。此处反用其意，表明自己决意归隐山林。

【赏析】

这首诗写初秋傍晚雨后辋川山庄的幽静景色和自己闲适的心情，宛如一幅美妙的秋韵图，"色韵清绝"（明·高棅《增订评注唐诗正声》）。

"明月松间照，清泉石上流"，景致如画，一片幽寂清空；但"空山"不空，浣女喧归、渔舟唱晚。南朝齐·谢朓《游东田》有"鱼戏新荷动，鸟散余花落"的名句，此诗"竹喧归浣女，莲动下渔舟"采用同一表现手法。浣女、渔舟皆隐而不见，让人闻声望形，从"竹喧""莲动"中去想见。如此写来，山林的幽清不是阴森、沉寂，而是一种生机盎然的恬静。这"山居"爽目、清心、惬意、怡神，恰与厌恶浊世的诗人两相契合，故于结句暗寓归隐山林之意，"自可留"，乃是诗人志趣之决然，非轻浅俗人可以效颦而得。从这首诗可知，辋川山庄是与纷纷尘世迥异的诗人独居的天地。

【辑评】

[明]钟惺、谭元春《唐诗归》：钟云："竹喧""莲动"，细极！静极！

[清]黄生《唐诗矩》：右丞本从工丽入，晚岁加以平淡，遂到天成，如"明月松间照，清泉石上流"，此非复食烟火人能道者。

[清]张文荪《唐贤清雅集》：语气若不经意，看其结体下字何等老洁，切勿顺口读过。

【今译】

空寂山林，一场
清新的雨刚洗透，
傍晚，鲜澄澄
散漫湿润的凉秋。
明月初上
洒在苍青的松间

曳下点点烁烁的清柔，
一泻山泉
铺落在褐色石板
清泠泠地流。
竹林，一阵喧笑
是洗衣村姑

结伴归来的戏逐，　　　春天芳草已谢

湖上，绿荷摇动　　　　随它凋谢吧，

悠然摇落出　　　　　　这山林秋色幽清

顺流而下的晚归渔舟。　自可久久地居留。

归嵩山作①

清川带长薄②，　　车马去闲闲③。

流水如有意，　　暮禽相与还。

荒城临古渡，　　落日满秋山。

迢递嵩高下④，　　归来且闭关⑤。

【注释】

①嵩山：古称"中岳"，在河南登封县北。②清川：清澈的河流。薄：草木丛生地。③闲闲：从容貌。④迢（tiáo）递：远，此形容山峦高远。⑤闭关：关门，闭门谢客而不闻世事。关，门闩。

【赏析】

王维疲于官场纷争而参禅信佛，何时曾隐居嵩山，已无史料可考，却留下这首《归嵩山作》。此诗写归隐途中的所见所感。诗人归隐的一路上，长川清澈，车马轻缓，神态从容安详；流水飞鸟相伴，心境悠然自得；来到嵩山之下，荒城古渡，落日秋山，略感孤独清寂；但这一归来，只愿闭门谢客，不再与闻世事。诗的前六句写归途景色，最后两句表明归隐决心，车马闲闲与嵩山闭关，一起一结，都紧扣题面的"归"字，整首诗层次清晰而又首尾浑然。

诗中突出运用了寓情于景的手法，尤其是颔联，流水的一去不复返，暮鸟的倦飞而知还，都与诗人厌倦仕宦而毅然归隐的心情相融相洽，可谓景中有情，意在言外。

【辑评】

[元]方回《瀛奎律髓》：闲适之趣，澹泊之味，不求工而未尝不工者，此诗是也。

[清]沈德潜《唐诗别裁》：写人情物性，每在有意无意间。

[元]方回选、李庆甲集评《瀛奎律髓汇评》：纪昀：非不求工，乃已雕已琢，后还于朴，斧凿之痕俱化尔。学诗者当以此为进境。

【今译】

长长如带，绕着　　　　迢迢流水有意相随，

茂生的草泽地　　　　　暮色中，归鸟

一路，河水清湛，　　　与我一起知倦而还。

车马缓缓里　　　　　　荒凉的城郭

意态从容安然。　　　　紧临古老的渡口，

落日余晖
将一脉秋山抹遍。
终于来到了
高远的嵩山脚下，

只愿从此
——闭门谢客
与纷扰的尘世了断。

终 南 山①

太乙近天都②，　　连山接海隅③。
白云回望合，　　青霭入看无④。
分野中峰变⑤，　　阴晴众壑殊⑥。
欲投人处宿，　　隔水问樵夫⑦。

【注释】

①终南山：又名"太一山""中南山"，简称"南山"。秦岭山脉主峰之一，在陕西长安县南，绵延八百余里，是渭水与汉水的分岭。其千峰叠翠，景色幽美，素有"天下第一福地"的美称。②太乙：终南山的主峰。天都：天帝居处。一说，指唐代京都长安。③海隅（yú）：海边，海角。隅，角。④霭：雾气，云气。⑤分野：古人将天上二十八星宿与地上的区域对应起来，分为若干界域，称"分野"，地上每一区域都划分在星空的某一分野之内。⑥殊：不同。⑦樵（qiáo）夫：砍柴的人。

【赏析】

此诗短短四十字，尽摄终南山的苍莽雄阔，传名山之神。前两句以粗犷夸张的笔墨，极言终南山"近天"的高峻和"接海"的绵广，勾勒出山的全貌。接下四句作具体描绘：远望白云弥合，入山则青烟若无，绘其高；一峰之隔已变分野，山谷之间阴晴不同，绘其广。这两联仍从大处落笔，呈千山万壑于眼前，有尺幅万里之势，而状绘烟云之有无，又细致入微，最是生动传神。末二句或认为"似与通体不配"，即与前六句不相称。其实不然，"结见山远人稀"（清·朱子荆《增订唐诗摘钞》），仔细玩味其语意，甚妙。山中的奇峰迁转，"我"的流连忘返，以及樵夫的隐隐砍柴声，都从"隔水"一问中写出，进一步从侧面衬托了终南山的峻秀广远。

王维工诗善画，常将绘画技巧运用于诗中，又将诗歌意境熔铸在画里，无论赋诗绘画，都表现出诗情画意，故宋·苏轼说："味摩诘之诗，诗中有画；观摩诘之画，画中有诗。"（《书摩诘蓝田烟雨图》）而这首《终南山》，恰似一幅"破墨"山水画，尤其"白云回望合，青霭入看无"二句，恰是用水墨的浓淡渲染而成。

【辑评】

［明］李攀龙《唐诗选》：玉遮曰："入看无"三字妙，入神。

［清］顾安《唐律消夏录》：通首俱写终南山之大。全是白云、青霭，一中峰而分野已变，历众壑而阴晴复殊，游将竟日尚无宿处，其大何如？

［清］李因培《唐诗观澜集》：屈注天潢，倒连沧海，而俯视一气，尽化烟云。一结杳渺寥泬

（空虚幽静），更有凭虚御风之气。

【今译】

终南山，巍然高耸　　　　　　　山南，山北
连接九霄天都，　　　　　　　　在不同星野落属，
起伏绵亘的山脉　　　　　　　　朗晴，晦阴
一直延伸向大海边头。　　　　　阳光洒照在
从远处，回望　　　　　　　　　千姿百态的林岩山谷。
白云萦萦绕合　　　　　　　　　想找一处人家
断续无痕，一片弥布，　　　　　今夜山中留宿，
走进山林深处　　　　　　　　　隔着山转的涧水
苍青雾气淡淡　　　　　　　　　高声询问
飘忽着，若有若无。　　　　　　——砍柴的樵夫。
太乙主峰之隔

观　猎①

风劲角弓鸣②，　将军猎渭城③。
草枯鹰眼疾，　雪尽马蹄轻④。
忽过新丰市⑤，　还归细柳营⑥。
回看射雕处⑦，　千里暮云平。

【注释】

①一题作《猎骑》。②劲：烈。角弓：用兽角装饰的硬弓。③渭城：在今西安市西北。原为秦朝咸阳故城，城北有渭水流经，汉代改为"渭城"。④"草枯"二句：疾，快，此指鹰眼锐利。唐·武元衡《塞下曲》："草枯马蹄轻，角弓劲如石。"正用此语。⑤新丰市：故址在今陕西临潼县东，古代以盛产美酒闻名。汉·赵岐《三辅旧事》载："太上皇（汉高祖之父）不乐关中，思慕乡里。高祖徙丰沛屠儿沽酒煮饼商人，立为新丰。"⑥细柳营：在今陕西长安县昆明池南，是汉代名将周亚夫屯军之地。据西汉·司马迁《史记·绛侯周勃世家》载：周亚夫屯兵细柳营，治军有方，军纪严明，连天子也不得随便入内驱驰，受汉文帝称赞："嗟乎，此真将军矣！"作者用此典故，赞美将军治军严明，有名将风范。⑦射雕处：即射猎的地方。雕，一种健飞的猛禽。唐·李延寿《北史》载：北齐名将斛律光狩猎时，于云端见一只大鸟，射中其颈，旋转落下，乃是一雕，故被人称为"射雕手"。此处暗用其典故，意指将军臂力之强、箭法之高。

【赏析】

　　此诗写一次豪兴遄飞的狩猎，刻画了一个英武飒爽的将军形象。人物意态栩栩如生，其乐观、自信、雄视一切的气概，也正是盛唐将士共有的精神特征，诗人在倾注敬慕之情的同时，也吐露出自己的壮怀，当属王维早期作品。

　　中间两联一写追捕射猎，一写罢猎返营，承转自如而一气流走；尾联归猎时的风定云平，遥

接首联出猎时的风劲弓鸣，两相对应而首尾回环，可见章法之妙。诗中渭城、新丰、细柳三嵌地名，周亚夫屯军、斛律光射雕，两用典故，却都融化无痕，读来浑然不觉，又见句法之妙。颔联的"枯""尽""疾""轻"，遣词锤炼而体物精细，且草枯则鹰眼锐疾，雪尽则马蹄轻驰，下字前后照应，更见字法之妙。一诗中三者皆妙，故清·沈德潜《唐诗别裁》叹为观止，曰："章法、句法、字法俱臻绝顶，盛唐诗中亦不多见。"

【辑评】

[明]李攀龙《唐诗训解》：枯而疾，尽而轻，甚妙，便是鸷鹰、骏马，矫健当前。

[清]黄生《唐诗摘钞》：全篇直叙。起法雄警峭拔，三、四音复壮激，故五、六以悠扬之调作转，至七、八再应转去，却似雕尾一折起数丈矣。

[清]沈德潜《唐诗别裁》：起二句若倒转，便是凡笔，胜人处全在突兀也。

【今译】

烈风萧萧　　　　　　　马蹄更快更轻。
惊起张开的弓箭　　　　猎罢，纵马飞驰
一阵嗖嗖颤鸣，　　　　过了新丰集市，
英武飒爽的将军　　　　忽忽又返回
众骑呼拥，打猎在渭城。屯兵戍守的细柳营。
冬草枯尽了　　　　　　军帐前，回望
无处藏躲的雉兔　　　　刚才射猎处，
难逃猎鹰的锐眼，　　　——那千里原野
积雪已消融　　　　　　暮色苍茫里
追踪而至的猎骑　　　　已是风定云平。

汉江临泛①

楚塞三湘接②，　　荆门九派通③。

江流天地外，　　山色有无中。

郡邑浮前浦④，　　波澜动远空。

襄阳好风日⑤，　　留醉与山翁⑥。

【注释】

①汉江：见宋之问《渡汉江》注。一题作《汉江临眺》。临泛：临汉水泛舟。②楚塞：楚国地界。战国时汉水一带属楚国北疆。三湘：湘江合漓江称"漓湘"，合蒸江称"蒸湘"，合潇江称"潇湘"，总称"三湘"，均流入洞庭湖，在今湖南境内。③荆门：山名，在今湖北宜都县西北的长江南岸，与北岸虎牙山相对，上合下开，像一座门，故称。九派：长江于荆州（今湖北江陵）界分为九支，叫"九江""九派"。④郡邑：城镇。⑤襄阳：今湖北襄阳。⑥山翁：晋代山简，竹林七贤之一山涛的儿子。曾镇守襄阳，有政绩，好游览宴饮，常携酒出游，大醉而归。见唐·房玄龄

等《晋书·山涛传》附《山简传》。此处借指襄阳的好友。

【赏析】

唐代绘画在著色山水之外，由王维开创了以水墨浓淡渲染山水的技法，并形成淡远高清的风格，后成南宗画派。作为水墨山水画大师，王维善融画法于诗中，所谓"诗中有画"。

此诗有画，亦如画。先用一联工整的对句，大笔勾勒汉江流域辽阔的背景，接三湘、通九派，莽莽苍苍，目不可极，给人包孕深远之感；再淡淡着墨，晕染出水汽弥漫里江流天外、山色空蒙的远景，于时隐时现中见出邈远浩茫；接下笔墨飞动，描绘眼前波澜壮阔之景，一片浑浑无涯里，仿佛可见岸边城邑在漂浮、远天碧空被摇撼，气象极雄浑磅礴；最后在江面点染一叶泛波踏浪、"留醉"忘返的扁舟。这，便是一幅用墨清淡、气韵生动而意境浑远的《江汉临泛》图。其画面布局错落有致，疏密相间，远近相映，可说是王维以画入诗的力作。"山色有无中"一句，是诗家极俊语，又入画三昧，尤为后人称赏。

【辑评】

[明]高棅《增订评注唐诗正声》：郭云：气象涵蓄，浑浑无际，浅率者拟学不得。

[清]屈复《唐诗成法》：前六雄俊阔大，甚难收拾，却以"好风日"三字结之，笔力千钧。

[清]胡本渊《唐诗近体》：三句雄阔，四句缥缈，此换笔之妙。

【今译】

古楚地汉江
横卧一江淼淼浑雄，
接三湘，连荆门
与长江九流贯通。
江水浩渺
无尽，无涯
一直流出天地之外，
远处的山峦
起伏着青苍山色
若有若无中。
江岸，城郭依稀

仿佛耸屹水面
在上下颠然浮动，
不息的波涛
摇动着低垂的远天
一起喧腾翻涌。
啊，襄阳
风光这般美好
我愿留下来，
与携酒出游的好友
泛舟，醉饮千盅。

使至塞上①

单车欲问边②，　属国过居延③。

征蓬出汉塞④，　归雁入胡天。

大漠孤烟直⑤，　长河落日圆⑥。

萧关逢候骑⑦，　都护在燕然⑧。

【注释】

①使：奉命出使。②单车：轻车简从。问边：慰问并视察边境。③属国：典属国的简称。本为秦汉时官名，掌管藩属国的事务，后人有时用来指代使臣。居延：今甘肃张掖县西北。④蓬：草名，秋枯根断，随风飘飞，故称"飞蓬""征蓬"。它和下句中的"归雁"都是作者借景自比。⑤烟：古代边塞报警或报平安，夜燃火，叫"烽"；昼燃烟，叫"燧"。燧烟烧狼粪，其烟直而聚，风吹而不斜。⑥河：黄河。⑦萧关：古关名，是关中通往塞北的交通要道，在今宁夏固原县东南。候骑：侦察骑兵。候，侦察。⑧都护：官名，边塞重镇都护府的最高长官，掌管边疆军政事务。燕然：即今蒙古境内的杭爱山。东汉时，车骑将军窦宪大破匈奴北单于，曾登燕然山，刻石记功而还。见南朝宋·范晔《后汉书·窦宪传》。此处借指前线，也暗用其典故。

【赏析】

　　玄宗开元二十五年（737）秋，王维以监察御史的身份奉命出塞，宣诏慰边，此诗作于出塞途中。诗的首尾交代轻车赴边的起止，笔墨着力于中间两联，描绘途中所见景色。

　　"大漠孤烟直，长河落日圆"为千古名联，大漠、孤烟、长河、落日，直立与横贯，冷色与暖调，交错成鲜明而壮伟的对照，将塞外特有的奇异伟丽的风光如历目前，构成一种寥远、静穆、苍茫而雄浑的意境，被人称为"千古壮观"。更妙的是，大漠孤烟接一"直"字，孤寞中见出劲拔；长河落日用一"圆"字，苍凉中见出温润，一"直"一"圆"不只准确生动地描绘了边塞大漠景象，也融含了作者奉使赴边的真切感受。清·曹雪芹《红楼梦》第四十八回中，香菱盛赞这两句说："想来烟如何直？日自然是圆的。这'直'字似无理，'圆'字似太俗。合书一想，倒像是见了这景的。要说再找两个字换这两个，竟再也找不出两个字来。"这段话可谓妙语破的。

【辑评】

　　[明]唐汝询《唐诗解》：蒋仲舒云"孤烟如何直，须要理会"。夫理会何难，骨力罕敌。

　　[清]徐增《而庵说唐诗》："大漠""长河"一联，独绝千古。

　　[清]吴煊、胡棠《唐贤三昧集笺注》："直""圆"二字极锤炼，亦极自然。后人全讲炼字之法，非也；不讲炼字之法，亦非也。

【今译】

一随轻车简从
——将去宣诏
慰问将士们护疆守边，
奉使前行，车轮
辘辘辗过居延。
恰似路边，随风
飘转的蓬草
出了唐朝的地界，
又如云际大雁
翔翔北飞
进入胡地的湛蓝穹天。

灿黄无边的沙漠
挺拔着一柱
灰黑直聚的燧烟，
横卧的黄河
低悬着一团
落日如血的苍凉浑圆。
行程迢迢
终于到达了萧关，
恰逢侦骑禀报：
首将在燕然前线。

积雨辋川庄作①

积雨空林烟火迟，　　蒸藜炊黍饷东菑②。

漠漠水田飞白鹭③，　　阴阴夏木啭黄鹂④。

山中习静观朝槿⑤，　　松下清斋折露葵⑥。

野老与人争席罢⑦，　　海鸥何事更相疑⑧？

【注释】

①积雨：久雨。辋川庄：见前《辋川闲居赠裴秀才迪》注。②藜：草本植物，新叶嫩苗可食。饷（xiǎng）：给田间耕作的人送饭。菑（zī）：初耕的田地。③漠漠：水田空濛广布的样子。④阴阴：树木茂密幽暗的样子。⑤朝槿（jǐn）：落叶灌木，春秋之交开花，朝开暮谢，故称"朝槿"。古人常用作人生无常的象征，所以诗人"观（参悟）"之。⑥清斋：即斋食，吃素。⑦野老：归隐的老头。野，民间。争席罢：战国《庄子·寓言》：杨朱从老子学道，学成归来，原来对他敬而远之的人们不再让座，而是与他争席（座位），亲近相处。用此典表示自己得自然之道，随缘任遇，与人无隔膜。⑧"海鸥"句：战国《列子·黄帝篇》：一人住海边，日日与海鸥相亲相爱。其父要他捉拿海鸥，当他再去时，海鸥"舞而不下"。因其心术不正，海鸥不再亲近他。此句反用其典故，意谓自己机心已除，世人不应还无端猜忌。

【赏析】

后晋·赵莹等《旧唐书·王维传》记载："维兄弟俱奉佛，居常蔬食，不茹荤血，晚年长斋，不衣（穿）文彩。"这首诗正是王维晚年习静悟道的隐逸生活的写照，它将雨后辋川山庄宁静恬美的田园风光与诗人清虚静穆的禅寂生活两相融合，呈现出物我相惬、超尘脱俗的境界。前人极推崇此诗，认为唐人七律中"淡雅幽寂，莫过右丞《积雨》"（清·赵殿成《王右丞集笺注》）。

颔联向称名句，唐·李肇《国史补》因李嘉佑集中有"水田飞白鹭，夏木啭黄鹂"诗句，讥笑王维"好取人文章嘉句"。李嘉佑与王摩诘同时而稍晚，很难说谁袭用谁，然而，两人诗句还是有高下之分的。就此联来看，以用叠字而自见其妙。"漠漠"绘水田之苍茫广布，"阴阴"状夏木之蔚然深秀，与李诗比较，不止"极尽写物之工"，画面也更阔远深邃，多了一层"积雨"的空濛幽寂的色调和氛围，自是在李诗之上。正如宋·叶梦得《石林诗话》所称道的："此两句好处，正在添'漠漠''阴阴'四字。"

【辑评】

［宋］刘辰翁《王孟诗评》：东坡云：摩诘"诗中有画，画中有诗"者，此耳。

［明］周珽《唐诗选脉会通评林》：周敬曰：清脱无尘，出世人语。摩诘诗往往多道气，要非寻常韵律间者。周珽曰：全从真景真趣摹写，灵机秀色，读之如在镜中游。

［清］吴煊、胡棠《唐贤三昧集笺注》：顾云：此必有为而云，游思悠远恬澹，胸中绝无微尘。

【今译】

连绵细雨，初止　　　　　　　　　　燃得迟迟，

山林炊烟湿了　　　　　　　　　　　农女们煮饭烧菜

送往村东初耕的田地。　　　　参悟虚寂禅理，

村头，水田盈盈　　　　　　　森森古松下

一行白鹭斜掠飞起，　　　　　采摘带露的葵菜

田垄边夏树深茂　　　　　　　一盘清淡素食。

浓浓绿荫里　　　　　　　　　我，山林一老翁

藏着黄鹂的鸣啼。　　　　　　不再争名逐利，

这山中——　　　　　　　　　还会有谁，无端地

静看槿花朝开暮谢　　　　　　时时将我猜疑？

鹿　柴①

空山不见人，　　但闻人语响。

返景入深林②，　　复照青苔上。

【注释】

①王维的五绝组诗《辋川集》共二十首，描写辋川二十胜景，是其后期山水诗的代表作，这是其五。鹿柴 (zhài)：辋川山庄胜景之一。用带枝杈的树木做成的栅篱，形似鹿角，故称"鹿柴"。柴，一作"砦"，栅篱。②返景：夕阳返照的光。景，日光。

【赏析】

乍读第一句"空山不见人"，给人突兀感，紧接第二句"但闻人语响"，境界豁然顿出。罕无人迹的山林一片空寂，偶尔传来一阵细碎的轻语，顿时打破了山林的空寂，却又更显出山林的空寂。三、四句由绘声转向绘色。金灿的夕阳渗入荟郁幽寂的树林，橙黄的光点洒在青苍的苔藓上，那光点的暖色与密林暗黢的冷色调相映成趣，也愈衬出了山林大片的幽冥。可以说诗人捕捉的，是夕阳与深林青苔密会的瞬间美。

这首诗前写空山人语，后写深林返照，声与色、动与静、明与暗对比映衬，构成了声响的静寂、光跃的幽昏这一奇妙境界。臻此绝妙诗境，实是皈依佛门的隐逸诗人对大自然的潜心默会。此诗的妙处，正在这意境和神韵。

【辑评】

[明]李攀龙《唐诗训解》：摩诘出入渊明，独《辋川》诸作最近，探索其趣，不拟其词。如"结庐在人境，而无车马喧"，喧中之幽也；"空山不见人，但闻人语响"，幽中之喧也。如此变化，方入三昧法门。

[清]李锳《诗法易简录》：人语响，是有声也；返景照，是有色也。写空山不从无声无色处写，偏从有声有色处写，而愈见其空。严沧浪所谓"玲珑剔透"者，应推此种。沈归愚谓其"佳处不可语言"，然诗之神韵意象，虽超于字句之外，实不能不寓于字句之间，善学者须就其所已言者，而玩索其不言之蕴，以得于字句之外可也。

俞陛云《诗境浅说续编》：深林中苔翠阴阴，日光所不及，惟夕阳自林间斜射而入，照此苔痕，深碧浅红，相映成采。此景无人道及，惟妙心得之，诗笔复能写出。

【今译】

山林，清寂寂　　　　　　　　　透过树叶缝隙
不见人踪，　　　　　　　　　　洒进深林的一片黝芒，
空寂里，听得　　　　　　　　　橙黄微暖的光点
一阵细语窸窸地响。　　　　　　斑驳跳跃
金灿的夕晖　　　　　　　　　　在冷绿苔藓上。

竹 里 馆①

独坐幽篁里②，　　弹琴复长啸③。
深林人不知④，　　明月来相照。

【注释】

①竹里馆：竹林中的馆舍，辋川山庄胜景之一。②篁：竹林。③长啸：唐·房玄龄等《晋书·阮籍传》：阮籍曾于苏门山遇孙登，与其商略栖神导气之术，皆不应，阮籍乃长啸而退。至半岭，闻有声如鸾凤之鸣，响于岩谷，乃是孙登长啸也。后常用"长啸"咏隐士的高雅情趣。此处暗用其典故。啸，撮口长吟，古人的一种抒情举动。④人不知：意为他人不知，只有自己与明月相知。

【赏析】

这首小诗并无新意巧思，也无警言佳句，但它作为《辋川集》中的名篇，自有妙处。此诗不以字句取胜，而以整体见美，四句诗分开看平平淡淡，合而为一则境界始出。竹林月夜如此空明洁净，弹琴长啸如此安闲自得，诗人的心境、意兴与馆舍的幽篁明月两相清幽、两相澄澈。物与我、景与情、内在与外在的契合无间，浑然融成了这首诗尘滤皆空、清幽绝俗的意境。此诗得之于诗人的一时兴会，"俯拾即是"，全诗不见一丝着力的痕迹，只在随意随笔之际，流溢出悠悠天韵。

王维半隐于辋川别墅，"焚香诵经"专心事佛，尤崇尚佛教的净界之说，诗中善写幽境。这竹林深处无人知晓，只有栖隐之人忽而弹琴，忽而长啸，只有透进竹隙的月光幽清如水，抑或还有共月起舞的身影，从日暮到月明。寥寥二十字，描绘出了一个遗世独处、幽深莫测的天地。

【辑评】

[清]吴煊、胡棠《唐贤三昧集笺注》：幽迥之思，使人神气爽然。

刘永济《唐人绝句精华》：以上四诗（《鹿柴》《栾家濑》《竹里馆》《鸟鸣涧》），皆一时清景与诗人兴致相会合，故虽写景色而诗人幽静恬淡之胸怀，亦缘而见。此文家所谓融景入情之作。

【今译】

一围黛绿的拥蔽里　　　　　空寂着一片幽清

独坐修竹深茂，　　　　　　世人不知晓，

时而拨弄琴弦　　　　　　　只有一林月光

悠然一曲　　　　　　　　　澄澈如水

伴随清越一声长啸。　　　　与独自闲逸的我

这竹林馆舍　　　　　　　　相抚，相照。

鸟 鸣 涧①

人闲桂花落②，　　夜静春山空。

月出惊山鸟，　　时鸣春涧中。

【注释】

①王维题友人所居，写有《皇甫岳云溪杂题》五首，这是其中之一。云溪，皇甫岳别墅所居地。②桂花：也称"木樨"，有春花、秋花、四季花等不同种类。此当是春季开花的一种。

【赏析】

此诗写云溪的春山月夜，"闲事闲情，妙以闲人领此闲趣"（清·黄叔灿《唐诗笺注》）。桂花洒落衣襟，那飘坠极细微，而人能感受；明月跃出山谷，那银辉极清柔，而鸟却惊觉。真让人惊叹这幽夜里，心境的闲静和山涧的清寂，但它又不是太闲太寂。王维山水诗中，善用缤纷的色彩、热闹的字面创造恬静的意境，如这首诗中，素白的明月淡淡地"出"，淡黄的桂花纷纷地"落"，青翠的山鸟时时地"鸣"，一片纷闹，可给人的感觉却是月夜春山的一片宁谧幽静。那幽谷深涧中，惊鸟时鸣，啼唤出的是一种生气，芳桂纷落，飘溢出的是一缕温馨，而春山的气息和月夜的恬静，恰从这花落鸟啼中弥散出来。

此诗极写山涧的闲静，而整个地不觉枯寂沉寂，便在于"寓静于动"。这，也正是王维山水诗的静境，与中晚唐一些寒瘦诗人的清寂幽冷截然不同之处。

【辑评】

［清］李锳《诗法易简录》：先着"夜静春山空"五字于其前，然后点出鸟鸣涧来，便觉有一种空旷寂静景象，因鸟鸣而愈显者，流露于笔墨之外。一片化机，非复人力可到。

［清］赵彦传《唐绝诗钞注略》：徐文弼云：有此一"惊"字，愈觉寂然。

俞陛云《诗境浅说续编》：昔人谓"鸟鸣山更幽"句，静中之动，弥见其静，此诗亦然。

【今译】

悄然一襟芬芳　　　　　　淡淡不见影踪，

闲寂里，桂花在飘坠　　　夜，愈深愈静

夜色漫笼的春山　　　　　　一阵轻轻骚动，
沉浸在一林清空。　　　　　　那清脆的鸣叫
忽地，明月　　　　　　　　　啼破春涧的沉寂
跳出山谷　　　　　　　　　　一声，两声
惊起林间栖巢的山雀　　　　　时时回应空谷中。

杂诗（其二）

君自故乡来，　　应知故乡事。
来日绮窗前①，　　寒梅著花末②？

【注释】

①绮窗：雕镂有花格的窗。②末：否，用于句末表询问。

【赏析】

清·黄叔灿《唐诗笺注》称赏此诗："俱口头语，写来真挚缠绵，不可思议。"这首小诗的妙处，在于选择典型事物来寄托乡思，表达出一种对生活的真切体验和感受。开头两句"君自故乡来，应知故乡事"，看似多余，却是传神笔墨。一个久在异乡的人，突然邂逅来自故乡的旧友，最急欲知道的就是家乡的事，"故乡"二字迭见，正见出思乡情切。后两句写所问的故乡事。在外多年，家乡的亲朋故友、风土人情和山川景物都萦系于怀，却偏只问"寒梅著花末"？可以想象，那窗前寒梅伴随"我"度过了青少年时代，每年的含苞怒放、枯败凋落，都是曾经为之欣喜或忧伤的。它蕴含了当年家乡生活亲切有趣的情事，所以不再是一般的自然之物，而是故乡的一种象征，成为思乡之情的寄托所在。

此等诗情感真挚，朴质浅淡如叙家常，看似浅近平易，却是越朴越巧，越浅越深，细加品味则诗味浓郁。诗人写思乡之情，不加任何雕琢修饰，而是用接近于生活自然状态的口语，将特定情形下的人物的心理、情态和口吻表现得栩栩如生。尤其是篇末以一寻常问句作结，平易而深挚，朴拙而自然，留给人悠然不尽的余味，"问得淡绝、妙绝"（清·王士祯《唐人万首绝句选评》）。

【辑评】

[清]高步瀛《唐宋诗举要》：赵松谷曰：陶渊明诗云："尔从山中来，早晚发天目。我居南窗下，今生几丛菊。"王介甫诗云："道人北山来，问松我东冈。举手指屋脊，云今如许长。"与右丞此章同一杼轴，皆情到之辞，不假修饰而自工者也。然渊明、介甫二作，下文缀语稍多，趣意便觉不远；右丞只为短句，一吟一咏，更有悠扬不尽之致，欲于此下复赘一语不得。

俞陛云《诗境浅说续编》：故乡久别，钓游之地，朋酒之欢，处处皆萦怀抱，而独忆窗外梅花。论襟期固雅逸绝尘，论诗句复清空一气。所谓妙手偶得也。

【今译】

朋友，你　　　　　　　你来的时候
——从家乡来，　　　　我家的镂格小窗下，
应该知道　　　　　　　那一株腊梅
家乡近来的事。　　　　可绽开了花枝？

相　思①

红豆生南国②，　　春来发几枝？
愿君多采撷③，　　此物最相思。

【注释】

①一题作《江上赠李龟年》。相思：此作名词，即"相思子"。②南国：南方，指红豆产地，也是"君"所在地。
③撷（xié）：摘取。

【赏析】

　　红豆，又叫"相思子"，生于南方，树高丈余，实鲜红扁圆，晶润如珊瑚。宋·李颀《古今诗话》载："相思子圆而红，昔有人殁于边（塞），其妻思之，哭于树下而卒，因以名之。"后人常用红豆关合相思之情，但并不囿于男女爱情，也用于友情。此诗寓情于物，借红豆以寄相思。

　　诗选取极富情味的红豆来写，句句不离红豆，而又句句寄寓情思，让人从红豆特定的象征意味中去联想、去体味。"劝君多采撷，此物最相思"两句语意颇妙，诗人不直诉相思，只用相思殷勤嘱人，而自己相思的情怀也随之敞露。其"君"指谁不知，但从朴直恳切的语句中，让人感到那"相思"一如红豆般饱满、浓郁和赤诚。这首纯然平淡的小诗历来被人称道，正在于这平直而含蓄，语浅而情深。这首《红豆》当时即被乐工谱曲，广为传唱。据唐·范摅《云溪友议》载：安史之乱发生后，玄宗奔蜀。宫廷著名乐师李龟年流落江南，曾于酒宴上歌此诗，座中听者无不动容。

【辑评】

　　[清]王文濡《唐诗评注读本》：睹物思人，恒情所有，况红豆本名"相思"，"愿君多采撷"者，即谆嘱无忘故人之意。

　　刘永济《唐人绝句精华》：此以珍惜相思之情，托之名相思子之红豆也。

【今译】

蔓蔓红豆树　　　　　　愿你多多地
生长在南国的美丽，　　把它采摘，
春天来了　　　　　　　那红豆，一颗颗
不知它生发了　　　　　莹莹圆润
几多新叶嫩枝？　　　　——最是相思。

书　事①

轻阴阁小雨②，　深院昼慵开③。
坐看苍苔色，　欲上人衣来。

【注释】

①书事：就眼前事物抒写片刻的感受。②轻阴：微阴。阁：同"搁"，停止。③慵：懒。

【赏析】

　　题为"书事"，这是一首即事写景、即景抒情之作。小雨初住，漫长白昼院门深深掩闭，只有诗人独自疏懒地坐着，闲看院中景致。映入眼里的是铺满一地的苍苔，绿茸茸，湿润润，那一片鲜亮的绿光，使人顿生幻觉，仿佛青苔跃然蹦起，"欲上人衣来"。这末句是神来之笔，诗人捕捉住刹那间触动灵感的新奇感受，运用拟人手法，化无情之物为有情，化静态之景为动态，将苍苔的清润与自己的欣悦交融成一个宁静鲜活的意境，由此烘托出雨后深院的清幽恬静，从中也见出诗人静心净虑的一种闲适的沉浸。

　　此诗用清淡而活泼的笔墨，极写深院碧苔的清新可爱，意趣横生，神韵天成。

【辑评】

　　[宋]释惠洪《天厨禁脔》：《书事》："轻阴阁小雨，深院昼慵开。坐看苍苔色，欲上人衣来。"《若耶溪归兴》："若耶溪上踏莓苔，兴罢张帆载酒回。汀草岸花浑不见，青山无数逐人来。"前诗王维作，后诗舒王（王安石）作，皆含不尽之意，子由谓之不带声色。

【今译】

淡淡轻阴里
细细止住的小雨
洗净一院尘埃，
庭院深深
门掩清寂的白昼
也懒得打开。
闲时，独自坐着

静看一地
茸茸湿润的青苔，
哟，那青苔
绿意映映，
仿佛从地上跃起
依偎衣襟上来。

田园乐（其六）①

桃红复含宿雨②，　柳绿更带朝烟。
花落家童未扫③，　莺啼山客犹眠④。

【注释】

①《田园乐》是七首六言绝句的组诗，写退居辋川山庄的田园乐趣。②宿雨：昨夜的雨。宿，隔夜。③家童：童仆。④山客：山林隐士，此作者自指。

【赏析】

此诗前两句和后两句均为对句，这种格律精严的全对格，是六言绝句的一般体式。唐代以五、七言律绝为主，六言绝句甚少，佳作犹为难得，王维的这首《田园乐》可谓凤毛麟角。

诗人以精巧之笔写田园自然之美，四句诗对仗工致，构思精细，看似一句一景，彼此却承接呼应；"花落"承"桃红"，"莺啼"承"柳绿"，"家童未扫"与"山客犹眠"相应，由此浑然构成一个整体。王维常于诗中写"静"境，透出一缕禅味，但所写静境不同于佛学的寂灭，它动静相反相成，每每于静中见意趣，于寂中见生气，总给人以清新恬美的感受。如此诗中，落花铺地不曾打扫，莺啼声声不曾惊眠，见出田园之清幽、心境之闲寂。但是这一方天地并非只有清闲，还带有一抹阳春烟雨的明丽色调和桃红柳绿的欣欣生意，这，就是王维诗的"静"境。

【辑评】

[宋]魏庆之《诗人玉屑》：每哦此句，令人坐想辋川春日之胜，此老傲睨闲适于其间也。

[明]周珽《唐诗选脉会通评林》：周珽曰：上联景媚句亦媚，下联居逸趣亦逸。

[清]潘德舆《养一斋诗话》：或问六言诗法，予曰：王右丞"花落家童未扫，莺啼山客犹眠"，康伯可"啼鸟一声春晚，落花满地人归"，此六言之式也。必如此自在谐协方妙，若稍有安排，只是减字七言绝耳，不如无作也。

【今译】

滢滢桃花，含着　　　　　　　童儿不曾打扫

昨夜未干的雨滴　　　　　　　一任花飞，花残，

红深，红浅，　　　　　　　　呼晴的黄莺

低拂的杨柳　　　　　　　　　枝头一声声啼，

绿意丝丝，笼着清晨　　　　　可山居的我

蒙蒙水烟。　　　　　　　　　一枕清梦犹自酣恬。

落花飘满庭院

九月九日忆山东兄弟①

独在异乡为异客②，　　每逢佳节倍思亲。

遥知兄弟登高处，　　　遍插茱萸少一人③。

【注释】

①九月九日：即重阳节，见孟浩然《秋登万山寄张五》注。山东：指华山以东，作者的故乡蒲州（今山西永济）。

①兄弟：王维兄弟五人，他是长兄。②异客：背井离乡的客子。③茱萸（zhūyú）：一种香气浓烈的植物。古代风俗，重阳登高佩戴茱萸，可以驱邪避灾。

【赏析】

此诗作者自注"时年十七"。王维十五岁离家赴京，以其能诗善画、通晓音乐的多才多艺，享名于京都。京都虽然繁华，但对年少远游的王维，毕竟是举目无亲的他乡，因此，于重阳佳节写下了这首怀乡思亲之作。

诗起笔用词巧妙，连下两个"异"字，倍写异乡异客的孤寞不堪，又句首冠一"独"字，更添一层清冷。正因这独、这异，所以"每逢佳节倍思亲"。客子思亲之情并非佳节才有，只是平日或隐或抑，一逢佳节见他人欢聚，便触发而起，一发则不可抑止，愈加强烈，诗人用一"倍"字，道出了人们共有的一种生活体验和感受。因此，这一联成为最能表达佳节客中思乡的警言佳句，千百年来脍炙人口。诗的后两句变换角度，从对方落笔，由遥想家乡的兄弟思念自己，反衬出自己的"思亲"。本是虚拟的猜想，可"遍插茱萸少一人"的情景却写得具体、真切，以虚见实而动人。

据史料记载，安禄山占据长安时，王维被迫接受伪职，两京收复后，当严厉处置，其弟王缙时任刑部侍郎，愿削除自己的官爵为其赎罪。其兄弟手足之情深，从此诗所写少年时便可知。

【辑评】

[唐]皎然《诗式》：三、四句与白居易"共看明月应垂泪，一夜乡心五处同"，意境相似。

[明]吴烶《唐诗直解》：诗不深苦，情自蔼然。叙得真率，不用雕琢。

[明]周珽《唐诗选脉会通评林》：周敬曰：自有一种至情，言外可想。徐充曰："倍"字佳。

【今译】

他乡漂泊，寓居　　　　　　　　我想，兄弟们
这孑然孤独的一身，　　　　　　正重阳登高畅饮，
每逢佳节　　　　　　　　　　　衣襟前，遍插
加倍怀乡思亲。　　　　　　　　芳香的茱萸
在这遥远京都　　　　　　　　　可单单少了我一人。

送元二使安西①

渭城朝雨浥轻尘②，　　客舍青青柳色新。
劝君更进一杯酒，　　　西出阳关无故人③。

【注释】

①元二：事迹不详，"二"是其排行。唐人习惯，称排行表示尊称。安西：今新疆库车县境内，是唐代安西都护府治所。此诗在宋·郭茂倩《乐府诗集》中题为《渭城曲》。②渭城：见王维《观猎》注。唐时从京城去西域，常在此送别。浥（yì）：沾湿。③阳关：通往西域的要道，因在玉门关南面，故称"阳关"。故址在今甘肃敦煌县西。

【赏析】

这是一首久负盛誉的送别诗，"不作深语，声情沁骨"（清·吴瑞荣《唐诗笺要》）。好友出使西域当为男儿壮举，此番送别非黯然销魂之别，所以朝雨拂浥渭城，客舍杨柳青青，其写景色调清新明快，并无阴沉凄凉之状；但西城毕竟是荒漠之地，长途跋涉路途多艰辛，况且此时一别杳无聚期，故而那一片清新明快中总觉一丝清冷。诗的前两句写景，为后面蕴含了别离的特定情调。后两句转而写饯别的场景。饯席上两人对饮已多时，临到酒宴将阑、友人欲起程时，竟不知该说什么好了，于是脱口而出："劝君更进一杯酒，西出阳关无故人。"这是一句言有尽而意无尽的祝酒词，以之作别自然贴切，极殷切深挚，又极豪爽高远，诗人与远行之人多年相知的厚谊、此时深情不舍的惜别和前路珍重的祝愿，都斟满在那一杯浓酒里了。

"此辞一出，一时传诵不足，至为三叠歌之"（明·李东阳《麓堂诗话》），称之为《阳关三叠》，成为别席离筵上的绝唱，晚唐李商隐《无题》有"红绽樱桃含白雪，断肠声里唱阳关"的诗句。

【辑评】

[明]胡应麟《诗薮》："数声风笛离亭晚，君向潇湘我向秦"，"日暮酒醒人已远，满天风雨下西楼"，岂不一唱三叹，而气韵衰飒殊甚。"渭城朝雨"自是口语，而千载如新。此论盛唐、晚唐三昧。

[清]黄生《唐诗摘钞》：先点别景，次写别情，唐人绝句多如此，毕竟以此首为第一。惟其气度从容，风味隽永，诸作无出其右故也。

[明]钱良择《唐音审体》：刘梦得诗云"更与殷勤唱渭城"，白居易诗云"听唱阳关第四声"，皆谓此曲也。相传其调最高，倚歌者笛为之裂。

【今译】

渭城，一阵朝雨
润湿了驿道轻尘，
客舍旁
一行柳色青青。
饯行的酒

再喝干手中这一杯，
朋友，从此地
西出阳关，
——不再有
殷情对饮的故人。

李 白

李白（701—762），字太白，号"青莲居士"。世称"李翰林"。祖籍陇西成纪（今甘肃静宁），隋末先人流徙西域，生于唐碎叶城（今吉尔吉斯斯坦境内），幼随父迁居绵州青莲乡。早年蜀中就读，二十五岁出蜀，长期漫游，曾先后隐居安陆和徂徕山。玄宗天宝元年（742），四十二岁应诏入京，供奉翰林，因浪迹纵酒，遭权贵谗毁，三载"赐金归之"（唐·李阳冰《〈草堂集〉序》）。离京后，失意漫游梁宋、齐鲁、吴越、幽燕等地，达十年之久。安史乱起，入永王李璘幕府，李璘兵败被诛，以附逆获罪，流放夜郎，中途遇赦而还。晚年流落江南一带，依投当涂县令李阳冰，不久病逝，卒年六十二岁。

为人击剑任侠，轻财重施，嗜酒好游，傲岸不羁。以其惊世骇俗的笔墨恣意挥洒，或抒写怀抱，或蔑视权贵，或描写自然山川，抑或寻仙访道。其诗想象丰富，夸张奇特，激情奔放，语言自然清新，色彩瑰伟绚丽，形成特有的雄奇飘逸风格，有"诗仙"之称。为屈原之后最杰出的浪漫主义诗人，杜甫称其"笔落惊风雨，诗成泣鬼神"（《寄李十二白二十韵》）。有《李太白集》。

蜀 道 难①

噫吁嚱②，　危乎高哉③！
蜀道之难，　难于上青天！
蚕丛及鱼凫④，　开国何茫然。
尔来四万八千岁⑤，　不与秦塞通人烟⑥。
西当太白有鸟道⑦，　可以横绝峨眉巅⑧。
地崩山摧壮士死⑨，　然后天梯石栈相钩连⑩。
上有六龙回日之高标⑪，　下有冲波逆折之回川。
黄鹤之飞尚不得过，　猿猱欲度愁攀援⑫。
青泥何盘盘⑬，　百步九折萦岩峦。
扪参历井仰胁息⑭，　以手抚膺坐长叹。
问君西游何时还，　畏途巉岩不可攀⑮！
但见悲鸟号古木，　雄飞雌从绕林间。
又闻子规啼夜月⑯，　愁空山。
蜀道之难，　难于上青天！
使人听此凋朱颜。
连峰去天不盈尺，　枯松倒挂倚绝壁。
飞湍瀑流争喧豗⑰，　砯崖转石万壑雷⑱。
其险也若此，　嗟尔远道之人，　胡为乎来哉⑲！

剑阁峥嵘而崔嵬⑳，　　一夫当关，　　万夫莫开。

所守或匪亲，　　化为狼与豺㉑。

朝避猛虎，　　夕避长蛇，

磨牙吮血，　　杀人如麻。

锦城虽云乐㉒，　　不如早还家。

蜀道之难，　　难于上青天！

侧身西望长咨嗟㉓。

【注释】

①蜀道：蜀地（今四川）险峻的栈道，是从京都长安通往蜀地的必经之路。②噫（yī）吁（xū）嚱（xī）：三个语气词连用，表惊叹之意。③危：高。乎：句中语气词。④蚕丛、鱼凫（fú）：传说中古蜀国的两个开国君君。⑤"尔来"句：指秦、蜀两地长期隔绝。尔，这。四万八千岁，形容时间久远，并非实数。⑥秦塞，指秦地，秦中自古称"四塞之国"。塞，险要地。⑦太白：位于陕西秦岭北麓，为秦岭山脉主峰，海拔3 767米。民谚："武公太白，去（离）天三百。"鸟道：山低缺处鸟飞的径道。⑧横绝：横度。绝，超越。峨眉：山名，在今四川峨眉县西南。⑨"地崩"句：据东晋·常璩《华阳国志·蜀志》，秦惠王许嫁五美女给蜀王，蜀王派五个大力士去迎娶。返回途中，经过梓潼，见一大蛇钻入山洞，五力士一起抓住蛇尾往外拽，忽然山崩地塌，五壮士及五美女全被压死，而山分为了五岭。⑩天梯：形容高峻陡峭的山路，如登天的梯子。石栈：在山崖险峻处凿石架木而成的栈道。⑪六龙回日：古代神话传说，羲和每天驾着六龙拉的车，载着太阳在天空中从东到西运行。回日，指因山势高峻，拉日的车至此绕道而过。高标：指山的最高峰。⑫猱（náo）：猿类动物，攀援树木轻捷如飞。⑬青泥：山岭名，在今陕西略阳县西北。为唐代入蜀要道，其"悬崖万仞，山多云雨，行人屡逢泥淖，故号青泥岭"（唐·李吉甫《元和郡县图志》）。盘盘：迂回曲折的样子。⑭扪（mén）：摸。参（shēn）、井：二星宿名，参星为蜀地的分野，井星为秦地的分野。历：经过。胁息：屏住呼吸。胁，敛缩。⑮畏途：艰险可怕的道路。巉（chán）岩：山势险峻。⑯子规：即杜鹃鸟。相传古时蜀王杜宇，号"望帝"，禅位出奔，后蜀国亡，其魂魄化为杜鹃鸟。暮春时分鸣，啼声凄哀，口中泣血，其啼唤声犹"不如归去"。古诗文中，常用杜鹃啼声衬托离人乡思。⑰飞湍：飞泻的急流。喧豗（huī）：喧闹。⑱砯（pīng）：水冲击岩石声，此作动词，冲击。⑲胡为：即"为胡"，为什么。胡，何。⑳剑阁：位于大剑山与小剑山之间的一座关隘，连山耸立如剑，削壁中断如门，又名"剑门关"，故址在今四川剑阁县北。峥嵘、崔嵬：高峻、高大的样子。㉑"一夫当关"四句：西晋·张载《剑阁铭》："一夫荷戟，万夫趑趄。形胜之地，匪亲勿居。"此处化用其语句。匪，同"非"。狼与豺，比喻特险而割据称王者或作乱者。㉒锦城：即锦官城，成都的别称。蜀汉时设管织锦之官，驻地成都称"锦官城"。㉓咨嗟：叹息。

【赏析】

　　《蜀道难》是乐府《相和歌辞·瑟调曲》旧题，多写蜀道之险阻，本篇所写沿用传统题材。关于此诗的主旨，历来众说纷纭。明·胡震亨《李诗通》认为：李白借用古题"自为咏蜀"，别无寄托寓意。或认为不尽然。这首七言乐府，约作于天宝初年，李白怀抱济苍生、安社稷的宏愿来到京城，却遭到冷遇，诗人将胸中郁结发而为诗，故以蜀道之艰险来抒发胸中的幽愤不平。

　　在这首诗里，诗人以"驰走风云，鞭挞海岳"（明·陆时雍《诗镜总论》）的气势，运用变幻莫测的笔法，将历史传说、神话故事与想象夸张融合一体，从蚕丛开国、五丁劈山起，到六龙回日、子规夜啼、鸟道云栈、飞瀑惊湍、奇峰峻壑、高阁险关，淋漓尽致地创造了一个雄奇奔放、奇丽峭拔的艺术境界。全诗可分为三部分，前十二句写蜀道的来历，中间二十四句写蜀道的奇峻，后十四句写蜀道的忧险。诗中运用反复咏叹来烘染气氛、抒发情感，一篇之中三叹"蜀道之难，难于上青天"，形成了统摄全篇的主旋律。围绕这一主旋律，诗人将蜀道的峥嵘、山川的险峻以及形势的险要，种种难以言状之情景，穷形尽相地描述出来，从中抒发了行路艰难的人生感慨。这种回旋往复的咏叹，增加了全篇浓厚的抒情色彩，反复吟诵之际，令人回肠荡气。

【辑评】

[唐]孟棨《本事诗》：李太白初自蜀至京师，舍于逆旅。贺监知章闻其名，首访之。既奇其姿，复请所为文。出《蜀道难》以示之。读未竟，称叹者数四，号为"谪仙"。解金龟换酒，与倾尽醉，期不间日。由是称誉光赫。

[明]高棅《唐诗品汇》：刘须溪云：妙在起伏，其才思放肆，语次崛奇，自不在言。

[明]郝敬《批选唐诗》：太白长歌，森秀飞扬，疾于风雨，本其才性独诣，非由人力。

【今译】

哎呀，高啊，高啊！
蜀道崔嵬难登
难于上青天！
自从蚕丛和鱼凫
开创古蜀国
多么渺茫久远。
想来，四万八千年，
未与秦地互通人烟。
西边的太白峰
只有一条鸟道
可以横渡峨眉山。
忽然，地裂山崩
五壮士身碎，
才有入云的山路栈道
将秦地与蜀地勾连。
仰头，突兀高耸
是太阳神绕道的峰巅，
俯首，倒流旋折
是冲波激浪的河川。
千里翱翔的黄鹤
到此，难以飞过，
灵捷善攀的猿猱
也愁无处攀援。
悬崖万仞的青泥岭
百步九道弯，
曲折上升的山路

如羊肠盘绕陡峭山峦。
登上山岭
摸着参星井星，
不由人仰面屏气
空自抚胸长叹。
请问，这次西游入蜀
何时能回还？
那，山道险峻
实在不能登攀。
只见，悲凄的鸟
哀号在古树荒残，
雄雌相逐
绕着阴森的山林回转。
又听见暮春时
杜鹃凄厉地鸣叫，
那一声声啼血
使月夜空山哀愁弥漫。
蜀道，高峻难越
难于上青天！
听说此景此情
让人脸色悚然突变！
群山峰峰连接
离天不到一尺远，
千年古松，倒挂
刀斧削劈的绝壁间。
激流，飞瀑

争呼竞吼地喧沸，
回流撞击山岩
万壑如雷鸣轰响一般。
如此险要之地
可叹行旅之人
为什么远道来历险！
蜀中的要塞剑阁
一夫当关，万夫莫开，
连山耸立如剑。
据守者如果非亲，
难免有一天
化成凶恶豺狼反叛。

到那时候
早避猛虎，晚避长蛇，
任他磨牙吸血
杀人如麻
难平无休止的战乱。
虽说锦城繁华快乐，
不如早早还家。
蜀道，险要难行
难于上青天！
侧身向西望
长长，一声叹息
——不由黯然失颜。

将进酒①

君不见黄河之水天上来，
奔流到海不复回。
君不见高堂明镜悲白发，
朝如青丝暮成雪②。
人生得意须尽欢，　　莫使金樽空对月。
天生我材必有用，　　千金散尽还复来③。
烹羊宰牛且为乐，　　会须一饮三百杯④。
岑夫子，　　丹丘生⑤，
将进酒，　　杯莫停。
与君歌一曲，　　请君为我倾耳听。
钟鼓馔玉不足贵⑥，　　但愿长醉不复醒。
古来圣贤皆寂寞，　　惟有饮者留其名。
陈王昔时宴平乐，　　斗酒十千恣欢谑⑦。
主人何为言少钱，　　径须沽取对君酌⑧。
五花马，　　千金裘⑨，
呼儿将出换美酒⑩，　　与尔同销万古愁⑪。

【注释】

①将（qiāng）进酒：属汉乐府《鼓吹曲·铙歌》旧题。题意为"劝酒歌"，写饮酒放歌。将，请。②雪：形容鬓发苍白如雪。③千金散尽：李白《上安州斐长史书》中自述："曩昔东游维扬（扬州），不逾一年，散金三十余

万。"④会须：应该。⑤岑夫子：岑勋。丹丘生：元丹丘。二人皆为李白的好友。⑥钟鼓馔玉：代指富贵。古代富贵人家宴饮，佳肴美食，鸣钟击鼓作乐。馔玉，即"玉馔"，精美的饮食。馔，饮食。⑦"陈王"二句：三国曹操之子曹植，曾封为陈思王，故称"陈王"。其《名都篇》云："归来宴平乐，美酒斗十千。"平乐，宫观名。斗十千，一斗酒价值十千钱，极言美酒价贵。恣欢谑，放纵地欢乐戏谑。⑧径须：只须。径，径直、直接。沽：买。⑨五花马：毛色作五花纹的良马。⑩儿：侍儿。将：拿，取。⑪尔：你们，此指岑夫子、丹丘生。

【赏析】

此诗约写于李白出翰林"赐金放还"后。置酒会友乃人生一大快事，又值"抱用世之才而不遇合"（元·萧士赟《分类补注李太白诗》），于是诗人借酒兴诗情，将胸中之郁积愤激迸吐而出。

开篇起势高峻，两个排比长句挟天风海雨扑来，以黄河之永恒壮伟衬出生命之短促渺小，人生悲慨已极而又不作悲酸语，故如壮浪恣纵，势不可遏。五、六句再陡然腾跃而起，由"悲"翻作"欢"，一直到"杯莫停"，墨酣笔畅地写豪斟痛饮。"天生我材必有用，千金散尽还复来"，何其自信，何其洒脱，令人击节嗟赏。接下"与君歌一曲"八句为歌中之歌，诗情由狂放转为愤激。"钟鼓馔玉不足贵，但愿长醉不复醒"，是酒后吐狂言，也是酒后吐真言。后六句又回到饮酒，再纵入狂放。典裘当马，气使颐指，正狂极浪极时，忽如白云从空，随风变灭，跌出一句"与尔同销万古愁"，这结穴之"愁"与篇首之"悲"遥相回应。整个诗擒纵自如，起落、翕张、疾徐、敛放皆变化入神，且一气浑灏流转，"使人不能以句字赏摘，盖他人作诗用笔想，太白但用胸口一喷即是"（宋·严羽评点《李太白诗集》）。

此诗在劝饮中极言人生短暂、及时行乐，见出诗人失意挫折的苦闷。但从字里行间跃然兀立的是睥睨一切、旷达不羁的诗人自我形象，那人生的悲慨从狂浪豪纵出之，不是弱者之叹，而是强者之叹，是撼人心魄的千古之浩叹。

【辑评】

〔明〕凌宏宪《唐诗广选》：杨升庵曰：太白狂歌，实中玄理，非故为狂语者。

〔清〕徐增《而庵说唐诗》：太白此歌最为豪放，才气千古无双。

〔日〕近藤元粹《李太白诗醇》：一起奇想，亦自天外来。

【今译】

君不见——
黄河之水天上来
不复回，向东奔流。
君不见——
华丽高堂之上
明镜中，悲叹白发，
早上缕缕青丝
黄昏已白雪满头。
啊，人生在世
得意时只须恣意尽欢，
莫让金樽无酒
杯中月光空自悠悠。

天生我栋梁之材
他日，必定于世大用，
千金有何吝惜
挥散尽了还会再有。
烹羊宰牛吧
且尽眼前的欢乐，
要饮，就饮三百杯
一醉方休。
岑夫子，丹丘生
痛痛快快地饮
高举杯，莫停手。
啊，也请倾耳听一听

为你们放歌一首：
击鼓鸣钟，美味佳肴
荣华奢侈不足为贵，
这昏浊尘世
长醉不醒唯我所求。
自古，圣人贤者
皆寂寞无闻，
只有饮中豪客
生前身后美名长留。
昔时陈思王
平乐宫中大宴宾客，

纵情一乐
一掷千金买斗酒。
呵，酒家为何说钱少，
只须满满斟上
难得今日聚好友。
五花宝马，千金裘衣，
唤童儿拿去换美酒，
来，饮干这一杯
与你们一同消解
——人生
千年万年的怅愁。

行路难（其一）①

金樽清酒斗十千，　　玉盘珍羞直万钱②。
停杯投箸不能食，　　拔剑四顾心茫然③。
欲渡黄河冰塞川，　　将登太行雪满山。
闲来垂钓碧溪上④，　　忽复乘舟梦日边⑤。

行路难！　　行路难！
多歧路，　　今安在⑥？
长风破浪会有时⑦，　　直挂云帆济沧海。

【注释】

①行路难：乐府杂曲歌辞旧题，多写世路艰难和离情别意。李白《行路难》共三首，主题与乐府同，此为其一。②羞：同"馐"，精美的菜肴。直：同"值"。③"停杯"二句：今存最早的《行路难》，是南朝宋时鲍照的十八首。此化用鲍照《行路难》其六"对案不能食，拔剑击柱长叹息"句意。箸（zhù），筷子。④垂钓碧溪上：古代传说，姜尚八十岁在渭水的磻溪垂钓，后遇周文王，用为军师。⑤乘舟梦日边：伊尹受商汤王聘为宰相前，曾梦见自己乘舟绕日而过。作者用姜尚、伊尹两个始困终遇的典故，表明自己仍有所期待、有所作为。⑥安在：即"在安"，在哪里。安，哪里。⑦长风破浪：南朝梁·沈约《宋书·宗悫传》：南朝宋人宗悫年少时，叔父宗炳问其志向，答曰："愿乘长风破万里浪。"后宗悫果然屡建战功而封侯。后人多以"乘风破浪"比喻抱负远大，得以实现。

【赏析】

玄宗天宝元年（742），李白奉诏入京供奉翰林，虽受礼遇有加，不过是御宴赋诗形同倡优的侍臣，难伸"辅弼天下"之志，而又傲岸不羁得罪权贵，于是不到三载便"赐金放还"。此诗应是诗人遭逐离京时所作。

清·泗源应氏《李诗纬》云："太白纵作失意之声，亦必气概轩昂。若杜子则不然。"此诗中充满了仕途失意的郁愤和世路艰难的感叹，同时，又抱有人生的豁达和用世的自信，两种不同意绪的矛盾交织，构成这首诗腾跃跌宕的气势和格局。投箸不食、拔剑茫然，可是遥想吕尚垂钓、伊尹梦日，顿生一怀豁达；仰天长叹、徘徊无路，忽又坚信长风破浪、云帆济海，另开远大境界。诗人逞足笔力开合腾挪，将多层意象交相转送而出，使失望与希望、低沉与高昂急遽交替回旋，真实表达了当时遭受挫败后郁勃不平而复杂多变的心绪。整首诗奇想翩然、奇气沛然，呈现出李白奔突跳荡的富于个性的诗风。

【辑评】

[明]高棅《唐诗品汇》：刘云：结得不至鼠尾。甚善，甚善。

[明]胡震亨《李杜诗通》：《行路难》，叹世路艰难及贫贱离索之感。古辞亡，后鲍照拟作为多。白诗似全效照。

[日]近藤元粹《李太白诗醇》：句格长短错综，如缚龙蛇。

【今译】

金杯美酒满斟
玉盘佳肴盛堆
饯行的宴一掷万钱。
可是我此时
推开酒杯撂下牙筷，
拔剑四顾
一怀心绪茫然。
想，东渡黄河
坚冰冻塞了大川，
将攀登太行
风雪封蔽了高山。
遥想当初

吕尚，自乐在
碧溪垂钓的悠闲，
伊尹梦中乘舟
绕过日月旁边。
可是眼前，行路难！
行路难，多岔路
通天的大道
它，在哪边？
终有一日，我会
高挂一片白帆，
乘浩荡长风破万里浪
横渡沧海，直入云天。

关 山 月

明月出天山①，　苍茫云海间。
长风几万里，　吹度玉门关。
汉下白登道②，　胡窥青海湾③。
由来征战地，　不见有人还。
戍客望边色，　思归多苦颜。
高楼当此夜，　叹息未应闲。

【注释】

①天山：即祁连山（匈奴语"祁连"的意思为"天"），主峰在今甘肃张掖县西南。②白登：山名，在今山西大同县西。汉高祖刘邦领兵征匈奴，曾被匈奴冒顿（mòdú）单于在此围困七日之久。③青海湾：青海湖边，见王昌龄《从军行》注。

【赏析】

　　《关山月》是汉乐府横吹曲名，唐·吴兢《乐府古题要解》曰："'关山月'，伤离别也。"李白此诗借用古调，描写月夜征戍和远别的相思之苦。诗中的"戍客望边色，思归多苦颜"，与《春思》的"当君怀归日，是妾断肠时"，乃是同一笔意，将高楼思妇与戍边征夫对应来写，从不同的角度，抒写了战争给人们带来的分离痛苦。

　　离人思妇的愁苦之情，是传统的诗歌题材，容易写得纤弱、狭窄。李白此诗却不然，他将月夜离思从万里边塞的雄阔景色引发：那绵亘天山的苍茫云月，长风浩浩吹送，横渡玉门关而来。在如此阔大的时空背景衬托下，沙场的无人生还格外壮烈，戍卒的愁颜和闺妇的叹息也格外深沉，从而展示出一种极为凝重而浑远的境界。这种写征战离苦的境界，非李白恣意挥洒的笔力不能至此，他人难乎为继。

【辑评】

　　[明]胡应麟《诗薮》：青莲"明月出天山，苍茫云海间。长风几万里，吹度玉门关"，浑雄之中，多少闲雅！

　　[清]乾隆敕编《唐宋诗醇》：格高气浑。

【今译】

皎皎明月	啊，自古以来
生出巍巍天山，	这烽火征战之地
浮游在绵亘的山岳	不见有人生还。
苍茫云海间。	长年戍守的边塞士卒
浩然长风，吹送	眼望黄漠无垠
万里横越	愁苦了风沙苍颜，
飞渡到玉门边关。	思念征人的妻子
那白登古道	闺中，双眉含愁不展。
汉朝曾出兵鏖战，	今夜该独倚高楼
如今匈奴铁骑	不止的叹息
不断窥视青海湖边。	洒落明月栏杆。

长 干 行①

妾发初覆额，	折花门前剧②。
郎骑竹马来③，	绕床弄青梅④。
同居长干里，	两小无嫌猜。
十四为君妇，	羞颜未尝开。
低头向暗壁，	千唤不一回。

> 十五始展眉，　　愿同尘与灰。
> 常存抱柱信⑤，　　岂上望夫台⑥？
> 十六君远行，　　瞿塘滟滪堆⑦。
> 五月不可触，　　猿声天上哀。
> 门前迟行迹⑧，　　一一生绿苔。
> 苔深不能扫，　　落叶秋风早。
> 八月蝴蝶来，　　双飞西园草。
> 感此伤妾心，　　坐愁红颜老⑨。
> 早晚下三巴⑩，　　预将书报家。
> 相迎不道远，　　直至长风沙⑪。

【注释】

①长干：古代金陵的里巷名，在今南京市南。②剧：游戏。③竹马：以竹竿当马骑。④床：坐具。弄青梅：把青梅抛来抛去。青梅，多年生落叶果树，其果青绿色，味酸。骑竹马、抛青梅都是儿童的游戏。⑤抱柱信：据战国《庄子·盗跖》，古时有一名叫尾生的人，"与女子期于梁（桥）下，女子不来，水至不去（离），抱梁柱而死"。后因以"抱柱"为坚守信约。⑥望夫台：据南朝宋·刘义庆《幽明录》，古代有一女子，思念久役他乡的丈夫，天天上山眺望，最后"立望而死，形化为石"。后人遂称其石为"望夫石"，山为"望夫山"。⑦瞿塘：长江三峡之一，在今四川奉节县境内。滟滪堆：瞿塘峡口的一块巨大礁石，每年五月江水暴涨，淹没于水中，行船到此容易触礁沉没。宋·乐史《太平寰宇记》："滟滪堆，周回二十丈，在州西南二百步蜀江中心，瞿塘峡口。冬水浅，屹然露百余尺。夏水涨，没数十丈，其状如马，舟人不敢进……谚曰：'滟滪大如蹼，瞿塘不可触；滟滪大如马，瞿塘不可下；滟滪大如鳖，瞿塘行舟绝；滟滪大如龟，瞿塘不可窥。'"⑧"迟行迹"：一作"旧行迹"。迟，等待。⑨坐：因为。⑩三巴：今四川东部一带。东晋·常璩《华阳国志》：汉献帝建安六年，改永宁为巴郡，以固陵为巴东，安汉为巴西，是为"三巴"。⑪长风沙：地名，在今安徽安庆东长江边上，距南京七百里。

【赏析】

《长干行》属乐府杂曲歌辞旧题。李白共写有两首，这是其一。诗用女子自述的口吻，叙写对远出经商的丈夫的思念。全篇以年龄为时间线索，生动具体地逐一写出：青梅竹马、两小无猜的儿时稚趣；羞涩矜持、千唤不回的新婚情景；炽热笃诚、同为灰烬的夫妻爱恋；愁苦忧伤、急切盼归的别后心情。从童年到十四岁到十五岁，再到十六岁以后，叙事脉络清晰，将零碎的生活片段联缀成完整的艺术整体。清·乾隆敕编《唐宋诗醇》称赏此诗："儿女子情事，直从胸臆中流出。萦回曲折，一往情深。"它以一种细腻的描写，表现少妇的温柔缠绵，在李白雄奇飘逸的诗风之外，别具宛转低徊的柔美。

这首《长干行》，早于白居易的《琵琶行》写都市里巷的商妇，所表现的真挚平等的相爱及热烈追求，带有挣脱封建礼教的叛逆色彩，可以说在当时诗坛，它最早地透露出市井文学的气息。

【辑评】

[清]李锳《诗法易简录》：此诗音节，深得汉人乐府之遗，当熟玩之。

[清]范大士《历代诗发》：青莲才气，一瞬千里；此篇层析，独有节制。

【今译】

秀发刚遮住前额，
我，手折花枝
嬉笑玩耍在自家门外。
两人，绕着坐床
抛弄青青梅子，
你骑着竹马过来。
我与你——
同居一条长干里巷，
两小无猜。
十四岁嫁给你，
羞羞答答
颜面不敢放开。
低头暗自向着墙壁
千呼万唤
不肯回头一睬。
十五岁才舒展眉头，
此生，愿与你
一同化作尘埃。
常怀以身殉情的信守，
哪会想到今日
独自登上望夫台?
十六岁时，你
经商远行
途经那瞿塘峡口。
五月的滟滪堆

浪高水急，暗礁淹埋，
行船不可触啊，
两岸林猿长啸
一声比一声凄哀。
这，宅院门前
尽是我等待的足迹，
——生满了
绿茵茵的苍苔。
苍苔深深，未扫，
初秋的冷风
飘打落叶将它覆盖。
八月蝴蝶翩飞，
双栖西院
花草丛的晨露暮霭。
这情景，伤心，
我空守闺房
红颜憔悴，渐衰。
什么时候
你，东下三巴，
预先捎带音信
记住家门前那株古槐。
不管路有多远
一直到江边长风沙，
我，去迎接你
仆仆风尘归来。

玉 阶 怨①

玉阶生白露，　　夜久侵罗袜②。
却下水晶帘③，　　玲珑望秋月④。

【注释】

①玉阶：玉石砌成的台阶。②侵：浸湿。罗袜：丝袜。③却：退回。④玲珑：形容月光明亮莹洁。

【赏析】

《玉阶怨》属乐府相和歌辞楚调曲，与《长信怨》都是专写宫怨的乐曲。此诗题中标"怨"，通篇却无一字言怨，从室外写到室内，从垂帘写到隔帘，而宫人的幽怨，隐然见于玉阶露重的"侵罗袜"和长夜不眠的"望秋月"之中。露冷而心冷，月孤而人孤，夜沉而怨沉，这是不怨之怨而深于怨。如清·乾隆敕编《唐宋诗醇》所称赏的："妙写幽情，于无字处得之。"

整首诗并不作正面涂抹，只从背面敷粉，没有嘶竭的诉说，也没有呜咽的悲泣，只有女主人公寂寂无言的伫立和凝望中流溢出的矜持、幽微。矜持处，几多难言之隐；幽微处，几多难状之情，字句行间无从捉摸，却于诗外不绝如缕。这就是这首小诗"不着一字，尽得风流"（唐·司空图《诗品》），深得后人称赏的妙处。

【辑评】

[元]萧士赟《分类补注李太白诗》：太白此篇，无一字言怨，而隐然幽怨之意见于言外，晦庵所谓"圣于诗者"，此欤！

[明]高棅《唐诗品汇》：刘云：矜丽素净，自是可人。

俞陛云《诗境浅说》：题为"玉阶怨"，其写怨意，不在表面，而在空际。

【今译】

玉砌的台阶　　　　　将水晶珠帘垂下
冷碧碧地　　　　　　垂下一帘
一层白露渐渐凝结，　撩人不眠的朦胧月色，
夜色深沉里　　　　　夜，长长
独自久久伫立　　　　隔帘怔怔凝望
一任那寒露　　　　　中天——
将丝袜冰凉地浸贴。　一圆莹莹秋月。
返回到内室

清平调词三首①

（一）
云想衣裳花想容，　　春风拂槛露华浓②。
若非群玉山头见③，　　会向瑶台月下逢④。

（二）
一枝红艳露凝香，　　云雨巫山枉断肠⑤。
借问汉宫谁得似，　　可怜飞燕倚新妆⑥。

（三）
名花倾国两相欢⑦，　　长得君王带笑看。
解释春风无限恨⑧，　　沉香亭北倚阑干⑨。

【注释】

①清平调：汉乐府中有三调：清调、平调、瑟调，皆周代古调之遗声，至唐时已是有调无辞。此可能是将清、平二调合而为一，李白用七绝格律自填新词。②露华：露水的光华。③群玉山：传说中的仙山，天界西王母所居，山多玉石，故名。④瑶台：神话中，昆仑山上有十二瑶台，高出日月之上，皆用五色玉为台基，上居神仙。见东晋·王嘉《拾遗记》。⑤云雨巫山：此用巫山神女典故。战国·宋玉《高唐赋》："昔者先王（楚怀王）尝游高唐，怠而昼寝。梦见一妇人，曰：'妾巫山之女也，为高唐之客。闻君游高唐，愿荐枕席。'王因幸之。去而辞曰：'妾在巫山之阳，高丘之阻，旦为朝云，暮为行雨。朝朝暮暮，阳台之下。'旦朝视之如言。"后用"巫山云雨"指男女幽会欢合。⑥飞燕：汉成帝的皇后赵飞燕。貌美，体态轻盈，能在宫人手托水晶盘中歌舞。后因淫乱，成帝时废为庶人，自杀而死。见东汉·班固《汉书·孝成赵皇后传》。⑦倾国：典出东汉·班固《汉书·外戚传》：汉武帝宠姬李夫人出身倡家，未入宫前，其兄宫廷乐工李延年在武帝面前唱了一首夸耀其美貌的歌："北方有佳人，绝世而独立。一顾倾人城，再顾倾人国。宁不知倾城与倾国，佳人难再得。"后因以"倾国""倾城"称绝色美女。此处指杨贵妃。⑧解释：解除，消释。春风：代指君王。⑨沉香亭：在唐代兴庆宫图龙池东面，用沉香木建造，故名。宋·乐史《太真外传》："明皇沉香亭，召太真妃。于时卯酒未醒，侍儿扶掖而至，妃子醉韵残妆，钗横鬓乱，不能再拜。明皇笑曰：'海棠春睡未足耶？'"

【赏析】

宋·郭茂倩《乐府诗集》引《松窗录》：李白在长安供奉翰林时，一日，玄宗与杨贵妃在沉香亭赏牡丹，李龟年手执紫檀拍板上前献歌，玄宗曰："赏名花，对妃子，焉用旧乐辞为？"遂宣李白填新乐词。时李白卧于酒肆，召入，犹宿酒未醒，援笔而成《清平调词》三章。

这三首诗相互钩带，构思精巧，将名花与贵妃交互而写，人花浑融同蒙君王恩泽，咏花即咏人，咏人即咏花，达到了人面花容迷离难辨的境界。而用牡丹花容衬美人玉色之意旨，又让人味之可得。诗笔洒脱，诗情风流，写得溢彩流葩，满纸春风。

据说，李白乘醉填词时曾令高力士脱靴磨墨，高遂心怀忌恨，见杨贵妃极爱此诗，时常吟哦，便进谗言，说诗中以飞燕之瘦讥玉环之肥（丰腴），贵妃因此不悦，不久李白被"赐金放还"。此事真伪姑且不论，但诗中明显运用了抑扬手法，同是绝代佳人，飞燕之美还须倚仗华美新妆，不及杨妃之美无须粉黛，绝色天然。诗人以古之美人衬托今之美人，竭力赞美之意溢于言外。无怪此诗填成，当即梨园子弟奏以管弦，李龟年作歌，玄宗亲自调玉笛和之，贵妃一旁持七宝杯，酌西凉葡萄酒，"笑颔意甚厚"。

【辑评】

［明］梅鼎祚、屠隆《李杜二家诗钞评林》："想"字妙，得恍惚之致。

［明］梅鼎祚、屠隆《李杜二家诗钞评林》：巫山妖梦，昭阳祸水，微文隐讽，风人之旨。

［清］沈德潜《唐诗别裁》：三章合花与人言之，风流旖旎，绝世丰神。或谓首章咏妃子，次章咏花，三章合咏，殊见执滞。

【今译】

（一）

云彩，思慕她　　　　　　　　艳丽妩媚的颜容，

轻盈飘逸的衣裳　　　　　　　春风亭栏杆外

花朵思慕她　　　　　　　　　牡丹滴露又艳又浓。

　　　　　　　　　　　　　　这人，这花

如果不是
神奇的群玉山头看见，
就是在缥缈的
瑶台月光下相逢。

飞燕绝代美色，可惜
还须依仗华丽新妆。

（三）

名贵牡丹
倾国佳人
两相交映，两相依欢，
常常使得君王
微醉里笑眼赏看。
不尽的怅恨
——随风飘散，
只因这沉香亭北
牡丹袅袅
佳人婷婷
一同斜倚白玉栏杆。

（二）

云裳花容的佳人
恰是这牡丹
一枝红艳含露凝香，
可叹楚王，那
巫山神女朝云暮雨
缥缈一场梦
枉自思念断肠。
试问汉帝
后宫佳丽三千
谁，能将她比上？

静夜思①

床前明月光，　　疑是地上霜。
举头望明月，　　低头思故乡。

【注释】

①一题作《夜思》。

【赏析】

这是李白寓居安陆（今属湖北）时所作。诗人一生飘然不羁，浪迹天涯，但魂牵梦绕的仍是故乡的巴山蜀水。全诗运用白描手法，勾勒出一幅剪影式的月夜游子思乡图。诗中最为传神的是"疑是地上霜"一句。"疑"见出心境之迷离恍惚，"霜"状出月光之清冷皎白。是"月"色如霜，还是"霜"痕如月？是错觉中的"疑"迷，还是疑迷中的错觉？可谓即虚即实，虚实莫辨，而游子月夜思乡的辗转难眠和清寂孤冷，尽在这虚虚实实中真切写出。

明·胡应麟《诗薮》说："太白诸绝句，信口而成，所谓无意于工而无不工者。"这首《静夜思》正是无意于工而工。短短四句诗自然天成，一片化境，它明白如话而又细微邈远，倾诉了人们在忙碌而又纷扰的世俗生活中所共有的那缕乡愁、那分寻觅，令人在那一举头一低头之间俯仰共鸣。这，就是此诗千古不衰的魅力。

【辑评】

[清]朱子荆《增订唐诗摘钞》：思乡诗最多，终不如此四语真率而有味。此信口语，后人复不

能摹拟，摹拟便丑，语似极率，回环尽致。

[清]沈德潜《唐诗别裁》：旅中情思，虽说明却不说尽。

刘永济《唐人绝句精华》：李白此诗绝去雕采，纯出天真，犹是《子夜》民歌本色。故虽非用乐府古题，而古意盎然。

【今译】

月光，一泻洁白　　　　　　抬头，凝望窗外
静静洒照　　　　　　　　　一轮皎洁明月，
在不眠的榻床，　　　　　　低头深深
朦胧的地上　　　　　　　　思念遥远的故乡。
疑是铺了一层秋霜。

春　思

燕草如碧丝①，　　秦桑低绿枝②。
当君怀归日，　　　是妾断肠时③。
春风不相识，　　　何事入罗帏④？

【注释】

①燕（yān）：今河北北部，辽宁西南一带。此处指丈夫征戍之地。②秦：今陕西一带，春秋战国时为秦旧地。此处指少妇居住之地。③断肠：肝肠断裂，形容痛苦忧伤达到极点。④"春风"二句：化用六朝民歌《子夜春风》"春风复多情，吹我罗裳开"诗句。罗帏，丝织的围帐。

【赏析】

此诗围绕"春"字，写闺中少妇见春色而撩发的春思。首两句以燕草碧丝和秦桑绿枝，兴起下两句远戍燕地的丈夫和独居秦中的妻子的两地相思，"丝"与"思"谐音，"枝"与"知"双关，恰与征夫的"怀归"和闺妇的"断肠"上下应合，起兴自然生动，切合无痕。而更妙的是尾二句，捕捉春风掀入罗帐的一刹那，借怨春风，细腻入微地将思妇难以言说的深心幽情婉转托出。怨斥无情无知的春风似乎无理，但就是这无理之"怨"一语，既委婉表达出闺妇贞洁自守的至深之情，也见出独守春闺的相思之苦，其"春思"之缠绵人呼之欲出。此诗无理而妙，激赏人口，正在此处。

【辑评】

[明]高棅《唐诗品汇》：刘云：平易近情，自有天趣。

[明]唐汝询《汇编唐诗十集》：唐云：太白虽长才，尤妙于短。如《乌夜啼》《金陵酒肆留别》，七古之胜也；"长安一片月"，"燕草如碧丝"，五古之胜也。

[明]钟惺、谭元春《唐诗归》：钟云：若嗔若喜，俱着"春风"上，妙，妙（末二句）！

【今译】

燕地的芳草　　　　　　　　盼望丈夫归来
细细纤柔如碧丝，　　　　　　愁肠欲断时。
秦地的柔桑　　　　　　　　　融暖的春风
低低垂下绿枝。　　　　　　　平素不曾相识，
当你，看见　　　　　　　　　为什么，这般多情
燕草如碧　　　　　　　　　　吹进小楼深闺
思妻怀归的日子，　　　　　　将我独眠的罗帐
正是我独倚秦桑绿枝　　　　　——时时撩起？

子夜吴歌（其三）①

长安一片月，　万户捣衣声②。
秋风吹不尽，　总是玉关情③。
何日平胡虏④，　良人罢远征。

【注释】

①子夜吴歌：原属六朝乐府，相传是晋代女子子夜所唱，起于吴地，故称。其歌调哀婉动人，多写女子的相思怨情。本只有四句，李白仿其体制改为六句。子夜，半夜。古代子时为23:00～次日凌晨1:00。②捣衣：古代秋风起时，妇女们赶制寒衣，先将布料在石砧上用杵捶击、捣洗，缝制后，寄给出门在外的亲人御寒。所以古代诗赋中常用捣衣声（砧声）写闺妇游子之相思。③玉关情：指对远戍玉门关外的丈夫的思念。④胡虏：指匈奴。

【赏析】

　　六朝乐府吴声歌曲有《子夜四时歌》，李白创造性地继承这一民歌体，作《子夜吴歌》四首，分咏春、夏、秋、冬四季。本篇是"秋歌"，写秋夜女子思念远戍的丈夫。诗的前四句一脉贯下，将秋月、秋砧、秋风以及撩起的秋思，浑然融成一片清寥而幽远的"玉关情"境。明·王夫之《唐诗评选》感叹："天壤间生成好句，被太白拾得。"这玉关情浓时，无须吞吐，于是末二句直诉心愿："何日平胡虏，良人罢远征？"这心愿最炽热强烈，也最为缠绵深情，一经从思妇的心中吐出，便融入秋夜那明月清风、捣衣砧声，在长安城久久地回荡不止。

　　清·田同之《西圃诗说》云："删去末二句作绝句，更觉浑含无尽。"其实不然。民间歌谣皆直出口心，原不必故作含蓄吞吐语，此诗仿民歌而作，故不失民歌风味。它既有文人诗营造意境的含蓄深沉，又有民歌直抒胸臆的朴质单纯，出语天然而情韵隽永，堪称佳作。

【辑评】

　　[明]王夫之《唐诗评选》：前四语是天壤间生成好句，被太白拾得。

　　[明]王夫之《姜斋诗话》：情景名为二，而实不可离。神于诗者，妙合无垠。巧者则有情中景，景中情。景中情者，如"长安一片月"，自然是孤栖忆远之情。

［清］乾隆敕编《唐宋诗醇》：吴昌祺曰：万户砧声，风吹不尽，而其情则同，亦婉而深矣。

【今译】

长安的夜
笼着，一城月色
如水的朗清，
月色溶溶里
千家万户
处处，砧杵捣衣声。
秋风清爽地吹

可吹不去，散不尽，
一声声总是
思念边关的情深。
啊，不知何时
一举扫平匈奴，
戍边的丈夫
早点罢了万里远征。

长相思（其一）

长相思，　　在长安。
络纬秋啼金井阑①，　微霜凄凄簟色寒②。
孤灯不明思欲绝，　卷帷望月空长叹：
美人如花隔云端。
上有青冥之长天③，　下有渌水之波澜④。
天长地远魂飞苦，　梦魂不到关山难。
长相思，　　摧心肝。

【注释】

①络纬：即蟋蟀，俗称"纺织娘"。金井阑：装饰华美的天井栏杆。②簟：竹席。③青冥：杳冥，形容天深远。④渌（lù）水：清澈的水。

【赏析】

《长相思》属乐府杂曲歌辞，多写思妇之怨。李白此诗拟其格而别有寄托。全篇以"长相思"三字发端，又以"长相思"一语收拢，反复抒写，一咏三叹，将相思苦情表达得淋漓尽致。

诗中所云相思在长安、美人隔云端，显然有比兴意味。古代诗文中，自战国·屈原《离骚》之后，以美人芳草比喻君主成为常见表现手法。此诗约是"赐金放还"时所作。李白被玄宗召入京师供奉翰林，其君王之恩遇不可谓浅，故虽遭谗言离京城而去，但仍然心存感念。此诗所抒叹的孤灯不眠的望月长嗟、山长水远的梦魂飘寻，应非一般儿女情长的相思苦恋。这种强烈的"摧心肝"的思念里，有着一种深沉悲恸的眷念、执着情绪，似乎旨在抒写有所求而不遂的苦闷。只是诗中不作直接发露，而是将其意旨隐然含蕴于形象之中，别有一种含蓄蕴藉的情致，耐人寻思。

此诗一如李白的其他七言歌行，逞足笔力，飞驰想象，将一缕相思梦魂飞扬在青冥高天、渌水波澜，虽然辞意悲苦清婉，却不失其飘逸本色。

【辑评】

[明]黄克缵、卫一凤《全唐风雅》：萧云：词意悲而不伤，怨而不谤。

[明]王夫之《唐诗评选》：题中偏不欲显，象外偏令有余，一以为风度，一以为淋漓，呜呼，观止矣。

[清]王闿运《王闿运手批唐诗选》：明艳绝底，奇花初开，李所独擅之技。

【今译】

长相思，长相思，
我的思念在长安。
秋夜，草丛蟋蟀低吟
在天井栏杆边，
薄霜冷凄里
一枕竹席泛着凉寒。
昏黄的孤灯
曳起一怀哀绝，
卷起珠帘，望月
空自一声长叹：
思念的美人
如花，隔迷茫云端。

上有青天渺渺
望断双眼，
下有深壑渌水
回旋着湍急的波澜。
天太长，地太远
一缕梦魂苦苦飘寻
啊，太难，
梦中也难飞度
一重重关山。
长相思，长相思
不能相见啊
我，肝肠寸断！

秋浦歌（其十五）①

白发三千丈，　　缘愁似个长②。
不知明镜里，　　何处得秋霜③？

【注释】

①秋浦歌：秋浦，今安徽贵池，是唐代银铜产地之一。李白晚年漫游此地，写有组诗《秋浦歌》十七首。②缘：因为。个：这般。③秋霜：形容头发白如秋霜。

【赏析】

这是一首抒泄忧愤的诗。开篇"白发三千丈"破空而下，惊心骇目。何故如此？——"缘愁似个长"。忧愁，使人繁生白发，而这白发长达"三千丈"，该蓄积了怎样深重的愁思。一个奇特大胆的夸张，将诗人内心极度郁结的烦愁忧愤淋漓尽致地宣泄出来。如此写愁，虽出乎常情却入于人心，奇想出奇句，为千古吟诵。结尾将万端心绪汇于一问之中："不知明镜里，何处得秋霜？"在问句之外，引出更深一层的思虑，言尽而蕴意不尽。或认为这后两句不是问语，而是愤激语、痛切语。"得"字直贯诗人大半生中的遭受排抑、志事不酬，鬓染秋霜乃是亲历亲感，何由不知！如此理解也深得其味。

"奇意奇调，真千古一人。"（明·周珽《唐诗选脉会通评林》引周敬语）读完此诗，掩卷吟哦，仿佛一白发飘垂、忧伤憔悴的老翁，孑然兀立在眼前，顿时一股悲慨不平之气充塞了天地之间。

【辑评】

[明]吴烻《唐诗直解》：兴到语绝，有神韵。

[清]朱子荆《增订唐诗摘钞》：突起婉接，又翻开，奇甚。

[清]郭兆麒《梅崖诗话》：太白诗"白发三千丈""燕山雪花大如席"，语涉粗豪，然非尔便不佳。……如少陵言愁，断无"白发三千丈"之语，只是低头苦煞耳。故学杜易，学李难。

【今译】

苍苍白发　　　　　　　　　揽镜一照
一头披落下三千丈，　　　　啊，不知明镜里
只因为——　　　　　　　　憔悴衰老的我
太多的忧愁　　　　　　　　哪来这般
它才这般地长。　　　　　　两鬓尽染秋霜?!

赠 汪 伦①

李白乘舟将欲行，　　忽闻岸上踏歌声②。
桃花潭水深千尺，　　不及汪伦送我情③!

【注释】

①李白曾从秋浦前往泾县（今属安徽）桃花潭，村人汪伦酿美酒相待，临行又踏歌相送，李白故赠此诗为谢。据记载，至宋时，汪伦后裔尚珍藏此诗。②踏歌：唱歌时以脚踏地为节拍，一种民间的歌唱形式。③桃花潭：在泾县西南。因李白此诗，留有许多美丽的传说和游览遗迹，东岸有"踏歌古岸"的门额，西岸彩虹罔石壁下有钓隐台。

【赏析】

李白特别看重友情，曾云"人生贵相知，何必金与钱"（《赠友人》）。他写了不少寄友、赠友、别友的诗，一片坦率、纯真和恳至，令人为之倾倒。

此诗所赠虽是萍水相逢之人，亦自是情真情深。清·沈德潜《唐诗别裁》极欣赏后两句，云："若说汪伦之情比于潭水千尺，便是凡语。妙境只在一转换间。"即妙在诗人于景切情真处信手拈来，用"不及"二字，转无形之别情为有形之潭水。那别情如何？试看"深千尺"的美丽清澄的桃花潭水，但它犹有"不及"，其别情之纯之深自可寻味。若说别离之情如桃花潭水深千尺，则浅俗了。而如此写别情，语尽意不尽，空灵而悠长，从那桃花潭中漾出一缕不绝的远韵，沁人心脾。

【辑评】

[明]谢榛《四溟诗话》：诗有四格：曰兴，曰趣，曰意，曰理。太白《赠汪伦》曰："桃花潭

水深千尺，不及汪伦送我情。"此兴也。

　　[明]周珽《唐诗选脉会通评林》：周敬曰：不雕不琢，天然成响，语从至情发出，故妙。

　　[清]沈德潜《唐诗别裁》：若说汪伦之情比于潭水千尺，便是凡语，妙境只在一转换间。

【今译】

我，一叶轻舟　　　　　　　　啊，水深千尺，
将飘然远行，　　　　　　　　比不上汪伦
忽然听见河岸　　　　　　　　为我送别
一阵清亮的踏歌声。　　　　　　—— 一片深情！
美丽的桃花潭

梦游天姥吟留别①

海客谈瀛洲②，　　烟涛微茫信难求③。
越人语天姥，　　云霓明灭或可睹④。
天姥连天向天横，　　势拔五岳掩赤城⑤。
天台四万八千丈⑥，　　对此欲倒东南倾。
我欲因之梦吴越⑦，　　一夜飞渡镜湖月⑧。
湖月照我影，　　送我至剡溪⑨。
谢公宿处今尚在⑩，　　渌水荡漾清猿啼⑪。
脚著谢公屐⑫，　　身登青云梯⑬。
半壁见海日，　　空中闻天鸡⑭。
千岩万转路不定，　　迷花倚石忽已暝。
熊咆龙吟殷岩泉⑮，　　慄深林兮惊层巅⑯。
云青青兮欲雨，　　水澹澹兮生烟⑰。
列缺霹雳⑱，　　丘峦崩摧。
洞天石扉⑲，　　訇然中开⑳。
青冥浩荡不见底㉑，　　日月照耀金银台㉒。
霓为衣兮风为马㉓，　　云之君兮纷纷而来下㉔。
虎鼓瑟兮鸾回车㉕，　　仙之人兮列如麻。
忽魂悸以魄动，　　恍惊起而长嗟㉖。
惟觉时之枕席㉗，　　失向来之烟霞㉘。
世间行乐亦如此㉙，　　古来万事东流水。
别君去兮何时还？　　且放白鹿青崖间㉚，

须行即骑访名山。

安能摧眉折腰事权贵㉛，　　使我不得开心颜！

【注释】

①天姥（mǔ）：山名，在今浙江嵊（shèng）县东。吟：古诗体的一种。②海客：海上来客。瀛（yíng）洲：古代传说东海有蓬莱、方丈、瀛洲三座仙山，上有神仙居住。③微茫：隐隐约约的样子。信：确实。④明灭：忽隐忽现。⑤拔：超出。五岳：古代对五大名山的总称，东岳泰山、西岳华山、南岳衡山、北岳恒山、中岳嵩山。掩：盖过。赤城：山名。⑥天台：山名，在今天浙江天台县北、天姥山东南，与赤城山同为仙霞岭支脉。⑦之：它，指越人关于天姥山的谈论。吴越：今江苏、浙江一带。⑧镜湖：又名"鉴湖"，在今浙江绍兴市南。⑨剡（shàn）溪：在今浙江嵊县南。自晋以来，是名流隐居之地，李白早年有"自爱名山入剡中"（《秋下荆门》）的愿望。⑩谢公：南朝宋时著名诗人谢灵运，曾游天姥山，宿于剡溪。其《登临海峤》诗云："暝投剡中宿，明登天姥岑。"⑪清猿：山林中啼声清厉的猿猴。⑫谢公屐（jī）：谢灵运为游山特制的一种木鞋，上山去掉前齿，下山则去掉后齿，世称"谢公屐"。⑬青云梯：高入云霄的山路。⑭天鸡：古代神话中的鸡。据南朝梁·任昉《述异记》，相传东海有桃都山，山上有桃都树，枝叶张开三千里。树上有天鸡，当日初出照在树上，天鸡即鸣，天下的鸡皆随之而鸣。⑮殷（yǐn）：震动。⑯"栗深林"句：使深林战栗，层巅惊恐。层巅，层层叠高的山巅。⑰澹澹（dàn）：水波摇动的样子。⑱列缺：闪电。⑲洞天：道家称神仙所居之地为"洞天"，一般在名山胜地。⑳訇（hōng）：同"轰"，形容大声。㉑青冥：见前《长相思》注。㉒金银台：传说中神仙居所。西汉·司马迁《史记·封禅书》载：齐威王、燕昭王时，曾派人入海求三神山，至者见其以"黄金银"为宫阙。㉓风为马：以风为马，即御风而行。㉔云之君：云神。㉕鸾回车：鸾鸟拉车回转。鸾，传说中凤凰一类的鸟。㉖恍：迷离恍惚。㉗觉：醒。㉘向来：原来，刚才。烟霞：指仙境。㉙此：指梦境中虚无变幻的景象。㉚白鹿：传说中神仙的坐骑。㉛摧眉折腰：低眉弯腰。事：服侍。

【赏析】

这首诗题一作《别东鲁诸公》。天宝三年（745）李白被"赐金放还"离开长安后，曾与杜甫、高适等人游历梁、宋、齐、鲁等地，后回到东鲁家中居住。此诗是李白次年于东鲁，将告别亲友去漫游吴、越时所作。

整首诗可分为三部分。第一部分为"海客谈瀛洲"至"对此欲倒东南倾"，虚写天姥山的瑰伟景色。第二部分为"我欲因之梦吴越"至"恍惊起而长嗟"，实写梦游天姥山的奇丽景况。第三部分为"惟觉时之枕席"至"使我不得开心颜"，笔锋一转回到现实。末两句似天外飞来，仿佛要一口吐尽胸中的不平之气。诗人显然不是为寻梦而寻梦，追求梦幻只是为了摆脱"摧眉折腰事权贵"的现实遭遇。诗人实借神游仙境释放和抚慰苦闷的心灵，在一种超现实的艺术描写中寄托现实的人生态度，即鄙视现实、轻蔑权贵的桀骜不屈。

这首诗以五、七言为主，杂用四言、六言、九言，随兴所至，信手拈来；而且随着诗人感情的起伏变化，全诗十二次换韵，音韵铿锵有力、平仄错落有致，充分体现了李白诗歌不拘格律的自由奔放。诗中展现出一幅幅让人眼花缭乱的梦中奇景，充满了神奇瑰丽的浪漫色彩，读来并不觉其虚无荒诞。它把美妙的神话、惊人的想象、丰富的幻想、大胆的夸张完美地结合起来，构成了一种气势磅礴和奇幻多姿的意境。诗人以生花妙笔挟带仙气，驰骋天马行空般的想象，挥洒豪放不羁的才情，写出了这首惊风雨、泣鬼神的名篇。

【辑评】

[明]桂天祥《批点唐诗正声》：《梦游天姥吟》胸次皆烟霞云石，无分毫尘浊，别是一副言语，

故特为难到。

[明]周珽《唐诗选脉会通评林》：周珽曰：出于千丝铁网之思，运以百色流苏之局，忽而飞步凌顶，忽而烟云自舒。想其拈笔时，神魂毛发尽脱于毫楮而不自知，其神耶！

[清]宋宗元《网师园唐诗笺》：纵横变化，离奇光怪，以奇笔写梦境，吐句皆仙，着纸欲飞。

【今译】

海外来客谈起瀛洲
都说实在难寻见，
它，隐约隔着
一片烟涛的渺远。
越人说起天姥
有时，峰顶巍巍
在云霞中时隐时现。
啊，天姥山
与天相接，横卧天边，
高峻山势压过五岳
将赤城山低掩。
那天台山耸立
四万八千丈，
对着天姥峰
仿佛向东南倾斜一半。
因这神奇传说
吴越，魂绕梦牵，
我，飞渡皓月镜湖
只在一夜之间。
湖心的明月
托着我的身影浮泛，
悠悠荡荡
一直送到剡溪边。
当年谢公的投宿处
犹在，依稀可辨，
山林哀猿的长啸里
一溪清波，澹澹。
我脚穿谢公木屐
攀登高入云端的石阶。
半山峭壁上，呵
看见海上日出灿烂，
又听见空中

天鸡在鸣啼夜残。
山路曲曲折折
随着山岩千回百转，
我倚石赏花
心神，渐渐迷离
天色已昏暗。
忽听一阵熊咆龙吟
震荡在岩石山泉，
山巅层层惊恐
深林，一阵阵颠颤。
云层骤然变得青灰
风雨欲来时
水波摇荡起轻烟。
电闪雷鸣，崩塌山峦，
石门轰然大开
噢，别有洞天。
浑然不见边底
浩浩荡荡的深远，
日月的光芒
照耀在金银楼台前。
云神，霞衣拂拂
御清风而飘行，
凌空降下纷纷然。
白虎弹瑟，鸾鸟拉车
密密麻麻
一列列飘逸的神仙。
忽地，心惊魂动，
恍惚间醒来
不由长长一声嗟叹。
空空，一枕席垫，
梦中的烟霞美景
已倏然消散。

人世间的行乐　　　　　　暂且放牧白鹿

如这梦，虚无变幻，　　　在绿山青崖间，

自古以来　　　　　　　　到时，悠闲骑着它

万事付之一江东流　　　　寻访名山大川。

何曾有复还。　　　　　　怎能，低眉折腰

啊，将告别诸君远去　　　侍奉权臣贵戚，

不知几时归来　　　　　　使我不得舒展笑颜！

一樽美酒相聚尽欢？

金陵酒肆留别①

风吹柳花满店香，　　　吴姬压酒劝客尝②。

金陵子弟来相送③，　　　欲行不行各尽觞④。

请君试问东流水，　　　别意与之谁短长？

【注释】

①酒肆：酒店。肆，店铺。留别：临别赠诗留念。②吴姬：吴地酒店的侍女。金陵属古吴国，故称。姬，古代对妇女的美称。压酒：新酒酿熟时，压紧榨床取酒。劝客尝：一作"唤客尝"。③子弟：与父老相对而称，指年轻人。④欲行不行：指将行的诗人自己和送行的金陵朋友们。尽觞（shāng）：饮干杯中的酒，即干杯。觞，古代酒器。

【赏析】

时李白二十六岁，初游金陵拟赴广陵，临行时，在朋友饯行的酒宴席间写下此诗。阳春三月，金陵古都杨柳飘絮，小小酒店醇香四溢，吴姬软语劝饮，友人殷勤尽觞，这一切含蕴了也更增添了别离的意绪。为了把这离别之情抒发得更饱满淋漓，诗人加重笔墨，落出"请君试问东流水，别意与之谁短长"的结句。长江流水深广而绵远，与之一比，欲行之人与送行之人的别情离意，尽涵盖其中了。

此诗惜别而不伤别，真率而无浅伪，它不是《宣州谢朓楼饯别校书叔云》的酒酣兴发，更多的是青年李白任侠重义、丰采华茂的风流潇洒。清·沈德潜《唐诗别裁》说此诗"语不必深，写情已足"，道出了这首诗出语自然、笔墨洒脱而别情酣畅的特点。

【辑评】

[明]谢榛《四溟诗话》：太白《金陵留别》诗"请君试问东流水，别意与之谁短长"，妙在结语。

[明]钟惺、谭元春《唐诗归》：钟云：不须多，亦不须深，写得情出。

[日]近藤元粹《李太白诗醇》：严云：首句既飘然不群，柳花说香更精微。

【今译】

春风里柳絮漫飞	相聚饯行的盛宴上，
蒙蒙扑满一店	告别的酒斟满
一阵花香，酒香，	将行的，送行的
当垆的吴女	开怀喝个痛畅。
压出新酿美酒	试问那——
软语殷勤，劝客品尝。	悠悠东去的江水
金陵的年轻朋友	它与我们离别的情意
风流倜傥	谁短，谁长？

黄鹤楼送孟浩然之广陵①

故人西辞黄鹤楼②，　烟花三月下扬州③。
孤帆远影碧空尽，　唯见长江天际流。

【注释】

①黄鹤楼：在今湖北武昌西黄鹤矶上。传说仙人曾乘黄鹤经过此地，故山、楼因此而得名。孟浩然：盛唐山水田园诗人，时诗名已誉满天下。他是李白游历襄阳时的忘年之交，比李白年长十二岁，李白《赠孟浩然》有"吾爱孟夫子，风流天下闻"的诗句，两人情谊甚厚。广陵：今江苏扬州。②西辞：黄鹤楼在广陵西，孟浩然告别黄鹤楼东去广陵，故云。③烟花：指春天柳如烟、花似锦的艳丽景物。

【赏析】

此诗是李白于黄鹤楼送别孟浩然所作。第一句点题，具有神奇美丽的色彩，于此地送别，自然充溢了美好的意兴。接下"烟花三月下扬州"，用烟花似锦、风光旖旎的阳春景色，将充满诗意的令人眷念不舍的离别氛围，涂抹得格外浓郁，被誉为"千古丽句"（清·蘅塘退士《唐诗三百首》陈婉俊补注）。后两句描绘了一幅情景交融的送别画面：诗人伫立楼头，目送友人孤舟远去；渐渐地帆影模糊了，消失在白云碧水之间；最后，只剩渺渺长江流向天际之外。这是多么悠长不尽的送别，几多向往之意、几多怅别之情，尽在久久的神驰目注的翘首凝望中。

这，便是李白与孟浩然两位风流才子的作别，没有凄凄的伤别，也没有琐碎的话别，在那黄鹤楼头的烟花三月里，在那孤帆远影的碧天长水中，别得如此潇洒飘逸，而又不失深挚绵远。这一瞬之别，成了诗歌意境中的永恒。

【辑评】

［明］周珽《唐诗选脉会通评林》：陈继儒曰：送别诗之祖，情意悠渺，可想不可说。

［清］黄生《唐诗摘钞》：不见帆影，惟见长江，怅别之情，尽在言外。

刘永济《唐诗绝句精华》：善写情者不贵质言，但将别时景象有感于心者写出，即可使诵其诗者发生同感也。

【今译】

老朋友，要走了　　　　　　　　渐远，那风帆孤影
辞别在黄鹤楼，　　　　　　　　消失在碧空尽头，
烟柳繁花的三月　　　　　　　　我，仍独依栏杆
将顺流东下　　　　　　　　　　久久地凝望
漫游江左名都扬州。　　　　　　一江远水——
你，一叶孤舟　　　　　　　　　在渺渺天际奔流。

渡荆门送别①

渡远荆门外，　　　来从楚国游。
山随平野尽，　　　江入大荒流。
月下飞天镜②，　　云生结海楼③。
仍怜故乡水④，　　万里送行舟。

【注释】

①荆门：即荆门山，见王维《汉江临泛》注。②天镜：指月亮在江中的倒影，如天上飞落的一面明镜。③海楼：即海市蜃楼。由于光线在大气中的折射作用，大海或沙漠地带有时会出现像城市楼阁一样的奇幻景象。古人误认为是蜃吐气而成，故云。④怜：爱。

【赏析】

李白二十五岁时，"仗剑去国，辞亲远游"（《上安州裴长史书》），这首诗是他离蜀出三峡，渡过荆门山，去往楚地漫游时所作。诗的首联点明出蜀壮游的行程，中间两联写渡荆门所见雄阔景色，尾联表达对故乡的眷爱深情。其颔联"山随平野尽，江入大荒流"和颈联"月下飞天镜，云生结海楼"，洋溢着激越奔腾的青年意气，表现出高度的艺术想象力和概括力，诗人以移步换景手法，生动明快地描绘出长江中游数万里山势与水流的雄浑气象，恰似一幅长江出峡渡荆门的长轴山水图，有咫尺万里之妙。这两联境界之高远、形象之奇伟，堪为脍炙人口的佳句。

诗题为"渡荆门送别"，而诗中不曾写送别友人的离情别绪，故明·唐汝询《唐诗解》认为"题中'送别'二字，疑是衍文"。清·沈德潜《唐诗别裁》亦云："诗中无送别意，题中二字可删。"此论欠妥。所谓"送别"，乃指流经故乡的山水，它随诗人出蜀，并送其行舟到万里之外，故末处有"故乡水""送行舟"之语。实是诗人用拟人化手法，曲折含蓄地表现离乡惜别的情思，或如俞陛云《诗境浅说》所说："末二句叙别意，言客踪所至，江水与之俱远，送行者心亦随之矣。"

【辑评】

[明]胡应麟《诗薮》："山随平野尽，江入大荒流"，太白壮语也；杜"星垂平野阔，月涌大江流"，骨力过之。

[明]陆时雍《唐诗镜》：诗太近人，其病有二，浅而近人者，率也；易而近人者，俗也。如

《荆门送别》诗，便不免此病。

俞陛云《诗境浅说》：太白天才超绝，用笔若风樯阵马，一片神行。

【今译】

<table>
<tr><td>从荆门山外</td><td>那明月倒影</td></tr>
<tr><td>渡过漫长的水途，</td><td>像飞来一面明镜</td></tr>
<tr><td>去往古楚国</td><td>落入江中清流，</td></tr>
<tr><td>年少尽兴，漫游。</td><td>江面生起的云气</td></tr>
<tr><td>两岸青山峻岭</td><td>奇幻地变化</td></tr>
<tr><td>随旷野无际地伸展</td><td>结成缥缈的海市蜃楼。</td></tr>
<tr><td>渐消失在尽头，</td><td>啊，可爱的江水</td></tr>
<tr><td>出峡的长江</td><td>仍来自故乡，</td></tr>
<tr><td>流入荒漠原野</td><td>不辞千里万里</td></tr>
<tr><td>轻缓了直泻的奔涌。</td><td>远送我一叶行舟。</td></tr>
</table>

送 友 人

青山横北郭，　　白水绕东城。
此地一为别，　　孤蓬万里征①。
浮云游子意，　　落日故人情②。
挥手自兹去③，　　萧萧班马鸣④。

【注释】

①蓬：飞蓬，见王维《使至塞上》注。此喻指漂游远行的友人。征：旅途。②故人：诗人自指。③兹（zī）：此，这里。④班马：离群的马。

【赏析】

这是充满诗情画意的送别。诗人与友人于东城郊外策马辞别，两人并肩缓辔，别情深深。但诗人宕开一笔，不直言人的伤别，却写挥手告别之际"班马萧萧"。马犹不忍别，况人乎？以马的萧萧一声长鸣，托出人的缱绻惜别之情。此诗所写虽是依依惜别，却不见哀沉悱恻，因为这别离融合在青山横卧、白水环绕的一片明丽秀朗的背景中。

诗中的青山、城郭、白水、孤蓬、浮云、落日、班马，每一种景物都蕴含并表达了惜别之情，是人们熟悉和惯用的关联离别的特定词语，但诗人在遣排上自出新意，虽是熟旧的，读来却不俗。尤其是颔联，就眼前的浮云落日即景取喻，以"浮云"寓含友人漂泊不定的"游子意"，以"落日"表达自己依恋不舍的"故人情"，即景即情两相交融，而且对仗工整巧丽，运笔如行云流水，故向称名句。

【辑评】

[清]乾隆敕编《唐宋诗醇》：首联整齐，承则流走，而下联健劲，结有萧散之致。大匠运斤，自成规矩。

[清]胡本渊《唐诗近体》：结得洒脱，悠然不尽。

[清]杨成栋《精选五七言律耐吟集》：青莲五律无一首不意在笔先，扫尽人千百言，破空而下。

【今译】

一卧翠青的山峦
在郊外相迎，
一弯澄白的河水
潺潺绕过东城。
在这里，你
与我分别，
将如孤零蓬草
随风飘向万里行程。
天边，一抹浮云

如同游子你
天涯漂泊的心魂，
落日，徘徊不下
那是老友我
依依不舍的别情。
挥一挥手
从此远远地去了，
你我的马哟
相对一声，萧萧长鸣。

宣州谢脁楼饯别校书叔云①

弃我去者，　　昨日之日不可留；
乱我心者，　　今日之日多烦忧。
长风万里送秋雁，　　对此可以酣高楼②。
蓬莱文章建安骨③，　　中间小谢又清发④。
俱怀逸兴壮思飞⑤，　　欲上青天揽明月。
抽刀断水水更流，　　举杯销愁愁更愁。
人生在世不称意，　　明朝散发弄扁舟⑥。

【注释】

①宣州：今安徽宣城。谢脁楼：一称"谢公楼"，谢脁任宣城太守时所建，唐代改为"叠嶂楼"。校书：官名，即秘书省校书郎，朝廷典掌图籍官署的官员（校勘书籍，订正讹误）。②酣：尽情畅饮。③蓬莱文章：此指李云的文章。蓬莱，海上仙山，相传仙府秘录皆藏于此山。唐人多以蓬山、蓬阁借指秘书省。建安骨：即"建安风骨"，东汉末建安年代曹氏父子和建安七子的刚健遒劲的诗风。④小谢：南朝齐时著名诗人谢脁，诗风清丽，世称其为"小谢"，称谢灵运为"大谢"。清发：清新秀发。⑤逸兴：超远豪放的意兴。⑥散发：古人去冠披发，表示自适狂放，不受世俗礼法的束缚。扁（piān）舟：小舟。扁，小。东汉·赵晔《吴越春秋》载：春秋时越国大夫范蠡，辅佐越

王夫差灭吴复国后，功成身退，乘扁舟浮于三江五湖。后因以"扁舟"喻指归隐。

【赏析】

此诗是李白游宣城时登临饯别之作，但诗旨不在惜别，而是借送别宣泄"不称意"的烦忧。发端陡起壁立，两个长句一气鼓荡，似欲将心中郁结的至深至乱的忧愤一吐为快，大有一发不可抑止之势。接着一个突转，长风万里，酣饮高楼，心、境两畅，烦忧为之一扫。紧承而下，赞美主宾文风诗才，一时酒酣兴发，顿生飘飘欲飞、青天揽月之想。继而一落千丈，跌回现实："抽刀断水水更流，举杯销愁愁更愁。"用一千古奇喻，抒写出忧时愤世的深重，以及忧愁难遣的苦闷和无奈。最后二句，归结到人生失意的扁舟归隐。

整首诗直起直落，大开大合，断续无迹，思绪情感的急速跌起与艺术结构的腾挪跌宕，达到了完美统一。清·沈德潜《唐诗别裁》评李白七言古诗飘逸纵放，"如大江无风，波浪自涌；白云卷舒，从风变灭"，可于此诗见出。

【辑评】

［清］王尧衢《古唐诗合解》：此篇三韵两转，而起结别是一法。起势豪迈，如风雨之骤至。

［清］乾隆敕编《唐宋诗醇》：遥情飙竖，逸兴云飞，杜甫所谓"飘然思不群"者，此矣。

［清］高步瀛《唐宋诗举要》：吴曰：破空而来，不可端倪（首二句）。再用破空之句作接，非太白雄才，那得有此奇横（"长风万里"句)？

【今译】

弃我而去的昨日　　　　　　　高远的豪情逸兴
去了，无可挽留，　　　　　　你我都怀有，
搅乱我心绪的　　　　　　　　此时，酒酣兴发
今日，纷至沓来　　　　　　　想登上青天
不尽的烦忧。　　　　　　　　揽皓皓明月在手。
看，秋空一行鸿雁　　　　　　可是眼前
长风万里吹送，　　　　　　　举杯销愁愁更愁，
对这明远秋色　　　　　　　　就如抽刀断水水更流。
开怀畅饮吧　　　　　　　　　啊，人生在世
哪怕醉卧谢公楼。　　　　　　这般心志不酬，
你的文章，如　　　　　　　　不如他日
建安风骨古朴刚遒，　　　　　披一头飘然散发
我的诗歌　　　　　　　　　　五湖三江，泛舟。
像谢朓清丽逸秀。

登金陵凤凰台①

凤凰台上凤凰游，　　凤去台空江自流。
吴宫花草埋幽径②，　　晋代衣冠成古丘③。
三山半落青天外④，　　一水中分白鹭洲⑤。
总为浮云能蔽日⑥，　　长安不见使人愁。

【注释】

①凤凰台：今南京凤凰山上。据《江南通志》载："凤凰台在江宁府城内之西南隅，犹有陂陀，尚可登览。宋元嘉十六年，有三鸟翔集山间，文彩五色，状如孔雀，音声谐和，众鸟群附，时人谓之'凤凰'。起台于山，谓之'凤凰山'。"②吴宫：三国时吴国的王宫。③晋代：指东晋，晋元帝渡江迁都于金陵。衣冠：古代士以上戴冠，此代指豪门贵族。丘：坟墓。④三山：在金陵西南长江边，三峰并立，南北相连，故名。⑤白鹭洲：在金陵西南长江中。秦淮河入江，白鹭洲横截其间，分流为二。⑥浮云：此处暗喻蒙蔽皇帝的奸佞。西汉·陆贾《新语·慎微篇》云："邪臣之蔽贤，犹浮云障日月也。"日：古人常用"日"象征帝王。

【赏析】

据元·辛文房《唐才子传》载：李白登黄鹤楼，欲挥毫作诗，见崔颢《黄鹤楼》诗题于上，叹而无作离去。而后，耿耿于怀，欲写一绝妙好诗与之一争高下，于是写了这首《登金陵凤凰台》。此说信而不可尽信，但李白此诗以及另一首《鹦鹉洲》，确有仿拟崔诗之处。

此诗将凤去台空长江自流的怅惘、吴宫晋冠一抔黄土的感慨、三山二水绰约秀美的景色，以及浮云蔽日不见长安的愁伤交织在一起，熔铸传说、吊古、写景和抒怀为一炉。若论韵律天然、笔势洒脱、辞句清丽，当与崔颢诗工力悉敌。但若以登临感怀而论，此诗的忧患之思较之崔诗的乡关之思，意旨更为深远；只是若与崔诗的风韵轻利相比，此诗似又有所不及。崔、李二诗当同为咏凤凰台之绝唱，互为珠璧。

【辑评】

[明]吴烶《唐诗直解》：一气嘘成，但二联仍不及崔。

[明]王世懋《艺圃撷余》：崔郎中作《黄鹤楼》诗，青莲短气。后题凤凰，古今目为勍敌。

[明]胡应麟《诗薮》：崔颢《黄鹤楼》、李白《凤凰台》，但略点题面，未尝题黄鹤、凤凰也。……故古人之作，往往神韵超然，绝去斧凿。

【今译】

凤凰台，曾经　　　　　　　　昔日——
五彩祥瑞的凤凰飞来　　　　吴王宫殿的花草
翩跹翔游，　　　　　　　　没入幽僻无人的荒路，
如今楼台空空　　　　　　　东晋的豪门贵族
只有长江水　　　　　　　　一时风流煊赫
独自无语，东流。　　　　　垒成堆堆古老坟丘。

眼前，三峰并峙   总为片片浮云

若隐若现地   遮蔽了日月，

耸落在青天之外，   望不见京城长安

绿水悠悠，分绕   心中，每每忧愁。

横卧江心的白鹭洲。

望庐山瀑布①

日照香炉生紫烟②，　　遥看瀑布挂前川③。

飞流直下三千尺，　　疑是银河落九天④。

【注释】

①庐山：今江西九江市南，风景优美，多秀峰和瀑布。相传周时有匡俗兄弟七人，皆好道术，结庐于此山，后皆成仙，故名"庐山"，又称"匡山"。②香炉：即香炉峰。在庐山东南，孤峰独起，山顶尖圆，游气笼其上，氤氲有如香烟，故名。紫烟：云烟受阳光照射，远望如紫色。③前川：一作"长川"。指落下的瀑布有如长河在山前竖挂。川，河流。④九天：九重天，天的最高层。

【赏析】

瀑布为庐山奇景之一，唐人诗中咏庐山瀑布的名作甚多，而以此诗居首。前两句香炉生烟、白川前挂，用两个生动形象的比喻见出山巅烟霞蒸腾、瀑布飞溅，景色异常奇秀，但略嫌平实。后两句从虚处落墨，顿生天外奇想："飞流直下三千尺，疑是银河落九天。"诗人驰骋奇妙的想象，熔夸张、比喻于一体，直摄庐山瀑布之神，写尽磅礴倾泻的气势，也传出"望"中瑰丽奇特的感受，令人心惊魄动，真乃绝妙之笔。

唐·徐凝《庐山瀑布》有"千古长如白练飞，一条界破青山色"诗句，也作阔大飞动之势，但终觉写实了，局促了，不及此诗空灵飘逸。李白"一生好入名山游"（《庐山谣寄卢侍御虚舟》），泰山、巴山、戴天山、九华山的瀑布，都曾进入他的诗歌而热情吟唱，而独以这首《望庐山瀑布》最为脍炙人口。

【辑评】

[宋]葛立方《韵语阳秋》：李白《望庐山瀑布》诗云："飞流直下三千尺，疑是银河落九天。"故东坡云："帝遣银河一派垂，古来惟有谪仙词。"以余观之，银河一派，犹涉比类，未若白前篇云"海风吹不断，江月照还空"，凿空道出，为可喜也。

[清]宋宗元《网师园唐诗笺》：非身历其境者不能道。

【今译】

香炉孤峰挺秀   似一条长河

升腾紫红色的霞烟，   飞雪溅玉，倒悬。

峭壁前的瀑布   啊，那凌空的直泻

一泻三千尺，　　　　　　　——天上银河
让人疑是　　　　　　　　　跌落下九重云端。

秋登宣城谢朓北楼①

江城如画里，　　山晚望晴空。
两水夹明镜②，　　双桥落彩虹③。
人烟寒橘柚④，　　秋色老梧桐⑤。
谁念北楼上，　　临风怀谢公⑥。

【注释】

①谢朓北楼：见前《宣州谢朓楼饯别校书叔云》注。②两水：句溪、宛溪，两溪绕宣城合流。③双桥：横跨宛溪上的凤凰桥、济川桥。彩虹：指水中桥影。④烟：饮烟。寒橘柚：使橘柚显带寒意。⑤老梧桐：使梧桐显得苍老。⑥谢公：即谢朓，为人清雅脱俗，后遭诬下狱致死。

【赏析】

宣城历来为登临胜地，三峰并峙挺秀，二溪萦回映带，并建有谢朓楼。李白对南朝齐时著名诗人谢朓最为倾心，曾七游宣城，有"一生低首谢宣城"（清·王士祯《论诗绝句》）之说。此诗是他旧地重游所写。诗中状登临之景如画："两水夹明镜，双桥落彩虹"；"人烟寒橘柚，秋色老梧桐"。将秋色的明秀清丽与深沉苍老融汇并举，既绘出了秋景，也写出了秋意。宋·严羽曰："五、六入画品中，极平淡，极绚烂，岂必王摩诘？"（〔日〕近藤元粹《李太白诗醇》引）结尾扣住诗题追忆谢朓，表达出古今心灵遥接的仰慕之情。

这首登临诗状景、怀古与抒怀三者结合，诗人将重游宣城的欣悦和失意客游的感伤，一并寄于吟赏山水、尚友古人之中。此诗是登谢朓楼而作，语句、意境也近乎谢朓诗风，清新秀逸。

【辑评】

〔宋〕曾季貍《艇斋诗话》：李白云："人烟寒橘柚，秋色老梧桐。"老杜云："荒庭垂橘柚，古屋画龙蛇。"气焰盖相敌。陈无己云："寒心生蟋蟀，秋色上梧桐。"盖出于李白也。

〔清〕乾隆敕编《唐宋诗醇》：风神散朗。五、六写出秋意，郁然苍秀。

〔清〕胡本渊《唐诗近体》："寒"字、"老"字，实字活用，是炼字法。

【今译】

傍晚，登楼眺望　　　　　　　如两面明镜夹城
岚光山色映衬的晴空，　　　　滢滢洁洁闪动，
江滨美丽的宣城　　　　　　　溪上双桥横卧
宛如图画之中。　　　　　　　水中跌落两弯彩虹。
句溪，宛溪　　　　　　　　　远处，村舍人家

炊烟裹着寒气

灰茫，将橘柚林漫笼，

深沉的秋色

催老了山冈上

一树树苍黄的梧桐。

啊，有谁理解

我在这北楼

一怀深深的仰慕，

——临风追怀

清雅脱俗的谢公。

望天门山①

天门中断楚江开②，　碧水东流至此回③。

两岸青山相对出，　孤帆一片日边来④。

【注释】

①天门山：安徽当涂县西南，东梁山（博望山）与西梁山临江陡峭而立，两山隔长江对峙如门，犹如天工而成，故名。②楚江：安徽古属楚国，故称流经此地的长江为"楚江"。③至此回：长江流至当涂，忽然向北转。回，转。④日边：日出的水天相连处。

【赏析】

这首诗碧水青山、白帆红日，交映成一幅色彩绚丽的画面。但这画面是流走的，随诗人行舟而"望"：山断江开，东流水回，青山相对迎出，孤帆日边驶来，景色由远及近再及远地展开。而且一连六个动词串下，山水景物呈现出跃跃欲出的动态，描绘了天门山一带的雄奇阔远。尤其是"天门中断楚江开"一句，诗人以"断""开"两个动词作夸张的想象描写，仿佛天门二山本是一体横绝，东流的江水携千里雄风将它拦腰撞断，从中奔涌开来，写出了天门山水雄奇险峻不可阻遏的气势，给人惊心动魄之感。三、四句亦妙，"两岸青山相对出，孤帆一片日边来。"一"出"一"来"，将高峻耸立的山态和浑阔茫远的水势写足了，写活了，成为千古传诵的名句。

李白为唐人七绝之冠冕，善于在有限的篇幅里创造出阔大雄奇的意境和气势。读此诗，使人对诗人卓然不凡的艺术表现力，大为叹服。

【辑评】

[明]高棅《增定评注唐诗正声》：郭云：说尽目前山水。将孤帆一片影出"望"字，诗中有画。

[清]黄叔灿《唐诗笺注》：此天然图画境界，正难有此大手笔写成。

[清]乾隆敕编《唐宋诗醇》：胡应麟曰：此及"朝辞白帝"等作，俱极自然，洵属神品，足以擅场一代。

【今译】

天门山，撞断了

楚江咆哮着

从中间汹汹奔涌开，

东去的江水

到此，碧波回旋

忽地向北转拐。

临江峭立的山门　　　　　　　　　我，一片孤帆
山色青青　　　　　　　　　　　　从天水一色的日边
两岸相对迎出，　　　　　　　　　——缓缓驶来。

早发白帝城①

朝辞白帝彩云间，　　千里江陵一日还②。
两岸猿声啼不住，　　轻舟已过万重山③。

【注释】

①一题作《下江陵》。白帝城：今四川奉节县白帝山上。东汉末公孙述所筑，据说殿前井内曾有白龙跃出，故自称"白帝"，山、城亦因此称名。②江陵：今湖北江陵县。③"两岸"句：北魏·郦道元《水经注·江水》："有时朝发白帝，暮宿江陵。其间千二百里，虽乘奔（乘马）御风，不以为疾也。……每到晴初霜旦，林寒涧肃，常有高猿长啸，属引凄异，空谷传响，哀转久绝。"可与此诗参读。

【赏析】

李白垂暮之年，因入永王东巡幕府而受牵连，获罪流放夜郎（今贵州桐梓），行至白帝城遇赦，旋即放舟东下江陵，途中写下此诗。据北魏·郦道元《水经注》载，江峡两岸重岩叠嶂，林寒涧肃中常有高猿长啸，令渔人舟子"猿鸣三声泪沾裳"。可是诗人乘一叶轻舟，霞光初灿时"朝辞白帝"，顺流御风一日千里；那两岸猿声听来，全无断肠的凄哀，轻舟恰在这猿声啼不住里，转瞬间穿越千山万山。"两岸猿声"既是写诗人实历之境，也是用布景着色烘托之法，故前人叹赏"点入猿声，妙，妙"（明·高棅《增定评注唐诗正声》）。

此诗充溢了意外遇赦的欣喜欢畅，但并不显露在字面，而是贯注在千里轻舟飞驶的形象里，以及一气流泻的轻松明快的节奏中。诗人以骏利之笔，写轻舟急流、畅情快意，一片清新自由、飞起流走，令人神远。

【辑评】

［明］李攀龙《唐诗训解》：笔势迅如下峡。

［清］乾隆敕编《唐宋诗醇》：顺风扬帆，瞬息千里，但道得眼前景色，便疑笔墨间亦有神助。三、四设色托起，殊觉自在中流。

［清］王士禛《唐人万首绝句选评》：读者为之骇极，作者殊不经意，出之似不着一点气力。阮亭推为三唐压卷，信哉！

【今译】

晨光初灿时　　　　　　　　　　　乘风顺流而下
我，辞别了　　　　　　　　　　　一日便可回还。
云霞缭绕的白帝城关，　　　　　　听，两岸幽谷山涧
千里遥遥的江陵　　　　　　　　　深林的哀猿

一声声啼唤，　　　　　　　　　我，一叶轻舟
在这啼声不住里　　　　　　　　已驶过万重青山。

月下独酌（其一）①

花间一壶酒，　　独酌无相亲。
举杯邀明月，　　对影成三人。
月既不解饮②，　　影徒随我身。
暂伴月将影③，　　行乐须及春。
我歌月徘徊，　　我舞影零乱。
醒时同交欢，　　醉后各分散。
永结无情游④，　　相期邈云汉⑤。

【注释】

①原诗共四首，此为其一。酌：饮酒。②解：会，懂。③将：与，和。④无情游：忘却世情的交游，因明月不解人事，故云。⑤期：约会。邈（miǎo）：遥远。云汉：银河。

【赏析】

整首诗写春夜月下独酌，诗旨在"独"。花间美酒一壶，自斟自酌无人相伴，何其孤独。若说孤独，月、影交欢，长歌曼舞，几多狂浪疏放；若说不孤独，与月与影醉饮行乐，又几多无聊无奈。孤独吧，永结明月，相约于云汉，有依有托；不孤独吧，明月云汉终是邈茫虚无。这独而不独，不独而独，诗人一怀厌世傲世的孤清孤高，从那忘情忘世的狂态醉意中抒写出来，也从那跌宕起伏而淋漓尽致的诗情中流泄出来，从而塑造了一个孑然不群、飘逸脱俗的诗人自我形象。诗中虚境、幻象、实景、真情融为一体，虚处空灵难及，实处具体可触，虚幻时缥缈即逝，真切时率然痴迷，即虚即实，亦幻亦真，具有浓郁的浪漫主义色彩。

李白平生钟情于高洁清朗的明月，在诗中邀月、对月、攀月、揽月，明月似乎是卓然孤高的诗人，一种飘逸美好而又深沉执着的人生追求。五代·王定保《唐摭言》载：传说李白身穿锦袍，游于采石江中，因酒醉，入水中捉月而死。也许，那就是诗人与明月的最后相约。

【辑评】

［明］钟惺、谭元春《唐诗归》：谭云：奇想，旷想。

［清］乾隆敕编《唐宋诗醇》：千古奇趣，从眼前得之。尔时情景，虽复潦倒，终不胜其旷达。陶潜云"挥杯劝孤影"，白意本此。

［清］蘅塘退士《唐诗三百首》：题本独酌，诗偏幻出三人，月影伴说，反复推勘，愈形其独（"举杯"四句）。

【今译】

美酒一壶，在
静谧的花丛绿荫，
自酌自斟里
无人，相伴相亲。
举起满满一杯
明月，今夜邀你同饮，
顿时，月，影，我
相聚成了三人。
可明月不知饮酒，
幽清的影子
也徒自伴随我身。
噢，暂且相随相伴吧
这月，这影，
只须及时行乐

莫负了春宵良辰。
我，长啸悲歌
月徘徊在云中，倾听；
我拔剑起舞
影儿转转一地乱零。
微醺浅醉时
与我，同欢共饮，
倏然又分散
在我孤身一人酒醒。
啊，我愿与明月
永远交游
忘却纷扰的世情，
共赴高远银汉
那，是我俩的约定。

独坐敬亭山①

众鸟高飞尽， 孤云独去闲。
相看两不厌， 只有敬亭山。

【注释】

①敬亭山：又名"昭亭山"，在今安徽宣城县北。山间溪水迥绕、藤蔓交垂，风景幽秀，山上旧有敬亭，为谢朓吟咏处。

【赏析】

此诗是天宝十二年（753）秋，李白漫游宣城，登览敬亭山所作，时距他"赐金放还"离开长安已经十年。长期漂泊生活，使诗人阅尽世态炎凉，横遭冷落而孤寞失意的心，只有在大自然中才能寻求到抚慰。"相看两不厌，只有敬亭山"，山孤高而沉寂，人亦孤高而沉寂，知我者，山也；知山者，我也。茫茫天地之间，鸟飞云去，一切都"尽"了，只有山与人两相对坐，两相凝望，两相默契，于是从对面的敬亭山，诗人寻觅到了一份忘我忘世的宁静和闲淡。这对大自然的依恋和沉浸，正反衬出诗人内心愤世嫉俗的孤傲寂寞来。

此诗写独坐敬亭山的超然世外的情趣，末两句在物我融合的静寂境界中"传'独坐'之神"（清·沈德潜《唐诗别裁》），历来被人称道。

【辑评】

[明]李攀龙《唐诗训解》：描写独坐之景，非深知山水趣者不能道。

[清]徐增《而庵说唐诗》：只此五个字（"众鸟高飞尽"），使我目开心朗，身在虚空。一丝不挂，不必更读其诗也。

[清]吴烻《唐诗选胜直解》：山间之所有者，鸟与云耳，今则飞尽矣，去闲矣。独坐之际对之郁然而深秀者，则有此山。陶靖节诗"悠然见南山"，即此意也，加"不厌"二字，方醒得独坐神理。言浅意深，人所不能道。

【今译】

群鸟高高飞去　　　　　相对，相看
一点踪影不见，　　　　两不生厌，
那一片浮云　　　　　　只有你——
悠闲地，越飘越远。　　静寂无语的敬亭山。
与独坐的我

听蜀僧濬弹琴①

蜀僧抱绿绮②，　　西下峨眉峰。
为我一挥手，　　如听万壑松。
客心洗流水③，　　余响入霜钟④。
不觉碧山暮，　　秋云暗几重。

【注释】

①濬（jùn）：僧人法名。②绿绮：琴名。西晋·傅玄《琴赋叙》："楚王琴曰'绕梁'，司马相如有'绿绮'，蔡邕有'焦尾'，皆名器也"。此处泛指名贵的琴。③客：诗人自指。流水：暗用"高山流水"的典故，表现自己与僧濬的知音情谊。④霜钟：出于佚名《山海经》："（丰山）有九钟焉，是知霜鸣。"郭璞注："霜降则钟鸣，故言知也。"此处指薄暮时分寺庙的晚钟。

【赏析】

唐诗中不乏描写音乐的佳作，而此诗自有独到之处。琴声起时，"如听万壑松"。由琴声铿锵联想到万壑松涛，这一比喻形容，更多的是从诗人如同高山大谷般雄奇伟岸的胸中唤起的一种强烈震撼。琴声止时，"余响入霜钟"，让人在沉浸中想象：清脆的琴声袅袅地渐远渐弱，融入了寺院霜钟，那"余响"仿佛有一丝如霜的湿润和清凉。当然最为美妙的是弹奏中的"客心洗流水"。聆听僧濬弹琴，诗人的心如同被流水洗涤，净洁、淡泊、尘虑皆尽，弹者与听者达到了一种心灵的感应和契合，即达到一种至善至美的"高山流水"的音乐境界。

诗的始终，对琴声都不作具体细腻的客观描摹，而是通过人的动心动情的主观感受，从侧面来表现琴声的美妙、赞美琴艺的高超，"逸韵铿然，是能得弦外之音者"（清·宋宗元《网师园唐诗笺》）。

【辑评】

[清]乾隆敕编《唐宋诗醇》：累累如贯珠，泠泠如叩玉，斯为雅奏清音。

[清]高步瀛《唐宋诗举要》：一气挥洒，中有凝练之笔，便不流入轻滑。

[日]近藤元粹《李太白诗醇》：严沧浪曰：一味清响，真如松风。

【今译】

蜀州的僧人濬　　　　　　　琴声一曲，罢了

拂一身清风，　　　　　　　余音渐远渐去

携带绿绮名琴，飘然　　　　融入古寺的悠悠晚钟。

西下峨眉山峰。　　　　　　沉浸中，抬起头

为我，一挥手　　　　　　　不知什么时候

拨弦弹奏，　　　　　　　　远处的碧山

如听千山万壑　　　　　　　淡淡暮色，漫笼，

松涛阵阵奔涌。　　　　　　缭绕山巅的浮云

顿时，我心尘涤尽　　　　　在秋色里

似流水洗出　　　　　　　　——灰暗了几重。

苍宇的澄澈高迥，

春夜洛城闻笛①

谁家玉笛暗飞声②，　　散入春风满洛城。

此夜曲中闻折柳③，　　何人不起故园情。

【注释】

①洛城：即洛阳（今属河南），为唐代繁华的大都市，称"东都"。②玉笛：精美的笛子。③折柳：即《折杨柳》曲，见王之涣《凉州词》注。折杨柳是古代送别的习俗，送者、行者常折柳以为留念。

【赏析】

此诗当是李白客居东都洛阳时所作。灯火将阑的夜晚，不知谁家玉笛暗飞，随着春风飘满了洛阳城。前两句用"暗飞声""散入春风"，传神地写京城万家闻笛的春夜，第三句笔锋一转，托出玉笛所吹正是伤别离的《折杨柳》。因"柳"谐"留"音，唐人送别有折柳枝相赠的风习，这"折柳"唤起的是久积心底的一缕低哀缠绵的情思。顿时，清脆悠扬的笛声，在夜色里低沉了，在春风里凄清了，诗情由欢转到悲。末句，直接点明由《折杨柳》引起的"故园情"，以黯然乡思作结。

这首诗并不直接写笛声、写乡思，全篇紧扣"闻"字，通过闻笛触动的情感变化，衬托出幽怨的笛声和无限的乡思。整首诗宛曲有致地写来，意境清柔优美、悠散飘逸。读罢，只觉那玉笛乡思随夜风散去，不绝如缕。

【辑评】

[清]宋宗元《网师园唐诗笺》："折柳"二字为通首关键。

［清］王士祯《唐人万首绝句选评》：下句下字炉锤工妙，却如信笔直写。后来闻笛诗，谁复出此？真绝调也。

俞陛云《诗境浅说续编》：春宵人静，闻笛声悠扬，及聆其曲调，不禁黯然动乡国之思。释贯休《闻笛》诗云："霜月夜徘徊，楼中羌笛催。晓风吹不尽，江上落残梅。"同是风前闻笛，太白诗有磊落之气，贯休诗得蕴藉之神，大家名家之别，正在虚处会之。

【今译】

谁家，深院高墙
暗飞笛声，
悠然散入和煦的春风
飘满洛阳城。
这沉浸的夜晚
一曲《折杨柳》

回旋着——
长亭别离的清冷，
啊，谁的心里
萦萦绕绕
能不牵扯起一缕
万里故乡情。

刘眘虚

刘眘虚（生卒年不详），眘，一作"慎"，字全乙，洪州新吴（今江西奉新）人。八岁能文，精通经史，玄宗开元二十二年（734）进士，官洛阳尉、夏县令。为人淡泊，"脱略势利，啸傲风尘"（元·辛文房《唐才子传》），喜游山访寺，交游多为山僧道侣。

与贺知章、包融、张旭齐名，人称"吴中四友"，虽有文章盛名，但流落不遇。其诗尤工于五言，多写自然山水隐逸之趣，诗境清淡，情兴幽远。与孟浩然、王昌龄、高适等均有酬唱。著诗五卷，惜散佚不传，《全唐诗》仅存十五首。

阙　题①

道由白云尽，　　春与青溪长②。
时有落花至，　　远随流水香。
闲门向山路③，　　深柳读书堂④。
幽映每白日，　　清辉照衣裳。

【注释】

①阙题：此诗原应有题，不知何故失落。唐·殷璠《河岳英灵集》辑录此诗时已无题，后人于是置"阙题"二字。阙，同"缺"。②"春与"句：青溪流长，溪边的碧苔、绿草、落花呈露春意，所以春色与青溪一路伴随，行不尽，看不尽，悠悠远去。③闲门：指门前清静，了无人至。④"深柳"句：据《靖安县志》，刘眘虚曾游洪州建昌县桃源里（今江西靖安县水口乡桃源村），见其山水秀美、民风淳厚，遂定居此地，构筑"深柳读书堂"，著书以自娱。卒，葬在该村云山坳，墓茔尚存。

【赏析】

刘眘虚性情高古，素有遗世隐居之志，故作诗"情幽兴远"（唐·殷璠《河岳英灵集》），如此诗于山涧深处寻胜探幽，情思清淡而兴味悠长，漫溢出超尘脱俗的闲情逸趣。诗全用景语串成，无一句言情，但景中有人、景中有情，诗人登山路、踏落花、随流水、推闲门、进书堂，一路行迹尽从景物的变换中曲曲叙出。白云青溪，衬出一片高远幽洁的情志；面山闲门、深柳读书，乃是远避尘俗的幽居之人。全篇虽纯是绘景，然其闲淡之人、幽远之兴于景中宛然可见，所谓景语皆情语也，令人含咀不尽。

清·沈德潜《唐诗别裁》云："每事过求，则当前妙境，忽而不领。解此意，方见其自然之趣。"此诗，一次山路寻访，俯拾即是一段幽趣，写来佳句盈篇，如"道由白云尽，春与青溪长"，"时有落花至，远随流水香"，皆涉笔成趣，纯乎天籁，句句堪摘。

【辑评】

[清]顾安《唐律消夏录》：水远、花香、山深、林密，书堂正当其处，何乐如云！看他"长"字、"时"字、"至"字、"远"字、"香"字，回环勾锁，一字不虚。

[清]吴煊、胡棠《唐贤三昧集笺注》：此中有元气，后人拟之，便浅薄无味。

[清]李慈铭《越缦堂诗话》："时有落花至，远随流水香"，十字亦有禅谛。

【今译】

一条山路，曲曲　　　　　　　　清寂无人
向白云缥缈深处远上，　　　　　对着山路悠闲地敞，
一路春色　　　　　　　　　　　垂拂柳影里
随一弯青青溪水　　　　　　　　深藏一间读书堂。
悠悠长长。　　　　　　　　　　那，朗朗白日
时有缤纷落花　　　　　　　　　掩映一院幽静昏茫，
片片点点，漂来，　　　　　　　清辉，透过
又远远地　　　　　　　　　　　一树古槐浓荫
流去一溪清香。　　　　　　　　正稀疏地洒下
只见，一扇院门　　　　　　　　轻轻散落在衣裳。

王 湾

王湾（生卒年不详），洛阳（今属河南）人。玄宗开元年间进士及第，授荥阳县主簿。马怀素为昭文馆学士时，奏请校正群籍，召博学之士，当选其中，参与集部的编撰辑集，仕终洛阳尉。曾往来吴、楚间。

"词翰早著，为天下所称"（元·辛文房《唐才子传》）。多有著述，但大多散佚。《全唐诗》存诗仅十首，善述乡愁，写景诗句颇有特色。

次北固山下①

客路青山外②，　　行舟绿水前。
潮平两岸阔③，　　风正一帆悬。
海日生残夜，　　江春入旧年④。
乡书何处达⑤？　　归雁洛阳边。

【注释】

①次：停留，此指泊船。北固山：在今江苏镇江市东侧，北面临江，石壁嵯峨，与金、焦二山并称"京口三山"。②客路：行客走的路。③两岸阔：唐·殷璠《河岳英灵集》选入此诗时题为《江南意》，且有异文，此句作"潮平两岸失"，意为湖水泛涨，两岸与水面齐平，以至于好像消失了。④"海日"二句：残夜，夜尽将晓。"生残夜"是说旭日出得早。旧年，一年将尽未尽。"入旧年"是说春来得早。⑤乡书：家书。

【赏析】

诗人沿江东行，舟泊北固山下时已是一年将尽，见残夜归雁，不由乡思萌动，情不可抑，遂吟成此诗。诗扣住题中的"次"来写，中间两联写泊舟所见江天景色，皆为名联。颔联对仗工稳而气象恢宏，非寻常笔墨。前句岸"阔"因潮"平"，一平一阔令人纵目；后句风"正"故帆"悬"，用一帆高悬衬出大江波平浪静的空阔明远，"以小景传大景之神"（明·王夫之《姜斋诗话》），确为绝妙之笔。颈联"海日生残夜，江春入旧年"，炼字炼句极见功夫。在时序交迭的形象生动的描叙中，蕴含自然之理趣，并寓托日复一日、年复一年的客愁归思，而且富于温馨光亮的憧憬，一扫旅途的寂寞黯淡。据唐·殷璠《河岳英灵集》云：这一联驰誉当时，极得宰相张说的欣赏，曾"手题政事堂"，让朝中文士奉为楷式。

此诗笔力酣足，从"客路"起，到"归雁"止，用一缕乡情首尾一贯，使整首诗在江天景色的明丽开阔中，淡笼一抹羁旅乡愁，写景抒情皆气足神完，为盛唐诗之佳品。清·张载华《初白庵诗评》叹曰："大历以后无此等气格矣。"

【辑评】

[明]周珽《唐诗选脉会通评林》：徐充曰：此篇写景寓怀，风韵洒落，佳作也。"生"字、"入"字淡而化，非浅浅可到。

　　［清］沈德潜《唐诗别裁》：江中日早，客冬立春，本寻常意，一经锤炼，便成奇绝。与少陵"无风云出塞，不夜月临关"一种笔墨。

　　［清］宋宗元《网师园唐诗笺》："潮平两岸失"，"失"字炼。

【今译】

行路，远远地
伸向隐隐青山，
行舟停泊在
北固山下一湾绿水前。
望去，潮水涨起
平了两岸一片阔远，
风顺浪静
江面空阔无垠里
一叶孤帆高悬。
旭日，从海上残夜

浪潮中生涌
带着曙色一抹明灿，
江上春意泛起
淡淡的暖煦
渗入将尽未尽的旧年。
家书怎么捎去？
那，江天碧远里
翩然一斜——
北归洛阳的大雁。

崔 颢

崔颢（704？—754），汴州（今河南开封）人。玄宗开元十一年（723）进士，为太仆寺丞。天宝年中，官司勋员外郎。《旧唐书》本传称他"有俊才，无士行，好蒲博、饮酒"。

时颇有诗名，世人将他与王昌龄、高适、孟浩然、王维并提。早年诗作多写闺情，流于浮艳；后历边塞，诗风为之转变，所作边塞诗苍凉跌宕，有慷慨豪放之气。有《崔颢集》。

黄 鹤 楼①

昔人已乘黄鹤去②，　　此地空余黄鹤楼。
黄鹤一去不复返，　　白云千载空悠悠。
晴川历历汉阳树③，　　芳草萋萋鹦鹉洲④。
日暮乡关何处是？　　烟波江上使人愁。

【注释】

①黄鹤楼：湖北武昌西有黄鹤山，山西北有黄鹤矶，峭立江中，上有黄鹤楼（今长江大桥桥头）。有关黄鹤楼历来传说很多。旧传古代仙人子安乘黄鹤过此，故名，见南朝梁·吴均《齐谐志》。另说蜀人费文祎登仙后，驾鹤憩于此，见宋·乐史《太平寰宇记》引《图经》。又云苟环好道家仙术，曾在此山见仙人乘黄鹤而下，与他同饮，饮毕骑鹤而去，见南朝梁·任昉《述异记》。②昔人：指骑鹤的仙人。③晴川：阳光下的平野。历历：十分清晰的样子。汉阳：在武昌西，与黄鹤楼隔江相望。④鹦鹉洲：唐时在汉阳西南长江中，后渐被江水冲没。东汉末年，作过《鹦鹉赋》的祢衡被江夏太守黄祖所杀，葬于洲上，洲因此而得名。萋萋：草茂盛的样子。此处以"芳草萋萋"逗出后面的乡关归思。

【赏析】

元·辛文房《唐才子传》载：崔颢游武昌，登黄鹤楼，感慨赋诗。后及李白来，曰："眼前有景道不得，崔颢题诗在上头。"无作而去。此诗能令大诗人李白为之敛手，可见卓绝不凡。诗的前四句吊古。首联借传说开端，颔联紧承生发开去。"黄鹤"三见，"空"字两出，却一气盘旋毫无滞碍，既写黄鹤楼之今昔，又抒发世事茫茫的登楼感慨，时空悠阔，气象苍莽。后四句转而抒怀。颈联似断实续，前面吊古时杳渺的孤寞惆怅，在晴川沙洲、绿树芳草的远眺中凝聚成浓重的乡愁。尾联以日暮烟波、乡关何处作结，将诗的景、情、境都归合到开篇那一片悠悠的渺茫空远。

唐诗中凭吊古迹、抒写乡愁本属平常，但诗人纵笔写去，收放自如，整散有度，起、承、转、合之间诗情语势一气流转，且意旨高远，格调优美，境界浑阔，"遂擅千古之奇"（清·沈德潜《唐诗别裁》）。

【辑评】

[明]高棅《唐诗品汇》：刘后村云：古人服善。李白登黄鹤楼有"眼前有景道不得，崔颢题诗在上头"之句，至金陵乃作《凤凰台》以拟之。今观二诗，真敌手棋也。刘须溪云：但以滔滔莽

莽，有疏宕之气，故胜巧思。

[明]陆时雍《唐诗镜》：此诗气格高迥，浑若天成。

[明]周珽《唐诗选脉会通评林》：前四句叙楼名之由，何等流利鲜活？后四句寓感慨之思，何等清迥凄怆？盖黄鹤无返期，白云空在望，睹江树洲草，自不能不触目生愁。赋景摅情，不假斧凿痕，所以成千古脍炙。

【今译】

昔日的仙人
已乘黄鹤杳渺飞走，
江边石矶，空余
高耸的黄鹤楼。
黄鹤一去哟
再也没有回头，
只剩绕挂楼檐的白云
千百年来
犹自在飘浮悠悠。
远远地，望去

晴光下的平野
汉阳绿树朗朗清秀，
萋萋的芳草
覆满江中的鹦鹉洲。
那，淡淡暮霭
从四周弥漫起
故乡在哪里？
眼前，一江烟波
无边地迷茫
让人黯然一怀忧愁。

王 翰

王翰（生卒年不详），字子羽，并州晋阳（今山西太原）人。少时聪颖过人，睿宗景云元年（710）进士。玄宗开元年间，受张说之器重，召为秘书省正字，转驾部员外郎。张说罢相，出为汝州长史。好结交文人志士，纵酒游乐，恃才不羁，后贬道州司马，卒。

能文善诗，时名震天下。文人杜华之母曾效法孟母三迁，令杜华与王翰为邻，杜甫《奉赠韦左丞丈二十二韵》有"李邕求识面，王翰愿卜邻"之赞叹。不曾从军赴边，但以边塞诗人著称，多壮丽之辞。原有集，已佚。《全唐诗》存其诗一卷。

凉 州 词①

葡萄美酒夜光杯②，　欲饮琵琶马上催③。
醉卧沙场君莫笑④，　古来征战几人回。

【注释】

①凉州词：见王之涣《凉州词》注。唐人有不少以"凉州词"为曲调的诗歌，描述西域边塞风光和征战生活。②葡萄美酒：当时西域盛产的名贵酒。夜光杯：相传是周穆王时西胡所献，用白玉精制而成，有如"光明夜照"，故称。此处泛指精美的酒杯。③琵琶马上：琵琶是西域乐器，原是骑在马上弹奏的。催：催促。或催乐，或催饮，或催发，抑或三者皆有。④沙场：沙漠上的战场。

【赏析】

此诗用笔曲折，先渲染殊死厮杀前的华盛筵席：葡萄美酒，夜光玉杯。正当觥筹交错、举杯痛饮时，马上弹奏的琵琶声琤琤琮琮地催，于是借酒兴冲口吐出后两句"醉卧沙场君莫笑，古来征战几人回"。或认为这是浴血奋战前短暂的痛饮和欢乐，虽作旷达语，而"意甚沉痛"（清·李锳《诗法易简录》）。清·施补华《岘佣说诗》则认为"作悲伤语读便浅，作谐谑语读便妙"，即这不是恋生惧死的哀叹，而是视死如归、一醉方休的豪纵的诙戏。其实这两句既悲怆且豪壮，在那热烈的酣饮中，在琵琶跳荡的节奏中，生的狂欢和死的无畏都包含在"醉卧沙场"中，让人自去领会。

此诗在华筵醉饮之间谈笑沙场，具有浓郁的军营生活气息，在边塞诗中是不可多得的佳作。

【辑评】

[明]吴烶《唐诗直解》：悲慨在"醉卧"二字。

[清]徐增《而庵说唐诗》：若论顿挫，"葡萄美酒"一顿，"夜光杯"一顿，"欲饮"一顿，"琵琶马上催"一顿，"醉卧沙场"一顿，"君莫笑"一顿，凡六顿，"古来征战几人回"则方挫去。夫顿处皆截，挫处皆连，顿多挫少，唐人得意乃在此。

[清]王士祯《唐人万首绝句选评》：气格俱胜，盛唐绝作。

【今译】

葡萄美酒
斟满了夜光玉杯，
开怀畅饮时
忽然，听得马背上
琵琶声铮铮
急急促促地催。

呵，饮只须饮
醉只须醉
横卧沙场莫要取笑，
试问——
自古征战
有几人活着回?!

张 旭

张旭（675？—750？），字伯高，一字季明，吴郡（今江苏苏州）人。初仕为常熟尉，后官至金吾长史，世称"张长史"。

为人洒脱不羁，才华横溢。为盛唐大书法家，其草书与李白诗歌、裴旻剑舞并称"三绝"，有"草圣"之誉。《旧唐书·文苑传》记载："好酒，每醉后号呼狂走，索笔挥洒，变化无穷，若有神助，时人号为'张颠'。"亦善诗，其写景绝句构思新颖，意境幽远，别有神韵，与李颀、高适等多相赠答。《全唐诗》存其诗六首。

桃花溪①

隐隐飞桥隔野烟，　　石矶西畔问渔船②。
桃花尽日随流水，　　洞在清溪何处边③？

【注释】

①桃花溪：此是诗人借景抒怀，不一定指东晋陶渊明笔下的桃花源，但用其意境。②石矶（jī）：水中突出的岩石。③洞：指《桃花源》中武陵人进入桃源的洞口。

【赏析】

东晋·陶渊明所写桃花源，历来为后人向往。诗人见桃花溪而为之顿生遐想，遂写下这首小诗。清·蘅塘退士《唐诗三百首》批注："四句抵得一篇《桃花源记》。"起笔给人误入桃源之感，长桥卧溪，野烟菲菲，朦胧的景色逗引出悠然冥想，仿佛石矶西畔的渔船就是那武陵渔人，接下，一个"问"字见出心驰神往的情态。三、四句写问话："桃花尽日随流水，洞在清溪何处边？"这一问极妙，问得恍惚迷离，问出一片清远幽渺的意境。桃花源本缥缈于世外，是一种憧憬、一纸虚构，无处可寻得，自然也无可奉答，所以诗问而不答，戛然止笔。

此诗不作繁腻的描写，淡淡几笔将桃花溪的景色融入桃花源的传说，两相迷蒙，两相美妙，一同笼在一片隐约神秘的幻想氛围中，寓托了诗人赏悦幽境、仰慕隐逸的情志。

【辑评】

［明］钟惺、谭元春《唐诗归》：钟云：境深，语不须深。

［明］唐汝询《汇编唐诗十集》：唐云：闲雅有致，初不见浅。

［清］黄生《唐诗摘钞》：长史不以诗名，然三绝恬雅秀润，盛唐高手无以过也。高适赠张诗云"世上漫相识，此翁殊不然"，又"白发老闲事，青云在目前"，必高闲静退之士。今观数诗，其襟次可想矣。

【今译】

桃花溪上　　　　　　　　　隐隐，一桥飞卧

隔着迷濛轻烟，　　　　　　　随溪水漂远，
石矶西畔　　　　　　　　　　那桃源洞口
询问打鱼的小船：　　　　　　在悠悠清溪哪一边？
尽日里落英缤纷

山中留客①

山光物态弄春晖②，　　莫为轻阴便拟归。
纵使晴明无雨色，　　　入云深处亦沾衣③。

【注释】

①一题作《山行》。②山光：山色。物态：各种景物的姿态。③"纵使"二句：意谓山中空气新鲜湿润，即使是晴天也会沾湿衣服，不要因天阴有雨而罢游。王维《山中》诗："山路元无雨，空翠湿人衣。"

【赏析】

这首诗写山中景色，而诗旨在"留客"。诗人撇开泉石花木的具体描绘，着力渲染山中特有的"空翠"，以此诱劝客人欣然留步。起句写山中春色，一个"弄"字，赋予山光物态和谐而活泼的情趣。接下"莫为轻阴便拟归"顺然一转——留客，落到诗旨。再接下"纵使"二字笔锋又一转，引申开去。阴雨湿衣，日晴也沾衣，何况那"入云深处"，烟雾缥缈中山峦耸翠，花叶坠露，自是一番清润而迷蒙的妙境，衣巾为之一湿又何足顾惜，雨也罢，晴也罢，不要归，不须归。这后两句宕开一笔，却又推进一层，更见"留"意殷勤。

留客本是生活中平常事，难得的是诗人层递跌宕地写来，短短四句将"拟归"与"留客"写得如此婉曲有致，悠然意远。

【辑评】

[清]黄生《唐诗摘钞》："入云深处亦沾衣"，非熟识游趣者不能道。

[清]王士禛《唐人万首绝句选评》：清词妙意，令人低徊不止。

[清]刘宏煦《唐诗真趣编》：恐客未谙山中事，误认将雨也。"留"字意雅甚。身在云中，不见云也，湿气濛濛而已，结语信然。

【今译】

山色，青青如黛　　　　　　　这山林中，即使晴朗
物态盈盈媚人　　　　　　　　没有阴晦的雨霏，
一同浴弄融暖的春晖，　　　　进入云遮雾笼的
噢，不要因为　　　　　　　　深涧幽谷
天色微阴　　　　　　　　　　那，新鲜清润
就放弃游玩返归。　　　　　　也会沾湿你的衣佩。

高 适

高适（700? —765），字达夫，渤海蓨县（今河北景县）人。世称"高常侍"。为人崇尚节义，好谈政治，个性落拓不拘小节。早年失意困顿，长期客居浪游，四十岁犹苦读。玄宗天宝八年（749）进士及第，授封丘县尉，不久辞去。安史乱起，历任彭州、蜀州刺史，淮南、剑南西川节度使等职。代宗广德二年（764）台述长安，官终左散骑常侍，封渤海县侯，卒，谥号"忠"。《旧唐书》本传云："有唐已来，诗人之达者，唯适而已。"

其诗多写边地军旅生活和个人身世慨叹，亦反映民生疾苦。擅长七言歌行，其边塞诗苍劲悲壮，慷慨豪健，"多胸臆语，兼有气骨"（唐·殷璠《河岳英灵集》）。与岑参同为盛唐边塞诗派代表诗人，并称"高岑"。有《高常侍集》。

燕 歌 行①

汉家烟尘在东北②，　　汉将辞家破残贼。
男儿本自重横行③，　　天子非常赐颜色④。
摐金伐鼓下榆关⑤，　　旌旆逶迤碣石间⑥。
校尉羽书飞瀚海⑦，　　单于猎火照狼山⑧。
山川萧条极边土，　　胡骑凭陵杂风雨⑨。
战士军前半死生⑩，　　美人帐下犹歌舞。
大漠穷秋塞草腓⑪，　　孤城落日斗兵稀。
身当恩遇恒轻敌⑫，　　力尽关山未解围。
铁衣远戍辛勤久，　　玉箸应啼别离后⑬。
少妇城南欲断肠，　　征人蓟北空回首⑭。
边风飘飘那可度，　　绝域苍茫更何有⑮！
杀气三时作阵云⑯，　　寒声一夜传刁斗。
相看白刃血纷纷，　　死节从来岂顾勋⑰？
君不见沙场征战苦，　　至今犹忆李将军⑱！

【注释】

①此诗有序云："开元二十六年，客有从元戎出塞而还者，作《燕歌行》以示，适感征戍之事，因而和焉。"元戎，主帅，指幽州节度使张守珪。其初与契丹交战有战功，封辅国大将军兼御史大夫。后其部将败于契丹余部，"隐其状，而妄奏克获之功"（宋·宋祁等《新唐书》）。高适从"客"处得悉实情，感慨良深，与之《燕歌行》相唱和，写下此诗。燕歌行：乐府《相和歌·平调》旧题。宋·沈建《乐府广题》云："燕，地名也。言良人（丈夫）从役于燕而为此曲。"多写思妇怀念征人的离别相思，高适此诗拓深了其表现内容。②汉家：此指唐朝。③横行：纵横驰骋于沙场。④非常赐颜色：即厚加礼遇。宋·宋祁等《新唐书·张守珪传》载：张初败契丹后，入见天子，唐玄宗为

他宴饮赋诗，并"赐金彩，授二子官，诏立碑纪功"。⑤枞（chuāng）：撞击。金：指铃、钲一类铜制的军中乐器。伐：击。榆关：山海关，通往东北的要隘。⑥逶迤（wēiyí）：山脉弯曲延续不断的样子。⑦校尉：武官名，位次于将军。羽书：即"羽檄"，贴有羽毛的紧急文书。瀚海：沙漠。⑧猎火：打猎的篝火。古代游牧民族作战前，先行校猎，作为演习，然后乘机进犯。⑨凭陵：逼压。⑩半死生：死生各半。⑪穷秋：深秋。腓（féi）：枯萎变黄。⑫恩遇：隆厚的待遇，此照应前面的"非常赐颜色"。恒：常。⑬玉箸（zhù）：本指玉筷。南朝梁·刘孝威《独不见》："谁怜双玉箸，流面复流襟。"用来比喻思妇的眼泪，后沿用为典故。⑭蓟北：蓟州以北（今天津蓟县），此泛指东北边地。⑮绝域：极僻远的地方。⑯三时：指晨、午、晚，即整天。⑰死节：为国捐躯的气节。⑱李将军：汉代名将李广。西汉·司马迁《史记·李将军列传》载："广廉，得赏赐，辄分其麾下，饮食与士共之。"此处借李广爱惜士卒，讥刺张守珪不体恤士卒。

【赏析】

这首《燕歌行》是高适的"第一大篇"，也是盛唐边塞诗的压卷之作。诗人用凝练的笔墨，从出师到失利，到围困，到死拼，将战役的全过程浓缩于诗中。"男儿本自重横行"，"死节从来岂顾勋"，可见盛唐慷慨赴边的豪迈风采，赞颂了将士以身许国的献身精神，但这不是诗的意旨所在。此诗更多地是运用对比，如出师的威武雄壮与战役的酷烈凄凉；士卒的效命死节与将帅的恃宠贪功；征夫远戍的辛勤久与闺妇盼归的欲断肠；尤其是"战士军前半死生，美人帐下犹歌舞"二句，将士卒与将帅的苦乐悬殊作尖锐鲜明的对照，"最为沈至"（清·高步瀛《唐宋诗举要》引吴汝纶语）。在这对比中，隐伏了强烈的讽刺和谴责，前人多认为此诗乃讥刺边将骄逸失职、不恤士卒而作。

此诗将概括的叙述、细腻的描摹、深沉的议论和凝重的抒情熔于一炉，画面开阔，笔力豪健，气势恢宏。虽较多律句的骈偶排比，但不失歌行体自然流畅的特色，且随诗情的起伏跌宕，四句一换韵，或高亢，或低沉，或铿锵，或婉转。由此，凝聚成了这首诗慷慨悲壮、撼动人心的艺术感染力。

【辑评】

[明]邢昉《唐风定》：金戈铁马之声，有玉磬鸣球之节，非一意抒写以为悲壮也。

[明]王夫之《唐诗评选》：词浅意深，铺排中即为诽刺，此道自《三百篇》来，至唐而微，至宋而绝。

[清]沈德潜《唐诗别裁》：七言古中时带整句，局势方不散漫。若李、杜风雨分飞，鱼龙百变，又不可以一格论。

【今译】

唐朝边境，告急
烟尘兵火燃烧东北，
大将率师辞别家国
誓死斩杀残贼。
驰骋疆场
自是男儿本色，
一旦建立边功
天子的恩赏格外赐给。

——撞铃击鼓
声声动地震天
大军浩荡出了榆关，
一路，旌旗蔽日
连绵直达碣石间。
校尉的紧急文书
越过沙漠，飞驰递传：
匈奴单于打猎

篝火已映照狼山。

——远山围着平野

肃杀之气

弥漫向不尽的边土，

胡骑纷纷压来

如狂风暴雨直扑。

战士，阵前以死厮杀

一半血洒战场

黄沙掩埋了尸骨，

美人，将军帐幕中

犹自轻歌曼舞。

啊，浓重秋色

抹向沙漠边草的枯萎，

孤城傍着落日

善战的勇士已稀微。

身受皇恩的边将

常常傲慢轻敌

致使战势节节败溃，

竭尽兵力鏖战

也难解关山重围。

——铁甲不解的战士

远戍边地已久，

家中亲人自从别离

泪水日日难收。

那长安城南

秋风捣衣声里

拂不去少妇的忧愁，

这蓟州以北

沙碛如霜的月夜

征人空自望乡回首。

——边地的冷风

彻骨，日夜难度，

荒僻远域

望去，苍凉无边

一无所有！

白日腾腾杀气

化作漫天乌云流走，

夜晚，声声寒颤

传来巡逻的刁斗。

——试看沙场

短兵相接

刀剑白刃血染纷纷，

为国尽忠捐躯

哪是为了争顾功勋？

君不见，沙场征战

从来惨烈冷峻，

至今，人们仍然

深深怀念——

体恤士卒的李将军。

别董大（其一）[①]

千里黄云白日曛[②]，　北风吹雁雪纷纷。
莫愁前路无知己，　天下谁人不识君？

【注释】

①董大：可能是当时著名的琴师董庭兰，见李颀《听董大弹胡笳弄兼寄语房给事》注。《别董大》其二："六翮飘飖私自怜，一离京洛十余年。丈夫贫贱应未足，今日相逢无酒钱。"六翮（hé），鸟翅的大羽毛。西汉·刘向《战国策》："奋其六翮而凌清风，飘摇乎高翔。"②千里：一作"十里"。曛：黄昏。

【赏析】

这是一首慷慨悲歌式的赠别之作，约写于诗人早期不得志的浪游时期，不免借他人酒杯浇自己心中垒块。

一、二句纯用白描直写眼前景色：大野苍茫里，黄云蔽日，风飘大雪，唯见一行寒天归雁。以阴沉荒寒之景烘托出离别的心情和氛围，但不落于凄伤，千里风雪浑茫中，似蕴有志士壮怀。三、四句笔锋一转，另展新境："莫愁前路无知己，天下谁人不识君。"这临别赠语体贴入微，朴质爽健而又卓然不俗。以怀才挟技无往不遇相劝慰，充满信心和力量，可一拭游子之泪，一振志士之怀，既慰勉友人亦是诗人自慰。此诗所写虽是才子沦落，风雪送别，但绝无低徊泪丧，豪放之气自不可掩，如清·徐增《而庵诗话》所云"此诗妙在粗豪"。

【辑评】

[明]凌宏宪《唐诗广选》：蒋仲舒曰：适律诗"莫怨他乡暂离别，知君到处有逢迎"，即此意。

[明]周珽《唐诗选脉会通评林》：周珽曰：至知满天下，何必依依尔我分手！就董君身上想出赠别至情，妙，妙。

[清]石渠《葵青居七绝诗三百纂释》：身份占得高，眼界放得阔。"早有文章惊海内，何妨车马走天涯？"

【今译】

苍凉原野，千里　　　　　　　　朋友，不必忧愁
黄云弥漫　　　　　　　　　　　前路渺茫
牵挽着落日昏昏，　　　　　　　没有知己同心，
呼啸的北风　　　　　　　　　　这普天之下
送走远天南飞的大雁　　　　　　谁不知道，您
吹来大雪纷纷。　　　　　　　　高才绝艺的董君？！

塞上听吹笛

雪净胡天牧马还①，　月明羌笛戍楼间②。
借问梅花何处落③，　风吹一夜满关山。

【注释】

①胡天：指胡人聚居地。②戍楼：征人戍守的城堡。③"借问"句：梅花，即《梅花落》曲调。见苏味道《正月十五夜》注。此句将曲名三字拆开，嵌入"何处"而妙用，把笛曲形象地描写成可片片飘落的梅花。"梅花"既写笛曲，也关合乡思。

【赏析】

此诗作于高适入河西节度使哥舒翰幕府时，写边塞月夜闻笛思乡。前半写眼前实景，冰雪消

融，牧马晚归，月照戍楼，风传羌笛，透出一种边塞少有的和平宁谧的气氛。后半拆用《梅花落》曲名，化作虚景。雪净月明的夜晚，那随风散满关山的是笛声，是落梅，还是乡思？令人遐想不尽，构成了一种虚实相谐、视听相通的美妙阔远的意境。此诗抒写戍边思乡之情，但基调乐观开朗，感而不伤，见出盛唐边塞诗的特点。

三、四句，即李白《春夜洛城闻笛》"此夜曲中闻折柳，何人不起故园情"之意，只是诗人用侧笔写来，笔致空灵而更绕有余味。清·黄生《唐诗摘钞》云："同用落梅事，太白'黄鹤楼中吹玉笛，江城五月落梅花'是直说硬说，此二句是婉说巧说，彼老此趣。"

【辑评】

[唐]皎然《诗式》：三句从听字转，四句发之，纯写"听"字之神。

[明]唐汝询《唐诗解》：落梅足起游客之思，故闻笛者每兴味。

【今译】

胡地，残冬冰雪　　　　　　　　流荡在孤耸的戍楼间。

已涣然消散，　　　　　　　　　试问，这梅花

放牧的马群　　　　　　　　　　飘落哪里？

带着苍黄暮色回还，　　　　　　它——

听，羌笛悠悠　　　　　　　　　随着春风飘去

一曲《梅花落》　　　　　　　　悠悠一夜

融入如水月光　　　　　　　　　散满了大漠关山。

储光羲

储光羲（706？—763），润州延陵（今江苏丹阳）人，祖籍兖州（今属山东）。世称"储太祝"。玄宗开元十四年（726）进士。授冯翊县尉，转汜水、安宜、下邽尉。仕宦不得志，隐居终南别业。后出山任太祝，官迁监察御史。安禄山陷长安时被俘，迫受伪职，乱平，自归朝廷请罪，被系下狱，后贬卒岭南。

元·辛文房《唐才子传》载："工诗，格高调逸，趣远情深，削尽常言，挟风雅之道，养浩然之气。览者犹聆《韶》《濩》音，先洗桑濮耳，庶几乎赏音也。"以田园山水诗著称于世，作诗取法东晋陶渊明，多写闲适情趣，淡朴之中有古雅味。清·李慈铭称其"远逊王、韦，次惭孟、柳"（《越缦堂读书记》）。有《储光羲集》五卷。

钓 鱼 湾

垂钓绿湾春，　　春深杏花乱[①]。
潭清疑水浅，　　荷动知鱼散。
日暮待情人[②]，　　维舟绿杨岸[③]。

【注释】

①乱：形容杏花纷繁。②待情人：等待所爱的人。或认为诗中垂钓者为陶醉山水的隐者，意不在鱼，而是乐在山水之间，所"待"当是意趣投合的知己。③维：系。

【赏析】

这是一首写景诗，也是一首美丽的叙事诗。首句"垂钓"与尾句"维舟"前后呼应，从潭清—疑水浅—荷动—知鱼散，写了垂钓的全过程，并将垂钓者从心不在焉，到焦急疑虑，到失望惆怅的微妙心理变化逐次传出，大有峰回路转，至此眼前豁然之妙。同时，诗人着意用"绿"字渲染春深，再用"杏花乱"作进一步点染，那山湾溪畔一片杏花缭乱缤纷，不只见出垂钓环境的浓春宜人，也衬出人迹罕至的幽静。

此诗将春水春花与春心春情两相融合，钓鱼又是"钓春"，"春深"既是钓鱼湾的春色浓酽醉人，也是垂钓者情深意迷的自醉。明写垂钓，暗写待人；明绘春色，暗寓春情，这多重意蕴的包涵，正是此诗的妙处，可谓"趣远情深"（唐·殷璠《河岳英灵集》）。

【辑评】

［明］桂天祥《批点唐诗正声》：意象清远。

［明］唐汝询《唐诗解》：此见无心于钓，借之以适情，故即景之幽，真乐自在。

［明］周珽《唐诗选脉会通评林》：吴山民曰：有逸兴。

【今译】

手持一竿钓丝
垂钓在——
绿荫藏春的钓鱼湾，
春，已深已浓
红杏在飘飞
点点纷乱。
一湾碧水清澈见底
疑是太浅太浅，
蓦然，荷叶亭亭

在水面摇动
哦，是受惊的鱼儿
急匆匆游散。
我，久久等待
直到暮霭悄然漫起
天色渐昏渐晚，
一任小船儿
风里，轻轻摇荡
——拴系在柳岸。

张 谓

张谓（？—778？），字正言，河内（今河南沁阳）人。少时，读书于嵩山。玄宗天宝二年（743）进士。曾入安西节度使幕府，参与谋划有功。肃宗乾元年间，以尚书郎出使夏口，与李白相遇宴饮，席间请为南湖命名以传不朽，李白举杯酹水，号之为"郎官湖"。代宗大历年间，为潭州刺史，后官至礼部侍郎，三典贡举，时人称其能"妙选彦才"。

工于诗，善为五、七言律体，"格度严密，语致精深"（元·辛文房《唐才子传》），诗风清正，多饮宴送别之作。《全唐诗》存其诗一卷。

早 梅

一树寒梅白玉条，　　迥临村路傍溪桥①。
不知近水花先发，　　疑是经冬雪未消。

【注释】

　①迥：远。

【赏析】

诗题是"早梅"，此诗侧重在"早"字，句句写梅开之早，而又句句不乏咏梅的风姿风韵：寒冬未消，一枝独放，傲也；临村傍桥，远离尘世，孤也；近水先发，报春消息，信也；枝如白玉，花似冬雪，洁也。张谓平素为人清才拔萃，"不屈于权势，自矜奇骨"（元·辛文房《唐才子传》）。此诗既写出了一树早梅的风神，也涵蕴了诗人孤傲雅洁的品格，梅与人达到两相契合。

唐·许浑《早梅》诗云"素艳雪凝树"，而张谓此诗云"疑是经冬雪未消"，一是喻梅似雪，一是疑梅为雪，着意点不同，见出高下。而宋·王安石《梅花》"遥知不是雪，为有暗香来"，与张谓此诗句有异曲同工之妙，都是着意于疑梅为雪，以冬末残雪托出梅开之早。而张谓直接用"疑是"二字，更见出一种迷离朦胧的境界，使"早"梅在疑真的错觉中得到淋漓尽致的渲染，余韵悠然不尽。

【辑评】

　[明]钟惺、谭元春《唐诗归》：钟云：倒作迟想，妙！妙！

【今译】

一树早春的寒梅　　　　　　不知道，是
如玉的梅朵　　　　　　　　近依溪水的清润
缀满了清疏的枝条，　　　　梅花绽放早早
寂寂寞寞　　　　　　　　　还以为——
开在村野路边　　　　　　　一树白雪滢滢洁洁
傍着溪边独木小桥。　　　　经残冬未消。

刘长卿

刘长卿（？—790？），字文房，河间（今属河北）人。世称"刘随州"。早年居洛阳。玄宗天宝年间进士，释褐长洲尉。肃宗至德三年（758）摄海盐县令，以事下狱，贬南巴尉。代宗大历年间，任转运使判官，擢鄂岳转运留后，因刚直犯上，被诬为贪赃，贬睦州司马。德宗建中初年（780），任随州刺史，曾流寓江州。

时有诗名，与钱起并称"钱刘"，为大历诗风代表诗人。其诗大多吟咏羁旅别离、闲适情趣，善描摹山水，受王孟影响，风格秀逸闲淡。尤工五律，但意境、造句时有雷同，唐·高仲武《中兴间气集》有"思锐才窄"之微辞。有《刘随州诗集》。

逢雪宿芙蓉山主人①

日暮苍山远，　　天寒白屋贫②。
柴门闻犬吠，　　风雪夜归人③。

【注释】

①芙蓉山：山以芙蓉取名的很多，此山所处地不详。或以为在今福建闽侯县北。主人：投宿的人家。②白屋：简陋的住所，房顶用白茅覆盖，或用木材不加漆饰，故称"白屋"。③夜归人：指夜归的白屋主人。

【赏析】

这首诗的前半写旅客暮夜投宿，后半写山人风雪夜归，前后承接虽略有跳越，但并不脱节，从投宿所见到宿眠所闻，彼此连属，构成了一幅寒山夜宿图。

历来对此诗"归"的解释不一。或认为是诗人在迷漫风雪中找到投宿处，宾至如"归"；或认为是芙蓉山主人风雪夜"归"。如对这幅寒山夜宿图作深入体悟，或可见出："苍山远"衬着"白屋贫"，自是一种远离尘俗的空旷荒寂；"柴门"与"犬吠"，为常见的静逸生活的象征物；而白茫茫风雪中的"夜归人"，乃是独自来去的幽洁之士。诗人着墨于落日苍山、寒天白屋、柴门吠犬、风雪冻夜，在一片荒僻冷寂的烘染中，所要表现的主人公即日暮逢雪投宿时结识的"芙蓉山主人"——独立于世的幽寂孤清的隐居寒士。此诗用笔简练平实，而意境寂清远，已臻诗家"寄至味于淡泊"（宋·李颀《古今诗话》引苏轼语）的境界。刘长卿诗善咏荒野寒寂之情景，于此诗可见。

【辑评】

[明]顾璘《批点唐音》：此所谓真语真情者，清语古调。

[清]乔亿《大历诗略》：宜入宋人团扇小景。

[清]黄叔灿《唐诗笺注》：上二句孤寂况味，犬吠人归，若惊若喜，景色入妙。

刘永济《唐人绝句精华》：此诗二十字，将雪夜宿山人家一段情事，描绘如见。

【今译】

沉沉暮色，笼下
远山一脉苍青，
寒天低垂着
不远处，孤零的茅舍
露出泛白的屋顶。
投宿未眠时

忽然几声狗吠
柴门，吱一声开了
又吱一声掩紧，
这风雪夜晚
噢，归来了
芙蓉山茅屋的主人。

送灵澈上人①

苍苍竹林寺②，　杳杳钟声晚③。
荷笠带夕阳④，　青山独归远。

【注释】

①灵澈：俗姓汤，字澄源，中唐著名诗僧，与刘长卿为忘年交。上人：和尚的尊称。②苍苍：青葱茂密的样子。竹林寺：在润州（今江苏镇江）郊外黄鹤山上。隋时建，一称"鹤林寺"。灵澈出家本寺在会稽云门寺，竹林寺是他此次云游的歇宿处。③杳杳：深远的样子。④荷：背着。

【赏析】

　　这首五绝是送灵澈晚归竹林寺所作，以白描取胜，饶有韵致。诗从"归"字落笔写"送"，由宾见主，不落窠臼。诗是无形的画，此诗于林木深掩的青苍中，隐隐露出寺院的檐角，灿黄的薄暮糅着灰茫，淡淡地笼着，一个荷笠僧人的背影踽踽独去，如野鹤闲云，渐远地融没在青山翠岱的深处，这是一幅多么秀美闲远的青山独归图。从画面之外，隐隐听得那寺庙悠悠的晚钟，依稀可见诗人凝目远送的久久伫立，不着一字写别，已觉别情满纸。元·方回《瀛奎律髓》评刘长卿诗"细淡而不显焕，观者当缓缓味之"，可从这首小诗体会。

　　诗人与灵澈相遇又离别于润州，约在代宗大历四年（769）间。此时刘长卿落寞待官，灵澈也诗名未著，一个宦途失意客，一个方外归山僧，尽管儒士佛僧入世出世不同，但都趋于清寂淡泊，送者与归者，两人共有的恬淡意趣一并融汇在画面中。因此，这首送别诗除却黯然神伤，自是一种清雅洗练的笔墨，一种闲淡悠远的意境。

【辑评】

　　俞陛云《诗境浅说续编》：四句纯是写景，而山寺僧归，饶有潇洒出尘之致。高僧神态，涌现毫端，真诗中有画也。

【今译】

一片青苍山色
依稀掩映着

竹林寺的薆檐，
远远，寺庙钟声传来

飘荡在静谧傍晚。　　　　独自一人，向

你，背着斗笠　　　　　　山峦的翠绿深处

一身淡淡地　　　　　　　归去——

将灿黄的夕晖披染，　　　越去，越远……

秋日登吴公台上寺远眺①

古台摇落后②，　　秋入望乡心。

野寺来人少，　　云峰隔水深。

夕阳依旧垒，　　寒磬满空林③。

惆怅南朝事，　　长江独至今。

【注释】

①吴公台：在今江苏扬州市北。本是南朝宋时沈庆之攻竟陵王刘诞所筑的弩台，后陈朝将领吴明彻围攻北齐敬子猷，又增加修筑，故称"吴公台"。②摇落：此借草木凋零指古台衰败。唐·白居易《隋堤柳》诗："土坟数尺何处葬，吴公台下多悲风。"③寒磬：寺庙的钟磬声，传荡在清寒的秋天，故云"寒磬"。

【赏析】

这是一首凭吊南朝旧迹的诗，语句炼饰而韵律流畅，章法上不拘常格。首联写秋日登临所感：古台草木凋零，秋色一片衰败里，不由生发思乡之情。接下额、颈二联写台上远眺所见：古寺地处深山野岭，游人罕至，只有高耸入云的山峰和幽深的河水；落日照着古台，寺中的钟磬声飘洒在空荡的树林，越发显得空旷寂静。至尾联抒发登台感慨。吴公台历经南朝的世事盛衰，而今一切销声匿迹，旧时的堡垒也已衰败，只有台下的长江奔流不息，依旧如当年。相比之下，人事何等无常，人生又何等短暂。"惆怅"二字可为全诗意脉，秋日乡心、古台旧事以及诗人登临远眺所感，尽归结于此。

刘长卿诗善于用白描手法写景状物，如"夕阳依旧垒，寒磬满空林"二句，只须几笔勾勒，景色清远萧瑟，传达出幽寒空寂之境，实为佳句。此诗思乡、怀古二者兼有，格调清寂略显沉冷，似乎是诗人遭贬以后之作，其中糅合了人生失意的慨叹。

【辑评】

[唐]皎然《诗式》：颈联上句切题意，盖寺为吴公战场也；下句切台上寺，寺在高处，磬声散落，故空林俱满。此联"依"字、"满"字，为炼字法。

【今译】

吴公弩台　　　　　　　　秋色萧瑟里

草木，纷纷零落　　　　　此时登临，顿生

墙垣已经颓倾，　　　　　望乡的悠然归心。

荒野的古寺	寺庙传来晚钟
折入了无人迹的僻径，	清冷，寒寂
云峰雾岭	回响在空寂的山林。
高高耸立着	多少南朝旧事
隔着一道涧水深深。	尽成陈迹浅印，
夕阳犹自洒照	只有这——
古台旧垒	残破古台下
依恋不去一抹温馨，	长江滔滔奔流，到今。

新 年 作

乡心新岁切①，　天畔独潸然②。
老至居人下，　春归在客先③。
岭猿同旦暮，　江柳共风烟。
已似长沙傅④，　从今又几年？

【注释】

①新岁：新年。岁，年。②潸（shān）然：流泪的样子。③"老至"二句：唐·薛道衡《人日思归》："入春才七日，离家已二年。人归落雁后，思发在花前。"④长沙傅：指西汉贾谊，曾贬为长沙王太傅。

【赏析】

这是一首风调凄清的新年思乡之作。时，刘长卿被贬为潘州南巴（今广东茂名）县尉，身处异乡却逢新年，不由悲从中来。开头两句点出思乡心切：新年临近，自己独自谪居天涯，此时此地让人潸然落泪。紧承而来，三、四句写生发归念：年岁老大，却卑官微职屈居于人下，不如早日归去。但春先于自己而归。五、六句写贬处苦境：无人交谈携游，终日与山岭哀猿共对朝暮，与江边弱柳共赏风烟。由此启下，最后两句写身世悲慨：自己与贾谊同命运，这荒僻之地，不知淹留到何日？结处一问，将无限不平之气溢于言外。

"老至居人下，春归在客先"一联，元·方回《瀛奎律髓》评曰："费无限思索乃得之，否则有感而得之。"其诗笔宛转而意蕴深沉，以春归衬托自己的不归，写出新岁乡心的无限凄怆。此两句感时触物而发，对仗却细巧浑成，他人自是不及。

【辑评】

[明]陆时雍《唐诗镜》：三、四隽甚，语何其炼！

[明]陆时雍《诗镜总论》：刘长卿体物情深，工于铸意，其胜处有迥出盛唐者。……"老至居人下，春归在客先"，"春归"句何减薛道衡《人日思归》语！

[清]顾安《唐律消夏录》：句句从"切"字说出，便觉沉着。五、六以"同""共"二字形容出"独"字来，甚妙。

【今译】

新年将近，思乡
心迫切如煎，
身在僻远天涯
独白一襟泪水潸潸。
老来官职卑微
仍屈居他人之下，
羡慕，那春天
归去在我之先。
此地，一怀孤独悲苦
从清晨到昏暮

山岭哀猿为伴，
与江畔杨柳
一同赏看清风冷烟。
我，如同——
贬逐长沙的贾谊
已横遭谗言，
不知从今往后
春去，秋来
还要滞留岭南几年?

饯别王十一南游①

望君烟水阔，　　挥手泪沾巾。
飞鸟没何处?　　青山空向人。
长江一帆远，　　落日五湖春。
谁见汀洲上，　　相思愁白蘋②。

【注释】

①王十一：作者友人，排行十一，名与生平不详。南游：到江浙的太湖等地游历。②"落日"三句：五湖，此指太湖。蘋，水草，长于浅水，茎横生在泥中，春夏开白花。此处化用南朝梁·柳恽《江南春》诗意，其诗云："汀洲采白蘋，落日江南春。洞庭有归客，潇湘逢故人。故人何不返，春花复应晚。不道新知乐，只言行路难。"

【赏析】

这首送别诗，通篇从"望"字生发，通过写遥望凝思来表达离愁别绪。诗先写烟水空茫之间，挥手洒泪与友人作别；继写友人乘舟去后，远处一脉青山依依向人；再想象友人此去，一叶风帆泛于五湖春色；最后折回眼前，写自己伫立沙洲，望秋水蘋花凝愁。随着诗人凝神眺望的目光：飞鸟青山、风帆落日、汀洲白蘋，由近而远，由远而近，情景交融中见出送别的心神恍惚，从而将一怀别离深情，写得绵绵不尽。

刘长卿尤擅五言，自诩"五言长城"（唐·权德舆《〈秦征君校书与刘随州唱和集〉序》），其五言诗多名篇佳句。此诗的颈联"长江一帆远，落日五湖春"，写朋友远行的起止，一阔景，一丽景，明远秀丽相映，实为佳句。

【今译】

望着你的船樯

驶向烟水空阔的清冷，

我，挥一挥手
泪流衣襟。
天际远去的飞鸟
没入何处？
留一脉青山，如黛
空自依依向人。
你，一叶风帆

江上远去隐隐，
此一去，泛舟五湖春水
看落日夕照晚景。
谁见我——
徘徊芷岸沙汀，
一怀思念，愁染
江洲的秋水白蘋。

寻南溪常山道人隐居①

一路经行处，　　莓苔见履痕。
白云依静渚，　　春草闭闲门。
过雨看松色，　　随山到水源。
溪花与禅意②，　　相对亦忘言③。

【注释】

①一题作《寻南溪常道士》。如果所访者为"道士"，何悟佛教之"禅意"？道人，指有道行之人，古代也称佛教徒为"道人"。②禅：佛教指清寂凝定的心境。③忘言：意谓不用言说而自通其意，语出战国《庄子·外物》："言者所以在意，得意而忘言。"

【赏析】

诗人寻访南溪常山道人，途中见清静幽美的景色，从而悟出清空虚寂的禅理。一路走来，小道的青苔上留下清晰的鞋痕；白云低低，依偎在水中僻静的小洲；人迹罕至，柴门外的花草长得很高，在门前遮蔽出一围闲静；一阵疏雨止后，松色青翠欲滴，沿山而上，来到了一方清澈水源。诗人为了探讨禅机而寻访道人，不料这一路所见：无心的白云，自在的落花，清新的松色，舒缓的溪流，还有那闲闭的柴门，一片悠然宁静，已让人先悟得了超脱尘俗的清静禅意。所以，就是见了常山道人，也已是心会神通，相对忘言。

此诗前六句写寻访路途，最后两句写幡然悟道，前后贯通，绵密紧凑。而且紧扣题面，虽然通篇未见一个"寻"字，但"语语是'寻'"（清·蘅塘退士《唐诗三百首》），似乎句句都在"寻"字上着墨，所寻的既是道人，也是禅意，真是天衣无缝，自然贴切。

【辑评】

［明］陆时雍《唐诗镜》：幽色满抱。

［明］周珽《唐诗选脉会通评林》：周敬曰：起二句便幽，中联自然，结闲静，有渊明丰骨。

［清］屈复《唐诗成法》：题是"寻常道士"诗，只"见履痕"三字完题。余但写南溪自己一路得意忘言之妙，其见道士否不论，与王子猷何必见安道同意。

【今译】

去往南溪寻访
一路，独自漫行，
小路苔痕上
深浅清晰的屐印。
低绕的白云
依偎僻静的小洲，
春天的花草
遮闭人迹不到的柴门。
一阵疏雨过后

湿润的松色青青，
顺着山腰而上
一方水源清澈，如镜。
啊，流水与落花
自在，无心，
我已悟出——
禅意的寂静，
等到见了，忘言
相对那常山道人。

长沙过贾谊宅①

三年谪宦此栖迟，　　万古惟留楚客悲②。
秋草独寻人去后，　　寒林空见日斜时③。
汉文有道恩犹薄④，　　湘水无情吊岂知⑤？
寂寂江山摇落处，　　怜君何事到天涯⑥！

【注释】

①一题作《过贾谊宅》。过：访。贾谊：西汉著名的政治家、文学家，十八岁时以善文为郡人所称。年少才盛，得汉文帝重用，上《论积贮疏》等，因遭权贵忌恨，贬为长沙王太傅。三年后召回，迁梁怀王太傅。后梁王堕马而死，贾谊自伤未尽其责，常哭泣且失意，三十三岁抑郁而卒。见西汉·司马迁《史记·屈贾列传》。唐·李吉甫《元和郡县志》载：贾谊宅在潭州长沙县南。②"三年"二句：意谓贾谊贬谪长沙只三年，而悲留千古。谪宦，贬低官职，遣往他处。栖迟，居留。楚客，流落楚地的客子，此指贾谊，也指后来经过长沙（古属楚国）的迁客谪人。③"秋草"二句：清·施补华《岘佣说诗》："'人去'句即用《鵩鸟赋》'主人将去'，'日斜'句即用'庚子日斜'。可悟运典之妙，水中着盐。"④汉文有道：汉文帝，史称"有道"之君。⑤湘水无情：屈原自沉汨罗江，汨罗江通湘水，故云。吊：凭吊。贾谊贬长沙时，经湘水曾作《吊屈原赋》《鵩鸟赋》。⑥何事：为什么？此故作设问，曲折写出怜惜、愤怨之情。天涯：此指僻远的楚地长沙。

【赏析】

刘长卿曾遭诬陷贬睦州（今浙江建德）司马。途经长沙（今属湖南），时值深秋，诗人独自徘徊在贾谊故宅前，不由悲秋感兴，写下此诗。全诗贯穿一个"悲"字。遥想贾谊三年谪宦，汉恩犹薄，悲人；眼前空见寒林日斜，江山摇落，悲秋，而自己身为迁谪楚客，对此景怀伊人，其情其境何以堪悲；况且自己凭吊贾谊，犹当年贾谊凭吊屈原，古今同悲。可谓言里言外之意，皆句句写悲、字字凝悲，语极沉痛，情极酸楚。诗人虽是悲吊贾谊，实则借贾谊一吐胸中的悲怆。"怜君何事到天涯！"怜君更是自怜，一声仰对苍天的长叹，将心中郁结的谪怨倾吐而出，读之，令人凄然泫然。

元·辛文房《唐才子传》云："长卿清才冠世，颇凌浮俗，性刚多忤权门，故两逢迁斥，人悉冤之。"此诗明吊古人而暗惜自己，笔法颇为含蓄深沉，是刘长卿七律的佳作。

【辑评】

[明]周珽《唐诗选脉会通评林》：周敬曰：哀怨之甚，《鵩赋》中语，自然妙合。

[清]吴瑞荣《唐诗笺要》：怨语难工，难在澹宕婉深耳。"秋草""湘水"二语，尤当隽绝千古。

[清]乔亿《大历诗略》：极沉挚以澹缓出之，结乃深悲而反咎之也。读此诗须得其言外自伤意，苟非迁客，何以低回如此？

【今译】

当初，三年贬谪   尚且寡恩薄意，
这楚地流落无依，   湘水啊，无情
留下的，是   那深深悲泣的凭吊
千百年来   它又哪能晓知？
迁客谪人不尽的悲戚。   眼前，江河山川
伊人已去，我   满目寂寥
踏着深秋衰草   秋风萧瑟里
独寻他的遗迹，   黄叶纷纷，飘弃，
荒寂的故宅   可叹贾谊
一林寒树，斜挂   才华横溢年少的你
昏茫的落日。   为什么，被放逐
有道之君的汉文帝   这天涯僻地！？

别严士元①

春风倚棹阖闾城②，　水国春寒阴复晴③。
细雨湿衣看不见，　闲花落地听无声。
日斜江上孤帆影，　草绿湖南万里情④。
君去若逢相识问，　青袍今已误儒生⑤。

【注释】

①一作李嘉祐诗，见五代·韦縠《才调集》。清·乔亿《大历诗略》："五、六神采飞动，调亦高朗，殊不类随州。《才调集》作李嘉祐近是。"严士元：吴地（今江苏苏州）人，曾官员外郎。②倚棹（zhào）：把船桨搁靠一边，即停船。棹，船桨，多用作船的代称。阖闾城：即苏州城。相传春秋时，伍子胥为吴王阖闾所筑。③水国：水乡。④湖南：太湖以南，指严士元要去的地方。万里情：是说友人宦游之情和自己的惜别之情如春草绵延万里。⑤青袍：唐制，三品官以上服紫，五品以上服绯，六、七品服绿，八、九品服青。唐诗中常以"青袍"代指低微的官阶。时

作者任长洲（今江苏苏州）县尉，服青。儒生：读书人。

【赏析】

诗人在苏州与友人偶然相遇，一晤之后又别离，临别作此诗相赠。前六句写景：城外泊舟，水乡春寒，细雨湿衣，闲花落地，日斜江帆，草绿湖南。写景中依次迭印出相遇又相别的事态情态：邂逅相遇—携手同游—一席地谈笑—解缆起帆—眺远目送。其写景不在单纯地描山绘水，而在于叙事抒情，所以读来，景、情、事俱在眼前交错浮现，这便是诗人的匠心独运。末两句写临别嘱人传语。时刘长卿汲汲于求仕数十年，中年始得长洲县尉，"青袍今已误儒生"乃是委婉的牢骚语，也是好友远去牵引起的无限愁绪。此诗画面很美，诗意很浓，别情也殷殷。

刘长卿的七律为中唐之首，清·沈德潜《唐诗别裁》称："七律至随州，工绝亦秀绝矣。"如这首《别严士元》。其中"细雨湿衣看不见，闲花落地听无声"一联，笔致精细，绘江南早春之景细微入神，尤广为传诵，以至被人戏称为"盲诗"。

【辑评】

[明]郝敬《批选唐诗》：清空飘逸，文房之诗大抵皆然。

[清]陆次云《唐诗善鸣集》：落句闲雅。

[清]纪昀《删正二冯先生评阅才调集》：纪云：虽涉平调，尚不庸肤，中唐人诗清婉中自有雅致。

【今译】

春风，依依里	该解缆起程了
相逢的小船	斜晖江上，将远去
停泊苏州城外的水滨，	你孤零的帆影，
江南初春未脱寒气	眺望太湖南
天气乍阴乍晴。	芳草绵延的绿意
微雨，看不见	是我的惜别情。
在你我的谈笑中	此去，如果旧交故友
轻柔地沾湿了衣襟，	询问我的况景，
芬芳的花瓣	请告诉他们
飘坠，落在脚边	区区，一袭青袍
悄然无息无声。	误了读书人的前程。

杜 甫

杜甫（712—770），字子美，自称"少陵野老"，原籍襄阳（今属湖北），后迁居巩县（今属河南）。世称"杜少陵""杜拾遗""杜工部"。曾举进士不第，漫游吴、越、齐、鲁等地。玄宗天宝五年（746），三十五岁进京求仕，困守长安十年，后授右卫率府兵曹参军。安史乱起，流亡颠沛中投效肃宗，授官左拾遗。因直言极谏，贬华州司功参军，不久弃官，居秦州、同谷。移家成都，筑草堂于浣花溪，入剑南节度使严武幕府，荐为检校工部员外郎。代宗永泰元年（765），携家离成都，流寓夔州，后辗转漂泊于江湘之间，贫病交加逝于往岳阳的小舟中，终年五十七岁。

出身世代"奉儒守官"之家，历经唐朝由盛而衰，怀抱安邦济世之志，而仕途坎坷潦倒，饱受战乱流离，故所作诗忧国忧民、悲慨身世，"浑涵汪茫，千汇万状"（宋·宋祁等《新唐书·文艺传》），被誉为一代"史诗"。其诗融合众长，兼备诸体，形成沉郁顿挫的独特风格，有"诗圣"之称，可谓集前代之大成，开后世之先路，影响至大至远。诗与李白并称"李杜"，韩愈《调张籍》云："李杜文章在，光焰万丈长。"有《杜工部集》。

望 岳

岱宗夫如何^①？　齐鲁青未了^②。
造化钟神秀^③，　阴阳割昏晓^④。
荡胸生层云^⑤，　决眦入归鸟^⑥。
会当凌绝顶^⑦，　一览众山小。

【注释】

①岱宗：泰山的尊称。岱，泰山的别称。宗，被尊仰、归往者。泰山是五岳之首，故称。夫：语助词，无义。②齐鲁：泰山附近地区的代称。齐在山北，鲁在山南。未了：不尽。了，完。③造化：大自然。钟：聚集。④阴阳：此指山北山南。山北为"阴"，山南为"阳"。割：划分。昏晓：黄昏和早晨。⑤层：指云气叠起。⑥决眦（zì）：形容睁大眼睛，极目力而望。决，裂开。眦，眼眶。入：没，收入眼里。⑦会当：终当，将来一定要，为唐人口语。凌：登上。绝顶：最高峰。

【赏析】

此诗为现存杜诗中年代最早的一首，是杜甫二十五岁落第后游齐鲁时所作。诗人仰望五岳之尊，心怀激荡，于是用生花妙笔描绘泰山高大宏阔的气象，充溢诗中的是意气不丧，豪情犹存。清·浦起龙《读杜心解》云："杜子心胸气魄，于斯可观。取为压卷，屹然作镇。"

因诗人近岳而望，不曾登山，所以整首诗从"望"字着墨。前六句分别写"齐鲁青未了"的远望之色，"阴阳割昏晓"的近望之势，以及"层云""归鸟"的细望之景。其中，第二句以绵远的青苍之色烘托泰山的高大，确为惊人之笔，明人莫如忠《登东郡望岳楼》曾叹曰："齐鲁到今青未了，题诗谁继杜陵人？"最后两句写极望之情："会当凌绝顶，一览众山小。"进一步用想象虚写泰山的高峻，同时抒发出企攀绝顶的勃勃雄心，寓含了深刻的人生哲理。全诗大气磅礴，笔力雄健，东岳泰山的高峻雄阔和青年杜甫的胸襟抱负——毕现于诗中。《望岳》共三首，分别咏东岳泰山、南岳衡山、西岳华山，但另两首都不及这一首登览言志，激荡人心。此诗被后人推为"绝唱"，刻石为碑立于山麓，与泰山同垂不朽。

【辑评】

[明]周珽《唐诗选脉会通评林》：刘辰翁曰："齐鲁青未了"五字雄盖一世。"青未了"语好，"夫如何"跌荡，非凑句也。"荡胸"语，不必可解，登高意豁。……郭濬曰：他人游泰山记，千言不了，被老杜数语说尽。

[清]田雯《古欢堂集杂著》：余问聪山：老杜《望岳》诗"夫如何""青未了"六字，毕竟作何解？曰：子美一生，唯中年诸诗静练有神，晚则颓放。此乃少时有意造奇，非其至者。

【今译】

五岳之首的泰山
气象怎么样？
啊，一脉苍莽青色
横亘在齐鲁
无尽，无了。
天地间的神奇峻秀
尽在这里聚绕，
山北山南
暗晦，明朗
判若黄昏与晨晓。

峰峦层云迭起
胸中阵阵荡涤波涛，
睁裂双眼，目送
渐入山林的
点点暮色归鸟。
将来，我定当
登上峰巅站立高高，
俯首一览：
众峦匍匐山脚下
——那么渺小。

兵 车 行

车辚辚①， 马萧萧， 行人弓箭各在腰②。

耶娘妻子走相送③， 尘埃不见咸阳桥④。

牵衣顿足拦道哭， 哭声直上干云霄⑤。

道旁过者问行人， 行人但云点行频⑥。

或从十五北防河⑦， 便至四十西营田⑧。

去时里正与裹头⑨， 归来头白还戍边。

边庭流血成海水， 武皇开边意未已⑩。

君不闻汉家山东二百州⑪， 千村万落生荆杞⑫。

纵有健妇把锄犁， 禾生陇亩无东西⑬。

况复秦兵耐苦战， 被驱不异犬与鸡⑭。

长者虽有问⑮，　役夫敢申恨⑯？
且如今年冬，　未休关西卒⑰。
县官急索租⑱，　租税从何出？
信知生男恶，　反是生女好。
生女犹得嫁比邻，　生男埋没随百草⑲。
君不见青海头⑳，　古来白骨无人收。
新鬼烦冤旧鬼哭㉑，　天阴雨湿声啾啾㉒！

【注释】

①辚辚（lín）：车行声。②行人：行役的人，指被征的士卒。③耶：同"爷"。妻子：妻子、儿女。④咸阳桥：在陕西咸阳西南十里，横跨渭水，是唐代长安通向西域、西南的必经之路。⑤干：冲。⑥点行：按户籍名册点招，强迫应征入伍。频：频繁。⑦十五：十五岁。防河：在黄河以北设防。⑧西营田：到西北一带屯田。营田，为古代一种屯田制，平时种田，战时打仗。唐代也广为采用，据宋·宋祁等《新唐书·食货志》："唐开军府以捍要冲，因隙（闲）地置营田，天下屯总九百九十二。"⑨里正：唐制百户为一里，设"里正"一人，管户口、纳税等事务。裹头：古以皂罗（黑色绸或布）三尺为裹头，称"头巾"。此应征者年幼，故里正替他裹扎头巾。⑩武皇：汉武帝，此处借指唐玄宗李隆基。开边：用武力开拓疆土。已：止。⑪汉家：借指唐朝。山东：唐代建都长安，把华山和潼关以东称"山东"。二百州：唐代在潼关以东共设二百一十七州，此处约举成数。⑫荆杞（qǐ）：荆棘、杞柳，野生灌木。⑬陇亩：田地。陇，田中种农作物的行。无东西：指庄稼长得稀疏杂乱，行列不整。⑭"况复"二句：是说秦地的兵素来经得起苦战，所以统治者征调他们更为频繁，驱遣不异于鸡犬。⑮长者：征夫对"道旁过者"的尊称。⑯役夫自称。敢申恨：意为不敢详述自己的怨恨。敢，岂敢，哪敢。⑰关西卒：潼关以西的兵卒，即"秦兵"。⑱索租：征收田租。索，搜取。⑲"信知"四句：北魏·郦道元《水经注·河水》引晋·杨泉《物理论》曰："秦筑长城，死者相属。民谣云：'生男慎勿举，生女哺用脯。不见长城下，尸骸相支柱。'其冤痛如此。"即杜甫此处所本。恶（è），不好。埋没随百草，指战死后弃骨荒野。⑳青海头：即青海边，见王昌龄《从军行》（其四）注。㉑烦：繁多。㉒啾啾（jiū）：凄惨的鬼叫声。

【赏析】

杜甫的诗被誉为"诗史"，即他以诗的艺术形象再现历史现实，此诗即为代表作之一。天宝以后，唐王朝对西北、西南地区频繁用兵，据宋·司马光等《资治通鉴·唐纪》记载：天宝十年（751）四月，剑南节度使鲜于仲通奉命征讨南诏蛮，大败于泸南，士卒死者六万人。杨国忠掩其败状，仍叙其战功。为了招募补充作战的士卒，"遣御史分道捕人，连枷送诣军所。……于是行者愁怨，父母妻子送之，所在哭声震野"。杜甫的《兵车行》，当以这一史事为题材。

这首叙事诗寓抒情、议论于叙事中。诗人以"道旁过者"的身份耳闻目睹，对百姓妻离子散的同情，对田园荒芜、农村残破的伤叹，以及对统治者穷兵黩武的不满，并不作直接抒写，而是将激切深沉的思想情感，自然地融入全诗叙事的始终。诗的前一部分直接描叙，写亲人送别出征的凄惨；后一部分代人叙言，叙述不堪连年征战的痛苦，开头与结尾皆以重墨铺染。开头突兀地展现一幅悲惨的送别图：车隆马鸣，尘土蔽日，送别出征的爹娘妻子扯衣顿足、捶胸呼号，生离死别只在一刹那，让人触目惊心；结尾收于青海边的古战场：平沙茫茫，白骨横野，阴风冷雨惨淡里，一片鬼魂哭冤的凄厉声，令人不寒而栗。开头混乱鼎沸的人哭与结尾阴森冷寂的鬼泣，首尾形成强烈的对应，"以人哭始，鬼哭终，照应在有意无意"（清·沈德潜《唐诗别裁》），将"开边未已"所造成的深重灾难揭露得淋漓尽致。

行，是乐府歌曲的一种。此《兵车行》是杜甫缘事而发、即事成篇，自创的乐府新题。在表现手法上，它充分继承汉魏乐府的现实主义精神，以及乐府民歌叙事问答的形式，并"语杂歌谣"，通俗易懂，具有一种越浅越切的艺术感染力，千百年来传诵不衰。

【辑评】

[宋]蔡启《蔡宽夫诗话》：齐梁以来，文士喜为乐府辞，然沿袭之久，往往失其命题本意。……惟老杜《兵车行》《悲青坂》《无家别》等数篇，皆因事自出己意，立题略不更蹈前人陈迹。

[明]周珽《唐诗选脉会通评林》：周珽曰：以开边之心未已，致令人鬼哭不得了。闻者有不痛心乎？写至此，应胸有鬼神，笔有风雨。

[清]仇兆鳌《杜诗详注》：唐非无诗，求能仰窥圣作，裨益世教，如少陵者，鲜矣。

【今译】

车隆隆，马啸啸，
出征的人们
各自佩戴弓箭在腰。
爹娘妻儿赶来
送行在城郊，
车马扬起尘土纷纷
遮蔽了咸阳桥。
亲人们拦道哭喊
扯衣、捶胸、跺脚，
悲惨的哭号
一阵阵直冲云霄。
道旁路人询问
为何这般车马人声？
征人含泪说：
"朝廷征兵催得太紧。
十五岁应征
到黄河北驻防，
四十岁又调往西北
去屯田扎营。
去时，年纪尚幼
村长给我裹扎头巾，
回来还要戍边
已是满头白发杂生。
边地连年开战
士卒们血流成海，

可无休无止
君王开拓疆土的雄心。
您，不曾听说
华山东二百多州，
千村万落
人烟萧条，荆棘丛生。
纵有健壮妇女
犁地锄草
庄稼杂乱无收成。
何况关中的士卒
吃苦耐战
屡屡被朝廷点兵，
驱遣不如鸡犬
只在沙场拼死效命。
您今天问起缘由
我，一个出征的役夫
怎敢诉苦申冤？
就说今年
已经到了寒冬雪天，
关西出征的壮丁
仍远在戍地没有放还。
县官衙役急如星火
天天催缴田租
逼得人心里发颤，
田地无男子耕种

又哪来的租税银钱?　　　　　蒿草丛生的青海边,

这才知道　　　　　　　　　　从古到今

生男反是遭殃　　　　　　　　遍地白骨无人收殓。

不如生女有个期盼。　　　　　新鬼叫冤

生女嫁与邻里　　　　　　　　旧魂聚集不散,

还能时常见面,　　　　　　　阴风冷雨里

生男,战死沙场　　　　　　　只听见鬼在哭嚎

抛骨荒野也无人管。　　　　　一声比一声凄惨!"

您不曾看见

月　夜

今夜鄜州月^①,　　　闺中只独看^②。

遥怜小儿女,　　　　未解忆长安^③。

香雾云鬟湿^④,　　　清辉玉臂寒。

何时倚虚幌^⑤,　　　双照泪痕干。

【注释】

　①鄜(fū)州:今陕西富县。②闺中:指闺中的妻子。看(kān):读平声,此诗为五律,押平声韵。③忆:思念。④香雾:夜雾里弥散着鬓发流溢出的膏泽的芳香,故说"香雾"。鬟(huán):古代妇女梳的环形发髻。"云鬟"形容发髻像乌云一样乌黑浓密的堆叠。⑤虚幌:轻薄透明的帷帘。幌,帷幔。

【赏析】

　安史乱起,杜甫携家小避难于鄜州羌村,后在只身前往灵武(今属宁夏)投效肃宗的途中,被叛军所俘,押至长安。此诗即为乱离囚押中月夜怀妻之作。

　通篇无一笔落正面,不说自己望月思亲,偏说妻子望月思己,将自己的思念从对方映衬出来。那月夜独看,雾露湿鬓、清辉寒臂的不只是妻子,更是诗人自己。月夜相思如此深一层、曲一层地写出,极婉曲深微,而又极真切厚重。同时,此诗"又妙在无一字不从月色照出"(清·浦起龙《读杜心解》)。诗中相忆因看月而起,他日重逢也在月的双照中;月湿了云鬟,寒了玉臂;月连着鄜州的妻子与长安的丈夫,也联结了遥想的今夜和料想的他夜。可以说一切都笼在月色里,从而融成一片清丽而又清冷的意境。这首诗写战乱流离中的月夜思亲,句句从对面飞来,字字从月中脱出,章法紧密,悲婉微至,构成了千百年来颤动人心的这景、这情、这境。

【辑评】

　[清]沈德潜《唐诗别裁》:五、六语丽情悲。

　[清]黄生《唐诗矩》:题是《月夜》,诗是思家,看他只用"双照"二字,轻轻绾合,笔有神力。

[元]方回选、李庆甲集评《瀛奎律髓汇评》：纪昀：入手便摆落现境，纯从对面着笔。蹊径甚别。后四句又纯为预拟之词，通首无一笔着正面，机轴奇绝。

【今译】

今夜，鄜州明月
皎皎洁洁一团，
可是闺楼中
你，独自依栏的倩影
孤零零赏看。
在这遥隔的地方
我想，小儿女
不谙世事艰难，
怎能理解
你对长安的思念。
夜，已深已沉

弥漫的雾露
会沾湿你的芬芳鬓鬟，
清冷的月辉
浸在洁白手臂
也会泛起轻寒。
啊，不知何时
一同依偎低低纱幔，
让窗前明月
照着你，照着我
轻轻地——
将脸边泪痕抚干。

春 望

国破山河在①，　城春草木深。
感时花溅泪，　恨别鸟惊心。
烽火连三月②，　家书抵万金③。
白头搔更短，　浑欲不胜簪④。

【注释】

①国破：指国都沦陷。国，此指国都长安。②"烽火"句：是说战火延续了整整一个春天（一春三个月）。③抵：值。④浑：简直。不胜簪（zān）：插不上簪。胜，承受。簪，一种针形头饰。古代男子成年后，把头发束在头顶上，用发簪别住。

【赏析】

　　杜甫被安史叛军掳至长安后，见沦陷的长安城被焚掠一空，满目疮痍，一时伤春、忧乱、悲离纷至沓来，凝成此诗。诗扣住"春望"而写。首联写春望之景。"国破"的衰残与"城春"的生气对举，两意相反；国破继以"山河在"，城春缀以"草木深"，前后相悖，这一反一悖，诗意跌宕，明为写景，实为抒感，皆令人怵目凄然。颔联写春望之叹。花鸟本是娱兴之物，却见之泣泪，闻之惊心；花鸟本是无情之物，却也溅泪也惊心，这两句既是触景生情又移情于物，于人于物，皆见出"感时"之痛、"恨别"之哀。颈联写春望之思，"烽火""家书"分别承接感时、恨别而来，道出了兵荒马乱中人人都有的思家的真切。尾联落出春望之人：一忧心忡忡、白发疏短的老翁。前面春望中所有的哀情悲怀，都生动具体地凝聚在这搔首踟蹰、憔悴衰老的形象之中。

元·方回《瀛奎律髓》云："此第一等好诗，想天宝、至德以至大历之乱，不忍读也。"这首诗写国破家散、物是人非的殷忧极痛，伤时和恨别交织，抒情和写景交融，语语沉着而意脉贯通，章法谨严而字句凝练，一、二、三联皆为名句，可谓字、句、篇俱佳，"百代而下，当无复继"（明·胡应麟《诗数》）。

【辑评】

[明]徐用吾《唐诗分类绳尺》：子美此诗，幽情邃思，感时伤事，意在言外。

[清]吴乔《围炉诗话》："烽火连三月，家书抵万金。"极平常语，以境苦情真，遂同于《六经》中语之不可动摇。

[元]方回选、李庆甲集评《瀛奎律髓汇评》：何义门：起联笔力千钧。纪昀：语语沉着，无一毫做作，而自然深至。

【今译】

国都，沦陷了　　　　　　　　惊悸不定。
一片残破的断壁颓垣　　　　　燃起的战火遍地
可山河犹存，　　　　　　　　蔓延了一春，
城中，春色浓了　　　　　　　此时，音讯隔断
满目却如哀秋凄凉　　　　　　一封家书抵值万金。
乱草荒木，深深。　　　　　　我，搔首踯躅
感伤危难的时事　　　　　　　忡忡忧心不宁，
沾露的花枝　　　　　　　　　一头霜染的白发
溅落伤心的惨淡泪痕，　　　　越搔越短
怨恨乱世别离　　　　　　　　——插不住簪针。
啼鸟，一声一声

哀 江 头

少陵野老吞声哭[①]，　春日潜行曲江曲[②]。
江头宫殿锁千门，　细柳新蒲为谁绿[③]？
忆昔霓旌下南苑[④]，　苑中万物生颜色。
昭阳殿里第一人[⑤]，　同辇随君侍君侧[⑥]。
辇前才人带弓箭[⑦]，　白马嚼啮黄金勒[⑧]。
翻身向天仰射云，　一笑正坠双飞翼。
明眸皓齿今何在？　血污游魂归不得[⑨]。
清渭东流剑阁深，　去住彼此无消息[⑩]。

人生有情泪沾臆①，　　江水江花岂终极！

黄昏胡骑尘满城，　　欲往城南望城北②。

【注释】

①少陵：在长安城郊，杜陵东南十余里，是汉宣帝许后的葬地。杜甫十三世祖杜预，为京兆杜陵（今陕西长安县东北）人，杜甫一度曾居于少陵附近，故自称"杜陵野老""少陵野老"。②潜行：偷偷行走。曲江：又名"曲江池"，故址在今西安城南外。汉武帝时建造，唐开元年间大加疏凿整修，烟水明澈，花卉环周，亭台楼阁参差，南有紫云楼、芙蓉楼，西有杏园、慈恩寺，为长安有名的游览胜地。唐·康骈《剧谈录》载：都人游玩盛于上巳（三月三春游祭祀）节，"彩幄翠帱，匝于堤岸，鲜车健马，比肩击毂"。曲：冷僻隐蔽的角落。③新蒲：刚抽芽返青的水中蒲草。④霓旌：仪仗中的一种彩旗。南苑（yuàn）：曲江之南的芙蓉苑。开元二十年（732），自大明宫筑复道夹城，直抵曲江芙蓉苑。唐玄宗和后妃、公主经常通过夹城去曲江游赏。苑，皇家花园，古代帝王设置林池、鸟兽、花卉以供游乐的处所。⑤昭阳殿：汉成帝皇后赵飞燕所居宫殿。第一人：本指赵飞燕，此处暗指杨贵妃。⑥同辇：东汉·班固《汉书·外戚传》：汉成帝游于后庭，欲与班婕妤同辇载行。班婕妤拒绝说："观古图画，圣贤之君，皆有名臣在侧，三代末主，乃有嬖女（宠姬）。今欲同辇，得无似之乎？"此处暗用班婕妤故事，讽刺唐玄宗为末主，杨贵妃为嬖女。⑦才人：宫中的女官，着戎装侍卫。⑧嚼啮黄金勒：用黄金装饰的马嚼口笼头。⑨"血污"句：意谓杨贵妃于马嵬坡遭变横死，长安已失陷，她身为游魂也归不得。血污游魂，指杨贵妃缢死于马嵬驿事，亦见白居易《长恨歌》注。⑩"清渭"二句：意谓杨贵妃死葬渭水之滨，唐玄宗避乱由剑阁入山路崎岖的蜀道，生死异路，彼此音容渺茫。⑪臆：胸。⑫望城北：即向城北。宋·陆游《老学庵笔记》云："北人谓'向'为'望'。"

【赏析】

这首诗和《春望》同写于肃宗至德二年（757），正是安史之乱两京沦陷后次年的春天，时杜甫身陷胡骑蹂躏下的长安城。身历巨变、目睹战乱的诗人旧地重来，百感交集，写下了这首悲深痛切的《哀江头》。

全诗分为三部分。前四句写长安陷落后的曲江，"锁千门"渲染一片萧条荒冷。中间八句写安史之乱前的曲江，"忆昔"二字转出许多繁华盛事。后八句写胡骑扬尘的曲江，"今何在"一问，生发出无穷感慨。题中的"哀"是诗旨所在，发端"少陵野老吞声哭"紧攫人心，营造出一种沉重悲哀的氛围笼下全篇，接下曲江潜行是哀，忆昔伤怀是哀，最后心神恍惚不辨南北还是哀。全篇由现实转入回忆，再由回忆折回现实；由哀极生乐，再由乐极生哀，今昔对照、以乐衬哀，形成结构的迂曲跌宕、笔力的抑扬顿挫，表达了对荒淫误国、安史乱起的巨大哀恸。

此诗是反映国家动乱的抒情名篇。作者用小中见大的手法，借曲江一角、游幸一事、马嵬一变，概括重大史实的全过程，把所见到的、忆到的和想到的，集中反映在一百四十字的篇幅中，构成了一篇容量特大的杰作，有字句凝练、以少胜繁之妙。

【辑评】

[宋]张戒《岁寒堂诗话》：其词婉而雅，其意微而有礼，真可谓得风人之旨者。

[清]黄生《杜诗说》：此诗半露半含，若悲若讯。天宝之乱，实杨氏为祸阶，杜公身事明皇，既不可直陈，又不敢曲讳，如此用笔，浅深极为合宜。善述事者，但举一事，而众端可以包括，使人自得于其言外。

[清]张谦宜《茧斋诗谈》：叙事橾括，不烦不简，有骏马跳涧之势。

【今译】

少陵野老哽咽吞声
独自掩面抽泣，
春日里，悄悄
徘徊在曲江的僻静地。
只见江边宫殿
千门紧锁，冷凄，
物是，人已非
水边的细柳青蒲
为谁，摇曳翠绿？
想当年——
天子銮驾游猎南苑，
苑中花卉生辉
映着奢华的绚丽。
华清宫的佳人
受君王宠爱第一，
同辇车随驾
陪伴侧旁寸步不离。
御车前的女官
身着戎装弯弓搭箭，
坐下的大白马
黄金笼头高高扬蹄。
一个翻身仰面

射向九霄云里，
贵妃，扑哧一笑
原来是双鸟空中坠翼。
明眸皓齿的佳人
如今，在哪里？
噢，那马嵬坡下
血污的游魂
不能回归长安宫室。
渭水清冽东流
剑阁高峻，山路崎岖，
妃留，君去
一死一生从此无消息。
人生原本有情
触景伤怀不禁泪滴，
无情是，江边
花落水流没有尽时！
暮色暗暗笼下
敌骑践踏的尘土
满城昏沉里扬起，
我，忧心如焚
想去往城南
却向着城北，凄迷。

赠卫八处士①

人生不相见， 动如参与商②。
今夕复何夕， 共此灯烛光？
少壮能几时， 鬓发各已苍。
访旧半为鬼， 惊呼热中肠。
焉知二十载③， 重上君子堂。
昔别君未婚， 儿女忽成行。
怡然敬父执④， 问我来何方。
问答未及已， 驱儿罗酒浆⑤。

夜雨剪春韭，　　　新炊间黄粱⑥。

主称会面难，　　　一举累十觞。

十觞亦不醉，　　　感子故意长⑦。

明日隔山岳，　　　世事两茫茫。

【注释】

①卫八：姓卫，排行第八，生平事迹不详。处士：隐居不仕的人。②参与商：二星名，此出彼没，不能同时在天空出现。③焉：怎么。④父执：父亲的执友（志同道合的朋友）。⑤罗：陈列，摆设。⑥间：掺和。⑦故意：故交的情意。

【赏析】

此诗写于杜甫被贬华州（今陕西华县）司功参军后。诗人回故乡洛阳省亲，次年春初又返回华州，途经蒲州时，偶遇隐居此地的少年知交卫八处士。时，正值安史之乱延续了三年多，局势仍动荡不安，又遇灾荒之年，而且亲朋故友多已不在人世。在这乱世灾年，他乡邂逅相遇阔别二十多年的故人，那短暂的一夕相会，特别不同于寻常：雨夜的烛光里，散发着新割春韭和黄粱米饭的香味，两人对烛而坐，饮酒话旧，回忆当年倍觉亲切，瞻念前路又茫然难卜。诗从早年分别写到眼前聚首，再又写到即将分别，亦悲亦喜，悲喜交集，久别重逢、叙旧夜话的微醺与暂聚忽别、世事茫茫的凄婉两相糅合，融入了乱离时代强烈而深至的人生感慨。明·钟惺《唐诗归》称此诗："只叙真境，如道家常，欲歌，欲哭。"

这首五言古体诗叙事剪裁精当，诗人随其所遇所感，顺手款款写来，且纯用家常话语写家常情境，营造出一种深挚浓厚的氛围和情景，质朴而淳厚，平易而真切，近于汉魏乐府自然浑朴的诗风。

【辑评】

［明］王嗣奭《杜臆》：信手写去，意尽而止。

［清］朱子荆《增订唐诗摘钞》：只是"真"，便不可及，真则熟而常新。人也未尝无此真景，但为笔墨所隔，写不出耳。

［清］杨伦《杜诗镜铨》：蒋云：全诗无句不关人情之至，情景逼真，兼极顿挫之妙。

【今译】

故人不能相见　　　　　　将双鬓染得苍苍。

如天上的星辰参与商。　　寻访旧时朋友

今夜，啊　　　　　　　　一半成鬼，已丧，

这是怎样的夜晚，　　　　忽然，听见你

你我共叙旧情　　　　　　喊我的名字

对坐一炷融暖烛光？　　　顿时两行热泪滚烫。

人生，太短促　　　　　　二十多年阔别

少壮时转眼逝去，　　　　经历多少炎凉风霜，

如流的岁月　　　　　　　不料今生，还能

重登你家的厅堂。

当年分别时
你尚未迎娶新嫁娘，
忽忽之间
如今儿女成行。
孩子们彬彬有礼
问父亲的挚友
一路风尘来自何方？
一问一答，末了，
便催促他们
摆设薄酒浓浆。
菜园新割的鲜嫩春韭
沾着夜雨水滴，
桌上，一阵扑鼻

是黄粱米饭的喷香。
你说重逢不容易
在这马乱兵荒，
只须举杯
一饮十杯不妨。
噢，十杯也不言醉
定要饮个痛畅，
只为感谢今夜
故人情意深长。
明早，与你分别
又山峦重重
天南地北各处一方，
——世事难料
你与我两茫茫。

梦李白（其二）

浮云终日行，　　游子久不至①。
三夜频梦君，　　情亲见君意。
告归常局促②，　　苦道来不易。
江湖多风波，　　舟楫恐失坠。
出门搔白首，　　若负平生志。
冠盖满京华③，　　斯人独憔悴④。
孰云网恢恢⑤，　　将老身反累⑥。
千秋万岁名，　　寂寞身后事。

【注释】

①"浮云"二句：此处化用古诗《行行重行行》"浮云蔽白日，游子不顾返"句意，意谓只见浮云来来去去，不见游子归来。李白与杜甫自天宝四年（745）石门一别，已达十四年未见面。②局促：匆忙。③冠盖：冠冕、车盖，代指官僚贵族。京华：京都。④斯人：那人，指李白。憔悴：此指潦倒穷愁。⑤孰：谁。网恢恢：语出春秋《老子》"天网恢恢，疏而不失"。指天网广大，网孔虽疏，但从不漏失。比喻天道无所不在而又宽容。⑥累（lèi）：受累，带累。

【赏析】

玄宗天宝三年（744），李白与杜甫于洛阳一见如故而成为神交。后于兖州（今属山东）石门分手，临别时，李白赠诗《鲁郡东石门送杜二甫》云："何时石门路，重有金樽开？"但此后二人不曾再见面。杜甫诗集中为李白所作的篇什，今存十多首。

此诗写于杜甫流寓秦州（今甘肃天水）时。当时，李白因参与永王李璘幕府受牵连，以"从逆"罪发配夜郎（今贵州桐梓一带），途中遇赦而返回江陵。杜甫不知此情，一直疑虑李白身遭不测而死于路途，故忧念拳拳，积思成梦，《梦李白》二首即为之而作。此为其二，诗以梦前、梦中、梦后的顺序，写梦魂依稀的感人情景，表达出对李白生平遭遇的愤慨不平。诗中"冠盖满京华，斯人独憔悴"的愤然斥责，"孰云网恢恢，将老身反累"的仰天疾呼，"千秋万岁名，寂寞身后事"的不尽慨叹，决非泛泛之交所能至，足见杜甫对李白的情谊之厚、仰慕之深。此诗发自肺腑，悱恻动人，"为我耶？为彼耶？同声一哭"（清·浦起龙《读杜心解》），表现出一代诗圣、诗仙之间的灵犀相通和深挚友谊，可谓至真至诚的思友佳作。

【辑评】

[明]钟惺、谭元春《唐诗归》：钟云：述梦语，妙。

[清]杨伦《杜诗镜铨》：刘须溪云：结极惨黯，情至语塞。

[清]马位《秋窗随笔》：老杜《梦李白》云："冠盖满京华，斯人独憔悴。"昌黎《答孟郊》诗："人皆余酒肉，子独不得饱。"同一慨然。

【今译】

一片浮云，终日
在天边孤独地飘移，
远方的游子
久久不见踪迹。
一连三个夜晚
你，飘然来到我梦里，
情亲意厚
老友一片深至。
每次你离去时
总是神色匆促不安，
再三地诉说
来一趟很不容易。
一路渡过江流湖泊
风大，浪险
怕行船水中坠失。
临到出门，你

仰天，搔着白头，
仿佛在怅叹
平生未遂的心志。
啊，达官贵人
高冠华盖满京城飞驰，
唯有你奇才大略
这般潦倒失意！
都说天道疏而不漏，
为什么无辜的你
年暮，反身陷牢狱？
你的诗名，显耀
将不朽于后世，
可到那时，何用
只剩一垒——
荒冢枯骨的清寂。

月夜忆舍弟①

戍鼓断人行②，　秋边一雁声③。

露从今夜白，　　月是故乡明。

有弟皆分散，　　无家问死生。

寄书长不达④，　　况乃未休兵。

【注释】

①舍弟：家弟，此指杜甫的三个弟弟杜颖、杜观、杜丰。舍，自称卑幼亲属的谦辞。②戍鼓：戍楼上的更鼓。③秋边：秋天的边地。④长：时常，常常。

【赏析】

杜甫有四弟颖、观、丰、占，安史之乱中，杜甫携家流寓秦州（今甘肃天水）时，唯杜占相随，其余四处流散，音信杳然。诗人既怀家愁又忧国乱，万端感慨从笔下一气流泻，把怀乡思亲这一平常题材，写得如此伤心折肠，凄楚哀感，令人不忍卒读。

本诗句法颇有独特之处。杜甫作诗讲求炼字炼句，善用常语而多颠倒用之，如诗中颔联应是今夜露白，故乡月明，但诗人不作如此平庸，将露白月明拆离，语序颠倒，成了"露从今夜白，月是故乡明"。这一倒置，使常熟语一变为峻峭不平，可见其化平板为神奇的锤炼工力。并且诗人着意将清露、明月突出在句首，情从景生而景随情变：寒露无夜不白，但感受在今夜；圆月无处不明，然心念在故乡。骨肉离散之苦、天涯怀远之情，尽在这冷露秋月里含蓄深长。宋·王得臣《麈史》云："子美善于用事及常语，多离析或倒句，则语健而体峻，意亦深稳。"可于此诗颔联见出。

【辑评】

[明]杨慎等评《李杜诗选》：此二句（"露从"一联）妙绝古今矣，原其始从江淹《别赋》"明月白露"一句四字翻作十字。

[清]张谦宜《茧斋诗谈》："戍鼓断人行，秋边一雁声。"若作"雁一声"，便浅俗；"一雁声"便沉雄。诗之贵炼，只在字法颠倒间便定。

[清]杨伦《杜诗镜铨》：凄楚不堪多读。

【今译】

戍楼的更鼓　　　　　　　　兄弟离散了

一声比一声沉闷　　　　　　天各一方，东西飘零，

路上断了行人，　　　　　　家已不存了

这边城秋夜　　　　　　　　无处探问死生。

长长一声凄厉　　　　　　　安定的平日里

天边，传来孤雁哀鸣。　　　常传递不到家信，

寒露从今夜白，　　　　　　更何况眼前

秋月啊，是　　　　　　　　兵荒马乱

故乡的最圆最明。　　　　　遍地，战火频频。

蜀　相①

丞相祠堂何处寻②？　　锦官城外柏森森③。

映阶碧草自春色④，　　隔叶黄鹂空好音⑤。

三顾频烦天下计⑥，　　两朝开济老臣心⑦。

出师未捷身先死⑧，　　长使英雄泪满襟⑨。

【注释】

①蜀相：三国时蜀国丞相诸葛亮。②丞相祠堂：诸葛亮备受后人仰慕，晋代建其祠庙，称"武侯祠"，在今成都市南郊公园内。③锦官城：见李白《蜀道难》注。柏森森：据宋·田况《儒林公议》载：成都先主庙侧，有诸葛武侯祠，祠前有柏树，系孔明亲手栽种，树围数丈。④自：枉自。⑤空：徒然。⑥"三顾"句：诸葛亮隐居隆中（今湖北襄阳西）草庐时，刘备曾三次拜访，问以天下大计。顾，看望，拜访。频烦，即频繁，连续。⑦两朝开济：诸葛亮辅佐先祖刘备开创基业，又匡扶后主刘禅撑持危局。开济，开创匡济。⑧"出师"句：西晋·陈寿《三国志·诸葛亮传》后主建兴十二年（234）春，诸葛亮率兵伐魏，在渭水南五丈原，与魏军司马懿相持百余日后，病死于军中。⑨英雄：指后世追怀诸葛亮的仁人志士、大智大勇者，也包括诗人自己。

【赏析】

此诗是杜甫入蜀后，初次拜访诸葛武侯祠所咏，前四句写景，后四句吊人，二、三、四联均为千古传诵的名句。首联蜀相祠堂柏树森森，为后面笼罩了一层肃穆庄严而悲怆的氛围。颔联绘景而抒情，前贤远逝、荒庙空存的惆怅，从碧草自春、黄鹂空啼中隐然可见。颈联用凝练工整的对句，概述诸葛亮运筹帷幄、戎马倥偬、鞠躬尽瘁的一生，也说尽其一生的才智、功业和德操，十四字，字字千钧。尾联"出师未捷身先死，长使英雄泪满襟"，以痛心酸鼻语作结，吐出了千古仁人志士的心声。元·脱脱等《宋史》载：南宋爱国名将宗泽，因国事忧愤成疾，"归殁时诵此二语，千载英雄有同感也"。

杜甫心慕诸葛，高山仰止，故用如椽之笔浓缩时空，锤字炼句，将一首《蜀相》写得如此精警、苍劲而沉郁。至今，成都武侯祠内存有清代周厚辕用颜体所书《蜀相》诗碑，游人至此，无不驻足吟诵，慨叹欷歔。

【辑评】

[清]张世炜《唐七律隽》：悲凉慷慨，吊古深情，淋淳于楮墨之间。

[清]黄生《唐诗摘钞》：后半四句，就公始末以寓感慨，笔力简劲，宋人专学此种，流为议论一派，未免为公累耳。

[清]曾国藩《十八家诗钞》：张云：后四句极开阖驰骤、沉郁顿挫之妙，须作一气读，乃得其用意湛至处。

【今译】

蜀国丞相的祠庙　　　　　　　噢，锦官城外
到哪里找寻？　　　　　　　　殿前的古柏凛然森森。

可人去庙空　　　　　　　两朝老臣的耿耿忠心。

映绿石阶的芳草　　　　　让人憾恨

枉自春色，　　　　　　　五丈原出师未捷

密叶深处的黄鹂　　　　　却病逝军中帐营，

徒然婉转啼音。　　　　　千百年来

当年，三顾茅庐　　　　　多少豪杰志士

天下鼎立大计商定，　　　这殿堂前扼腕悲哽

从此辅佐先主　　　　　　如今，我——

匡助后主，呕尽　　　　　一襟老泪纵横。

狂　夫

万里桥西一草堂①，　　　百花潭水即沧浪②。

风含翠筿娟娟净③，　　　雨裛红蕖冉冉香④。

厚禄故人书断绝⑤，　　　恒饥稚子色凄凉⑥。

欲填沟壑唯疏放⑦，　　　自笑狂夫老更狂。

【注释】

①万里桥：位于成都南门外，相传是当年诸葛亮送费祎处。②百花潭：即浣花溪，过万里桥向东便是。沧浪：青绿的水色。战国《孟子·离娄上》："有孺子歌曰：沧浪之水清兮，可以濯我缨。"《沧浪歌》为楚地流传的古歌谣，战国·屈原《楚辞·渔父》中，渔父曾唱此歌婉劝屈原隐退自全。后用作咏归隐江湖的典故。此处暗寓其意，逗起下文的疏狂。③筿（xiǎo）：小竹子。娟娟：秀美的样子。④裛（yì）：通"浥"，沾湿。蕖（qú）：芙蕖，荷花的别称。冉冉：柔美的样子。⑤厚禄故人：指剑南节度使严武，杜甫初入成都，靠其接济，分赠禄米。禄，俸禄，官吏的俸给。⑥恒：常常。⑦填沟壑：倒毙路旁无人收葬，此意指饿死。

【赏析】

诗人颠沛流离大半生，晚年暂时安身立命于成都草堂，心境渐舒展怡悦，穷愁的老夫子竟也成了乐天放达的狂夫。这首诗咏叹"狂夫"，不作寒俭困厄之态，只抒写欣幸疏放之情。诗中"风含翠筿""雨裛红蕖"的悦目之景，与"恒饥凄凉""欲填沟壑"的凄哀之事，本是不相调和的乐与悲，却由狂夫这一形象统一起来，调合成完整的艺术形象。饥寒凄凉更见出诗人贫困不能移的疏放，而景致秀美正反衬出诗人潦倒自开遣的旷达，这不相融的相融，使狂夫的疏"狂"精神得到充分体现。此诗被人称道，就在这独具匠心的艺术处理。清·杨伦《杜诗镜铨》云："读末二句，见此老倔强犹昔。"

【辑评】

[宋]罗大经《鹤林玉露》：杜少陵诗云："风含翠筿娟娟净，雨裛红蕖冉冉香。"上句风中有雨，下句雨中有风，谓之"互体"。

[明]杨慎《升庵诗话》：诗中叠字最难下，唯少陵用之独工。……如"穿花蛱蝶深深见，点水蜻蜓款款飞""风含翠筱娟娟净，雨裛红蕖冉冉香""无边落木萧萧下，不尽长江滚滚来""碧窗宿露濛濛湿，朱拱浮云细细轻"是也，声谐义合。

[清]何焯《义门读书记》："欲填沟壑唯疏放"二句，只自嘲，怨而不怒。

【今译】

青石板的万里桥西
一舍简陋草堂，
桥东，浣花溪
一溪清澈可濯的沧浪。
微风含摇修竹
摇出一径翠亮，
细雨润润里
出落的荷花，随风
送来柔细的清香。

分赠禄米的好友
音书已隔断，
幼子饥黄的脸上
常露一色凄凉。
一家数口将饿死路边
依然洒脱疏放，
我，哑然自笑
——一狂老头儿
年老困穷，愈癫狂。

客　至①

舍南舍北皆春水，　但见群鸥日日来。
花径不曾缘客扫②，　蓬门今始为君开③。
盘飧市远无兼味④，　樽酒家贫只旧醅⑤。
肯与邻翁相对饮，　隔篱呼取尽余杯。

【注释】

①原诗作者自注："喜崔明府相过"。明府，唐人对县令的称呼。②缘：因。③蓬门：用蓬草编织的简陋的门，贫寒人家所居。④飧（sūn）：熟食。无兼味：没有第二样。⑤醅（pēi）：未过滤的酒。

【赏析】

时诗人寓居成都浣花草堂，江村寂寞中嘉宾来访，写下此诗。前半虚写客至，有空山足音之欣喜；后半实写待客，见村野真率之趣。颔联尤妙，以互通款曲的语气写出，上、下两意交互：花径不曾缘客扫，今始缘君扫；蓬门不曾为客开，今始为君开。此句表达了宾客临门的欣悦和两人交谊的深厚，也透出诗人闲寂疏散的情致，为后面的酤饮作了铺垫。前三联从正面似已写足，尾联巧妙地宕开一笔，邀邻助兴，隔篱呼饮。用细腻逼真的细节，将席间酒酣兴浓的热烈气氛推向高潮，何等忘形，何等率真，可谓神来之笔。

此诗所写无非是门前景、身边情、家常事，但诗人将它们编联成一个个富有情味的生活场景，其间流贯着一种诚挚纯朴的情愫，充溢了浓郁醇厚的生活气息，故成为一首耐人品读的好诗。

【辑评】

[明]陆时雍《唐诗镜》：村朴趣，村朴语。

[清]黄生《唐诗摘钞》：前半见空谷足音之喜，后半见贫家真率之趣。

[清]谭宗《近体秋阳》：无意为诗，率然而成。却增损一意不得，颠倒一句不得，变易一字不得。

【今译】

草堂，南北绕着
漫漫春水，
每日里，鸥鸟结伴来飞。
宅前清寂的小路
不曾迎客打扫
一层青苔幽微，
蓬门一向掩闭
今天，为你的到来
殷勤敞开门扉。
远离集市，不便

盘中没有多样美味，
家境贫寒
只有自酿的陈酒
醇浓，也让人醉。
不知愿不愿意
与邻家老翁
闲话桑麻，对饮作陪，
隔着矮篱笆
唤他过来——
喝完剩余的几杯。

绝句漫兴（其七）①

糁径杨花铺白毡②，　　点溪荷叶叠青钱。
笋根雉子无人见，　　沙上凫雏傍母眠③。

【注释】

①漫：随意。②糁（shēn）：谷类磨成的碎粒。"糁径"，形容杨花点点散落的路面。③凫（fú）：野鸭。

【赏析】

《绝句漫兴》九首，写于杜甫寓居成都草堂的第二年。题为"漫兴"，则是诗人兴之所至随笔而写，大致由春到夏次第写出。此诗是第七首，写初夏郊野林溪的景色：小径杨花铺洒，溪上青荷圆叠，竹边雉子伏笋，沙上雏鸭酣眠。可谓一句一景，一景一画，各得其妙。而这一切又都在诗人林溪漫步中交映成趣，相间相融，浑然成整体。它细腻生动地描写了闲静美妙的初夏景色，流溢出诗人心与境会的闲适情致，只是略有些闲寂，微微寓含了客居异地的萧索之感。但意境清新，情味隽永，虽是闲寂并不单调乏味。此诗兴到笔到，景到情到，当是即兴写景的佳作。

"笋根雉子无人见，沙上凫雏傍母眠"二句，清·浦起龙《读杜心解》云："微寓萧寂怜儿之感。"此诗中或许"微寓萧寂"，而"怜儿之感"则未免过于深求了。

【辑评】

[明]王嗣奭《杜臆》：借景物以自宽，所谓取之无禁、用之不竭者。

［清］何焯《义门读书记》："白毡""青钱"，元、白最好写仿。其流遂有放翁。

【今译】

初夏的郊野

点点杨花飘洒路面

似铺了一层白毡，

绿荷，一叶叶

点缀在清亮溪水上

像叠着圆圆青钱。

竹丛笋根旁

几只嫩褐色野鸡

悄然蹲伏着

——无人看见，

哟，细软沙滩上

一只野鸭雏儿

偎着母鸭温柔的羽翅

正安然酣眠。

春夜喜雨

好雨知时节，　　当春乃发生①。

随风潜入夜，　　润物细无声。

野径云俱黑，　　江船火独明②。

晓看红湿处③，　　花重锦官城④。

【注释】

①乃：就。②火：渔火，渔船挂的夜灯。③红湿处：指红艳湿润的花枝。④花重：花因沾雨而显得饱满沉甸。锦官城：成都的别称，见李白《蜀道难》注。一说："孟蜀后主（孟昶）于成都城上，尽种芙蓉，每到深秋，四十里为锦，高下相照，因名'锦城'。"见宋·赵忭《成都古今集记》。另据北宋·张唐英《蜀梼杌》记载：蜀昶广政十三年（950），"城上尽种芙蓉，九月盛开，望之皆为锦绣"。昶谓左右曰："自古以蜀为锦城，今日观之，真锦城也。"

【赏析】

此诗作于唐肃宗上元二年（761）春天。诗人于浣花溪草堂春夜喜雨，故全诗切春、切夜、切喜、切雨写来。开篇一个赞叹："好雨知时节"，赋予春雨活脱脱的灵性。接下一"潜"一"细"，传神地摹写出春雨特征，散漫着一片温润、宁静、轻柔而细密的春雨氛围，沁人心脾。腹联转而以径云俱黑、江船火明，烘托出绵细的春雨充盈天地之间的深沉厚实。尾联轻宕一笔，推想雨后天晓，满城鲜花湿润烂漫，见出春雨的清新明秀，至此，对春雨的吟咏神完气足。

这首诗只描绘春雨，通篇无一处言"喜"，因为诗人不仅是凝神凝目地去聆听、眺望春雨，更多是用心灵去感受、捕捉和想象春雨，并且深深地融入春雨，所以不直言欣喜之情，而"'喜'意都从罅缝里迸透"（清·浦起龙《读杜心解》）。此诗表现了诗人体物察情、精细入微的过人之处，写春雨可谓达于化境，臻于完美，故为历代诗评家激赏。

【辑评】

［明］周珽《唐诗选脉会通评林》：此诗妙在春时雨，首联便得所喜之故，后摹雨景入细，而一结见春，尤有可爱处。

[清]黄生《唐诗摘钞》：雨细而不骤，才能润物，又不遽行，才见好雨。三、四紧着雨说，五、六略开一步，七、八再绾合。杜咏物诗多如此，后学之圆规方矩也。

【今译】

好雨，真是好雨　　　　　　　　一片墨黑的深沉，
知道气节时令，　　　　　　　　只有蒙蒙江面
春天刚到　　　　　　　　　　　几盏渔火闪烁
如甘霖般降临。　　　　　　　　雨中，飘着点点星星。
随微微和风，悄然　　　　　　　明天早上，看
潜入夜晚的温馨，　　　　　　　一树树的湿嫩，
轻柔地——　　　　　　　　　　饱沾春雨的花朵
滋润万物无声。　　　　　　　　噢，沉甸甸
野外小路，夜空云絮　　　　　　绚烂整个锦官城。
尽笼在雨幕里

闻官军收河南河北①

剑外忽传收蓟北②，　　初闻涕泪满衣裳。
却看妻子愁何在③，　　漫卷诗书喜欲狂④。
白日放歌须纵酒⑤，　　青春作伴好还乡⑥。
即从巴峡穿巫峡，　　　便下襄阳向洛阳⑦。

【注释】

①据后晋·赵莹等《旧唐书·代宗纪》载：宝应元年（762）冬，唐军收复洛阳、郑州、汴州等地，接着河北州郡也都平定。次年春，史朝义兵败自缢，其部将纷纷投降。至此，延续八年的安史之乱结束。②剑外：指剑门关以南，蜀地的代称。蓟北：泛指蓟州、幽州一带（今河北北部），时为安史叛军老巢。③却看：回头看。却，回。④漫卷：胡乱地收卷。漫，胡乱、随便。⑤白日：明朗的阳光。一作"白首"。⑥青春：春天。⑦"即从"二句：预拟从梓州回洛阳的还乡路线。巴峡，四川东北部巴江中的峡。这两句诗人原注有"余家园在东京"，东京即洛阳。但诗人于湘江漂泊中死去，最终仍未能回到洛阳。

【赏析】

代宗广德元年（763）春，蓟北被官军收复，延续八年之久的安史叛乱被平定。时，杜甫携妻儿流寓梓州（今四川三台），忽闻捷讯，激动不已，挥毫写下这首七律。"语或似无伦次，而意若贯珠"（宋·范温《潜溪诗眼》），从传收蓟北到初闻涕泪，到惊喜若狂，到放歌纵酒，到青春还乡，一气跌宕流走，写出了一种欲歌欲哭的情状。涕泪满衣，是诗人胸中郁结的忧国忧民情感的不可抑止的倾泻；破涕为笑，则是郁结倾泻后转而欣喜之极的无可掩饰的迸发，一泻一进，由悲到喜以至欲狂，真实地表达了诗人听闻收复之讯后的惊喜之情。

此诗一扫诗人平素言愁述悲的"沉郁顿挫"（杜甫《进雕赋表》），八句联蝉而下，句句含喜跃之意，一气流注中极淋漓痛畅之致。这在杜诗中别具特色，是喜极所至的神来之作，清·浦起龙《读杜心解》称之为老杜"平生第一首快诗"。

【辑评】

［清］黄周星《唐诗快》：写出意外惊喜之况，有如长江放流，骏马注坡，直是一往奔腾，不可收拾。

［清］仇兆鳌《杜诗详注》：顾宸曰：杜诗之妙，有以命意胜者，有以篇法胜者，有以俚质胜者，有以仓卒造状胜者。此诗之"忽传""初闻""却看""漫卷""即从""便下"，于仓卒间，写出欲歌欲哭之状，使人千载如见。

［清］沈德潜《唐诗别裁》：一气流注，不见句法字法之迹。对结自是落句，故收得住。若他人为之，仍是中间对偶，便无气力。

【今译】

剑门关外，忽传　　　　　　阳光明媚里
朝廷官军　　　　　　　　　只须，放歌纵酒
平定蓟北乱丧，　　　　　　——醉个痛畅，
乍闻，悲喜交集　　　　　　春日山清水秀
热泪抑制不住　　　　　　　好伴我一路还乡。
落满衣裳。　　　　　　　　这就动身起程
回头，看妻儿　　　　　　　乘舟，从巴峡穿过巫峡，
平日愁容一扫而光，　　　　再顺流急下襄阳
我，胡乱收卷诗书　　　　　直奔东都洛阳。
一阵欣喜欲狂。

登　楼

花近高楼伤客心①，　　万方多难此登临。
锦江春色来天地②，　　玉垒浮云变古今③。
北极朝廷终不改④，　　西山寇盗莫相侵⑤。
可怜后主还祠庙⑥，　　日暮聊为梁甫吟⑦。

【注释】

①客：作者自指。当时，杜甫客居蜀地已是第五年。②锦江：岷江支流，自四川郫县流经成都城西南。杜甫所居草堂临近锦江。③玉垒：山名，在今四川茂汶羌族自治县。其东南的新保关，为蜀中通往吐蕃的要道。④"北极"句：意谓大唐江山不可倾覆。北极，北极星，此比喻唐王朝。后晋·赵莹等《旧唐书·代宗本纪》：广德元年正月，安史之乱平定。十月吐蕃攻陷长安，立傀儡、改年号，唐代宗奔陕州。随后唐将郭子仪等振作军威，击退吐蕃，收

复长安。⑤西山寇盗：指吐蕃。宋·司马光等《资治通鉴·唐纪》记载：广德元年（763）年末，吐蕃又攻破松、维、保等州（今四川北部），既而再攻陷剑南、西山诸州。⑥"可怜"句：还，仍、犹。慨叹蜀后主刘禅昏庸无能，任用黄皓而亡国，至今犹享祭祀（成都锦官门外东边有后主祠）。此处暗讽唐代宗信任宦官鱼朝恩等而招致"蒙尘"之祸。⑦梁甫吟：亦作《梁父吟》，为乐府楚调曲名。西晋·陈寿《三国志》载：诸葛亮躬耕陇亩时，好诵《梁甫吟》，以表达忧国伤时的悲慨。梁甫，山名，在泰山下。《梁甫吟》本为丧葬之挽歌，咏人死葬于梁甫。后因用《梁甫吟》指意绪悲凉的诗作。

【赏析】

代宗广德二年（764）春，安史之乱初平定，既而吐蕃又来侵扰，朝廷处在"万方多难"的局面。诗人登上成都城楼，感时抚事而忧从中来，写下这首诗。诗的首联提挈全篇。花伤客心，起势突兀，"伤"字为全篇点染了一种悲怆氛围；"登临"二字领起下面的所见所感。接下，颔联写登楼所见。凭栏远眺：锦江流水挟春色从天边涌来，玉垒山的浮云忽起忽灭，就像从古到今的风云变幻。这两句写出了一个天高地迥、古往今来的悠阔境界，气势浩大，给人荡胸扑面的感受。颈联写登楼所感，纵观天下大势，大唐江山不会倾覆，正告占据西山诸州的吐蕃勿再侵扰，于忧患焦虑中透出坚定信念。尾联抒发情志，一是借昏庸后主刘禅讽今，二是自叹空怀济世之心，以楼头日落时聊且吟诗的自遣收束。

这首诗临景抒慨，语沉而境阔，国事之难与身世之叹糅合，驰目骋怀中流露出古今兴衰、世事无常之感，伤时伤己，寄慨遥深，很能体现杜甫诗歌沉郁顿挫的艺术风格。明·邢昉《唐风定》推重此诗，云："胸中阔大，亦自诸家不及。"

【辑评】

[宋]叶梦得《石林诗话》：七言难于气象雄浑，句中有力，而纡徐不失言外之意。自老杜"锦江春色来天地，玉垒浮云变古今"与"五更鼓角声悲壮，三峡星河影动摇"等句之后，常恨无复继者。

[明]周珽《唐诗选脉会通评林》：黄家鼎曰：触时感事，一读一悲怆。周珽曰：酸心之语，惊心之笔，落纸自成悲风凄雨之状。

[清]仇兆鳌《杜诗详注》：朱瀚曰：俯视江流，仰观山色，矫首而北，矫首而西，切登楼情事；又登楼以望荒祠，因念及卧龙一段忠勤，有功于后主，伤今无是人，以致三朝鼎沸，寇盗频仍，遂彷徨徙倚，至于日暮，犹为《梁父吟》，而不忍下楼，其自负亦可见矣。

【今译】

几树繁花临近高楼　　　　　　　　倏起，倏灭
客子触目伤心，　　　　　　　　　变幻着古今
正逢万方多难　　　　　　　　　　世事盛衰的风云。
我，独自登临。　　　　　　　　　江山，不会倾覆
锦江的流水　　　　　　　　　　　如北极星永恒，
从天地间来　　　　　　　　　　　占据西山的盗寇
挟带两岸春色奔腾，　　　　　　　莫要觊觎扰侵。
玉垒山上的浮絮　　　　　　　　　可哀，后主刘禅

犹享祠庙祭祀
不过是一亡国昏君，
这，落日沉时

垂垂老夫我
聊且长歌《梁甫吟》。

绝句二首

其 一

迟日江山丽①，　春风花草香。
泥融飞燕子②，　沙暖睡鸳鸯。

其 二

江碧鸟逾白③，　山青花欲燃。
今春看又过，　何日是归年？

【注释】

①迟日：语出《诗经·七月》："春日迟迟。"因春日比冬日长，故云"迟日"。江：指锦江。②"泥融"句：春暖泥土融湿，燕子飞来衔泥作巢。③逾：更加。

【赏析】

清·陶虞开《说杜》称杜甫笔法高妙，能"以诗为画"，固然。杜甫诗集中不少"以诗为画"的篇什，这两首绝句便是极富诗情画意的佳作。

第一首描绘生意盎然的初春，粗笔勾勒的迟日江山、春风花草和工笔细描的泥融紫燕、沙暖鸳鸯，构成一幅旖旎和谐的春光图，将奔波流离之后暂住草堂的安闲自适融含其中。第二首则是一幅迷远绮丽的暮春图，以江碧鸟白、山青花燃的艳丽，反衬出岁月荏苒仍滞留异乡的伤感，以乐景写哀，情致虽不及第一首闲静柔美，但更含蕴、深沉。这两首诗自然而工致，清新而绚丽，绘景如画，读之亦如赏画，而诗之情思、诗之意境，又并非画所能画出，在杜诗中别具风神。

【辑评】

[唐]皎然《诗式》：因江碧而觉之逾白，因山青而显花之色红，此十字中有多少层次，可悟炼句之法。而老杜因江山花鸟，感物思归，一种神理，已跃然于纸上。

[宋]罗大经《鹤林玉露》：杜少陵绝句云："迟日江山丽……沙暖睡鸳鸯。"或谓此与儿童之属对何以异，余曰"不然"。上二句，见两间（天地间）莫非生意；下二句，见万物莫不适性。于此而涵泳之，体认之，岂不足以感发吾心之真乐乎？

[清]仇兆鳌《杜诗详注》：（五言绝句）大约散起散结者，一气流注，自成首尾，此正法也。若四句皆对，似律诗中联，则不见首尾呼应之妙。……语对而意流，四句自成起讫，真佳作也。

【今译】

<table>
<tr><td>（一）</td><td>（二）</td></tr>
<tr><td>春日悠悠长长</td><td>一江碧波湛湛</td></tr>
<tr><td>山青，水碧</td><td>映出掠飞水鸟</td></tr>
<tr><td>荡漾着明丽的春光，</td><td>点点，雪白耀眼，</td></tr>
<tr><td>芳草茸茸如茵</td><td>峰峦青葱一色</td></tr>
<tr><td>鲜花初绽</td><td>衬着艳红山花</td></tr>
<tr><td>风里散发清香。</td><td>仿佛燃烧一簇簇火焰。</td></tr>
<tr><td>湿润的泥土融融</td><td>这流年赏看中</td></tr>
<tr><td>新归的紫燕</td><td>又匆匆</td></tr>
<tr><td>飞来飞去筑巢繁忙，</td><td>过尽今年的春天，</td></tr>
<tr><td>江岸沙滩</td><td>不知什么时候，</td></tr>
<tr><td>暖灿的阳光下</td><td>是我携带家小</td></tr>
<tr><td>一对贪睡鸳鸯。</td><td>北返故乡的归年。</td></tr>
</table>

绝句四首（其三）

两个黄鹂鸣翠柳，　　一行白鹭上青天①。
窗含西岭千秋雪②，　　门泊东吴万里船。

【注释】

①白鹭：也叫"鹭鸶"，羽毛白色，嘴尖腿长，能涉水捕食鱼虾。②西岭：指成都西部的岷山，其山终年积雪。千秋：千年。

【赏析】

《绝句四首》是一组即景小诗，诗人安定于成都草堂后心境闲适，兴到笔随写下这组诗，因先未拟题，故以"绝句"题之。此为其三，"是自适语。草堂多竹树，境亦超旷，故鸟鸣鹭飞，与物俱适，窗对西山，古雪相映，对之不厌，此与拄笏看爽气者同趣"（明·王嗣奭《杜臆》）。

四句诗一句一景：黄鹂鸣翠柳，白鹭上青天，窗含西岭雪，门泊万里船。其间，用恬然喜春之情一以贯之，动静、声色、浓淡、远近、时空相映相衬，浑然融汇出一片清丽明远的意境。明·谢榛《四溟诗话》把诗的写法分为两种：一种是"一句一意"，"摘一句而成诗"；另一种是"一篇一意"，"摘一句不成诗"。这首绝句当属前者，四句诗各臻其妙，句句甚摘，摘出则是四帧美妙的条幅，融合便联成一幅完整的山水图画。

此诗四句皆对，绝句中少见，实是诗人刻意求工而为之。但是，读来只觉节奏轻快，音韵浏亮，清词丽句而自然天成，并不见工巧的凿痕。这，正是杜甫诗歌老成圆熟处。

【辑评】

[宋]无名氏《漫叟诗话》：诗中有拙句，不失为奇作。……子美诗云"两个黄鹂鸣翠柳，一行白鹭上青天"之类是也。

[宋]曾季貍《艇斋诗话》：韩子苍云：老杜"两个黄鹂鸣翠柳，一行白鹭上青天"，古人用颜色字，亦须配得相当方用，"翠"上方见得"黄"，"青"上方见得"白"，此说有理。

[宋]曾慥《高斋诗话》：子美诗云："两个黄鹂鸣翠柳（略）。"东坡《题真州范氏溪堂诗》云："白水满时双鹭下，绿槐高处一蝉吟。酒醒门外三竿日，卧看溪南十亩阴。"盖用杜老诗意也。

【今译】

一对黄鹂　　　　　　　　窗口，嵌含岷山
欢快地，啼啭在　　　　　千年积雪，
拂绿的柳枝间，　　　　　门外江岸
一斜白鹭　　　　　　　　停泊远去东吴的
直上碧澈的蓝天。　　　　——万里行船。

宿　府①

清秋幕府井梧寒②，　独宿江城蜡炬残③。
永夜角声悲自语④，　中天月色好谁看？
风尘荏苒音书绝⑤，　关塞萧条行路难。
已忍伶俜十年事⑥，　强移栖息一枝安⑦。

【注释】

①宿府：在幕府中值宿。②幕府：古代出征将帅以帐幕为府，后因称将帅的府署为"幕府"。③蜡炬残：蜡烛将尽，夜已深。④永夜：长夜。⑤风尘：指战乱流离。荏苒（rěnrǎn）：时光渐渐流逝。⑥伶俜（língpīng）：孤独飘零的样子。十年：从安史乱起到此时恰好十年。⑦强移：勉强姑且相就，指任节度使参谋。一枝安：战国《庄子·逍遥游》："鹪鹩巢于深林，不过一枝。"此借以比喻在严武幕府中暂时安身。

【赏析】

杜甫曾弃官不做，然入蜀后为"酬知己"，于剑南节度使严武幕府中任参谋，但不久便遭幕僚们的妒忌排挤，抑郁孤独如困鸟笼。在这首诗里，他将自己寄人篱下的客思和百无聊赖的穷愁，从值宿幕府的长夜难眠中抒写出来。

"独宿"二字为全诗之眼，梧寒炬残、角悲月白、风尘荏苒、十年伶俜，皆写独宿时所见、所闻和所感。颔联造句尤为新颖，永夜角声一悲一自语，中天月色一好一谁看，以顿挫的句法，借长夜哀角、中天明月，抒吐独宿时无人共语的沉郁悲抑之情，有吞吐跌宕之妙；且意境凄清，氛围悲凉，既烘托出独宿的凄孤境况，夜深不眠之人也宛然可见，诚如清·方东树《昭昧詹言》所称赏的："景中有情，万古奇警。"读此佳联，令人为老杜"语不惊人死不休"（杜甫《江上值水如海势聊短述》)的锤炼之工叹服。

【辑评】

[明]周珽《唐诗选脉会通评林》：唐陈彝曰："悲自语"三字，说"角声"，妙，妙。

[清]胡以梅《唐诗贯珠》：此诗对起对结，而气自流走。

[清]施补华《岘佣说诗》："永夜角声悲自语，中天月色好谁看?""悲"字、"好"字，作一顿挫，实七律奇调。

【今译】

秋夜，幕府清冷　　　　　　　　可谁有闲情赏看。

天井边梧桐疏疏　　　　　　　　兵戈纷乱的风尘里

一树枯寒，　　　　　　　　　　几地辗转流离

独自值宿这江城　　　　　　　　亲友音信，已断，

书案前的蜡烛　　　　　　　　　关隘遍野萧条

幽冷，摇曳一点昏残。　　　　　欲归，行路艰难。

漫长的夜　　　　　　　　　　　啊，十年了

城头角声呜咽　　　　　　　　　整整十年，忍着

似在诉说乱世悲凉　　　　　　　奔波飘零的难言辛酸，

却是自语自言，　　　　　　　　如今勉强栖身

中天的明月　　　　　　　　　　——求得

高悬着一轮皎洁　　　　　　　　暂时一枝宁安。

旅夜书怀①

细草微风岸，　　危樯独夜舟②。

星垂平野阔③，　　月涌大江流。

名岂文章著，　　官应老病休④。

飘飘何所似?　　天地一沙鸥。

【注释】

①书怀：抒写情怀。②危樯（qiáng）：高桅杆。樯，船上的桅杆。③星垂：因平野远阔，天宇显得低垂，故见星点遥挂如垂。④"名岂"二句：反语，实为愤慨自己诗文徒然卓著，不得所用。著，显明。应，一作"因"。休，指退职。这年，即唐代宗永泰元年（765），杜甫辞去节度使参谋的官职。

【赏析】

此诗作于代宗广德三年（765）。杜甫入蜀后，一直投依剑南节度使严武赖以存身。这年五月严武病逝，诗人凄孤无依，决意携家小离蜀东下，此诗约写于乘舟漂流的途中。诗的前半写"旅夜"，有浑涵万状之势；后半写"书怀"，含抑郁不平之气。孤舟夜泊在江岸，只见星繁月明、平

野广袤、大江涌流；而诗人文章徒著，仕途坎坷，年老多病，他乡飘零。天地江流，何其浑远阔大，可孤苦伶仃的诗人形同细草、沙鸥，又何其渺小。诗人即景自况以抒悲怀，着意用一大一小构成强烈反衬，其景之渺茫，其情之悲怆，读来催人泪下。

"星垂平野阔，月涌大江流"一联，用"垂、涌、阔、流"四字，状绘星、月、平野、大江四物，句法森严而用字奇警，景象雄阔而气势飞动，尤为人称道。这首五律是杜甫晚年所作，不仅颔联字奇句佳，而且通篇亦笔笔老道，神完气足，诗艺已达炉火纯青。

【辑评】

[明]谢榛《四溟诗话》：子美"星随平野阔，月涌大江流"，句法森严，"涌"字尤奇。

[清]张谦宜《茧斋诗谈》："星垂平野阔，月涌大江流"，气象极佳。极失意事，看他气不痿薾，此是骨力定。

[元]方回选、李庆甲集评《瀛奎律髓汇评》：纪昀：通首神完气足，气象万千，可当雄浑之品。

【今译】

江岸的小草　　　　　　　　一点名声
微风拂拂中幽独，　　　　　岂因精妙的诗文显有，
夜色弥漫，停泊　　　　　　已老病缠身
一樯高耸的孤舟。　　　　　仕宦倒是该罢该休。
望去，天宇遥挂的星辰　　　我，无归无依
点点低垂着　　　　　　　　这般漂流久久，
衬出原野的阔悠，　　　　　像什么？看那
月光随波推涌　　　　　　　——茫茫天地间
大江，浩荡奔流。　　　　　一只孤零的沙鸥！

秋兴（其一）

玉露凋伤枫树林①，　　巫山巫峡气萧森②。
江间波浪兼天涌③，　　塞上风云接地阴④。
丛菊两开他日泪⑤，　　孤舟一系故园心。
寒衣处处催刀尺⑥，　　白帝城高急暮砧。

【注释】

①玉露：白露，即秋霜。②巫山：在今四川巫山县东。萧森：萧瑟阴森。③兼：连。④塞：关隘险要处。⑤丛菊两开：杜甫离蜀后，本想尽快出峡北归，不料头年秋滞居云阳（今属四川），这年秋又淹留夔州，故云"丛菊两开"。⑥寒衣：冬衣。刀尺：剪刀尺子，指剪裁缝制。

【赏析】

《秋兴》八首，是杜甫离蜀沿江东下，滞留夔州（今四川奉节）时所作。因见秋气萧森，寸心郁结勃然触发，遂感而为诗，故名"秋兴"。

"《秋兴》诸篇，托意深远"（明·周珽《唐诗选脉会通评林》引屠隆语）。八首诗蝉联而下，在夔州萧条凄清的秋色中，融铸了诗人暮年漂泊的苦况、心忆长安的归思和忧国伤时的愁怀。其格调沉郁悲怆，意境深闳，格律精严，代表了诗人晚年的心迹境况和日臻老成的艺术成就。清·佚名《杜诗言志》云："唐人七律，以老杜为最，而老杜七律，又以此八首为最者，以其生平之所郁结，与其遭际，暨其伤感，一时荟萃，形为慷慨悲歌，遂为千古之绝调。"此言乃悉心体味，得《秋兴》诗之意旨。

此诗原列第一首。一、二联写秋色，三、四联抒秋怀，情与景交融。全篇不著一"秋"字，但见满纸秋气萧瑟；只着一"泪"字，却尽寓客居思归的无限凄孤。诗中的"故园心"三字，为《秋兴》八首之纲。

【辑评】

[清]金圣叹《杜诗解》：若谓玉树斯零，枫林叶映，虽志士之所增悲，亦幽人之所寄托。奈何流滞巫山巫峡，而举目江间，但涌兼天之波浪；凝眸塞上，惟阴接地之风云。真为可痛可悲，使人心尽气绝。

[清]刘濬《杜诗集评》：吴农祥曰：惊心动魄，不可以句求，不可以字摘。后人言"兼天""接地"之太板，"两开""一系"之无谓；岂不知工中有拙，拙中有工者也。

【今译】

白露，弥天漫地
凋黯了血红色的枫林，
巫山巫峡
绵延不断的秋气
笼一峡阴森。
峡谷间的波涛
连着昏茫的天宇浮沉，
塞上，风云密布
匝绕着晦暗的地阴。
去年，今年
丛菊两度开了落了

开落出，我
回忆往昔的一襟泪盈，
孤舟，一系柳岸
牢牢拴住了
殷切思归的心。
处处人家缝织冬衣
噢，寒秋已深，
听——
高耸的白帝城中
砧声杵杵，黄昏时
一阵紧一阵。

咏怀古迹（其二）

摇落深知宋玉悲①，　　风流儒雅亦吾师②。

怅望千秋一洒泪，　　萧条异代不同时③。
江山故宅空文藻④，　　云雨荒台岂梦思⑤。
最是楚宫俱泯灭，　　舟人指点到今疑⑥。

【注释】

①宋玉：东周战国时楚国著名辞赋家，传为屈原的弟子，作品有《九辩》《风赋》《高唐赋》《神女赋》等。②风流儒雅：指宋玉的辞赋文采蔚然，意旨正大。③萧条：指遭遇冷落，索寞不遇。异代：是说与宋玉相距千年，处在不同时代。④故宅：宋玉故宅在归州，今湖北秭归县。文藻：文采辞赋。⑤“云雨”句：战国·宋玉《高唐赋》有楚王与巫山神女梦会故事，其用意不在写荒唐梦想、风流艳事，而在于劝谏楚王不要沉于淫惑。后世不解宋玉的赋旨，遂附会出“巫山云雨”的古迹。⑥“最是”二句：意谓最痛心的是楚王宫殿已荡然不存，人们不再关心其兴亡，也不知宋玉之志，只是乐于指点楚王神女欢会的云雨荒台。这生前不获际遇，死后为人曲解，是宋玉的悲哀，也是诗人自悲。或理解为：宋玉生前虽落寞失志，但死后故宅永存，留与后人凭吊；楚王虽显赫一时，但宫殿泯灭不见，只剩舟人不能确信的指指点点。此处是诗人吊慰宋玉，也是自慰。

【赏析】

杜甫寓居夔州时，写《咏怀古迹》五首，一首一咏，分别咏庾信、宋玉、王昭君、刘备和诸葛亮，借咏古而抒怀。本篇是第二首，凭吊宋玉故宅所作，以精警切实的议论见长。诗旨在“悲”，悲慨宋玉辞赋风流却失志不遇，而这也正是杜甫一生遭际的伤心处，诗人实借宋玉之悲抒叹自己之悲，千秋百代，真堪同声一哭。此诗是诗人亲临遗迹、触发悲慨，洒泪而成，故诗中的草木摇落、江山故宅、云雨荒台以及舟人指点，都围绕“悲”的主旨从感慨议论中出之，融于议论而化为情境，渲染出较浓的咏叹抒情气氛。

前人或讥“起二句失粘”（清·仇兆鳌《杜诗详注》），即平仄欠妥帖。此话未为中肯。宋玉《九辩》以“悲哉秋之为气也，萧瑟兮，草木摇落而变衰”开篇，意在悲嗟秋气而抒吐失志不平。杜甫借此起兴发端，实是与宋玉同感同悲，既然是从乎情、顺乎势而一气挥洒，又何须为格律所拘束。

【辑评】

〔清〕沈德潜《唐诗别裁》：谓高唐之赋乃假托之词，以讽淫惑，非真有梦也。怀宋玉亦所以自伤。言斯人虽往，文藻犹存，不与楚宫同其泯灭，其寄概深矣。

〔清〕方东树《昭昧詹言》：一意到底不换，而笔势回旋往复，有深韵。

〔清〕高步瀛《唐宋诗举要》：吴曰：次首以宋玉自况，深曲精警，不落恒蹊，有神交千载之契。

【今译】

草木零落里	在这千古遗迹前
深深知道，宋玉	我，一洒老泪
怅然悲秋的情思，	怅恨不已：
他传世的辞赋	同是怀才落寞
文采俊秀，意旨雅正	却前代后世生不同时。
堪当我的老师。	眼前，江山犹存

他的旧址故宅　　　　　最可叹楚王宫殿

伊人啊，已去　　　　　泯灭无迹，

空自留下华美文辞，　　可是至今，船夫

那巫山云雨　　　　　　仍指指点点

谁人解得？岂是　　　　哪片云雨，哪座巫峰

梦幻荒诞　　　　　　　来往的行人

一昼风流艳事！？　　　——惑惑疑疑。

咏怀古迹（其三）

群山万壑赴荆门①，　　生长明妃尚有村②。

一去紫台连朔漠③，　　独留青冢向黄昏④。

画图省识春风面⑤，　　环珮空归月夜魂⑥。

千载琵琶作胡语⑦，　　分明怨恨曲中论⑧。

【注释】

①赴：形容山脉连亘，势若奔赴。②明妃：即王昭君，汉元帝的宫女，后遣嫁匈奴单于。西晋时避司马昭讳，改昭为"明"，后人遂称"明妃"。村：指昭君村，在今湖北秭归县的香溪，位于荆门山附近。③紫台：紫宫，天子所居。这里指汉宫。朔（shuò）漠：北方沙漠。朔，北方。④青冢（zhǒng）：昭君墓，在今呼和浩特市城南。传说塞外草白，独昭君墓草青，故称"青冢"。冢，高坟。⑤"画图"句：据东晋·葛洪《西京杂记》载：汉元帝后宫嫔妃众多，乃命画工绘宫女容貌，按图召幸。诸宫女皆赂画工，独昭君自恃貌美不赂，画工将其丑画，遂不得召见。后匈奴入朝，求美人，元帝按图遣嫁昭君，临行召见，其貌美为后宫第一，元帝悔之，但重信于匈奴，不复更人。后命斩画工。省识，略识。春风面，如春风生面般妩媚的美貌。⑥环珮：妇女系于衣带的玉饰，此指代昭君。⑦胡语：胡音。琵琶原是西域乐器，故说"作胡语"。⑧怨恨曲中论：汉·蔡邕《琴操》载：昭君恨元帝始不见遇，心念乡土，乃作怨思之歌，后人名为《昭君怨》。论，诉说。

【赏析】

此诗始终无一语涉及议论，全从形象落笔，山峦秀伟的生长地、如沐春风的美貌、华贵富丽的紫宫，与遣嫁出塞后荒凉的沙漠、阒寂的青冢、幽怨的琵琶，形成鲜明的对照，在一乐一哀的反差中，塑造出昭君的悲剧形象。虽是咏怀昭君，却寄意深刻，诗人杰才见嫉、冷落不遇之恨，与昭君绝色见妒、远嫁异域之怨，千古同寓，悲昭君以自悲。

明·胡震亨《杜诗通》认为："群山万壑赴荆门"这样的起句，当用于生长英雄之地，与明妃不协合。清·吴瞻泰《杜诗提要》则认为：如此发端突兀，"谓山水逶迤，钟灵毓秀，始产一明妃。说得窈窕红颜，惊天动地"。前者出于哀叹红颜薄命的狭隘，而后者略得杜诗意旨。杜甫虽不曾将昭君写得惊天动地，却也从地灵人杰"郑重"下笔。昭君乃一红颜女子，但她出塞和亲，心系故国，冢留千古而名垂后世，其怨也厚，其悲也壮，故当用山川雄奇秀伟的气象烘托而出。这，正是杜甫的独家手笔。清·沈德潜《唐诗别裁》云："咏昭君诗此为绝唱，余皆平平。"

【辑评】

[清]吴乔《围炉诗话》：子美"群山万壑赴荆门"等语，浩然一往中，复有委婉曲折之致。

[清]乾隆敕编《唐宋诗醇》：破空而来，文势如天骥下坂，明珠走盘。咏明妃者，此首第一；欧阳修、王安石诗犹落第二乘。

俞陛云《诗境浅说》：咏明妃诗多矣，沈归愚推此诗为绝唱，以能包举其生平，而以苍凉激楚出之也。首句咏荆门之地势，用一"赴"字，沉着有力。

【今译】

千山，万壑
莽莽苍苍奔赴荆门，
神奇灵秀，环拥
生长明妃的山村。
当年，辞别汉宫紫殿
遣嫁去胡沙荒尘，
留下一座孤冢
茔草青青
独对大漠黄昏。
啊，怎能从画图中

略识春风沐面的佳人，
落得凄迷月夜
空自游荡
回归故国的芳魂。
千百年来，琵琶
弹奏塞外胡音，
那一曲琵琶幽幽
分明是昭君
——在诉说
思念乡土的怨恨。

阁　夜①

岁暮阴阳催短景②，　天涯霜雪霁寒宵③。
五更鼓角声悲壮，　三峡星河影动摇④。
野哭千家闻战伐⑤，　夷歌数处起渔樵⑥。
卧龙跃马终黄土⑦，　人事音书漫寂寥⑧。

【注释】

①阁：夔州西阁。②岁暮：年终。阴阳：指月日。月为阴，日为阳。短景：指冬季夜长日短。景，光阴。③霁寒宵：雨雪初晴的寒夜。霁，雨止。④星河：银河。⑤战伐：指当时蜀地兵乱，军阀互相残杀。⑥夷歌：蜀地少数民族的歌谣。夷，古代指东方的少数民族。渔樵：渔人樵夫。⑦卧龙：指诸葛亮。西晋·陈寿《三国志·诸葛亮传》：刘备屯兵新野时，徐庶见之，得其器重。曾对刘备说："诸葛孔明者，卧龙也。将军岂愿见之乎？"后刘备屈驾三顾茅庐。跃马：指公孙述。西汉末年，他自恃蜀中地险众附，时局动荡混乱，自称"白帝"。此处化用西晋·左思《蜀中赋》"公孙跃马而称帝"句意。⑧"人事"句：意为古来无论贤愚忠逆皆作黄土，眼前人事音书纵然寂寥，且随它而去。漫，任、随。

【赏析】

这首诗是诗人客寓夔州西阁时所作。时值寒冬岁暮，兵乱未息，自己年老体衰，而好友严武、高适等已相继去世，伤时怀旧，感慨万端，一并泻于笔下。此诗描绘山川形胜、忧虑人事国时、哀叹身世飘零、自遣人生寂寥，俯仰古今，纵横捭阖，气象之沉雄浑阔，仿佛笼天地之入毫端。体现了杜甫诗歌善大笔抒写，熔叙事、写景、抒情、议论于一炉，发敛抑扬、疾徐开合无所不施的特色，故历来被视为杜甫律诗的典范之作。

　　"五更鼓角声悲壮，三峡星河影动摇"一联，写西阁夜宿、愁怀不眠中所见所闻。雪霁，则鼓角愈益震响，又在寂冷的五更听来，故"声悲壮"；霜寒，则星辰愈益清朗，又映在湍急的三峡江水中，故"影动摇"。这两句于三峡冬夜壮景中，蕴含诗人关切动乱时局的深沉情怀，恢宏中寓悲壮，清丽中见苍凉，浏亮中含沉重，极得人们赞赏，被誉为"卓冠千古"（明·桂天祥《批点唐诗正声》）。

【辑评】

　　[明]高棅《唐诗品汇》刘云：第三、第四句对看，自是无穷俯仰之悲。

　　[清]宋宗元《网师园唐诗笺》："五更"二句，与"锦江春色"同一笔力。

　　[元]方回选、李庆甲集评《瀛奎律髓汇评》：冯舒：无首无尾，自成首尾；无转无接，自成转接。但见悲壮动人，诗至此而《律髓》之选法于是乎穷。

【今译】

一年，残尽时　　　　　　　　四野，千家万家
日月匆匆　　　　　　　　　　遍是惊悸不宁的哭号，
催短冬日的夕夕朝朝，　　　　这野哭声里
天涯流落的我　　　　　　　　几处，渔夫樵子
不眠在西阁　　　　　　　　　唱起蜀地歌谣。
霜雪初晴的寒宵。　　　　　　那——
城头鼓角，一阵阵　　　　　　隆中卧龙的诸葛
悲壮的幽咽　　　　　　　　　跃马称帝的公孙
回荡在五更欲晓，　　　　　　终是埋入黄土
夜空银河垂悬　　　　　　　　只剩骨枯木槁，
映落在湍急的三峡中　　　　　眼前，人事皆非
星光，随波曳摇。　　　　　　音书也杳然
正值兵乱未息　　　　　　　　随它去，一任寂寥。

登　高①

风急天高猿啸哀，　　渚清沙白鸟飞回②。
无边落木萧萧下，　　不尽长江滚滚来。
万里悲秋常作客，　　百年多病独登台③。
艰难苦恨繁霜鬓④，　　潦倒新停浊酒杯⑤。

【注释】

①原诗总题为《九日五首》，前四首均无小题，唯本篇加"登高"二字。②回：翻飞，回旋。③百年：犹言一生。④苦恨：恨极。苦，极。繁霜鬓：指鬓发皓白有如繁霜。⑤新停浊酒杯：时杜甫因患肺病戒酒。

【赏析】

　　此诗是杜甫病困夔州时重阳登高所作，"七律八句皆属对，创自老杜"（清·张载华《初白庵诗评》）。前四句描绘登高之所见，后四句抒写登高之慨叹，其中，一、二、三联皆为人所称赏。首联"风急天高猿啸哀，渚清沙白鸟飞回"，纵横仰俯，无一字虚设，为千古佳句。颔联"无边落木萧萧下，不尽长江滚滚来"，高浑一气，古今独步。颈联如宋·罗大经《鹤林玉露》所云，含有八层悲意："万里，地辽远也；秋，时惨凄也；作客，羁旅也；常作客，久旅也；百年，暮齿也；多病，衰疾也；台，高迥处也；独登台，无亲朋也。"寥寥十四字，语意凝练而层层深进，对仗也极工整，堪称字字珠玑。此诗的前、后壮景与悲情两相融铸，尽吐诗人心底的悲怆沉郁，也写尽诗人一生的委曲艰难，是一首人生悲歌，但不是悲沉，而是拔山扛鼎式的悲壮。

　　这首诗气象沉雄博大，意境浑浑莫测，用句用字乃至全篇，熔天然于百炼，为古今人不敢道，有"旷代之作"（明·胡应麟《诗薮》）的盛誉，是杜诗大气盘旋、沉郁顿挫诗风的代表作。

【辑评】

　　[明]胡应麟《诗薮》：通章章法、句法、字法，前无昔人，后无来学。……元人评此诗云："一篇之内，句句皆奇，一句之中，字字皆奇。"亦有识者。

　　[明]周珽《唐诗选脉会通评林》：吴山民曰：次联势若大海奔涛，四叠字振起之。三联"常""独"二字，何等骨力！

　　[清]乾隆敕编《唐宋诗醇》：气象高浑，有如巫峡千寻，走云连风，诚为七律中稀有之作。

【今译】

天宇，高旷	常常是他乡客子
秋风，冷急，	况秋色苍凉
峡谷中长啸的林猿	不禁一怀悲慨，
一声声凄哀，	此生，年老多病
江中小洲，清凌	又孤零一身
洲边沙碛，白皑	登上这耸立的高台。
水鸟点点徘徊。	离乱的艰难
那，萧萧落叶	失意的苦恨
无边，纷纷飘下，	一头鬓发，浸染成
不尽的长江	如繁霜皓白，
浩浩荡荡向东奔来。	可是，新近停杯
啊，万里漂泊	不能借酒浇愁遣怀。

江　汉①

江汉思归客，　　乾坤一腐儒②。
片云天共远，　　永夜月同孤③。
落日心犹壮④，　　秋风病欲苏⑤。
古来存老马，　　不必取长途⑥。

【注释】

①江汉：长江、汉水。诗人漂泊的江陵一带，处于长江和汉水之间，故题为"江汉"。②腐儒：迂腐的读书人，此是诗人自嘲。③"片云"二句：颠倒句法，实为"共片云（飘）远天，同孤月（度）永夜"。④落日：喻指垂暮之年。⑤苏：病体康复。⑥"古来"二句：意为老马用其智，不必取其力。战国《韩非子·说林上》：春秋时，管仲随齐桓公伐孤竹，春往冬返，迷惑失道。管仲曰："老马之智可用也。"乃放老马随之，于是得道而还。此处用"老马识途"典故，以老马自比，表达年老犹壮、报国思用的情怀。清·吴乔《围炉诗话》："《江汉》诗云：'古来存老马，不必取长途。'怨而不怒。"

【赏析】

杜甫自夔州出峡后，流徙湖北江陵一带。时诗人抱老病之躯，北归无望，生计日渐穷蹙，但又孤忠犹存，壮心未已。这首诗将如此种种的思归之情、孤零之感和用世之意，用凝练深沉的笔墨抒泻在四十字中。中间两联悲与壮、小与大、弱与强相对相映，情景妙合而入化境，为人所称道。

诗人虽身处窘困境地，却不作临风悲秋的穷途之哭，仍然是心志交远，老当益壮。清·黄生《杜诗说》云："身在草野，心忧社稷，乾坤之内，此腐儒能有几人？"确然。这首《江汉》表现了诗人积极用世的儒家情志，与三国·曹操《步出夏门行·龟虽寿》的"烈士暮年，壮心不已"一脉相承，只是杜甫报国思用的壮怀中深含怀才见弃的孤寞，多了一些苍凉感。

【辑评】

[元]方回《瀛奎律髓》：味之久矣，愈老而愈见其工。

[明]周珽《唐诗选脉会通评林》：董养性曰：此篇起联便突兀，或疑中联不应全用天文字，殊不知二联自"归客"上说，三联于"腐儒"上说。况老杜于诗，虽有纵诞，终句句有理，不可以常格拘之，然有极谨严处。

[清]张载华《初白庵诗评》：牢落之况，经子美写出，气概亦自高远。

【今译】

我，思归之人
江汉一带久久滞留，
悠悠天地之间
可叹的，是
一介书生耿耿儒腐。

无止地，漂泊
随一片游云
向渺远天边飘浮，
不眠的长夜
与中天高悬的孤月

漫漫长长共度。
面对苍黄的落日
心志犹壮
虽是穷途年暮，
迎飒飒秋风，拂来

衰弱病身就要复苏。
啊，自古以来
存抚老马——
不必驱驰长途。

登岳阳楼①

昔闻洞庭水②，　　今上岳阳楼。
吴楚东南坼③，　　乾坤日夜浮④。
亲朋无一字，　　老病有孤舟。
戎马关山北⑤，　　凭轩涕泗流⑥。

【注释】

①岳阳楼：在今湖南岳阳。濒临洞庭，遥望君山，气势浩茫，久负盛名，又因杜甫此诗和范仲淹《岳阳楼记》一文，声名益振。②洞庭水：见孟浩然《临洞庭上张丞相》注。③坼（chè）：开裂，此指分界。大致说来，吴在洞庭湖东面，楚在湖的西面。④"乾坤"句：北魏·郦道元《水经注·湘水注》："洞庭湖水广圆五百里，日月若出没其中。"乾坤，天地、日月。⑤戎马：指战事。当时西北边境不宁，吐蕃屡次入侵。⑥涕泗（sì）流：形容悲痛之极。涕，眼泪。泗，鼻涕。

【赏析】

　　杜甫晚年出蜀后，无定居之所，过着船居的漂流生活。这年流泊到岳州（今湖南岳阳），登岳阳楼而览景感怀，写下这首卓绝千古的五言雄浑之作。此诗以夙愿终偿的欣喜起始，以忧时伤乱的悲哀收束。中间两联写登楼所见所感，将景物的浩茫与漂泊的孤苦，形成阔大与狭小的相异对映。在对映中，吞吐日月的壮势回肠荡气，而老病无依的哀情催人泪下，壮与哀融汇，其中含蕴了对宇宙人生深沉浑厚的慨叹，令人读后魂动神摇，思发万端。宋·刘克庄《后村诗话》云："岳阳楼赋咏多矣，须推此篇独步。"

　　"吴楚东南坼，乾坤日夜浮"为千古名联，其景象雄阔，气势万钧而又含蓄深远，即使不到洞庭者，读之亦可使胸次豁达。或认为此两句所写是一个涵盖天地的悲境："坼"，地裂也，是巨大的不可弥补的残缺；"浮"，天动也，是广袤的无休止的不宁。而这残缺不全、动荡不宁的，是国事也是身世，何其悲哉！此解，亦独到不俗。

【辑评】

　　[元]方回《瀛奎律髓》：岳阳楼天下壮观，孟、杜二诗尽之矣。

　　[明]胡应麟《诗薮》："气蒸云梦泽，波撼岳阳城"，浩然壮语也，杜"吴楚东南坼，乾坤日夜浮"气象过之。

　　[元]方回选、李庆甲集评《瀛奎律髓汇评》：俞犀月：三、四极开阔，五、六极暗淡，正于开旷

处俯仰一身，凄然欲绝。

【今译】

昔闻洞庭大泽
平日心驰神往已久，
今天，夙愿以偿
登上这岳阳楼。
湖水，一片浩渺雄阔
把吴地楚国
拆裂成东南两陆，
万顷烟波渺渺
日月、天地
恍若尽在其中沉浮。

我，乱世流落
亲朋旧友音信杳无，
又衰老多病
伴随一叶漂泊的孤舟。
那，关山边陲
屡屡干戈不休，
此时，凭栏远眺
一怀忧念深深
禁不住涕泪交流。

江南逢李龟年

岐王宅里寻常见[①]，　崔九堂前几度闻[②]。
正是江南好风景，　落花时节又逢君。

【注释】

①岐王：唐玄宗的弟弟李范，封岐王，以好学爱才著称，雅善音律。②崔九：名涤，多辩智，善诙谐，素与唐玄宗款密，用为秘书监。

【赏析】

李龟年是唐代开元、天宝年间著名的宫廷乐工，颇得玄宗恩宠，安史之乱后流落江南，晚境凄凉。唐·郑处海《明皇杂录》载："每遇良辰胜景，为人歌数阕，座中闻之，莫不掩泣罢酒。"杜甫年轻时曾在王公贵族的府邸中听其歌喉，晚年漂流颠沛中又在潭州（今湖南长沙）与他相逢。当年一个少年倜傥，一个特承恩宠，如今却同是天涯沦落人，眼前落花缤纷的江南晚春，映衬的是两个形容憔悴、皤然白首的老翁。杜甫一时感慨良深，写此诗相赠。

这首诗抚今追昔，家国之兴亡、华年之盛衰、人情之聚散，以及身世沉落之凄凉，俱含蕴其中。尤其是"正是江南好风景，落花时节又逢君"二句，词丽而意苦，感昔伤今之叹全从一"又"字托出。所谓"今昔盛衰之感，言外黯然欲绝。见风韵于行间，寓感慨于字里"（清·黄生《杜诗说》）。此诗欣然而起，黯然而收，只二十八字，展开的却是时代沧桑、人生巨变的长幅画卷。

【辑评】

［明］杨慎等评《李杜诗选》：刘曰：兴来感旧，不觉真率自然。

［清］何焯《义门读书记》：四句浑浑说去，而世运之盛衰，年华之迟暮，两人之流落，俱在言表。

俞陛云《诗境浅说续编》：少陵为诗家泰斗，人无间言，而皆谓其不长于七绝。今观此诗，余味深长，神韵独绝，虽王之涣之"黄河远上"，刘禹锡之"潮打空城"，群推绝唱者，不能过是。此诗以多少盛衰之感，千万语无从说起，皆于"又逢君"三字之中，蕴无穷酸泪。

【今译】

那，是在开元盛世
岐王高贵的府邸
我常见到您，
崔九华丽的厅堂前
也曾经几次

倾听您的美妙歌声。
眼前，江南风光明媚
正是落花时节，
这乱世流落中
我，又遇见您。

岑 参

  岑参（715 或 717—770），荆州江陵（今属湖北）人。世称"岑嘉州"。出身于没落世家，早年孤贫，自幼从兄受书，遍读经史。玄宗天宝五年（746）进士。曾两度从军边塞，先后入安西北庭节度使幕府任掌书记、判官。肃宗时，由杜甫等举荐任右补阙，转起居舍人。代宗大历二年（767），出任嘉州刺史，后罢官，客死成都旅舍。

  以边塞诗著称于世，其诗想象丰富，气势豪纵，尤善描写边地风光和戎马生涯，颇具奇情壮采，见出"盛唐气象"。最擅七言歌行，清·施补华《岘佣说诗》云："岑嘉州七古劲骨奇翼，如霜天一鹗，故施之边塞最宜。"其边塞诗与高适齐名，并称"高岑"，高适风骨遒劲，岑参则情辞奇峻，两人难分优劣。有《岑嘉州集》。

白雪歌送武判官归京①

北风卷地白草折②，　　胡天八月即飞雪。

忽如一夜春风来，　　千树万树梨花开。

散入珠帘湿罗幕，　　狐裘不暖锦衾薄③。

将军角弓不得控④，　　都护铁衣冷难着⑤。

瀚海阑干百丈冰⑥，　　愁云惨淡万里凝。

中军置酒饮归客⑦，　　胡琴琵琶与羌笛。

纷纷暮雪下辕门⑧，　　风掣红旗冻不翻⑨。

轮台东门送君去⑩，　　去时雪满天山路。

山回路转不见君，　　雪上空留马行处。

【注释】

  ①武判官：姓武，名不详，或认为是作者的前任。判官，官职名，节度使幕府中掌管文书并协助判处公务的幕僚。②白草：一种牧草，秋冬干枯变白，故名。③衾（qīn）：被子。④角弓：以兽角装饰的硬弓。控：引弓，拉开。⑤都护：镇守边镇的长官。着：穿。⑥瀚海：沙漠。阑干：纵横的样子。⑦中军：古代多兵分中、左、右三军，中军是元帅发号施令之所。此处指节度使幕府。⑧辕门：军营的门。古时行军扎营，以车环卫，在出入处，将两车车辕相向竖起，对立如门。⑨掣（chè）：牵曳。⑩轮台：唐时隶属北庭都护府，今新疆米泉县。

【赏析】

  岑参的边塞诗，以其雄姿奇彩在唐代诗坛独树一帜。这首边塞诗久负盛名，写于诗人再度出塞，入安西北庭节度使幕府任判官时，是雪天送人归京所作。诗将送别与咏雪巧妙结合，着力于描写边塞雪景的奇寒奇丽，而又以此为背景，不脱殷勤送别的旨意。送别前，胡天飞雪如万树梨花，严寒中透出春意；饯别时，帐内狐裘不暖，帐外冰天冻地，酒热曲畅里弥散着寒气；送别时，暮雪纷纷，冻旗不翻，将士们不畏苦寒的英武从一帜红艳中见出；送别后，山回路转，雪留马迹，惜别之情低徊不已。诗始终描写风雪中的送别，"雪"成了结构全篇的线索，并以它的绚丽多姿，衬托出友情的挚热纯洁，增强了全诗的抒情性和形象性。

"忽如一夜春风来，千树万树梨花开"两句，是诗人奇才奇气逸发，挥洒而出，故其想象、比喻、意境俱堪称奇绝，是咏雪的千古名句。不只如此，整首诗亦景奇、情奇、语奇、韵奇，足见岑参边塞诗"奇峭"（清·翁方纲《石洲诗话》）的艺术特色。

【辑评】

[清]张文荪《唐贤清雅集》：嘉州七古，纵横跌荡，大气盘旋，读之使人自生感慨。

[清]范大士《历代诗发》：洒笔酣歌，才锋驰突。"雪"字四见，一一精神。

[清]高步瀛《唐宋诗举要》：方曰："忽如"六句，奇才奇气奇情逸发，令人心神一快。

【今译】

北风呼啸
卷起干枯的白草
茫茫一地，折断尽，
胡地的八月
飘飞鹅毛大雪
漫天迷茫里，纷纷。
光秃秃的枝丫
缀满白雪的洁莹，
忽如一夜春风，吹来
千树万树梨花绽开。
雪花散入垂帘
帐幕好湿，好沉，
狐裘不暖
寒气侵逼薄衾。
将军的角弓拉不开
已成一弯僵冷，
主帅的铁甲凝住了
难以穿着在身。
帐外，无边沙漠
纵横交错着百丈寒冰，
愁云遮昏了天空

一层层黯然冻凝。
中军帐中设宴
归客，只须开怀畅饮，
听，奏起来了
胡琴琵琶与羌笛
急管繁弦伴助酒兴。
宴罢，走出辕门
飞雪迎面扑来
夹着黄昏又冷又紧，
风猛烈拽扯，帐前
一帜红旗已冻硬。
在这轮台东门
我给你送行，
你去时，雪满天山
一路飘满的
是我的依依别情。
那，山回路转
拐弯处不见远去身影，
茫茫雪地上
空自留下一行
深浅斑斑的马蹄印。

走马川行奉送封大夫出师西征①

君不见走马川，　　雪海边②，　　平沙莽莽黄入天。

轮台九月风夜吼，　　一川碎石大如斗③，　　随风满地石乱走。

匈奴草黄马正肥，　　金山西见烟尘飞④，　　汉家大将西出师⑤。

将军金甲夜不脱，　　半夜军行戈相拨，　　风头如刀面如割。

马毛带雪汗气蒸，　　五花连钱旋作冰⑥，　　幕中草檄砚水凝⑦。

虏骑闻之应胆慑⑧，　　料知短兵不敢接，　　车师西门伫献捷⑨。

【注释】

①走马川：又名"左末河"，即今新疆境内的车尔成河。封大夫：封常清，曾任御史大夫，故称。时为北庭都护，奉命西征播仙（今新疆左末城），岑参写此诗为其送行。②雪海：一说，其地在今别迭里山西北、伊塞克湖以东一带，以经年雨雪苦寒著称。③川：此指旧河床。④金山：阿尔泰山（蒙古语称"金"为"阿尔泰"），在新疆北部。此处泛指塞外山脉。⑤汉家大将：此借指封常清。⑥五花：五花马，见李白《将进酒》注。连钱：指马毛色深浅、斑驳隐粼的花纹。⑦草檄（xí）：草拟征讨的文书。⑧慑（shè）：恐惧。⑨车师：西汉时西域国名，唐时为安西都护府所在地，今新疆吐鲁番附近。伫：等待。

【赏析】

此诗写于天宝十三年（754）冬，岑参任安西北庭节度使判官时。这首诗充满浓厚的异域色彩，诗人运用大胆夸张，摄入大漠绝域壮阔奇丽的画面。黄沙莽莽，狂风夜吼，碎石如斗，风头如割，写西北边漠的奇异景色；铁甲不脱，行戈相拨，马汗成冰，草檄砚凝，写北方戍地的特有情景，两相融合，构成一种苦寒而雄健奇丽的意境。

这首诗写送别将军率兵出征，诗人极力铺陈、渲染一幅边塞严寒图，以边地环境的恶劣，反衬戍边将士勇武赴敌的乐观精神和必胜信念。岑参写于同一时期的另有《轮台歌奉送封大夫出师西征》，诗中"四边伐鼓雪海涌，三军大呼阴山动"，"剑河风急雪片阔，沙口石冻马蹄脱"，也将边地的奇寒与沙场的奋战映衬来写，情景颇为奇伟壮烈。

此诗奇句豪气如风发泉涌，非亲历边塞、久佐戎幕的岑参，他人难以为之。与所描写的征战内容相应，全篇句句用韵，三句一换韵，形成跌宕生姿的节奏旋律，其韵律明快流走，声调铿锵激越，犹如音乐中的进行曲，抒发了强劲的盛唐之音。

【辑评】

[清]沈德潜《唐诗别裁》：势险节短。句句用韵，三句一转，此《峄山碑》文法也。

[清]张文荪《唐贤清雅集》：才作起笔，忽然陡插"风吼""石走"三句，最奇。下略平叙舒其气，复用"马毛带雪"三句，跌荡一番。急以促节收住，微见颂扬，神完气固。谋篇之妙，与《白雪歌》同工异曲。

[清]方东树《昭昧詹言》：奇才奇气，风发泉涌。"平沙"句，奇句。

【今译】

君不见——
荒凉的走马川
浩瀚的雪海边，
黄沙茫茫
连着苍黄无际的云天。
轮台边地的九月
狂风夜吼，
荒野，一地碎石
个个大如斗，
随风刮来，满地
一阵翻滚乱走。
匈奴，牧草已黄
战马正壮肥，
阿尔泰山下胡骑骚扰
搅起烽火烟尘纷飞，
汉家大将率兵
向西出击，紧追。
将军身着铁甲

日夜不得解脱，
夜间，疾走行军
矛戈撞击暗里相交拨，
凛冽的寒风
迎面吹来如同刀割。
雪花，漫天纷纷
落在飞驰的马背上
五花骏马哟
鬃毛雪汗旋结成冰，
帐中草拟檄文
未就，砚墨已冻凝。
那，敌骑闻之
应是心惊魂慑，
料他们不敢
以死拼搏，短兵相接，
将军，您——
只须在车师西门
等候凯旋大军报捷。

逢入京使①

故园东望路漫漫②，　双袖龙钟泪不干③。
马上相逢无纸笔，　凭君传语报平安④。

【注释】

①入京使：从西域回京城的使者。②故园：岑参别业在长安杜陵山中，故称长安为故园。③龙钟：泪水淋漓的样子。④凭：请，请求。传语：捎个口信。

【赏析】

时岑参诗流传甚广，"每一篇绝笔，则人人传写，虽闾里士庶，戎夷蛮貊，莫不讽诵吟习焉"（唐·杜确《〈岑嘉州诗集〉序》）。这首《逢入京使》也是一首流传人口的小诗。

玄宗天宝八年（749），岑参第一次出塞，赴安西都护府任掌书记，途中遇入京使者，于是口占一绝，作为口信托他捎给家人报平安。诗中平直叙来，用平常语写平常事，但语真、事真、情真，深入人心。尤其是"马上相逢无纸笔，凭君传语报平安"两句，在匆匆相遇、急不择言的捎托中，写尽了对故乡亲人的惦念，道出了人人心中有而又人人笔下无的一份真情实感。全篇短短数句诗极本色，将人之常情提炼概括，语浅而情深，如清·沈德潜《唐诗别裁》所赞叹的："人人胸臆中语，却成绝唱。"

【辑评】

[清]王尧衢《古唐诗合解》：此诗以真率入情。

[清]宋宗元《网师园唐诗笺》：不必用意，只写得情景真耳。

[清]施补华《岘佣说诗》：五绝中能言情，与嘉州"马上相逢无纸笔"同妙。

【今译】

回头，东望故园　　　　　　　　忽遇返京使者

尘烟蒙蒙里　　　　　　　　　　可行囊未备笔墨纸片，

路，那么遥远，　　　　　　　　就托您捎个口信

拭湿了双袖　　　　　　　　　　给长安的亲人

酸鼻的泪水，涟涟。　　　　　　——我一路平安。

在这颠簸的马背上

春　梦

洞房昨夜春风起①，　　故人尚隔湘江水②。

枕上片时春梦中，　　行尽江南数千里。

【注释】

①洞房：一作"洞庭"。洞房，深邃的内室。西汉·司马相如《上林赋》："岩宎洞房"。《集解》郭璞曰："岩穴底为室潜通台上者。"②故人尚隔：一作"美人遥忆"，见唐·殷璠《河岳英灵集》。美人，既可指容色美丽的女子，也借指品德美好的男子。

【赏析】

此诗婉约秀丽，不类岑参爽健奇峻的诗风，或是诗人年轻时所作。这是一首记梦小诗，写春夜一个朦胧依稀而又一往情深的梦。"枕上片时春梦中，行尽江南数千里"，将"片时"的短暂与"千里"的远阔，汇合成时空的对映，极为传神地写出了梦境的悠然飘忽，从一片迷离恍惚中见出思念的深切来。而且只写梦中"行尽"，不写梦残，与思念的人相遇乎，不遇乎？留给人一片浮想的空间。宋·晏几道《蝶恋花》："梦入江南烟水路，行尽江南，不与离人遇。"写梦中行尽不遇，深情绵意，宛曲不尽，即从此诗点化而出。

清·贺裳《载酒园诗话》云："诗有同出一意而工拙自分者。如戎昱《寄湖南张郎中》曰：'……归梦不知湖水阔，夜来还到洛阳城。'与武元衡'春风一夜吹乡梦，又逐春风到洛城'、顾况'故园此去千余里，春梦犹能夜夜归'同意，而戎语之胜，以'不知湖水阔'五字，有搔头弄姿之态也。然皆本于岑参'枕上片时春梦中，行尽江南数千里'。"

【辑评】

　　[明]周珽《唐诗选脉会通评林》：周珽曰：善于写梦。

【今译】

昨晚，一夜春风　　　　　　　　　夜，深沉温柔

悄然吹进幽深的内室　　　　　　　渐坠入春梦的迷离，

拂起一怀相思，　　　　　　　　　枕上片刻间

可是伊人　　　　　　　　　　　　飘飘荡荡，寻

还在湘水遥远地。　　　　　　　　寻尽江南数千里。

刘方平

　　刘方平（生卒年不详），洛阳（今属河南）人。匈奴族，凌烟阁二十四功臣之一邢国公刘政会之后裔。容仪美好，才品茂异，玄宗天宝年间名士。曾应进士举，也欲从军，均不得意，乃退隐颍阳大谷、汝水之滨，终生未仕。

　　与李颀、皇甫冉等相交游。善画，以山水树石知名。能诗，其诗善写闺情宫怨，亦多咏物写景之作，有传诵的佳句，如"万影皆因月，千声各为秋"（《秋夜泛舟》）等。尤擅绝句，以清丽隽永见长。《全唐诗》辑其诗一卷。

月　夜

更深月色半人家①，　　北斗阑干南斗斜②。
今夜偏知春气暖，　　虫声新透绿窗纱③。

【注释】

　　①半人家：半个人家，即半边庭院。②阑干：横斜的样子，此形容北斗星即将隐没。③新：初。

【赏析】

　　元·辛文房《唐才子传》载：刘方平善画，"墨妙无前"，看似淡淡几笔便勾勒出情深意切的场景，手法甚是高妙。此诗前两句写朦胧的月色、寂寥的星空和静谧的庭院，笔墨疏淡而颇有画意。后两句则另展妙境，捕捉住春夜新鸣的虫声，从万籁沉寂中写出生命的萌动，从料峭春寒中透出初春的暖意，用笔独到隽永，展示出他人少有的诗境。

　　这月夜是静寂的，而小庭闲居中的人，冬去春回，初听虫声报春的心灵却是鲜活跃动的，可见出感受的敏锐细腻。同时，诗人以"透"字刻画窗下虫声，极新巧贴切，似不经意，却尤见功力。

【辑评】

　　[清]黄叔灿《唐诗笺注》：写意深微，味之觉含毫邈然。

　　[清]王士禛《唐人万首绝句选评》：写景幽深，含情言外。

【今译】

月朦胧，夜朦胧
庭院一半
浸在如水月光
一半笼在夜的阴影里，
北斗渐隐没
南斗星在斜移。
今夜，寒气未尽

偏感到一缕
微温的初春暖意，
听，墙脚草丛
新鸣的虫声
稀疏，断续
透进了绿纱窗纸。

春　怨

纱窗日落渐黄昏，　　金屋无人见泪痕①。
寂寞空庭春欲晚，　　梨花满地不开门。

【注释】

①金屋：指华美的宫室，用"金屋藏娇"典故。《汉武故事》载：汉武帝幼时曾曰："若得阿娇（陈皇后小名）作妇，当作金屋贮之也。"

【赏析】

这首诗写宫女的晚春幽怨，"怨"为全篇之骨。突出采用了重叠渲染的表现手法："日落"，又"黄昏"，暮色格外黯淡；"春欲晚"，又"梨花满地"，春光凋残不堪入眼；"金屋无人"，又"空庭""不开门"，孤寂中更添凄冷。如此笔笔渲染，层层加深加浓，着力刻画了一种深宫幽闭的环境和昏沉冷寂的气氛，将宫中少女与世隔绝的孤寂凄怨，表现得无以复加。同时，在日落黄昏、春晚花残的景物烘染中，又暗示、象征了宫女红颜薄命的可悲命运，从而使这首泣诉春怨的诗，避免了单调直浅，具有含蕴深曲的意味，耐读。

【辑评】

［明］唐汝询《汇编唐诗十集》：唐云：四语只是形容冷落。

［明］唐汝询《唐诗解》：一日之愁，黄昏为切；一岁之怨，春暮居多。此时此景，宫人之最感慨者也。不忍见梨花之落，所以掩门耳。

俞陛云《诗境浅说续编》：结句不事藻饰，不诉幽怀，淡淡写来，而春怨自见。

【今译】

一抹夕晖　　　　　　　　春色将晚
缓缓，从纱窗滑过　　　　庭院空空，只有梨花
渐入灰暗黄昏，　　　　　枉自飘坠
这华美深宫　　　　　　　一地洁白的芳芬，
终日，独自垂泪　　　　　宫门重重掩闭
也无人看见　　　　　　　闭着一院愁闷
斑斑点点的泪痕。　　　　这么深，这么沉。

张 继

　　张继（生卒年不详），字懿孙，襄州（今属湖北）人。为人清风秀骨，博识善议。安史乱起，游历吴越一带。代宗大历年末，任检校祠部员外郎，有政绩，病卒于洪州盐铁判官任上。刘长卿作悼诗《哭张员外继》"世难愁归路，家贫缓葬期"，可见其为官清廉正直。

　　与皇甫冉相交，情逾兄弟。其诗有关切时事的篇什，但多登临纪行之作，唐·高仲武《中兴间气集》评其诗："不雕而自饰，丰姿清迥，有道者风。"《枫桥夜泊》一诗，尤为传诵。有《张祠部诗集》。

枫桥夜泊①

月落乌啼霜满天，　　江枫渔火对愁眠②。
姑苏城外寒山寺③，　　夜半钟声到客船。

【注释】

　　①枫桥：在今江苏苏州城西阊门外。原称"封桥"，因此诗改名"枫桥"。②渔火：渔船上的灯火。③姑苏城：春秋时吴国的都城，即今苏州。寒山寺：在枫桥西一里，始建于梁代，后因唐初诗僧寒山住寺内，故名。

【赏析】

　　张继作诗不假雕饰，自然清迥，而以这首诗名播天下。它宛如一幅朦胧幽寂的枫桥夜泊图：霜天弥漫里，落月已残，泊宿在静寂的枫桥，对一江渔火点点，孤舟中的旅人不由客愁萦怀，这时，寒山寺传来夜半的钟声，一声声敲打着他孤寂的无眠。诗中形象、色彩、音响交织融会，在这交融中，所绘景物的远近、明暗、层次十分和谐，一并与夜泊旅人的羁愁融为一体，舟外舟中达到了一种无言的契合。

　　对此诗末句，宋·欧阳修《六一诗话》曾以夜半无钟声见疑："诗人贪求好句而理有不通，亦语病也。……唐人有云'姑苏城外寒山寺，夜半钟声到客船'，说者亦云句则佳矣，其如三更不是打钟时。"宋·陈岩肖《庚溪诗话》对此辩曰："然余昔官姑苏，每三鼓尽，四鼓初，即诸寺钟皆鸣，想自唐时已然也。后观于鹄诗云：'定知别后家中伴，遥听缑山半夜钟。'白乐天云：'新秋松影下，半夜钟声后。'温庭筠云：'悠然旅榜频回首，无复松窗半夜钟。'则前人言之，不独张继也。"其实，夜半钟声有无，不可执着。应细加体味的是，"夜半钟声"是这首诗意境清远的点眼，有了这一笔，才完成了此诗的神韵，那枫桥夜泊的静谧清寥，无眠中卧听疏钟的客愁心绪，都在这古刹钟声中悠然不尽。如清·何焯《笺注唐贤三体诗法》所评："愁人自不能寐，却咎晓钟，诗人语妙，往往乃尔。"

【辑评】

　　[明]陈继儒《唐诗三集合编》：全篇诗意自"愁眠"上起，妙在不说出。

　　[清]沈德潜《唐诗别裁》：尘市喧阗之处，只闻钟声，荒凉寥寂可知。

俞陛云《诗境浅说续编》：作者不过夜行记事之诗，随手写来，得自然趣味。诗非不佳，然唐人七绝佳作如林，独此诗流传日本，几妇稚皆习诵之。诗之传与不传，亦有幸有不幸耶！

【今译】

月，沉落下去
惊起栖鸦鸣颤
漫天的霜雾
弥漫泊舟的枫桥边，
江心的渔火
点点星星
对着一怀旅愁难眠。

忽地，姑苏城外
悠悠传来
寒山古寺的钟声，
那夜半钟声
断续，悠荡
——飘进了
愁卧未眠的客船。

钱 起

钱起（720?—782?），字仲文，吴兴（今浙江湖州）人。世称"钱考功"。早年数次赴试落第，玄宗天宝十年（751）进士，授秘书省校书郎。肃宗乾元元年（758），任蓝田县尉，与隐居终南山的王维酬唱。代宗朝，官考功郎中。

诗才清逸，众体兼擅，其风格闲雅，流丽纤秀，尤长于写景，为"大历十才子"代表诗人。与郎士元齐名，并称"钱郎"，时朝廷公卿出牧奉使，若无钱、郎赋诗送别，则为时论所鄙。诗多流连光景、送别酬赠之作。有《钱考功集》。

省试湘灵鼓瑟①

善鼓云和瑟②，　　常闻帝子灵③。

冯夷空自舞④，　　楚客不堪听。

苦调凄金石⑤，　　清音入杳冥⑥。

苍梧来怨慕⑦，　　白芷动芳馨⑧。

流水传湘浦，　　悲风过洞庭。

曲终人不见，　　江上数峰青⑨。

【注释】

①省试：唐代各州、县选拔士子进贡京师，在尚书省（朝廷执理政务的总机构）由礼部主试，称"省试"。湘灵鼓瑟：省试的诗题，摘自战国·屈原《楚辞·远游》"使湘灵鼓瑟兮，令海若舞冯夷"。湘灵，舜的二妃娥皇、女英。西汉·刘向《烈女传》载：舜帝南巡不返，葬于苍梧，娥皇、女英闻讯赶去，路断洞庭君山，恸哭不已，投身湘江而死。古代神话传说，二妃投湘水自尽后，成为湘水之神。灵，神。鼓，弹奏。②云和瑟：瑟名，取云和山之木制作，故名。③帝子：指湘灵。④冯（píng）夷：传说中的河神名，佚名《山海经》又作"冰夷"。空：徒然，意指冯夷听不懂曲中隐含的哀怨。⑤金石：指钟、磬之类乐器。⑥杳冥：高远的地方。⑦苍梧：又名"九疑山"，在今湖南宁远县。⑧白芷：一种香草。馨（xīn）：散布得很远的香气。⑨"曲终"二句：清·徐增《而庵说唐诗》云："落句真是绝调，主司读至此，叹有神助。"

【赏析】

从诗题"省试"可知，这是一首试帖诗。试帖诗为唐代科举考试采用，大都为五言六韵（一韵两句）或八韵的排律，限题限韵而作，往往束缚才思，流于呆滞，而钱起此诗却不然。起首两句点题。中间四韵扣题而写，诗人驰骋想象，上天入地，化乐声之无形为有形，以金石为动、苍梧怨幕、白芷吐芳，如流水、如悲风，这些瑰丽生动的形象，极力描绘并渲染湘灵鼓瑟的美妙神奇。尾两句就题收结，一曲罢了，余音缭绕里一江如带、数峰似染，唯伊人杳然不见。收得余情不尽，余韵不尽，给人一种扑朔迷离的怅惘，可谓神来之笔。全诗结构紧凑，用典贴切，且语言洗练、诗律谨严，为唐代试帖诗的范本。

后晋·赵莹等《旧唐书》载：钱起曾于客舍月夜独吟，忽听有人吟于庭曰："曲终人不见，江上数峰青"。钱起愕然，敛衣视之，无所见矣，叹为鬼神，便记其十字。就试那年，所试题为《湘灵鼓瑟》，钱起乃以所记十字为落句，深得主考官嘉许，遂进士登第。这虽是传闻，但也可见出末两句为人激赏的情实。

【辑评】

[宋]葛立方《韵语阳秋》：唐朝人士以诗名者甚众，往往因一篇之善，一句之工，名公先达为之游谈延誉，遂至声闻四驰。"曲终人不见，江上数峰青。"钱起以是得名。

[清]陆次云《五朝诗善鸣集》：真神助语，湘灵有灵。

[清]蒋鹏翮《唐诗五言排律》：结得渺然，题境方尽。"曲终"非专指既终后说，盖谓自始至终，究竟但闻其声未见其形，正不知于何来于何往，一片苍茫，杳然极目而已。

【今译】

最善弹奏云和瑟
啊，湘水女神，
美妙的瑟曲
常在耳边绕绕萦萦。
河神空自起舞
不解曲中的情，
只有贬逐楚地的客子
不堪凄怨哀声。
它，哀婉
铮铮金石凄然伤神，
它，清亢高远
融入苍穹的无尽。
忽忽，飘落苍梧
惊起舜帝
如怨如慕地倾听，

漫山萋萋白芷
吐出沁人的芳馨。
它，追逐湘水
漫江回漩里
两岸黄沙碧草悄然沉浸，
那曲中的哀怨
倏地，凝聚了
化作一股悲风
掠过八百里洞庭。
啊，一曲终了
杳然不见
美丽多情的湘灵，
只见江上——
数峰如染，点点翠青。

谷口书斋寄杨补阙①

泉壑带茅茨②，	云霞生薜帷③。
竹怜新雨后④，	山爱夕阳时。
闲鹭栖常早，	秋花落更迟。
家童扫萝径⑤，	昨与故人期。

【注释】

①谷口：作者诗中多次描写到，如《暮春归故山草堂》："谷口春残黄鸟稀，辛夷花尽杏花飞。始怜幽竹山窗下，不改清阴待我归。"如《题玉山林叟屋壁》："谷口好泉石，……一径入溪色，数家连竹阴。"可见，谷口为故山草堂所在地，其环境幽美，多修竹。补阙：掌讽谏的官，唐制，设左右补阙各二人。②茅茨（cí）：白茅、蒺藜，草本植物。③薜（bì）帷：语出战国·屈原《楚辞·九歌》："网（织）薜荔兮为帷。"薜，薜荔，一种常绿灌木，常缘壁而生。④"竹怜"二句：颠倒句法，即"怜新雨后竹，爱夕阳时山"。怜，爱。⑤萝径：藤萝蔓生的小路。

【赏析】

此诗写谷口书斋附近的美妙景色，意在盼望故人来访。这茅舍书斋：溪壑环绕、云霞掩映，多么美妙；翠竹欲滴、夕阳映山，多么清新；白鹭闲栖、山花落迟，多么幽静。如此美景佳地，远离世事的喧嚣纷扰，只等待老朋友前来游赏。故末两句"家童扫萝径，昨与故人期"，直接表明邀约之意，将一片待客的真诚与期盼跃然纸上。可以想见，故人接此诗笺后，定如约前来，主宾二人竹下饮酒、小径徘徊。

这首诗前六句写景，一层层写来，将谷口书斋的景色写得幽妙宜人，至最后两句点明邀人题意。诗中首、颔、颈三联对仗，句法工整而无板滞之嫌，尤其"竹怜新雨后，山爱夕阳时"一联，清丽明秀，不乏清新的情趣和蕴涵，为历代传诵的佳句。

【辑评】

[唐]高仲武《中兴间气集》：员外（钱起）诗体格新奇，理致清赡。……文宗右丞（王维）许以高格。

【今译】

清泉，深壑
绕着书斋的疏篱，
暮云晚霞
从薜荔蔓藤外生起。
新雨后的修竹
青翠欲滴，
夕阳山色，泛
一抹清新的紫绿。
涧水边的白鹭

悠闲，早早栖息，
山深秋凉里
花，谢落迟迟。
盼咐家童
打扫藤萝小径
落叶枯枝，
昨日，我与老朋友
已经约定了
闲话对饮的日期。

归 雁①

潇湘何事等闲回②？　水碧沙明两岸苔③。

二十五弦弹夜月④，　不胜清怨却飞来⑤。

【注释】

①归雁：瑟曲有《归雁操》，此诗可能是瑟曲歌辞。②"潇湘"句：相传秋雁南飞，不越湖南衡山回雁峰，飞至峰北便栖息湘江下游，过冬再北归。潇湘，二水名，在湖南境内，亦见张若虚《春江花月夜》注。等闲，轻易或无端。③苔：鸟类的食物，雁尤喜食。④二十五弦：指古乐器瑟。相传瑟本五十弦，东汉·班固《汉书·郊祀志》云："帝使素女鼓五十弦瑟，悲，帝禁不止，故破其瑟为二十五弦。"⑤不胜：承受不住。胜，经受、承受。却：退回，折返。"却飞"指大雁从潇湘折返北方。

【赏析】

诗人久在京畿做官，这首诗借春雁的恋乡北归，婉转抒发宦游他乡的羁旅愁思。诗采取问答体形式咏"归雁"，融入湘水女神鼓瑟的神话传说，写大雁不胜清怨的客愁和北归。清·吴烶《唐诗选胜直解》评此诗"情与境合，触绪牵怀，为比为兴，无不妙合"。确实，此诗意含比兴。春雁栖息水碧沙净、岸苔丰饶的南方，不可说不适，诗人京城为官，不可说不得意，但雁与人却同是羁居难耐，乡愁郁结。诗人实是见归雁而触发情怀，运用比兴，以雁喻人而寄情寓怀。

此诗不着一字从正面写乡愁归思，却不落痕迹地借旅雁将其抒泄出来。其想象、构思皆新颖不俗，且意蕴含婉，笔致空灵，意境极清幽，故成为咏雁的名篇之一。

【辑评】

[清]黄叔灿《唐诗笺注》：意似有寄托，作问答法妙。

[清]王士祯《唐人万首绝句选评》：为雁想出归思，奇绝妙绝。此作清新俊逸，珠圆玉润。

俞陛云《诗境浅说续编》：作闻雁诗者，每言旅思乡愁。此诗独擅空灵之笔。

【今译】

南去的大雁
为什么，无端地
从潇湘匆匆归来？
潇湘江水碧粼
映着沙滩朗白，
两岸遍地
尽丰沃的嫩草鲜苔。
噢，是湘水女神

幽清月夜
拨弄瑟弦的低徊
那一弦一声
如泣，如诉
太多凄清怨哀，
这才——
匆匆地折返
寒冬未消的故乡来。

韩翃

韩翃（生卒年不详），字君平，南阳（今属河南）人。玄宗天宝十三年（754）进士。肃宗宝应元年（762），入淄青节度使幕府为从事。代宗时，曾闲居长安十年，大历九年（774）后，于汴宋节度使幕府任职。建中初年，以《寒食》诗见赏于德宗，官至中书舍人。与柳氏的爱情盛传一时，被人撰为传奇《柳氏传》。

为"大历十才子"之一，时颇负诗名，"一篇一咏，朝士珍之"（唐·高仲武《中兴间气集》）。其诗多酬赠送别之作，五律洗练清丽，佳句迭见，七律以技巧圆熟著称，七绝则风华流丽，也不乏气势沉雄的古体边塞诗。有《韩君平集》。

酬程近秋夜即事见赠①

长簟迎风早②，　　空城澹月华③。
星河秋一雁，　　砧杵夜千家。
节候看应晚④，　　心期卧已赊⑤。
向来吟秀句⑥，　　不觉已鸣鸦。

【注释】

①酬：酬答，以诗相回赠。程近：作者好友，生平不详。见赠：被赠。见，被。②簟（diàn）：竹子。③澹："淡"的异体字。④节候：时节气候。⑤赊：远。⑥秀句：指友人所赠的秀美诗句。

【赏析】

这首诗是酬答友人的赠诗，却不从酬答写起，而是先写夜晚的秋色秋声，于写景中寓含悠然情思，至后面才点明题意。整首诗前半写秋夜景色，后半写秋夜感怀，前后一气呵成，毫不脱节，把酬赠友人的一往情深和盘托出。

额联"星河秋一雁，砧杵夜千家"，写秋色新警。此题材唐人各诗体早已写尽，但作者以"秋"为诗眼，用一联对仗刻意锤炼，那明朗星河的雁声、灯火万家的砧声，可谓满纸秋声，表现出秋夜的清远明秀。它与崔峒《题崇福寺禅师院》的"清磬渡山翠，闲云来竹房"、常建《宿王昌龄隐居》的"松际露微月，清光犹为君"，皆是受人称赏的五言佳句。此等诗句无一点烟火俗气，非学力能到，乃是灵慧之人遇清幽之境即便道出。

【辑评】

［元］方回《瀛奎律髓》："砧杵夜千家"，必旅中。

［清］张载华《初白庵诗评》："秋""夜"二字极寻常，一经炉锤，便成诗眼（"星河"二句）。

［元］方回选、李庆甲集评《瀛奎律髓汇评》：纪昀：三、四清远纤秀，通体亦皆清妥。

【今译】

竹林的修长梢头
早迎秋风凉洽，
夜色空寂
满城，银色月华。
星河在天际流转
秋雁一行掠过，
捣衣的砧杵声
一阵阵，万户千家。
时令已晚

深秋，风雨飒飒，
怀念老朋友
卧时，更深夜乏。
吟诵你的赠诗
沉浸在——
满纸的句秀篇佳，
哦，不知不觉
天色已破晓
庭中高树几声啼鸦。

寒　食①

春城无处不飞花，　　寒食东风御柳斜②。

日暮汉宫传蜡烛③，　　轻烟散入五侯家④。

【注释】

①寒食：节名，清明节前一天。相传是纪念春秋时晋国介子推被焚死绵山而形成的一种风俗，这一天禁火吃冷食，俗称"寒食节"。韦应物《寒食寄京师诸弟》："雨中禁火空斋冷，江上流莺独坐听。"②御柳：指御苑之柳。当时风俗，寒食日折柳插门。③汉宫：实指唐宫。唐·佚名《辇下岁时记》载："清明日取榆柳之火以赐近臣。"④五侯：据南朝宋·范晔《后汉书·单超传》：汉恒帝时，宦官单超、徐璜、具瑗、左悺、唐衡，因诛杀梁冀及亲党有功，五人同日封侯，世称"五侯"。这里泛指王侯宠臣。清·贺裳《载酒园诗话又编》云："此诗作于天宝中，其时杨氏擅宠，国忠、铦与秦、虢、韩三姨号为'五家'，豪贵荣盛，莫之能比，故借汉王氏五侯喻之。……寓意远，托兴微，真得风人之遗。"

【赏析】

东晋·葛洪《西京杂记》记载：汉代，寒食日普天禁烟，而皇帝颁赐烛火于贵戚近臣，特许照明，以示恩宠。这首诗即写此事。诗给人以跳跃感，从飞花斜柳的繁丽白昼，到蜡烛轻烟的宁谧夜晚，勾勒出长安京城寒食春日的全貌。首句"春城无处不飞花"，语出自然而情景毕现，为传诵佳句。末句"轻烟散入王侯家"，既未写景，也未写人，但让人仿佛在肃静的夜空嗅到烛烟味，听到马蹄声，生动描绘了一幅宫中走马传烛图。

诗人只作从容流丽的客观描叙，不动声色，汉事乎，唐事乎？深寓微讽于诗中，是无讽而甚于讽的"讽诗"。七绝贵在"言微旨远"，此诗便是范例。诗中明扬暗抑，统治者却将它读作赞美皇恩浩荡施及臣下的颂诗，据唐·孟棨《本事诗》，唐德宗尤为赏爱此诗，特赐晚年闲居的韩翃以"驾部郎中知制诰"的显职，可见此诗名重当时。

【辑评】

[清]黄叔灿《唐诗笺注》："散入五侯家"，谓近幸者先得之，有托讽意。

[清]徐增《而庵说唐诗》："不飞花"，"飞"字窥作者之意。初欲用"开"字，"开"字不妙，故用"飞"字。"开"字呆，"飞"字灵，与下句"风"字有情。

俞陛云《诗境浅说续编》：以轻丽之笔，写出承平景象，宜其一时传诵也。

【今译】

长安京城　　　　　　　　日落黄昏时
融在煦暖春光里　　　　　汉宫里传烛走马，
处处，流莺飞花，　　　　新燃的轻烟
寒食节的春风　　　　　　随风飘散
习习，吹得　　　　　　　——一缕一缕
御苑斜柳沙沙。　　　　　散入王侯宠臣的家。

司空曙

司空曙（720？—790？），字文明，洺州（今河北永年）人。磊落有奇才，性情耿介，不媚权贵。早年曾赴京应进士试，不第。代宗大历年初，任洛阳主簿，后入朝为左拾遗。德宗建中年间，贬长林丞，流离在外多年。贞元年间，入剑南西川节度使幕府，官终虞部郎中。

"大历十才子"中，司空曙与卢纶功力相匹。诗多送别赠答、羁旅漂泊之作，题材略单调，长于五律，绝句亦有佳作。明·胡震亨《唐音癸签》称其诗"婉雅闲淡，语近性情"。有《司空文明诗集》。

云阳馆与韩绅宿别①

故人江海别，	几度隔山川。
乍见翻疑梦，	相悲各问年。
孤灯寒照雨，	湿竹暗浮烟②。
更有明朝恨，	离杯惜共传③。

【注释】

①云阳：今陕西泾阳县北云阳镇。韩绅：一作"韩升卿"。或认为是韩坤卿，韩愈的叔父，"文而能官"，与司空曙同时，曾任泾阳县令。宿别：一同夜宿又分别。②湿：一作"深"。③惜：珍惜。

【赏析】

此诗是与友人于云阳馆舍同宿后分别所作。诗从离—逢—聚—别，逐次写来，叙述二人久作别离而又蓦然相逢、馆宿夜话复又倏然将别的情景。

诗中大量运用表现离别的象征性词语："江海"，友情深广；"山川"，遥相阻隔；"梦"，聚散匆匆；"孤灯"，客宿无依；"雨"，情思缠绵；"杯"，借酒浇愁。如此种种缀联在诗中，使描述婉曲而情蕴深厚，将"宿别"的复杂情感表达得淋漓尽致。其中"乍见翻疑梦，相悲各问年"两句，与杜甫《羌村》的"夜阑更秉烛，相对如梦寐"用意相仿，都真切地写出了人到极情处，以真为假的恍惚心境。而且此诗不只写"疑梦"，还写"相悲"，将喜极生悲的微妙心态和人生沧桑的慨叹渲染殆尽。元·方回《瀛奎律髓》称此诗为"久别忽逢之绝唱"，言不为过。

【辑评】

[唐]皎然《诗式》：颈联写云阳馆之景况。夜本凄清，况是孤灯，又相照雨中乎？故曰"寒"。夜本迷茫，况是深竹，何能见烟浮乎？故曰"暗"。

[明]陆时雍《诗镜总论》：司空曙"相悲各问年"，更自应手犀快。风尘阅历，有此苦语。

[清]乔亿《大历诗略》：真情实语，故自动人。

【今译】

自从江边一别
老朋友杳然不见，
数年寒暑
彼此隔着迢迢山川。
如今初一相逢
乍惊，乍喜
恍惚间疑是梦幻，
喜极还悲
你我，泪眼相对
痴痴互问生年。
这云阳馆舍
孤灯，摇曳昏黄

映出窗外
淅沥寒雨蒙蒙一片，
飘湿的竹林
冷夜里，暗自
浮动迷茫的水烟。
明早，又将分别
那别恨离愁
让人肝肠寸断，
珍惜这——
短暂的相逢吧
斟满离情的酒
在你我手中殷勤递传。

江村即事①

钓罢归来不系船，　　江村月落正堪眠。
纵然一夜风吹去②，　　只在芦花浅水边。

【注释】

①即事：即兴写眼前情事。②纵然：即使。

【赏析】

这首小诗并不铺写江色村景，而是以疏朗的笔致，即兴叙写钓罢归来，月下"不系船""正堪眠"的慵散自在。而那朦胧的月色、习习的夜风、白茫的芦花、清清的浅水，还有悠闲的渔船钓者，自然构成一幅宁静淡远的江村生活画面。对此诗或解释为：钓罢船不拴系，人登岸自眠，一任小船漂入浅滩。如此，则略失诗味矣。当是小船与钓者一同随风吹去，才耐人寻味那一片洒脱自在。正如清·吴烶《唐诗选胜直解》所云："无拘之身，垂钓遣兴，江静月沉，正可稳睡，偶尔不系船，更见忘机自适处，兴味于此不浅。"

此诗后两句用"纵使"与"只"相呼应，这是七绝常见的句法，大凡用"纵使""纵然"之类字，都是承第二句宕开一笔，即作一转折，然后引出下句，将意思推进或翻进一层，从而使诗意跌宕变化，表达更曲折婉畅。如张旭的《山行留客》"纵使晴明无雨色，入云深处亦沾衣"，即是用此句法。

【辑评】

　　[唐]皎然《诗式》：既已罢钓，正当系船，乃以"不系船"三字承之，则诗境翻空，出人意外。二句值江村月落之时，眠于船上，任其所之，便有洒然无拘滞之意。

[明]唐汝询《唐诗解》：全篇皆从"不系船"三字翻出，语极浅，兴味自在。

刘永济《唐人绝句精华》：此渔家乐也。诗语得自在之趣。

【今译】

钓罢，归来　　　　　　　　　一夜清风泛起

懒得上岸拴系渔船，　　　　　任它——

江村的夜已静　　　　　　　　飘飘荡荡，吹远，

斜落的月光　　　　　　　　　这小船不过是

溶溶，好酣眠。　　　　　　　悠闲地吹入

纵使江上　　　　　　　　　　芦花白茫的浅水边。

喜外弟卢纶见宿①

静夜四无邻，　　荒居旧业贫②。

雨中黄叶树，　　灯下白头人。

以我独沉久，　　愧君相见频。

平生自有分③，　　况是蔡家亲④。

【注释】

①外弟：表弟。见：一作"访"。见宿，过访并留宿。②业：家业。③分（fèn）：情分。④蔡家亲：即表亲。西晋·张华《博物志·人名考》：东汉蔡邕之母是袁焕的姑姑，蔡、袁二人是姑表兄弟。后因称姑表亲为"蔡家亲"。这里用此典，表明自己与卢纶是关系亲密的姑表兄弟。

【赏析】

司空曙与卢纶，同属"大历十才子"之列，又是表兄弟，两人趣味相投，情谊甚厚。诗人正处困顿中，如此知心亲友来访，同宿一夜，不胜欣喜，写下此诗。但细加体味，诗人实是以悲见喜，相逢之"喜"终是难脱沉沦索寞之悲。

明·谢榛《四溟诗话》云："韦苏州曰：'窗里人将老，门前树已秋。'白乐天曰：'树初黄叶日，人欲白头时。'司空曙曰：'雨中黄叶树，灯下白头人。'三诗同一机杼，司空为优。"此诗额联之所以为优，在于比韦、白诗多了"冷雨""昏灯"两层富于象征性的意象。黄叶飘残又冷雨凄凄，白头衰颓更昏灯黯淡，亦比亦兴，客观的景物描写中深深渗透了诗人的无限凄凉之情，气氛烘托也更为悲凉。而那雨中灯下的黄叶树与风烛残年的白头人融合为一，恰是司空曙清贫潦倒境况的写照。如此形象鲜明，语意深蕴，故当为优。

【辑评】

[宋]范晞文《对床夜语》：诗人发兴造语，往往不约而合。如"雨中山果落，灯下草虫鸣"，王维也。"树初黄叶日，人欲白头时"，乐天也。司空曙有云"雨中黄叶树，灯下白头人"，句法王而意参白，然诗家不以为袭也。

[明]周珽《唐诗选脉会通评林》：周珽曰：深情凯切。

【今译】

四周，秋夜沉寂　　　　　　　我，独自潦倒

没有人家近邻，　　　　　　　久已仕宦沉沦，

一舍清寒　　　　　　　　　　真愧对你，前来探访

闲居僻寂的野岭荒村。　　　　慰藉频频。

窗外，冷雨飘打　　　　　　　这，自是平生

黄叶在飘零，　　　　　　　　彼此两相知音，

窗内，孤灯昏残　　　　　　　况且你与我

映照衰颜白头人。　　　　　　是情分笃厚的表亲。

皎　然

皎然（720？—800？），字清昼，俗姓谢，湖州长城（今浙江长兴）人。南朝宋著名诗人谢灵运十世孙。早年信奉佛教，于杭州灵隐寺受戒出家。游历桐庐、苏州、荆门、襄阳一带。代宗大历年间，居湖州，往来于西山东溪草堂和杼山妙喜寺。

与颜真卿、刘长卿、韦应物等相交往。唐代僧人中，文名最高，博涉经史诸子，文章清丽，尤擅于诗。其诗以游赏山水、阐扬禅理为主要内容，颇近六朝清淡流丽的诗风。撰有诗论专著《诗式》，有《皎然集》。

寻陆鸿渐不遇①

移家虽带郭②，　野径入桑麻。
近种篱边菊，　秋来未著花。
扣门无犬吠，　欲去问西家③。
报道山中去，　归时每日斜。

【注释】

①陆鸿渐：名羽，号"竟陵子"，夏州竟陵（今湖北天门）人。不羡仕途，曾授太子文学，不就，后隐居于苕溪（今浙江吴兴）。精于品茗，著有《茶经》一书，被后人尊奉为"茶圣"。②带郭：依傍城外。带，近。③去：离开。

【赏析】

皎然曾与灵澈、陆羽同居杼山妙喜寺，后陆羽迁居，皎然路过其居所探访却不遇，故作此诗。前四句着意描写野径桑麻、篱笆黄菊，以环境之幽僻静洁，让人想见其人。但往下笔墨一转，落到题旨写"不遇"。后四句与贾岛《寻隐者不遇》恰为同趣，都写寻而不遇：一问邻家，曰"报道山中去，归时每日斜"；一问童子，曰"只在此山中，云深不知处。"都通过答话，从侧面衬托出所访之人高蹈世外的隐逸形象。此诗虽写"不遇"，却未见怏怏若失之感。寻者也罢，被寻者也罢，皆是潇洒出尘、疏散脱俗的高人逸士。

此诗中间四句不用对仗，但通篇平仄合律，是所谓"散律"，其形式上的通篇散句与所写内容的洒脱寻访相合，读来，如行云流水。清·沈德潜《说诗晬语》云："（五律）又有通体俱散者，李太白《夜泊牛渚》、孟浩然《晚泊浔阳》、释皎然《寻陆鸿渐》等章，兴到成诗，人力无与。"

【辑评】

［清］钟惺、谭元春《唐诗归》：皎然清淳淹远，当于诗中求之，不当于僧中求之。

［清］黄周星《唐诗快》：只如未曾作诗，岂非无字禅耶？

［清］沈德潜《诗境浅说》：此诗晓畅，无待浅说，四十字振笔写成，清空如活。

【今译】

迁移的新居
依傍着城外的小道岔，
小道，曲斜
一直伸入桑林丛麻。
才栽种的黄菊
围着疏落篱笆，
秋来初凉
还不曾发枝开花。
轻轻，敲叩柴门

听不见鸡声狗吠
也没有人应答，
欲怅然离去
噢，问一问
——西边的邻家。
邻人回答道：
已去深山幽谷采茶，
每天归来时
漫天，夕阳晚霞。

李 端

李端（？—785？），字正己，赵州（今河北赵县）人。少居庐山，师从诗僧皎然。代宗大历五年（770）进士，授秘书省校书郎。因病辞官，居终南山草堂寺。德宗时，出为杭州司马，后隐居衡山，号"南岳幽人"。

诗以酬赠送别为多，亦感叹身世，其遣词造句洗练洒脱，有俊逸之气。诗风与司空曙相近，但往往露骨着迹，更为直率。"大历十才子"多以五律见长，而李端诗才卓越，兼擅七言歌行。有《李端诗集》。

拜新月①

开帘见新月，　　即便下阶拜。
细语人不闻，　　北风吹罗带②。

【注释】

①一作耿讳诗。拜新月：唐代妇女流行拜月的风俗。新月，阴历月初的弯月。②罗带：丝绸裙带。

【赏析】

这首小诗言少情多，含蓄不尽，是唐五绝中脍炙人口的名篇。诗写一年轻女子拜月祈愿：开帘望月，下阶拜月，悄声细语，风吹裙带。寥寥几笔勾勒，将一清纯秀美的少女形象，神情毕肖地表现出来。庭院无人，临风拜月的虔诚之心、真纯之情和娇羞之态，令人心驰。

后两句"细语人不闻，北风吹罗带"，是人物形象最为生动传神处，是诗人刻意描绘所在，但纯作清新自然的白描，笔墨落处轻如蝶翅，见出诗人举重若轻的艺术造诣。那拜月时低诉的细语，当是人物内心所隐秘的，细语什么？似闻不闻，似解不解，只有裙带在冷风中飘动，似乎要将少女隐约的心思随风飘向遥远；只有亭亭玉立的倩影，如庭中的月下花影，拂之不去。故清·黄叔灿《唐诗笺注》叹赏："'北风吹罗带'，此诗之魂，通首活现矣。"

【辑评】

[明]周珽《唐诗选脉会通评林》：江若镜：含不尽之态于十字之中，可谓善说情景者。

[清]吴瑞荣《唐诗笺要》：六朝乐府妙境，从太白《玉阶怨》《静夜思》脱胎。

[清]黄生《唐诗摘钞》："北风"字老甚！风吹裙带，有悄悄冥冥之意。此句要从旁人看出才有景，若直说出所语何事，便是钝汉矣。画家射虎，但作弯弓引满之状；洗砚图，但画清水满池，而弃一砚于中，与此同一关捩。

【今译】

卷起低垂的帘儿　　　　　　　　莹洁，依偎在窗外，
噢，一弯新月　　　　　　　　　急急蹑下石阶

双手合在胸前	对着新月细语喃喃，
——深深地拜。	只有寒风微微
庭院，悄然无人	不时，飘起
独自含羞含情	盈盈纤柔的裙带。

鸣　筝①

鸣筝金粟柱②，　素手玉房前③。
欲得周郎顾，　时时误拂弦。

【注释】

①鸣筝：从奏者立题。一题作《听筝》，则从听者立题，写听奏筝有感。筝，古代一种弦乐器，唐宋时有十三弦，后增至二十五根弦。②金粟柱：华贵的筝柱。金粟，筝柱的华美装饰。③玉房：指华美的房屋。一说，指筝上安枕之处。

【赏析】

这是一首清新有趣的闺情诗，写一个弹筝女子，为了博取情郎青睐而故意错弹曲调的情状。

在表现人物上诗人不写具体形貌，只凸出一双洁白柔嫩的"素手"，让人想象弹筝者是一个妙龄佳人。诗的后两句通过巧妙用典，曲折写出女子弹筝时的微妙心理。西晋·陈寿《三国志·吴志》载：周瑜二十四岁拜建成中郎将，时称"周郎"。他精通音律，听人奏曲有误时，即使饮酒半醉，也会转过头去看奏曲者，所以时有歌谣曰："曲有误，周郎顾。"这里以"周郎"喻指女子属意的情郎。女子用心不在献艺求知音，而是为了情郎回头一顾，一个"误拂弦"的细节，便将其心思揭示出来，十分传神，也耐人寻味。

【辑评】

［清］徐增《而庵诗话》：妇人卖弄身份,巧于撩拨，往往以有心为无心。手在弦上，意属听者。在赏音人之前，不欲见长，偏欲见短。见长则人审其音，见短则人见其意。

【今译】

悠然，古筝	华屋镂窗前。
那精美弦柱	只想，引得伊人
一行行如大雁翩然，	回头一看，
纤纤素手	噢，不时地
拨弄在——	故意错拨筝弦。

顾 况

顾况（727？—816？），字逋翁，号"悲翁"，苏州海盐（今属浙江）人。肃宗至德二年（757）进士。曾至江西，与李泌、柳浑交往，吟咏自适。代宗大历年间，任永嘉监盐官。德宗时，镇海军节度使韩滉召为幕府判官。贞元三年（787）李泌荐引，任著作郎，后因嘲诮当朝权贵，"不能慕顺，为众所排"（唐·皇甫湜《〈顾况诗集〉序》），贬饶州司户参军。贞元十年（794）返苏州，隐居茅山，自号"华阳真逸"。

善绘画鉴赏。其诗注重教化，反映民生疾苦，揭露时弊，所作《上古之什补亡训传十三章》，开白居易新乐府先声。皇甫湜为其诗集作序，称其"偏于逸歌长句"，非常人所能及。作诗不避俚俗，掺杂口语，诗风质朴平畅。有《华阳集》。

过山农家①

板桥人渡泉声，　　茅檐日午鸡鸣。
莫嗔焙茶烟暗②，　　却喜晒谷天晴。

【注释】

①一作张继诗，题为《山农》。②嗔（chēn）：责怪。焙（bèi）：用微火烘。

【赏析】

这是一首过访山农的记行诗。诗按走访顺序，层次清晰地依次展开溪桥山行、茅舍鸡鸣、烟暗焙茶、天晴晒谷四个场景的描写。在诗人笔下，普通山家的生活如此美好：板桥、茅檐、泉声、鸡鸣、人语，青山、碧水、绿茶、黄谷，生意盎然而又色彩斑斓，一片安适淳朴俨如世外桃源。诗人实是以一种超脱的眼光来赏看，所描写的充满了农家浓郁的生活气息和喧闹的世间情味，又带有自己的幽静恬淡的主观理想色彩。

这类山家农庄的田园诗人多有，而此诗以六言绝句形式来写，别是一格。而且诗人看似不经心、不着意地娓娓道来，却是自然成趣，清新可读，按唐·司空图的《诗品》，此诗当属俯拾即是、着手成春的"自然"一品。

【今译】

走过横卧山溪的　　　　　　　莫要嗔怪，那
独木小桥　　　　　　　　　　焙茶的烟火
一淙泉水声声，　　　　　　　夹着清香扑面来薰，
午时，太阳已高　　　　　　　回身喜看
农家院舍　　　　　　　　　　农夫扬场晒谷
鸡群咕咕啼鸣。　　　　　　　天色，朗朗放晴。

柳中庸

柳中庸（？—775），名淡，以字行，蒲州虞乡（今山西永济）人。为柳宗元族人，与弟柳中行皆有文名。萧颖士爱其才，以女嫁与。代宗大历年间进士，曾授洪州户曹掾，未就。

与卢纶、李端为诗友。其诗以写边塞征怨为主，然意气消沉，无复盛唐气象。《全唐诗》存其诗十三首。

征 人 怨①

岁岁金河复玉关②，　　朝朝马策与刀环③。
三春白雪归青冢④，　　万里黄河绕黑山⑤。

【注释】

①一题作《征怨》。②金河：即黑河。唐时设有金河县，故址在今内蒙古呼和浩特市南。玉关：玉门关，始置于汉武帝设河西四郡时，因西域输入玉石取道于此而得名。汉时为通往西域各地的门户，故址在今甘肃敦煌西北小方盘城。③策：马鞭。刀环：刀柄带铜环的刀。④三春：三月暮春。青冢：指汉代王昭君的墓，见杜甫《咏怀古迹》注。⑤黑山：一名"杀虎山"，在今呼和浩特境内。

【赏析】

此诗句句写"征"，而又句句含"怨"。起联叙事，写年年征战的危难，结联绘景，写边塞暮春的苦寒，一句一意，一句一景，中间不作转折承接，在绝句中别是一格。"青冢""黑山"原是天造地设的浑成对偶，唐开元时，尉迟匡的《塞上曲》早配搭成一联名句："夜夜月为青冢镜，年年雪作黑山花。"此诗末两句承继而来，却又另拓新境。雪、冢、河、山，是边地荒僻的常见景色，分别用白、青、黄、黑修饰，四色交映，便给塞外的荒寒涂抹上一块块奇异夺目的色彩，有一种壮伟的凄凉感；再用"归""绕"两个动词牵合，则一股生动的气韵流贯其间。而边地的单调苦寒，征人的转战跋涉，尽见于这白雪青冢、黄河黑山的画面中，其中所蕴涵的怨情足以使人回肠荡气。

此诗以它的谨严工整历来被人称道。诗的每句自对，如金河—玉关，马策—刀环，即所谓"当句对"；而一联上、下句又成对，如"三春白雪归青冢"与"万里黄河绕黑山"，即所谓"工对"。如此属对精工的绝句，确实不多见。

【辑评】

［清］乔亿《大历诗略》：工对不板。

［清］王士祯《唐人万首绝句选评》：直写得出，气格亦好。

俞陛云《诗境浅说续编》：四句皆作对语，格调雄厚。前二句言情；后二句写景，嵌"白""青""黄""黑"四字，句法浑成。

203

【今译】

年复一年地跋涉　　　　　　　三月的暮春
玉关，金河　　　　　　　　　白雪飘飞，向塞外
金河，玉关，　　　　　　　　青冢的苦寒，
啊，日复一日　　　　　　　　万里奔涌的黄河
横刀跃马　　　　　　　　　　滔滔，绕过
无休无止地征战。　　　　　　千年沉寂的黑山。

戴叔伦

戴叔伦（732—789），字幼公，润州金坛（今属江苏）人。世称"戴容州"。其祖父戴修誉、父戴容用皆为隐士。少从萧颖士学，博闻强记，聪慧过人，诸子百家经典过目不忘。代宗大历年间，入盐铁转运使幕府，任湖南转运留后。德宗建中元年（780），出任东阳令，民庶政通。后任抚州刺史、容管经略使等职。约贞元五年（789），上表辞官归隐。

时颇著诗名。不乏反映民生疾苦之作，但诗多表现隐逸生活和闲适情调，诗风婉转清丽。主张"诗家之景，如蓝田日暖，良玉生烟，可望而不可置于眉睫之前"（《司空表圣文集》引），对后世神韵派的理论颇有影响。有《戴叔伦集》。

三 闾 庙①

沅湘流不尽②，　屈子怨何深③！
日暮秋风起，　萧萧枫树林④。

【注释】

①三闾庙：奉祀战国楚三闾大夫屈原的庙宇，据《清一统志》记载，庙在长沙府湘阴县北六十里（今湖南汨罗县境内）。屈原曾任楚国三闾大夫（掌管楚国昭、屈、景三姓贵族），故称。②沅湘：湖南境内的两条江流。屈原诗中常咏叹到，如《怀沙》："浩浩沅湘，分流汨兮。"《湘君》："今沅湘兮无波，使江水兮安流。"③屈子：屈原。子，古代对男子的尊称。据西汉·司马迁《史记·屈原列传》：东周战国时期，屈原初极得楚怀王信任，后遭逸言，被放逐。楚国郢都被秦人攻破后，屈原投汨罗江以殉国。④"日暮"二句：战国·屈原《九歌》："袅袅兮秋风，洞庭波兮木叶下。"《招魂》："湛湛江水兮上有枫，目极千里兮伤春心。魂兮归来哀江南！"此处化用而来。

【赏析】

西汉·司马迁《史记》论屈原："信而见疑，忠而被谤，能无怨乎？"这个"怨"，乃是经过千古沉淀的铜塑铁铸般不易之字，此诗正着眼于这一"怨"字感怀屈原。前两句即景起兴，以沅湘之水概尽屈原悠长深广的幽怨。清·李锳《诗法易简录》云："咏古人必能写出古人之神，方不负题。此诗首二句悬空落笔，直将屈子一生忠愤写得至今犹在，发端之妙，已称绝调。"后两句化屈原赋所写之景为眼前所见之景，将屈原之怨和自己的怀古之情，一并融入秋风萧萧的枫林之中，而且融化得浑然无迹，使诗于篇末见出含蕴悠长来。

这首诗寥寥几句，却在一种悠阔的时空背景中，流荡着悲凉苍茫的情调，弥漫了低徊哀婉的氛围。而这背景、情调和氛围，是诗人吊谒三闾庙所感怀到的，更是与屈原这一千古悲剧人物的"怨"相肖相契的。清·施补华《岘佣说诗》称此诗："并不用意，而言外自有一种悲凉感慨之气，五绝中此格最高。"并非过誉。

【辑评】

[清]黄生《唐诗摘钞》：言屈子之怨与沅湘俱深，倒转便有味。更妙缀二景语在后，真觉山鬼欲来。

[清]李锳《诗法易简录》：咏古人必能写出古人之神，方不负题。此诗首二句悬空落笔，直将屈子一生忠愤写得至今犹在，发端之妙，已称绝调。三、四句但写眼前之景，不复加以品评，格力尤高。凡咏古以写景结，须与其人相肖，方有神致，否则流于宽泛矣。

刘永济《唐人绝句精华》：末二句恍惚中如见屈原。暗用《招魂》语，使人不之觉。短短二十字而吊古之意深矣，故佳。

【今译】

沅水流，湘水流	暮色渐已昏沉，
千百年流淌不尽，	只见——
啊，屈子	秋风袅袅
千古不散的幽怨	从湛碧的江波掠起，
这么多，这么深！	如血的枫林
我，久久伫立	在秋风中飘落
三闾庙前	一阵，又一阵。

兰溪棹歌①

凉月如眉挂柳湾②，　越中山色镜中看③。
兰溪三日桃花雨④，　半夜鲤鱼来上滩。

【注释】

①兰溪：也称"兰江"，富春江上游的一支流，在今浙江兰溪县西南。棹（zhào）歌：渔歌，船家摇橹时唱的歌。②凉月如眉：形容雨后带凉意的新月，清秀如弯眉。③越中山色：指兰溪山色，浙江一带古称"越"。④桃花雨：桃花开时的春雨。

【赏析】

这是一首借"棹歌"为名的山水诗，诗人仿拟民歌韵调，用清新灵妙的笔墨写出兰溪夜色之美。首句写月色，新月如弯眉"挂"在柳梢，比喻极清雅；次句写山色，"镜中看"三字将月色融入水中山色，意象极空灵。接下二句写渔汛：桃花雨涨，鲤鱼跃滩。诗的前两句所写是静景，渲染出幽静的气氛，后两句所写是动景，充溢着欢快的生机，末句一笔则将整个画面写活。这一静一动交映，使满纸意趣盎然。它似一首美妙的渔家小夜曲，也似一幅明秀的兰溪山水画。

此诗不见人、不言情，而赏景观鱼之人、月夜恬适之情自在景中，这是古代山水诗常见的融情于景的写法。

【今译】

新月，明秀	越山秀色缥缈，
似一弯眉	低头，溪水镜中寻看。
宁静地卧在柳湾，	桃花缤纷时节

连日春雨淅沥
兰溪涨得满满，
到了夜半

鱼儿，拨鳍摆尾游来
欢快地
蹦上溪头浅滩。

苏 溪 亭①

苏溪亭上草漫漫②，　　谁倚东风十二阑③？
燕子不归春事晚④，　　一汀烟雨杏花寒。

【注释】

①苏溪亭：在今浙江义乌县附近。②草漫漫：芳草萋萋蔓延。③阑：栏杆。④春事：春天的景物。

【赏析】

这首诗借景抒情，写苏溪亭暮春之景，牵出思妇的怨别之情。四句诗全是景语，景语即情语。芳草漫漫，唤起的是不堪别离的回忆；燕子不归，暗喻游子滞留未返；春光将晚，寓含了红颜将老的凄伤。诗中暮春景色的浓郁迷蒙，与倚栏人凝眸沉思的心境相契相融，无形之情因景而见，有形之景又因情而染，即景即情，浑然一片。如此凄迷阑珊的暮春，"谁倚东风十二阑"，诗人随意一问，并不作正面回答，只将那孤零的身影，隐入一汀烟雨寒笼的杏花里，从侧面写出伊人独倚栏杆的无端惆怅和不尽哀愁来。

此诗中的景、情、人三者俱隐约朦胧，所谓"可望而不可置于眉睫之前"（唐·司空图《司空表圣文集》引戴叔伦语），溢出一缕幽渺的余味远韵，极耐人含咏。

【今译】

苏溪亭芳草漫漫
溪边，亭边
一片翠遮绿染，
是谁？春风里
凝眸沉思
孤冷背影斜倚阑干。
啊，燕子

还没有回归旧巢
春光渐晚，
眼前，一汀烟雨
清寒蒙蒙低笼，
枝头的杏花
已褪减了
美丽初绽的红艳。

韦应物

韦应物（737？—791），京兆万年（今陕西西安）人。世称"韦江州""韦苏州"。出身世家望族，玄宗天宝十年（751），十五岁以门资恩荫入宫为三卫郎。颇任侠使气，豪纵不羁，后折节读书，少食寡欲。代宗时，为洛阳丞，自户县令转栎阳令，因疾辞归，居沣水善福寺。德宗朝，先后任滁州、江州、苏州刺史等职，为官清廉正直，卓有政绩。后罢任，寓居苏州永定寺。

其诗多写山水田园，真而不朴，华而不绮，气韵清远澄澈，比之东晋陶渊明，后人每以"王孟韦柳"并称。长于五言，白居易称其"高雅闲淡，自成一家体"（《与元九书》）。有《韦苏州集》。

淮上喜会梁州故人①

江汉曾为客，	相逢每醉还。
浮云一别后，	流水十年间。
欢笑情如旧，	萧疏鬓已斑②。
何因不归去？	淮上对秋山。

【注释】

①淮上：今江苏淮阴一带。梁州：今河南开封县，战国时为魏国都城大梁。②萧疏：形容鬓发稀稀落落。

【赏析】

这首诗写与友人久别重逢，题曰"喜会"，诗中却表现出悲喜交加的情感。诗的结构采用一种回溯的写法。首联叙述往日的乐事：江汉欢聚畅饮，尽醉方归。颔联一跌，抒写阔别的伤感：各自东西飘荡，转眼已十年。颈联又折回，写眼前的欢情相会：老友重逢，笑语依旧，然而世事磨难，鬓发已斑。这一联将故人情谊、人生感叹，一喜一悲交互成文，只言喜不言悲，而悲情溢于言表。末联落到久滞他乡的感叹：多年奔波，迟迟未归，只为淮上秋山。诗人另有《登山》诗云："坐厌淮南守，秋山红树多。"此诗用秋山红叶收束，自是结得回味不尽。

这首诗善于熔裁，别后的人事沧桑、重逢的笑饮叙旧，只用寥寥数语便传达尽，而且结构细密，由昔及今、由喜而悲，笔法跌宕写来。全篇叙事自然生动，达意委婉曲折，没有惊人的语句，却真切感人。

【辑评】

[清]胡本渊《唐诗近体》：情景婉至（"浮云"二句）。

[清]蘅塘退士《唐诗三百首》：一气旋折，八句如一句。

[元]方回选、李庆甲集评《瀛奎律髓汇评》：无名氏（甲）：大抵平淡诗非有深情者不能为，若一直平淡，竟如槁木死灰，曾何足取？此苏州三首，极有深情，所谓"看似寻常最奇崛，成如容易却艰难"也。

【今译】

当年，你与我　　　　　　　今日欢笑如旧
曾经客游在江汉，　　　　　故人情深不减当年，
每次相逢　　　　　　　　　只是彼此
倾杯畅饮，扶醉而还。　　　稀疏两鬓斑斑。
自从分别后　　　　　　　　为什么，还不归去
如浮云各自飘散，　　　　　故里田园？
岁月如水　　　　　　　　　只为这淮上
流逝，匆匆十年。　　　　　枫林如火的秋山。

寄李儋元锡①

去年花里逢君别，　　今日花开又一年②。
世事茫茫难自料，　　春愁黯黯独成眠③。
身多疾病思田里，　　邑有流亡愧俸钱④。
闻道欲来相问讯⑤，　　西楼望月几回圆⑥。

【注释】

①李儋：字元锡，时任殿中侍御史，是韦应物的诗交好友，两人多有酬唱。②又：一作"已"。③黯黯（àn）：低沉黯淡。④邑：郡县，此指诗人任职的滁州。一说，此诗写于苏州刺史任上，"邑"指苏州。俸：俸禄，官吏的薪给。⑤问讯：探望。⑥西楼：泛指西边的楼。一说，指苏州的观凤楼。

【赏析】

本篇当写于韦应物滁州刺史任上，是一首投赠诗。整首诗在一种低缓而深沉的节奏中，对友人诉说衷肠，充满了思念和亟盼友人的深挚情谊，其中也述有世事的悲慨和为官的愧疚，诗的基调是一种深沉的黯然忧伤。

"身多疾病思田里，邑有流亡愧俸钱"一吐心曲：与其昏昏于浊世，不如归隐田园；为官不能兼济百姓，则有愧于俸钱。诗人坦诚地披露出自己欲罢不能、忧民无奈的内心苦闷。此联豁然闪跃，身为封建官吏能自觉地体恤民生疾苦，自省责任，自守清廉，实为难能可贵。这是光照千古的一笔，自宋以来倍受颂扬，范仲淹叹为"仁者之言"，宋·黄彻《碧溪诗话》云："视民如仇者，得无愧此诗乎！"由此可见韦应物为官品格之清正，至今读来，仍不由让人肃然起敬。

【辑评】

[明]胡震亨《唐音癸签》：韦左司"身多疾病思田里，邑有流亡愧俸钱"，仁者之言也。刘辰翁谓其居官自愧，闵闵有恤人之心，正味此两语得之。若高常侍"拜迎官长心欲碎，鞭挞黎庶令人悲"，亦似厌作官者，但语微带傲，未必真有退心如左司之一向淡耳。

[清]张世炜《唐七律隽》：此等诗只家常话、烂熟调耳，然少时读之，白首而不厌者，何也？

【今译】

去年，春暖花开
与你分别在长安，
今年——
春又暖，花又开
整整已一年。
世间的事，纷杂迷茫
一切都难预断，
春光正明媚
我，深深一怀愁绪
独自黯然成眠。
近来，体衰多病

真想辞官归隐
躬耕故乡的田园，
可州邑的百姓
不堪贫苦，流亡他乡
身为一州长官
自愧朝廷的俸钱。
听说你要来
我，登上西楼盼，
那楼头的月
不知多少回了
圆了又缺，缺了又圆。

寄全椒山中道士①

今朝郡斋冷②，　　忽念山中客③。
涧底束荆薪，　　归来煮白石④。
欲持一瓢酒，　　远慰风雨夕。
落叶满空山，　　何处寻行迹？

【注释】

①全椒：县名，在今安徽东部、滁河上游。据宋·王象之《舆地纪胜》："神山在全椒县西三十里，有洞极深，唐韦应物《寄全椒山中道士》诗，此即道士所居也。"此诗中所咏之山，当即全椒神山。②郡斋：滁州刺史官署中公余休憩的斋舍。③山中客：指山中道士。④煮白石：道家修炼要服石英，有"煮五石英法"，即在斋戒后的农历九月九日，将薤白、黑芝麻、白蜜、山泉和白石英熬煮。

【赏析】

诗扣住题中的"寄"，从"念"字生发，描述山中道士束薪煮石的奇异境况，表达思忆之情。但从其深层去体悟，意味却幽妙。风雨之夜，郡斋冷寂，那冷寂的似乎更多的是诗人内心无从消解的孤寞；那山中客"涧底束荆薪，归来煮白石"，全无人间烟火味，只有遗世修炼的仙气，从中流露出的恰是诗人对栖山修身、避俗遁世的企羡；"落叶满空山"写欲持杯酒相招却难寻踪迹，让人感到的是诗人企羡不得的帐惘。诗人实则将个人的幽情孤怀，融入对山中道士的忆念之中。故乍读此诗，似清空一气，吟咏久之，便觉篇中有无限蕴藉。

此诗无甚惊人之句，作者不用力、不着意，其人其情、其境其氛围皆萧疏淡远，"一片神行"（清·高步瀛《唐宋诗举要》）。如此用笔简淡超妙，如落叶空山，清空虚寂，又如古潭秋水，泠然幽深，颇近东晋陶渊明的诗风，向来被誉为韦应物诗中的名篇。

【辑评】

　　[宋]刘辰翁批点《韦孟全集》：妙语佳言，非人意想所及。

　　[明]桂天祥《批点唐诗正声》：全首无一字不佳，语似冲泊，而意兴独至。

　　[清]王闿运《王闿运手批唐诗选》：超妙极矣，不必有深意。然不能数见，以其通首空灵，不可多得也。

【今译】

<table>
<tr><td>今早，郡斋寂冷</td><td>这风雨寒夜</td></tr>
<tr><td>一阵深秋寒气，</td><td>想送去一壶酒</td></tr>
<tr><td>忽地一缕，思念</td><td>给他如酒醇浓的慰藉。</td></tr>
<tr><td>全椒山中修炼的道士。</td><td>可是空寂的山林</td></tr>
<tr><td>他，每日打柴</td><td>落叶纷纷</td></tr>
<tr><td>去深僻的涧底，</td><td>掩没了山路的折曲，</td></tr>
<tr><td>归来，幽寂山洞</td><td>到哪里？寻找</td></tr>
<tr><td>——熬煮白石。</td><td>他云游的踪迹。</td></tr>
</table>

秋夜寄邱员外①

怀君属秋夜②，　散步咏凉天。

山空松子落③，　幽人应未眠④。

【注释】

　　①邱员外：员外，官名。邱丹曾任仓部员外郎（朝廷掌管仓储出纳等政令的官署的官员），韦应物与他屡有往还唱和。时邱丹归隐苏州临平山学道。②属：适值。③松子：隐士住处多松林，其生活清苦，常以松子为食。④幽人：隐居者，此指邱丹。

【赏析】

　　韦应物的五言绝句，一向为诗论家所推崇，清·沈德潜《说诗晬语》云："五言绝句，右丞（王维）之自然，太白之高妙，苏州之古淡，并入化境。"如这首五绝，颇具古雅闲淡的韵调。

　　这是一首脱俗不凡的怀人诗。诗中展示出不同空间里的两个不同场景，前半写自己秋夜凉天，思念友人而徘徊沉吟；后半遥想友人空林松落，也正思念自己而幽夜未眠，诗的前、后写实与虚想结合，眼前景与意中象交叠，怀人之人与所怀之人，心灵契合，千里神交，有如晤对，写出了两地相思的挚情。清·唐汝询《汇编唐诗十集》感叹："以我揣彼，无限情致。"但是诗人并不使气用力，只是从容下笔、淡淡着墨，便溢出一片空灵淡雅的韵致，其清幽淡远不减王维，实为五绝中的珍品。

【辑评】

　　[宋]刘辰翁批点《韦孟全集》：幽情淡景，触处成诗，苏州用意闲妙若此。

[清]宋宗元《网师园唐诗笺》：悠然神往。

[清]施补华《岘佣说诗》：韦公"怀君属秋夜"一首，清幽不改摩诘，皆五绝之正法眼藏也。

【今译】

正值深秋凉夜　　　　　空旷幽寂里

不由将你思念，　　　　林中松子簌簌落残，

踏庭中月色　　　　　　独自隐居的你

我，一阵徘徊　　　　　也该是——

吟咏清爽宜人的凉天。　一缕冥思悠悠

想必今夜山中　　　　　还不曾拥衾入眠。

赋得暮雨送李曹①

楚江微雨里②，　　建业暮钟时③。

漠漠帆来重④，　　冥冥鸟去迟⑤。

海门深不见⑥，　　浦树远含滋⑦。

相送情无限，　　沾襟比散丝⑧。

【注释】

①赋得：唐代，凡属限定的诗题，如文友宴集分题赋诗或应举试帖诗，例在题目上加"赋得"二字。②楚江：长江濡须口以上至三峡，均为古之楚地，故称"楚江"。③建业：三国时吴国孙权迁都秣陵，改称"建业"，即今南京市。④漠漠：形容水汽氤氲。⑤冥冥：高远。⑥海门：长江入海处。⑦滋：此指水气。⑧散丝：细雨的代称。

【赏析】

此诗以暮雨为题送人东游。全篇紧扣题面，将"暮雨"与"送别"两层意思交融写来。古人作诗总以情设景、以情入景，此诗以临江送别之情，着力铺染烟雨微茫里悠悠的暮钟、漠漠的重帆、冥冥的迟鸟、深远的海门和含滋的浦树，凡此迷蒙暗淡的景色，无一不染上浓重的离愁别绪。而随着景物的层层铺写和渲染，诗人的别情也渐渐抒吐出来，这景这情的交融，创造出一种沉重而压抑、空寂而怅惘、眷念而凄戚的送别氛围。这便是"情哀则景哀"（清·吴乔《围炉诗话》），景哀而情哀。

诗的尾联将无可抑止的无限别情迸出："沾襟比散丝"。用一"比"，将洒落的泪水和纷飞的雨丝融汇一体，这一结，情与景达到了妙合无垠，那漫天飞洒而沾湿衣襟的，是雨耶，是泪耶？

【辑评】

[明]谢榛《四溟诗话》：梁简文曰："湿花枝觉重，宿鸟羽飞迟。"韦苏州曰："漠漠帆来重，冥冥鸟去迟。"……虽有所祖，然青愈于蓝矣。

[元]方回选、李庆甲集评《瀛奎律髓汇评》：查慎行：三、四与老杜"湛湛长江去，冥冥细雨来"各尽其妙。

【今译】

楚江，灰茫茫　　　　　　　遥遥地被吞失，

漫笼在烟雨霏霏里，　　　　江岸远树

撞破暗淡暮色　　　　　　　一绕迷蒙的水汽。

城外传来　　　　　　　　　你的行舟已远

古寺晚钟报时。　　　　　　我伫立凝望

江上，船只沉沉驶来　　　　不尽，一怀惆怅凄迷，

风帆湿湿，　　　　　　　　泪水——

飞鸟在徘徊　　　　　　　　沾湿了衣襟

振不起浸冷的羽翅。　　　　恰似这扯着江天

海口深掩在雨雾　　　　　　绵绵无止的雨丝。

长安遇冯著

客从东方来，　　衣上灞陵雨①。

问客何为来，　　采山因买斧②。

冥冥花正开③，　　飏飏燕新乳④。

昨别今已春，　　鬓丝生几缕？

【注释】

①灞陵：即灞上，汉文帝死后葬此，故改名为"灞陵"，在长安东郊。汉代灞陵山是著名的隐逸地，东汉逸士梁鸿曾隐居于此。"衣上灞陵雨"，意谓冯著从灞陵来，有名士兼隐士的风度。②买斧：化用《易经·旅卦》"旅于处，得其资斧，我心不快"句意。意谓旅居于此处，不获平坦之地，还须用斧斫除荆棘，故心中不快。此处为打趣语，暗指冯著入京谋仕却失意不遇。③冥冥：默然无语、静止的样子。④飏飏（yáng）：形容鸟飞的欢快。

【赏析】

韦应物赠冯著的诗今存四首，二人交往深厚。时，冯著是有才有德的名士，先在家乡河间（今河北沧州）隐居，后到长安谋求仕进，颇擅文名，但仕途失意。约大历四年（769），应邀入广州刺史幕府，再返京城长安，与韦应物不期而遇。

此诗采用自由的古体形式，吸收乐府歌行的写法，于自作问答之间渲染气氛。诗人用亲切而略带诙谐的语调，理解和安慰长期沉沦下僚的友人，予以勉励道：如春花乳燕般焕发才华，自有造物主呵护；况且鬓发未白几缕，盛年未逾大有可为。诗于叙事中写景抒情，清新明快而又宛转含蓄，轻松活泼中见情意深挚、体贴入微，读来似一览无余，细嚼又觉意味深长。

【辑评】

［宋］刘辰翁《校点韦苏州集》：不能诗者，亦知是好。

【今译】

你，从东边来　　　　　　　柳间的乳燕

又回长安京城旅居，　　　　轻盈地，飞来绕去。

衣衫上犹沾润　　　　　　　昔时一别

灞陵春雨。　　　　　　　　忽忽，如昨日

此来，为何故？　　　　　　今又春光和煦，

你说入山砍柴　　　　　　　你的两鬓——

来集市欲买斧锯。　　　　　只添了白发几缕！

花，悄悄开放，

滁州西涧①

独怜幽草涧边生②，　　上有黄鹂深树鸣③。
春潮带雨晚来急，　　野渡无人舟自横。

【注释】

①滁州：今安徽滁县。西涧：俗称"上马河"，在滁县城西。欧阳修于宋仁宗庆历年间任滁州知州，其《书韦应物西涧诗后》云："今州城之西，乃是丰山，无所谓西涧者。独城之北有一涧水，极浅，遇夏潦涨溢，但为州人之患，其水亦不胜舟。又江潮不至此。岂诗家务作佳句，而实无此景耶！"可知到北宋时西涧已经淤塞不存。②怜：爱怜。幽草：指幽僻涧边的芳草。③深树：茂密的树木。

【赏析】

这首诗咏滁州城外西涧晚潮雨中的春景，将荒山野渡写得极清幽美妙。尤其是"春潮带雨晚来急，野渡无人舟自横"一联，是脍炙人口的即景好句。一"急"一"横"，在动、静映照中，写出了杳无人迹的荒郊，雨中那幽僻而富于生机的野趣。此二句清丽如画，常被后世用作绘画的题材，其语意也屡为后人仿效，如宋·寇准《春日登楼怀归》"野水无人渡，孤舟尽自横"，即从此联衍化而出。

关于此诗有无寄托，所托何意，历来争论不休。或以为通篇比兴，讥刺君子在下，小人在上；或以为偶赋西涧之景，不必有所寄托。如果说此诗以情绘景，确有言外之音，那则是诗人身处中唐政治渐见弊败之时，有志济世而无为，恰同水急舟横、思欲归隐而不能，故独怜涧边幽草，这恬淡的忧伤与诗境相洽，不妨看作是此诗的兴寄。

明·高棅《唐诗品汇》："欧阳子云：滁州城西乃是丰山，无西涧，独城北有一涧水极浅不胜舟，又江潮不到。岂诗人务在佳句而实无此景耶？"《带经堂诗话》则云："余谓诗人但论兴象，岂必以潮之至与不至为据？真痴人前不得说梦耳！"可见，这首《滁州西涧》自是山水佳作，求之过深、过实，都恐失诗趣。

【辑评】

[明]周珽《唐诗选脉会通评林》：周敬曰：一段天趣，分明写出画意。

［清］赵彦传《唐绝诗钞注略》：《诗人玉屑》以"春潮"二句为入画句法。

［清］黄叔灿《唐诗笺注》：闲淡心胸，方能领略此野趣。所难尤在此种笔墨，分明是一幅画图。

【今译】

偏爱涧边小草
幽寂里，自芳自生，
黄鹂婉转
啼在深树绿荫。
晚来，泛潮的春水
夹带潇潇暮雨

涨得更急，更紧，
这荒郊野外
渡口寂寂无人，
只有——
小船空荡荡
独自，悠闲地漂横。

卢 纶

卢纶（748？—798？），字允言，河中蒲州（今山西永济）人。玄宗天宝末年，曾举进士不第。安史乱起，避难江西鄱阳。代宗大历年间，得王缙举荐，为集贤院学士等职，后出为密县令。德宗建中初任昭应令，曾入河中元帅府，官至检校户部郎中。

素负诗名，为"大历十才子"之一。其诗多为送别酬答、奉陪游宴之类，军旅之作则多慷慨之音。兼擅众体，古体歌行不乏气势，律诗洗练明快。有《卢纶集》。

塞下曲（其二）①

林暗草惊风，　　将军夜引弓②。
平明寻白羽③，　　没在石棱中④。

【注释】

①一题作《和张仆射塞下曲》。②引：开弓。③平明：清早。白羽：古代箭名，箭竿上饰有白色羽毛。④没：陷入。棱（léng）：指石头的棱角。

【赏析】

卢纶的六首《塞下曲》，从不同的角度刻画军中将帅形象，或绣帏下发号施令，或雪夜里轻骑破敌，或凯旋后琼筵庆功，无不写得真切传神。这是第二首。构思颇奇巧，诗中将夜间"引弓"和清晨"寻羽"两个场景作精心安排，设置悬念，最后恍然大悟，通过对箭"没"石棱的渲染，赞颂了将军的英武善射。短小四句诗，前有伏笔，后有交代，头尾照应，丝丝入扣，而又情节曲折，引人入胜，有古典小说叙述技巧之妙。

此诗取材于西汉·司马迁《史记·李将军列传》："广出猎，见草中石，以为虎而射之。中石没镞（箭头），视之石也。"一经诗人创造，便凝练升华了，将军的勇猛善射，被涂上了一层神奇的浪漫色彩，读来只觉其妙，不以为非。

【辑评】

［清］贺裳《载酒园诗话又编》：《塞下曲》六首俱有盛唐之音，"平明寻白羽，没在石棱中"一章尤佳。

［清］李锳《诗法易简录》：暗用李广事，言外有边防严肃、军威远振之意。

［清］潘德舆《养一斋诗话》：诗之妙全以先天神运，不在后天迹象。

【今译】

苍黑的夜色，将　　　　　　　草木在摇动，
深茂树丛低笼　　　　　　　是伺伏的虎？
忽地，一阵疾风掠过　　　　夜猎的将军镇定

猛然搭箭开弓。 噢，那支白羽箭
天色刚晓 深深地——
急忙去搜寻昨夜草丛, 陷入一墩石棱中。

塞下曲（其三）

月黑雁飞高， 单于夜遁逃①。
欲将轻骑逐②， 大雪满弓刀。

【注释】

①单（chán）于：匈奴君主的称号。遁：逃。②轻骑：轻装快速的骑兵。

【赏析】

卢纶虽为中唐诗人，其边塞诗依然承接盛唐气象，多雄壮之气概。这是《塞下曲》组诗的第三首，明·李攀龙《唐诗训解》云："中唐音律柔弱，此独高健，得意之作。"

此诗描写一次雪夜追击的场面。诗人只捕捉"欲将轻骑逐，大雪满弓刀"这一迫近战斗高潮的时刻来写，犹如箭在弦上，将发末发。诗中虽不曾交代战斗结果，但将帅的指挥若定、士卒的勇武、出击的凯旋，早已从大雪与弓刀寒光交映的那一片威严、肃杀的气氛中烘托出来。可谓神龙见首不见尾，不是无尾，其尾摇曳在云中若隐若现，引人想象。

【辑评】

[明]李攀龙《唐诗训解》：此见边威之壮，守备之整，而惜士卒寒苦也。

[明]许学夷《诗源辩体》：纶五言绝"月黑雁飞高"一首，气魄音调，中唐所无。

俞陛云《诗境浅说续编》：言兵威所震，强虏远逃，月黑雁飞，写足昏夜潜遁之状。

【今译】

月光，沉沉灰黑 立刻跟踪追击
大雁惊起 一支轻骑列队而出，
——飞得高高， 刹那间——
趁着死寂夜色 纷纷大雪落满
单于残兵仓皇溃逃。 寒光灼灼的弓刀。

晚次鄂州①

云开远见汉阳城②， 犹是孤帆一日程。
估客昼眠知浪静③， 舟人夜语觉潮生④。

三湘衰鬓逢秋色⑤，　万里归心对月明。

旧业已随征战尽，　更堪江上鼓鼙声⑥。

【注释】

①鄂州：今湖北武昌。②汉阳城：故址在今湖北汉阳。③估客：商人。④舟人：船家。⑤三湘：见王维《汉江临泛》注。⑥更堪：犹言再哪堪。鼙（pí）：军中战鼓。

【赏析】

诗人因避安史之乱流徙他乡，此诗写于南行途中，"归心"二字是一篇之眼。诗截取漂泊流离中晚泊鄂州的一个片断来写，将夜潮舟行的纷乱不安、衰鬓悲秋的万端哀愁和独对明月的万里归心，都汇落到征战的鼓鼙声里。个人遭际与国家命运联系一起，扩大了这首诗的意境，那国乱家散的忧心愁思，在一咏三叹中力透纸背。

颔联"估客昼眠知浪静，舟人夜语觉潮生"，写舟行的情景，体察入微，历来被人称赏。如俞陛云《诗境浅说》所析："三句言浪平舟稳，估客高眠。凡在湍急处行舟，篙橹声终日不绝。惟江上扬帆，但闻船唇啮浪，吞吐作声，四无人语，水窗倚枕，不觉寐之酣也。四句言野岸维舟。夜静闻舟人相唤，加缆扣舷，众声杂作，不问而知为夜潮来矣。诵此二句，宛若身在江船容与（迟缓）之中。"

【辑评】

[宋]曾季貍《艇斋诗话》："估客"一联，曲尽江行之景，真善写物也。予每诵之。

[明]周珽《唐诗选脉会通评林》：陈继儒曰：旅思动人。伤感却不作异调，故佳。

[清]乔亿《大历诗略》：有情景，有声调，气势亦足，大历名篇。

【今译】

江上，云雾散去　　　　　　愁白了衰颓的鬓发

依稀望见汉阳城，　　　　　又逢秋色凄冷，

孤舟溯江而上　　　　　　　故乡，万里遥隔

还有一天水程。　　　　　　心魂牵绕时

白昼，商人酣然入睡　　　　独对一轮月明。

知是船帆高扬　　　　　　　昔日的田园家计

风平浪静，　　　　　　　　仕宦功业，随

入夜，听船夫相唤　　　　　战乱毁失殆尽，

加缆扣舷的嘈杂　　　　　　哪再忍听江上

便觉江潮涨生。　　　　　　隐隐传来

三湘漂泊　　　　　　　　　远处征战的鼓鼙声！

李 益

李益（748—829?），字君虞，凉州姑臧（今甘肃武威）人。代宗大历四年（769）进士，授华州郑县尉。仕途不得志，弃官浪迹燕、赵间。曾历西北边地，入凤翔节度使李抱玉、朔方节度使崔宁、幽州节度使刘济幕府，参佐戎幕达二十余年。宪宗元和年间入朝，历秘书少监、集贤殿学士、左散骑常侍等职。文宗大和元年（827），以礼部尚书致仕。

诗名早著，以边塞诗著称。尤工七绝，每成诗篇，教坊乐工谱入管弦歌唱，其音律和美，凝练含蓄，韵味深长，深得后人推崇。明·胡应麟《诗薮》认为"七言绝，开元之下，便当以李益为第一"。他体亦颇多佳作。有《李君虞诗集》。

喜见外弟又言别①

十年离乱后②， 长大一相逢。
问姓惊初见， 称名忆旧容。
别来沧海事③， 语罢暮天钟。
明日巴陵道④， 秋山又几重。

【注释】

①外弟：表弟。②乱：指安史之乱和西北边区吐蕃族的大肆侵扰。③沧海：东晋·葛洪《神仙传》："已见东海三为桑田。"此用沧海变桑田典故，比喻世事的变迁不定。④巴陵：今湖南岳阳县。

【赏析】

这首辞浅意深的诗，描叙异乡与表弟久别重逢又匆匆话别的情景，形象地再现了社会动乱中人生聚散的一幕，在同类题材的唐诗中堪称佳作。

诗的前六句写久别、重逢、叙旧，末两句转入惜别，由喜而悲一气旋折。篇尾待天明巴陵古道、秋山几重，字面不言别而别意已在其中，结得余味不尽。这首诗的额联颇得后人称赏。十年战乱，音讯杳无，各自从少年长大成人，异地偶然相逢，自是出人意料之外。诗人抓住初见的瞬间，用白描手法和朴素语言，作生动的细节描写和典型的场景叙述，从"问"到"称"，从"惊"到"忆"，层次清晰地写出了由不识到相认的神情变化，一个"惊"字可谓传神，"情尤深，语尤怆，读之者几于泪不能收"（清·贺裳《载酒园诗话》）。此诗将至亲重逢的深挚情谊、社会动乱的深切感受，从场面和情景的描叙中自然流露，字字从肺腑中来，叙事抒情至此，乃为铭心入骨。

【辑评】

[宋]范晞文《对床夜语》："马上相逢久，人中欲认难"，"问姓惊初见，称名忆旧容"，"乍见翻疑梦，相悲各问年"，皆诗人会故人诗也。久别候逢之意，宛然在目，想而味之，情融神会，殆如直述。前辈谓唐人行旅聚散之作，最能感动人意，信非虚语。

[清]沈德潜《唐诗别裁》：一气旋折，中唐诗中仅见者。

【今译】

十年离乱之后
音信不通，
各自长大成人
不料他乡偶尔相逢。
乍一相见
问姓，暗自惊讶，
彼此说出名字
忆起年少时面容。
十年阔别，沧海桑田

世事变幻种种，
今天，薄酒一杯
叙旧长谈里
远处，寺院日暮鸣钟。
待到天明，我
巴陵古道西风，
这一去
绵延相隔的寒山
不知又有几重?!

过五原胡儿饮马泉①

绿杨著水草如烟②，　旧是胡儿饮马泉。
几处吹笳明月夜，　何人倚剑白云天③。
从来冻合关山路，　今日分流汉使前④。
莫遣行人照容鬓，　恐惊憔悴入新年。

【注释】

①五原：丰州的古称，今内蒙古临河东。饮马泉：即鹈鹕泉。作者自注："鹈鹕泉在丰州城北，胡人饮马于此。"一题作《盐州过胡儿饮马泉》。②著水：拂水。如烟：形容水草茂盛。③"几处"二句：慨叹边防未固，形势仍然紧张。据唐·房玄龄等《晋书·刘琨传》：刘琨在晋阳曾为胡骑所困，窘迫无计。中夜奏胡笳，胡骑流涕欷歔，怀乡情切；天晓复吹之，胡骑皆弃围而去。"吹笳明月夜"暗用此典故。"倚剑白云天"，化用战国·宋玉《大言赋》"方地为车，圆天为盖，长剑耿耿倚天外"语。④汉使：作者自指。一说，当指李益的幕主。

【赏析】

李益曾入幽州节度使刘济幕府，居边塞十余年。时，五原是唐朝和吐蕃反复争夺之地，此诗写路经收复后的五原时，一种欣慰与感伤、希望与忧患交加的复杂矛盾的情感。绿杨青草的绮丽、月夜笳声的悲凉、倚剑将士的英武、春水解冻的生机，以及行人照水的憔悴，一并熔铸了这首诗明快而哀婉、悠扬而低徊的格调。

李益的边塞诗多有传诵佳作，其感情基调"悲壮婉转"，"令人凄断"（明·胡震亨《唐音癸签》），此诗可为代表作。这首诗与盛唐边塞诗比较，少却了激昂高扬，多了些忧患伤感，中、盛唐边塞诗两相径庭，是不同时代使然。

【今译】

绿杨，拂在水面
丰沃的水草含烟，

胡人黄昏饮马
曾经，在这洼地清泉。

听，隐隐几处　　　　　　　今天春暖了，解冻了
哀婉的胡笳声　　　　　　　饮马泉缓缓
传响在月夜朗天，　　　　　流淌在我的面前。
不知哪个英武壮士　　　　　这，清流如镜
今夜戍守　　　　　　　　　行人莫要照看容颜，
倚着刺天长剑。　　　　　　低头一照
五原，从来冰天雪地　　　　只怕会让人惊痛：
凝冻了古道　　　　　　　　满面风尘憔悴
封覆了天山，　　　　　　　——又入新年。

听 晓 角①

　　边霜昨夜堕关榆，　　吹角当城汉月孤。
　　无限塞鸿飞不度，　　秋风卷入小单于②。

【注释】

　　①角：画角，古代军中乐器。②小单于：唐《大角曲》中有《小单于》曲调，军中号角常奏此曲。

【赏析】

　　李益善从乐声着笔，通过特定的音响环境和效果，展示人物内心情感，如写旅思的《春夜闻笛》："寒山吹笛唤春归，迁客相看泪满衣。"写边情的《从军北征》："天山雪后海风寒，横笛遍吹行路难。"这首《听晓角》亦然，构思上却另具特色。

　　明·李攀龙《唐诗训解》云："借鸿以形人悲，诗多用此。"而此诗尤见匠心。浓霜满地、榆叶凋零、残月当天，这凄清的夜晚画角声随风散去，塞北南飞的鸿雁却因这一曲《小单于》久久低徊盘旋。诗人从画角声下笔，以边鸿衬画角，又以边鸿托征人，雁犹如此，人何以堪，戍边士卒被角声引发的孤苦哀怨自可想见。其匠心正在这并不直接写人写情，而是从角声、鸿雁折射出征人边情。末了，这悲亢凄怨的角声，在孤月秋夜里，从城堡军营中唤起一种悲凉的情绪，随风飘散、弥漫，一直渗入征人的心底，深深地浸沉。

【辑评】

　　［明］陆时雍《唐诗镜》：落意高远。

　　［清］沈德潜《唐诗别裁》：塞鸿闻角声尚不能飞度，况《小单于》吹入征人耳乎？与《受降城》一首相印。

　　［清］黄叔灿《唐诗笺注》：一片悲凉，却纯用白描法写照，画意无痕，几不着纸。

【今译】

昨夜，浓霜降下　　　　　　苍老的古榆，
凋零了边关　　　　　　　　孤零残月高高悬着

边城沉寂里　　　　　　　　　盘旋不忍离去，
楼头画角，吹起　　　　　　　是飘散的秋风
哀怨的胡曲。　　　　　　　　卷进那一曲
天末，几行南飞鸿雁　　　　　悲亢凄怨的《小单于》。

夜上受降城闻笛①

回乐烽前沙似雪②，　　　受降城外月如霜。
不知何处吹芦管③，　　　一夜征人尽望乡。

【注释】

①受降城：应指灵州回乐城（今宁夏灵武）。唐太宗曾亲临灵州接受突厥一部的投降，故把灵州称作"受降城"。或认为唐代筑有东、西、中三座受降城（均在今内蒙古境内黄河北面），此指位于五原西北的中受降城。②回乐烽：回乐城附近的烽火台。③芦管：一种横吹笛子，以芦为管。管，一作"笛"。

【赏析】

这首边塞诗当时即被谱入管弦，天下传唱，也极得后世推重。此诗以笛声抒写征人思乡，着意摄取闻笛而"望"这一最包含情感的举动来写，见出其绝妙处。

孤城烽台、雪沙霜月，远远近近，笼罩在一片惨淡的苍茫中；在这大漠冷月的清寒夜，随风忽然"闻笛"；那笛声幽幽怨怨，如泣如诉，引得"一夜征人尽望乡"。这一"望"，融诗情、画意与音乐为一体，将士们由笛声唤起的久戍思归的无限乡情，含蕴不尽地流泻出来。这望乡的画面之外，让人感到的是绵绵不绝的乡愁随笛声飘荡，飘出城堡营帐，充塞月下大漠的无限空间。这末句融情于景，以景结情，是李益诗于结尾处常作的回旋，句绝意不绝，戛然而止处又荡漾开一圈涟漪，给人以空灵悠长的余味。

【辑评】

［清］朱子荆《增订唐诗摘钞》：沙飞月皎，举目凄其，于此而闻笛声，安有不思乡念切者。

［清］黄叔灿《唐诗笺注》：李君虞绝句，专以此擅场，所谓率真语，天然画也。

［清］范大士《历代诗发》：如空谷流泉，调高响逸。

【今译】

回乐烽台前　　　　　　　　　如泣，如诉
沙漠，平旷无垠　　　　　　　随风飘荡出
如一层积雪泛着寒光，　　　　芦笛声的幽怨哀伤，
孤耸的受降城外　　　　　　　引得营帐征人
月光苍白流泻　　　　　　　　一夜不眠
似弥漫的秋霜。　　　　　　　久久，遥望故乡。
不知何处——

江 南 曲①

嫁得瞿塘贾②，　　朝朝误妾期。
早知潮有信③，　　嫁与弄潮儿④。

【注释】

①江南曲：属乐府相和歌辞，内容多写江南一带的生活。②瞿塘：即瞿塘峡，长江三峡之一，在今四川奉节县东。贾：商人。③信：信用。潮水涨落有定时，故有"潮信"之说。④弄潮儿：识水性的青年。

【赏析】

唐代商业城镇发达，丈夫长年经商在外，妻子独守空闺，于是抒写商妇怨情的诗大量出现。《江南曲》本乐府旧题，是《江南弄》七曲之一。诗人有意仿民歌风调来写商妇的幽怨。

商人好利，久旅不归，此托商人怨妇的口吻写来。前半"嫁得瞿塘贾，朝朝误妾期"，平实而不作任何渲染，只叙说一件可悲的事实。后半翻平为奇，少妇苦怨夫婿屡失归期，不由忽作非非之想："早知潮有信，嫁与弄潮儿。"这两句和宋·张先《一丛花令》的"沉恨细思，不如桃杏，犹解嫁东风"同是无理而妙。妙处就在于其落想看似荒唐无理，实则是情真情痴的至情之语，曲折传出了少妇由盼生怨、由怨生悔的微妙心理状态，如明·钟惺《唐诗归》所云："荒唐之想，写怨情却真切。"

【辑评】

[清]贺裳《载酒园诗话》：诗又有无理而妙者，如李益"早知潮有信，嫁与弄潮儿"，此可以理求乎？然自是妙语。

[清]黄叔灿《唐诗笺注》：不知如何落想，得此急切情至语，乃知《郑风》"子不我思，岂无他人"是怨怅之极词也。

俞陛云《诗境浅说续编》：潮来有信而郎去不归，喻巧而怨深。古乐府之借物见意者甚多，皆喻曲而有致，此诗其嗣响也。

【今译】

悔不该，当初　　　　　　　　早知潮涨潮落
嫁得瞿塘峡　　　　　　　　——有信，有时，
长年外出经商的夫婿，　　　　不如就嫁给
独坐江楼，盼　　　　　　　　江潮涨时
可天天误过　　　　　　　　　如期前来弄潮的。
出门约定的归期。

孟 郊

孟郊（751—814），字东野，湖州武康（今浙江德清）人。早年隐居嵩山。为人耿介孤直，不苟流俗。德宗贞元十二年，四十六岁始登进士第。曾任溧阳尉，抑郁不得志，遂辞官归乡。宪宗元和九年，赴兴元府任参军，途中暴病而卒。终生窘困潦倒，以致死后无钱下葬。

其诗极受韩愈推崇，与之齐名称"韩孟"，为中唐险怪诗派代表诗人，于当时别开蹊径。作诗惨淡经营，用字造句力避平庸浅率，追求奇僻瘦硬，且多嗟叹穷愁孤苦之作，有"诗囚"之称，与贾岛近似，人称"郊寒岛瘦"。有《孟东野诗集》。

游 子 吟

慈母手中线，　　游子身上衣。
临行密密缝，　　意恐迟迟归。
谁言寸草心①，　　报得三春晖②。

【注释】

①寸草：小草，此比喻子女。心：草木的茎干也叫"心"。此处"心"字双关，既是草木之心，又是儿女之心。
②三春晖：春季的三个月分为初春、仲春、暮春。"三春晖"即整个春季的阳光，此比喻无私博大的母爱。

【赏析】

本篇诗题下作者自注"迎母溧上作"，是孟郊五十岁于溧阳县尉任上，接母住溧阳时所写。诗人常年失意颠沛，饱尝世态炎凉，最珍贵的莫过于母子亲情。这首诗以深挚地吟咏永恒的母爱而传诵千古。

前面四句叙述，没有言语的倾诉，没有临行的泪泣，而慈母恋儿的一片笃爱纯情，从最真实、最细微的"临行密密缝"的生活场景中充溢出来。结尾两句"谁言寸草心，报得三春晖"，翻出进一层的深意。用形象的比兴，寓寄了赤子报母的淳厚炽烈的情意，同时又以"寸草心"与"三春晖"的悬绝对比，突出母爱难以报答的深厚博大，语出肺腑而颤动人心。这首《游子吟》自然清新，对善写寒瘦诗的孟郊来说是少有之作。清·岳端辑《寒瘦集》云："此诗从苦吟中得来，故辞不烦而意尽，务外者观之，翻似不经意。"

【辑评】

[明]邢昉《唐风定》：仁孝蔼蔼，万古如新。

[明]谭元春《唐诗选评》：写母子之情，极真、极隐、极痛、极尽，一字一呜咽。

[清]宋长白《柳亭诗话》：孟东野"慈母手中线"一首，言有尽而意无穷，足与李公垂"锄禾日当午"并传。

【今译】

慈母手中
一针一线地牵出，
是游子身上
一件件薄衫厚衣。
临行前的缝织
一行一行细细密密，
只为担忧——

远走他乡的儿子
风霜炎寒，归来迟迟。
啊，谁说赤子
小草一寸的绿意，
能报答尽母亲
春天阳光般
深厚博大的恩慈。

登科后①

昔日龌龊不足夸②，　　今朝放荡思无涯③。
春风得意马蹄疾，　　一日看尽长安花。

【注释】

①登科：古代科举制，应试人被录取后称"登科""及第"。②龌龊（wòchuò）：此指处境的困顿和心襟的局促。③放荡：一作"旷荡"，意谓自由自在，无所约束。无涯：无边，不尽。

【赏析】

孟郊早年贫困，屡试不中，四十六岁才进士及第。自以为从此可另开新生，平日的郁闷窝囊都随之烟消云散，按捺不住满怀欣喜，写了这首别有情趣的小诗。

唐制，科举考试秋季举行，次年春季发榜，新进士在长安城南曲江、古园一带宴集同年（同届考中的人），怡赏春光。诗中所写春风驼荡、走马看花，是当时实际情形的写照。"春风得意马蹄疾，一日看尽长安花"，在一片轻快中抒写登科后的得意，活现出诗人神采飞扬、潇洒放达的情态。诗由金榜题名后的真情实感一气呵成，故明朗畅达，无拘无束，给人一种淋漓尽致的痛快感。

此诗造语有新巧处，春风，是自然界煦暖的和风，更是人心旷神怡的面色，也常作皇恩浩荡的象征。"春风得意"四字极为传神，成为后人熟知而习用的成语。

【辑评】

[宋]葛立方《韵语阳秋》：议者以此诗验郊非远器。余谓郊偶不遂志，至于屡泣，非能委顺者。年五十始得一第，而放荡天涯，哦诗夸咏，非能自持者，其不至远大，宜哉。

[明]瞿佑《归田诗话》：东野诗如"食荠肠亦苦，强歌声无欢。出门即有碍，谁谓天地宽？"……气象如此，宜其一生局蹐也。惟《登第》云："春风得意马蹄疾，一日看尽长安花。"颇放绳墨。

【今译】

以往的潦倒困窘　　　　　　　　消散了，不值一提，

今日金榜题名
痛快啊，只须
放纵酣畅不尽的心绪。
春风骀荡里
如愿得意的我

马蹄拂拂，格外轻疾，
城东城南
一日，看尽了
——京都长安
烂漫无数的花枝。

武元衡

武元衡（758—815），字伯苍，缑氏（今河南偃师缑氏镇）人。武则天曾侄孙。少时天资聪颖，博览群书，才华横溢。德宗建中四年（783）进士，累迁右司郎中、御史中丞。顺宗立，罢为右庶子。宪宗元和二年（807），官至宰相，不久出为剑南西川节度使，为政廉明，卓有政绩。元和八年（813），征还秉政，因力主削藩，遭平卢节度使李师道忌恨，遇刺而死。谥忠愍。

神貌俊朗，风神淡雅，为人"雅性庄重，然淡于接物"（《新唐书》本传）。时颇有诗名，所作诗篇多被人们传抄，配乐传唱。其诗善五言律体，藻思绮丽，琢句精妍，而又意境清远。与白居易、刘禹锡等多有唱和。《全唐诗》存其诗二卷。

春 兴

杨柳阴阴细雨晴①， 残花落尽见流莺②。
春风一夜吹乡梦， 又逐春风到洛城③。

【注释】

①阴阴：指暮春时节柳色深暗。②流莺：枝头啼鸣流转的黄莺。③洛城：洛阳。此处指故乡，诗人的家乡就在洛阳附近的缑氏县。

【赏析】

春兴，即因春景而触发的情思。一个细雨初晴的春日，暗柳、残花、流莺，一片春色阑珊，不由触动起诗人羁泊异乡的情怀，于是，这绵绵情思化作了悠悠归梦。

诗的末两句尤妙，那善解人意的春风不只引发了一怀乡思，酿成了一夜的归梦，而一夜的乡思归梦，也一如春风清柔醉人。在诗人回环往复的笔下，春风吹梦，梦逐春风。这梦是无迹可寻的，却成了可吹送的缕缕丝絮；春风是有形无知的，却殷勤多情吹送离魂还乡。无形的、无知的皆如此生动形象化，从而使春风、乡思、归梦融合成了一个轻灵美妙的意境。其想象多么新奇，渗透了温馨明丽的色彩。正是这美妙的想象，使诗人将平常生活中的一个梦，编织成了这首美妙的小诗。

【辑评】

［清］黄叔灿《唐诗笺注》：旅情黯黯，春梦栩栩，笔致入妙。

俞陛云《诗境浅说续编》：诗言春尽花飞，风吹乡梦，虽寻常意境，情韵自佳。三、四句"乡梦""东风"，循环互用，句法颇新。

【今译】

淅沥小雨，止了　　　　　　　　　杨柳，褪去嫩绿
天色清润微晴　　　　　　　　　　垂着深暗浓荫，

枝头残花尽落
露出啼啼流转的黄莺。
夜晚春风吹起
—夜乡思

拂入悠悠梦境，
一缕梦魂追逐春风
飘飘荡荡
回到了洛阳城。

畅 当

畅当（生卒年不详），河东（今山西永济）人。出身官宦世家，儒士。代宗大历七年（772）进士。曾应募从军，入山南节度使幕府。德宗贞元年间，出任果州刺史。为人自视清高，志不苟俗。

时有诗名，与韦应物、李端、卢纶等相唱酬，宋·计有功《唐诗纪事》称其诗"平淡多佳句"。《全唐诗》存其诗一卷。

登鹳雀楼①

迥临飞鸟上②，　　高出世尘间。
天势围平野③，　　河流入断山④。

【注释】

①此诗一说为畅诸（畅当之弟）作，唐·李翰《〈河中鹳鹊楼集〉序》云："前辈畅诸，题诗上层，名播前后。"鹳雀楼：见王之涣《登鹳雀楼》注。②迥：高远。③天势：天然的地势、形势。④断山：指被黄河从中断开的山脉。

【赏析】

此诗前两句以迥临飞鸟、高出尘世的登楼感受，写鹳雀楼之高峻；后两句"天势围平野，河流入断山"，揽景远阔，气势流走。这一近景一远景，状鹳雀楼如在目前，绘景之俊逸雄阔，亦见出诗人志高气逸的胸臆。

宋·沈括《梦溪笔谈》指出：唐人鹳雀楼的赋诗中，"惟李益、王之涣、畅当三篇能状其景"。确然，此诗与王之涣《登鹳雀楼》诗皆"能状其景"，且瞩目高远，抒怀励志，一并为登鹳雀楼的佳作。但若作比较，此诗又颇具独特的意趣和时代风貌。畅当擢第后仕途淹滞，有志不骋，也曾隐居漫游，诗中隐然有一种不甘困顿而冲决羁绊的情绪，但更显然的则是抒写了一种清高出世的意趣。此外，王之涣属盛唐，而畅当处安史之乱后的中唐，故此诗不及王之涣的雄浑和昂扬，更多地带有中唐衰微的苍凉气和苍茫感。而这种飘逸的苍凉，是那个时代和诗人个人遭际使然。

【辑评】

［清］黄叔灿《唐诗笺注》：工力悉敌。然王诗妙在虚，此妙在实。

［清］吴瑞荣《唐诗笺要》：与王之涣诗词同妙，"河流入断山"更饶奇致。

［清］潘德舆《养一斋诗话》：兴之深远，不逮之涣作，而体亦峻拔，可以相亚。

【今译】

鹳雀楼，远天
几点飞鸟
仿佛在楼下低旋，
高耸的俊逸
超拔出尘俗间。
天然地势，恰是

原野四周
一围连绵的翠峦，
黄河，冲撞着
浩浩荡荡
涌入——
苍苍莽莽的断山。

崔 护

崔护（？—831），字殷功，蓝田（今属陕西）人。德宗贞元十二年（796）进士。文宗大和年间，为京兆尹、御史大夫、岭南节度使。少时有诗名，诗风婉丽，语句清新。《全唐诗》存其诗六首（三首存疑）。

题都城南庄①

去年今日此门中，　　人面桃花相映红。
人面不知何处去②，　　桃花依旧笑春风③。

【注释】

①都城：长安京都。②不知：一作"只今"。宋·沈括《梦溪笔谈》："所谓'句锻月炼'者，信非虚言。小说崔护《题城南》诗，其始曰：'去年今日此门中，人面桃花相映红。人面不知何处去，桃花依旧笑春风。'后以其意未全，语末工，改第三句曰'人面只今何处在'。……虽有两'今'字，不恤也，取语意为主耳。"③笑春风：即在春风里笑。意为桃花开得繁盛，似带着笑靥沉醉在春风里。

【赏析】

唐·孟棨《本事诗》载：崔护姿质甚美，而孤洁寡合。举进士不第。清明日独游都城南郊，见一人家，花木丛萃，寂若无人。扣门久之，有女子自门隙窥之，问曰："谁耶？"曰："寻春独行，酒渴求饮。"女子以杯水至，开门请坐，独倚小桃斜柯伫立，而意属殊厚，妖姿媚态，绰有余妍。崔以言挑之，不对，目注者久之。崔辞去，送至门，如不胜情而入。崔亦眷盼而归，后不复至。及来岁清明日，忽思之，情不可抑，径往寻之。门墙如故，而已锁扃之，于是题此诗于左扉。

是否真有此事，不必拘泥。这首小诗经久不衰的魅力，就在于诗人一注真情，叙说了经历的一件具体情事，并通过艺术表现将它提升为一种普遍性的人生体验，即在偶然不经意时，遇到一件美好的事物，而当有意再去寻求时，却不可复得。

去年城郊踏青，偶见"人面桃花相映红"，心津迷乱之间，人面乎，桃面乎？两相艳丽不曾分辨；今年故地重寻，"桃花依旧笑春风"，而艳如桃花笑靥的少女杳然不知何处。此诗以今昔对衬的结构方式，抒写了美好的东西得而复失的怅惘，这种人生永恒的憾恨，千百年来颤动人心。此诗的三、四句为传神妙句，传诵人口。

【辑评】

［清］吴乔《围炉诗话》：唐人作诗，意细法密，如崔护"人面不知何处去"，后改为"人面只今何处在"，以有"今"字，则前后交付明白，重字不惜也。

【今译】

去年今天，恰是　　　　　　　　　　　这花木篱墙

寂若无人的院门中，
她，斜倚小桃树
脉脉不语
与初绽桃花两相嫣红。
今年今天，寻来

如桃花笑靥的佳人
杳然不见影踪，
依旧的，只有
——一树桃花
凝情，含笑春风。

常　建

常建（生卒年不详），长安（今陕西西安）人。玄宗开元十五年（727）进士。天宝年间，任盱眙尉。仕途不得志，遂放浪琴酒，游览名水胜地以自娱。后寓居鄂渚西山，召王昌龄、张偾同隐。一生沉沦失意，耿介自守。

时有诗名，其诗以写山林寺观为多，笔触凝练，意境清幽，旨趣深远，流露出淡泊的襟怀，诗风近王、孟一派。所作边塞诗，亦有不能忘情现实的一面。有《常建集》。

题破山寺后禅院①

清晨入古寺，　　初日照高林。
竹径通幽处，　　禅房花木深②。
山光悦鸟性，　　潭影空人心③。
万籁此都寂④，　　但余钟磬音⑤。

【注释】

①破山寺：即兴福寺，在今江苏常熟县虞山北麓。此诗题于破山寺后面的禅院。②禅房：僧侣们的住所，也称"寮房"。③潭影：山光天色在水中的倒影。④万籁（lài）：一切声响。籁，本指孔穴中发出的声音，又泛指自然界的声响。⑤钟磬（qìng）：寺院中召集众僧诵经、斋供时敲击的鸣器，起动用"钟"，止歇用"磬"。

【赏析】

这首诗借题咏佛寺禅院，抒写寄情山林的隐逸情怀。常建诗以善写静境载誉于当时，如此诗的二、三联以禅悦的态度静观景物，写出了妙察物趣所摄取到的深微气象。宋·欧阳修《题青州山斋》最赏"竹径"两句，说："欲效其语作一联，久不可得，乃知造意为难工也。"道出了此颔联之妙不在精微的描摹，而在于造意。即作者以其独到的领悟，将境与意契合融浑，创造出一种幽寂静穆的意境，让人从修竹夹蔽的幽径和花木深掩的禅房中，领略到清远的意趣，唤起如临佛禅空门的玄寂肃穆感，并油然而生一种忘情尘俗的禅意。

诗人不求形似，而唯以意胜。此诗意旨之幽微、韵致之悠长，尽于言外令人含咀。故唐·殷璠《河岳英灵集》评常建诗："其旨远，其兴僻，佳句辄来，唯论意表（外）。"可知其诗旨远兴僻，非笔墨畦径间寻常所见。

【辑评】

［明］胡应麟《诗薮》：孟诗淡而不幽；常建"清晨入古寺""松际露微月"，幽矣。

［明］程元初《唐诗绪笺》："影"字下得妙，形容心体妙明，无如此语。

［清］沈德潜《唐诗别裁》：鸟性之悦，悦以山光；人心之空，空因潭水，此倒装句法。通体幽绝。

232

【今译】

漫步，登入破山古寺

在早晨的清新，

初升旭日

洒照静穆的山林。

小路修竹夹蔽

曲折，通向后院的幽清，

几处禅房，掩在

花丛深暗的绿荫。

背依的山峦

泛着苍青的晴光

鸟雀自在地，啼鸣，

低头，一方深潭

倒映天光山色

顿然，心灵如洗

一切俗念涤尽。

此时，万籁寂灭

天地悄然沉静，

只剩——

古寺佛殿传来

渐悠渐渺的午时钟声。

张　籍

张籍（766？—830？），字文昌，祖籍苏州（今属江苏），后移居和州（今安徽和县）。世称"张水部""张司业"。德宗贞元十五年（799）进士。曾任太常寺太祝十年，因患目疾，几乎失明，人称"穷瞎张太祝"。穆宗长庆元年（821），受韩愈举荐为国子监博士，迁水部员外郎。文宗大和二年（828），任国子监司业。

从学于韩愈，世称韩门弟子，时朝野名士王建、孟郊、贾岛等，皆与之交游赠答。其诗反映社会现实，同情民生疾苦，尤工乐府，与王建并称"张王乐府"。作诗不事雕饰，多用口语，精警凝练而又平易自然。与白居易相友善，文学主张和诗风亦与之相近。有《张司业集》。

野　老　歌①

老农家贫在山住，　　耕种山田三四亩。
苗疏税多不得食，　　输入官仓化为土②。
岁暮锄犁傍空室，　　呼儿登山收橡实③。
西江贾客珠百斛，　　船中养犬长食肉④。

【注释】

①野老歌：一作《山农词》。野老，此指耕种于山野的老农。②化为土：指积压腐烂。③橡实：橡树的果实，其状似果，其仁可磨粉充饥。④西江：长江上游一段，亦称"上江"。贾客：商人。斛（hú）：古时以十斗为一斛。

【赏析】

安史之乱后，唐王朝走向衰落，藩镇割据、宦官擅权、赋税繁重、贫富悬殊等社会矛盾进一步显露出来。中唐白居易、元稹倡导的新乐府诗歌创作，广泛揭示了当时社会现实的弊病和矛盾冲突。

张籍诗多为"即事名篇"的新乐府，其乐府的现实主义精神与白居易相通，浅近明了的诗风也与之相近，但表现手法略有不同。白诗善"卒章显其志"（白居易《〈新乐府〉序》），发露无遗。张诗则较少议论，常常是铺叙事实便戛然而止，提出尖锐的社会矛盾，留与读者去思虑，比白居易的乐府较为含蓄深长。如此诗直叙一老农，为逃避苛捐杂税的剥夺，举家逃往深山荒谷，辛劳耕种却空室如洗，以野橡充饥。叙述犹未了，篇末旁骛一笔，另叙西江贾客珠宝百斛、船犬食肉的事实。不着一字评介，但在人不如狗的对照中，将贫富不均、世道不公揭露殆尽。此诗语极平易，读来却至为沉痛，发人深省。

【辑评】

［元］范梈《木天禁语》：乐府篇法，张籍为第一，王建近体次之；长吉虚妄，不必效；岑参有气，惜语硬，又次之。

［明］钟惺、谭元春《唐诗归》：钟云：语有经国隐忧。

[明]周珽《唐诗选脉会通评林》：周珽曰：诗以清远为佳，不以苦刻为贵，固矣。然情到真处，事到实处，音不得不哀，调不得不苦者。

【今译】

贫穷老农举家逃亡
居住深山荒谷，
辛勤地耕种
贫瘠的山田三四亩。
夏耘，禾苗稀疏
可税租重多
一家老少难糊口，
秋收，粮食被征
堆积在官仓腐烂成土。

到年末，空空
家徒四壁，只剩
墙角一双犁锄，
无奈，唤儿子一起登山
采摘橡实充饥填腹。
可你看，上江
富商豪贾珠宝万斛，
船上豢养的狗
一日三餐啃食肉骨。

夜到渔家①

渔家在江口，　　潮水入柴扉。
行客欲投宿，　　主人犹未归。
竹深村路远，　　月出钓船稀。
遥见寻沙岸，　　春风动草衣②。

【注释】

①一本作《宿渔家》。②草衣：蓑衣。

【赏析】

清·潘德舆《养一斋诗话》云："文昌七律或嫌平易，五律清妙处不亚王、孟。"如这首《夜到渔家》，写诗人在一个月出的傍晚，到渔家投宿。恰逢主人不在，只见：潮水涨起，浸入虚掩的柴扉；竹林幽翠，掩着一条小路伸向远处村舍；月光初照，江面的渔船越来越少；终于远远地，隐约看见河岸有人停船，身上的蓑衣在春风中飘动。这首诗纯作客观叙述和环境景物描写，渔家的性情风貌和诗人投宿的翘盼渴望，都不曾有一句正面写到，也不曾有一语点破，却又尽在其中隐跃而出。这种侧面烘托之妙，留与人想象，余味不尽。

"春风动草衣"，乃绝处生姿的一笔，那月夜归晚的渔人形象生动飞扬，极富神采神韵，是被人称誉的妙句。

【辑评】

[明]周珽《唐诗选脉会通评林》：唐汝询云：意幽语圆，叙事有次。

[清]黄叔灿《唐诗笺注》：乃寻沙之岸，草衣风动，遥见人归，岂不欣起。写得意致飘萧，悠然韵远。

俞陛云《诗境浅说》：寻常语脱口而出，句法生峭。与僧皎然"移家虽带郭"诗，同一寻人不遇，……此等句，宋人恒有之，如山肴野菽，淡而有味。学之者须笔有清劲气，非仅白描也。

【今译】

近靠僻远江口
一简陋的渔家茅篱，
柴门，虚掩着
任潮水涨落漫进漫出。
天色已昏晚
急于投宿的行客
门外徘徊迟疑，
屋内，静寂不见主人
该是打鱼归迟。
绿荫幽深的竹林

掩一条曲折小路
向远处的村庄，伸移，
月亮升起来
朗朗洒在江面
渔船收网了，渐稀。
终于，远远地
一人停在靠渔船
沿沙岸寻觅，
哦，煦煦春风
——飘动他的蓑衣。

秋　思①

洛阳城里见秋风②，　　欲作家书意万重。
复恐匆匆说不尽，　　行人临发又开封。

【注释】

①秋思：秋天的情思，即感秋。②见秋风：唐·房玄龄等《晋书·张翰传》：西晋张翰为人不拘礼法，恃才放旷。为官洛阳，因祸乱方兴，"见秋风起，乃思吴中菰菜、莼羹、鲈鱼脍，曰：'人生贵适志，何能羁宦数千里，以邀名爵乎？'遂命驾而归"。辞官归隐吴淞江畔，建别业于枫里桥。此处写景而兼用其典故，寓含羁旅宦游的乡思。

【赏析】

这首小诗所写乃习见题材，却颇得前人称道。诗人经年宦游，他乡客住中，见秋风已起，自然生出一怀乡思，却能以平淡洗练的语言出之。末两句"复恐匆匆说不尽，行人临发又开封"，摄取真实而典型的生活细节，用最平易朴实的语言，将客子对家人深挚急切的种种思念牵挂，在那乍封又开的富于包孕的片刻含蕴不尽，达到了语自浅、情自深而味自永的艺术境界，可谓平中见奇，臻于极致。这平淡本色中也见出诗人功力的深湛。

清·黄周星《唐诗快》云："家常情事，写出便成好诗。"诗人把源于生活、出自性情的至情真情，提炼成千古传诵的精警佳句，与岑参《逢入京使》的"马上相逢无纸笔，凭君传语报平安"同妙。

【辑评】

[明]唐汝询《唐诗解》：文昌叙情最切，此诗堪与"马上相逢"颉颃。

　[明]周珽《唐诗选脉会通评林》：敖子发曰：此诗浅浅语，提笔便难。

　[清]李锳《诗法易简录》：眼前情事，说来在人人意中，如"马上相逢无纸笔，凭君传语报平安"，"儿童相见不相识，笑问客从何处来"，皆是此一种笔墨。

【今译】

洛阳城，客居　　　　　　　　心意千重万重。
落叶飘摇里　　　　　　　　　又怕仓促之间
又见萧萧生起秋风，　　　　　未能说尽，思念浓浓，
想寄一笺家书　　　　　　　　临到捎信人上路
铺纸伸笔时　　　　　　　　　又匆匆拆封。

王 建

王建（766？—832？），字仲初，许州（今河南许昌）人。世称"王司马"。出身寒微，早岁辞家从戎，北至幽州、南至荆州等地。宪宗元和年间，任渭南尉、太府丞等职。穆宗长庆年间，为秘书丞、陕州司马等职。卜居咸阳原上，境况贫苦。文宗大和五年（831），出任光州刺史，此后行迹不详。

擅长乐府歌行，与张籍友善，诗风也相近，时称"张王乐府"。其诗题材广泛，生活气息浓厚，反映现实，针砭时弊。五、七言近体多征戍迁谪、行旅离别、幽居宦况之作。用语简括，描写细致，语意含蓄，清·沈德潜《唐诗别裁》称他"心思之巧，辞句之隽，最易启人聪颖"。所作《宫词》一百首，铺叙唐禁宫之事，流传广泛，后人仿效者甚多。有《王司马集》。

江馆（其三）①

水面细风生，　　菱歌慢慢声②。
客亭临小市③，　　灯火夜妆明。

【注释】

①江馆：临江的旅馆。②菱歌：指夜市歌女的清唱，是江南水乡采菱采莲一类的民歌小调。③客亭：旅人夜宿的临江馆舍中的小亭。小市：指江镇上的商贸集市。

【赏析】

唐代商业繁荣，大都市及城镇大多设有笙歌彻晚的夜市。这首小诗恰是一幅清新的江馆夜市图景。朦胧的江边夜市，初觉一阵微风掠水的轻柔，继而听到菱歌清唱的悠扬，转而看见最动人的一角，灯火灿亮处，三三两两盛装婷婷的明艳女子。诗人只用洗净的数笔勾勒，水乡夜市的风情风姿，便从鲜明的画面和浓丽的诗境中呈现出来，那一片柔风曼歌、灯灿人丽，令人神摇心醉。

诗人客宿江馆，不作乡愁羁思，却以悠闲之情，欣悦夜市的温馨旖旎，这在唐代旅宿诗中不多见。它反映出随商业经济繁荣，新的生活场景出现，诗歌题材逐渐拓展开去，如杜荀鹤的"夜市卖菱藕，春船载绮罗"（《送人游吴》）、"夜市桥边火，春风寺外船"（《送友人游吴越》）一类，在送别诗中别开生面。

【今译】

清风徐徐　　　　　　　　　这江镇小商市
从水波微涟的江面　　　　　正近靠馆舍的水亭，
悄然泛生，　　　　　　　　夜色朦胧里
隔江，悠悠飘来　　　　　　看，那——
一曲采菱清唱　　　　　　　灯火灿亮处
喔，柔曼声声。　　　　　　艳丽女子，盈盈。

十五夜望月①

中庭地白树栖鸦②，　　冷露无声湿桂花。
今夜月明人尽望，　　不知秋思落谁家？

【注释】

①清·彭定求等编《全唐诗》题作《十五夜望月寄杜郎中》。杜郎中，官郎中，名不详。②地白：指洁白的月光洒满一地。

【赏析】

　　王建的绝句清新婉约，多可诵之篇什。这首中秋望月思人之作，在唐代众多咏中秋的篇什中，自是诵之人口的名篇。

　　中秋的夜晚，庭地月白，鸦鹊栖树，冷露湿桂，人们尽在仰首望月，而望月感秋最深切的，当是沉浸在这一片皎洁、静谧和清润中的诗人。但诗人并不直接倾吐自己的秋思，却于末句宕开一笔，委婉地发问："不知秋思落谁家？"这一问，既非自问也非问人，把对月怀远的情思，表现得极蕴藉深沉，并将人带入一个月明人远、思深情长的清悠美妙的意境。其"落"一作"在"。秋思无形无迹，本无所谓"落"，但它因望月而生发，月光洒落，亦仿佛随之洒落，用一"落"字写月夜秋思，形象生动而情味隽永，可见诗人炼字的新巧妥帖。如果用"在"字，则顿失神韵了。

【辑评】

　　[明]周珽《唐诗选脉会通评林》：周敬曰：妙景中含，解者几人？

　　[清]宋宗元《网师园唐诗笺》：性情在笔墨之外。

　　俞陛云《诗境浅说续编》：前二句不言月，而地自疑霜，桂枝湿露，宛然月夜之景，亦经意之笔。

【今译】

月光皎洁，流泻　　　　　　　　最圆最亮
一地空明　　　　　　　　　　　人们仰头凝望
栖了树荫的鸦，　　　　　　　　一缕秋思暗自生发，
清滢的夜露，无声　　　　　　　啊，不知这
润湿了庭院　　　　　　　　　　望月怀远的秋思
飘溢清香的桂花。　　　　　　　随如水月光
今夜，十五的月　　　　　　　　洒落，到谁家？

宫词（选一）①

树头树底觅残红，　　一片西飞一片东。
自是桃花贪结子，　　错教人恨五更风②。

【注释】

①宋·欧阳修《六一诗话》云："王建《宫词》一百首，多言唐宫禁中事，皆史传小说所不载者，往往见于其诗。"王建所写《宫词》百首，有关素材据说多从与宦官王守澄（与王建同宗）的私语中取得，它真实却并非全属纪实，而是用艺术表现形式反映唐宫禁中事。诗在流传中有所散佚，到宋代已有妄补之作，以凑足百首之数。②五更风：五更天晓时的风。旧时一夜分作五更，从晚上 19：00～次日清晨 5：00，每 2 小时为一更。

【赏析】

王建亦以写宫词著名，宋·魏庆之《诗人玉屑》引《唐王建〈宫词〉旧跋》："《宫词》凡百首，天下传播。仿此体者虽有数家，而建为之祖。"其《宫词》百首，突破前人抒写宫怨的窠臼，广泛描绘宫阙楼台、节日风物、林苑游猎、歌舞宴乐以及各种宫禁琐事，描写刻画皆细致生动，犹如一幅幅宫廷生活图画。

《宫词》中，此诗是百首挑一的佳作。起联写宫女觅拾残红，惜花怨风，是移情于物，隐含了自身红颜薄命的嗟伤。结联转写宫女错怨东风，妒羡花谢，诗情为之跳跃转跌，意境更深一层地拓开。花谢犹能"结子"，可人不如花，但诗人并不直接说出，却说"自是桃花贪结子"，以桃花"结子"的自然、自主、自由，暗示宫女幽闭深宫的难言痛楚，揭示出宫中不自然、不自主、不自由的非人性的悲剧生活。此诗从觅花叹花到羡花妒花，跌宕起伏地写出了宫女的隐衷隐痛。诗以白描清新见长，具有民歌风味，而又于平易中见婉曲，流利中见顿挫。清·翁方纲《石洲诗话》云："其词之妙，则自在委曲深挚中别有顿挫，如仅以就事直写观之，浅矣。"

【辑评】

［宋］谢枋得《注解选唐诗》：说到落花，气象便萧索。独有此诗"自是桃花贪结子，错教人恨五更风"，从落花说归"结子"，便有生意。

［明］钟惺、谭元春《唐诗归》：钟云：翻得奇，又是至理（"自是桃花"句）。

［清］管世铭《读雪山房唐诗钞凡例》：《宫词》始于王仲初，后人仿为之者，总无能掩出其上也。"树头树底觅残红"，于百篇中宫开一首，尤非浅人所解。

【今译】

枝头的花已稀　　　　　　　哦，自是桃花
寻觅树底　　　　　　　　　贪心结子
一瓣瓣铺满残红，　　　　　甘愿这般谢落匆匆，
春风太薄情，吹落里　　　　却错教人怨恨
一片片飘向西　　　　　　　五更天晓时
一片片飞向东。　　　　　　——拂拂的春风。

韩 愈

韩愈（768—824），字退之，郡望河北昌黎，河阳（今河南孟县）人。世称"韩昌黎""韩吏部""韩文公"。幼时孤贫，由兄嫂抚育成人。德宗贞元八年（792）进士及第。三试博学鸿词科不成，入汴州、徐州节度使幕府。贞元十九年（803），任监察御史，因直言关中旱情，触怒权臣，贬阳山令。宪宗元和年间，召拜国子监博士，迁刑部侍郎，因上表谏阻宪宗迎佛骨，贬潮州刺史。穆宗朝，历国子祭酒、礼部侍郎、京兆尹等职。卒，谥号"文"。

与柳宗元共倡古文运动，为"唐宋八大家"之首，有"百代文宗"之名。其诗兼崇李、杜，一反浮艳浅俗，笔力雄健奇崛，自成一家，但有时逞才使气，追求奇谲，不免流于险怪。开"以文为诗"的先风，对后之宋诗影响颇大，清·叶燮《原诗》称他"为唐诗之一大变。其力大，其思雄，崛起特为鼻祖。宋之苏、梅、欧、苏、王、黄，皆愈为之发其端，可谓极盛"。所著诗文甚多，均收入《昌黎先生集》。

山 石

山石荦确行径微①，　黄昏到寺蝙蝠飞。
升堂坐阶新雨足，　芭蕉叶大支子肥②。
僧言古壁佛画好，　以火来照所见稀。
铺床拂席置羹饭，　疏粝亦足饱我饥③。
夜深静卧百虫绝，　清月出岭光入扉。
天明独去无道路，　出入高下穷烟霏。
山红涧碧纷烂漫，　时见松枥皆十围④。
当流赤足踏涧石，　水声激激风吹衣。
人生如此自可乐，　岂必局促为人靰⑤？
嗟哉吾党二三子⑥，　安得至老不更归。

【注释】

①荦（luò）确：险峻不平。②支子：即"栀（zhī）子"，常绿灌木，花大、色白、香味浓郁。③粝：糙米。④枥：同"栎（lì）"，一种高大的落叶乔木。围：两手合拱为"一围"。⑤靰（jī）：马缰绳，此用作动词，束缚。⑥党：朋辈，指意气相投者。

【赏析】

这首诗取首句"山石"二字为题，但并非专咏山石，而是一首脉络清晰的记游诗。

诗人以游记散文笔法入诗，将叙述、描写与议论相结合，记叙了黄昏到寺、夜晚宿寺、天明离寺三个不同时间里的所见、所闻和所感；并按游踪的推移、光线的变幻，描述出不同景物的特征。黄昏朦胧里：蕉叶伸展的"大"，栀子花开的"肥"，突出山雨过后蕉绿栀白。夜宿寺院后：

百虫绝鸣的"静"，冷月清光的"幽"，与尘世的喧嚣形成对比。天明离去时：烟雾霏霏、出入高低，写山路的蜿蜒崎岖；山花红艳、涧水深碧，写山林的一片烂漫；赤足过涧、风从衣生，写山涧的水声凉意。面对如此山寺美景，又得僧人殷勤款待，心神之怡悦，情怀之惬意，非官场羁绊生活所能比拟，故结尾处触景生情，抒发出"安得至老不更归"的感叹。

此诗表现出诗人敏锐的观察力、摄取力，一些寻常景物一入诗中，便成佳句，如"芭蕉叶大支子肥""水声激激风吹衣"等，读来，如入空山幽涧，一股清新、清峭气息扑来。清·刘熙载《艺概》云："昌黎诗陈言务去，故有倚天拔地之意。《山石》一作，辞奇意幽。"

【辑评】

[明]陆时雍《唐诗镜》：语如清流啮石，激激相注。李、杜虚境过形，昌黎当境实写。

[清]张载华《初白庵诗评》：查晚晴曰：写景无意不刻，无语不僻。取径无处不断，无意不转。屡经荒山古寺来，读此始愧未曾道着只字。

[清]方东树《昭昧詹言》：从昨日追叙，夹叙夹写，情景如见，句法高古。只是一篇游记，而叙写简妙，犹是古文手笔。

【今译】

山石险峻不平
小路，曲曲窄微，
黄昏暗淡时
寺院，蝙蝠正纷飞。
登上清寂的庙堂
坐在冷凉石阶
看，庭院一阵透雨后
蕉叶伸展开来
栀子花洁白更肥。
僧人告诉说
寺中古旧壁画很美，
举火照壁，细看
一幅幅稀奇珍贵。
铺好草垫床褥
摆上一桌僧味，
粗饭淡羹足够充饥
情意殷殷难辞推。
深夜静卧里
虫声寂灭，悄然四围，
山岭明月升起
一缕皎白泻入窗扉。

天刚晓时，起程
不辨道旁石碑，
独行，高山低谷
走出云绕雾堆。
路边，山花红艳
映出深涧的明媚，
时见松栎直耸
粗壮有十围。
踩着凉滑的石头
清浅溪水淌过赤脚背，
水声激激
拂起湿润的清风
掀动我的衣袂。
噢，人生在世如此
自是可乐，可慰，
何苦惶恐不安
困于名利的羁累？
来吧——
情意投合的知己，
怎能一辈子仕宦奔波
到老，还不思归！

听颖师弹琴①

昵昵儿女语②，　　恩怨相尔汝③。

划然变轩昂，　　勇士赴敌场。

浮云柳絮无根蒂，　　天地阔远随飞扬。

喧啾百鸟群，　　忽见孤凤凰。

跻攀分寸不可上④，　　失势一落千丈强⑤。

嗟余有两耳，　　未省听丝篁⑥。

自闻颖师弹，　　起坐在一旁⑦。

推手遽止之⑧，　　湿衣泪滂滂。

颖乎尔诚能，　　无以冰炭置我肠⑨！

【注释】

①颖师：来自天竺（古印度）的和尚，善弹琴，名颖。"师"是僧人的通称。李贺有《听颖师弹琴歌》。②昵昵：象声词，形容言语亲热。一作"呢呢"。③相尔汝：至友之间以你我相称，叫作"尔汝交"。此处表示亲昵。④跻（jī）：登。⑤强：有余。⑥省（xǐng）：懂得，明了。丝篁：即丝竹、弦管乐器，借指音乐。⑦起坐：忽起忽坐，意为站也不是，坐也不是。⑧遽（jù）：急忙。⑨冰炭置我肠：语出战国《庄子·人间世》注："喜惧战于胸中，固已结冰炭于五脏矣。"此作者自谓被琴声悲欢所感染，时乐时哀。

【赏析】

清·方扶南《李长吉诗集》批注云："白香山'江上琵琶'，韩退之'颖师琴'，李长吉'李凭箜篌'，皆摹写声音至文。"三首诗均善于运用"通感"以形摹声，成为唐诗中描写音乐的绝唱，而此诗又表现出匠心独运之处。

琴声起调时，如儿女私语，轻柔细碎；转而为勇士浴血沙场的高昂激越；接下好似战后的平静，如浮云柳絮舒缓悠荡；琴声渐弱渐杳时，忽又闻凤凰引吭的清脆欢快；末了越扬越高，如攀极顶，却又陡然坠落深渊。诗人把握住音乐境界的大起大落，随琴声的升跌、刚柔、急缓、高低的倏忽转换，展示出或柔情缠绵，或壮怀激昂，或自在悠闲，或清高孤傲，或坎坷失意的情感变化。它不只是生动形象地摹声，更注重绘情绘志。通过描绘"听者"入乎耳、著乎心，怡性动情之余所产生的种种联想，将琴声中所蕴含的情境——摹写出来，摹声、传情、达志，外在形象和内在情志熔铸为一体，而且韩愈诗造语新奇、笔力恣肆、气骨峥嵘的特点，也于诗中可见。这，便是较之白居易的《琵琶行》、李贺的《李凭箜篌引》，此诗极富个性、独具风韵所在。

【辑评】

[宋]胡仔《苕溪渔隐丛话前集》：《西清诗话》云：三吴僧义海以琴名世。六一居士尝问东坡："琴诗孰优？"东坡答以退之《听颖师琴》，公曰："此只是听琵琶耳。"或以问海，海曰："欧阳公一代英伟，然斯语误矣。'昵昵儿女语，恩怨相尔汝'，言轻柔细屑，真情出见也。'划然变轩昂，勇士赴敌场'，言精神余溢，竦观听也。'浮云柳絮无根蒂，天地阔远随飞扬'，言纵横变态，浩乎

不失自然也。'喧啾百鸟群，忽见孤凤凰'，又见颖孤绝，不同流俗下俚声也。'跻攀分寸不可上，失势一落千丈强'，言起伏抑扬，不主故常也。皆指下丝声妙处，惟琴为然。琵琶格上声，鸟能尔邪？退之深得其趣，未易讥评也。"

[宋]楼钥《攻媿集》：韩文公《听颖师弹琴》诗，几为古今绝唱。前十句形容曲尽，是必为《广陵散》而作，他曲不足以当。此欧公以为琵琶诗，而苏公遂檃括为琵琶词。二公皆天人，何敢轻议，然俱非深于琴者也。

[清]叶矫然《龙性堂诗话初集》：昌黎《听颖师弹琴》，顿挫奇特，曲尽变态，其妙与李颀《胡笳》、长吉《箜篌引》等耳。

【今译】

琴声，起了　　　　　　　　只差分寸，陡然

一丝低颤——　　　　　　　坠入深谷千丈。

恰是一对小儿女　　　　　　可叹，我空有两耳

耳鬓私语，吐芳。　　　　　不曾谙熟丝篁。

骤然，激越轩昂　　　　　　自从听颖师弹琴

如金鼓齐鸣　　　　　　　　坐立不安在一旁。

勇士挥戈跃马浴血沙场。　　急忙推手：请止住，

转而，变作悠扬　　　　　　我，滂滂泪水

就像闲游的片云　　　　　　已湿透了衣裳。

蒙蒙的柳絮　　　　　　　　颖师哟，你真神奇

无根的浮萍，　　　　　　　时而如冰雪酷冷

在天地远阔间飘荡。　　　　时而如火炭炽旺，

蓦地，一阵清亮　　　　　　啊，请不要将这冰与炭

又似百鸟喧啾中　　　　　　一并投置到我

一只凤凰高歌引吭。　　　　——忽悲忽欢

越扬，越高　　　　　　　　无法承受的胸膛。

如一步步向峰巅攀上，

左迁至蓝关示侄孙湘①

一封朝奏九重天②，　　夕贬潮州路八千③。

欲为圣明除弊事，　　肯将衰朽惜残年④！

云横秦岭家何在⑤？　　雪拥蓝关马不前⑥。

知汝远来应有意，　　好收吾骨瘴江边⑦。

【注释】

①左迁：古代贵右贱左，论等次以右为尊。"左迁"犹言下迁，即贬官降职。蓝关：又称"峣关"，在今陕西蓝田县南。示：长辈把事告诉晚辈。湘：韩愈的侄孙韩湘，时二十七岁，远道赶来从韩愈南迁。长庆三年（823）进士及第，后为大理丞。②一封：一封奏章，即《论佛骨表》。九重天：最高的天，借指皇帝。③潮州：今广东，距长安八千里。④肯：岂肯，哪肯。⑤秦岭：在蓝田县东南，指终南山。⑥马不前：汉乐府《饮马长城窟行》："驱马涉阴山，山高马不前。"⑦瘴江：泛指岭南河流。旧说岭南一带河流多瘴气，诗人所贬潮州地处岭南，故云。

【赏析】

韩愈一生以恢宏儒道、排斥佛老为己任。宪宗元和十四年（820），在刑部侍郎任上，因上书谏迎佛骨而触怒宪宗，几被定为死罪，经裴度等人说情才贬为潮州刺史，当天就仓促奔驰上道。行至蓝田关时，恰遇侄孙韩湘赶赴而来，韩愈不胜悲慨，长歌当哭，挥笔写下这首名篇。

诗的前四句含愤，后四句见悲，而又悲愤交融：为除弊事，何惜残年，那忠正冤屈，愤处见悲；家国何在，收骨江边，那惨戚决绝，悲处含愤。这既悲且愤的迁谪之情，从直陈谪因—表明心迹—转叙眼前—嘱托后事，时而飞瀑直泻，时而盘旋冲决，在笔势纵横、开合动荡中，不断加强它的力度和深度。情感之深厚，气势之沉雄，境界之阔大，可谓卷巨澜于方寸，具有悲撼人心的力量。此诗沉郁顿挫，苍凉悲壮，是韩愈七律中颇得杜甫神髓者。虽然追步杜甫，却又自成面目，通篇直接叙述，表现出韩愈特有的"以文为诗"的特点。

【辑评】

［清］高步瀛《唐宋诗举要》：吴曰：大气盘旋，以文章之法行之（"欲为圣朝"二句），然已开宋诗一派矣。

［元］方回选、李庆甲集评《瀛奎律髓汇评》：纪昀曰：语极凄切，却不衰飒。三、四是一篇之骨，末二句即归缴此意。

俞陛云《诗境浅说》：昌黎文章气节，震烁有唐。即以此诗论，义烈之气，掷地有声，唐贤集中所绝无仅有。

【今译】

一封奏章，早朝
呈上金銮宝殿，
晚上，贬往潮州
仓促行路迢迢八千。
原想，一怀忠正
为圣君矫除弊端，
哪肯以衰病之躯
保惜风烛残年！
回头望，家，在哪里？

云横秦岭已遮断，
只有寒天大雪
拥塞了蓝田关口
疲困的马惶惶，不前。
知你远道赴来
该是挚情不浅，
好收拾——
我这把老骨头
在瘴气弥漫的江边。

早春呈水部张十八员外（其一）①

天街小雨润如酥②，　　草色遥看近却无。
最是一年春好处，　　绝胜烟柳满皇都③。

【注释】

①水部张十八员外：即张籍，排行十八，官水部（朝廷掌管水道之政令的官署）员外郎。②天街：皇城大道，又称"御街"。酥：奶油，此形容小雨轻柔润物如酥。③绝胜：远远超过。皇都：指唐朝京都长安。

【赏析】

这首小诗是写给好友张籍的，表现了诗人冬日久蛰之后初见春色的欣喜之情，诗眼在"早春"。

早春之美，绝胜阳春三月的烟柳盛景，全在于"草色遥看近却无"。那蒙蒙春雨如笼一层薄纱，远远望去，地面隐隐一抹极淡的青痕，泛着欣欣生意；可走近了，只有一点半点稀稀朗朗极纤嫩的草芽，那青青之色反倒看不出了。这，就是季节微妙变化里的早春的草色。诗人以其锐敏深细，观察并捕捉到，用清淡的笔墨兼摄远、近、虚、实，作空际传神的描写，给人似有似无、可望而不可即的朦胧美感和情趣，可谓摄早春之魂。这一句为绝妙佳句，历来被人称赏，清·黄叔灿《唐诗笺注》评曰："'草色遥看近却无'，写照工甚，正如画家设色，在有意无意之间。"

【辑评】

[宋]胡仔《苕溪渔隐丛话后集》："天街小雨润如酥……"此退之《早春》诗也。"荷尽已无擎雨盖，菊残犹有傲霜枝。一年好景君须记，最是橙黄橘绿时。"此子瞻《初冬》诗也。二诗意思颇同而词殊，皆曲尽其妙。

[清]吴学濂《增评韩苏诗钞》：三溪曰："草色"七字，春草传神。

【今译】

皇城的街衢
小雨滋润，如酥，
远看城外草甸
一抹绿痕淡淡，
走近，只有稀疏草芽
青青之色却无。

这，初春草色
最是一春中
清新生气的静穆，
远远胜过
浓丽晚春，那
绿柳堆烟拂满京都。

刘禹锡

刘禹锡（772—842），字梦得，匈奴族后裔，洛阳（今属河南）人。世称"刘宾客""刘尚书"。天资聪颖，才学过人，为人性情爽朗，抗厉不屈。游学长安，在士林中声誉很高。德宗贞元九年（793）进士。顺宗即位，王叔文改革弊政，任屯田员外郎，为集团核心人物之一，称"二王刘柳"，永贞革新失败，贬朗州司马。宪宗元和十年（815）奉召回京，又出为连州、夔州、和州刺史。文宗大和二年（828）入朝，兼集贤殿学士，官礼部郎中，后出为苏州、汝州、同州刺史。开成元年（836），以太子宾客分司东都。武宗会昌初，加检校礼部尚书衔。

以诗文著称，与柳宗元为文友，称"刘柳"；与白居易为诗友，号"刘白"。其诗无体不备，名篇甚多，蔚为大家，风格沉着稳练，亦清爽明快，有"诗豪"之称。仿民歌的《竹枝词》《杨柳枝》等，在唐诗中别开生面。主张"为诗用僻事，须有来处"（《刘宾客嘉言录》），影响了后来的宋代江西诗派。有《刘梦得文集》。

始闻秋风

昔看黄菊与君别， 今听玄蝉我却回①。
五夜飕飗枕前觉②， 一年颜状镜中来。
马思边草拳毛动， 雕眄青云睡眼开③。
天地肃清堪四望④， 为君扶病上高台⑤。

【注释】

①玄蝉：即秋蝉，黑褐色，故云。②五夜：五更。飕飗（sōuliú）：风声。③"马思"二句：以秋风中骏马、鸷雕的兴奋，比喻自己闻秋风而壮志奋激，欲有所作为。拳毛，卷曲的毛。眄（miàn），斜视。一作"盼"。④肃清：秋高气爽。⑤扶病：带病。

【赏析】

刘禹锡中年唱过"我言秋日胜春朝"（《秋词》），那高昂的情志至晚年也不曾减退。这首《始闻秋风》，不悲寂寥，不嗟衰老，却是"奋迅于秋声"（刘禹锡《秋声赋》），老骥伏枥之志、金石不摧之心，借秋风而感发。

中间两联腾挪跌宕。颔联似作悲秋之叹，枕边惊觉秋风，镜中深感病颜。但是，紧接颈联腾扬而起，其壮心不已闻秋风而奋励，犹如"马思边草拳毛动，雕眄青云睡眼开"。前作低抑，恰是为了后面高扬，老病相侵，颜状憔悴，更衬出骏马思边、鸷雕凌云的热望，见出一种悲壮和雄健。此诗与所抒情志相应的是构思别致。用一"君"字，将秋风拟人化，起首昔别今回，两相依依；中间诉说情怀，两相情深；收尾扶病登台，两相心知。诗中秋之高澄肃清与人之心志高远两相契合，展示出他人所难达到的意境，也表现出刘禹锡诗特有的硬朗遒劲的风格，读来催人奋进，故后世传诵不衰。

【辑评】

[清]毛张健《唐体余编》："拳"切马毛，"睡"切鹰眼，又与秋风关照，此炼字之妙也。

[清]沈德潜《唐诗别裁》：下半首英气勃发，少陵操管，不过如是。

[清]宋宗元《网师园唐诗笺》："马思边草拳毛动，雕眄青云睡眼开。"句警。

【今译】

秋风哟，去年
篱边饮酒赏菊
一地灿黄里与你分开，
今年听寒蝉声声
我，庭中独自徘徊。
五更欲晓时
枕边，一阵飕飕
是你清凉入怀，
醒后，抚看一年
岁月浸染的霜鬓
都到明镜中来。
可是，我的心志
随你腾跃而起
是伏枥骏马思念疆场

那拳毛耸动里
千里驰骋之志犹在，
更是——
渴盼搏击碧空的鸷雕
一顾长风青云
蒙眬睡眼，顿开。
我，纵目四望
天地高远，秋气高远
一片清澄了无尘埃，
啊，朗朗秋风
只为酬答你
且抱衰病之躯
奋然登上高高楼台。

西塞山怀古①

王濬楼船下益州②，　金陵王气黯然收③。
千寻铁锁沉江底④，　一片降幡出石头⑤。
人世几回伤往事，　山形依旧枕寒流⑥。
今逢四海为家日⑦，　故垒萧萧芦荻秋。

【注释】

①西塞山：在今湖北大冶县东，俯枕长江，山势竦峭。三国时，是吴国江防要塞。刘禹锡由夔州调任和州刺史，沿江东下，途经西塞山作此诗。②王濬（jùn）：晋益州刺史。益州：晋时郡治在今四川成都市。据唐·房玄龄等《晋书·王濬传》记载：司马炎取代魏建西晋不久，命王濬造战舰，率水军讨伐东吴。东吴国君孙皓企图凭长江天险固守，在江中暗置铁锥，并以铁链横锁江面，以为万全之计。王濬以数十大筏冲走铁锥，以火炬烧熔铁链，顺流鼓棹，直抵金陵，于是孙皓以亡国之礼而降。③金陵：吴国的都城。王气：古代迷信望气之术，认为帝王所在地有"王气"，国亡则气歇。④寻：古代八尺为"一寻"。⑤降幡（fān）：表示投降的旗帜。石头：城名，故址在今南京市江宁县石城山。⑥枕（zhèn）：临近。⑦四海为家：四海归于一家，即天下统一。

【赏析】

此诗咏晋、吴兴亡的历史。诗人浓缩时空，包揽古今，将兴废由人事、山川不足恃的深刻慨叹，寄寓在纵横开阖、酣畅流利的笔调中，体现出刘禹锡七律"言雄"的特点。颈联"人世几回伤往事，山形依旧枕寒流"，以江水依旧衬托六朝兴亡之倏忽，切题抒感，精警圆熟。诗人明吊古而暗讽今，笔锋所指既警诫拥兵割据的藩镇，又讽喻不知居安思危的中唐统治者。清·薛雪《一瓢诗话》称此诗："似议非议，有论无论，笔着纸上，神来天际，气魄法律（诗法诗律），无不精到，洵是此老一生杰作，自然压倒元、白。"

后蜀·何光远《鉴诫录》记载：唐穆宗长庆年间，"元微之（稹）、刘梦得、韦楚客同会白乐天之居，论南朝兴废之事。乐天曰：'古者言之不足，故嗟叹之；嗟叹之不足，则咏歌之。今群公毕集，不可徒然，请各赋《金陵怀古》一篇，韵则任意择用。'时梦得方在郎署，元公已在翰林。刘骋其俊才，略无逊让，满斟一巨杯，请为首唱。饮讫，不劳思忖，一笔而成。白公览诗曰：'四人探骊，吾子先获其珠，所余鳞甲，何用？'三公于是罢唱。但取刘诗吟味竟日，沉醉而散。"

【辑评】

［清］何焯《唐律偶评》：前半隐括史事，千里形势在目，健笔雄才，诚难匹敌。

俞陛云《诗境浅说》：此诗乍观之，前半首不过言平吴事，后半首不过抚今追昔之意，诗诚佳矣，何以元、白高才，皆敛手回席？梦得必有过人之处。……刘诗从西塞山铁锁横江着想，前四句皆言王濬平吴事，亦一气贯注，非但切定本题，且七律能四句专咏一事，而劲气直达者。……故乐天有骊珠之叹也。

【今译】

当年，势不可挡
王濬率领战舰水军
顺流东下益州，
金陵都城
祥瑞的帝王之气
顿时黯然尽收。
横锁江面的千丈铁链
熊熊一炬焚断
江底，深深沉扣，
一片投降白旗
挂出高耸的墙头。

啊，六朝兴衰往事
交迭了人世间
多少伤感忧愁，
眼前，只有西塞山
依旧俯枕长江
浩浩东去的寒流。
如今——
四海归为一家，
昔日的战场营垒
荒凉破败，突屼在
芦荻萧萧的清秋。

酬乐天扬州初逢席上见赠①

巴山楚水凄凉地②，　二十三年弃置身③。

怀旧空吟闻笛赋④，　到乡翻似烂柯人⑤。

沉舟侧畔千帆过，　病树前头万木春⑥。

今日听君歌一曲⑦，　暂凭杯酒长精神。

【注释】

①乐天：白居易的字。②巴山楚水：指四川、湖南、湖北一带。古代四川东部属于巴国，湖南北部和湖北等地属于楚国。刘禹锡多次迁谪，曾任朗州（属楚地）司马、夔州（属巴国）刺史等职，故以"巴山楚水"概指所贬谪的地方。③二十三年：刘禹锡从唐顺宗永贞元年（805）革新失败遭贬，到唐敬宗宝历二年（826）于和州刺史任上奉召返京，前后共二十二年，次年回到京城，所以说"二十三年"。④闻笛赋：指《思旧赋》。唐·房玄龄等《晋书·向秀传》：向秀经过被无辜杀害的亡友嵇康的旧居，听邻人吹笛，声悲凄，便写下此赋。此处用其典故，借以抒发对死去旧友（王叔文、柳宗元等）的怀念。⑤烂柯人：据南朝梁·任昉《述异记》载：晋人王质入石室山砍柴，见二童子下棋，观看到一局终了，手中斧柯（柄）已朽烂。回到村里，才知已过百年，同辈人死尽。此处以王质自比，感叹贬离京城虽只有二十三年，却有世事沧桑的隔世之感。⑥"沉舟"二句：以沉舟病树自比，感叹世事变迁，表明自己的沉滞不算什么，一切事物是要向前发展的。⑦一曲：指白居易的《醉赠刘二十八使君》。

【赏析】

敬宗宝历二年（826）岁暮，刘禹锡贬逐二十二年后，奉召返京。从和州刺史任上返回洛阳，途经扬州时与从苏州归洛阳的白居易相逢。筵席上白居易赋《醉赠刘二十八使君》一诗，刘禹锡作此诗酬答。

全篇诗情起伏跌宕。刘禹锡被贬，曾迁徙于朗州、连州、夔州、和州等边远地，首联概写二十三年"弃置"巴山楚水的凄凉。颔联借用"闻笛赋""烂柯人"两个典故抒写对死去旧友的怀念和孤身归来的沧桑隔世之感。颈联一扫悲沉，突然振起。白居易赠诗中有"举眼风光长寂寞，满朝官职独蹉跎"之句，故此联以"沉舟侧畔千帆过，病树前头万木春"作答，表现出对世事变迁、仕宦沉浮的坦豁胸襟，沉郁中见旷达。尾联顺势而下，一反借酒浇愁的情态，写出了凭酒伸志的豪劲之气。

此诗的魅力不只在艺术表现上用典贴切、对仗工整和音韵和畅，更以它坦达的襟怀、警策的寓意，给人有益的人生教诲。尤其是颈联二句，其形象清新生动，内涵深邃丰厚，且蕴含新陈代谢的哲理，引申意蕴已远溢于本意之外，颇得后人赏爱。

【辑评】

［清］杨逢春《唐诗绎》："沉舟"二句，用对托之笔，倍难为情。

［清］赵执信《谈龙录》：诗人贵知学，尤贵知道。东坡论少陵诗外尚有事在，是也。刘宾客云："沉舟侧畔千帆过，病树前头万木春。"有道之言也。

俞陛云《诗境浅说》：梦得此诗，虽秋士多悲，而悟彻菀（茂盛）枯。能知此旨，终身无不平之鸣矣。

【今译】

谪居巴山楚水	被弃置僻地，孤身。
不尽的凄凉窘困，	如今归来，空自
整整二十三年	吟诵思旧赋

同道知己半凋零，　　　万木正欣欣皆春。

人事全非，恍若隔世　　　朋友，谢谢你

反倒成了烂柯人。　　　　莚前为我赠诗一吟，

啊，过去的就如　　　　　但不必哀叹

沉船，枯树　　　　　　　曾经的蹉跎与沉沦，

可是沉船侧旁　　　　　　暂且举起这杯酒

千帆驶过，竞发纷纷，　　振作精神吧

那枯树的前头　　　　　　我与你，一饮而尽。

竹枝词（其一）①

杨柳青青江水平，　　　闻郎江上踏歌声②。

东边日出西边雨，　　　道是无晴还有晴③。

【注释】

①或认为刘禹锡的《竹枝词九首》作于夔州，而《竹枝调》二首作于朗州，湖湘竹枝与巴蜀竹枝声调略有不同。另外，刘禹锡又作《堤上行三首》《踏歌词四首》，也是"竹枝词"，两组诗中都提到"竹枝"。清·彭定求等编《全唐诗》此诗小引云："岁正月，余来建平（古属夔州），里中儿联歌《竹枝》，吹短笛，击鼓以赴节。歌者扬袂睢舞，以曲多为贤。聆其音，中黄钟之羽，卒章激讦如吴声，虽伧儜不可分，而含思宛转，有淇濮之艳。昔屈原居湘沅间，其民迎神，词多鄙陋。乃为作《九歌》，到于今荆楚鼓舞之。故余亦作《竹枝词》九篇，俾善歌者飏之，附于末。"②踏歌：即唱歌时以脚踏地为节拍。一作"唱歌"。③晴：与"情"谐音双关。

【赏析】

宋·郭茂倩《乐府诗集》云："竹枝词本出于巴渝。"竹枝，原为巴渝（今四川东部一带）民歌，杂咏当地风物和男女情爱。唱时以短笛和鼓伴奏，同时起舞，曲调宛转动人。刘禹锡任夔州（今四川奉节）刺史时，深爱此调，依声填词，拟作《竹枝词》十余首，在唐诗中堪称一绝。

谐音双关是民歌常见的表达方式，诗人偶加拟用，却也率真活泼。"东边日出西边雨，道是无晴还有晴"，一语双关，以眼前景色无晴却有晴的变幻不定，谐喻"郎"的无情似有情，刻画出闻郎歌声的少女乍惊乍喜，既迷惘顾虑又眷念期盼的忐忑不安的微妙复杂的心理情感，同时在一种清丽明媚的诗境中，将情郎的黠慧和少女的真诚写活了。这首诗的形象、音调、语言及表现手法都颇具民歌风味，只是经过了诗人的润色修饰，比民歌凝练。

刘禹锡的《竹枝词》在民间流传很广。据宋·胡仔《苕溪渔隐丛话》云"余当夜行苕溪，闻舟人唱渔歌，歌中有此后两句，余皆杂俚语，岂非梦得之词自巴渝传至此乎?"苕溪位于浙江，流入太湖，其渔歌中有后两句"东边日出西边雨，道是无晴却有晴"。可见此诗直到宋代还在传唱。

【辑评】

[宋]谢榛《四溟诗话》：刘禹锡曰："东边日出西边雨，道是无晴还有晴。"措词流丽，酷似

六朝。

[明]周珽《唐诗选脉会通评林》：周珽曰：起兴于杨柳、江水，而借景于东日、西雨，隐然见唱歌、闻歌无非情之所流注也。

俞陛云《诗境浅说》：后二句言东西晴雨不同，以"晴"字借作"情"字，无情而有情，言郎踏歌之情费人猜想。双关巧语，妙手偶得之。

【今译】

江边杨柳青青　　　　　　这歌声，就像
江中绿水　　　　　　　　西边下雨东边出太阳，
田野两岸涨平，　　　　　——无晴（情）
忽然，江岸悠悠　　　　　却又有晴（情）。
一阵踏歌声。

秋词（其一）①

自古逢秋悲寂寥，　　我言秋日胜春朝。
晴空一鹤排云上，　　便引诗情到碧霄②。

【注释】

①《秋词二首》，写于刘禹锡贬朗州时。刘禹锡一生创作颇丰，留下的诗词文赋800余首（篇），其中写于朗州的有200多首（篇），占四分之一强。②诗情：诗言志，"诗情"即心志、襟怀。

【赏析】

自顺宗永贞元年（805）秋被贬，至宪宗元和十年（815）春奉诏回京，刘禹锡贬朗州（今湖南常德市）近十年。此诗作于贬谪朗州时，抒写了与众不同的逢秋感兴。自从战国·宋玉《九辩》慨叹"悲哉，秋之为气也"，古人便多悲秋篇什。诗人却一扫悲秋之叹，昂首高吟："我言秋日胜春朝。"那万里晴空的白鹤振翅，全不见秋色之肃杀寂寥，只有高爽朗远，而白鹤排云而上所"引"的恰是诗人的凌云壮志，这情景遒劲健举，正是秋日胜春朝所特有的。

刘禹锡贬至朗州时处境非常艰难，与所携家小近十口人，挤住在城东门墙脚的茅舍，紧挨城门的谯楼，"穷巷唯秋草，高僧独扣门"（刘禹锡《赠别君素上人诗》）。此诗虽是于人生潦倒的贬谪困境中逢秋而写，却绝无怨谪伤秋的低徊哀叹，而是在对秋色的赞美中抒发出一种凌厉奋进的昂扬之气，即诗人素有的不为厄运困境所挫败的旷达之襟、豪放之气。全诗议论、写景、抒情融合，立意、想象和形象皆新颖不俗，以豪爽清朗的格调取胜，在"秋词"中可谓独发迥响。

【今译】

自古，文人墨客　　　　　——胜过
悲叹秋天的寂寥，　　　　万物欣欣的春朝。
我说这秋日　　　　　　　看，万里晴空

一只白鹤凌云翔翻，　　　　　　一怀壮志逸气
引我——　　　　　　　　　　　直入高远云霄。

石 头 城①

山围故国周遭在②，　　潮打空城寂寞回。
淮水东边旧时月，　　夜深还过女墙来③。

【注释】

①石头城：在今南京市江宁县石城山，三国时吴国孙权所筑，一般也称金陵城（今南京市）为石头城。②周遭：环绕一圈。遭，匝。③女墙：古代城墙上的城垛称"女墙"。

【赏析】

金陵曾是六朝故都，悲恨相续的史实包含了极深刻的历史教训，所以金陵怀古为咏史诗的主题之一。刘禹锡任和州刺史时作《金陵五题》，以联章方式咏金陵五处古迹，此诗是第一首。

诗人将一座荒凉破败的空城，放到群山沉寂的环围中、潮水叹息的拍打中和月色朦胧的临照中去写，亘古如斯的自然与盛衰变更的人事两相对照，寄寓了山川依旧、人事全非的无限感伤，整首诗笼罩了一层苍茫低徊的氛围。李白《苏台览古》有"只今唯有西江月，曾照吴王宫里人"。此诗的措辞、构思均与李诗相同，而境界、氛围的苍凉沉厚似又过之。

清·沈德潜《唐诗别裁》评此诗："只写山水明月，而六代豪华终归乌有，令人于言外思之。"道出了这首咏史诗含蕴而不发露，寄有于无的特点。白居易读此诗，叹赏道："后之诗人不复措辞矣！"（刘禹锡《金陵五题并序》引）

【辑评】

［明］王鏊《震泽长语》："潮打空城寂寞回"，不言兴亡，而兴亡之感溢于言外，得风人之旨。

［清］史承豫《唐贤小三昧集》：兴亡百感集于毫端，乃有此种佳制。

［清］赵彦传《唐绝诗钞注略》：《诗铎》：三、四语转而意不转，只愈添一倍寂寞景象，笔妙绝伦。

【今译】

环拥石头城的山峦　　　　　　东边的明月
还在四周，苍青　　　　　　　曾洒照六朝繁华的
一围环绕着，　　　　　　　　彻夜笙歌，
潮水一阵涌起　　　　　　　　如今，依旧多情
拍打空城颓壁　　　　　　　　从城垛后面爬上
又寂寞地一阵退落。　　　　　照着这——
当年，淮水　　　　　　　　　古都城的残破。

乌衣巷①

朱雀桥边野草花②，　　乌衣巷口夕阳斜。
旧时王谢堂前燕③，　　飞入寻常百姓家。

【注释】

①乌衣巷：原为东吴戍卒军营，因军士皆穿黑衣，故名。东晋时，王、谢两大世族居于此，在今南京市秦淮河南面。②朱雀桥：秦淮河上的浮桥，在乌衣巷入口附近，面对朱雀门。③王谢：指东晋时宰相王导、谢安等权贵。

【赏析】

这是《金陵五题》第二首，曾博得白居易"掉头苦吟，叹赏良久"（刘禹锡《金陵五题并序》引），自有其寓托深意所在。作者把当初繁华显赫的乌衣巷，放在荒僻的古桥边和夕阳惨淡的残照里，再拈出筑巢飞燕，作为昔盛今衰的见证，展示了人事的更迭、历史的变迁，蕴藉地抒发了沧海桑田的无限慨叹。此诗咏史怀古，但并不枯燥地讥评古事史实，只是写眼前寻常景物，将深沉的慨叹寄寓景中，藏而不露，引人深思。

"旧时王谢堂前燕，飞入寻常百姓家"二句，有不同的诠释。一般认为：当年王谢堂前的燕子，如今飞入寻常百姓家。或理解为：燕子回归旧巢，可旧时的王谢华宅已沦落为寻常百姓人家。实则这两种解释所表达的意蕴都与诗旨一致，即炙手可热的豪门贵族，纵使煊赫一时，也终是衰朽败落。诗人从飞燕寻巢深想，透过眼前的飞燕想到人世的盛衰荣辱，是一种以小见大的立意构思，语致深婉而感慨无穷，故为历代传诵的名句。

【辑评】

[明]周珽《唐诗选脉会通评林》：周敬曰：缘物寓意，吊古高手。周明杰曰：后二句，诗人托兴玄妙处。

[清]邹弢《精选评注五朝诗学津梁》：今日之燕即昔日之燕，何以不属王、谢之堂而入民家？感伤之意，自在言外。

俞陛云《诗境浅说续编》：朱雀桥、乌衣巷皆当日画舸雕鞍、花月沉酣之地，桑海几经，剩有野草闲花，与夕阳相妩媚耳。茅檐白屋中，春来燕子，依旧营巢，怜此红襟俊羽，即昔时王、谢堂前杏梁栖宿者，对语呢喃，当亦有华屋山丘之感矣。

【今译】

那，朱雀桥边　　　　　　　　灰寂地，斜洒。
一丛丛蓬生　　　　　　　　　昔时王谢高堂
荒凉的野草野花，　　　　　　画檐雕梁栖巢的燕子，
乌衣巷口　　　　　　　　　　如今，穿飞在
一抹衰残夕阳　　　　　　　　寻常百姓人家。

和乐天《春词》①

新妆宜面下朱楼②，　　深锁春光一院愁。
行到中庭数花朵，　　蜻蜓飞上玉搔头③。

【注释】

①和：见杜审言《和晋陵陆丞早春游望》注。②宜面：指脂粉涂抹得与容貌相宜。③搔头：簪的别称。

【赏析】

白居易的《春词》："低花树映少妆楼，春入眉心两点愁。斜倚栏杆背鹦鹉，思量何事不回头。"摄取沉思"不回头"的背影，写倚栏女子的春愁，情味深长。而刘禹锡的这首唱和诗，更见其妙。

闺楼女子新妆粉面，款款移步走下朱楼，一院春光艳丽，却满目生愁，因为这春光和她一样，闭锁在寂寞幽深的庭院，无人赏看。百无聊赖里，只好去一个个点数花朵，数着，数着，"蜻蜓飞上玉搔头"。这篇末一句尤得韵味，刻画出女子惜花伤花时凝神伫立的情态，让人体味到人物内心青春空负的幽怨；同时，也从蜻蜓错把美人当花朵的沾惹中，让人想象女子如花似玉的美貌。花亦似人，人亦如花，"为谁零落为谁开？"，真可谓人愁、花愁，一院春愁，这一结句将深深庭院里女子幽闭的孤寂愁闷，含蓄婉曲地写出。绝句诗不难于结，而难于结得有神。此诗结处巧妙地从侧面用笔，作细节的描写，结得含婉新颖，可谓有"神"。

【辑评】

［清］王士祯《唐人万首绝句选评》：末句无谓自妙，细味之，乃摹其凝立如痴光景耳。

俞陛云《诗境浅说续编》：此春怨词也，乃仅曰"春词"，故但写春庭闲事，而怨在其中。第二句言一院春愁，即其本意。

【今译】

梳妆，罢了　　　　　　　　　怏怏无聊里
粉面匀称的人儿　　　　　　一一地，点数，
婷婷袅袅走下朱楼，　　　　噢，那蜻蜓
深深庭院　　　　　　　　　错将美人当成花朵
闭着一院春光　　　　　　　轻轻盈盈
一院清寂的春愁。　　　　　立在了——
花，嫣红开着　　　　　　　秀髻的碧玉搔头。

望 洞 庭①

湖光秋月两相和②，　　潭面无风镜未磨③。

遥望洞庭山水翠， 白银盘里一青螺^④。

【注释】

①洞庭：见孟浩然《临洞庭上张丞相》注。②和：协调。③镜未磨：一作"鉴似磨"。鉴，镜子。④青螺：古代妇女画眉所用品，呈螺形，黛黑色。

【赏析】

刘禹锡的山水诗，改变大历诗人襟幅狭小、气象萧瑟的格局，常写一种半虚半实的开阔景象，如"水底远山云似雪，桥边平岸草如烟"（《和牛相公游南庄醉后寓言戏赠乐天兼见示》）之类。此诗亦然，诗人从月夜"遥望"的角度，淡雅着墨于洞庭的湖光山色。前两句写湖光，用"镜未磨"的贴切比喻，写出了粼粼湖光与柔媚月色"两相和"的迷蒙缥缈的韵味。后两句写山色，诗人想象飞驰，作一更巧妙的比喻，先把浩渺的洞庭湖比作银盘，再把湖中苍翠的君山比作玲珑的青螺，喻体皆属女性妆具，喻出了洞庭君山少女般的柔美秀色，传出一种空灵气调和清奇情趣。这"遥望"里的洞庭，水映山光，山增湖色，湖光山色又一同融入月夜，呈现出远阔、清旷而朦胧的美。

历来描写洞庭的诗文甚多，可谓"前人之述备矣"（宋·范仲淹《岳阳楼记》）。但此诗不写洞庭的壮美而写秀美，举重若轻，自然淡泊，毫无矜气作色之态，若不是诗人奇思异彩的艺术功力，是很难措笔的，确为咏洞庭诗中别具一格的佳作。

【辑评】

[宋]葛立方《韵语阳秋》：诗家有换骨法，谓用古人意而点化之，使加工也。……刘禹锡云："遥望洞庭湖水面，白银盘里一青螺。"山谷点化之，则云："可惜不当湖水面，银山堆里看青山。"

[宋]谢榛《四溟诗话》：意巧则浅，若刘禹锡"遥望洞庭湖水面，白银盘里一青螺"是也。

【今译】

湖光，澄澈
月光澄澈
融入洞庭的空阔，
无风的水面
迷蒙，平静
宛如一面铜镜未磨。

满湖粼粼浩白
映出湖心微耸的君山
凝绿含翠一抹，
恰是——
灿亮银盘里
一枚小巧玲珑的黛螺。

白居易

白居易（772—846），字乐天，号"香山居士""醉吟先生"。祖籍郡望太原（今属山西），后迁居下邽（今陕西渭南）人。出身于"世敦儒业"的官吏家庭，聪颖过人，勤学苦读。德宗贞元十六年（800）进士。宪宗元和元年（806）任盩厔尉，授翰林学士，官左拾遗。元和十年（815），因上书进谏，以越职言事之罪，自左赞善大夫贬江州司马。穆宗长庆、敬宗宝历年间，曾先后出任杭州、苏州刺史，兴修水利，恤贫安民，颇有政绩。文宗大和三年（829），以太子宾客闲职移居洛阳，常与香山寺僧人交往。武宗会昌二年（842），以刑部尚书致仕。七十五岁卒，谥号"文"，世称"白文公"。

为人才绝，以诗文著称于世。主张"文章合为时而著，歌诗合为事而作"（《与元九书》），提倡用诗歌补察时政、泄导人情，为新乐府运动的倡导者。其诗自分为讽喻、闲适、感伤和杂律四类，其中尤重"志在兼济"的讽喻诗，如《新乐府》《秦中吟》，而以《长恨歌》《琵琶行》一类感伤诗最为流行。诗风平易通俗，流传甚为广泛，有"诗魔"之称。在世时其诗已远播日本，对其平安朝文学影响颇大。早年与元稹交厚，亦称"元白"；晚年与刘禹锡唱和，世称"刘白"。有《白氏长庆集》。

卖炭翁

苦宫市也[①]。

卖炭翁，　　伐薪烧炭南山中[②]。
满面尘灰烟火色，　　两鬓苍苍十指黑。
卖炭得钱何所营[③]？　　身上衣裳口中食。
可怜身上衣正单，　　心忧炭贱愿天寒。
夜来城外一尺雪，　　晓驾炭车辗冰辙。
牛困人饥日已高，　　市南门外泥中歇。
翩翩两骑来是谁？　　黄衣使者白衫儿[④]。
手把文书口称敕[⑤]，　　回车叱牛牵向北[⑥]。
一车炭，　　千余斤，　　宫使驱将惜不得[⑦]。
半匹红纱一丈绫[⑧]，　　系向牛头充炭直[⑨]。

【注释】

①宫市：即皇宫采买。旧制，皇宫日用所需由官府承办，后改派由太监（宫使）直接向民间采购。宫使视其所需物，往往不付分文，或以贱价勒索而去，名为"宫市"，实是一种公开的掠夺。②伐薪：砍柴。南山：终南山。③何所营：所经营的是什么？即做什么用？④"黄衣"句：唐代宦官品级较高的穿黄衣，无品级的穿白衣。使者，皇宫派出的采办人。⑤文书：公文。敕（chì）：皇帝的命令。⑥"回车"句：唐代长安宫廷在城北，炭车歇在城南市场，所以掉转车牵向城北。⑦驱将：把炭车赶走。将，语助词，无义。⑧"半匹"句：唐代商品交易，绢帛等丝

织品可代货币使用。半匹，二丈。⑨直：同"值"。

【赏析】

白居易志在济世，作诗"补察时政"，其讽喻诗以《新乐府》五十首为最，其内容、形式都是当时诗坛的一大创新。此诗题小序云"苦宫市也"，旨在通过卖炭翁的不幸遭遇，揭示宫市勒索敲诈的弊端。

白居易擅长叙事诗，此诗叙事曲折详尽。从伐薪、烧炭、驾炭车、辗冰辙到泥中歇，一切盘算都在半匹红纱中化为泡影，前面所希望的越急切强烈，越衬出最后希望落空的可悲可痛，诗人由喜到悲娓娓叙来，扣人心弦。同时，此诗描写人物神情毕肖：宫使"手把文书口称敕，回车叱牛牵向北"的骄横跋扈，卖炭翁"满面尘灰烟火色，两鬓苍苍十指黑"的憔悴苍老，都一一宛若眼前。而且细腻刻画人物的复杂心理"可怜身上衣正单，心忧炭贱愿天寒"，揭示人物心态真切，并深入到辛酸悲哀的底蕴。

此诗写事、写人、写人物心理达到了完美统一，较之一般的叙事诗更能战栗人心。它没有白居易新乐府诗常见的"卒章显其志"的套式，而是在矛盾冲突的高潮处戛然止住，止得含蕴有力。全篇不著一句评断语，其讽喻之意自见。从这首诗可见出白居易新乐府诗歌"其事核而实，其言直而切，其辞质而径"（白居易《〈新乐府〉序》）的创作特点。

【辑评】

[清]乾隆敕编《唐宋诗醇》：直书其事，而其意自见，更不用著一断语。

陈寅恪《元白诗笺证稿》：宫市者，乃贞元末年最为病民之政，宜乐天《新乐府》中有此一篇。且其事又为乐天所得亲有见闻者，故此篇之摹写，极生动之致也。……更有可论者，此篇径直铺叙，与史文所载者不殊，而篇末不著己身之议论，微与其他诸篇有异，然其感慨亦自见也。

【今译】

卖炭翁，砍柴烧炭　　　　　　　清早驾起炭车
终年劳作在终南山。　　　　　　辗过冰辙的道道坎坎。
烟熏火烤　　　　　　　　　　　太阳渐渐升高
焦黄尘灰扑满一脸，　　　　　　牛乏人饥，又渴，
花白的两鬓　　　　　　　　　　终于来到南门外
映十指枯黑如炭。　　　　　　　歇脚在集市的泥滩。
卖炭得来的钱　　　　　　　　　忽然迎面来的
只为遮体的衣服　　　　　　　　是谁？头昂得高高
充饥的三餐。　　　　　　　　　骑着大马翩翩，
可怜他，身上衣服　　　　　　　是，宫中的黄衣使者
又薄又单，　　　　　　　　　　身上飘着白绸套衫。
担心炭价太低　　　　　　　　　手持一纸文书
却愿天气更冷更寒。　　　　　　口称奉旨采办，
昨夜大雪纷纷　　　　　　　　　大声地叱转牛头
城外一尺多深铺满，　　　　　　一直牵向京城的北面。

一车炭，千余斤　　　　加一丈白绢，
眼看着牵走了，　　　　随手挂在牛角上
心里痛惜却不敢言。　　就这样——
那，薄薄半匹红纱　　　充作了一车炭钱。

长 恨 歌

汉皇重色思倾国①，　　御宇多年求不得②。
杨家有女初长成，　　　养在深闺人未识。
天生丽质难自弃，　　　一朝选在君王侧③。
回眸一笑百媚生，　　　六宫粉黛无颜色④。
春寒赐浴华清池⑤，　　温泉水滑洗凝脂⑥。
侍儿扶起娇无力，　　　始是新承恩泽时。
云鬓花颜金步摇⑦，　　芙蓉帐暖度春宵。
春宵苦短日高起，　　　从此君王不早朝。
承欢侍宴无闲暇，　　　春从春游夜专夜。
后宫佳丽三千人，　　　三千宠爱在一身。
金屋妆成娇侍夜⑧，　　玉楼宴罢醉和春。
姊妹弟兄皆列土⑨，　　可怜光彩生门户⑩。
遂令天下父母心，　　　不重生男重生女⑪。
骊宫高处入青云，　　　仙乐风飘处处闻。
缓歌慢舞凝丝竹⑫，　　尽日君王看不足。
渔阳鼙鼓动地来⑬，　　惊破《霓裳羽衣曲》⑭。
九重城阙烟尘生⑮，　　千乘万骑西南行⑯。
翠华摇摇行复止，　　　西出都门百余里。
六军不发无奈何，　　　宛转蛾眉马前死⑰。
花钿委地无人收⑱，　　翠翘金雀玉搔头⑲。
君王掩面救不得，　　　回看血泪相和流。
黄埃散漫风萧索，　　　云栈萦纡登剑阁⑳。
峨眉山下少人行㉑，　　旌旗无光日色薄。
蜀江水碧蜀山青，　　　圣主朝朝暮暮情。
行宫见月伤心色，　　　夜雨闻铃肠断声㉒。
天旋地转回龙驭㉓，　　到此踌躇不能去。

马嵬坡下泥土中，　　不见玉颜空死处[24]。
君臣相顾尽沾衣，　　东望都门信马归[25]。
归来池苑皆依旧，　　太液芙蓉未央柳[26]。
芙蓉如面柳如眉，　　对此如何不泪垂？
春风桃李花开日，　　秋雨梧桐叶落时。
西宫南内多秋草[27]，　　落叶满阶红不扫。
梨园弟子白发新[28]，　　椒房阿监青娥老[29]。
夕殿萤飞思悄然，　　孤灯挑尽未成眠。
迟迟钟鼓初长夜，　　耿耿星河欲曙天[30]。
鸳鸯瓦冷霜华重[31]，　　翡翠衾寒谁与共[32]？
悠悠生死别经年，　　魂魄不曾来入梦。
临邛道士鸿都客[33]，　　能以精诚致魂魄[34]。
为感君王辗转思，　　遂教方士殷勤觅[35]。
排空驭气奔如电，　　升天入地求之遍。
上穷碧落下黄泉[36]，　　两处茫茫皆不见。
忽闻海上有仙山，　　山在虚无缥缈间。
楼阁玲珑五云起，　　其中绰约多仙子[37]。
中有一人字太真，　　雪肤花貌参差是[38]。
金阙西厢叩玉扃[39]，　　转教小玉报双成[40]。
闻道汉家天子使，　　九华帐里梦魂惊[41]。
揽衣推枕起徘徊，　　珠箔银屏迤逦开[42]。
云鬓半偏新睡觉[43]，　　花冠不整下堂来。
风吹仙袂飘飘举，　　犹似《霓裳羽衣》舞。
玉容寂寞泪阑干[44]，　　梨花一枝春带雨。
含情凝睇谢君王，　　一别音容两渺茫。
昭阳殿里恩爱绝[45]，　　蓬莱宫中日月长[46]。
回头下望人寰处，　　不见长安见尘雾。
惟将旧物表深情，　　钿合金钗寄将去[47]。
钗留一股合一扇，　　钗擘黄金合分钿[48]。
但教心似金钿坚，　　天上人间会相见。
临别殷勤重寄词，　　词中有誓两心知。
七月七日长生殿[49]，　　夜半无人私语时。
在天愿作比翼鸟[50]，　　在地愿为连理枝[51]。
天长地久有时尽，　　此恨绵绵无绝期。

【注释】

①汉皇：此指唐皇李隆基。倾国：见李白《清平调词》注。②御宇：驾御宇内，即统治天下。③"杨家有女"四句：杨玉环为蜀州司户杨玄琰之女，随叔父杨玄珪入长安。初为唐玄宗子寿王李瑁妃，后被唐玄宗看中，为掩人耳目，先将其度为女道士，号"太真"，天宝四年（745）册封为贵妃。此处有意隐讳其事。丽质，美丽的姿质。④六宫粉黛：指宫内所有的嫔妃。粉黛，女子化妆所用物品，此代指宫妃。⑤华清池：华清宫温泉浴池。唐玄宗常去骊山避寒，辟温泉多处，建温泉宫，后改名华清宫（又称"骊宫"）。⑥凝脂：形容肌肤白嫩润滑。《诗经·硕人》："肤如凝脂。"⑦云鬓：女子丰盛浓黑如乌云的头发。金步摇：一种用金丝制成花枝形状的头饰，缀有垂珠，插于发鬓，移步则摇，故名"步摇"。⑧金屋：据宋·乐史《太真外传》：杨贵妃在华清宫有梳妆之所，叫"端正楼"。此处借"金屋藏娇"典故，称之。⑨列土：即分封土地，指封官晋爵。列，通"裂"。史载，杨玉环册封为贵妃后，三位姐姐分别封为韩国夫人、虢国夫人、秦国夫人。其堂兄杨铦、杨锜均得高官，杨钊赐名国忠，官右丞相。⑩怜：爱、羡慕。⑪"不重"句：唐·陈鸿《长恨歌传》记当时民歌："生女勿悲酸，生男勿欢喜。""男不封侯女作妃，看女却为门上楣。"⑫凝丝竹：此指歌舞与乐曲配合，丝丝入扣。⑬渔阳：唐郡名，在今津蓟县一带，时安禄山任平卢、范阳、河东三镇节度使，渔阳为范阳所辖郡。此借指安禄山叛乱起兵之处。⑭《霓裳羽衣曲》：唐代著名舞曲，共十二遍。从西凉传入，本名《婆罗门》，开元时河西节度使杨敬述进献，曾经唐玄宗润色改编。北宋时教坊还能歌，舞已失传。⑮九重城阙：九为阳数之极，所以皇帝所居城阙有九层门，此代指京城。⑯"千乘（shèng）"句：天宝十五载（755）六月，安禄山攻破潼关，唐玄宗等从延秋门出京，仓皇向西南逃奔。乘，马车。⑰"翠华"四句：翠华，装饰有翠鸟羽毛的旗子，皇帝仪仗中所用，此代指皇帝的车驾。六军，古代天子有六军，此指护卫皇帝的羽林军。宛转，柔婉悱恻的情态。据宋·司马光等《资治通鉴》载，唐玄宗等西奔，至距长安百余里的马嵬坡（今陕西兴平县），饥疲愤怒的将士发难，不肯行进，大将军陈玄礼杀杨国忠以平民怨，又请诛杨贵妃。唐玄宗几经踌躇，为情势所逼，"乃命（高）力士引贵妃于佛堂，缢杀之。舆尸置驿庐"。⑱钿（diàn）：一种镶嵌金花的首饰。委地：委弃在地。委，弃。⑲翠翘：一种形如翠鸟尾翘的金钗。金雀：一种雀形金钗。⑳云栈：高入云间的栈道。萦纡（yū）：迂回曲折。㉑峨眉山：由长安至成都不经峨眉山，此借指蜀地的山。㉒"夜雨"句：唐·郑处诲《明皇杂录·补遗》：唐玄宗入蜀时，"初入斜谷，霖雨涉旬，于栈道中闻铃声，与山相应，上既悼念贵妃，因采其声为《雨霖铃曲》，以寄恨焉"。宋·乐史《太真外传》："上皇既居南内……至德中，复幸华清宫，从官嫔御，多非旧人。上于望京楼下，命张野狐奏《雨霖铃》曲。曲卒，上四顾凄凉，不觉流涕，左右亦为感伤。"㉓天旋地转：喻指局势好转。至德二年（757）十月郭子仪收复长安，唐肃宗派人至蜀迎玄宗还京。龙驭：皇帝车驾。㉔空死处：空见死处。空，徒然。㉕信：任随。㉖太液、未央：原为汉代宫殿内的池名、殿名，此处借指唐朝的宫廷苑池。㉗西宫：指太极宫，也称"西内"。南内：指兴庆宫，也称"南苑"。唐玄宗自蜀返京后，始居南内，后迁于西内，实为软禁。㉘梨园弟子：唐玄宗亲自调教的乐工声伎。宋·程大昌《雍录》载："开元二年，置教坊于蓬莱宫，上自教法曲，谓之'梨园弟子'。至天宝中，即东宫置宜春北苑，命宫女数百人为梨园弟子，即是。"㉙椒房：后妃居住的宫殿。以花椒和泥涂抹墙壁，取其香暖而多子，故名。阿监：宫中女监（女侍官）。青娥：年轻貌美。㉚"迟迟"二句：钟鼓，指夜晚报更的钟鼓声。耿耿，明亮貌。欲曙天，天欲晓时。㉛鸳鸯瓦：嵌合成对的瓦，即两片瓦一仰一俯扣合在一起。㉜翡翠衾：绣有翡翠鸟的被子。谁与共：即"与谁共"。㉝临邛（qióng）：今四川邛崃县。鸿都：东汉洛阳宫门名，此借指长安。㉞致魂魄：使杨贵妃的亡魂被招来。㉟方士：有法术的人，此指临邛道士。㊱碧落、黄泉：天上、地下。古人认为天有九层，最高一层为"碧落"，地有九层，最低一层为"黄泉"，也称"九天""九泉"。㊲"楼阁"二句：五云，五彩祥云。绰约，风姿美好的样子。㊳参差：此意为仿佛，差不多。㊴玉扃（jiōng）：美玉琢成的门扇。扃，本指门闩或门环，也指代门扇。㊵小玉：传记中吴王夫差的女儿。双成：即董双成，相传为王母的侍女，《汉武帝内传》："西王母命玉女董双成吹云和之笙。"此处小玉、双成借指杨贵妃在仙府的婢女。㊶九华帐：彩饰华丽的床帐。㊷珠箔（bó）：用珍珠串编的门帘。银屏：用银丝镶饰的屏风。迤逦（yǐlǐ）：接连不断。㊸新睡觉：刚睡醒。㊹寂寞：孤单清冷。泪阑干：泪水纵横流淌。㊺昭阳殿：见杜甫《哀江头》注，此借指杨贵妃生前在长安的寝宫。㊻蓬

莱宫：此指杨贵妃在仙府的居室。㊼钿合：镶嵌珠宝的金盒。㊽"钗留"两句：语意倒置，意为掰开黄金钗，分开钿盒，留下一股钗和一扇盒。擘（bò），剖，分开。㊾长生殿：唐宫殿名，天宝元年（742）建，又名"集灵台"，是祭神的宫殿。㊿比翼鸟：又名"鹣鹣"，飞时雌雄相从，据说产于南方。⑤连理枝：异本草木，枝干连生在一起。

【赏析】

《长恨歌》写于宪宗元和元年（806），距安史之乱已相隔了五十年。时白居易任盩厔（今陕西周至）县尉，暇日，与友人陈鸿、王质夫携游马嵬驿附近的仙游寺，有感于唐玄宗和杨贵妃的旧事，写了这首长诗。此诗于当时"不胫而走，传遍天下"（清·赵翼《瓯北诗话》），甚至流传到日本被改编成戏曲演唱，唐朝以后至今，更是脍炙人口。陈鸿同时所写传奇《长恨歌传》，亦为名作。

此诗以李隆基、杨玉环的爱情悲剧为题材，围绕题目的"长恨"来写。"长恨"，即无穷无尽的憾恨，是就李、杨二人的生死相思、永无见期而言。全诗结构上可分为两大部分。第一部分从"重色"说起，写唐皇求色、得色而恋色，以致荒政误国、安史之乱骤起。中间用"渔阳鼙鼓动地来，惊破《霓裳羽衣曲》"两句，收上启下。第二部分从奔蜀说来，写马嵬兵变的宛转缢死、入蜀栈道的夜闻雨铃、返京途中的踌躇不去，以及回长安后的睹物思人，一直到上天入地的寻找、仙境的托物寄词。诗的前半部分写二人耽于享乐的爱恋，后半部分写其生离死别的相思，从导致"长恨"之原由写到"长恨"本身，前面的极度之乐，反衬出后面的无尽之哀，最后以"天长地久有时尽，此恨绵绵无绝期"点明题旨。全篇情节曲折起伏，章法上前后勾连，叙述重大史事简洁，故事剪裁得当而不露痕迹，表现出精巧独特的艺术构思。

同时，诗人在叙事中将写景与抒情融合。抓住有特征的景物反复烘托渲染，委婉表达出人物蕴蓄在内心深处的情感。如写唐玄宗返回长安后的苦苦思念：芙蓉如面、柳叶如眉而泪垂，春风桃李、秋雨梧桐而伤怀，夕殿萤飞、孤灯灰冷而不眠，钟鼓迟迟、星河耿耿而夜长，瓦冷霜重、翡翠衾寒而孤冷。春夏秋冬，朝朝暮暮，处处触景生情，时时睹物怀人，如此反复烘染、层层铺写，使人物的情感不断回旋上升，并逐步推动悲剧性故事情节向高潮发展，从而将其"长恨"表现得淋漓尽致。

诗人写李、杨之爱情悲剧，应有讽喻的一面。唐·陈鸿《长恨歌传》云："乐天因为（作）《长恨歌》，意者不但感其事，亦欲惩尤物，窒乱阶，垂于将来也。"是说白居易写《长恨歌》，旨在劝诫以后的君主不要贪色误国。从此诗所写来看，一个恋色荒政，一个恃色而娇，一同酿成并吞食"长恨"的苦果，所谓"思倾国，果倾国矣"。人们读后，既有对二人生死爱恋的同情，也有对其咎由自取的指责。

《长恨歌》为古代长篇歌行的绝唱。作为一首抒情成分很浓的叙事长诗，它将李、杨的生死恋情表现得波澜层生又宛转动人；而且语言明丽流畅，音调优美和谐，许多句子一读成诵。如清·吴北江所称赏的："如此长篇，一气舒卷，时复风华掩映，非有绝世才力，未易到也。"（清·高步瀛《唐宋诗举要》引）

【辑评】

[清]吴乔《围炉诗话》：《连昌》《长恨》《琵琶行》，前人之法变尽矣。

[清]沈德潜《唐诗别裁》：时有一妓夸于人曰："我能诵白学士《长恨歌》，岂与他妓等哉！"诗之见重于时如此。

［清］乾隆敕编《唐宋诗醇》：居易诗词特妙，情文相生，沉郁顿挫，哀艳之中，具有讽刺。"汉皇重色思倾国"，"从此君王不早朝"，"君王掩面救不得"，皆微词也。……结处点清"长恨"，为一诗结穴，戛然而止，全势已足，更不必另作收束。

【今译】

唐皇欲求佳人
重倾国之美色，
可是，统治天下多年
一直无处寻得。
刚刚出落成人
杨家有个好女儿，
养育在深闺之中
还无人知觉。
天生丽质
难以长久自我埋没，
果然有一天
被选在君王身侧。
她，回眸一笑
千娇百媚嫣然而生，
那六宫佳人
美丽顿时黯然失却。
正值春寒料峭
赐浴在华清宫阙，
温泉的水，滑软
肤如凝脂嫩白。
待侍女扶起
一身无力娇慵羞怯，
就在这一刻
初次承受君王恩泽。
——乌黑的秀发
如花的容貌
头上金钗一步一摇，
芙蓉绣帐中
融暖，欢度春宵。
只恨春宵太短
睡意正深正浓
太阳已照在花梢，
从此以后

多情君王不再早朝。
——侍宴陪酒
没有半点闲暇
君王的欢爱一人独承，
春光明媚里
携手游遍春苑
夜夜伴君，春眠深深。
后宫的佳丽
花团锦簇三千人，
三千宠爱
尽聚集在她一身。
华美的梳妆楼上
淡眉待枕，斜月沉沉，
玉楼宴饮罢了
芳薰的春天
与她一起醉倒君王。
个个封官晋爵
是她的姊妹兄弟们，
叫人羡慕的光彩
炫耀杨家门庭。
这使天下父母心，
不重生男孩
只愿生个封妃的千金。
啊，骊山华清宫
玉楼金殿耸入青云，
宫中，美妙仙乐
随风飘散处处可闻。
轻歌曼舞
扣着琴弦箫管声声，
君王如醉如痴
整日里，看不尽。

突然，渔阳战鼓传来

地动天震，
惊破《霓裳羽衣曲》
君王春梦骤醒。
京城宫阙
烟尘，扬起纷纷
万乘千骑拥着龙驾
向西南仓皇逃奔。
旌旗飘飘摇摇
匆匆，忽然又停，
才西出都门
不到百余里路程。
君王无奈——
护驾六军不再前行，
转眼间，一丈白绫
缢死在马蹄前
佳人，柔婉凄零。
鬓边的花钿撒落
也无人拾取，
翠翘金雀和玉簪
一地凌乱，没入路尘。
君王掩面无力救得
一步一回头
泪血将泥土染浸。
——萧索秋风
卷起阵阵黄尘沙碛，
沿云遮雾绕的栈道
曲曲折折
登上险峻剑门。
峨眉山下荒凉冷落
路上，不见行人，
旌旗暗无光彩
日色也淡薄不明。
蜀江的碧流
蜀山的翠色，
就像君王朝朝暮暮
相思不已的深情。
行宫夜深时

月光惨白地伤心，
阴晦连绵的雨夜
不忍听栈铃肠断音。
——天旋地转
战乱平息起驾回京，
路经马嵬坡时
徘徊，马蹄不忍行。
马嵬坡下
血浸的泥土荒冷，
不见爱妃玉颜
只空剩一地
依稀缢死处的凄清。
君臣，相顾无语
落泪沾湿衣襟，
失魂落魄
踏上回归的路
随马由缰，东望都门。

归来，宫中林苑
如旧的草木花开，
太液池的粉荷
未央殿的翠柳
依然一苑清新艳美。
荷花，似她的脸
柳叶似她的眉，
对此地此景
君王怎不涟涟泪垂？
从春风吹开桃李，
到梧桐黄叶
在潇潇秋雨中飘飞。
西宫南苑寥落
秋草夕阳一抹衰颓，
落花残叶
铺满了台阶，不扫
一任它随风飘吹。
椒房的阿监
红颜渐衰，渐退，

当年的梨园弟子
一头白发杂堆。
夜晚，流萤划过
引一怀思忆，心碎，
夜深不眠里
挑尽孤灯的冷灰。
枕上，听城楼更鼓
将漫长的夜
一声一声地催，
窗外，银河在闪烁
凝看天边，直到
透出一缕晨光熹微。
冰冷的鸳鸯瓦上
一层薄霜凝坠，
寒气侵人的翡翠锦被
长夜相拥，与谁？
如今，一生一死
整整一年相隔，
死后的芳魂
还不曾入君王的梦寐。

有一个临邛的道士
客游京都长安，
能用精诚之心
招致死者的魂灵再现。
派他去寻找，只因
君王的辗转不眠。
那方士腾云驾雾
飞驰如同雷鸣闪电，
升天，入地
四面八方都寻遍。
高处的碧空
底下的黄泉，
两处渺渺空茫，不见。
忽然听说
东海之上有座仙山，
仙山云蒸霞蔚

高耸在虚无缥缈间。
玲珑的楼阁亭台
绕着五彩云霞，
仙阁中住有许多
风姿绰约的天仙。
——其中一位叫太真，
雪肤，花貌
仿佛是要寻找的人。
方士来到仙宫
叩响玉琢的西厢殿门，
请小玉转告
要董双成报知太真。
听说唐家天子
派来寻访的使臣，
九华帐幔中
惊断沉睡的梦魂。
揽衣推枕
起身，徘徊不定，
珠帘与银屏
依次推开一层又一层。
她，云髻半偏
蒙胧睡眼才醒，
急步匆匆走下殿堂
头上花冠未整。
清风吹拂她的衣袖
飘飘然举起，
仿佛是当年
一曲《霓裳羽衣》舞
旋转着一身轻盈。
她，淡淡愁容
坠着清泪滢滢，
就像一枝初春的梨花
沾润雨滴的清新。
——为谢君王情意
她含情凝视
泪落如雨，潸潸，
诉说分别之后

音容笑貌两相渺然。
那，昭阳殿里
昔日的无限恩爱已断，
这蓬莱仙宫
独守寂寞，漫漫。
常回头，向下遥看
纷然喧闹的人间，
一片云雾迷茫
不见京城长安。
唯有拿出当年旧物
表白心中的思念，
请把金钗钿盒
这两件信物带还。
金钗留一股
钿盒留一扇，
我与他，各执一半。
只愿君王的心
像金钗银钿牢坚，
人间，天上

总有一天会再相见。
——临别又托方士
殷切把话传递：
词中的誓愿
只有两人心心相知。
那年，骊山长生殿
正是七月七夕，
夜半悄无人声
私里立下山盟海誓：
在天上，愿是
双飞的比翼鸟，
在地上愿为
同生死的连理枝。
啊，天长地久
有尽，可
这生死别离的憾恨
绵绵长长
永远没有断绝时。

琵琶行（并序）①

元和十年，予左迁九江郡司马。明年秋，送客湓浦口。闻舟中夜弹琵琶者。听其音，铮铮然有京都声。问其人，本长安倡女，尝学琵琶于穆、曹二善才。年长色衰，委身为贾人妇。遂命酒，使快弹数曲，曲罢悯然。自叙少小时欢乐事，今漂沦憔悴，转徙于江湖间。余出官二年，恬然自安。感斯人言，是夕始觉有迁谪意。因为长歌以赠之，凡六百一十六言，命曰《琵琶行》。②

浔阳江头夜送客，　枫叶荻花秋瑟瑟③。
主人下马客在船，　举酒欲饮无管弦。
醉不成欢惨将别，　别时茫茫江浸月。
忽闻水上琵琶声，　主人忘归客不发。
寻声暗问弹者谁，　琵琶声停欲语迟。
移船相近邀相见，　添酒回灯重开宴④。
千呼万唤始出来，　犹抱琵琶半遮面。
转轴拨弦三两声⑤，　未成曲调先有情。

弦弦掩抑声声思⑥，似诉平生不得志。

低眉信手续续弹⑦，说尽心中无限事。

轻拢慢捻抹复挑⑧，初为霓裳后六幺⑨。

大弦嘈嘈如急雨，小弦切切如私语⑩。

嘈嘈切切错杂弹，大珠小珠落玉盘。

间关莺语花底滑⑪，幽咽流泉冰下难⑫。

冰泉冷涩弦凝绝⑬，凝绝不通声渐歇。

别有幽愁暗恨生，此时无声胜有声。

银瓶乍破水浆迸，铁骑突出刀枪鸣。

曲终收拨当心划⑭，四弦一声如裂帛。

东船西舫悄无言，惟见江心秋月白。

沉吟放拨插弦中⑮，整顿衣裳起敛容⑯。

自言本是京城女，家在虾蟆陵下住⑰。

十三学得琵琶成，名属教坊第一部⑱。

曲罢曾教善才服，妆成每被秋娘妒⑲。

五陵年少争缠头⑳，一曲红绡不知数。

钿头银篦击节碎㉑，血色罗裙翻酒污。

今年欢笑复明年，秋月春风等闲度。

弟走从军阿姨死，暮去朝来颜色故㉒。

门前冷落车马稀，老大嫁作商人妇。

商人重利轻别离，前月浮梁买茶去㉓。

去来江口守空船，绕船明月江水寒。

夜深忽梦少年事，梦啼妆泪红阑干。

我闻琵琶已叹息，又闻此语重唧唧㉔。

同是天涯沦落人，相逢何必曾相识。

我从去年辞帝京，谪居卧病浔阳城。

浔阳地僻无音乐，终岁不闻丝竹声。

住近湓江地低湿，黄芦苦竹绕宅生㉕。

其间旦暮闻何物？杜鹃啼血猿哀鸣。

春江花朝秋月夜，往往取酒还独倾。

岂无山歌与村笛？呕哑嘲哳难为听㉖。

今夜闻君琵琶语，如听仙乐耳暂明。

莫辞更坐弹一曲，为君翻作琵琶行㉗。

感我此言良久立，却坐促弦弦转急㉘。

凄凄不似向前声，　　满座重闻皆掩泣。

座中泣下谁最多？　　江州司马青衫湿㉙。

【注释】

①琵琶行：一作《琵琶引》。行、引，都是乐府歌辞的一体。②九江郡：隋代郡名，唐时改为浔阳郡、江州，治所在今江西九江市。司马：州刺史的辅佐官吏，实为闲职。溢（pén）浦口：九江市郊溢水流入长江处，又叫"溢口"。善才：唐代著名琵琶师，后泛指善弹琵琶的艺人，或用作乐师的通称。委身：托身。贾（gǔ）人：商人。出官：由朝廷京官外贬为州县地方官。恬然：心平气和的样子。长句：七言诗叫"长句诗"。③瑟瑟：风吹草木的声音。④回灯：把熄了的灯重新燃起。⑤转轴：拧转琵琶的弦柱，以调音定调。⑥掩抑：形容弦声低徊。⑦信手：随手。续续：连接不断。⑧"轻拢"句：拢，以左指扣弦；捻，左指揉弦；抹，右手下拨；挑，右手上拨。拢、捻、抹、挑，都是弹琵琶的指法。⑨《霓裳》：《霓裳羽衣曲》，见前《长恨歌》注。《六幺》：唐代大曲名，为歌舞曲。⑩大弦、小弦：指粗弦、细弦。嘈嘈：形容声音沉重洪大。切切：形容声音尖细急促。⑪间关：宛转的鸟鸣声。滑：轻快流利。⑫冰下难：形容滞涩不畅。一作"水下滩"。⑬凝绝：凝结滞塞。⑭拨：套在指上拨弦的工具，用象牙、牛角等材料制作。⑮沉吟：欲言又止而沉静思忖的样子。⑯敛容：收敛脸色，变得严肃矜持。⑰虾蟆陵：即下马陵，在长安城东南曲江附近，是当时有名的歌舞游乐区。⑱教坊：官办掌管音乐的机关。唐代置左、右教坊，掌管优伶杂技，教练歌舞。⑲秋娘：当时长安很负盛名的歌妓，此泛指乐伎。⑳五陵：汉代五位帝王的陵墓（高祖长陵、惠帝安陵、景帝阳陵、武帝茂陵、昭帝平陵），均在长安附近。汉代皇帝每建一个陵墓，就将各地的豪富、外戚迁居于此。"五陵年少"，指富贵权势人家的子弟。缠头：古代妓女歌舞时用罗锦缠头，故观者常赠绢帛之类作为彩礼，称"缠头彩"，后来多以钱物代之。㉑钿头银篦（bì）：上端镶嵌金饰花状的银梳。击节：打拍子。㉒颜色故：容颜衰老。㉓浮梁：县名，唐代属饶州，治所在今江西景德镇市北。㉔唧唧：叹息声。㉕黄芦：芦苇。苦竹：竹的一种，四、五月开绿色或淡紫色花，其笋味苦。㉖呕哑嘲哳（zhāozhā）：形容声音不悦耳，杂乱细碎。㉗翻：按曲调写成歌词，此指写诗。㉘却坐：退回原位坐下。促弦：紧弦，即把音调定高。㉙青衫：同"青袍"，青色官服，见刘长卿《别严士元》注。

【赏析】

此诗写于宪宗元和十一年（816）秋，白居易因直言进谏贬官江州的第二年。此诗实为借他人杯酒浇自己胸中之块垒，宋·洪迈《容斋随笔》认为，夜遇琵琶女事未必可信，乃借此抒发"天涯沦落之恨"。诗中所写的弹者与听者，一个技艺精绝却沦落江湖，一个才志宏大而贬逐僻地，身份虽异而人生遭遇相似。"同是天涯沦落人，相逢何必曾相识"的深沉慨叹，将处于社会底层的琵琶女的身世与被浊世压抑的正直官吏的遭际相互映衬，写出了历代不幸艺人和文人的共同命运，具有普遍而深刻的社会意义。

这首长篇叙事诗，以叙述、描写为主而夹以议论、抒情。诗人于叙述中善用景物描写来渲染情感，如借"枫叶荻花秋瑟瑟"，写与客惜别的落寞悲凉；借"绕船明月江水寒"，写商人妇的孤独寂寞；借"黄芦苦竹绕宅生"，写自己谪居卧病的凄苦等。同时，在人物描写上也细致传神。特别是诗人着力铺垫、烘染琵琶女的出场，从秋夜送客的惨别忽闻—寻声暗问—移船相邀—琵琶遮面，可谓"千呼万唤始出来"，微妙地刻画出琵琶女迟疑腼腆、欲言又止的矛盾复杂心情。

此诗摹写音乐尤有独到之处。诗人大量借助比喻，将抽象难以捕捉的乐声描绘成具体可感的视觉形象，闻之，使人身临其境。如"大弦嘈嘈如急雨，小弦切切如私语""大珠小珠落玉盘""间关莺语花底滑，幽咽流泉冰下难""银瓶乍破水浆迸，铁骑突出刀枪鸣"等，用一连串人们熟知的喻体，形象地描写了琵琶乐声先"错杂"，再由"滑"而"涩"，后"凝绝"的种种变化，令人耳不暇接。此外，诗人还微妙地用无声衬托有声，如"别有幽愁暗恨生，此时无声胜有声""东船西舫悄无言，惟见江心秋月白"等，皆于虚中见实，如同用乐曲终止后的余韵来突出音乐效果，留给人涵咏回味的空间。

这首《琵琶行》思想内涵深刻，艺术上听觉形象与视觉形象融合，达到了绘形绘声而出神入化的境界。它与《长恨歌》并有"古今长歌第一"（明·何良俊《四友斋丛说》）之誉。唐宣宗李忱《吊白居易》云："童子解吟《长恨》曲，胡儿能唱《琵琶篇》。"可见此诗当时流传极广。

【辑评】

[明]唐汝询《唐诗解》：《连昌》纪事，《琵琶》叙情，《长恨》讽刺，并长篇之胜。

[明]周珽《唐诗选脉会通评林》：唐汝询曰：此乐天宦游不遂，因琵琶以托兴也。……香山善铺叙，繁而不冗，若百衲衣手段，如何学得？

[明]周珽《唐诗选脉会通评林》：陆时雍曰：形容仿佛。又曰：作长歌须得崩浪奔雷、蓦涧腾空之势，乃佳；乐天只一平铺次第。

[清]乾隆敕编《唐宋诗醇》：满腔迁谪之感，借商妇以发之，有同病相怜之意焉。比兴相纬，寄托遥深，其意微以显，其意哀以思，其辞丽以则。

【今译】

浔阳江头，送客
夜色淡笼着一层清冷，
风中，枫叶荻花
摇曳瑟瑟秋声。
陪客下马来到船中，
举起饯别的酒
欲饮，无管弦助兴。
闷醉不成欢娱
惨淡了一怀别时心情，
江上，秋水茫茫
明月如沉璧倒映。
忽然，听得水面上
飘来清晰的琵琶声，
我，忘了归去
客人也不愿启程。
是何人弹奏
不由循声探问，
琵琶声，停了
却迟迟不肯答话相应。
移船靠近，相邀，
添酒加菜

重新开宴燃亮银灯。
千呼万唤，她
缓缓移步走出船舱，
怀抱一支琵琶
犹遮半面的着涩矜持。
先拧转轴子
再拨动丝弦二三声，
还未弹成曲调
已流溢出心绪的不平。
每一弦，在叹息
声声都是情思深沉，
像是要倾诉
不得意的悲哀平生。
她，随手续续地弹
一双愁眉低颦，
仿佛弹出心中
无限往事的伤心。
纤手慢捻轻拨
娴熟地又抹又挑，
初弹慢调《霓裳羽衣曲》
再弹《六么》促音。

大弦，嘈嘈粗重
似狂风暴雨一阵，
小弦，切切柔细
如小儿女私语轻轻。
嘈嘈切切地杂弹
如大珠小珠
纷纷，坠落玉盘的晶莹。
轻快流利时，是
叶下花底哢哢流莺，
悲抑滞塞时
是冰下泉水咽哽。
冰泉凝固了
琵琶弦子也冻结了，
乐声渐歇，渐停。
但在她心里
别有幽恨暗暗滋生，
此时——
无声胜过有声。
突然，像银瓶撞破
水浆一地溅进，
又像一队铁骑骤然杀出
战马刀枪齐鸣。
曲子，终了
从弦索中间戛然划过，
四弦齐声一响
如"唰"地撕裂绸绫。
东边西边的船舫
悄然，无人言语，
一轮皎白秋月
在粼粼江心沉浸。
她，沉吟片刻
放下拨子插入弦中
整理衣裙，起身，
稍微收敛脸色
顿时变得庄重端正。
细语陈说道：原本是
京城良家女子，

家住长安虾蟆陵。
十三岁学成弹琵琶，
技艺精巧
教坊第一部排名。
曾经，琵琶弹罢
赢得曲师的叹服相敬，
也常使歌女妒嫉
每当梳妆后
黛眉粉脸，盈盈。
富家公子们
争先恐后以彩礼相赠，
一曲一弹
无数湘绸蜀锦。
赏听者欣然击节
敲碎钿金篦银，
大红罗裙上，残留
酒泼的点点污痕。
今年歌宴欢笑
明年，欢笑宴饮，
多少秋月春风
年复一年随便耗尽。
苑中，阿姨辞别人世
兄弟从军应征，
朝来暮去寻欢
不觉黯淡了红颜青春。
门前，车马冷落，
年老色衰
只得委屈嫁与商人。
商人，重财轻离，
上月浮梁买茶经商
留下我只身单影。
每日，眺看江上
风帆来来往往
独守一船孤零，
只有月光依绕船舷
相伴一江清冷。
孤枕上，忽梦少年往事

在夜静更深，
泪水纵横流淌
残妆中恍然泣醒。
我，听琵琶乐曲
已是叹息深深，
又听这番如泣诉说
更增添一怀伤痛。
你与我——
同是天涯沦落之人，
此地，邂逅相逢
何必曾经相识。
去年，我离开长安
贬居这浔阳城，
潦倒，窘困
一直卧床染病。
偏远僻地没有音乐，
终年听不到
丝竹管弦的奏鸣。
住处靠近溢江
地势低洼，潮湿阴冷，
院墙的周围
黄芦苦竹遮绕丛生。
一朝一暮
只听杜鹃泣血
伴山猿的长长哀鸣。
春江的花晨

秋江的月夜，
一樽浊酒自斟自饮。
难道没有山歌村笛？
只是那些土乐
呕哑，刺耳难听。
今夜，聆听你的弹奏
如闻天上仙乐，
暂且抛却尘世嘈杂
耳边如洗，清净。
请不要推辞
再坐下弹奏一曲，
我，特意为你
新制一曲《琵琶行》。
她，为之感动
久久站立又坐下，
重新转拨弦索
一弦一弦更急更紧。
那弦音凄凄切切
不像先前的轻盈，
满座听者
忍不住掩面吞声。
如果要问
这一座之中
谁流落的泪最多，
江州司马我
一身青衫，湿透衣襟。

花 非 花

花非花，雾非雾，
夜半来，天明去。
来如春梦几多时？　　去似朝云无觅处。

【赏析】

这首诗用一连串比喻，如云行水流，自然成篇。但整首诗喻义模糊，意象、意境都蒙上了一层迷蒙的色调，而且诗取首句前三字为题，近乎无题，题隐而旨晦，就像一个耐人寻思的谜。只是从喻体花、雾、梦、云的隐约美妙和短暂飘忽中，让人体味到它所要表现的，似乎是对曾经有过而又消逝了的美好的人或物的一种追念和惋惜。白居易诗素以浅近显露著称，但这首《花非花》却独具"朦胧"味，别是一例。

此诗采用三字句和七字句杂用的句式，具有整饬和参差的节律美，又侧重于人物内在心境的含蕴表达。这极似后来的小令，所以后人采用此诗法为词，并以《花非花》为词调名。中唐时已有诗人依声填词，白居易是尝试较多的，所填制的《忆江南》《长相思》等词均为佳作，这首近似词的小诗出自其笔下，是极自然的。

【辑评】

[明]杨慎《词品》：白乐天之辞，予独爱其《花非花》一首，盖其自度之曲，因情生文者也。"花非花，雾非雾"，虽《高唐》《洛神》，绮丽不及也。

[明]茅瑛《词的》：此乐天自谱体也。语甚趣。

【今译】

似那美丽的花	来如春夜轻梦
又不是花，	片刻的缥缈，太短促，
似那迷蒙的雾	去时，如
又不是雾，	烂漫炫目的晓霞
夜半，悄悄地来，	悠悠地飘逝
天晓，悄悄地去。	没有可寻觅处。

赋得古原草送别①

离离原上草②，　一岁一枯荣③。
野火烧不尽，　春风吹又生。
远芳侵古道④，　晴翠接荒城⑤。
又送王孙去，　萋萋满别情⑥。

【注释】

①赋得：见韦应物《赋得暮雨送李曹》注。②离离：繁茂貌。③荣：茂盛。④远芳：远处蔓延的春草。⑤晴翠：阳光照耀下的绿野。⑥"又送"二句：见王维《山居秋暝》注。

【赏析】

这首诗是应试前的试帖习作，写于诗人十六岁时。据五代·王定保《唐摭言》、唐·张固《幽闲鼓吹》等记载：时白居易入京，以此诗拜谒名士顾况。顾况视其年少，以其姓打趣曰："长安百物贵，居大不易。"披卷首篇即此诗，及读至"野火烧水尽，春风吹又生"二句，不禁嗟赏曰："道得个语，居亦易矣。"并为之广为延誉，自此白居易名振京城。

此诗运用比兴手法，咏"古原草"而关联"送别"，风格遒劲古朴。三、四句以工致而天然的对仗，描写春草顽强的生命力，暗喻离情的生生不已、无可断绝。而在野火的强大与芳草的弱小，以及芳草的枯尽与荣生的对比中，似乎又蕴含了深邃的哲理：强大的可以煊赫一时，弱小的也许会因此暂时摧折，但那根深潜于大地，积蓄着、酝酿着更新的抗争和复生，最终必是战险强暴狂虐的。这两句表现出一种烈火中再生的壮烈意境，故成为卓绝千古的名句。

【辑评】

[宋]胡仔《苕溪渔隐丛话》：《复斋漫录》云：乐天以诗谒顾况，况喜其《咸阳原上草》云："野火烧不尽，春风吹又生。"予以为不若刘长卿"春入烧痕青"之句，语简而意尽。

[清]高步瀛《唐宋诗举要》：情韵不匮，句亦振拔，宜其见重于逋翁也。

俞陛云《诗境浅说》：此诗借草取喻，虚实兼写。……以"侵"字、"接"字，绘其虚神，善于体物，琢句尤工。

【今译】

原野上，芳草
繁繁密密地翠青，
每年萎了又绿
一度枯败，一度茂盛。
纵使荒原烈火
狂虐地焚烧，不尽，
待到来年春风
一吹，遍地漫野
它又欣然滋生。

眼前，春草芊芊
蔓入古道幽径，
阳光煦照下
晴朗的翠色
一路绵延，连接荒城。
这，古原草色里
又送友人远行，
萋萋芳草，尽是
——依依别情。

惜牡丹花

惘怅阶前红牡丹[①]，　　晚来唯有两枝残。
明朝风起应吹尽，　　夜惜衰红把火看[②]。

【注释】

①惘怅：伤感。②火：指烛光。

【赏析】

古代文人墨客多惜春、惜花而惜时。这首诗重在一个"惜"字。因为"惜"，故而晚来惘怅石阶前的两枝衰残，进而唯恐晚风吹尽，夜深时手持烛光细细赏看。诗人惜花的痴情深情，在这婉曲跌宕中淋漓尽致地写出。牡丹正浓艳盛开，还只有两枝凋残，便令诗人这般惘怅、这般怜惜，若等到那春残花尽，诗人又该是怎样的惘怅、怎样的怜惜？诗在淋漓尽致之余，又漾出一缕耐人寻味的悠长来。

此诗一出，后人仿效者甚多，晚唐李商隐《花下醉》有"客散酒醒深夜后，更持红烛赏残菊"，情调凄艳迷惘；北宋苏轼《海棠》有"只恐夜深花睡去，故烧高烛照红妆"，韵致优雅风趣。李、苏二诗均为人称道，但都撷取了白居易此诗的构思立意。

【辑评】

陈寅恪《谈艺录》：东坡《海棠》诗曰："只恐夜深花睡去，高烧银烛照红妆。"冯星实《苏诗合注》以为本义山之"客散酒醒深夜后，更持红烛赏残花"，不知香山《惜牡丹》早云"明朝风起应吹尽，夜惜衰红把火看"。

【今译】

惆怅，石阶前	满院，该是花飞花散，
艳丽盛开的红牡丹，	不由夜半时
黄昏细细点数	手持一炷烛光，
噢，只有两枝凋残。	——把这
可明天清晨	将要衰谢的美丽
待到凉风冷露起	一朵两朵，赏看。

大林寺桃花①

人间四月芳菲尽②，　山寺桃花始盛开。
长恨春归无觅处，　不知转入此中来。

【注释】

①大林寺：古代佛教圣地之一，和西林寺、东林寺为庐山"三大名寺"。相传为晋代净土宗高僧昙诜所建，位于大林峰上，故名。②芳菲：泛指花。

【赏析】

白居易自称"香山居士"，一生尊奉儒道而又虔诚信佛，喜游历山林佛寺，与僧侣往来甚为密切。宋·普济《五灯会元》记载："凡守任处，多访祖道，学无常师。后为宾客分司东都，罄己俸，修龙门香山寺。"曾在《闲吟》一诗云："自从苦学空门法，销尽平生种种心。"此诗是贬江州司马时，漫游庐山大林寺所写。

这首记游小诗，运用了互对的表现手法。前两句"芳菲尽"与"始盛开"适成对比，诗情从人间凋尽的叹春惜春，跳跃到山寺盛开的喜春恋春；后两句诗人腾飞想象，"无觅处"与"此中来"又互为衬对。原来并非春去无情，它只是和人们藏来躲去，悄悄"转入"这高山古寺。从怨春到错怨春，诗人惊讶、喜悦的感受更深进一层，而且桃花春色写得如此天真烂漫，惹人喜爱，转出活泼泼的情趣来。诗贵别趣，此诗在唐人绝句中被视为珍品，正在它于平淡浅近中立意新颖，构思灵巧，自是一种戏语雅趣。

【辑评】

[清]宋长白《柳亭诗话》：白香山与元集虚十七人游庐山大林寺，时已孟夏，见桃花盛开，乃作诗曰："人间四月芳菲尽……"梅花尼子行脚归，有诗曰："着意寻春不见春，芒鞋踏破岭头云。归来笑燃梅花嗅，春花枝头已十分。"二绝可谓得禅机三昧矣。

【今译】

平地，四月众芳落尽
遍是残红衰败，
可大林寺院
桃花才灼灼盛开。

常恨春归匆匆
无处可采摘，
不知，它悄悄
转入这高山古寺中来。

问刘十九①

绿蚁新醅酒②，　　红泥小火炉。
晚来天欲雪，　　能饮一杯无③？

【注释】

①刘十九：刘轲，排行十九，白居易在江州结识的朋友。作者另有《刘十九同宿》诗，说他是嵩阳处士。②绿蚁：新酿的酒未经过滤，酒面浮起的渣沫，颜色微绿，细如蚁，故云。醅（pēi）：未过滤的酒。③无：句末疑问词，用法同"否"，吗。

【赏析】

诗人以诗代简，雪天邀友小饮御寒、促膝夜话，别是一番情味。一个红暖的小泥炉，一壶新酿的醇酒，两个挚友围炉把盏，细斟慢饮，言情叙话中消磨天寒欲雪的黄昏，那情境该是何等惬意、悠闲和清雅。结尾以"能饮一杯无"的问句相邀，诱人驱驾前往。俞陛云《诗境浅说续编》："末句之'无'字，妙作问语，千载下如闻声口也。"

此诗以平常事、口头语娓娓叙来，平淡到几乎不见有诗，但动人的恰是这平淡，正是在这种随意平淡的语调和节奏中，透出诗人萧疏自得的情趣，拉开一幅令人神驰的"酒逢知己千杯少"的画面。这是一首纯然淡语浅语而又有味有致，比酒还醇浓醉人的小诗。

【辑评】

[清]蘅塘退士《唐诗三百首》：信手拈来，都成妙谛，诗家三昧，如是如是。

俞陛云《诗境浅说续编》：寻常之事，人人意中所有，而笔不能达者，得生花江管（笔）写之，便成绝唱，此等诗是也。末句之"无"字，妙作问语，千载下如闻声口也。

【今译】

新酿熟的酒
浮着未滤的细微绿沫，

暖在小泥炉上
正跳跃着

一旺嫣红的火。

天色已晚

冷冷，快要飘雪了，

朋友——

到我这儿来

对饮一杯，如何？

钱塘湖春行

孤山寺北贾亭西①，　　水面初平云脚低②。

几处早莺争暖树③，　　谁家新燕啄春泥。

乱花渐欲迷人眼④，　　浅草才能没马蹄。

最爱湖东行不足，　　绿杨阴里白沙堤⑤。

【注释】

①孤山：在西湖外湖和里湖之间，孤峰独耸，不与他山连接，上有孤山寺。贾亭：唐代贾全任杭州刺史时，于西湖造亭，人称"贾公亭"。②云脚：流动不定的云像在行走，故云。③暖树：向阳的枝头。④乱花：杂花，繁花。⑤白沙堤：东起"断桥残雪"，经锦带桥向西，止于"平湖秋月"，横亘湖上，把西湖分为外湖和里湖，并连接孤山和北山。唐代原名"白沙堤"，宋代又叫"孤山路"，明代堤上广植桃柳，又称"十锦塘"。白居易任杭州刺史时有诗云："最爱湖东行不足，绿杨阴里白沙堤。"后人又称为"白堤"。

【赏析】

钱塘湖是杭州西湖的别称，其山光水色秀丽，更兼楼观参差映带左右，自唐代以来，一直是游览胜地。白居易任杭州刺史时，常流连于西湖的旖旎风光，题咏不少，而以此诗最为著名。

全诗贯穿一个"行"字，从孤山寺到白沙堤，一路早莺争树、新燕衔泥、繁花迷眼、浅草没蹄，那盎然春色行不足也看不足。诗人对西湖早春景色，并不作穷形尽态的工致刻画，而是摄取富有特征的莺、燕、花、草，有层次地展开淡墨点染式的描写，并用"几处""谁家""渐欲""才能"这些词语一线贯串，浑然成整体，描摹出了早春西子"淡妆浓抹总相宜"（宋·苏轼《饮湖上初晴后雨》）的天然风韵，而且融情于景，于和暖骀宕的春意中见出诗人怡然欣悦的春行。此诗笔触舒展流畅，风格清新明快，堪称白居易写景诗的名篇。

【辑评】

［清］金圣叹《贯华堂选批唐才子诗》：横开则为寺北亭西，竖展则为低云平水，浓点则为早莺新燕，轻烘则为暖树春泥。写湖上，真如天开图画也。

［清］何焯《唐律偶评》：平平八句，自然清丽。

［清］高步瀛《唐宋诗举要》：方植之曰：句句回旋，曲折顿挫，皆从意匠经营而出。

【今译】

孤山寺的北边

贾公亭以西，

湖水新涨与两岸平齐

漫漫的水面

白云，飘得低低。

几处初飞的雏莺

跳跳跃跃　　　　　　　　芳草浅浅如茵

争着向阳的暖树，　　　　轻柔地刚能遮没

不知是谁家　　　　　　　踏青的马蹄。

归来的紫燕忙碌　　　　　最爱，还是那湖东

衔啄筑巢的春泥。　　　　总也行不够，

繁花，一树树缤纷　　　　——绿柳阴里

双眼渐乱渐迷，　　　　　一条如带的白沙堤。

杭州春望

望海楼明照曙霞①，　　　护江堤白踏晴沙②。

涛声夜入伍员庙③，　　　柳色春藏苏小家④。

红袖织绫夸柿蒂⑤，　　　青旗沽酒趁梨花⑥。

谁开湖寺西南路⑦，　　　草绿裙腰一道斜⑧。

【注释】

①望海楼：在杭州城东。作者原注云：“城东楼名‘望海楼’。”宋·乐史《太平寰宇记》中作“望潮楼”，高十丈。②护江堤：指白沙堤。③“涛声”句：伍员，伍子胥，春秋时楚人。曾辅佐吴王夫差打败越国，后因吴王听信谗言，将其杀害。传说冤魂不散，驱水为涛，故钱塘湖又叫“子胥涛”。事见西汉·司马迁《史记》、东汉·赵晔《吴越春秋》。历代为伍子胥立祠纪念，称“伍员庙”，位于杭州城内吴山（胥山）上。④苏小：即苏小小，南朝齐代钱塘名妓，姿色秀美，娴静聪慧，红极一时，公卿贵族皆奔之门下。二十岁便香消玉殒，死后葬于西湖西泠桥畔。后以“苏小家”代指歌妓舞女所住的秦楼楚馆。⑤柿蒂：绫的花纹。⑥青旗：酒旗。沽酒趁梨花：旧时有风俗，酿酒趁梨花时熟，号为“梨花春”。此句意谓趁梨花开时饮梨花春酒。⑦西南路：指由断桥向西通往湖中到孤山的长堤。⑧“草绿”句：形容波光荡漾的湖面如飘逸的绉纱彩裙，而长堤绿草葱茏，远望如系在彩裙上的绿色裙带。作者原注云：“孤山寺路在湖洲中，草绿时，望如裙腰。”

【赏析】

此诗与《钱塘湖春行》同写于白居易任杭州刺史时作。诗以总揽俯瞰的手法，循次展开景色描写，宛如一幅错落有致、绚丽多彩的“杭州春望图”。城外：晚霞明楼，江堤烁沙；城内：子胥涛庙，苏小楼榭，绣女织绫，游人沽饮；西湖：长堤曲斜，草绿如带。七处景色由一“望”字联结成完整的画面。这画面以春柳、春草、春江的翠绿为主色调，糅合晴沙、梨花的白色，再洒上一层金灿的霞光，最后点染上红袖、青旗，让风物人情隐跃其间。本诗把杭州春色描摹得清新淡雅而又旖旎妩媚，一望如在眼前，再望令人心醉。

额联两句声色交织，以“入”“藏”二字写望中之景，分别将从眼前的涛声、柳色生发出的美妙联想，融进涵纳着悠远历史内容的“伍员庙”“苏小家”。上句雄浑，下句绚丽，刚柔、浓淡、古今、虚实一并融汇了杭州特有的美，历来为人称道。

【辑评】

[明]杨慎《升庵诗话》:"无端春色上苏台,郁郁芊芊草不开。无风自偃君知否?西子裙裾拂过来。"此初唐人诗也。白乐天诗"草绿裙腰一道斜",祖其意也。

[清]黄叔灿《唐诗笺注》:涛声夜入,何等悲壮!柳色春藏,何等妩媚!有此妩媚,不可无此悲壮;有此悲壮,不可无此妩媚。

[清]乾隆敕编《唐宋诗醇》:"入"字、"藏"字,极写望中之景。落句结足春意。

【今译】

高耸的望海楼
浴染着金灿的早霞,
晴光朗照里
游人,闲踏白堤
如银烁的细沙。
静寂的夜半
江潮,阵阵驱涌
子胥祠回荡涛声的喧哗,
繁华的白昼
柳色青青,拂着
春色漫溢出
歌台舞榭的苏小小家。

绣楼,红袖翻飞
是织绫巧女们
把美丽的花纹竞夸,
酒家,青旗招招
新酿的酒熟了
欲饮,趁盛开的梨花。
谁开西南长堤
通往独耸的孤山古刹,
那一堤绿草
——恰是湖裙上
一围腰带,斜挂。

李 绅

李绅（772—846），字公垂，润州无锡（今属江苏）人。幼年丧父，由母卢氏教以经义。宪宗元和元年（806）进士。曾因触怒权贵下狱，回惠山寺读书。历校书郎、右拾遗、翰林学士、御史中丞、户部侍郎等职。敬宗初立，贬端州司马，后赦徙江州长史。文宗朝，任滁、寿州刺史及太子宾客、河南尹、淮南节度使等职。武宗会昌二年（842）入朝，官至宰相，封赵郡公。因短小精悍，朋辈间昵称"短李"。

时颇有诗名，所作歌诗传诵人口。曾首撰《新题乐府二十首》，"病时"尤急，元稹、白居易先后仿效，促成中唐新乐府运动，惜未传。明·胡震亨《唐音癸签》评其诗："揽笔写兴，曲备一生穷泰之感，亦令披卷者代为怃然。"《全唐诗》录其诗四卷。

悯农（其二）①

锄禾日当午②，　　汗滴禾下土。
谁知盘中餐，　　粒粒皆辛苦。

【注释】

①悯农：同情农民疾苦并为之鸣不平。此题共两首，其一："春种一粒粟，秋收万颗子。四海无闲田，农夫犹饿死。"可参读。②锄禾：锄除田间的杂草。

【赏析】

李绅是新乐府运动的倡导者之一，撰有《新题乐府二十首》，具有为时为事而作的鲜明特点。《悯农》二首是他最为后世传诵的代表作，这是其二。

诗以锄禾的颗颗汗珠与盘中的粒粒米饭相映照，慨叹统治者的"盘中餐"原是农夫的滴滴血汗，揭示了劳者犹饿死、不劳者饱食的不合理的社会现象，表现出诗人强烈的思想感情倾向。"谁知盘中餐，粒粒皆辛苦"两句，听之入耳，诵之顺口，晓畅如话却无单调浅薄，是思想、哲理和形象的统一，简朴浅俗而又凝重沉厚，读来如吟蕴意沉运的格言。

这首诗反映了李绅儒家的仁政观：为政者应力戒奢侈，体恤农人疾苦。据宋·计有功《唐诗纪事》载：李绅曾以此诗拜谒吕温，吕温读后，预言日后必为卿相，极叹赏其"悯农"忧时的仁人志士的胸襟。后，李绅官至宰相。

【辑评】

［明］周珽《唐诗选脉会通评林》：吴山民曰：由仁爱中写出，精透可怜，安得与风月语同看？知稼穑之艰难，必不忍以荒淫尽民膏脂矣。今之高卧水殿风亭，犹苦炎燠者，设身"日午汗滴"当何如？

［清］吴乔《围炉诗话》：诗苦于无意；有意矣，又苦于无辞。如"锄禾日当午"云云，诗之所以难得也。

［清］吴瑞荣《唐诗笺要》：至情处莫非天理。暴弃天物者不怕霹雳，却当感动斯语。

【今译】

一锄，一锄
锄除禾田杂草
头顶烈日炎炎的正午，
一颗，一颗
随汗滴洒落
禾苗下种在泥土。

啊，有谁知道
盘中喷香的米饭，
粒粒来自
——每一滴
农人汗水的辛苦。

柳宗元

柳宗元（773—819），字子厚，河东解（今山西运城）人。世称"柳河东""柳柳州"。少时精敏，无不通达。德宗贞元九年（793），二十一岁进士及第。"俊杰廉悍（坚毅），议论证据今古，出入经史百子，踔厉风发，率常屈其座人。名声大振，一时皆慕与之交。"（韩愈《柳子厚墓志铭》）任蓝田尉，擢监察御史里行。顺宗即位，任礼部员外郎，为王叔文政治革新集团核心人物，名噪一时。永贞革新失败后，贬永州司马。宪宗元和十年（815）奉诏返京，出为柳州刺史，卓有政绩，病卒于贬所，年四十七岁。

"唐宋八大家"之一，与韩愈并称"韩柳"，论说、寓言、传记、骚赋均有佳篇，山水游记尤为后世传诵。其诗与刘禹锡并称"刘柳"，风格明净简峭，清峻沉郁，卓然成家。尤工五言，其山水田园诗与韦应物并称"韦柳"，苏轼称其诗"发纤秾于简古，寄至味于淡泊"（《书黄子思诗集后》）。有《柳河东集》。

溪　居

> 久为簪组累^①，　　幸此南夷谪^②。
> 闲依农圃邻，　　偶似山林客^③。
> 晓耕翻露草，　　夜榜响溪石^④。
> 来往不逢人，　　长歌楚天碧。

【注释】

①簪组：古代官吏的冠饰。组，系冠的缨。②南夷：旧称南方少数民族，此指柳宗元所贬居的偏僻的永州。③山林客：山林隐逸之士。④榜（pēng）：进船。

【赏析】

柳宗元贬永州时，在冉溪旁筑屋而居。冉溪，东流入于潇水，曾为冉氏所居故名，其风景秀美，诗人迁居此地后，为了自嘲解忧，改名为"愚溪"（《愚溪诗序》）。这首诗作于此时。

诗人贬逐到荒僻之地，闲居无事里，与农家菜圃为邻，踏露水去耕地除草，荡小舟去游玩清溪。此诗似写一种溪居生活的闲逸惬意，但实则是强作闲适，贬居的抑郁孤愤之气，不可掩抑地从诗中流露出来。开头两句，朝中久仕为羁"累"，贬窜南荒为庆"幸"，是含泪的痛苦自嘲；结尾两句，无拘束的独来独往，见出被弃置的孤独，那仰天长歌，仿佛要借一声长吁，吐尽胸中的怨愤。诗人不堪贬谪的苦闷彷徨，在田园溪居的闲逸中欲求解脱，而又未能解脱，故于诗里行间隐约吞吐。清·沈德潜《唐诗别裁》云"愚溪诸咏，处连蹇困厄之境，发清夷淡泊之音，不怨而怨，怨而不怨，行间言外，时或遇之"，确有见地。

【辑评】

[明]周珽《唐诗选脉会通评林》：周珽曰：因谪居，寻出乐趣来。与《雨后寻愚溪》《晓行至愚溪》二诗点染，情兴欲飞。

[清]沈德潜《唐诗别裁》：愚溪诸咏，处连蹇困厄之境，发清夷澹泊之音，不怨而怨，怨而不怨，行间言外，时或遇之。

[清]高步瀛《唐宋诗举要》：清冷旷远。

【今译】

久在仕途　　　　　　　　　　清晨，踏陌上露水
被官场的冗事绊羁，　　　　　田野除草耕地，
应是幸运，贬逐　　　　　　　黄昏乘舟归来
这清静僻地。　　　　　　　　船舷轻轻触碰溪石。
依农家菜圃为邻　　　　　　　啊，独来独往
闲来无事时，　　　　　　　　不曾见人迹，
偶尔，像隐逸之士　　　　　　对着湛碧的楚天
悠然无束　　　　　　　　　　我，仰面长歌
吟啸山林愚溪。　　　　　　　尽情抒吐一怀胸臆。

登柳州城楼寄漳、汀、封、连四州刺史①

城上高楼接大荒②，　海天愁思正茫茫③。
惊风乱飐芙蓉水④，　密雨斜侵薜荔墙⑤。
岭树重遮千里目，　江流曲似九回肠⑥。
共来百粤文身地⑦，　犹自音书滞一乡⑧！

【注释】

①柳州：今属广西。漳：漳州，今属福建。汀：汀州，今福建长汀。封：封州，今福建封川。连：连州，今广东连县。②接：目接。大荒：泛指荒僻的边远地区。③海天：柳州看不见海，但濒临南海。此处意在以海喻愁思深广。④惊风：突起的大风。飐（zhǎn）：吹动。⑤薜荔：战国·屈原《离骚》"集芙蓉以为裳""贯薜荔之落蕊"。薜荔与上句的"芙蓉"历来为美好芳洁的人格象征，此处用以比喻不为摧折所屈、不为外物所污的革新志士。⑥江：指柳江。九回肠：语出西汉·司马迁《报任安书》"肠一日而九回"，比喻愁思郁结。回，弯曲。⑦百粤：一作"百越"，泛指五岭以南的少数民族。文身：即"纹身"，身上刺花纹。古时南方少数民族有"文身断发"的传统习俗。文，刻画花纹。⑧滞：阻隔。

【赏析】

永贞革新失败后，柳宗元、刘禹锡等八人贬为边远诸州司马，时称"八司马"。过了十年，

柳、刘及韩泰、韩晔、陈谏五名幸存者奉诏回京，但随即又分别贬往更荒远的柳、连、漳、汀、封五州任刺史。这首七律是诗人抵柳州后，寄赠其他四州难友所作。

全篇由"愁"字统摄，层层下翻，转出一重一重伤心惨目的情景。起笔登高四顾，百感苍茫。中间四句皆寓比意，惊风密雨、芙蓉薜荔、岭树重遮、江流曲转，与其是眼前实景，不如是虚拟的特定景物，无一不烘染并暗喻了自己及友人迁谪危难的处境和惨淡郁结的心境。其情与景互为生发、互为融合，景语情语难以分辨，构成了一种沉郁凄凉而又苍茫深广的意境。尾两句见出"寄"赠之意。同贬瘴地蛮乡，却音书犹自滞隔，出语浅直而情归至痛，如此收束，无限蕴藉含于内而又见于外，让人忧愤之余不禁为之颤悸。此诗乃"逐臣忧思烦乱之词"（清·何焯《义门读书记》引吴乔语），哀婉凄绝，几令人难以卒读。

【辑评】

[清]高步瀛《唐宋诗举要》：吴北江曰：更折一笔，深痛之情，曲曲绘出（末句）。

[元]方回选、李庆甲集评《瀛奎律髓汇评》：纪昀：一起意境阔远，倒摄四州，有神无迹。通篇情景俱包得起。

俞陛云《诗境浅说》：唐代韩、柳齐名，皆遭屏逐。昌黎《蓝关》诗，见忠愤之气。子厚柳州诗，多哀怨之音。

【今译】

登上高高柳州城楼　　薜荔蔓生的绿墙。
一望远渺的边荒，　　山岭树木重重
弥漫的愁思　　遮断了故乡，
顿时，如苍海云天　　柳江曲曲，恰似
无边无际地迷茫。　　盘旋百结的愁肠。
惊颤的狂风，急骤纷乱　　啊，一同贬逐
掀袭芳洁荷塘，　　这断发文身的荒蛮地，
密集的冷雨　　仍然音书阻隔
斜斜，肆意侵打　　各自僻处一乡。

别舍弟宗一

零落残魂倍黯然，　　双垂别泪越江边①。
一身去国六千里②，　　万死投荒十二年③。
桂岭瘴来云似墨④，　　洞庭春尽水如天⑤。
欲知此后相思梦，　　长在荆门郢树烟⑥。

【注释】

① "零落"二句：明·唐汝询《唐诗解》曰："流放之余，惊魂未定，复此分别，倍加黯然，不觉泪之双下也。"

零落残魂，指屡遭贬谪后备受摧残的心神。黯然，神情沮丧的样子。南朝梁·江淹《别赋》："黯然销魂者，惟别而已矣！"越江，即粤江，此指珠江水系之一的柳江。②国：国都，京城。六千里：唐·杜佑《通典·州郡十四》："（柳州）去西京五千二百七十里。"③投荒：放逐蛮荒之地。④桂岭：今广西贺县东北。此处泛指诗人贬居的柳州附近的山。瘴：见宋之问《题大庾岭北驿》注。⑤洞庭：柳宗一从柳州赴江陵，路经洞庭湖。⑥荆门郢（yīng）树：此代指柳宗一别后所处之地。郢，春秋时楚国都城，今湖北江陵县附近。

【赏析】

宪宗元和十年（815），柳宗元贬迁柳州，堂弟柳宗一随同。翌年暮春，其堂弟离柳州赴江陵（今属河北），临别之际，柳宗元作此诗相赠。开篇，便把送别情景推置眼前，残魂零落，别泪双垂，渲染出一种浓重的悲剧氛围。颔联用数词串连而下，概写自己的贬窜生涯，离京六千里，逐荒十二年，既是实写又是夸张，其愤郁之气、凄厉之情和困厄之境让人思而得之。颈联上句瘴云似墨，写居者环境的荒蛮，下句远水如天，遥想行者路途的迷茫，是景语亦为情语，在两地不同景色的对写中寓含惜别之情。尾联想象别后相思之苦，梦魂常绕，烟树犹隔，收束得凄怨不尽。诗人身处异乡贬地送别，故诗中别离之情、贬谪之怨两相交织，倍觉黯然悲沉，一读催人泪，再读断人肠。两年多后，元和十四年（819）冬，柳宗元病逝于柳州。

宋·周紫芝《竹坡诗话》盛赞"此诗可谓妙绝一世"，却又认为"梦中安能见'郢树烟'？'烟'字只当用'边'字"。其实，梦境本虚幻，亦疑假疑真，著一"烟"字缀之，便恍惚迷离于其间，更见出一种骨肉情深的相思况味，可谓神远。一改作"边"字，则肤浅乏味了。

【辑评】

[明]袁中道《一瓢诗话》：别手足诗，辞直而意哀，最为可法。

[清]吴烶《唐诗选胜直解》：言谪居之后，惊魂未定，尚赖见弟相依；而今忽而言别，宁不黯然销魂乎？

[元]方回选、李庆甲集评《瀛奎律髓汇评》：纪昀：语意浑成而真切，至今传诵口熟，仍不觉其烂。

【今译】

心，残落惊悸
又添一层忧伤黯淡，
双泪垂垂
送别在粤江边。
当初，孤身一人
一别离京城
遥遥六千里的流窜，
九死一生
放逐这蛮荒之地
已是漫长的十二年。
我滞留的桂岭

蒸郁的瘴气弥来
云雾，如墨如烟，
你将去的路途
正是洞庭春尽
远水溶入清寥的长天。
啊，想要知道
此地一别后
我相思的梦绕魂牵，
它，常在你
留居的江陵，那
轻烟迷离的高树颠。

酬曹侍御过象县见寄①

破额山前碧玉流②,　　骚人遥驻木兰舟③。
春风无限潇湘意④,　　欲采蘋花不自由⑤。

【注释】

　　①曹侍御:生平无考,官侍御史,故称。象县:唐代柳州所辖县,今广西象州。②破额山:当指象县柳江附近的山。碧玉流:形容柳江如碧玉般清澈。③骚人:战国·屈原作《离骚》被称为"骚人",故后世以骚人代称诗人。此处指曹侍御。木兰舟:南朝梁·任昉《述异记》载:昔吴王阖闾,于浔阳江中多植木兰树,以构筑宫殿。鲁班刻木兰为舟于七里洲中。后因以"木兰舟"作为船的美称,并用作咏江南泛舟的典故。④潇湘意:指思念故人之意。⑤不自由:言外之意自己为贬逐之人,身不自由,不能相见。

【赏析】

　　时,柳宗元贬居柳州。京朝旧友曹侍御,经过象县时作诗代束相赠,柳宗元以此诗作为酬答。前半句写友人怀己,碧流兰舟,遥驻而不能过访。后半写己思友人,融化南朝梁·柳恽《江南曲》"汀洲采白蘋,日暖江南春。洞庭有归客,潇湘逢故人"的诗意,可谓天衣无缝。其中兼用比兴,含言外之意,将动辄得咎的困厄谪境和身不自由、欲见不能的怅恨,从"欲采蘋花不自由"中托出,不言情而情自难禁,不言怨而怨自见,写得含婉曲折,不迫不露。

　　这首小诗写景清丽,传情微婉,颇有韵致,为柳宗元七绝的名篇。宋·叶梦得《贺新郎》云:"无限楼前沧波意,谁采蘋花寄取?但怅望兰舟容与(迟缓)。"乃从此诗之意敷成词章。

【辑评】

　　[清]宋宗元《网师园唐诗笺》:寄托微妙。

　　[清]王士禛《唐人万首绝句选评》:风人骚思,百读而味不穷,真绝作也。

　　俞陛云《诗境浅说续编》:《楚辞》云:"折芳馨兮遗所思。"柳州此作,其灵均嗣响乎?集中近体皆生峭之笔,不类此诗之含蓄也。

【今译】

翡青的破额山前　　　　　　潇湘春风煦煦
一江碧水　　　　　　　　　拂来,无限相思意,
清清滢滢地流,　　　　　　我,想采撷
在那江岸　　　　　　　　　一束江洲白蘋
遥遥,友人停泊　　　　　　赠与你——
一叶木兰小舟。　　　　　　啊,身不自由。

秋晓行南谷经荒村①

秒秋霜露重②，　　晨起行幽谷。
黄叶覆溪桥，　　荒村唯古木。
寒花疏寂历③，　　幽泉微断续。
机心久已忘④，　　何事惊麋鹿⑤？

【注释】

①南谷：在永州郊野。②秒（miǎo）秋：末秋，深秋。秒，树梢，引申为末尾。③寂历：寂寞。④机心：智巧变诈的心机。⑤麋（mí）：鹿类，形似鹿而体大。

【赏析】

诗人秋晓独行南谷，浓霜黄叶，荒村古木，疏花幽泉，满目荒寂景色触发并映衬出诗人落寞的心境。末了，麋鹿惊走，把这幽谷荒野的一切冷寂都带活了，也带出诗人久居穷荒、淡忘仕宦沉浮的超然旷达，但用一反问"何事"，似又含蕴了几多不平和无奈。此诗描写了永州郊外南谷的秋景，萧萧幽冷中，融入了诗人久已寂寞的疏淡和不甘寂寞的郁懑，可谓寂而不寂。

唐人写古体诗多用律诗对句，此诗即是一首中间两联属对工整的五言古诗。柳宗元五古田园山水诗学陶渊明，清淡似韦应物，但不及陶诗超脱，也不似韦诗平和，因为这"自肆于山水间"（韩愈《柳子厚墓志铭》）的不是高人隐士，而是谪人逐客，终是难以脱尽那一抹幽怨冷峭。清·沈德潜《说诗晬语》云："陶诗胸次浩然，其中有一段渊深朴茂不可到处。唐人祖述者，王右丞有其清腴，孟山人有其闲远，储太祝有其朴实，韦左司有其冲和，柳仪曹有其峻洁，皆学焉而得其性之所近。"

【辑评】

[明]周珽《唐诗选脉会通评林》：顾璘曰：意高妙。

[清]王尧衢《古唐诗合解》：寒花之态，疏淡而寂寥，幽泉之声，微闻其断续，此皆天地自然之妙。

[清]吴瑞荣《唐诗笺要》：子厚诗在渊明下，韦苏州上，朱子谓学诗须从陶、柳门庭入观，此数作益信。

【今译】

末秋，浓浓地
降下冷霜寒露，
清晨，踏碎一径霜露
漫行幽深的南谷。
黄叶在飘飞
溪桥上枯冷地铺，
这荒野村落
耸立苍老古木。
路边野花，寂寞

开着寒天稀疏的孤独，
山涧，涓细流泉
断续地咽呜。
我，久居僻地
已淡漠尘世得失
机巧之心全无，
为什么，从身旁
惊跑了——
那只美丽的麋鹿？

江　雪

千山鸟飞绝，　　万径人踪灭。
孤舟蓑笠翁①，　　独钓寒江雪②。

【注释】

①蓑笠（suōlì）：披蓑戴笠。②独钓寒江雪：颠倒句法，即"雪寒江独钓"，意谓迎着大雪在寒冷的江心独自垂钓。

【赏析】

此诗约作于诗人谪居永州时，为柳宗元五言绝句的代表作，宋·苏轼《东坡题跋》曾叹服："人性有隔也哉？殆天所赋，不及也已。"

千山鸟迹、万径人踪，刹那间都归于"绝""灭"。这了无踪影的空无沉寂中，江天飞雪的苍茫迷蒙中，兀立着的只有一个"蓑笠翁"，只有孤舟独钓的落寞弥漫了广漠的空间，而这孤寞寒寂，最后又都凝聚在那钓杆的尖端，沉重而悠闲地颤颤。这首小诗所展示的，实是诗人贬谪后不甘屈辱而又不堪摧折，内心极度压抑孤苦而产生的一种主观幻化形象。同时，那浑茫一片的万籁无声、纤尘不染的静洁天地，烘托出的是渔翁遗世独立的精神世界；而渔翁的凛然清高、傲睨一切，恰是诗人兀傲脱俗人格的寄托和写照，如清·王尧衢《古唐诗合解》所云："子厚以自寓也。"

为了凸显寒江独钓的渔翁，诗人颇具匠心地用寥寥二十字，远近、大小、动静、虚实，错综统一地构成一个偌大的空疏、幽僻而寒峻的意境和广袤无垠、万籁俱寂的画面，形成了这首小诗艺术表现上的绝妙处。后世不少画家撷取本诗诗意，以"寒江独钓"为题作画。

【辑评】

[明]高棅《唐诗品汇》：刘须溪云：得天趣，独由落句五字道尽矣。

[清]吴昌祺《删订唐诗解》：吴昌祺曰：清极峭极，傲然独往。

[清]潘德舆《养一斋诗话》：门人苏养吾曰："雪诗何语为佳？"予曰："王右丞'隔牖风惊竹，开门雪满山'，语最浑然；老杜'暗度南楼月，寒生北渚云'次之；他如'独钓寒江雪'，……亦善于语言者。"

刘永济《唐人绝句精华》：此诗读之便有寒意。

【今译】

空旷了，山峦　　　　　　　白茫茫天地间
千山万山　　　　　　　　　一只小船
飞鸟的影子都绝，　　　　　在飞雪的江心泊曳，
幽寂了，小路　　　　　　　披蓑戴笠的渔翁
千条万条　　　　　　　　　独自悠悠
行人的踪迹已灭。　　　　　垂钓一江寒雪。

渔　翁

渔翁夜傍西岩宿①，　　晓汲清湘燃楚竹。
烟销日出不见人，　　欸乃一声山水绿②。
回看天际下中流，　　岩上无心云相逐③。

【注释】

①西岩：指永州的西山。②欸乃（ǎinǎi）：摇橹声。或棹歌声，唐代民间渔歌有《欸乃曲》。③"岩上"句：用东晋·陶渊明《归去来兮辞》"云无心以出岫"的句意。无心，无成心，本于自然。此处以白云自然流动，表现一种闲适情趣。

【赏析】

苏轼曾说"熟味此诗有奇趣"（宋·慧洪《冷斋夜话》引），确是深得其味。夜晚独傍西岩而宿，清晓汲湘水烧楚竹为炊，奇；烟销日出不见人，忽闻棹歌一声，那人却在青山绿水之中，亦奇；而山水随这"欸乃一声"顿然绿遍，更奇。诗人借此奇趣，隐现自己孤高孤洁而又不免孤清孤寂的心境。

这首七言古诗作于永州，和《江雪》一样，也以渔翁自况，只是它更具一种超尘脱俗的清寥而神奇的境界，多了一层对人生的解悟。此诗轻笔淡墨，却能让人从表层的简淡中玩味到内蕴丰厚的旨趣，是柳宗元诗特有的"外枯而中膏"（宋·苏轼《评韩柳诗》）。

【辑评】

[宋]慧洪《冷斋夜话》：东坡评诗云："以奇趣为宗，反常合道为趣。熟味之，此诗有奇趣。其尾两句，虽不必亦可。"

[明]王文禄《诗的》：气清而飘逸，殆商调欤！

[明]王昌会《诗话类编》：诗贵意，意贵远不贵近，贵淡不贵浓；浓而近者易识，淡而远者难知。……柳子厚"回看天际下中流，岩上无心云相逐"，坡翁欲削此二句，论诗者类不免矮人看场之病。余谓若止用前四句，则与晚唐何异？

【今译】

夜傍西山岩穴
一枕青石独宿，
早晨，汲清冷湘水
燃起枯寂的楚竹。
晓雾渐消散
旭日升起
不见渔人舟渡，
忽听"欸乃"一声

伴着摇橹棹歌
顿然，山水一片绿透。
一叶轻舟摇出
顺水已下江中急流，
回头一望，那
天水相连处
岩上飘忽的白云
悠闲地，追逐。

李 涉

　　李涉（生卒年不详），自号"清溪子"，洛阳（今属河南）人。早年客游梁园，与弟渤偕隐庐山白鹿洞。宪宗时，曾任太子通事舍人，不久贬峡州司仓参军。文宗大和年间，召为太常博士。坐事流贬康州，后归洛阳，卒。

　　其诗长于七绝，语言明畅，民间多有流传。宋·计有功《唐诗纪事》载，曾于九江皖口遇盗，盗首知是李涉，云："不用剽夺，久闻诗名，愿题一篇足矣。"遂赠一绝，盗首厚馈李涉而去。《全唐诗》存其诗一卷。

润州听暮角①

江城吹角水茫茫，　　曲引边声怨思长②。
惊起暮天沙上雁，　　海门斜去两三行③。

【注释】

　　①润州：今江苏镇江市。②边声：边地的乐调，此指角声。③海门：《镇江府志》：焦山东北有二岛对峙，谓之"海门"。

【赏析】

　　此诗题一作《晚泊润州闻角》，可知是羁旅水途所写。这是李涉很有名的即景抒情之作，写得画面高远、意境苍凉而又情思含蓄。

　　前两句营造出一种凄哀苍茫的情境和氛围，悠悠的画角与水天茫茫相融，牵引出绵长不绝的"怨思"，在城头，在江心，在船边，更在客子心里久久萦回。诗人将无形的归思托之以有形有声的物象，以边声之悠长、江流之悠长来写归思之悠长。后两句进一步造境渲染，以大雁"惊"飞衬托出角声的哀伤凄切；同时，又以雁喻人，雁惊实为人惊，暗含了旅途的惊悸不宁。那"斜去两三行"，一如诗人天涯海角越行越远，难以归返，从而将"愁思"引向渺远，也使整首诗的意境更为高远。这首诗选取晚泊润州所见的典型物象，意态自然地写羁愁归思，即景抒情，融情于景，颇堪寻味。

【辑评】

　　[清]王士祯《唐人万首绝句选评》：在博士（李涉）集中，此作可称高调。

　　刘永济《唐人绝句精华》：诗不言人惊而言雁惊，所谓"不犯正位"写法也。然有第二句"怨思长"，则人惊可知。

【今译】

润州江城，楼头　　　　　　　　散入江水一片白茫，
悠悠角声　　　　　　　　　　　这边地曲调

一声声，幽怨
牵动归思绵长。
栖息的雁，惊了
扇动昏沉暮色

掠起清冷的沙滩上，
向远处海门
渐飞渐远
斜去，二三行。

崔 郊

崔郊（生卒年不详），曾寓居襄州苦读而家贫。宪宗元和年间秀才。好诗，所作《赠婢》争诵一时。存诗仅此一首，收录于《全唐诗》。

赠 婢

公子王孙逐后尘，　　绿珠垂泪滴罗巾①。
侯门一入深如海②，　　从此萧郎是路人③。

【注释】

①绿珠：西晋富豪石崇有宠姬名绿珠，美而艳，善吹笛。孙秀使人索求，不得，遂进谗言，矫诏诛捕石崇。时，石崇正在金谷园楼上宴饮，谓绿珠曰："我今为尔得罪。"绿珠泣曰："当效死于君前。"遂自投于楼下而死。见唐·房玄龄等《晋书·石崇传》。此处用"绿珠"典故，一是形容婢女貌美，二是暗示婢女被劫的不幸。②侯门：指权贵豪势之家。③萧郎：西汉·刘向《列仙传》：萧史，善吹箫，能致白孔雀于庭中。秦穆公有女字弄玉，好之，遂以女嫁与。"日教弄玉作凤鸣，居数年，吹似凤声，凤凰来止其屋，公为作凤台。夫妇止其上，不下数年，一日皆随凤凰飞去。"后遂用萧史借指情郎或佳偶，又称"萧郎"。一说，南朝梁武帝萧衍，风流多才。南朝梁·姚思廉《梁书·武帝纪上》载：萧衍任祭酒时，卫将军王俭一见异之，曰：此萧郎"贵不可言"。后多以"萧郎"用作对萧姓男子的美称，或指代女子所爱恋的情郎或夫君。此处作者自谓。

【赏析】

唐·范摅《云溪友议》载此诗本事：宪宗元和年间，秀才崔郊寓居襄州（今属湖北）时，其姑母有一婢女，姿容秀丽，善歌舞，与崔郊爱恋。后婢女被卖给显贵于頔，颇得宠爱。崔郊思慕不忘，尝徘徊府署，冀得一见。恰值其婢女寒食外出，崔郊立于柳阴，两人相遇，婢女伤泣，崔郊赠以此诗。后，于頔见诗，召崔郊，让婢女与之同归，并赠以妆奁，一时传为诗坛佳话。崔郊也因此诗而扬名于当时。

此诗用含而不露的表现手法，以绿珠典故，委婉地述说所爱者被他人劫夺的悲哀。"侯门一入深如海，从此萧郎是路人"，二句极写绝望，似责婢女，实斥侯门，而又怨而不怨，哀婉动人。它高度凝练地概括了一种错失的人生体验，突破了个人的某一具体的悲欢离合的情事，表现出丰厚的内涵和广泛的社会意义，故为传诵的名句。"侯门似海""萧郎陌路"也因其形象生动而成为成语，被人们广泛运用。

【辑评】

［唐］范摅《云溪友议》：崔郊秀才者，寓居于汉上，蕴积文艺而物产罄悬。无何，与姑婢通，每有阮咸之从。其婢端丽，饶彼音律之能，汉南之最也。姑贫，鬻婢于连帅。连帅爱之，以类无双，给钱四十万，宠眄弥深。郊思慕无已，即强亲府署，愿一见焉。其婢因寒食来从事家，值郊立于柳阴，马上连泣，誓若山河。崔生赠之以诗曰："公子王孙逐后尘……"或有嫉郊者，写诗于

座，公睹诗，令召崔生，左右莫之测也。郊则忧悔而已，无处潜遁也。及见郊，握手曰："'侯门一入深似海，从此萧郎是路人'，便是公制作也？四百千小哉，何靳一书，不早相示？"遂命婢同归。

【今译】

贵族公子纷纷追逐
她身后的芳尘，
美艳，如绿珠
凄伤的泪水
无言，湿透了罗巾。

一踏入王侯朱门
如海幽深，
从此——
盟誓相爱的萧郎
成了陌路人。

元　稹

元稹（779—831），字微之，洛阳（今属河南）人。北魏鲜卑族拓跋部后裔。八岁丧父，母郑氏贤能，亲为教授诗书。德宗贞元九年（793），十五岁明经及第。贞元十八年（802），授秘书省校书郎。宪宗元和年间，任左拾遗、监察侍史，直言敢谏，触犯权贵而遭嫉恨，贬江陵府士曹参军、通州司马，困顿州郡十余年。穆宗即位，为中书舍人、翰林承旨学士，与李德裕、李绅俱以学识才艺闻名，时称"三俊"（《旧唐书·李绅传》）。长庆二年（822），居相位三个月而罢相，出为同州刺史，卒于武昌节度使任上，年五十三岁。

作诗继承杜甫"即事名篇"的精神，与白居易相唱和，同倡新乐府运动，合称"元白体"。清·赵翼《瓯北诗话》评曰："中唐诗以韩、孟、元、白为最。韩、孟尚奇警，务言人所不敢言；元、白尚坦易，务言人所共欲言。"但其诗不及白诗壮直畅达，艳体诗、悼亡诗颇具特色。时，诗流传甚广，"每一章一句出，无胫而走，疾于珠玉"（白居易《河南元公（稹）墓志铭并序》）。撰有传奇《莺莺传》，为后来《西厢记》所本。有《元氏长庆集》。

遣悲怀（其二）

昔日戏言身后意^①，　　今朝都到眼前来。
衣裳已施行看尽^②，　　针线犹存未忍开。
尚想旧情怜婢仆，　　也曾因梦送钱财。
诚知此恨人人有，　　贫贱夫妻百事哀^③。

【注释】

①戏言：玩笑话。意：一作"事"。②施：施舍。行：将。③贫贱夫妻：同贫贱共患难的夫妻。

【赏析】

《遣悲怀》三首是元稹悼念亡妻韦丛所写，流传甚广。韦氏为京兆尹韦夏卿之幼女，美丽贤惠，二十岁嫁与时仕宦未达的元稹，夫妻甚为恩爱，生育五子，但婚后仅七年病逝。此诗是第二首，写韦氏死后的无限"悲怀"，读之，令人一掬同情之泪。诗的中间四句，选取日常生活中最能打动人的小事，娓娓诉说：妻去物留，睹物思人不由悲哀时时袭来；为了挣脱也为了忘却，旧衣施人，针线封存，可终是悲痛难遣，思念难禁，转而对妻子生前的奴婢平添爱怜。末了，所诉之情凝聚为"诚知此恨人人有，贫贱夫妻百事哀"两句。从夫妻死别之恨人人皆有的泛说，推进一层，落到自己百事俱哀，丧妻之痛异于常人，由此将悲怀写极写绝。

此诗托情于寻常之事，用毫无夸饰的质朴的口头语，作真切的倾诉，字字句句，吐出的是悲悼亡妻的至性至情、至悲至痛。前人对此诗评价甚高，古今悼亡诗无出其右者。

【辑评】

[清]蘅塘退士《唐诗三百首》：古今悼亡诗充栋，终无能出此三首范围者。勿以浅近忽之。

陈寅恪《元白诗笺证稿》：所以特为佳作者，直以韦氏之不好虚荣，微之之尚未富贵，贫贱夫妻，关系纯洁，因能措意遣词，悉为真实之故。夫唯真实，遂造诣独绝欤！

【今译】

昔时，曾戏谑地

说起身后的安排，

不料那戏言

今日，都到了眼前来。

已施舍将尽

你穿过的旧衣裳，

只有未做完的针线

封存着，不忍打开。

每每看到

你生前的婢女

不由顿生几分怜爱，

也曾梦魂寻觅

冥冥，九泉之下

给你送去几叠钱财。

我深深知道

夫妻死别的苦恨

这世间人人难以除外，

可是你和我

多年同贫贱共患难

如今你去了

我，心如死灰

——事事俱哀。

行　宫①

寥落古行宫②，　　宫花寂寞红。

白头宫女在，　　闲坐说玄宗③。

【注释】

①行宫：离宫，皇帝外出所住的宫舍。②寥落：冷落，寂寞。古行宫：此指洛阳上阳宫，唐高宗时所建。③玄宗：唐玄宗李隆基。

【赏析】

唐代不少题为"上阳白发人"的诗，而元稹的这首《行宫》语意绝妙。诗人以特别的视角，着意拈出红艳盛开的宫花与寥落幽闭的行宫相映衬，在这映衬中"白头宫女在，闲坐说玄宗"，那骇目的满头白发，无聊的寂坐闲说，会说些什么呢？诗不着一语涉及，戛然止笔，无限意味留于篇外。宫女的红颜残损之哀、冷落寂寞之怨，以及诗人的兴亡之感、讽喻之意，俱可在言外味而得之。

白居易《上阳白发人》云："上阳人，红颜暗老白发新。绿衣监使守宫门，一闭上阳多少春。玄宗末岁初选入，入时十六今六十。同时采择百余人，零落年深残此身。"直截了当地叙述年老宫女的悲惨命运，元稹此诗则通过点染寥落的环境，以红色宫花和白头宫女相互衬托的笔法，揭示宫女的幽怨心理。二诗相比，一以感情淋漓见长，一以意味深沉取胜。这首小诗晓畅平易，却蕴意丰赡深刻，虽只二十字不觉其短，而又凝练净洁不可减却一字，如宋·洪迈《容斋随笔》所称"语少意足，有无穷之味"。

【辑评】

[宋]洪迈《容斋随笔》：白乐天《长恨歌》《上阳宫人歌》，元微之《连昌宫词》，道开元宫禁事最为深切矣。然微之有《行宫》一绝……语少意足，有无穷之味。

[明]瞿佑《归田诗话》：《长恨歌》一百二十句，读者不厌其长，微之《行宫》词才四句，读者不觉其短，文章之妙也。

[明]胡应麟《诗薮》：语意妙绝。合建七言《宫词》百首，不易此二十字也。

【今译】

冷冷落落
幽闲的古行宫，
庭院的花
寂寞地，开着
一丛一丛绽满艳红。
那宫女，如雪

一头白发
褪落了青丝花容，
百无聊赖里
三三两两围坐
闲说——
天宝年间的玄宗。

闻乐天授江州司马①

残灯无焰影幢幢②，　　此夕闻君谪九江。
垂死病中惊坐起③，　　暗风吹雨入寒窗。

【注释】

①乐天：白居易字乐天。江州司马：见白居易《琵琶行》注。②残灯：燃烧殆尽的灯。幢幢（chuáng）：阴影晃动不定的样子。③垂死病中：时元稹在通州染上疟疾，卧床已久。

【赏析】

白居易与元稹同科及第，亦为诗友同道，相交甚笃，其《与元九书》云："与足下小通则以诗相戒，小穷则以诗相勉，索居则以诗相慰，同处则以诗相娱。"二人"行止通塞，靡所不同；金石胶漆，未足为喻"（白居易《祭微之文》）。宪宗元和十年（815）八月，白居易因直言极谏而贬江州司马。这年三月，元稹也因弹劾不法官吏、得罪权贵而出为通州（今四川达县）司马。时染疾在身，心境怨苦，忽闻挚友蒙冤遭贬，沉痛之极写成此诗。

诗抓住乍"闻"的片刻来写，在那极富包孕的片刻间，眼前的残灯烛影顿然昏暗阴沉，垂死的重病之身，一惊之下猛然坐起。所震惊的是满腹凄凉的惋惜，是同病相怜的愤懑，还是休戚相关的悲痛？全都未曾说破，仅用"暗风吹雨入寒窗"一景语作结，而一切尽于其中含蕴不尽地烘托而出，令人凄楚欲绝。白居易读此诗后感动不已，写信给元稹曰："此诗他人尚不可闻，况仆心哉！至今每吟，犹恻恻耳。"（《与元微之书》）

【辑评】

[唐]皎然《诗式》：首句先云"残灯无焰影幢幢"，谓残灯则无光焰，而其影幢幢不明，凡夜

境、病境、愁境俱已写出。……读此可见古人友谊之厚焉。

[宋]洪迈《容斋随笔》：嬉笑之怒，甚于裂眦；长歌之哀，过于恸哭，此语诚然。元微之在江陵，病中闻乐天左降江州，作绝句云："残灯无焰影幢幢……"乐天以为此句他人尚不可闻，况仆心哉！

[明]唐汝询《唐诗解》：至情所激……非元、白心知，不能作此。

【今译】

一盏暗淡残尽的灯	重病缠身的我
摇着惚恍心境	奄奄一息中
阴影幢幢，	——惊起
这夜昏沉里	挺坐在榻床，
忽然，听得挚友你	只觉，一阵凄风冷雨
蒙冤贬逐九江。	惨森森扑进寒窗。

离思（其四）

曾经沧海难为水①，　　除却巫山不是云②。
取次花丛懒回顾③，　　半缘修道半缘君④。

【注释】

①"曾经"句：化用战国《孟子·尽心》"观于海者难为水"的句意。②巫山：用"巫山云雨"典故，见李白《清平调词》注。③取次：任意，随便。花丛：喻指别的美丽女子。④缘：缘由。修道：修身养性。或指尊佛奉道。

【赏析】

元和四年（809），元稹正值仕途受挫时，其贤淑聪慧、相濡以沫的妻子韦氏，于二十七岁的红颜华年而病逝，元稹伤痛难遣，陆续写了不少情真意深的悼亡诗。这首绝句是韦氏死后第二年所作，抒写自己对韦氏忠贞不贰、一往情深的思念。前半取用沧海之水、巫山之云这种深广而清柔的意象，表现夫妻之间动人情怀的爱恋，并托之于至深至美的境界，有如悲歌传响。后半转为深情的诉说，语势顿然舒缓，前后形成一种跌宕起伏的韵律。整首诗情浓而不低俗，辞丽而不浮艳，调悲而不哀沉，写出了唐人悼亡诗中的绝胜境界。

"曾经沧海难为水，除却巫山不是云"两句，落笔奇峭，取譬高绝而语意精警，尤为传诵。后人用此比喻阅历极广而眼界极高，是对诗句原意的一种引申。

【辑评】

[唐]范摅《云溪友议》：元稹初娶京兆韦氏，字蕙丛，官未达而苦贫……韦蕙丛逝，不胜其悲，为诗悼之曰："谢家最小偏怜女（略）。"又云："曾经沧海难为水，除却巫山不是云。"

[清]史承豫《唐贤小三昧集》：个中人语。

【今译】

极深，极广
是沧海的水，
经历了，江河难为水，
最灿，最美
是巫山的云，
除了它，不再有
蔚蓝洁白的云。

随步走过花丛
也懒得回头
艳丽不动我的心，
这一半，是
为了奉道修身，
一半为了——
生死至爱的亡妻您。

贾 岛

贾岛（779—843），字浪仙，自号"碣石山人"，范阳（今河北涿州）人。早年家境贫寒，落发为僧，法号"无本"。宪宗元和年间，以诗文投谒韩愈，得其赏识，遂返俗应举，然终生未第。文宗朝，贬遂州长江主簿，世称"贾长江"。武宗会昌年初，由普州司仓参军改任司户，未及任病逝。

其诗多吟咏性情、刻画景物，诗风清奇僻苦，峭直刻深，自成僻涩一体。"虽行坐寝食，若吟不辍"（宋·李昉等《太平广记》），与孟郊同为"苦吟"诗人，以铸字炼句取胜，但往往有句无篇。其诗开晚唐尖新狭僻之风气，清·李怀民《中晚唐诗人主客图》称为"清奇僻苦主"，多有效其体者，对南宋江湖诗派影响颇大。有《长江集》。

题李凝幽居①

闲居少邻并，　　草径入荒园。
鸟宿池边树，　　僧敲月下门。
过桥分野色，　　移石动云根②。
暂去还来此，　　幽期不负言③。

【注释】

①李凝：贾岛的好友，隐士。②"移石"句：指云脚飘移时，仿佛山石也在移动。云根，云脚。古人认为云絮"触石而出"，故云。③幽期：隐逸的期约。

【赏析】

这首诗写访友人不遇，并无深意，但以"鸟宿池边树，僧敲月下门"一联著称。据宋·胡仔《苕溪渔隐丛话》记载：一日，贾岛于驴上忽得"鸟宿"二句，始拟用"推"，后欲改用"敲"，一时吟哦不定，于驴背上引手作推敲之势，不觉冲撞了京兆尹韩愈的仪仗队，被押至韩愈面前。贾岛具言所以，韩愈立马良久，曰："作'敲'字佳矣。"并邀贾岛随骑至府中。此说可信可不信，但贾岛苦吟之状则于此可见。

贾岛以"苦吟"著称，其诗一般在五律的颔、颈二联耗费心思，锤炼字句。此联中为何"敲"字佳？试想：万籁俱寂的月夜，晚归的老僧轻叩寺门，那几声清脆，惊起栖巢的鸟儿一阵躁动，但很快又复归于宁静。诗人正是抓住这一瞬间即逝的"敲"，渲染出一种幽寂清空的静境，如果用"推"字，则传达不出这响中寓静的效果了，故"敲"字佳矣。后人称赞这二句，盖出于此。

【辑评】

［元］方回《瀛奎律髓》："敲""推"二字待昌黎而后定，开万古诗人之迷。学者必如此用力，何止"吟安一个字，捻断数茎须"耶？

［明］胡应麟《诗薮》：如贾岛"鸟宿池边树，僧敲月下门"，虽幽奇，气格故不如"过桥分野

色，移石动云根"也。

[清]吴乔《围炉诗话》："鸟宿池边树，僧敲月下门"，写得幽居出。

【今译】

四周，不见人家
幽僻里独居，
草丛蔓掩的小路
折入宅园的荒寂。
夜，静寂笼着
池边的森森树荫
鸟悄然栖息，
清淡的月光
洒照晚归的老僧
寺门前的敲叩
一声两声，格外清晰。
走过独木小桥

原野，顿生一片
黯绿的迷离，
晚风悠然起了
一片云絮在浮绕
山石随它隐隐飘移。
特意探访你
不遇，可我还会
再来这闲居地，
曾经相约——
与你一同归隐
是的，我不会辜负那
美好的心契。

暮过山村

数里闻寒水，　　山家少四邻。
怪禽啼旷野，　　落日恐行人①。
初月未终夕②，　　边烽不过秦③。
萧条桑柘外，　　烟火渐相亲④。

【注释】

①恐行人：使人恐惧。②夕：日落黄昏。③边烽：边境的烽火。唐代边烽有报战事、报平安两种，此当指前一种。④烟火：炊烟。

【赏析】

贾岛善写荒冷枯寂之境。此诗采用移步换形手法，描绘"暮过山村"的景色：潺潺的寒水、疏落的山家，凄鸣的怪禽，昏沉的落日，初升的残月、未过的边烽，宅边的桑柘、茅舍的烟火。随时间的推移、行踪的变动，由远而近地逐次展现出山野的荒凉冷僻和幽静安谧。而旅人的感受也随之起伏变化，由寒寂、惶恐到宁静、温慰，羁旅之情见于羁旅之景中，达到了两相融合。

贾岛的近体诗歌看似平常，实则奇崛。如"怪禽啼旷野，落日恐行人"一联，以眼前景、易见事，写出了路途辛苦的羁愁旅思，但其平易自然见于极其锤炼之中，它下字狠重，造语尖新，诗思亦过于入僻。诗人着意用寒瘦的形象渲染浓重的荒寂氛围，展示出了一种幽深怪僻的境界，读来，一股幽峭之气让人寒战。这一联历来为人所激赏，正在于此。

【辑评】

[宋]欧阳修《六一诗话》：（梅）圣俞曰：作者得于心，览者会以意，殆难指陈以言也。虽然，亦可略道其仿佛……若温庭筠"鸡声茅店月，人迹板桥霜"，贾岛"怪禽啼旷野，落日恐行人"，则道路辛苦、羁旅之思，岂不见于言外乎？

[宋]范晞文《对床夜语》：岑参诗："疲马卧长坂，夕阳下通津。山风寒空林，飒飒如有人。"贾岛云："数里闻寒水，山家少四邻。怪禽啼旷野，落日恐行人。"远途凄惨之意，毕见于此。

[元]方回《瀛奎律髓》："怪禽""落日"一联，善言羁旅之昧，诗无以复加。

【今译】

数里外，远远听见
涧水的清寒声，
山家稀稀落落
疏隔，不见四邻。
旷野荒寂里
怪禽长一声短一声
啼着，惊颤不宁，
落日已坠下
渐昏渐暗的路
惶恐了孤单行旅的人。

天边，新月升起
悬着暮色沉沉，
边境的烽火
没有传过秦地
山野沉入朦胧的宁静。
终于，隐隐看见
疏落的桑柘树颠
——缕缕炊烟，
心，蓦然亲近。

寻隐者不遇

松下问童子①，　言师采药去。
只在此山中，　云深不知处。

【注释】

①童子：隐者的侍童。

【赏析】

贾岛耽幽爱奇，淡于荣利，"所交悉尘外之士"（元·辛文房《唐才子传》），这首小诗是寻访一位隐者不遇而作。诗采用问答的形式，在开合变化中写出了"我"、童子、隐士三者。尤其是"隐者"的形象，诗人用高山仰止的企慕之情着力渲染，但又不露一点痕迹，整个融归于大自然。苍松，见其风骨清傲；白云，衬其人格高洁；深山采药，不知去处，恰是无羁无绊的避世的幽独。寻访隐者虽不遇，但隐者其人宛然若见，而且给人秋水伊人可望而不可即的浮想。

清·黄叔灿《唐诗笺注》评此诗："语意真率，无复人间烟火气。"诗于简洁平浅的一问一答中，引出一种幽深清奇的境界，只短短二十字，用平常事、平常景，便将未经人道的意境冥契自然地写出。韩愈说贾岛诗"往往造平淡"（《送无本师归范阳》），该是指这种艺术境界，它看似容易实则难。

【辑评】

　　[明]高棅《唐诗正声》：吴逸一：自是妙音，所谓不用意而得者。

　　[明]唐汝询《唐诗解》：设为童子之言，以状山居之幽。

　　[清]徐增《而庵说唐诗》：夫寻隐者不遇，则不遇而已矣，却把一童子来作波折，妙极！……此诗一遇一不遇，可遇而终不遇，作多少层折！

【今译】

苍苍古松下　　　　　　　　　就在这深涧山谷中，

询问那小道童，　　　　　　　只是云雾遮绕

他说——　　　　　　　　　　不知哪里

师父采药去了　　　　　　　　寻找他的行踪。

张 祜

张祜（785？—852？），字承吉，郡望清河东武城（今属山东），清河（今属河北）人。为人孤傲清高，流连诗酒，任侠尚义，狂士、浪子、游客、幕僚、隐者，名噪一时。长年浪迹江湖，早年寓居苏州，常往来于扬州、杭州等都市。曾企求入仕，为人所抑，"受辟诸侯府，性狷介不容于物，辄自劾去"（陆龟蒙《和过张祜处士丹阳故居·序》）。晚年爱丹阳曲阿地，遂筑室隐居，以布衣终身。

时颇有诗名，杜牧《登九峰楼寄张祜》云："谁人得似张公子，千首诗轻万户侯。"其诗众体兼备，尤以五言律诗成就最高。长于摹写，纯熟工整，自然流丽而韵味隽永，多描绘山水、题咏名寺之作。诗之佳者首推宫词，微婉多讽，造诣之高或在元、白之上。有《张处士诗集》。

宫词（其一）①

故国三千里②，　　深宫二十年。
一声何满子③，　　双泪落君前。

【注释】

①一题作《何满子》。②故国：此指宫女的故乡。③何满子：曲名，音调悲哀。白居易《何满子》诗注："开元中，沧州有歌者何满子，临刑，进此曲以赎死。（皇）上竟不免。"后此曲即以歌者何满子为名。宋·计有功《唐诗纪事》："祜所作《宫词》也，传入宫禁。武宗疾笃，目孟才人曰：'吾即不讳，尔何为哉？'指笙囊泣曰：'请以此就缢。'上悯然。复曰：'妾尝艺歌，请对上歌一曲，以泄其愤。'上许。乃歌一声《何满子》，气亟立殒。上令医候之，曰：'脉尚温而肠已绝。'"

【赏析】

张祜以《宫词》闻名于时，此诗尤为传诵人口。诗人用驭繁如简的笔力，将宫女远离故土、幽闭深宫的一生不幸，浓缩在前十字之内，再用一声悲歌双泪齐落，把宫女埋藏极深、压抑已久的千怨万恨迸发在后十字中。前半平淡地叙说掩抑不尽的辛酸，所谓"极平常的惨苦到谁也看不见的地狱"（鲁迅《写于深夜里》），为逼出后两句蓄势。后半则顺势将这内在的压抑从"双泪"中流泻无遗。前后二十字，简括凝练而又深致迂回，写尽了宫女的凄苦哀怨。此诗一出，传入禁中，广为宫女们谱唱。据宋·计有功《唐诗纪事》：相传唐武宗时，孟才人擅长笙歌而极得宠幸。武宗病重，欲让她以死相殉。孟歌《何满子》，曲毕，气绝倒下，肝肠已断碎。

这首诗几乎一半运用数字，却并无堆砌之感，由此构成了简洁工整的对仗，其含蕴有力地表达了宛转流畅的音韵，令人叹服诗人遣词用字的匠心。

【辑评】

[明]桂天祥《批点唐诗正声》：衷情苦韵。

[清]王士祯《唐人万首绝句选评》：《何满子》其声最悲，乐天诗云："一曲四词歌八叠，从头

便是断肠声。"此诗更悲在上二句，如此而唱悲歌，那禁泪落！

【今译】

故乡，迢迢   一声《何满子》

相隔三千里远，   才出歌喉半转，

自入这深宫   双泪如雨

幽闭已是二十年。   倾落在君王面前。

集灵台（其二）①

虢国夫人承主恩，   平明骑马入宫门。

却嫌脂粉污颜色②，   淡扫蛾眉朝至尊③。

【注释】

①集灵台：唐·李吉甫《元和郡县图志》："开元十一年，初置温泉宫。天宝六载，改为'华清宫'。又造长生殿，名为'集灵台'，以祀神也。"唐玄宗曾在此册封杨贵妃。故址在今陕西临潼骊山上。②颜色：指容貌。③至尊：皇帝。至，最。

【赏析】

据后晋·赵莹等《旧唐书·杨贵妃传》，杨贵妃得宠于唐玄宗后，杨氏一门皆受封爵，大姐封韩国夫人，三姐封虢国夫人，八姐封秦国夫人，"并承恩泽，出入宫掖，势倾天下"。另宋·乐史《太真外传》："虢国不施脂粉，自炫美艳，常素面朝天。"这首诗即咏此事。

诗人运用欲抑反扬的手法，"平明骑马"径入宫门禁苑，可知蒙承主恩异乎寻常；"淡扫蛾眉"朝觐至尊，可见美色天然不施粉黛。但是语似褒扬而意含鄙薄，虢国夫人的专宠骄纵、曲意承欢和"至尊"天子的荒唐好色，尽于其中含而不露，字面极恭维、极夸耀，而内在的讥讽却极尖刻、极冷峻。这似褒实贬，措辞微妙，用意微婉，正是此诗耐人寻味处，前人称赏"乃《春秋》之笔也"（清·朱子荆《增订唐诗摘钞》）。

【辑评】

［清］朱子荆《增订唐诗摘钞》：真正美人自不烦脂粉，真正才士自不买声名，真正文章自不假枝叶，以此律之，世间之"淡扫蛾眉"者寡也。

［清］徐增《而庵说唐诗》：此讥刺太甚，因诗佳绝，殊不为觉。

俞陛云《诗境浅说续编》：宫禁森严之地，虢国夫人纵骑而入，言其宠之渥也；脂粉转嫌污面，蛾眉不费黛螺，言其色之丽也。

【今译】

那虢国夫人   清晨，马蹄哒哒

骄纵，美艳，   直入禁苑宫门。

格外承受君主的宠恩，   只嫌胭脂粉黛

会沾污容貌的鲜润，
淡淡一扫蛾眉

长生殿前
——朝见至尊。

题金陵渡^①

金陵津渡小山楼^②，　　一宿行人自可愁。
潮落夜江斜月里，　　两三星火是瓜洲^③。

【注释】

①金陵渡：南京过江的渡口。一说，指今江苏镇江市的西津渡，唐朝称镇江为"金陵"。②津渡：复义词，渡口。小山楼：诗人投宿处。③星火：星星点点的灯火。瓜洲：一名"瓜埠"，扬子江的砂碛，其形如瓜，故名。在唐代为镇，隔岸正对金陵。今属江苏六台县。一说，指镇江的瓜洲，在扬州市南，隔江与西津渡相望。

【赏析】

此是写在渡口小楼壁上的题诗。诗人游历金陵，夜宿津渡，将偶见的天然佳景掇入诗中，写成了这首后世传诵的名篇。张祜的七言绝句裁思精巧，清丽俊逸，音调谐美，可于此诗见得。

诗人着意之笔在后两句，一写夜江潮落月斜的近景；一写隔岸星火烁闪的远景。而传神之处，尤在结句"两三星火是瓜洲"。那潮落的静江、月笼的寒水，一经明灭闪烁的两三星火点染，便在明暗映衬中显得极清幽、朦胧和宁谧；而以"瓜洲"收止，在羁愁旅思的不成眠中，顿生隐隐一丝欣喜；且又与开篇"金陵渡"相应，达到了诗的首尾圆合。如此用笔，何其空灵，何其圆润，自是一片神通的意境，真是动人情处不须多，两三足矣。

【辑评】

[清]王士禛《唐人万首绝句选评》：情景悠然。

[清]潘德舆《养一斋诗话》：吾独惜以承吉（张祜）之才，能为"晴空一鸟渡，万里秋江碧""河流出郭静，山色对楼寒""海明先见日，江白迥闻风"……"潮落夜江斜月里，两三星火是瓜洲"诸句，可以直跨元、白之上。

[清]邹弢《精选评注五朝诗学津梁》：江中夜景如画。

【今译】

这金陵渡口
微耸的小山楼头，
一夜不眠
自是一怀行旅孤愁。
潮水，落了
一江滢滢的夜

沉浸在斜月的轻柔，
江对岸，隐隐
两三星星点点
灯火在闪烁
哦，那是瓜洲。

韩 琮

韩琮（生卒年不详），字成封。穆宗长庆四年（824）登进士第，任陈许节度使王茂元府判官。宣宗大中年间，任户部郎中、中书舍人等职，为湖南观察使，待将士不以礼，被逐。懿宗咸通年间，仕至右散骑常侍。

时有诗名。明·胡震亨《唐音癸签》称其诗"咏物七字，着色巧衬，是当行手"。《全唐诗》存其诗一卷。

晚春江晴寄友人

晚日低霞绮①，　　晴山远画眉。
春青河畔草，　　不是望乡时。

【注释】

①霞绮：形容落霞绚烂如绮。从南朝齐·谢朓《晚登三山还望京邑》"余霞散作绮，澄江静如练"化用而来。绮，有花纹的丝织品。

【赏析】

暮春思乡念友，为古代诗歌所常吟题材，但此诗不落平庸。前三句重笔状景，晚日落霞，黛山绿草，一片动人乡情的明秀，自然落出后一句的言情。但出人意料的是，诗人不说"正是望乡时"，却说"不是望乡时"。"不是"实为"正是"，怀乡思友之情不作正面述说，婉曲地以反意出之，其情之深切自不待言。这一结句收出一缕欲归无期的惆怅，也给"望"中景物的明丽抹上一层迷远的色调。如果作直抒，便索然无味了，而一用翻叠笔法，则顿生新意。

此外，这首小诗以炼字琢句见长。首句"低"字，状绘落日依霞的绚丽，扑人眉宇；次句用字更为传神，翠山一抹如眉黛的美，全从"远"字得出；最见匠心的是第三句的"青"字，与宋·王安石《泊船瓜洲》"春风又绿江南岸"的"绿"同一杼轴，一个"青"字，染出河畔的芳草萋萋，更染出一片灵动的生机和盎然春意。此诗字句美、物态美、情韵美，耐读。

【辑评】

[明]谢榛《四溟诗话》：景乃诗之媒，情乃诗之胚，合而为诗。

【今译】

落日欲坠，低依　　　　　　　　从青青河畔
晚霞的绮丽，　　　　　　　　　一直绵延向天际，
远处山岚起伏　　　　　　　　　啊，不要望
如一抹黛眉　　　　　　　　　　不要望乡
横卧隐约的晴光里。　　　　　　——不是望乡时。
春风，染绿芳草

朱庆馀

朱庆馀（生卒年不详），名可久，以字行，越州（今浙江绍兴）人。敬宗宝历二年（826）进士，官秘书省校书郎。曾客游边塞。与张籍、贾岛、僧无可等往来交游。

时有诗名。其诗不事雕饰，辞意清新，描写细致，风格与张籍略近。有《朱庆馀诗集》。

宫　词

寂寂花时闲院门①，　　美人相并立琼轩②。
含情欲说宫中事，　　鹦鹉前头不敢言。

【注释】

①花时：指繁花盛开的春天。②琼轩：装饰华丽的长廊栏杆。琼，赤玉。轩，栏杆，或有窗的长廊。

【赏析】

在唐代众多的宫怨诗中，此诗尤显别致。长廊轩前，两个美人相依并立，含情欲说却终无一语。"欲说"的是深宫禁闭的愁闷，是韶光虚度的寂寞，还是如那华轩曲廊一样的空虚？如此种种，从春花寂寂、院门紧闭、琼轩长长的景物描写中暗示出来。可是为什么不能尽情一吐，原来是在学舌的"鹦鹉前头"。

篇末，令人恍然大悟，也令人不寒而颤。那阴森高耸的宫墙内，不仅窒息了宫女的青春，而且连说话的自由也被剥夺了。花时、美人、琼轩、鹦鹉这华贵绚丽的背后，掩盖的却是最残忍的人间悲剧。诗人用一真实的细节，巧妙而曲折地托出了宫怨的题旨。"含情欲说宫中事，鹦鹉前头不敢言"二句，极低徊吞吐之能事，最为深妙，为后世所称赏。

【辑评】

［清］黄叔灿《唐诗笺注》：宫中忧谗畏讥，寂寞心事，言外味之可见。

［清］邹弢《精选评注五朝诗学津梁》：意颇机警，寄怨特深。

刘永济《唐人绝句精华》：玩诗意似有所讽。

【今译】

春天，花寂寂地开了　　　　　　满含幽怨想说
宫门层层紧掩，　　　　　　　　这深深的后宫禁苑，
宫中，美人相并　　　　　　　　可是身后
百无聊赖里　　　　　　　　　　一只学舌鹦鹉
闲立长廊玉栏。　　　　　　　　噢，不敢吐说一言。

闺意献张水部^①

洞房昨夜停红烛^②，　　待晓堂前拜舅姑^③。
妆罢低声问夫婿，　　画眉深浅入时无？

【注释】

①一题作《近试上张水部》。张水部：张籍，时任水部郎中。②停：放置。意谓不吹灭，遍夜长明。③舅姑：即公婆。丈夫之父为舅，丈夫之母为姑。旧时风俗，新婚第二天清晨，新娘要拜见舅姑。

【赏析】

唐代有"行卷"的风气，即应进士科举的士子，考前献诗文于名望之士，希求其赞誉和推荐，让主考官有所耳闻。朱庆馀平时已得张籍赏识，时将应试，乃作此诗以献。

诗从洞房到红烛，从昨夜到待晓，尽写新婚闺房的脉脉情事，所藏之意虽含而不露，却为人所领会。诗人实以新妇自比，以新郎比张籍，以公婆比主考官，表达自己应试前自信而又忧虑的复杂心情。张籍《酬朱庆馀》答曰："越女新妆出镜心，自知明艳更沉吟。齐纨未足时人贵，一曲菱歌敌万金。"将朱庆馀比作采菱越女，既明艳照人，又珠喉婉转，肯定其"入时"，受人看重。朱、张二人一赠一答，两首诗都纯用比体，寓意贴切而饶有情趣。一个投赠得好，一个酬答得妙，珠联璧合。后得张籍称誉和引荐的朱庆馀，于敬宗宝历二年（826）一举中第，而张籍的慧眼识才也一时被传为佳话。

【辑评】

[宋]刘克庄《后村诗话》：世称朱庆馀"妆罢低声问夫婿，画眉深浅入时无"之句，却不入选，岂嫌其自鬻耶？放翁云："谁言田家不入时？小姑画得城中眉。"比庆馀尤工。

[清]史承豫《唐贤小三昧集》：托喻既深，何嫌近亵！

刘永济《唐人绝句精华》：此托之新妇见舅姑，以比举子见考官。籍有酬朱庆馀诗曰："越女新妆出镜心……"其称许特甚，可见古人爱士之心。

【今译】

昨夜洞房融融
一夜灼闪红烛，
天晓，梳妆的新妇
细匀地描抹
好去堂前拜见舅姑。

转脸低问一声
镜前端详的丈夫：
这一双黛眉
是浓了，是淡了
还合时尚不？

李 贺

　　李贺（790—816），字长吉，祖籍陇西（今属甘肃），福昌（今河南宜阳）人。唐宗室郑王李亮后裔，家道衰落。家居福昌之昌谷，后人因称"李昌谷"。体貌细瘦，巨鼻，通眉，长指爪。才名早播，十五岁誉满京城。宪宗元和年间，以歌诗昌谷拜谒韩愈，得其劝勉而应试求仕，然与之争名者以犯父讳为由，加以毁阻，终不第。元和六年（811），承父荫得官，任奉礼郎，三年后以病辞官。曾入昭义军节度使幕府，后告病归居。失意郁闷而卒，年二十七岁。

　　去世前将所作诗分为四编，授于友人沈子明，后沈嘱杜牧为其诗集写序。其诗多哀叹盛年易衰，悲慨零落不遇，或寄情天国，或幻念鬼境，有"诗鬼"之称。尤长于古体歌行，以其逸才奇思惨淡经营，善于熔铸词采、驰骋想象，运用神话传说创造幽奇诡谲的意境和魄丽新美的意象，人称"李长吉体"，于中唐诗坛高悬一帜，对后世影响深远。但务求新奇，有时失之雕琢。有《李长吉歌诗》。

李凭箜篌引①

吴丝蜀桐张高秋②，　　空山凝云颓不流③。

江娥啼竹素女愁④，　　李凭中国弹箜篌⑤。

昆山玉碎凤凰叫，　　芙蓉泣露香兰笑。

十二门前融冷光⑥，　　二十三丝动紫皇⑦。

女娲炼石补天处⑧，　　石破天惊逗秋雨。

梦入神山教神妪⑨，　　老鱼跳波瘦蛟舞。

吴质不眠倚桂树⑩，　　露脚斜飞湿寒兔⑪。

【注释】

　　①李凭：梨园弟子，因善弹箜篌而名噪一时，身价之高超过盛唐时著名宫廷乐师李龟年。杨巨源写有《听李凭弹箜篌》诗。箜篌：古代一种弹拨乐器，有竖、卧两种。引：乐府诗体的一种。②吴丝蜀桐：古代吴地蚕丝、蜀地桐木都是制作乐器的美材，此形容箜篌精美。张：弹奏。高秋：暮秋。③颓：颓然、凝滞的样子。④江娥：湘水女神，见钱起《省试湘灵鼓瑟》注。西晋·张华《博物志》："尧之二女，舜之二妃，曰'湘夫人'。舜崩，二妃啼，以涕挥竹，竹尽斑。"素女：神话中的秋霜之神，善鼓瑟，好伤感。见西汉·司马迁《史记·封禅志》。⑤中国：即国中，指京都长安。⑥十二门：古长安城四面各三门，共十二门。⑦二十三丝：指李凭所弹竖箜篌，体曲而长，有二十三弦。紫皇：道教称天上最尊的神为"紫皇"，此为双关语，也兼指皇帝。⑧"女娲"句：神话传说，上古时，共工和颛顼争帝，共工怒，一头撞倒撑天柱不周山，天塌落一块，于是女娲炼五色石以补苍天。见战国《列子·汤问》。⑨神妪（yù）：神话中的成夫人。善弹箜篌，闻人弦歌，辄便起舞。见东晋·干宝《搜神记》。⑩吴质：即吴刚。传说月中有桂树，高五百丈。吴刚学仙犯有过错，谪令伐桂树，斧落有痕，斧起愈合，永远砍不倒。见唐·段成式《酉阳杂俎》。⑪露脚：古人认为雾露像雨一样降落，故作"露脚斜飞"的想象。寒兔：传说中月宫里捣药的玉兔。

【赏析】

此诗约作于李贺在长安任奉礼郎时，其时诗人有缘聆听宫廷乐师李凭弹奏箜篌。前四句写初闻箜篌，避开无形无影难以捉摸的箜篌声，从凝云颓、江娥啼、素女愁落笔，以实写虚，从侧面烘托乐艺之精湛和乐声之美妙。五、六句从正面着意描绘乐声。昆仑玉碎、孤凤高鸣，是以声摹声；芙蓉泣露、香兰绽笑，是以形绘声。和鸣与独亢，愁伤与欢快，抑扬顿挫地交错迭出，有声、形、神三者兼备之妙。后八句浓重渲染音响效果。诗人以奇特的想象、瑰丽的词采和夸张的用语，将神话传说拈入诗中，使种种非现实的意象联翩而至，人间、天府、神山，感人感物感神至深至美，摹绘出箜篌"惊天地泣鬼神"的艺术魅力。尾处漾出一种幽深渺远的音乐意境，令人沉浸不尽。

此诗不只善于捕捉音乐形象，描状音响，更着力于展示神奇美妙的音乐境界，而且出神入幽，无一字落常人蹊径，无愧是摹写音乐的"至文"（清·方扶南《李长吉诗集批注》）。

【辑评】

[明]高棅《增定评注唐诗正声》：幽玄神怪，至此而极，妙在写出声音情态。

[清]黄周星《唐诗快》：本咏箜篌耳，忽然说到女娲、神妪，惊天入月，变眩百怪，不可方物，真是鬼神于文。

[清]叶矫然《龙性堂诗话初集》：长吉耽奇凿空，真有"石破天惊"之妙，阿母所谓是儿不呕出心不已也。然其极作意费解处，人不能学，亦不必学。

【今译】

吴丝，蜀桐
制作这精美的箜篌，
轻轻一拨弄
在天高气爽的清秋，
顿时，山巅云彩
凝止在一片空寂
不再轻柔飘游。
湘水女神泪滴斑斑
洒向苍梧翠竹，
伤感的素女，蓦然
一怀凄冷的忧愁，
啊，是梨园弟子李凭
在京都长安
将美妙箜篌弹奏。
时而众弦齐鸣
错错杂杂似玉碎山崩，
时而如孤凤引吭
一弦琤琤独秀；

黯黯低抑时
滴露芙蓉掩面哭泣，
欢快时，飘香
幽兰绽含笑口。
那清音和煦
融暖了长安十二城门
冷光寒气顿收，
二十三弦哟
一弦一音飘入天庭
玉帝低眉垂首。
炼石补天的女娲
也如痴如醉，
一失手，石破天惊
秋雨霏霏倾流。
倏然，梦幻一般
飘入神山
将绝技向神姑传授，
忽又飘落深渊

老鱼瘦龙腾跃起舞
伴随旋律悠悠。
月宫的吴刚
夜深了，忘了睡去

独倚桂树久久，
玉兔蹲伏一旁
任冷露斜飞，湿透。

雁门太守行①

黑云压城城欲摧②，　甲光向日金鳞开③。
角声满天秋色里，　塞上燕脂凝夜紫④。
半卷红旗临易水⑤，　霜重鼓寒声不起。
报君黄金台上意⑥，　提携玉龙为君死⑦。

【注释】

①雁门太守行：乐府相和歌辞瑟调三十八曲之一，多咏征战。②摧：塌陷。③金鳞开：指阳光照在像鱼鳞般的铠甲上光芒耀眼。④上：一作"土"。燕脂：即"胭脂"，常比作鲜血。紫：指暮色霞光映照下的战场血迹。一说，长城附近泥土多紫色，有"紫塞"之称。⑤易水：在河北易县。此处借水名，用战国·荆轲《易水歌》"风萧萧兮易水寒，壮士一去兮不复还"的典故。⑥黄金台：《清一统志·顺天府》引《上谷郡图经》载："黄金台，易水东南十八里，燕王置千金于台上，以延天下之士。"后人因以"黄金台"用作君主礼贤的典故。亦见陈子昂《登幽州台歌》注。⑦玉龙：宝剑的代称。唐·房玄龄等《晋书·张华传》：晋人张华见天上有紫气，雷焕释之曰：此乃"宝剑之精上彻于天"。后果然于丰城县狱屋基下掘得一石函，内藏双剑，上刻文字，其一为"龙泉"，后入水为龙。

【赏析】

宋·王谠《唐语林》记载："李贺以歌诗谒韩愈，愈时为国子博士分司，送客归，极困。门人呈卷，解带旋读之，首篇《雁门太守》云：'黑云压城城欲摧，甲光向日金鳞开。'却缓带，命迎之。"一时传为佳话。

此诗借乐府古题写唐代战事。先渲染兵临城下的危急，再勾勒鏖战的惨酷，后四句写驰援部队不畏苦寒，浴血奋战。诗表现了将士们精忠报国、视死如归的英雄气概，慷慨激昂而又悲壮苍凉，颇有战国·屈原《国殇》的风貌。

陆游曾说李贺语言之奇，"如百家锦衲（补缀），五色炫耀，光夺眼目，使人不敢熟视"（宋·范晞文《对床夜话》引）。此诗一反战争悲剧常用的灰暗色调，层迭交错地以黑云、金鳞、胭脂、紫夜、红旗、白霜、黄金、玉龙作浓重而强烈的涂抹，用五色炫目的浓艳斑驳的色彩，描绘悲壮的战争气氛和惨烈的厮杀场面，令人触目惊心，表现出李贺诗不同凡响的"瑰奇"。

【辑评】

[明]李攀龙《唐诗训解》：范德机曰：作诗要有惊人语，险诗便惊人。……李贺"黑云压城城欲摧，甲光照日金鳞开"。此等语，任是人道不到。

[清]杜诏、杜庭珠《中晚唐诗叩弹集》：杜诏：此诗言城危势亟，摄甲不休，至于哀角横秋，

夕阳塞紫，满目悲凉，犹卷旆前征，有进无退。虽士气已竭，鼓声不扬，而一剑尚存，死不负国。皆极写忠诚慷慨。

[清]薛雪《一瓢诗话》：李奉礼"黑云压城城欲摧，甲光向日金鳞开"，是阵前实事，千古妙语。王荆公訾之，岂疑其黑云、甲光不相属耶？

【今译】

浓黑的云一层层　　　　　　　　透出大片的绛紫。
低低压下　　　　　　　　　　　增援的轻骑部队
仿佛要压崩城池，　　　　　　　悄然迫近易水
向着云缝射下的日光　　　　　　一路急驰，半卷红旗，
守城的将士们　　　　　　　　　天寒霜浓
坦开金光粼粼的甲衣。　　　　　重重擂击的战鼓
漫天的角声　　　　　　　　　　沉闷，高扬不起。
呜呜吹响，悲壮　　　　　　　　只为报答君主
回荡秋色肃杀里，　　　　　　　黄金台上揽贤的心意，
鏖战后的沙场　　　　　　　　　宁愿提携利剑
血，胭脂般凝结　　　　　　　　迎敌，不惜一死。
暮色夜雾中

苏小小歌①

幽兰露，　　如啼眼。
无物结同心②，　　烟花不堪剪③。
草如茵④，　　松如盖⑤，
风为裳，　　水为珮。
油壁车⑥，　　夕相待。
冷翠烛⑦，　　劳光彩⑧。
西陵下⑨，　　风吹雨。

【注释】

①诗题"歌"一作"墓"。苏小小：见白居易《杭州春望》注。据唐·李绅《真娘墓·序》云：嘉兴县旧有苏小小墓，风雨之夕，有人闻其上有歌吹之音。②结同心：用花草或丝绳一类打成连环式的结子，表示爱情忠贞如一。古乐府《苏小小歌》："我乘油壁车，郎乘青骢马。何处结同心？西陵松柏下。"③烟花：指坟上夜气中凄迷如烟的野草花。④茵：垫子。⑤盖：伞盖。⑥油壁车：古代妇女乘坐的一种用油彩涂饰车身的华美的车。⑦冷翠烛：指鬼火，有光无焰，故曰。⑧劳：徒劳。意谓苏小小渴望结同心，但生前落空，死后亦成灰，芳心真情只是徒然。⑨西陵：今杭州孤山西泠桥一带，旧称"西陵"。今有"慕才亭"，相传是当年苏小小和她所倾慕的书生相会的地方。

【赏析】

李贺以"鬼才"著称于中唐诗坛,这首《苏小小歌》是其鬼诗中最著名的一篇。或认为此诗是李贺据南朝乐府《苏小小歌》原题拟作,诗人将战国·屈原《山鬼》的意境糅入苏小小的传说,通过景物幻化人物形象。幽兰啼眼、草茵松盖、风裳水珮、绿火冷烛、凄风苦雨,在这些幻象中,表现空灵虚渺的幽灵特点,幻化出幽冷芳洁的苏小小鬼魂,并渲染出浓重的凄迷阴冷的冥界气氛。以景拟人而又即景即人,两者冥契合一,由此塑造了一个幽美清妙的女鬼形象和凄艳荒诞的幽冥境界。

李贺的"鬼诗"写鬼即写人,外在弥漫着森森鬼气,而内在充溢了绵绵人情,透过苏小小身死为鬼,仍不忘绾结同心的飘荡和期待,不难感受到诗人对理想宿愿冥冥不止的追求,以及追求不得的哀怨孤愤。

【辑评】

[明]黄淳耀《李长吉集》:黎简:通首幽奇光怪,只纳入结句三字,冷极鬼极。诗到此境,亦奇极无奇者矣。

[清]马位《秋窗随笔》:长吉诗"幽兰露,如啼眼",子瞻诗"山下碧桃清似眼",各有妙处。

【今译】

幽洁香兰,缀着
滢亮的露珠,
点点,那是她
脉脉含恨的泪眼。
再没有什么
可用来绾结同心,
荒冷的孤坟上
野草花萋迷
如烟,不堪相赠剪。
芊芊如茵的芳草
铺开柔软席垫,
松柏亭亭如盖
为她撑开圆阔的车伞。
拂拂清风

是她举袂翩跹,
涧水淙淙
是她玎玱摇曳珮环。
华美的油壁车
仍然,等待她
出游赴约,
在这幽寂的夜晚。
可绿蓝的鬼火
随夜雾飘荡,空自
如翠烛冷光点燃,
那西陵之下
不见郎骑青骢来,
只有——
凄风冷雨扑面。

梦 天

老兔寒蟾泣天色①, 云楼半开壁斜白②。
玉轮轧露湿团光③, 鸾珮相逢桂香陌④。

黄尘清水三山下⑤， 更变千年如走马⑥。

遥望齐州九点烟⑦， 一泓海水杯中泻⑧。

【注释】

①老兔寒蟾：神话传说中月宫里的玉兔和蟾蜍。②云楼：云层幻裂成的楼阁。壁斜白：月光斜照在云楼壁上，映出一片淡白。③玉轮：指月亮。④鸾珮：雕有鸾凤的玉珮，此代指身系玉珮的仙女。桂香陌：月宫里飘着桂香的小路。⑤黄尘清水：海水变陆地，陆地变海水，即沧海桑田的意思。⑥走马：跑马。走，跑、疾行。⑦齐州：中州，古时指中国。九点烟：大禹治水后，将古代中原地区划分为九州，周制，有冀、兖、青、幽、扬、荆、豫、并、雍九州。此处从古九州生发想象。⑧泓：深水。"一泓"犹言一汪水。

【赏析】

这首《梦天》属古代游仙诗一类。据李商隐《李贺小传》载，李贺临死时，绯衣人召他上天作《白玉楼记》，并说"天上差乐不苦也"！虽是传说，但李贺确实是厌苦人世，常作天国之想。如此诗写梦中登天游月，描绘出富有浪漫主义色调的幻境。梦中诗人上游天界，下俯人间。天上仙界洁静而永恒，地上人世纷杂而渺小，两相对比中，寄寓了人事沧桑的深沉感慨，表现出诗人冷眼看人世的一种超然态度，以及厌弃现实的一怀孤高。

此诗一反其他诗中过于颓沉的阴郁，瑰奇、飘逸、豪纵有如李白。明·胡应麟《诗薮》指出："太白幻语乃长吉之滥觞。"确然。这首游仙诗，想象之瑰丽，构思之奇妙，比喻之新颖，诗境之虚幻，体现了李贺诗奇幻怪谲的艺术特色，又明显见出承续李白一脉的痕迹。晚唐李商隐作诗颇学李贺，其《谒山》"欲就麻姑买沧海，一杯春露冷如冰"，即点化此诗末句"一泓海水杯中泻"而成。

【辑评】

[明]黄淳耀《李长吉集》：黎简：论长吉每道是鬼才，而其为仙语，乃李白所不及。"九州"二句妙有千古。

[清]黄周星《唐诗快》：命题奇创。诗中句句是天，亦句句是梦，正不知梦在天中耶，天在梦中耶？是何等胸襟眼界，有如此手笔，《白玉楼记》不得不借重矣。

钱钟书《谈艺录》：《梦天》则曰："黄尘清水三山下，更变千年如走马。"皆深有感于日月逾迈，沧桑改换，而人事之代谢不与焉。他人或以吊古兴怀，遂尔及时行乐，长吉独纯从天运着眼，亦其出世法、远人情之一端也。

【今译】

一阵疏雨，飘洒
那是老兔寒蟾
哭泣阴晦的天色，
忽地，云楼半开
一片淡白月光
斜照在楼壁的幻裂。
圆月，玉轮似
从雾露中辗过

晕出一团湿漉的光洁，
月宫的小路
桂花飘溢清香
恰遇一群美丽仙女
玉珮玎珰摇曳。
那三座仙山之下
沧海变桑田
桑田变沧海，

人世间，千年变更　　　　　渺小地缀在下界，
倏然如跑马迅捷。　　　　　一泓东海
我，俯首遥看九州　　　　　——从杯中倾泻。
如九点烟尘

秋　来

桐风惊心壮士苦[①]，　　衰灯络纬啼寒素[②]。
谁看青简一编书[③]，　　不遣花虫粉空蠹[④]？
思牵今夜肠应直[⑤]，　　雨冷香魂吊书客[⑥]。
秋坟鬼唱鲍家诗[⑦]，　　恨血千年土中碧[⑧]！

【注释】

①壮士：诗人自指。②络纬：见李白《长相思》注。啼寒素：意谓蟋蟀哀鸣声听来好像是织着寒天的白绢。③青简：竹简。古时无纸，在竹简上刻字。编：古时用来穿联竹简的皮条或绳子，以绳穿联简牍成册称"一编"。④花虫：即蠹鱼，亦称"蛀书虫"，背有花纹，故称。⑤肠应直：形容愁思深重强烈，把纡曲百结的情肠都拉直了。李贺遣词向斥俗滥，务求新奇，此处一反"肠回""肠断"的习熟语，异想别开。⑥香魂：指古代诗人志士之魂。书客：著书之人，此诗人自指。⑦鲍家诗：鲍照为南朝宋时著名诗人，其诗多抒怀泄愤，曾作有《蒿里行》丧歌，写亡魂对生的恋慕和对死的怨恨。⑧土中碧：战国《庄子·外物》载：周人苌弘被人所杀，死于蜀，藏其血，三年化为碧玉。用此典表示长恨难以消释。

【赏析】

秋雨淋涔的夜，桐风惊心，残灯独对，冷雨敲窗里，一缕古代诗哲的香魂飘然而至，吊问知音无觅、愁苦牵肠的书客；待它倏然飘去时，只听见鬼唱鲍照诗，那幽幽吟唱低徊在孤坟荒冢间。这一是人间，一是冥界，但才人志士的落拓不遇，却是阳世阴间人鬼同恨、古今一悲，诗中创造出凄厉幽冷的双重意境。而所写鬼魂亦是诗人的自我形象，"秋坟鬼唱鲍家诗，恨血千年土中碧"二句，连缀鲍照哀诗、苌弘碧血两个典故，借鬼魂之遗恨，一泄自己积郁未伸的孤愤，令人惊魂凄心，实为全篇的警绝之句。

此诗为泄恨抒愤之作，也是一首著名的"鬼诗"，无论是命意、造境、设句和敷色，皆诡奇冷峭，颇能表现李贺诗幽冷荒诞、凄艳怨悱的风神。

【辑评】

[明]高棅《唐诗品汇》：刘云：非长吉自挽耶（末二句）？

[清]叶矫然《龙性堂诗话续集》：（贺诗）至七言则天拔超忽，以不作意为奇而奇者为最上。……《梦天》之"遥望齐州九点烟，一泓海水杯中泻"，《秋来》之"不遣花虫粉空蠹""雨冷香魂吊书客"，诸如此类，真所谓"咳唾落九天，随风生珠玉"者耶！

[清]永瑢、纪昀《四库全书总目提要》：（贺）所用典故，率多点化其意，藻饰其文，宛转关

生，不名一格。如"羲和敲日玻璃声"句，因羲和驭日而生"敲日"，因"敲日"而生"玻璃声"，非真有"敲日"事也。又如"秋坟鬼唱鲍家诗"，因鲍照有《蒿里行》而生"鬼唱"，因"鬼唱"而生"秋坟"，非真有"唱诗"事也。循文衍义，讵得其真！

【今译】

秋风，飒飒　　　　　　　　　该把迂结的愁肠拉直
吹落梧桐黄叶的枯疏　　　　　昏灯书案前
惊起壮怀志士　　　　　　　　漫长的夜难度，
一阵心悸的悲苦，　　　　　　忽地，一阵冷雨
幢幢一盏残灯　　　　　　　　暗暗敲扑窗棂
昏照着黯淡四壁　　　　　　　啊，一缕古人香魂
听墙角蟋蟀啼啼　　　　　　　飘然而至
编织着寒天的白布。　　　　　抚慰我苦心著书。
谁？会赏看　　　　　　　　　倏然，那荒野孤坟
片片青色竹简　　　　　　　　鬼魂在悲歌吟诉，
穿联呕心沥血的诗句，　　　　长长的遗恨
不让它，空自　　　　　　　　就像殷红的泣血
被蠹虫蚀蛀？　　　　　　　　千年万载
今夜，忧愤深重　　　　　　　化作碧玉凝藏在泥土。

金铜仙人辞汉歌（并序）①

　　魏明帝青龙九年八月，诏宫官牵车西取汉孝武捧露盘仙人，欲立置前殿。宫官既拆盘，仙人临载，乃潸然泪下。唐诸王孙李长吉遂作《金铜仙人辞汉歌》。②

茂陵刘郎秋风客③，　　夜闻马嘶晓无迹④。
画栏桂树悬秋香，　　三十六宫土花碧⑤。
魏官牵车指千里，　　东关酸风射眸子⑥。
空将汉月出宫门，　　忆君清泪如铅水。
衰兰送客咸阳道⑦，　　天若有情天亦老。
携盘独出月荒凉，　　渭城已远波声小。

【注释】

　　①金铜仙人：汉·赵岐等《三辅故事》载：汉武帝刘彻于长安建章宫筑神明台，上铸金铜仙人，高二十丈，大十围，以掌托盘承接甘露，和玉屑而饮，可求长生。②据西晋·陈寿《三国志·明帝纪》注，魏改青龙五年三月为景初元年四月，这年迁徙长安铜人承露盘。"九年"，误。③茂陵：汉武帝陵墓。秋风客：汉武帝曾作《秋风辞》，故称。④夜闻马嘶：传说刘彻死后，其魂魄夜间常常带仪仗出游汉宫。见《汉武故事》。⑤三十六宫：东

汉·张衡《西京赋》云：汉代长安"离宫别馆三十六所"。⑥东关：长安东面的城门。酸风：犹悲风，凄风。⑦客：指铜人。

【赏析】

这首诗咏汉宫铜人迁徙之旧事，塑造了一个物性、人性、神性三者熔铸一体的凄婉悲怆的艺术形象，但又并非泛泛咏古之作。诗约写于李贺因病辞官，离京赴洛途中。时唐室中衰，贞观之治、开元之盛已不复再见。诗人以没落王孙百感交并，借铜仙辞汉之泪，一洒其忧其悲，在抒发人事沧桑、易代兴亡的慨叹中，寓含了宗国衰落之痛和离京的身世之哀。

此诗造语奇峭，形象瑰诡，情思悲凉婉沉，境界开阖动荡，是一首诸美同臻的佳作。"天若有情天亦老"一句尤妙绝千古，铜人之凄哀充塞寰宇，使上天为之而老。一"老"字，化天物为情种，集悲、愁、苦于一身，语至奇，情至深，而意境至高至远，被认为是"奇绝无对"。后，宋人石曼卿以"月如无恨月长圆"为对，人们许之为劲敌。（宋·司马光《温公续诗话》）

【辑评】

[明]高棅《唐诗品汇》：杜牧之云：此篇求取情状，绝去笔墨畦径。刘云：此意思非长吉不能赋，古今无此神妙。

[明]钟惺、谭元春《唐诗归》：钟云：词家妙语（"天若有情"句）。

[清]王琦《李长吉歌诗汇解》：司马温公《诗话》："李长吉歌'天若有情天亦老'，奇绝无对，石曼卿对'月如无恨月长圆'，人以为劲敌。"琦细玩二语，终有自然、勉强之别，未可同例而称矣。

[清]张文荪《唐贤清雅集》：泪如铅水，切铜人精妙。

【今译】

汉武帝刘彻，如
落叶秋风中飘逝
匆匆，只留下
茂陵荒冢的一堆死寂，
幽夜，常听到他
魂灵出游的仪仗马鸣
天晓却杳无踪迹。
玉砌雕栏边
秋桂高悬一树繁花
依旧，清香飘逸，
三十六所宫馆
泛着惨绿的苔藓
爬满断残的殿墙苑地。
如今，我
被魏官拆御迁徙
车儿辘辘将牵向洛阳

遥遥行程千里，
长安东的城关
一阵尖利凄紧的霜风
射痛了我的眸子。
车轮辗出宫门
空自伴随一轮明月
皎白还似旧时，
不禁忆念起故主
潸然的泪水
如铅水沉重，垂滴。
苍凉的咸阳古道
枯荚秋兰相送依依，
啊，冥冥苍天
如果有情
也会因这人世的悲哀
衰老，无力。

我，携带承露盘
独自出了长安
一路，忧伤月光
笼罩着荒冷的凄迷，

故都越去越远
听，潺湲的渭河水声
也越来越小
渐渐，渺无声息。

徐 凝

徐凝（生卒年不详），睦州（今浙江建德）人。精研吟咏，无意进取。尝于杭州开元寺题牡丹诗，为白居易所赏，元稹亦为奖掖，诗名振于元和年间，方干曾从之学诗。后游于长安，竟无所成，遂归隐故里，诗酒优游而终。一说元和年间，举进士，"官至侍郎"（《唐诗纪事》引《郡阁雅谈》）。

其书法著称于时。与韩愈、白居易有交往。《全唐诗》存其诗一卷。

忆 扬 州

萧娘脸薄难胜泪[①]，　　桃叶眉长易觉愁[②]。
天下三分明月夜，　　二分无赖是扬州[③]。

【注释】

①萧娘：古代南朝以来，诗词中将所恋女子称"萧娘"，所恋男子称"萧郎"。②桃叶：南朝陈·释智匠《古今乐录》：东晋著名书法家王献之有妾名桃叶，笃爱之，故作《桃叶歌》。后常用作咏歌妓的典故。这里代指所思念的佳人。③无赖：本有可爱、可憎褒贬两义。这里因明月恼人不眠、撩人相思，故含怨责之意。后人将它截取为描写扬州月色的佳句来欣赏，"无赖"则又成为爱极的昵称。

【赏析】

诗题为"忆扬州"，实为怀伊人。采用深一层的写法，以追忆别时的愁容离情，衬出别后思念的不堪情怀。前两句愁眉泪眼将昔日之别写尽，后两句揽一轮明月写今日之相思。那明月曾照离人泪眼，似是有情，现在偏又照愁人不眠，却又似可憎，故在那一片拂不去、散不尽的万般无奈的愁苦中，怨之于明月的"无赖"。

"天下三分明月夜，二分无赖是扬州"二句，以新奇的意想写扬州月色，极得后人称赏。月光可分，实是诗人别创，尔后宋·苏轼《水龙吟》乃有"春色三分，二分尘土，一分流水"的词句。至如宋·王安石的《夜直》"春色恼人眠不得，月移花影上栏杆"，其春色恼人与此诗的月色"无赖"同一机杼。

【辑评】

[宋]洪迈《容斋随笔》：唐世盐铁转运使在扬州，尽斡利权，判官多至数十人，商贾如织，故谚称"扬一益二"，谓天下之盛，扬为一而蜀次之也。杜牧之有"春风十里珠帘"之句……徐凝诗云"天下三分明月夜，二分无赖是扬州"，其盛可知矣。

[清]黄叔灿《唐诗笺注》：极言扬州之淫侈，令人留恋，语自奇辟。

[清]王士禛《唐人万首绝句选评》：月明无赖，自是佳句，与扬州尤切。

【今译】

昔日，她娇美的　　　　　　　牵引着缠绵别愁。
脸太嫩薄　　　　　　　　　　今夜，不眠
承受不住盈盈泪流，　　　　　月光一窗清幽，
紧蹙的双眉　　　　　　　　　啊，如果
弯得太细长　　　　　　　　　天下月光三分
让人容易觉得　　　　　　　　二分，无赖在扬州。

许 浑

许浑（788? —858?），字用晦，润州丹阳（今属江苏）人。武后朝宰相许圉师六世孙。世称"许丁卯"。文宗大和六年（832）进士，先后任当涂、太平令。宣宗大中三年（849）为监察御史，"抱疾不任朝谒，坚乞东归"（《乌丝阑诗·自序》）。后复起，任润州司马，历虞部员外郎，郢州、睦州刺史等职。自少苦学多病，性好林泉，晚年归居京口丁卯涧别墅。

尤长于律诗，多山林田园、登高怀古之作，偶对工整，诗律纯熟。明·胡应麟《诗薮》云："俊爽若牧之，藻绮若庭筠，精深若义山，整密若丁卯，皆晚唐铮铮者。"但其句联多复出，爱用"水"字，故后人讥为"许浑千首湿"（宋·胡仔《苕溪渔隐丛话》引《桐江诗话》）。其诗为杜牧所推赏，误入杜牧集者亦多，有《丁卯集》。

秋日赴阙题潼关驿楼①

红叶晚萧萧，	长亭酒一瓢②。
残云归太华③，	疏雨过中条④。
树色随关迥，	河声入海遥。
帝乡明日到⑤，	犹自梦渔樵⑥。

【注释】

①一题作《行次潼关逢魏扶东归》，可知此诗是登高送别之作。潼关：今陕西潼关县境内。古代是从洛阳至长安的必经重镇，其山川形势和自然景色奇险伟丽，历代文人墨客多题诗纪胜。阙：宫门，此代指京都长安。②长亭：古时大道旁十里置一长亭，五里置一短亭，供行人歇息，也常作送行处。此处指潼关驿楼。③太华（huà）：华山。④中条：中条山，在今山西永济县，地处太行和华山之间，故名。⑤帝乡：皇帝所居之地，此指京城长安。⑥渔樵：见杜甫《阁夜》注。"梦渔樵"，表示归隐之意。

【赏析】

诗人赴长安途经潼关，登驿楼远眺，勃然兴会，作此诗题于驿楼壁上。首联用笔利落，萧萧红叶，长亭杯酒，见出客子萧瑟的旅况。中间四句一转，大笔勾勒潼关景色。额联在残云疏雨的烘托中，用"归""过"加以点染，使华山和中条山在苍莽的沉静中呈现出一抹飞动气势，状出了骋目所见之景；颈联用一"迥"一"遥"写随关远去的树色和汹汹入海的河声，更传出眺望倾听的远韵。四个景句并行错出，融为整体，全无臃肿呆滞之感。尾联转入抒怀。入帝京而梦渔樵，含蓄地表明自己有归隐之意而无逐利之心，结得优游不迫。前面所写意格气象"高华雄浑"，直追盛唐，这尾处不复振奋，略有几分冷寂，至此，才读出此诗所蕴含的"晚唐味"。

"残云归太华，疏雨过中条"一联，"博大，得登眺意"（清·李怀民《重订中晚唐诗主客图》），是许浑诗偶对整密的范例，也是诗人偏爱的得意之笔，又另见于他的《秋霁潼关驿亭》诗中。

【辑评】

[清]蘅塘退士《唐诗三百首》：格、意直追初盛。

[清]王寿昌《小清华园诗谈》：唐人之诗，有清和纯粹可诵而可法者，如许浑之"红叶晚萧萧（略）"。

[清]潘德舆《养一斋诗话》：五律之"红叶晚萧萧"，全局俱动，为晚唐之翘秀也。

【今译】

晚风萧萧
红叶萧萧，
这寂寥的长亭送别
且饮浓酒一瓢。
天际，几片残云
游归华山的峻峭，
一阵清疏冷雨
飘洒过苍莽的中条。
远处，苍绿树色

随城关一路抹去，
黄河汹涌北来
入海的浪涛声
渐听，渐遥。
啊，不过一天路程
长安明日可到，
去了，梦魂牵绕
依然是故乡
悠闲的打鱼砍樵。

早 秋

遥夜泛清瑟①， 西风生翠萝。

残萤栖玉露②， 早雁拂金河③。

高树晓还密， 远山晴更多。

淮南一叶下④， 自觉洞庭波⑤。

【注释】

①清瑟：清细的瑟声。瑟，拨弦乐器，形似琴，二十五弦。②残萤：西汉·戴圣《礼记·月令》有"（夏季之月）腐草为萤"的说法，萤火虫盛于夏季，秋天残剩无几。③早雁：指初秋向南早迁的大雁。金河：秋夜的银河。古代用阴阳五行解释季节，以春、夏、秋、冬四季配金、木、水、火、土五行，秋属金。④"淮南"句：西汉·刘安等《淮南子·说山训》："以小见大，见一叶落而知岁之将暮。"宋·李昉等《太平御览》引作"一叶落而知天下秋"。宋·唐庚《文录》引唐人诗："山僧不解数甲子，一叶落知天下秋。"⑤洞庭波：用战国·屈原《九歌·湘夫人》"袅袅兮秋风，洞庭波兮木叶下"语意。

【赏析】

此诗题为"早秋"，全篇紧扣题面写来，处处落在"早"字。前四句写早秋夜色：夜长天凉，飘来清幽的瑟声；秋风悄然，从青翠藤萝中生发；草丛，零星几点萤虫；夜空，一行南飞大雁。五、六句写早秋昼景：晓色里，高树森森，树叶尚未脱落；晴光下，远山层叠，起伏着一脉黛绿。至此，从高低远近来描绘早秋景物已淋漓尽致，故转而写感秋。末两句融合《淮南子》"一叶落而天下知秋"和《楚辞》"洞庭波兮木叶下"的语意，既进一步暗写秋色，又用木叶零落，洞庭寒波的知秋、觉秋收束全篇，结得神清气足，悠然不尽。

此诗似于旅居中所写，虽然没有直接抒写感秋情怀，但作者一怀心绪，从凉天遥夜到曙色晴光，自是在那清寂清远的秋色中透露出来。

【辑评】

[唐]韦庄《题许浑诗卷》：江南才子许浑诗，字字清新句句奇。

[清]李怀民《重订中晚唐诗主客图》：全是韵胜（"残萤"二句）。

[清]蘅塘退士《唐诗三百首》：字字切"早"。

【今译】

天凉了，夜长长　　　　　　　树木密密高耸

清怨的瑟声　　　　　　　　　泛黄绿叶，未尽残落，

不知从何处水面飘过，　　　　晴光洒照下

秋风带着寒意　　　　　　　　远处黛青的山岚

悄然生自绿萝。　　　　　　　层层叠叠更多。

零星几点萤虫　　　　　　　　一叶落，知天下秋

在露水草丛，栖卧，　　　　　这是《淮南子》说，

结队南迁的大雁　　　　　　　细细吟来，只觉

一行，飞得高高　　　　　　　随萧瑟秋风

仿佛掠着金灿的银河。　　　　洞庭生起——

待到晓色朦胧　　　　　　　　一湖渺渺寒波。

咸阳城西楼晚眺①

一上高城万里愁，　　蒹葭杨柳似汀洲②。

溪云初起日沉阁③，　　山雨欲来风满楼。

鸟下绿芜秦苑夕④，　　蝉鸣黄叶汉宫秋。

行人莫问当年事⑤，　　故国东来渭水流⑥。

【注释】

①一题作《咸阳城东楼》。咸阳：秦时都城，隔渭水与京城长安相望。②蒹葭（jiānjiā）：水边生长的芦类植物。③"溪云"句：作者句下自注："南近磻溪，西对慈福寺阁。"④芜：丛生的杂草。⑤行人：作者自指，或泛指古往今来的游人迁客。当年事：前朝事，即诗中所概叹的秦汉兴亡之事。⑥故国：指咸阳古都。

【赏析】

许浑擅写登临怀古诗，时追慕者极多，喻之为"骊龙之照夜"（元·辛文房《唐才子传》），如此诗历来为人称道。首联起势不凡，首句纵逸于万里，次句收挽于眼前，一纵一挽，启开一片愁

思弥漫的无限空间。正当诗人凭栏纵目，"溪云初起日沉阁，山雨欲来风满楼"。颔联气韵沉雄，力透纸背，尤以"满"字状风，见秋风之凛然、城楼之空落，读之，如置身于楼阁之上、风雨之间。颈联进一步写远眺所见，残阳抹照下的秦苑汉宫，鸟下芜草，蝉吟黄叶，景色之萧条寓有人事沧桑之慨叹。末联以深沉的叹喟作结，神完气足。诗人登临时所慨然的，既有空茫的"万里愁"，也有悠长的千载思。这一己之愁、衰世之忧和兴亡之叹，一并融合了这首吊古诗浑厚的内涵和高远的境界。

清·何焯《唐三体诗评》称此诗："惨淡满目，晚唐所处之会然也。"确然，此诗凝重浑沉，但让人略感到沉闷压抑的是，隐含在落日沉阁、山雨欲来之中，象征并预示晚唐动乱衰颓的末势。传为李白所作《忆秦娥》云："乐游原上清秋节，咸阳古道音尘绝。音尘绝，西风残照，汉家陵阙。"许浑也许正是在西风残照里，因见秦陵汉阙而引起如此深沉的感怀。

【辑评】

[明]黄生《唐诗摘钞》：首尾全是思乡，却插入五、六、七三句纵横出入，全不碍手，唯老杜有此笔力。

[清]屈复《唐诗成法》：次联名句，"阁""楼"相犯，又重楼宇。唐人往往有之，终是一病。

[清]叶矫然《龙性堂诗话续集》：许浑"溪云初起日沉阁，山雨欲来风满楼"，刘沧"半夜秋风江色动，满山寒叶雨声来"，语意工妙相似，亦相敌。

【今译】

登上咸阳古城，顿时　　　　　　　鸟雀聒噪，散飞
漫起苍茫的怅忧，　　　　　　　　暮色笼着草丛的惨愁，
水边蒹葭绿杨　　　　　　　　　　汉代的宫阙
似江南故乡的沙洲。　　　　　　　高树黄叶，寒蝉
溪上，片云叠起　　　　　　　　　啼着肃杀晚秋。
昏沉的夕阳　　　　　　　　　　　兴也罢，亡也罢
坠落寺阁背后，　　　　　　　　　过往行客不必询究，
山雨，将飒然袭来　　　　　　　　我，远道而来
风冷一阵紧一阵　　　　　　　　　这古都的昔日繁华
鼓满了空落的西楼。　　　　　　　尽付之渭水
啊，西风残照里　　　　　　　　　——无语东流。
秦时的禁苑

谢亭送别①

劳歌一曲解行舟②，　　红叶青山水急流。
日暮酒醒人已远，　　满天风雨下西楼③。

【注释】

①谢亭：即"谢公亭"，在宣城（今安徽宣州）北。②劳歌：本指在劳劳亭（旧址在今南京市南）送客时唱的歌，后成为送别歌的代称。③西楼：古诗词中的"南浦""西楼"，常用来泛指送别之地，此指谢朓亭。

【赏析】

南朝齐人谢朓任宣州刺史时，政暇频游江心屿，常在石亭中观景，亦曾在此送别好友范云并留下诗篇。后，人们命名此亭为"谢公亭"，成为著名的送别之地，李白《谢公亭》有诗云："谢亭离别处，风景每生愁。"

此诗写谢亭送别，采用以景衬情的表现手法，一句情一句景交错并出。前联写友人缆解舟行，以青山红叶的明丽反衬别时的哀愁；后联写自己独下西楼，以满天风雨托出别后的难堪。这一反一正的烘染衬托，颇见匠心，不著一"愁"字而愁情满纸。清·吴昌祺《删订唐诗解》云："酒醒之后，对风雨下西楼，情之难堪，有甚于别时者。"末句以景结情尤妙，酒醒之后，追忆分手情景的依稀恍惚，眼前人去楼空的帐惘空虚，独自默然下楼的凄然孤寂，尽笼在了一片迷蒙清冷的漫天风雨之中，自有一缕无言而神伤的情韵，于画面外悠然不尽。

【辑评】

[明]敖英《唐诗绝句类选》：后二句可与《阳关》竟美。盖"西出阳关"写行者不堪之情，"酒醒人远"写送者不堪之情，大抵送别诗妙在写情。

[清]黄生《唐诗摘钞》：此诗全写别后之情。首二句正从倚楼目送中见出，却倒接"下西楼"三字，情景笔意俱绝。

[清]范大士《历代诗发》：中晚唐人送别截句最多，无不尽态极妍；而不事尖巧，浑成一气，应推此为巨擘。

【今译】

唱罢一曲送别的歌
挥一挥手
告别友人的行舟，
两岸，青山红叶
映一江碧水
载着那孤舟急急东流。
暮色渐沉时

微醉小憩，醒了
可伊人杳然
已去远水长天的尽头，
只有——
漫天飘洒的风雨
笼着我，无语
走下昏茫的西楼。

杜 牧

杜牧（803—853），字牧之，号"樊川居士"，京兆万年（今陕西西安）人。出身官宦世家，宰相杜佑之孙。博通经史，善谈兵事，为人风流倜傥，脱略形迹。文宗大和二年（828），二十六岁进士及第，授弘文馆校书郎。应牛僧孺之辟，入淮南节度府任掌书记，大和九年（835），征为监察御史。武宗会昌年间，受宰相李德裕排斥，出为黄、池、睦诸州刺史。宣宗朝，官至中书舍人。晚年居长安南樊川别墅，临终，将平生所著诗文焚毁大半，并自撰墓志铭。

文章主张"以意为主，以气为辅，以辞采章句为之兵卫"（《答庄充书》）。其诗七绝最为人称赏，或咏史感时，或绘景言情，皆有佳作。语句凝练，形象清新而意味天然，风调俊爽之中骨格遒劲，于晚唐诗坛独造。诗与李商隐齐名，时称"小李杜"，清·刘熙载《艺概》云"杜樊川诗雄姿英发，李樊南诗深情绵邈"，各呈风貌。《阿房宫赋》为传世名篇，诗文之外，书画皆有相当造诣。有《樊川文集》。

过华清宫绝句（其一）①

长安回望绣成堆②，　山顶千门次第开③。
一骑红尘妃子笑④，　无人知是荔枝来。

【注释】

①华清宫：见白居易《长恨歌》注。②绣成堆：形容骊山花木簇拥的行宫宛如一堆锦绣，也指骊山的东绣岭、西绣岭。③次第：依次，逐层。④一骑红尘：指传送荔枝的专使驰马奔来，身后扬起滚滚尘土。

【赏析】

历代诗人多以华清宫为题咏史，而杜牧此诗尤为精妙。据宋·宋祁等《新唐书·杨贵妃传》：天宝年间，贵妃嗜鲜荔枝，玄宗乃置专骑传送，从岭南一带日夜兼程，行数千里，"人马僵毙，相望于道"，至京师长安，色味不变。此诗选取"妃嗜荔枝"这一典型事例，以小见大。在秀丽远阔的骊山行宫背景中，特写两个对比的画面：一是宫外驿马疾驰红尘；二是宫内妃子嫣然一笑，最后用"荔枝"二字透出事情原委，点明诗旨。全诗不着半句议论，而对玄宗荒唐好色、贵妃恃宠而骄的讥斥，自见于言外。

"妃子笑"三字大有深意，使人联想到幽王宠褒姒、烽火戏诸侯。唐人过华清宫辄生感喟，但大都是盛衰之叹，而此诗却有褒姒烽火、一笑覆国之慨，乃是诗人的深邃处。晚唐是内忧外患的多事之秋，几代君王多耽于逸乐，不理朝政，诗人实是以此为劝诫。这首咏史诗，以寓意精深而慨讽含蓄取胜。

【辑评】

[宋]谢枋得《注解选唐诗》：明皇天宝间，涪州贡荔枝，到长安，色香不变，贵妃乃喜。州县以邮传疾走称上意，人马僵毙，相望于道。"一骑红尘妃子笑，无人知是荔枝来"，形容走传之神

速如飞，人不见其何物也。又见明皇致远物以悦妇人，穷人之力，绝人之命，有所不顾。如之何不亡？

[明]高棅《增定评注唐诗正声》：郭云："无人知"，写得忽然，又讽得婉。

[清]王士禛《唐人万首绝句选评》：末二句谓红尘劳攘，专奉内宠，感慨殊深。

【今译】

从长安城回望
骊山，花木簇拥
如一堆锦缎绣彩，
当年山顶，华清行宫
千门万门
一层层缓缓拉开。
噢，一骑专使

扬鞭飞马，疾驰
身后纷纷尘埃，
宫中美色倾国的妃子
嫣然一笑
——无人知道
那是千里迢迢
传送鲜润的荔枝来。

江 南 春①

千里莺啼绿映红，　　水村山郭酒旗风②。
南朝四百八十寺，　　多少楼台烟雨中③。

【注释】

①江南：长江下游以南的地域。②"千里"二句：俞陛云《诗境浅说续编》："前二句言江南之景。渡江梅柳、芳信早传，袁随园诗所谓'十里烟笼村店晓，一枝风压酒旗偏'，绝妙惠崇图画也。"③"南朝"二句：南朝历经宋、齐、梁、陈四朝，皇帝和世家贵族都崇信佛教，大兴土木，广修佛寺。唐·李延寿《南史》记载："都下佛寺，五百余所，穷极宏丽。"此处"四百八十寺"是虚指，极言其多。或认为这后两句是即景寓慨。南朝盛极一时的楼台寺阁都在数百年的风云烟雨中湮灭了、迷茫了，诗人在兴灭盛衰的慨叹中，隐含了对晚唐统治者佞佛的劝讽。

【赏析】

这首《江南春》千百年来久负盛誉。诗人把握住江南春色的特征，层层布景，将晴日之明朗与雨天之迷蒙，层次丰富而又色调错杂地绘出，既写出了江南春景的明远绚丽，又见出它的深邃迷离。

关于此诗首句，明·杨慎《升庵诗话》曾诘问："千里莺啼，谁人听得？千里绿映红，谁人见得？若作十里，则莺啼绿红之景，村郭楼台，僧寺酒旗，皆在其中矣。"其实"江南春"三字所包容的，原就是无边无际的景色，诗人将实见实听与联想虚想结合，作一种凝练概括的典型描写，将它铺展于千里万里，写出了江南无处不春的美，让人举目可见、倾耳可听，心旌为之摇荡。如清·何文焕《历代诗话考索》所云："此诗之意既广，不得专指一处，故总而命曰《江南春》。"一般读诗也罢，解诗也罢，宜就虚不究实，就虚则活脱空灵，有诗味；究实则呆板滞涩，索然无味。明人杨慎所作诠释，过实了、迂执了，不可取。

【辑评】

[明]周珽《唐诗选脉会通评林》：周敬曰：大抵牧之好用数目字。如"南朝四百八十寺""二十四桥明月夜""故乡七十五长亭"是也。

[清]黄生《唐诗摘钞》：曰"烟雨中"，则非真有楼台矣，感南朝遗迹之湮灭而语，特不直说。许浑亦云："鸟下绿芜秦苑夕，蝉鸣黄叶汉宫秋。"窦牟云"满目山阳笛里人"，言人已不存也……不曰楼台已毁，而曰"多少楼台烟雨中"，皆见立言之妙。

俞陛云《诗境浅说续编》：后言南朝寺院多在山水胜处，有四百八十寺之多，况空濛烟雨之时，罨画楼台，益增佳景。小杜曾有"倚遍江南寺寺楼"句，刘梦得有"偏上南朝寺"句，可见琳宫梵宇随处皆是。

【今译】

江南之春，处处	南朝的佛寺
黄莺啼啭	盛极四百八十座
草木流翠映着花红，	座座金碧恢宏，
临水的村庄	啊，如今
依山的城郭	多少寺阁楼台
酒家，帘子招招	尽漫笼在
拂迎煦丽春风。	——淡烟微雨中。

九日齐山登高①

江涵秋影雁初飞②，　与客携壶上翠微③。
尘世难逢开口笑④，　菊花须插满头归。
但将酩酊酬佳节⑤，　不用登临恨落晖。
古往今来只如此，　牛山何必独沾衣⑥？

【注释】

①九日：即九月九日重阳节。齐山：在池州（今安徽贵池县）城南。②涵：包容，此指江水倒映着秋景。③客：指张祜，比杜牧年长，晚唐著名诗人。穆宗时令狐楚赏识其诗才，曾上表举荐，但受元稹排抑，未能见用。此次特地从江苏丹阳赶来拜望杜牧。翠微：缥青的山色，常用来代指山峦。此处指齐山山顶的翠微亭。④"尘世"句：此言人生欢笑难得，应善自开解，不可忧生伤逝，将烦忧之事过于挂怀。战国《庄子》："上寿百岁，中寿八十，下寿六十，除病瘦死丧忧患，其中开口而笑者，一月之中，不过四五日而已矣。"⑤"但将"句：暗用东晋陶渊明典故。唐·欧阳询《艺文类聚》引《续晋阳秋》："陶潜尝九月九日无酒，宅边菊丛中摘菊盈把，坐其侧。久望，见白衣至，乃王弘送酒也。即便就酌，醉而后归。"酩酊，大醉的样子。⑥"牛山"句：春秋·晏婴《晏子春秋》载：春秋时，齐景公游牛山。北临其国城而流涕曰："若何滂滂去此而死乎？"恋国惧死，悲叹难以永享人生。此处翻用其典故，表现放达的人生态度。牛山，在今山东临淄南。

【赏析】

这首诗是武宗会昌五年（845），杜牧出任池州刺史，于重阳佳节，与友人携酒登城南齐山而作，"通篇赋登高之景，而寓感慨之意"（清·吴烺《唐诗选胜直解》）。

缪钺《樊川诗集注·前言》评此诗"抑郁之思以旷达出之"，确然。从难逢开口笑、登临恨落晖和牛山独沾衣中，隐然可见情怀的郁结；然而，诗人用"须插""但将""不用""何必"等词语串连句意，一贯而下，流泻出的却又是恣意清狂之态、坦豁放达之气，仿佛携友登临、饮酒赏菊的快慰，已将平日郁闷消散殆尽。时，同游的张祜诗名早著，因遭受排抑而未得见用。两个失意不平之人同病相怜，那驱遣必是无力。纵使菊花插满头、酩酊酬佳节，恣情畅游，放浪随俗，细细体味，那骨子里的郁愁却终是未能挣脱尽。旷达和抑郁，是诗人携友重阳登高时所交织的情怀，故而使这首诗语调爽利俊朗，而又含思凄恻低徊，即抑郁之思以旷达之语写出。

【辑评】

[清]周咏棠《唐贤小三昧集续集》：通首流转如弹丸，起句尤画手所不到。

[清]吴汝纶《桐城吴先生评点唐诗鼓吹》：此等诗，自杜公外，盖不多见，当为小杜七律中第一。

[清]潘德舆《养一斋诗话》：予尝就其五七律名句，摘取数十联，剖为三等……上者风力郁盘，次者情思曲挚，又次者则筋骨尽露矣。以此法更衡七律，如"江涵秋影雁初飞，与客携壶上翠微"……七言之上也。

【今译】

一江碧澄秋水　　　　　　　只须，满满斟酒
涵映着远天　　　　　　　　喝个酩酊大醉，
大雁，斜斜南飞，　　　　　无须在登临时
与友携酒一壶　　　　　　　怨恨西下的夕阳余晖。
登上齐山高耸的翠微。　　　古往今来皆如此
尘世太多纷扰　　　　　　　人生，短促
难得开口一笑，　　　　　　意愿多违，
今日，应摘菊花盈把　　　　何必学齐景公游牛山
满头插戴而归。　　　　　　独自恋生伤怀
为酬答重阳佳节　　　　　　滂滂然，一襟泪垂。

齐安郡后池绝句[①]

菱透浮萍绿锦池[②]，　　夏莺千啭弄蔷薇。
尽日无人看微雨，　　　　鸳鸯相对浴红衣[③]。

【注释】

　①齐安郡：即黄州，今湖北黄冈县。唐天宝年间改州为郡。②透：露出。③红衣：指鸳鸯彩色的羽毛。

【赏析】

　　杜牧的绝句往往于短小篇幅中，用精练的语言，描摹色泽妍丽的画面，传达出清幽含蓄的情思，《齐安郡后池绝句》就是这类诗的代表作。

　　此诗写初夏后池宜人的景色，好似一幅美丽的画。蔷薇、池塘、菱叶、浮萍，铺抹开一大片浓绿，再将啼啭黄莺的嫩黄、戏水鸳鸯的斑红点染其间，布局错落有致，设色浓淡相宜，由此构成了一幅流溢着生趣的明丽画面，最后再笼上一层微雨，明丽中又淡淡一抹幽寂空濛的色调。它绘出了后池夏色明艳而清幽的美，但又并非纯然绘景，这"尽日无人"的宁静里，隐然有一位尽日看雨的人。那人隔着雨帘，心目所注的乃是"鸳鸯相对浴红衣"，于是，这画面又透出一缕闲适而孤寂的意绪来。这首写景如画的小诗，闲淡静寂而又生机盎然，尽日无人而又有人，笔致清新活脱，自是若即若离的轻灵，溢出一缕逸韵远神。

【今译】

出水的菱叶	独自闲坐里
叠水的浮萍	静看，微雨丝丝，
铺出绿锦缎似的夏池，	湿蒙蒙的池塘
黄莺清脆啼啭	一对戏水鸳鸯
蔷薇丛中穿花弄枝。	在梳洗——
整日无人打搅	斑斓深红的羽衣。

赤　壁①

折戟沉沙铁未销②，　自将磨洗认前朝③。
东风不与周郎便④，　铜雀春深锁二乔⑤。

【注释】

　①赤壁：赤壁有多处，古战场赤壁在今湖北蒲圻县西北。三国时，吴、蜀联军于赤壁，水战火攻，大破曹操，遂定三国鼎足之势。此诗作于杜牧任黄州（今湖北黄冈）刺史时。黄州城外有赤壁，也称"赤鼻矶"，但并非赤壁之战所在地，诗人不过借此咏三国史事，抒怀古之幽情。②戟（jǐ）：古代兵器，长柄上有月牙状利刃，能横击也能直刺。"折戟"即断戟。③将：拿起。前朝：指三国时代。④"东风"句：三国赤壁之战时，吴军都督周瑜用诸葛亮之计火攻曹军。当时曹操船队在北岸，火烧时，正值东南风起，于是火借风势，曹军惨败，见西晋·陈寿《三国志》。周郎，即周瑜，东吴都督。⑤铜雀：台名。曹操建于邺城（今河北临漳县西），以楼顶铸有大铜雀而得名，是曹操与姬妾游乐之所。二乔：西晋·陈寿《三国志·周瑜传》：孙策以周瑜为中护军，攻取皖（今河南南阳）。得桥公二女，皆天姿国色，自娶大桥，瑜娶小桥。桥，后人讹作"乔"，遂称"二乔"。

【赏析】

　　这是一首即物兴感的诗。诗人在古战场的遗址，拾到一柄沉沙的断戟，顿生怀古之幽情，于是由此生发对赤壁之战的评述。宋·佚名《道山清话》云："此诗正佳，但颇费解说。"清·徐增《而庵说唐诗》则嘲之云："此诗有何难解？既解不出，又在何处见其佳？正是说梦。"

这首《赤壁》诗，作者不作直接的正面议论，而是于后两句用假想从反面落笔，以生动而富于形象性的诗句，表达深沉的历史思考，有力地反衬出正面结论。诗家最忌直叙，试想，若将赤壁之战吴败曹胜，则东吴社稷覆亡、生灵涂炭、霸业不成等推想之意在诗中道破，该是何等浅直无味。但一借"铜雀春深锁二乔"说出，使觉风华蕴藉，耐人寻味，这便是诗人善立言之处。

同时，此诗末两句略带调侃意味。杜牧平素好谈兵术，以经邦济世之才自诩，写过十三篇《孙子》注解以及许多策论咨文，这调侃正是他自负知兵的流露。魏晋时阮籍观楚汉战场时曾感叹："时无英雄，遂使竖子（刘邦）成名！"（唐·房玄龄等《晋书》）而杜牧所慨叹的，又何尝不是：幸有东风，遂使周郎成名！其中曲含了自己身不逢时、无所施用的不平。小小一件战争遗物，竟传出如此深厚浑沉的历史意蕴，而这内涵深曲的以小见大，正是此诗咏赤壁的独到和翻新处。

【辑评】

［宋］许顗《彦周诗话》：杜牧之作《赤壁》诗……意谓赤壁不能纵火、为曹公夺二乔置之铜雀台上也。孙氏霸业系此一战，社稷存亡、生灵涂炭都不问，只恐捉了二乔，可见措大不识好恶。

［清］贺贻孙《诗筏》：牧之此诗，盖嘲赤壁之功出于侥幸，若非天与东风之便，则周郎不能纵火，城亡家破，二乔且将为俘，安能据有江东哉？……唯借"铜雀春深锁二乔"说来，便觉风华蕴藉，增人百感，此正风人巧于立言处。

［清］贺裳《载酒园诗话》：黄白山评：唐人妙处，正在随拈一事，而诸事俱包括其中，若如许（彦周）意，必要将"社稷存亡"等字面真正写出，然后赞其议论之纯正。具此诗解，无怪宋诗远隔唐人一尘耳！

【今译】

一柄锈迹斑斑的断戟　　　　　　当年，赤壁之战
沉埋在泥沙　　　　　　　　　　如果东风不给周瑜方便，
还未完全销蚀掉，　　　　　　　铜雀台浓浓春色
仔细地擦洗　　　　　　　　　　该是幽闲——
辨认出属三国朝。　　　　　　　天姿国色的二乔。

泊秦淮①

烟笼寒水月笼沙②，　　夜泊秦淮近酒家。
商女不知亡国恨③，　　隔江犹唱后庭花④。

【注释】

①秦淮：即秦淮河。源出江苏句容和溧水两山间，流经南京穿城而过，注入长江。相传是秦始皇南巡会稽时所开凿，以疏通淮水，故名。②"烟笼"句："烟笼"与"月笼"互文错举，即轻烟明月笼着寒水笼着岸沙。③商女：卖唱的歌女。清·徐增《而庵说唐诗》云："商女，是以唱曲作生涯者。唱《后庭花》曲，唱而已矣，哪知陈后主以此亡国，有恨于内哉？杜牧之隔江听去，有无限兴亡之感，故作是诗？"④隔江：从船上听对岸酒楼歌声，故云。后庭花：即《玉树后庭花》，歌辞绮艳，音调柔靡，有"璧玉夜夜满，琼树朝朝新"之类词句。据《陈书》载：南朝陈后主在金陵，荒于声色，耽于游宴，不理朝政，作《玉树后庭花》曲，令宫女妃嫔习而歌之，终至亡国。故后人谓此曲为"亡国之音"。

【赏析】

秦淮河穿金陵城而过，两岸酒楼歌馆鳞次栉比，历代为繁华游宴之地。杜牧这首《泊秦淮》诗行世后，秦淮河之名始盛于天下。

此诗写夜泊秦淮所见、所闻和所感。起句"烟笼寒水月笼沙"奇妙不凡，连用两个"笼"字，将轻烟、寒水、明月、白沙串连，融合成一片朦胧而清晰的水边夜色，极幽静、极轻柔，而又隐隐泛着流动的意态。所用笔墨清淡雅洁，透出的却是一种浓郁的凄迷冷寂，为后面的慨叹渲染了特定的氛围。后两句从第三句的"近酒家"承转而来，运用曲笔，言在此而意在彼，所斥"不知亡国恨"的，不是以唱曲为生涯的歌女，而是座中宴饮听歌的达官贵人。"犹唱"二字，巧妙地把历史、现实和将来联结，含意深长。它反映出晚唐衰颓之末世，麻木的官僚阶层纸醉金迷的空虚，也流露出诗人作为清醒的文人志士对国势时事的隐忧隐痛。此诗将辛辣的讽刺、痛切的慨叹和深沉的忧患寓于婉曲轻利的风调之中，被推为"绝唱"（清·沈德潜《唐诗别裁》）。

【辑评】

［清］宋宗元《网师园唐诗笺》：后之咏秦淮者，更从何处措词？

［清］李锳《诗法易简录》："不知"二字感慨最深，寄托甚微。

俞陛云《诗境浅说续编》：《后庭》一曲，在当日琼枝璧月之场，狎客传笺，纤儿按拍，无愁之天子，何等繁荣！乃同此珠喉清唱。付与秦淮寒夜，商女重唱，可胜沧桑之感？……独有孤舟行客。俯仰兴亡，不堪重听耳。

【今译】

飘忽的轻烟
融入朦胧的月光
笼在粼粼寒水
烁烁浅沙，
行船，泊在灯火秦淮
近靠歌楼酒家。

啊，卖唱的歌女
不知亡国恨，
隔着一岸悠悠的江水
还在柔声曼调
唱那一曲——
《玉树后庭花》！

寄扬州韩绰判官①

青山隐隐水迢迢，　　秋尽江南草未凋②。
二十四桥明月夜③，　　玉人何处教吹箫④？

【注释】

①韩绰：杜牧在扬州时的同僚，友情甚笃，杜牧另有《哭韩绰》诗。判官：节度使幕府中掌管文书事务的属官。②未：一作"木"。③二十四桥：唐时扬州繁盛，城内有二十四座桥。或清·李斗《扬州画舫录》载：廿四桥即吴家砖桥，一名"红药桥"，在熙春台后。因古有二十四位美人吹箫于桥上，故名。④玉人：古代用来形容美人，也比喻风流俊美的才郎，此指韩绰。或认为指扬州歌妓。

【赏析】

此诗是杜牧离开扬州后寄予友人韩绰的。首句"隐隐""迢迢"一对叠字，晕染出江南远山长水的绰约明秀；次句再点缀几处草木未凋的凝碧含翠，在这一片绮丽明远中，寓托了对江南、对友人的无限眷念。后二句"二十四桥明月夜，玉人何处教吹箫？"用调侃的口吻问候近况，见出友人的风流倜傥，同时，两人亲昵的友情也在这一问中得以重温。这两句尤具风韵，在月光淡笼的二十四桥上，如玉的美人、俊逸的才子，两相知音，悠扬的箫声飘荡在秋尽不寒的幽夜，散漫在空寂的秀山丽水之间。扬州，是杜牧多年宦游之地，曾入淮南节度使幕府，"供职之外，惟以宴游为事"（唐·于邺《扬州梦记》）。因此，扬州的翠袖佳人、月夜箫声是他所熟悉的，在对友人风流韵事的调侃中，也自然流露出自己的无限情思。

这首寄赠小诗，写怀想而不直泄，写艳情却不轻薄，在"可言与不可言之间"（清·叶燮《原诗》），内蕴情味，读来只觉词丽情深、意境优美而风调悠然，其景其情，唤起人们对江南心醉意迷的神往。

【辑评】

[明]周珽《唐诗选脉会通评林》：陆时雍曰：杜牧七言绝句，婉转多情，韵亦不乏，自刘梦得以后一人。

[清]黄叔灿《唐诗笺注》："十年一觉扬州梦"，牧之于扬州缱恋久矣。"二十四桥"二句，有神往之致，借韩以发之。

[清]范大士《历代诗发》：丰神摇曳。

【今译】

隐隐逶迤的青山
横卧在天际
绿水如带绕绕，
已尽深秋时节
江南凝绿，草木未凋。
幽清的夜色

融入幽清的月光
淡笼二十四桥，
噢，你——
风流倜傥的才子
在哪一拱桥上
教如玉的美人吹箫？

赠别二首

其 一

娉娉袅袅十三余^①，　豆蔻梢头二月初^②。
春风十里扬州路^③，　卷上珠帘总不如^④。

其 二

多情却似总无情，　唯觉樽前笑不成^⑤。
蜡烛有心还惜别^⑥，　替人垂泪到天明^⑦。

【注释】

①娉娉袅袅：身姿轻盈柔美的样子。②豆蔻：多年生草本植物。开黄花，花成穗时，嫩叶卷之而生，叶渐展开，花渐放出。人们摘其含苞者，美其名曰"含胎花"，常用来比喻处女。二月初的豆蔻正含苞未放，此处用以比喻"十三余"的小歌女，形象优美而贴切。后称少女十三四岁为"豆蔻年华"。③扬州：今属江苏。唐代非常繁盛，时有"扬一益（成都）二"之称。④珠帘：歌楼妓馆房栊设置的精美垂帘。⑤樽前：指饯别的酒筵席前。⑥心：本指烛芯，这里将烛拟人化。⑦泪：蜡烛燃烧时流溢的膏脂，在离人眼中好似伤别的眼泪。

【赏析】

杜牧为人不拘小节，好歌舞，多风情，在扬州任幕僚时，为了排遣寄人篱下的失意苦闷，常出入歌楼妓馆。《赠别二首》写于文宗大和九年（835），调任监察御史，即将离扬州赴长安时，所赠之人当是一位妙龄歌女。

第一首，诗人挥洒才情，将美丽的她比作"豆蔻梢头二月初"。那初春梢头随风袅袅的豆蔻，与十三芳龄身姿婷婷的小歌女相喻相映，人似花美，花因人艳。如此，尚不足以写其美，于是后两句又众星拱月地，从十里扬州美女如云的一片珠光宝气中，独托出小歌女的清纯绝美来。赠别却不言别，而惜别眷念之情自见于其中。

第二首，前两句写出了一种多情似无情、强笑却不成的矛盾情状，这一周折腾挪，将伤别之情写极，但犹未写尽。故后两句从人推开来，转而写别筵席上的红烛："蜡烛有心还惜别，替人垂泪到天明。"以烛芯喻人心，以烛泪比人泪，烛之泣泪伤别见出人之泣泪伤别，那彻夜垂泪不止的是烛亦是人。作者通过赋物比情，以烛衬人，从而将离人的愁苦抒写得委婉而又尽致。

这两首诗若作比较，其一赞叹歌女之美，间接写别离的难舍，颇见空灵清妙；其二叙写饯别之筵，直接写别离的惆怅，更多缠绵挚重。尽管所赠别的是青楼歌妓，却不失为一种真挚悱恻的美好情愫，而且诗中的形容、比喻皆独到别致，所以此诗一直为人传诵。

【辑评】

[宋]张戒《岁寒堂诗话》：杜牧之云："多情却似总无情……"意非不佳，然而词意浅露，略无余蕴。

[明]许学夷《诗源辩体》：杜牧少年风流放荡，见于他书可考。其诗有"落魄江湖""华堂今

曰"自恨寻芳"等篇，今皆不见本集者何？按《唐书》："牧刚直有奇节，敢论列大事。临终，悉取所为文章焚之。"斯岂临终而焚之耶？

[清]邹弢《精选评注五朝诗学津梁》：不言人而言烛，衬笔绝佳。

【今译】

<table>
<tr><td>

其 一

你，轻盈柔美
芳龄十三有余，
就像梢头袅娜的豆蔻花
含苞，二月春初。
春风扬州城
十里长街
多少舞榭歌台
红袖佳人依楼，
可是，卷起那珠帘
总觉谁也不如。

</td><td>

其 二

只因为太多的情
两相对坐里
无语，总似无情，
举起斟满的酒
笑一笑吧
可笑，也终是不成。
只有一炷红烛
燃烧惜别的心，
暗自里替人垂泪
点滴，到天明。

</td></tr>
</table>

南陵道中①

南陵水面漫悠悠，　　风紧云轻欲变秋。
正是客心孤迥处②，　　谁家红袖凭江楼。

【注释】

①南陵：唐时宣州属县，今安徽南陵。②孤迥：指旅途悠长的孤寂无聊。迥，远。

【赏析】

此诗应是船行南陵道中所作。舟行途中水路漫漫，风紧云轻，就在这水容天色的悠长空寂里，"正是客心孤迥处，谁家红袖凭江楼"。那凭楼女子是闲眺江景，还是凝望归帆？那舟中旅人流目这美丽情景时，是一扫羁愁，还是更添羁愁？诗中不作明说，只是浑涵写来，戛然止住。它好似一幅江南水乡风景画，其形象内涵的不确定，使画面呈现出一种含蕴浑茫的诗境。这种含浑不是不可解的晦涩，而是可以让人围绕"客心孤迥"这一特定情景，去寻味、去联想的一种意蕴的浑融和丰厚。

沈祖棻《唐人七绝浅释》云：东坡《蝶恋花》"多情却被无情恼"，正可移释此诗。红袖自凭楼，因不知客心之孤迥；客心之孤迥亦与红袖无关，然以其悠闲与己之孤迥对照，乃不能不觉其无情而恼人。此释，可谓得个中三昧。

【辑评】

[明]董其昌《画禅室随笔》：杜樊川诗，时堪入画。"南陵水面漫悠悠……"陆瑾、赵千里皆

图之。

[清]王士祯《唐人万首绝句选评》：恼人客思，每每有此，妙能写出。

俞陛云《诗境浅说续编》：此诗纯以轻秀之笔，达宛转之思。……后二句尤神韵悠然。（意谓客怀孤寂之时，彼美谁家，红楼独倚，因红袖之当前，忆绿窗之人远，遂引起乡愁。云鬓玉臂，遥念伊人，客心更无以自聊矣。）

【今译】

南陵道中，这   正是舟中行客
漫漫江面流水悠悠，   一怀孤寞
风，渐紧了   难遣悠长的羁愁，
云，渐轻了   却见江岸边
天空清朗高远   不知谁家女子
好似清寂的凉秋。   红袖，独依江楼。

遣 怀

落魄江湖载酒行①， 楚腰纤细掌中轻②。
十年一觉扬州梦， 赢得青楼薄幸名③。

【注释】

①落魄：潦倒失意。江湖：旧时泛指四方各地。②"楚腰"句：楚腰，指美人的细腰。春秋时，楚灵王好细腰，臣下皆节食，竞相束腰，饿得扶墙而立。南朝宋·范晔《后汉书·马廖传》云："楚王好细腰，宫中多饿死。"掌中轻，指汉成帝皇后赵飞燕，其"体轻，能为掌上舞"，见汉·伶元《飞燕外传》。此句暗用典故，夸赞扬州歌妓舞女之美。③薄幸：负心，薄情。

【赏析】

唐·高彦休《唐阙史》记载："牧少隽，性疏野放荡，虽为检刻，而不能自禁。会丞相牛僧孺出镇扬州，辟节度掌书记。牧供职之外，唯以宴游为事。"武宗会昌二年（842），作者送弟杜颤赴扬州医病，重来十多年前的旧地，回忆曾经的幕僚生活，不禁感慨良多而作此诗。

当年诗人沉沦下僚，才志抱负不得施展，在寄人篱下的抑郁境遇里，整日出入秦楼楚馆，以沉饮酣醉来自我排遣。所以，开篇"落魄江湖"是覆盖全诗之语。诗的前两句回忆扬州的冶游生活：载酒而行，醉扶细腰。诗人直言不讳这段梦沉酒酣不检点的行迹，实际上语含愤懑。后两句写旧地重来的不尽感叹：十年如梦，轻薄名存。诗人将昔时放浪形骸的浪漫生活，归结为一个"梦"字，落到"赢得"的自我调侃，除了自我忏悔外，大有前尘恍然如梦、不堪回首之意。

这首诗语意婉曲，表面是繁华梦醒的自责，而传达出的却是无限悲怨。仔细玩味，才能体会到诗人意在言外的情感和心绪，其中有辛酸的自嘲、懊丧的悔恨，更有哀伤的怨愤，刘永济《唐人绝句精华》云："才人不得见重于时之意，发为此诗，读来但见其兀傲不平之态。"这，就是诗人所"遣"之怀。

【辑评】

[清]周咏棠《唐贤小三昧集续集》：韵事绝调。

俞陛云《诗境浅说续编》：此诗着眼在"薄幸"二字。以扬郡名都，十年久客，纤腰丽质，所见者多矣，而无一真赏者。不怨青楼之萍絮无情，而反躬自嗟其薄幸，非特忏除绮障，亦诗人忠厚之旨。

刘永济《唐人绝句精华》：世称杜牧诗情豪迈，又谓其不为龊龊小谨，即此等诗可见其概。

【今译】

当年潦倒失意　　　　扬州啊，十年
整日里，载酒而行，　　一场春梦
沉饮酣醉里　　　　　　恍然之间惊醒，
最爱赏看，那　　　　　只落个——
楼台亭榭　　　　　　　流连歌馆青楼
纤纤细腰旋舞轻盈。　　负心薄情的名声。

山　行

远上寒山石径斜①，　白云生处有人家②。
停车坐爱枫林晚③，　霜叶红于二月花④。

【注释】

①斜：古音读 xiá，曲折。②生：一作"深"。③坐：因。枫林晚：指夕阳晚照下的枫林。漫山秋枫在夕阳火红的抹照下，才呈现出胜于二月花的艳丽。湖南长沙岳麓山下清风峡中有一古亭，始建于 1792 年，原名"红叶亭"，又名"爱枫亭"，后清人毕秋帆易名为"爱晚亭"，即取杜牧《山行》诗意境。长沙的爱晚亭与绍兴的兰亭、滁州的醉翁亭、北京的陶然亭并称"四大名亭"。④霜叶：经秋霜而变红的枫叶。

【赏析】

诗人驱车而行，那远上寒山的曲斜石路，白云生处的隐约人家，都只是流目而过，使他停车驻足、怡然陶醉的，却是枫林晚景。"停车坐爱枫林晚，霜叶红于二月花"，是诗人浓墨重彩写出的千古名句。"晚"，不是暮色苍茫，而是夕阳晚照。在夕阳金灿的洒照下，漫山的枫叶流火流丹，层林尽染，如烁晚霞，那火红艳丽胜过了江南二月的鲜花。诗人将红艳的春花与深沉的秋枫相比，确实出人意想，但是这一比，却也比出了枫叶傲霜愈丽的美质。这夕阳红枫，透露着秋色的热烈、绚丽，充溢着诗人的英爽俊逸之气，昂昂拂拂从那秋山扑面而来，一扫寒秋的萧瑟和悲秋的低吟，令人神清目爽。

杜牧的绝句素被人誉为"韵远神远"，即长于在寥寥数语中蕴有优美的画面、含蓄的情思和隽永的意境，如这首《山行》。

【辑评】

[清]黄生《唐诗摘钞》：诗中有画，此秋山行旅图也。

俞陛云《诗境浅说续编》：诗人之咏及红叶者多矣，如"林间暖酒烧红叶""红树青山好放船"等句，尤脍炙词坛，播诸图画。唯杜牧诗专赏其色之艳，谓胜于春花。当风劲霜严之际，独绚秋光，红黄绀紫，诸色咸备，笼山络野，春花无此大观，宜司勋（杜牧）特赏于艳李秾桃外也。

刘永济《唐人绝句精华》：读此可见诗人高怀逸致。霜叶胜花，常人所不易道出者。一经诗人道出，便留诵千口矣。

【今译】

远远，一条小石板路　　　　停下车马来
伸上秋山深处　　　　　　　只因太喜爱这枫林
曲曲斜斜，　　　　　　　　尽染在夕阳下，
白云生涌的山腰　　　　　　那，经霜的枫叶
隐约可见——　　　　　　　如火艳红
几处白墙人家。　　　　　　胜过江南二月的花。

秋　夕

银烛秋光冷画屏①，　轻罗小扇扑流萤②。
天阶夜色凉如水③，　坐看牵牛织女星。

【注释】

①银烛：银制的烛台。秋光：指秋夜里的烛光。②轻罗小扇：薄绸团扇，见王昌龄《长信秋词》注。流萤：飞来飞去的萤火虫。③天阶：皇宫中的玉石台阶。

【赏析】

这是一幅着色人物画，着力描绘一个宫女秋夜乘凉的情景，由此展示出深宫生活的一个侧面。宋·严羽《沧浪诗话》云："诗忌直，意忌浅，脉忌露，味忌短。"即作诗忌避直露浅薄，讲究含蓄隽永。如此诗力避倾倒直泻，不著一句写情写怨，只是层层布景，将人物复杂深隐的内心，融入烛光画屏的幽暗、天阶夜色的清冷、扑打流萤的无聊和坐看牵牛织女的渴慕。虽不言情，却句句有情；虽不泻怨，却字字含怨，尤其是"坐看"二字，逗出无限的情思，将不尽之意见于画面之外。而且，这深闭后宫的孤楚凄哀，又以清丽和婉的笔调写来，故整首诗不作浅露率直，自是含蓄蕴藉，耐人含咀。

【辑评】

[明]高棅《唐诗正声》：吴逸一：词亦浓丽，意却凄婉。末句玩"看"字。

[明]高棅《增定评注唐诗正声》：郭云：小妆点，入诗余（词）便为佳境。

[清]蘅塘退士《唐诗三百首》：层层布景，是一幅着色人物画。只"坐看"二字逗出情思，便通身灵动。

【今译】

红烛曳着秋夜
寂寂幽冷地
抹在曲展的黯蓝画屏，
那宫女，手执
一柄薄纱团扇
扑打——
飞来飞去的流萤。

玉石台阶，浸在
渐深的夜色里
如水一般凉清，
她，独自坐着
久久地仰看银河两岸
一对，脉脉相望
牵牛织女星。

金 谷 园

繁华事散逐香尘^①，　流水无情草自春^②。
日暮东风怨啼鸟，　落花犹似坠楼人^③。

【注释】

①香尘：据东晋·王嘉《拾遗记》，石崇为了教习家中舞女的步法，以沉香屑末撒在象牙床上，使她们践踏，不留痕迹者赏赐珍珠。②流水：此指东南流经金谷园的涧水。③"落花"句：用"绿珠坠楼"故事，见崔郊《赠婢》注。

【赏析】

金谷园，故址在今河南洛阳的金谷涧中，为晋代豪富石崇的别墅，奢侈华丽极一世之盛。唐时园已荒废，成为供游人凭吊的古迹。杜牧路过洛阳，见当年极尽豪华的金谷园一片破败荒芜，即景生情，不由想起"绿珠坠楼"的往事，遂写下这首诗。

以往的繁华已随沉香尘屑消散了，当年的胜迹荡然无存，而野草茂盛地生长，依旧盎然春意，只有春风里的啼鸟，一声声如泣如怨。这里，景物衬托得格外肃杀萧条，流水、啼鸟、落花都笼在日晚暮色之中，使整首诗蒙上了一层凄冷伤感的色调。那显赫一时的豪富还不如一丛青草，而无辜丧生的坠楼人却恰似飘零的落花。草木自春之无情，人犹追念之有情，两相对比中慨叹深深。这首诗咏春景而兼吊古，打破了一般绝句前景后情的格局，句句写景而情寓景中，写景中寄寓了草木依旧、人事全非的古今喟叹。

【辑评】

[清]王士祯《唐人万首绝句选评》：落句意外神妙，悠然不尽。

俞陛云《诗境浅说续编》：前三句景中有情，皆含凭吊苍凉之思。四句以花喻人，以"落花"喻"坠楼人"，伤春感昔，即物兴怀。是人是花，合成一凄迷之境。

【今译】

当年的繁华盛事
已随芬芳的尘屑消散，
金谷涧水
流走残踪剩迹
无情地潺潺，
芳草，年年盛长
仍自春色一片。

黯淡黄昏时
春风煦煦吹送啼鸟
一声声哀怨，
蓦然，飘零落花
如那——
香消玉殒的佳人
坠落在楼前。

清　明①

清明时节雨纷纷，　　路上行人欲断魂②。
借问酒家何处有③，　　牧童遥指杏花村④。

【注释】

①清明：二十四节气之一。据《历书》："春分后十五日，斗指丁，为清明，时万物皆洁齐而清明。盖时当气清景明，万物皆显，因此得名。"一般每年阳历四月五日前后三天为"清明节"，民间有祭祖扫墓和踏青郊游的习俗。据传始于周代帝王将相"墓祭"之礼，民间相仿效于此日扫墓，历代沿袭而成为一种传统的民族风俗。②断魂：魂魄丧失了，神思凄迷，形容极度的悲伤。③借问：请问。④杏花村：在安徽池州，或说在山西汾阳，或说在金陵，或认为是诗人所虚拟。

【赏析】

据明·陆应阳《广舆记》记载："池州古迹曰'杏花村'，在府城秀山门外。杜牧诗'遥指杏花村'即此。"《江南通志》亦记载：杜牧任池州刺史时，曾到杏花村饮酒，杏花村"因唐杜牧诗有'牧童遥指杏花村'得名"。

这一天正是清明，不见春光明媚，却恰遇冷雨纷飞。诗的一、二句先从漫天细雨下笔，再写雨中孤身赶路的行人，"纷纷"与"断魂"前后应合，春雨的凄迷纷乱与行人愁绪的凄迷纷乱两相交织。第三句一个"借问"，将笔锋一转，转出末句"牧童遥指杏花村"。这末句一答，顿生妙处，它并未写出牧童的答话，可就在"遥指"的动作中，答话隐隐可闻。这里的"遥"字不必拘守"远"义，它妙就妙在不远也不近、可即而未即之间，让人顺着这一"指"，透过雨雾看到不远处那隐约的红杏枝头，分明挑出酒帘一角来。诗至此戛然收止，行人的匆忙前往、避雨歇脚、驱寒取暖、饮酒消愁……都留与读者去想象。此诗写得自然清新而又兴味隐跃，乃广为传诵的佳作。

【辑评】

[宋]谢枋得、[明]王相《千家诗》：此清明遇雨而作也。游人遇雨，巾履沾湿，行卷而兴败矣。神魂散乱，思入酒家暂息而未能也。故见牧童而问酒家，遥望杏花深处而指示之也。

【今译】

清明时节
漫天里如烟丝雨
飞飞纷纷,
愁苦的行人,匆匆
欲落魄失魂。

问一声,哪里
有歇脚的小酒店?
牧童将手一指
瞧,不远处
——就是杏花村。

雍 陶

雍陶（生卒年不详），字国钧，巂州云安（今四川云阳）人。少时贫苦，为人恃才傲睨。文宗大和八年（834）进士。宣宗大中年间，授国子监博士，出任简州刺史。后为雅州刺史，辞官归隐庐山。

与贾岛、无可、徐凝友善，以琴樽诗翰相娱。好漫游，其诗多游历之作，长于写景。所作律诗精工，诗风清婉，颇为时人看重。清·丁仪《诗学渊源》称其"诗情景俱到，晚唐本色也"。《全唐诗》录其诗一卷。

题 君 山①

烟波不动影沉沉，　　碧色全无翠色深②。
疑是水仙梳洗处③，　　一螺青黛镜中心④。

【注释】

①君山：在今湖南岳阳洞庭湖中。古代神话传说，舜之二妃娥皇、女英化为湘水女神遨游于此山，故称"君山"，又称"湘山"。亦见钱起《省试湘灵鼓瑟》注。②碧色：指湖水色。翠色：指山色。③水仙：水中女神，即湘君姊妹。④一螺青黛：指古代女子头上盘绕高耸的青黑的螺形发髻。一说，指古代女子用来画眉的螺形黛墨。此处比喻君山倒影。

【赏析】

洞庭湖在孟浩然笔下，是"气蒸云梦泽，波撼岳阳城"（《临洞庭上张丞相》）的浩渺壮阔，而雍陶的这首《题君山》，却以轻柔的笔触描写洞庭湖清丽秀美的一面。但这又不是刘禹锡《望洞庭》的"遥望洞庭山水翠，白银盘里一青螺"，刘诗着眼于遥望中白浪环绕的君山，设喻贴切，甚是形似；而雍陶此诗则写凝视中湖面倒映的君山，取譬新奇，以意取胜。

诗先描写山影涵映于湖水，不见湖色的浅碧，只见山影的凝重深翠，对比映衬之下，静谧、苍郁的君山倒影宛如目前。接下，融入美丽的神话传说生发遐想："疑是水仙梳洗处，一螺青黛镜中心。"用一生动奇幻的比拟，顿使君山灵秀的姿影栩栩如生。可见，诗人避实就虚，着墨于君山侧影，较之刘禹锡的诗更为神奇秀润，也更为轻灵活脱。这便是此诗继前人之后写洞庭，仍能出新之处。

【辑评】

［后蜀］何光远《鉴诫录》：刘（禹锡）尚书有《望洞庭》之句，雍使君陶有咏《君山》之诗，其如作者之才，往往暗合。

【今译】

湖面，烟波不兴　　　　　　　凝重沉沉，
托着君山倒影　　　　　　　湖水浅淡无色

只有倒映的山影
叠耸着青翠
又浓又深。
让人疑是，清晨

湘水女神
梳洗时——
一绕秀美螺髻
映在镜心。

温庭筠

　　温庭筠（812？—866），原名岐，字飞卿，太原（今山西太原）人。唐初宰相温彦博之裔孙，家族没落。早年才思敏捷，甚负才名，"每入试，押官韵作赋，凡八叉手而八韵成"（五代·孙光宪《北梦琐言》），时人称为"温八叉"。生性放浪，恃才傲踞，好讥讽权贵，故累举进士不第。客游江淮间，失意潦倒。宣宗大中年间，因扰乱科场贬隋县尉。懿宗咸通年间，任国子监助教、方城尉等微职。

　　精通音律，诗词并工。以词的成就尤高，多写闺情，香艳婉媚，为"花间派"之鼻祖。其诗以设色浓丽、词藻绵密为特色，与李商隐并称为"温李"，然深蕴沉厚不及。较擅长近体，不乏气韵清拔、格调高峻之作。有《温飞卿诗集》。

瑶 瑟 怨①

冰簟银床梦不成②，　　碧天如水夜云轻。
雁声远过潇湘去③，　　十二楼中月自明④。

【注释】

　　①瑶瑟，镶玉的华美的瑟。②冰簟：清凉的竹席。银床：银饰的华贵的床。③"雁声"句：自古有雁足传书的传说，此句暗示所思的人在潇湘。④十二楼：据东汉·班固《汉书·郊祀志》，传说黄帝时，昆仑山有五城十二楼，仙人所常居。后因以"十二楼"用作咏仙境的典故。此处借以形容楼阁的清华，点明贵家女子身份。

【赏析】

　　瑟声悲怨，相传"秦帝使素女鼓五十弦瑟，悲，帝禁不止，故破其瑟为二十三弦"（东汉·班固《汉书·郊祀志》）。古代诗词中常把它与别离联结一起。这首《瑶瑟怨》以轻灵含蓄的笔致写闺楼女子怨别离，但诗中对离别之怨不加点醒，除"梦不成"三字外，全是写景。诗人着力通过景物的描写、组合，渲染一种别离的氛围和情调：冰簟银床、碧空轻云、南雁潇湘、十二玉楼，一切都和谐地笼在轻柔朦胧的月色中，从中流溢出一种美丽的哀怨。

　　诗中女主人公的别离之怨虽不甚分明，但清寥而哀婉的别离氛围和情调，却久久萦绕不绝。掩卷吟哦，让人想见：漫长的夜已深，女子欲梦不成而又醒后难眠，便起坐弹瑟；那瑟声含有太多的凄哀，大雁也禁不住远远飞去；一曲终了，只剩一圆明月幽冷地洒照阁楼。这，便是"瑶瑟怨"。

【辑评】

　　[清]黄生《唐诗摘钞》：因夜景清寂，梦不可成，却倒写景于后。《瑶瑟》用雁事，亦如《归雁》用瑟事。

　　[清]范大士《历代诗发》："月自明"，不必言怨，而怨已深。

　　[清]王士祯《唐人万首绝句选评》：此作清音渺思，直可追中、盛名家。

【今译】

醒来只觉

竹席银床一丝清冷

梦，终是未成，

窗外夜空澄碧

淡远如水

云絮飘浮着轻盈。

偶尔，一行雁声唳过

又悄然远去

逝落在潇湘沙汀，

楼阁幽寂里

流光徘徊的孤月

——自清自明。

碧磵驿晓思^①

香灯伴残梦^②，　楚国在天涯^③。
月落子规歇^④，　满庭山杏花。

【注释】

①碧磵驿：所在地不详。②残梦：零乱被惊醒的梦。③楚国：温庭筠本为太原人，但在江南日久，俨然以楚国为故乡。④子规：子规鸟，其啼声悲切，如唤"不如归去"，闻其啼鸣往往伤别思归。亦见李白《蜀道难》注。

【赏析】

此诗写夜宿碧磵驿舍，清晨梦醒后的羁旅归思。四句之间没有明显的勾连过渡，从孤灯相伴、长夜梦醒，忽地宕开到故乡遥远、楚国天涯，又忽地转回到月落啼歇、庭前杏花，似断似续，中间的空白比一般的诗要多，跳跃要大。对照温庭筠《菩萨蛮》词"花落子规啼，绿窗残梦迷"，看此诗三、四句，其淡远的意境、迷惘的情调、清丽的语言和以景写情的含蓄表现手法，都与之相近似。

可见，这首小诗比一般的诗要柔婉绮丽，更接近词的作法、意境和风格。不妨说，这是一首词化的小诗，无论是作为诗词并工的温庭筠，还是从诗衰词兴的晚唐来看，它都明显地表现出晚唐诗风与词的关联，反映出诗向词演化的迹象。

【辑评】

[清]周咏棠《唐贤小三昧集续集》：晓色在纸。

[清]王士祯《唐人万首绝句选评》：写得情景悠扬婉转，末句更含无限寂寥。

俞陛云《诗境浅说续编》：诗言楚江客舍，残梦初醒，孤灯相伴，其幽寂可想。迨起步闲庭，斜月西沉，子规啼罢，其时群器未动，唯见满庭山杏，挹晨露而争开。善写晓天清景。

【今译】

梦残了，醒时

一盏孤灯明灭

暗笼着清冷的床榻，

独宿驿舍

梦魂乍归的楚国

远在天一涯。

月，渐沉落　　　　　　　朦胧初泛里

啼唤了一夜的子规　　　　空落庭院，开满

哀怨声已喑哑，　　　　　黯红的山杏花。

一窗晓色

利州南渡①

澹然空水带斜晖②，　　曲岛苍茫接翠微。

波上马嘶看棹去，　　　柳边人歇待船归。

数丛沙草群鸥散，　　　万顷江田一鹭飞。

谁解乘舟寻范蠡③，　　五湖烟水独忘机。

【注释】

①利州：今四川广元县。②澹然：动荡的样子。空水：形容水清澈如空。③范蠡：见李白《宣州谢朓楼饯别校书叔云》注。

【赏析】

这首诗写黄昏时人马渡江的情景，宛如一幅利州晚渡图。中间两联对仗工整，写景流丽，但作者旨在寓意于景，借景议论，即景抒情。

诗的首联写日晚景色：水波映着斜晖，小岛的苍茫暮色远接青山翠色。颔联写摆渡情景：渡船载着人马顺水摆过，柳树下歇息的人等船划回。颈联写鸥鹭掠飞：渡口一片人声喧闹，惊起了水草中栖息的沙鸥，水田上翻飞的白鹭。至尾联，顺势一笔抒发议论：无人像范蠡那样，一叶扁舟陶然于五湖烟水。言下之意，人们熙熙攘攘皆为名利奔波，没有谁能抛却俗念机心，这其中隐然表达出作者自己淡泊仕宦、厌倦名利的遁世心境。此诗前三联写景，诗情画意，为后面抒情作铺垫；最后一联借景议论，感慨深沉。温庭筠诗歌以侧艳为工，而此篇境界闲旷阔远，以清俊流丽见长，实为难得。

【辑评】

[清]赵臣瑗《山满楼笺注唐诗七言律》：写天色将暝，妙在"水"字上加一"空"字，而"空"字上又加"澹然"二字，以反挑下文之"棹去""船归"，见得水本无机，一被有机之人纷纷扰乱，势必至于不能空、不能淡而后已，则甚矣机心之不可也。

[清]王尧衢《古唐诗合解》：此联野渡如画（"波上马嘶"二句）。

【今译】

江上，闪动的水波　　　　曲狭的小岛

清澈如空，映　　　　　　暮色连接远山的翠微。

一抹夕阳余晖，　　　　　船上人喧马嘶

随清波缓缓摆去，　　　　　　在翩然翻飞。

待渡的人们　　　　　　　　　　啊，乘一叶小舟

柳边歇息等候船归。　　　　　　寻范蠡为伴

水岸遮蔽的草丛　　　　　　　　这纷扰尘世，有谁？

惊了，栖息的沙鸥　　　　　　　忘却那——

万顷江田的远空　　　　　　　　世俗的尘虑机心

一点白鹭　　　　　　　　　　　独泛五湖烟水。

商山早行①

晨起动征铎②，　　客行悲故乡③。

鸡声茅店月，　　人迹板桥霜④。

槲叶落山路⑤，　　枳花明驿墙⑥。

因思杜陵梦，　　凫雁满回塘⑦。

【注释】

①商山：在今陕西商县东南。②征铎（duó）：车马铃。铎，铜铃。③悲故乡：思乡而愁苦。④"鸡声"二句：宋·胡仔《苕溪渔隐丛话》："《三山老人语录》云：六一居士喜温庭筠诗'鸡声茅店月，人迹板桥霜'，尝作《过张至秘校庄》诗云：'鸟声梅店雨，野色柳桥春。'效其体也。"⑤槲（hú）：落叶乔木。商山一带多槲树，叶片大，冬天干枯仍存留树上，来年初春发新叶时脱落。⑥明：因是早行，天未大亮，驿墙边的白色枳花，特别显眼，故言"明"。⑦回塘：曲转的池塘。回，曲折。

【赏析】

宣宗大中末年，温庭筠离开长安赴襄阳，此诗约是路经商山途中所作。诗扣住"早行"，写商山古道早行的羁思野况，道出了行旅之人的共同体验和感受。

"鸡声茅店月，人迹板桥霜"一联，尤为人传诵。无一动词，也省却关联词而纯然排列名词，只拈缀最具行旅特征的六种典型景物：鸡声、茅店、晓月和人迹、板桥、清霜，加以内在与外在的浑然组合，不用一二闲字，便将羁旅途中"早行"的清寒荒冷之景和孤寂艰辛之情，写得"意象俱足"（明·李东阳《麓堂诗话》），吟咏之余，仿佛身临其境。梅尧臣以此二句为"状难写之景如在目前，含不尽之意见于言外"（宋·欧阳修《六一诗话》引）的佳例，被誉为妙绝千古的羁旅名联。

【辑评】

[明]胡应麟《诗薮》：盛唐句如"海日生残夜，江春入旧年"，中唐句如"风兼残雪起，河带断冰流"，晚唐句如"鸡声茅店月，人迹板桥霜"，皆形容景物，妙绝千古。而盛、中、晚界限斩然，故知文章关气运，非人力。

[明]徐用吾《唐诗分类绳尺》：作诗贵于意在言外，必须状难写之景如在目前，含不尽之意见

于言外，作者得以心，览者会以意，然后为至。如此诗"鸡声"一联，岂不意见于言外乎？

[清]沈德潜《唐诗别裁》：早行名句，尽此一联（"鸡声"二句）。中晚律诗，每于颔联振不起，往往索然兴尽。

【今译】

清早，客舍里外
套车驾马的铃儿响，
行旅的游子，黯然
思念故乡。
雄鸡已喔喔打鸣
窗外，晓月未落
斜挂在茅店西角的天上，
匆匆起身赶路
哦，他人的脚印
已依稀印在了
独木桥上一层白霜。

枯黄的槲叶
大片大片，飘落
铺满冷寂的山路两旁，
枳花，细密开着
洁白耀眼地
依傍着驿舍的土墙。
不由想起昨夜
那杜陵归梦长长：
春回水暖里
野鸭野雁融融自乐
浮满，一弯池塘。

陈 陶

陈陶（803？—879？），字嵩伯，长江以北人。早年游学长安，屡举进士不第。恣意漫游江南、岭南等地。宣宗大中年间，隐居于洪州西山，日以读书种兰、吟诗、饮酒为乐事。后不知所终。

善天文历象，尤工诗，擅长乐府，以平淡见称。有《陈嵩伯诗集》。

陇 西 行①

誓扫匈奴不顾身，　　五千貂锦丧胡尘②。
可怜无定河边骨③，　　犹是春闺梦里人。

【注释】

①陇西：今甘肃宁夏陇山以西。②貂锦：汉代羽林军穿貂裘锦衣，此借指精锐部队。③无定河：以溃沙急流、深浅不定而得名，一称"奢延水"，为黄河中游的支流，在今陕西北部。

【赏析】

《陇西行》属乐府《相和歌辞·瑟调曲》旧题，多写征战苦况和闺中怨思。陈陶的《陇西行》共四首，此是其二。

明·王世贞《艺苑卮言》评此诗：前二句"筋骨毕露"，后二句"用意工妙"。首二句概括叙述将士们忠勇报国的气概和惨烈悲壮的激战，虽"筋骨毕露"，但为后面揭示主旨作了铺垫。后二句笔锋一转，逼出正意："可怜无定河边骨，犹是春闺梦里人。""犹是"二字，把白"骨"与活"人"联结，形成骇目惊心的强烈对照，其"用意工妙"，正是在这阴冷的沙场枯骨和温馨的深闺春梦的对照中，揭示出战争的灾难和现实的残酷。此诗写征战怨思，没有祭奠、没有哭号，却令人凄哀不禁，具有一种震撼心魂的悲剧力量。由此可见，边塞诗从盛唐落到晚唐，更多地已由慷慨昂扬转为一种悲壮的低哀。

【辑评】

[明]胡应麟《诗薮》：温庭筠《瑶瑟怨》、陈陶《陇西行》、李洞《绣岭词》、卢弼《四时词》，皆乐府也，然音响自是唐人，与五言绝稍异。

[清]沈德潜《唐诗别裁》：作苦语无过此者。

【今译】

誓死扫灭匈奴
忠勇杀敌奋不顾身，
五千精锐将士
全都丧身异域沙尘。
啊，可怜
无定河边的白骨

一堆堆，曝露
血污的凄凄阴冷，
却仍然是——
煦暖的深闺中
少妇春梦里
相聚依依的活人。

李商隐

李商隐（812？—858？），字义山，号"玉谿生""樊南生"，郡望陇西成纪，怀州河内（今河南沁阳）人。少时孤贫，家道衰微。文宗开成二年（837）进士。曾任秘书省校书郎、弘农尉、盩厔尉、盐铁推官等职。早年受知于天平节度使令狐楚，后娶泾原节度使王茂元女，处于牛李党争的夹缝中，横遭排抑，失意潦倒，几入幕府而寄人篱下，四十六岁抑郁病卒。其友人崔珏《哭李商隐》云："虚负凌云万丈才，一生襟抱未曾开。"

其诗多抒写怀抱、寄慨身世，流露出浓厚的伤感情调。擅长七言律绝，咏史诗、无题诗成就尤高。庾信之文采、杜甫之精工、韩愈之奇峭、李贺之瑰丽皆广收博取，独创为典雅华美而寄情深婉的"玉谿体"，对后世影响颇为深远。在晚唐诗坛，与杜牧并称"小李杜"，与温庭筠合称"温李"。但作诗过于绣织丽辞、镶嵌典故，有时不免堆砌晦涩，其末流演变为宋代西昆体一派。有《李义山诗集》。

锦　瑟①

锦瑟无端五十弦②，　一弦一柱思华年③。
庄生晓梦迷蝴蝶④，　望帝春心托杜鹃⑤。
沧海月明珠有泪⑥，　蓝田日暖玉生烟⑦。
此情可待成追忆，　只是当时已惘然⑧。

【注释】

①锦瑟：绘纹如锦的华美的瑟。此诗截取首二字为题，沿用《诗经》体例，实为无题。②五十弦：见温庭筠《瑶瑟怨》（赏析）。③华年：盛年。④"庄生"句：战国《庄子·齐物记》：庄子曾做梦，翩翩然身化为蝴蝶，浑忘自己是庄周。俄而醒来，惊讶自己又成了庄周，蝴蝶不知何往。此句用"庄周梦蝶"典故，比喻华年往事有如迷离的梦幻。⑤"望帝"句：北魏·阚骃《十三州志》：望帝，周朝末年蜀国君主，名杜宇。相传身死后，其魂魄化为杜鹃鸟，暮春时啼声哀苦。又春秋·师旷《禽经》注："夜啼达旦，血渍草木。"后用作托悲怀的典故。春心，伤春的情思。⑥"沧海"句：西晋·张华《博物志》：传说南海有鲛人，像鱼生活在海里，善织绡（生丝绸），哭泣时，眼泪变成珍珠。古人常用"沧海遗珠"比喻怀才不遇。⑦"蓝田"句：蓝田，山名，今陕西蓝田县东南，有名的产玉之地。相传宝玉蕴藏于山中，日光照照下，其精气冉冉上腾，近看却无。常用来比喻美妙的事物可望而不可即。⑧"此情"二句：是说就在当时身历其境时已不尽怅惘，并非等到现在追忆才有此情此感。可待，岂可待、哪可待。只是，就是。

【赏析】

此诗是李商隐晚年的扛鼎之作，宋本《义山集》冠于卷首。它也是李商隐著名的"难诗"，最能反映玉谿诗朦胧幽美乃至晦涩的一面。其诗意旨委曲幽深，难读费解，历来众说纷纭，诸如咏瑟说、悼亡说、恋情说、自伤身世、政治寓托说、纯美说等。

诗的首联起兴，聆听锦瑟的繁音促节而心绪纷乱，不由思忆华年往事；颔联紧承而来，那往事如庄周梦蝶短暂缥缈，又如杜鹃啼春不尽凄哀；颈联似转似承，弃落不遇的，如同沧海月珠，可望而不可即的，恰似蓝田玉烟；尾联拢束全篇，用"此情"二字绾结"思华年"的诸种情怀，道出当年身历时和至今追忆起的不尽怅惘。

明·胡震亨《唐音癸签》："商隐情诗，借诗中两字为题者尽多，不独《锦瑟》。"此诗实为无题。诗人借助比兴、象征和用典，抒写难以言诠的幽微情意，可以想见其华年往事中，自有一段难言的奇情和隐痛，它如梦如烟，如泣如泪，是思慕不得的恋情，还是冷落弃用的身世？抑或两者都有，相杂相糅地郁结于怀，发为诗句，在起承转合之间往复低徊。这，正是被称为"寄托深而措辞婉"（清·叶燮《原诗》）的"玉谿体"。

【辑评】

［清］陆次云《五朝诗善鸣集》：义山晚唐佳手，佳莫佳于此矣。意致迷离，在可解不可解之间，于初盛诸家中得未曾有。

［清］薛雪《一瓢诗话》：此诗全在起句"无端"二字，通体妙处，俱从此出。……全似埋怨锦瑟无端有此弦柱，遂使无端有此怅望。即达若庄生，亦迷晓梦；魂为杜宇，犹托春心。沧海珠光，无非是泪；蓝田玉气，恍若生烟。触此情怀，垂垂追溯，当时种种，尽付惘然。对锦瑟而兴悲，叹无端而感切。如此体会，则诗神诗旨，跃然纸上。

【今译】

绮丽华美的古瑟　　　　　似晶莹的珍珠
无缘无故　　　　　　　　弃落茫茫沧海
为什么有五十根弦，　　　月光下，泣泪涟涟；
繁促的一弦一音　　　　　追慕希求的
撩乱心绪　　　　　　　　似碧洁的美玉
思忆起纷杂的华年。　　　蕴藏在蓝田山中
啊，流逝的往事　　　　　暖日晴光下
如庄周晓梦化蝶　　　　　升腾可望而不可即的紫烟。
那美好，只在　　　　　　啊，此情此景
短暂的迷离缥缈间；　　　哪是等到现在追忆
又如望帝魂化为鸟　　　　才这般不尽伤感，
伤春的心思　　　　　　　就是在当时
托给泣血啼恨的杜鹃。　　也已经——
深深叹惋的　　　　　　　不尽怅恨，惘然。

蝉

本以高难饱①，　　　**徒劳恨费声。**

> 五更疏欲断，　　一树碧无情。
> 薄宦梗犹泛②，　　故园芜已平③。
> 烦君最相警④，　　我亦举家清⑤。

【注释】

①高难饱：蝉栖于高树，餐风饮露，故云。高，也喻指人的清高。②薄宦：俸禄微薄的官职。梗犹泛：西汉·刘向《战国策·齐策》：齐国孟尝君想去秦国，苏代劝阻道：犹如东国之桃梗，刻削为人形，降雨下，淄水涨至，漂去，不知漂向那里。后因以"梗泛"比喻漂泊无定。梗，树枝。③"故园"句：用东晋·陶渊明《归去来兮辞》"田园将芜胡不归"句意。平，指野草连成一片。④烦：劳。君：指蝉。警：警觉惊醒。⑤举家：全家。举，全。

【赏析】

这首《蝉》诗借咏秋蝉，寄寓身世沦落之感和高洁孤清之怀，并抒泄不平之鸣。首联写蝉而又自喻，物我交融；中间两联一写蝉一写己，物我交错；尾联蝉与人双提并收，物我为一。整首诗咏蝉与写人相关合，咏物与抒情相密附，体现出咏物诗贵在"不粘不脱"的特色。其颔联尤妙，蝉声疏断与树叶碧绿本无关涉，诗人却怨树木"无情"，油然自碧，毫不理会秋蝉的彻夜悲嘶，其责怨似是无理。但这两句即物即人，蝉声"疏欲断"的悲绝，寄托了诗人的困厄凄绝，而高树"碧无情"，喻指权势者弃而不顾的冷酷寡情，其怨又实为有理。这无理见有理，正表现出咏物诗的另一特色。

此诗以蝉起以蝉结，首尾圆融，意脉连贯；而又托物寓怀，不即不离，于空际传神，故被清代朱彝尊誉为"咏物最上乘"（清·沈厚塽《李义山诗集辑评》引）。

【辑评】

[清]李因培《唐诗观澜集》：追魂之笔，对句更可思而不可言（"五更"二句）。

[清]施补华《岘佣说诗》：三百篇比兴为多，唐人犹得此意。同一咏蝉，虞世南"居高声自远，端不藉秋风"，是清华人语；骆宾王"露重飞难进，风多响易沉"，是患难人语；李商隐"本以高难饱，徒劳恨费声"，是牢骚人语。比兴不同如此。

俞陛云《诗境浅说》：学作诗者，读宾王《咏蝉》，当惊为绝调；及见玉谿诗，则异曲同工，可见同此一题，尚有余义，若以他题咏物，深思善体，不患无着手处也。

【今译】

蝉儿啊，栖息高枝　　　　　　　　可高耸的树荫
啜饮清露　　　　　　　　　　　　犹自一树碧绿无情。
原本难以温饱　　　　　　　　　　我，微官薄禄
独自忍饥受贫，　　　　　　　　　像逐水桃梗漂浮不定，
又何必，徒然怨恨　　　　　　　　为何不归去？
不平地哀鸣。　　　　　　　　　　故乡田园荒芜
这哀鸣渐嘶渐竭　　　　　　　　　丛草遮埋了小径。
到五更天晓　　　　　　　　　　　噢，蝉儿烦劳你
欲断无声，　　　　　　　　　　　一声一声啼

将我悚然警醒，　　　　　　我和你一样
你可知道——　　　　　　　自守高洁，举家清贫。

登乐游原①

向晚意不适②，　　驱车登古原。
夕阳无限好，　　　只是近黄昏。

【注释】

①乐游原：汉宣帝时建，本是一庙苑，因地势轩敞，故以"原"称之，地处长安东南。②向：将近。不适：郁闷不乐。

【赏析】

清·屈复《玉谿生诗意》解读此诗，云："时事遇合，俱在个中，抑扬尽致。"其"夕阳无限好，只是近黄昏"二句，意境浑涵，包蕴深广，并寓含哲理性意蕴。它是诗人见夕阳转瞬即逝，百感苍茫的一时交集。"只是"作就是、正是解，表示低哀的转折，所抒发的迟暮之叹，既是悲慨身世，也是忧虑时事，透出对衰暮之美的深沉哀挽。

另有一解：诗人面对夕阳火红、余霞成绮，并未嗟老伤穷，而是叹赏夕阳在即将沉落的片刻，仍能向大地、向人间洒照出无边无际的灿烂辉煌。"只是"作"就是""正是"解，表示一种惊叹的赏爱。而这恰是李商隐一生心境的写照：虽身处衰世，沉滞下僚，又历尽落拓，年华流逝，但终是心志不灭地热爱并执着于人生的美好。他的另一首《晚晴》有"人间重晚晴"的诗句，绝无残光末路的哀叹，却正因为夕阳晚照的短暂美丽而格外珍"重"。读《登乐游原》可与之相参照而体味。

【辑评】

[宋]许顗《彦周诗话》：觉范作《冷斋夜话》，有曰："诗至李义山，为文章一厄。"仆读至此，蹙额无语。渠再三穷诘，仆不得已曰："夕阳无限好，只是近黄昏。"觉范曰："我解子意矣！"即时删去。今印本犹存之，盖已前传出者。

[清]沈厚塽《李义山诗集辑评》：何焯曰：迟暮之感，沉沦之痛，触绪纷来，悲凉无限。

[清]施补华《岘佣说诗》：义山"向晚意不适……"叹老之意极矣，然只说夕阳，并不说自己，所以为妙。五绝、七绝，均须如此，此亦比兴也。

【今译】

临近傍晚，心绪　　　　　　多么美啊
一阵郁郁不欢，　　　　　　红熔如火的夕阳
驱驾轻车　　　　　　　　　向大地洒照出
登上古老的乐游原。　　　　一抹无边的辉煌灿烂，

这无限的美好　　　　　　——在它即将

噢，正是　　　　　　　　沉入黄昏的刹那间。

夜雨寄内①

君问归期未有期，　　巴山夜雨涨秋池②。

何当共剪西窗烛③，　　却话巴山夜雨时④。

【注释】

①寄内：寄内人。内人，妻子。一题作《夜雨寄北》。寄北，寄北方的亲友。此诗有"寄友""寄妻"二说。②巴山：又名"大巴山"，位于四川境内。③何当：何时能够。剪：指剪去烛花，使烛光明亮。④却：再。

【赏析】

此寄闺中之诗。诗人远离京都客住巴蜀，妻子来信询问归期，但归期无定，眼前只有"巴山夜雨涨秋池"，其羁情归思的苦况不难想见。可是诗人跳开落墨，从眼前生发开去，驰想他日夫妻重逢时，同倚西窗，剪烛夜话，再诉说眼前。实以共剪西窗之温馨反衬巴山秋雨之凄冷，以他日之同乐见出今夜之孤苦，这一问一答、一虚一实，跌宕有致，又翻出一层。

格律严谨的近体诗一般忌避字面重复，而此诗"期"字两见、"巴山夜雨"重出，读来却并无累赘感。就在于：诗人巧妙地运用词语重复，将归期与无期、今日与来日、现实与幻想、痛苦与欢乐交织在错综迭出的时空情境中，创造了一种回环映照的诗境和一咏三叹的隽永情韵。如此以诗代笺的寄内之作，"婉转缠绵，荡漾生姿"（清·王士禛《唐人万首绝句选评》），可谓措笔独到。

【辑评】

［清］杨逢春《唐诗绎》：三、四于寄诗之夜，预写归后追叙此夜之情，是加一倍写法。

［清］屈复《玉谿生诗意》：即景见情，清空微妙，玉谿集中第一流也。

［清］王尧衢《古唐诗合解》：此诗内复用"巴山夜雨"，一实一虚。

【今译】

你问我归家的日期　　　　西窗下剪烛夜话

可是，我没有　　　　　　我与你，两相偎依，

定准的归期，　　　　　　到那时候——

只有今夜　　　　　　　　再与你低语

巴山驿馆的秋雨　　　　　诉说今夜，这

淅淅沥沥，涨满荷池。　　巴山秋雨

啊，不知何时　　　　　　淅淅沥沥的情思。

风　雨

凄凉宝剑篇①，　　羁泊欲穷年②。
黄叶仍风雨③，　　青楼自管弦。
新知遭薄俗④，　　旧好隔良缘。
心断新丰酒⑤，　　销愁斗几千。

【注释】

①宝剑篇：五代·赵莹等《唐书·郭震传》载："武后召（郭震）与语，奇之，索所为文章，上《宝剑篇》，后览嘉叹。"郭震遂得任用，实现匡国之志。其诗末云："非直结交游侠子，亦曾亲近英雄人。何言中路遭弃捐，零落飘沦古岳边。虽复沉没无所用，犹能夜夜气冲天。"郭诗实借宝剑中途被弃不能大用，来抒发不得意之情怀。②穷：尽。③仍：更，兼。④新知：新的知交。薄俗：浅陋的世俗。⑤新丰：见王维《观猎》注。

【赏析】

《宝剑篇》是唐朝名将郭震落拓未遇时所写诗作，其诗以古剑沉埋寓托才士失意，诗人开篇借此自伤落魄而未能用世，于苍凉沉沦中蕴积一股郁勃不平之气。中间两联写凄凉身世：自己如风雨中黄叶，凄冷地颤抖，豪门权贵却青楼歌舞，恣意享乐，一悲一乐对照出贫寒凄凉；新交囿于陋俗，不愿与己多接近，老友却久不见面，隔断了情缘，一新一旧对映出寂寞孤子。如此窘困的境况下，诗人进吐出尾联："心断新丰酒，销愁斗几千！"意谓因穷愁飘零，早没有了独酌美酒的奢望，如今不堪孤凄，不惜花几千银钱痛饮浇愁。此诗层层回旋，将人生的落泊、内心的郁苦写到极致，篇末收于悲愤不平而又心绪茫然。

此诗约作于李商隐晚年羁泊异乡时。诗人长期沉沦漂泊、寄人篱下，似乎走入人生的穷途末路，其诗以"风雨"为题，正暗寓了自己横遭风雨摧残的身世遭际。诗中"黄叶仍风雨，青楼自管弦"一联，不仅对仗工整，而且于强烈对比中突出了题意。

【辑评】

[明]陆时雍《唐诗镜》：三、四语极自在。诗以不做为佳。中、晚刻核之极，有翻入自然者，然未易多摘耳。

[清]屈复《玉谿生诗意》：当凄凉羁泊时，风雨之夕，听青楼管弦，因感新知旧好，而思斗酒消愁，情甚难堪。

[清]蘅塘退士《唐诗三百首》："仍"字、"自"字诗眼（"黄叶"二句）。

【今译】

读罢《宝剑篇》
自觉落拓孤寒，
羁旅中，漂泊
想必就这样终生尽年。
我，像枯黄秋叶

又遭凄风冷雨摧残，
那权臣贵人们
享乐在青楼歌舞管弦。
新的知交，远了
遭到浅陋世俗的非难，

老友，疏了
久隔交往的良缘。
早已不存，独酌
新丰美酒的奢愿，

可是如今
为了痛饮消愁
我不惜掷钱几千！

，

隋　宫①

紫泉宫殿锁烟霞②，　　欲取芜城作帝家③。
玉玺不缘归日角④，　　锦帆应是到天涯⑤。
于今腐草无萤火⑥，　　终古垂杨有暮鸦⑦。
地下若逢陈后主，　　岂宜重问后庭花⑧！

【注释】

①隋宫：指隋炀帝在江都营建的诸行宫。炀帝在位十三年，三次出游江都，从长安到江都，建行宫四十余所。②紫泉：水名，位于隋朝都城长安北。原名'紫渊'，唐人因避高祖李渊讳，改作"紫泉"。此处代指长安。③芜城：即江都（今江苏扬州）。因南朝宋·鲍照作有《芜城赋》，后以"芜城"代称江都。④玉玺（xǐ）：皇帝的玉印。日角：额骨隆起饱满如日称"日角"。古人迷信骨相之术，认为人的一生贵贱，存于骨相。"日角"为帝王之相，此指李渊。后晋·赵莹等《旧唐书·唐俭传》载：李渊起兵前，唐俭曾说他"日角龙庭"必取天下。⑤锦帆：隋炀帝出游所乘龙舟，风帆用锦缎制成，据宋·佚名《开河记》载："炀帝御龙舟幸江都，舳舻相继，锦帆过处香闻十里。"⑥"于今"句：隋炀帝在洛阳景华宫，曾命人征收萤火数斛，夜游时放出，光照山谷。古人认为腐草生萤。⑦终古：永远。垂杨：指隋堤柳。隋炀帝开凿运河，以便从洛阳西苑乘船直达江都，沿河筑堤，堤上植柳，世称"隋堤"。⑧"地下"二句：唐·颜师古《隋遗录》载：杨广为太子时，与国亡降隋的陈后主相熟。后为天子出游江都，于吴公宅鸡台醉梦陈后主，并请其宠妃张丽华舞《玉树后庭花》。此处作者活用其典故，改生前梦遇为死后重逢。

【赏析】

此诗讽咏隋炀帝荒淫覆国的历史前鉴，借古而鉴今。首联点题，直写出游江都。颔联以虚拟推想，作进一步渲染。颈联另开新境，选用炀帝逸游的两个故事，将腐草与萤火、垂杨与暮鸦，放于一"无"一"有"的鲜明对比中，慨叹今昔，深寓兴亡之感和劝诫之意。尾联活用梦遇陈后主的典故，揭示诗旨，写隋炀帝重蹈陈后主的覆辙，九泉之下仍不悔悟，其假设与反诘连用，措辞婉丽流转而讽刺冷隽入骨。

整首诗寓议论于形象之中，用典浑圆，命意深婉，而又运笔灵妙不落于平实。且笔势舒展，意脉流转，清·何焯《义门读书记》评此诗："前半展拓得开，后半发挥得足，真大手笔。"

【辑评】

[元]吴师道《吴礼部诗话》："日角""锦帆""萤火""垂杨"是实事，却以他字面交蹉对之，融化自称，亦其用意深处，真佳句也。

[清]何焯《义门读书记》：无句不佳，三、四尤得杜家骨髓。前半展拓得开，后半发挥得足，真大手笔。

[清]杨逢春《唐诗绎》：此诗全以议论驱驾事实，而复出以嵌空玲珑之笔，运以纵横排宕之气，无一笔呆写，无一句实砌，斯为咏史怀史之极。

【今译】

魏峨的长安宫殿

空锁迷冷烟霞，

欲把江都行宫

当作逸乐的帝王之家。

若不是传国玉玺

归落——

日角龙庭的李渊名下，

锦帆高悬的龙舟

定会飘游到天涯。

如今，宫墙腐草

已不见萤火流划，

只有每到黄昏

隋堤古柳，绕飞着

纷乱聒噪的乌鸦。

如果遇见陈后主

在九泉之下，

怎好意思再问起

那一曲《玉树后庭花》！

无　题①

昨夜星辰昨夜风，　　画楼西畔桂堂东②。

身无彩凤双飞翼，　　心有灵犀一点通③。

隔座送钩春酒暖④，　　分曹射覆蜡灯红⑤。

嗟余听鼓应官去⑥，　　走马兰台类转蓬⑦。

【注释】

①无题：即无可命题，因所表达的意思不便明说或不愿明说，便托之以"无题"。寓有于无，故无题实为有题。②画楼：装饰华丽的楼阁。桂堂：用桂木构建的厅堂。③灵犀：犀牛角中央有一条贯通上下的白纹，古人视为灵异之物。④送钩：即藏钩，将钩互相传送，藏于某一人手中，让人猜。⑤分曹：分组。曹，群。射覆：把物件藏于巾帕盂器之中，让人猜。射，猜测。"送钩""射覆"都是古代酒宴上的游戏，猜不中者罚酒。⑥鼓：更鼓，古代夜间击鼓报更。应官：唐人口语，即当职值班。⑦走马：见李贺《梦天》注。兰台：即秘书省，朝廷藏图书秘籍的宫观。时诗人正在秘书省任校书郎。类：类似，相似。蓬：见王维《使至塞上》注。

【赏析】

此诗将爱情阻隔、聚合无缘的叹惋与抱负成空、流徙不定的苦闷两相融汇，拥载了深层的人生意蕴。颔联"身无彩凤双飞翼，心有灵犀一点通"，撷取富有特征的事物而又不黏滞于物，借助于新巧的拟喻和绮丽的意象，用一"无"一"有"相互映衬，构成了一个包蕴丰厚的奇妙的矛盾统一体：痛苦而欣慰、间隔而契合、天涯而咫尺——形隔神契。本句表现出冀求超越悲剧性现实人生的阻隔和桎梏、实现个体情感自由的一种理想境界，故为千古名句。

整首诗用赋法陈述，却随幽微曲折的心理情感的流动糅合时空：昨夜一度春风，今夜旋成间隔；忽他人酒暖灯红，忽自身走马兰台。明写与暗蕴相融，虚想与实境交迭，呈现出李商隐"无题诗"特有的断续无端、扑朔迷离的特点，令人有幻惑眩转之叹。故此诗历来多歧解。清·纪昀云："观此首末二句，实是妓席之作，不得以寓意曲解。义山'风怀'诗，注家皆以寓言君臣为说，殊多穿凿。"（《瀛奎律髓汇评》引）

【辑评】

[清]黄叔灿《唐诗笺注》：诗意平常，而炼句设色，字字不同。

[清]邹弢《精选评注五朝诗学津梁》：此诗自炫其才，述眼前境遇，笔情飘忽。

[元]方回选、李庆甲集评《瀛奎律髓汇评》：冯舒：妙在首二句。次联衬贴，流丽圆美，"西昆"诸公一世所效。

【今译】

啊，美丽的	画楼桂堂的暖融，
昨夜星辰昨夜春风，	戏闹的华筵
你与我，就在	醇酒醉人，烛光飞红。
画楼耸彩的西边	今夜的我不眠
溢香的桂堂东。	可叹晨鼓敲响
今夜，没有	催促应差官府匆匆，
飞越的彩凤双翅，	我鞭马驰向兰台
只有两相爱慕的心	无奈，这
灵犀一点相通。	庸碌的下僚生涯
今夜的你，仍在	像随风飘转的断蓬。

无题二首

其 一

来是空言去绝踪①，　月斜楼上五更钟。
梦为远别啼难唤，　书被催成墨未浓②。
蜡照半笼金翡翠③，　麝熏微度绣芙蓉④。
刘郎已恨蓬山远⑤，　更隔蓬山一万重。

【注释】

①"来是"句：意谓当初分别时许诺重来，却只是一句空话，一去杳无踪迹。②书被催成：梦醒后急于倾诉相思，为情急所促使而挥笔疾书。书，信。③蜡照：烛光。金翡翠：用金线绣有翡翠鸟的锦被。④麝熏：薰炉里散发出的麝香味。度：透过。芙蓉：绣有荷花的床帐。⑤刘郎：南朝宋·刘义庆《幽明录》：传说东汉时，刘晨和阮肇共入天台山采药，迷不得返。遇二仙女姿质绝妙，唤其刘郎、阮郎，留居半年。归来，世上已过七世。后又入山寻访，终不可再见。后用作咏艳遇的典故。此处诗人自比刘郎。蓬山：传说中的海上仙山蓬莱。

【赏析】

在晚唐渐趋寥落的诗坛，李商隐的诗歌犹如夕阳西下的最后一抹辉煌，而如夕阳黄昏般的暗晦朦胧美，正是他诗歌浓重晕染的色调和意境，读他的无题诗每每如此。此诗亦然，诗人着意于真幻虚实之间，营造出一种朦胧而隐晦的诗境。

"梦为远别"是一篇之耳目。梦醒时，踪迹杳无，只有斜月晓钟；梦中，忽聚又忽散，悲泣难唤；梦后，匆匆疾书，却伊人遥隔。诗的前三联着意创造疑梦疑真之境，见出积思之苦；尾联则以"已恨""更隔"，递进式地直抒远隔之恨。

由于诗的内容——难以言传的梦境和难以名状的相思所致，诗中实境和幻觉相糅合：人，来去空绝；月，斜洒淡笼；梦，被别泪啼破；书，被情急催成；残烛，半罩翡翠锦被；炉香，透入芙蓉绣帐；更有蓬莱仙山，千重万重。其意象扑朔迷离，意境亦朦胧幽隐，试闭目低吟，真乎，幻乎？实有乎，虚想乎？都浑然莫辨，只有从主人公的别梦离思中透出的那一片空虚、凄苦、孤寞和怅惘，让人沉浸不起，惝恍不已。

【辑评】

[清]贺裳《载酒园诗话》：（艳诗）至元稹、杜牧、李商隐、韩偓，而上宫之迎，垝垣之望，不唯极意形容，兼亦直言无讳，真桑濮耳孙也……元微之"频频闻动中门锁，犹带春醒懒相送"，李义山"书被催成墨未浓""车走雷声语未通"，始真是浪子宰相、清狂从事。

[清]黄叔灿《唐诗笺注》：语极摇曳，思却沉挚。

【今译】

曾经许诺还会再来　　　　青石砚台的墨汁
那只是一句空言　　　　　都还没有磨浓。
一去，杳无影踪，　　　　眼前，残烛一点
窗外朦胧斜月　　　　　　摇曳昏淡清冷的光晕
远处，听隐约一声　　　　将翡翠锦被半笼，
传来凄清的五更晓钟。　　炉中一炷薰香
刚才一枕短梦里　　　　　正缕缕幽微，散入
含泪唤她不回　　　　　　低垂的芙蓉帐中。
恍惚片刻间，聚散匆匆，　已恨——
醒来，挥笔疾书　　　　　蓬莱仙山太遥远，
一怀情真情切　　　　　　可她缥缈难寻
催成这字字行行　　　　　还远隔蓬山千重万重。

其　二

飒飒东风细雨来①，　　芙蓉塘外有轻雷②。
金蟾啮锁烧香入③，　　玉虎牵丝汲井回④。
贾氏窥帘韩掾少⑤，　　宓妃留枕魏王才⑥。
春心莫共花争发⑦，　　一寸相思一寸灰。

【注释】

①飒飒：风声。②芙蓉塘：荷塘。③金蟾：一种蟾形的铜香炉。锁：此指香炉的鼻钮，可以开启放入香料。④玉虎：用玉石装饰的虎状辘轳。丝：井索。香炉和辘轳，在古代诗词中常与男女欢爱联系在一起。南朝乐府《杨叛儿》："欢作沉水香，侬作博山炉。"牛峤《菩萨蛮》："帘外辘轳声，敛眉含笑惊。"⑤"贾氏"句：掾，僚属。少，年轻。此用"韩寿偷香"故事。南朝宋·刘义庆《世说新语》载：晋朝韩寿年轻俊美，侍中大臣贾充召为僚属。贾充之女贾午于帘后窥见，私相慕悦，与之私通，并把皇帝所赐贾充的西域异香赠他。后贾充发觉，遂将其女嫁给韩寿。⑥"宓妃"句：用"宓妃留枕"故事。南朝梁·萧统《昭明文选·洛神赋》李善注：曹植欲求娶甄氏，曹操却把她许给了曹丕。甄氏遭谗死后，曹丕将其遗物玉带金缕枕赐给曹植。曹植离京返回封地的途中，止宿于洛水，梦见甄氏说："我本托心君王，其心不遂。此枕是我在家时从嫁，前与五官中郎将（指曹丕），今与君王。遂用荐枕席。"传说伏羲氏之女宓妃溺死于洛水，于是，曹植以甄氏比宓妃作《洛神赋》。⑦春心：向往美好爱情的心思。

【赏析】

这是一首刻意"伤春"之作，写一个独居深闺女子的痛苦爱情。她怀念前情往事，更多地流露出相思成灰的无望。

诗的首联写环境的凄迷：飒飒春风里，飘来霏霏细雨；芙蓉池塘外，春雷殷殷响起。这二句妙有远神，它借低抑暗淡的景物，烘托女主人公春心跃动而莫名迷惘的空寂心境。颔联写居处的幽寂：室内，香炉飘散阵阵香气；帘外，辘轳丝绳深井汲水。这一联兼用赋、比，衬托出寂寥隔绝的孤处和幽怨，也暗示出内心情丝的被牵动。后四句写内心独白。颈联连用两个典故：一是"韩寿偷香"，二是"宓妃留枕"，一正一反，感叹爱情的不可抑止。尾联陡然反接："春心莫共花争发，一寸相思一寸灰。"女主人公渴望爱情而又爱情无望，这一呼喊里，有绝望的悲哀，也有愤激的不平。它似乎从颔联的香消成灰、牵丝汲水联想而来，将一寸相思与一寸灰烬强烈对照，显示美好爱情的被毁灭。

李商隐的无题诗，大多写失意的爱情，这固然与他失意沉沦的身世相关。或认为此诗暗寓了诗人自己仕途屡遭挫折的感慨，也不无道理。

【辑评】

[清]姚培谦《李义山诗集笺注》：朱鹤龄云：窥帘留枕，春心之摇荡极矣。迨乎香消梦断，丝尽泪干，情焰炽然，终归灰灭。不至此，不知有情之皆幻也。

[清]纪昀《玉谿生诗说》："贾氏窥帘"，以韩掾之少；"宓妃留枕"，以魏王之才。自顾生平，岂复有分及此，故曰："春心莫共花争发，一寸相思一寸灰。"此四句是一提一落也。四首皆寓言也，此作较有蕴味，气体亦不堕卑琐。

【今译】

春风飒飒里　　　　　　　　　　向清寂四周飘坠，
凄迷细雨，霏霏，　　　　　　　辘轳的丝绳
亭亭荷塘外　　　　　　　　　　深井中，把清水汲回。
乍然，响起一阵轻雷。　　　　　贾氏帘后窥看
金蟾咬锁的香炉　　　　　　　　是韩寿年少貌美，
一缕缕轻烟　　　　　　　　　　宓妃留赠金缕枕

为爱慕曹植　　　　　　争先绽放，

绝世的风流才沛。　　　　那，一寸相思

相思的春心啊　　　　　　热烈燃烧后

莫要与逢春的花蕊　　　　只化作一寸冷灰。

落　花

高阁客竟去，　　小园花乱飞。

参差连曲陌①，　　迢递送斜晖②。

肠断未忍扫，　　眼穿仍欲稀③。

芳心向春尽④，　　所得是沾衣。

【注释】

①参差：形容花树高低不齐。②迢递：形容落花连绵不止。③"眼穿"句：意谓诗人望眼欲穿，巴望花不再飘落，可是枝上残留的花越来越稀少。稀，一作"归"。意谓面对已逝的春光，仍然抱着痴想，盼望春光繁花再度归来。④芳心：花心，即花用芬芳装点春天的心思。

【赏析】

这首诗作于武宗会昌六年（846），闲居蒲州永乐期间。时，李商隐因娶王茂元之女而构怨于令狐绹，处于遭人诋毁而阻隔的境地，故于诗中借咏园中落花曲折吐露自己的心迹。

此诗首两句写客去而楼空园寂，只有落花乱飞，风飘万点，这一起，用落寞孤寂的氛围笼下全篇。三、四句承上写落花：花树参差，落红纷纷，那疏枝外一抹暗淡夕晖，透露出春光将逝的伤感情怀。五、六句进而写怜花：惜花情深，故不忍打扫一地衰败的残红；望眼欲穿，花却仍自随风稀疏地飘零。这两句情深语苦，极缠绵之能事，没有落花心事的人道不出。末两句语意双关：花为点缀春天奉献一片芳心，却落得凋零残败，正如自己欲用于世而报效无门，所得只有泪落沾衣，这一结，将人生感慨不尽于言外。此诗起得超忽，结得低徊，起、结句皆妙。

李商隐才华绝世却潦倒一生，其诗总蒙着一层抑郁凄婉情调，而且多用笔曲折。这首《落花》寓含一种象征意味，抒吐了与落花同病相怜的哀怨情思，它既切合于物又委曲于情，落花之叹与身世之慨融合无痕。因此，诗中多佳句亦多歧义，其寓意深微而依稀难辨，如清·李因培《唐诗观澜集》云："玉溪咏物，妙能体贴，时有佳句，在可解不可解之间。"

【辑评】

[清]沈厚塽《李义山诗集辑评》：何焯云：起得超忽，连"落花"，看得有意。结亦双关，一结无限深情，"得"字意外巧妙。

[清]屈复《唐诗成法》：一、二乃倒叙法，故警策，若顺之，则平庸矣。

[清]朱庭珍《筱园诗话》：李玉谿之"高阁客竟去，小园花乱飞"，马戴之"孤云与归鸟，千里片时间"……佳处不一，皆高格响调，起句之极有力、最得势者，可为后学法式。

【今译】

楼空，阁耸
踏青的游客尽归，
只因这小园
清冷的风，花谢花飞。
那参差花枝
连着小径幽微，
不止的花落
送斜阳一抹余晖。
落红肠断

怎忍打扫一地衰颓，
望眼欲穿时
花残了，稀了
仍自随风舞醉。
啊，为了点缀春天
芳心已瘁，
可是春光去了
只落得残红
沾襟，点点泪绯。

无　题

相见时难别亦难，　东风无力百花残。
春蚕到死丝方尽①，　蜡炬成灰泪始干②。
晓镜但愁云鬓改，　夜吟应觉月光寒。
蓬山此去无多路③，　青鸟殷勤为探看④。

【注释】

①丝："思"的谐音。②泪：烛泪，见杜牧《赠别二首》注。③蓬山：海上仙山，此借指恋人居处。④青鸟：神话中西王母有三只青鸟，赤首黑目，专为她传递消息。《汉武故事》载：西王母会汉武帝，青鸟先至殿前。后因以"青鸟"代称信使。探看（kān）：探望。

【赏析】

李商隐的无题诗多写爱情，或者另有幽微的寄托。隐其题而晦其旨，惯用比兴象征，辞采妍华绵密，具有托意遥深、寄思微婉而缠绵低徊的特点。此诗是李商隐无题诗中的力作，前人多有歧解，但它似是一首暮春伤别的爱情诗。

南朝梁·江淹的《别赋》云"黯然销魂者，唯别而已矣！"，其"别"恰是此诗的通篇主眼，"黯然销魂"则正是此诗所抒写的情怀和氛围。颔联"措词流丽，酷似六朝"（清·谢榛《四溟诗话》），是诗人笔力所聚，以春蚕、蜡炬设喻，象征至死不渝的彻骨铭心的相爱。上句重在"丝"（思），自甘束缚；下句重在"泪"，自我煎熬。而这思的束缚，如蚕之作茧，到死方尽；泪的煎熬，如烛之燃烧，成灰始干。其痴绝之至、精诚之至，足以感泣鬼神，具有背负终生痛苦作执着追求的殉情精神和浓郁的悲剧色彩，为千古绝唱。有此痴情苦恋才能出此惊人奇语，非李商隐他人不可为也。

【辑评】

［清］张载华《初白庵诗评》：三、四摹写"别亦难"，是何等风韵！

〔清〕陆昆曾《李义山诗解》：八句中真是千回万转。

〔清〕周咏棠《唐贤小三昧集续集》：玉谿《无题》诸作，深情丽藻，千古无双，读之但觉魂摇心死，亦不能名言其所以佳也。

〔清〕梅成栋《精选七律耐吟集》：镂心刻骨之词。千秋情语，无出其右。

【今译】

相见时，难
别离也难，
晚春的风柔弱无力
百花片片凋残。
你与我挚情不渝
是春蚕作茧
满腹情丝
到死，才会吐完；
是蜡烛燃烧
化成灰烬，才会泪干。

清晨，你对镜梳妆
缕缕青丝衰减，
夜半，我独自吟诗
一庭月光清寒。
啊，你的居处
如仙山缥缈
可此去并不遥远，
传信的青鸟，殷勤一些
为我——
时时前去探看。

代赠（其一）

楼上黄昏欲望休，　　玉梯横绝月如钩①。
芭蕉不展丁香结②，　　同向春风各自愁。

【注释】

①玉梯横绝：比喻受阻而不能登楼相会。玉梯，精美的梯子。绝，断。②丁香结：指丁香花蕾苞结不开。

【赏析】

代赠，即代拟的赠人之作。此诗以一女子的口吻，写相会不得的愁思，风华流美，情致宛转。后两句将眼前所见景物随手拈来："芭蕉不展丁香结，同向春风各自愁。"借物写人而又以景托情，用不展的芭蕉比情人，以苞结的丁香喻自己，花愁即人愁，托出异地同心、欲见未能的无限哀怨。这两句巧心设喻，却语出自然，且意境幽美，含婉不尽，故为前人所标举。后人的一些诗词名作，如晚唐钱珝的《未展芭蕉》"芳心犹卷怯春寒"，南唐李璟的《摊破浣溪沙》"丁香空结雨中愁"，乃至现代诗人戴望舒的《雨巷》，其构思、意境也都从中有所汲取。

清代纪昀评此诗"情致自佳，艳体之不伤雅者"（清·沈厚塽《李义山诗集辑评》引）。诗所写虽是男女之幽情，却清丽而不浮艳，深挚而不轻薄，这也是李商隐爱情诗为人们喜爱之所在。

【辑评】

[宋]杨万里《诚斋诗话》：五、七字绝句，最少而最难工，虽作者亦难得四句全好者。晚唐人与介甫最工于此，如李义山……"芭蕉不展丁香结，同向春风各自愁"。

俞陛云《诗境浅说续编》：后二句即借物写愁：丁香之结未舒，蕉叶之心不展，春风纵好，难破愁痕，物犹如此，人何以堪！可谓善怨矣。

【今译】

婷婷，走上楼头	天边月残了，如钩。
暮色淡笼的远处	只有庭院中
欲望还休，	芭蕉叶卷缩不展
为什么没有如约前来	丁香苞结含羞，
该不是梯子	一同，对清冷春风
横断了，无法	在这黄昏时
登上高耸的阁楼？	暗自哀伤忧愁。

春 雨

帐卧新春白袷衣①，　白门寥落意多违②。

红楼隔雨相望冷，　珠箔飘灯独自归③。

远路应悲春晼晚④，　残宵犹得梦依稀。

玉珰缄札何由达⑤？　万里云罗一雁飞⑥。

【注释】

①袷（jiá）：夹衣，闲居的便服。②白门：金陵的别称。一说，据南朝乐府《杨叛儿》："暂出白门前，杨柳可藏乌。欢作沉水香，侬作博山炉。"白门，为男女幽会之所，此处借指曾与所爱女子相会的地方。③珠箔（bó）：珠帘。比喻细雨飘落在手提的灯前，好像一道道珠帘。④晼（wǎn）：此指春色已晚。⑤玉珰：玉耳坠，古代男女常用作定情的信物。缄（jiān）札：密封的书信。缄，封闭。⑥"万里"句：意谓窗外阴云万里，纵有一雁传书，也难以穿过罗网般的云天。

【赏析】

关于此诗有无寓意，前人多有异议。清·朱鹤龄《重订李义山诗集笺注》曰："此亦应辟无聊、望人汲引之作，盖入潘幕未出长安之时也。"清·姚培谦《李义山诗集笺注》曰："此借春雨怀人，而寓君门万里之感也……此等诗，字字有意，概以闺帏之语读之，负义山极矣。"清·纪昀《玉谿生诗说》则云："宛转有味。平山笺以为此有寓意，亦属有见。然如此诗即无寓意，亦自佳。"

诗题为"春雨"，但并非咏春雨，而是写一个春雨绵绵天，和衣怅然独卧，思念远去的伊人。

或许是某种不得已的原因，伊人远离而去，三、四句回忆人去楼空的最后一次寻访。那红楼前隔雨凝望的伫立，雨巷中提灯独回的孤影，是两个极深挚动人的特写，而寻访不遇的寥落怅惘，浑然融入春雨飘洒的迷蒙背景中。红楼、珠箔，其色彩极明丽，而隔雨相望、提灯独归，其情味又极凄凉，如此以丽笔写哀情，有冷暖相映之妙，正见出李商隐诗歌意极悲、语极艳的特色。

　　诗人如此缱绻不忘、缠绵相思的伊人是谁？诗中不曾写到，只用侧笔写"红楼"，而伊人之窈窕可知。或如清·屈复《玉溪生诗意》云："不必有所指，不必无所指，言外只觉有一种深情。"

【辑评】

　　［清］张文荪《唐贤清雅集》：以丽语写惨怀，一字一泪。用比作结，不知是泪是墨，义山真有心人。

　　［清］张采田《李义山诗辨正》：此与《燕台》二章相合。首二句想其流转金陵寥落之态。三、四句经过旧居，室迩人遐，唯笼灯独归耳。五句道远难亲。六句梦中相见。结即"欲织相思花寄远"之意。

【今译】

一袭白绸夹衫　　　　　　我，踽踽独归。
愁怅闲卧里　　　　　　　眼前芳春渐晚
初春寒气，微微，　　　　远方伊人该一怀伤悲，
白门冷落寂寞　　　　　　这晚春残夜
一切情事与愿违。　　　　枕上，片刻短梦
记得，那一次寻访　　　　犹能依稀相会。
隔蒙蒙细雨望去　　　　　可我不知怎样
昔时红楼　　　　　　　　传递给她一缄书信
清冷，暗晦，　　　　　　一双玉坠，
雨丝从提灯前飘过　　　　窗外——
如一道珠帘　　　　　　　阴云弥漫如罗网
踏着悠长的雨巷　　　　　鸿雁，天边孤飞。

安定城楼①

迢递高城百尺楼②，　　绿杨枝外尽汀洲。
贾生年少虚垂泪③，　　王粲春来更远游④。
永忆江湖归白发，　　　欲回天地入扁舟⑤。
不知腐鼠成滋味，　　　猜意鹓雏竟未休⑥。

【注释】

　　①安定：即泾州（今甘肃泾川北）。②迢递：城楼高耸的样子。③贾生：即贾谊，见刘长卿《长沙过贾谊宅》

注。贾谊为西汉著名的政论家，曾上书《陈政事疏》，痛斥时弊有"可为痛哭者一，可为流涕者二，可为长太息者六"。忧时念国，主张革新，但终不被纳用。虚：徒然。④王粲：为"建安七子"之冠，诗赋并茂。东汉末年为避战乱，流寓荆州，依附刘表，曾登当阳楼，作《登楼赋》，抒写失意流落的悲慨。⑤"永忆"二句：用范蠡功成身退、泛舟江湖的典故。永忆，长想。回天地，指扭转乾坤。⑥"不知"二句：鹓鶵（yuānchú），传说中凤凰一类的鸟。战国《庄子·秋水》：战国时，惠施唯恐庄子夺其梁国相位。庄子去见他说：鹓鶵非练（竹）实不食，非醴（甘）泉不饮，绝不会希羡鸱手中腐臭的死鼠（喻相位）。鸱（chī），鹞鹰。用此典表明自己无意于区区利禄，却被小人恶意猜忌。

【赏析】

文宗开成三年（838）春，李商隐赴长安应博学宏词科的授官考试，因牛党作祟在复审中被除名，返回泾州，登安定城楼，写下这首遣怀之作。

诗除首联写景起兴外，全借用典故抒怀寄慨：贾生垂涕，王粲远游，恰合忧怀国事之痛和流寓依人之感；范蠡泛舟，抒写回天撼地而功成身退的平生抱负；鹓鶵斥鸱，表白不汲汲于名利的狷介磊落，对啄腐吞腥之徒投以轻蔑的讽刺。李商隐诗有时因用典深僻堆砌，以至"语工而意不及"（宋·魏庆之《诗人玉屑》）。但此诗却不然，一气连用四个典故，契合而灵脱，锐利而含蓄，语工而意及。如此用典使事，精切不移，浑圆无痕，体现了李商隐诗好用典而善用典的另一面。宋·蔡启《蔡宽夫诗话》载：王安石最喜吟诵此诗，认为"虽老杜无以过"。

【辑评】

［宋］蔡启《蔡宽夫诗话》：王荆公晚年亦喜称义山诗，以为唐人知学老杜而得其藩篱者，唯义山一人而已。每诵其"雪岭未归天外使，松州犹驻殿前军""永忆江湖归白发，欲回天地入扁舟"，另"池光不受月，暮气欲沉山""江海三年客，乾坤百战场"之类，虽老杜无以过也。

［清］沈厚塽《李义山诗集辑评》：朱彝尊曰：通首皆失意语，而结句尤显然。又曰：第六句尤奇，后人岂但不能作，且不能解。

［清］朱鹤龄、程梦星《重订李义山诗集笺注》：程梦星曰：义山博极群书，负经国之志，特以身处卑贱，自噤不言。兹因人妄相猜忌，全不知己，故发愤一倾吐之。然而玄言深隐，略无夸大，真得三百诗人风旨，非他手可摹也。

【今译】

登上安定城　　　　　　　寄人篱下，春来远游。
这高耸百丈的楼头，　　　常向往范蠡身退
远处，绿杨梢外　　　　　飘一头白发
一江碧水　　　　　　　　泛三江五湖，悠悠，
迂绕着白蘋沙洲。　　　　我，此生只求
年少气盛的贾谊　　　　　扭转乾坤功成之时
一怀济世良策　　　　　　放浪一叶扁舟。
痛心时弊，徒自涕流，　　啊，鹓鶵
登楼作赋的王粲　　　　　非竹实甘泉不饮
卓然一腹文采　　　　　　恶浊的腐鼠

怎成美味希求?　　　　　　　　何必自相惊扰

那嗜腥逐臭的鸥鸟　　　　　　苦苦地猜妒不休。

嫦　娥①

云母屏风烛影深②，　　长河渐落晓星沉③。
嫦娥应悔偷灵药，　　碧海青天夜夜心④。

【注释】

①嫦娥：西汉·刘安等《淮南子·览冥训》：传说后羿向西王母求得不死之灵药，未及服用，其妻嫦娥偷吃，成仙，奔入月宫，成为月精。②云母：矿物名，晶体透明有光泽。古代常用作装饰品，镶嵌在门扇、屏风等上面。③长河：银河。④碧海：形容天宇苍碧如同大海。夜夜心：指夜夜独对青天的孤寂心情。

【赏析】

一个幽居不眠的夜晚，主人公独对残烛冷屏，不由想到月宫嫦娥，面对碧海青天该是夜夜寂寞难耐，"应悔"一词的揣度，实是凡人天仙同病相怜。

此诗于虚实之间作奇思妙想，意境清寥而托意幽微，只是所托之意较为费解，众说不一。在此不妨理解为，诗人吟叹嫦娥脱凡成仙的孤清和懊悔，恰是自己心灵的独白：身处纷争污浊的尘世，追求高洁脱俗的精神境界，伴随而来的却往往是陷入更深的幽独境地。不甘委心从俗，却又哀伤脱俗的孤子，诗人将这种既孤高自赏又孤寞自伤的微妙复杂的人生感受，一并融入"嫦娥应悔偷灵药，碧海青天夜夜心"的情境之中。此诗很得文人雅士的喜爱，引为同调。

【辑评】

[明]敖英《唐诗绝句类选》：此诗翻空断意，从杜诗"斟酌嫦娥寡，天寒奈九秋"变化出来。

[清]黄叔灿《唐诗笺注》：此诗似有所为，而借嫦娥以托意。

[清]沈德潜《唐诗别裁》：孤寂之况，以"夜夜心"三字尽之。

【今译】

残烛昏昏，在　　　　　　　　当初偷吃长生灵药

云母屏风上　　　　　　　　　该是暗自悔恨：

摇曳一层深深暗影，　　　　　空对碧如沧海

银河，渐向西斜　　　　　　　茫茫无际的青天

寥落的晨星　　　　　　　　　夜复一夜，年复一年

正黯淡地隐沉。　　　　　　　只有孤冷的心。

月宫里，那嫦娥

无题二首（其一）

凤尾香罗薄几重^①，　碧文圆顶夜深缝^②。

扇裁月魄羞难掩^③，　车走雷声语未通^④。

曾是寂寥金烬暗^⑤，　断无消息石榴红^⑥。

斑骓只系垂杨岸^⑦，　何处西南待好风^⑧。

【注释】

①凤尾香罗：一种有凤尾花纹的华贵绸纱帐帷。薄几重：古代罗帐有单帐、复帐（多层），故言。②碧文圆顶：有绿色花纹的圆形帐顶。文，花纹。③扇裁月魄：西汉·班婕妤《怨歌行》："裁为合欢扇，团团似明月。"月魄，本指月轮无光处，此比团扇形状。④雷声：指车声。西汉·司马相如《长门赋》："雷殷殷而响起兮，声像君之车音。"⑤金烬暗：烛将燃尽，光暗淡。⑥"断无"句：是说音讯隔断，又到石榴开花时节。⑦斑骓（zhuī）：黑白杂毛的马。⑧西南待好风：即"待西南好风"，意为等待相逢。化用三国·曹植《七哀》"愿为西南风，长逝入君怀"的诗意。

【赏析】

李商隐的无题诗，在所写的阻隔失意的爱情中，融入或渗透身世遭际的感叹，自属可能，但不必——拘泥坐实。如此诗纯作爱情诗读，更好。诗以女主人公内心独白为主体，具体情事于其中或隐或现。"扇裁月魄羞难掩，车走雷声语未通"一联，撷取爱情生活中一个难忘的片断，将邂逅相遇而未通言语的情景生动传神地写出，而女子追忆时暗自惋惜、怅惘不已，以及深情回味的微妙心理和沉浸情状也曲折见出。

李商隐善用象征、隐喻和联想以加强诗的暗示性，故其所写虚虚实实，在有无之间，这首诗中，"凤尾香罗"，深夜的缝织暗藏女子的柔情蜜意；"金烬暗"，长夜昏沉里暗寓了相思无望；"石榴红"，春天已逝暗喻佳人红颜易老。诗人在不经意的景物点染中，隐约不露地暗示出丰厚的情感意蕴，颇具幽微深隐的"朦胧"味，让人于言外玩索不尽。

【辑评】

[明]许学夷《诗源辩体》：商隐七言律，语虽秾丽而中多诡僻，如"狂飚不惜萝阴薄，清露偏知桂叶浓""落日渚宫供观阁，开年云梦送烟花""曾是寂寥金烬暗，断无消息石榴红"等句，最为诡僻。

[清]胡以梅《唐诗贯珠》：此诗是遇合不谐，皆寓怨之微意。

[清]姚培谦《李义山诗集笺注》：姚培谦曰：此咏所思之人，可思而不可见也。

【今译】

凤尾罗帐　　　　　　　　　　　细细密密地缝。

轻柔薄纱有几重?　　　　　　　那天，一柄团扇遮面

青碧花纹的圆顶　　　　　　　　未遮住一脸娇羞，

这夜色深沉时　　　　　　　　　他，车声隆隆

一针一线　　　　　　　　　　　从身边快速地驶过

蓦然双目对视　　　　　　　　空寂庭院
却一语未通。　　　　　　　　已见石榴花红。
多少次了，长夜　　　　　　　也许他的斑马
不眠的寂寞　　　　　　　　　正拴系在江岸柳边，
尽笼罩在残灯孤影中，　　　　啊，何时等来
音讯久久断绝　　　　　　　　吹送入君怀的好风。

贾　生①

宣室求贤访逐臣②，　　贾生才调更无伦③。
可怜夜半虚前席④，　　不问苍生问鬼神⑤。

【注释】

①贾谊：见刘长卿《长沙过贾谊宅》注。②宣室：西汉未央宫前殿的正室。访：咨询。逐臣：指贾谊，曾放逐长沙，此时被召回。③才调：才情才气。无伦：无比。伦，比类，匹敌。④可怜：可惜。虚：徒然。前席：即"前于席"。古人席地而坐，此描述汉文帝凝听入神，双膝在席垫上不知不觉向前移动，向贾谊靠近。⑤苍生：百姓。

【赏析】

据西汉·司马迁《史记·屈贾列传》记载：贾谊谪居长沙三年后，被征召入京，"孝文帝方受厘（祭祀，接受福祐），坐宣室。上因感鬼神之事，而问鬼神之本。贾生因具道所以然之状。至夜半，文帝前席。既罢，曰：'吾久不见贾生，自以为过之，今不及也。'"此诗咏贾谊，但避开谪贬长沙的熟套，特意选取"宣室夜对"这段史料来写，从中翻出一段新警透辟的讽喻寄慨。

诗的前两句写宣室求贤若渴，贾生才调无伦，似乎意在称美君臣遇合。第三句却迂回作势，"夜半前席"，惟妙惟肖的细节描写，宛见汉文帝虚心垂询、凝神倾听的情态，但轻拈"可怜"二字置于句首，一声叹惜微露讽意，诗意陡然向贬抑跌落下来。紧接末句"不问苍生问鬼神"一语点破，在"问"与"不问"的鲜明对照中，揭出正意。晚唐诸帝信求仙术，荒废政事，此诗讽汉实为斥唐；诗人悯恻贾谊的怀才失志，亦寓有深沉的自伤自怜。

此诗欲抑先扬，且在议论中融合史实叙述以及抒情、描写，辞锋犀利，讽慨深沉，却又唱叹有情，跌宕有致。晚唐诗坛，李商隐七绝咏史诗卓然自立，具有"以议论驱驾书卷，而神韵不乏"（清·施补华《岘佣说诗》）的特点，正于此诗见得。

【辑评】

[宋]严有翼《艺苑雌黄》：李义山诗："可怜夜半虚前席，不问苍生问鬼神。"虽说贾谊，然反其意用之矣……直用其事，人皆能之，反其意而用之者，非识学素高，超越寻常拘挛之见，不规规然蹈袭前人陈迹者，何以臻此！

[清]陆次云《五朝诗善鸣集》：诗忌议论，憎其一发无余耳。此诗议论之外，正多余味。

【今译】

汉文帝求贤若渴　　　　　　　凝神倾听的文帝
未央宫宣室，召询　　　　　　不知不觉里
被贬逐之臣，　　　　　　　　双膝向前移近，
那湘水逐臣贾谊　　　　　　　只可惜——
才华横溢　　　　　　　　　　这夜半的虚心垂询
济世的良策超群。　　　　　　不问苍生国事
渐至更深夜半　　　　　　　　问的是仙道鬼神。

无 可

无可（生卒年不详），俗姓贾。范阳（今河北涿州）人。贾岛从弟。少时出家，曾与贾岛同居青龙寺。后云游越州、湖湘、庐山等地。文宗大和年间，为白阁寺僧。与姚合过往甚密，又与张籍、马戴等人友善，多有酬唱。能书，效柳公权体。

工诗，与贾岛齐名。其诗多五言，善为象外句，"比物以意，而不指言一物"（宋·慧洪《冷斋夜话》）。《全唐诗》存其诗二卷。

秋寄从兄贾岛①

暝虫喧暮色，　　默思坐西林。
听雨寒更彻②，　　开门落叶深。
昔因京邑病③，　　并起洞庭心④。
亦是吾兄事⑤，　　迟回共至今⑥。

【注释】

①从兄：堂兄。②彻：尽。③京邑病：昔时无可与贾岛在京，贾岛名落孙山，积忧成疾，曾与无可相约仍回山寺。④洞庭心：指泛舟洞庭、归隐渔樵之心。⑤吾兄事：指贾岛沉浮宦海，执迷不悟。⑥迟回：犹豫，徘徊。

【赏析】

这首诗是无可居庐山西林寺时，思念堂兄贾岛而作。通篇诗眼在"落叶"二字。首二句写暮色苍茫里，草虫喧鸣，僧人默坐，一"喧"一"默"，以动衬静，为听落叶作势。三、四句"听雨寒更彻，开门落叶深"，甚妙。一夜听得冷雨潇潇，至天明推门一看，却只见满庭落叶铺积，真是妙事妙语。前人谓之为"象外句"（宋·魏庆之《诗人玉屑》），即须出字面物象之外，才可得个中三昧。本写听落叶，却偏说"听雨"，令人惚然；但其意又不全在落叶，而在写一夜不眠，思念远人，又令人悟然。如此惚然悟然的象外句，比直接叙写深入两层，极婉曲有致。后四句听落叶有怀：叶落归根，可堂兄"落"拓却不"归"隐。

无可与贾岛幼时出家为僧，两人情感深厚。后贾岛还俗，屡试不中，曾与无可相约，仍回山寺皈依佛门，可是贾岛尘心未泯，仍苦心干禄，却也只任长江主簿的微职而失意潦倒。无可以此诗代柬寄赠贾岛，表达了思念之情和劝归之意，聆听落叶里，情也深深，意也殷殷。

【辑评】

［宋］蔡居厚《诗史》：唐僧多佳句，其琢句法，有比物以意而不言物，谓之"象外句"。如无可上人诗曰"听雨寒更彻，开门落叶深"，是落叶比雨声也。又曰"微阳下乔木，远烧入秋山"，是微阳比远烧也。

［清］李怀民《重订中晚唐诗主客图》：寒僻之思，幽窅之兴，真是本公难弟（"听雨"二句）。

370

【今译】

秋虫凄切喧鸣里
暮色，渐昏渐沉，
这西林寺的禅房
我蒲团趺坐
默思在四壁的空冥。
听窗外，依稀
冷雨潇潇
直到更残夜尽，
天明，推门一看
满庭落叶堆积深深。
记得昔时——

二人寓居京都
你，屡试科场不中
积忧成病，
曾经与我相约
归隐渔樵，泛舟洞庭。
可是堂兄你
宦海浮沉，不悟
尘心终是未泯，
欲舍筏登岸
却又徘徊不决
——至如今。

崔 珏

崔珏（生卒年不详），字梦之。郡望清河东武城（今属山东）人。曾寄家荆州。宣宗大中年间进士。拜秘书郎，出任淇县令，有惠政，官至侍御史。

与李商隐以诗交，诗风亦旖旎工丽。以作《和友人鸳鸯之什》著称，时号"崔鸳鸯"。《全唐诗》存其诗十五首。

哭李商隐（其二）

虚负凌云万丈才，　　一生襟抱未曾开①。

鸟啼花落人何在，　　竹死桐枯凤不来②。

良马足因无主踠③，　　旧交心为绝弦哀④。

九泉莫叹三光隔⑤，　　又送文星入夜台⑥。

【注释】

①襟抱：怀抱，抱负。②"竹死"句：喻指李商隐去世。李商隐曾自比非梧桐不栖、非竹实不食的鹓鶵，见其《安定城楼》。③踠（wǎn）：腿脚屈曲。④绝弦哀：用"高山流水"的典故，见孟浩然《夏日南亭怀辛大》注。⑤三光：指日、月、星。⑥文星：即文曲星，古人认为此星主管文事。

【赏析】

崔珏与李商隐相交，李商隐写有《送崔珏往西川》诗。崔珏此诗悼念李商隐，并对亡者悲剧性一生作准确的评定，情辞并茂，为后世所推崇。

诗人把李商隐比作高材、美凤和良马，然而，其凌云之才在朋党相争的倾轧中只是虚负：高洁之凤，因竹死桐枯一去不再；骐骥之蹄，也因不遇其主而屈曲难行。一切美好有价值的，都被不公平的昏道浊世吞噬了，摧折了，毁灭了，诗人在诗中一一将它哭诉给人看。由誉一惜一愤一哀，誉得越高则惜得越深，愤得越切则哭得越痛，对世道的鞭挞就越有力，对亡友的哀悼亦越强烈，如此层层相生，一咏三叹。尾两句既是慰亡友，也是自慰，但又都不是，人世既然饱受冷落，冥间又怎能期望通达？这强作慰藉的结语，非但没有抹淡全诗的哀痛，反更增添一分悲沉，是反进一层的写法。这首悼亡诗情感悲怆，风格沉郁，具有颤抖人心的悲剧力量。

【辑评】

［清］朱三锡《东岩草堂评订唐诗鼓吹》：朱东岩曰：义山为绝世之才，不能大用，坎坷终身。一起二句自是先生知己，九原（九泉）有灵当为泣下。

［清］杨成栋《精选五七言律耐吟集》：后人无数挽词，未能出此。

【今译】

啊，只是徒然　　　　　　　　凌云万丈一代高才，

一生襟抱
从不曾施展开。
眼前，流莺伤春苦啼
落花黯然飘残
你，何在？
翠竹已枯死
碧绿梧桐也凋萎
那，凤凰飞走了
一去不会再来。
你，骐骥无主屈蹄

一步一坷坎
一步一徘徊，
如今我痛失知音
琴断弦绝，一怀恸哀。
也许不必哀叹
九泉之下
不见日月星光，
现在，你去了，
一颗明亮的文曲星
送入幽冥的阴台。

赵　嘏

赵嘏（806？—852？），字承祐，楚州山阳（今江苏淮安）人。世称"赵渭南"。早年四处游历，留寓长安多年，出入豪门以干谒功名。武宗会昌四年（844）进士。宣宗大中年间，官渭南县尉。

与杜牧相友善。所作诗内容单薄，不外于羁况乡思、往来酬酢。长于写景抒情，语言自然洗练，意境清峭幽远，其七律清润圆熟，时有佳句。有《渭南集》。

长安秋望

云物凄清拂曙流，　　汉家宫阙动高秋①。

残星几点雁横塞，　　长笛一声人倚楼。

紫艳半开篱菊静②，　　红衣落尽渚莲愁③。

鲈鱼正美不归去④，　　空戴南冠学楚囚⑤。

【注释】

①汉家宫阙：借汉称唐，此指唐朝皇宫。高秋：深秋。②紫艳：篱边秋菊的颜色。③红衣：莲花红艳的花瓣。④"鲈鱼"句：见张籍《秋思》注。⑤南冠、楚囚：用"南冠而絷"的典故，见骆宾王《在狱咏蝉》注。此处意谓如囚徒般困居京城。

【赏析】

诗题一作《长安晚秋》，约写于诗人寓居长安欲归不能时。首联总揽长安景色，"凄清"二字定下全诗基调。中间两联将典型景物与特定心境融合，景语即情语，高楼长笛的烘托、南归之雁、东篱之菊的暗示，以及渚莲脱尽的摹写，都渗透了诗人的故园之情和退隐之思，以景托情，含而不露罢了。尾联，则用鲈鱼脍炙、南冠楚囚两个典故剖白心迹，将这种触景生发而又寓含景中的情怀，更强烈、更深刻而又更婉曲地抒泄出来。全诗浑然谐和而意境幽远。

"残星几点雁横塞，长笛一声人倚楼"二句，"雁"字、"人"字为诗眼，选景典型，风调浏亮，情韵清远，是传诵人口的名句。时人诵咏之，以之为佳作，遂有"赵倚楼"之称（宋·葛立方《韵语阳秋》）。又有《长安月夜与友人话归故山》诗云："杨柳风多潮未落，蒹葭霜在雁初飞。"亦不减"倚楼"之句。

【辑评】

[明]周珽《唐诗选脉会通评林》：沙中金云：次联"雁"字、"人"字，诗眼，用拗字，此独妙。承祐诗大抵清幽便捷，评者谓不减刘随州。

[明]许学夷《诗源辩体》："残星几点雁横塞，长笛一声人倚楼"一联，杜紫微赏咏不已，称为"赵倚楼"，惜下联不称。

【今译】

淡云薄雾，凄冷
拂着朦胧曙色飘游，
宫观楼阁
浮动在清冷深秋。
天末，残星几点
一行大雁斜掠关塞
飞来，一阵鸣啾，
忽听清亢一声
远处，有人背倚楼栏
独自横笛吹奏。
晨光大明里

竹边秋菊半开
一丛紫艳，静穆地
含苞东篱的闲悠，
粉莲的红衣
脱尽，剩枯荷败叶
满塘憔悴含愁。
啊，家乡
莼羹鲈脍正鲜美
为什么不归去？
徒然这般囚困京城
久久，孤苦滞留。

马　戴

马戴（生卒年不详），字虞臣，曲阳（今江苏东海）人。早年屡试落第，困于场屋近三十年。客游所至潇湘、幽燕、沂陇，久滞长安及关中一带，曾隐居华山，遨游边关。武宗会昌四年（844）进士。宣宗大中年初，任山西太原幕府掌书记，曾因直言获罪，贬龙阳县尉，后遇赦返京。懿宗咸通末，官终太学博士。

与贾岛、姚合等相唱和，但其诗不以雕琢为工，不作苦寒艰涩，自是清婉流走。尤以五律见长，或叹失意不遇，或写羁旅愁思，或咏自然风物，皆"优游不迫，沉着痛快，两不相伤"（元·辛文房《唐才子传》），七绝也有佳作。《全唐诗》存其诗二卷。

落日怅望

> 孤云与归鸟，　　千里片时间。
> 念我何留滞，　　辞家久未还。
> 微阳下乔木①，　　远烧入秋山②。
> 临水不敢照，　　恐惊平昔颜！

【注释】

①微阳：夕阳。②"远烧"句：一作"远色隐秋山"。远烧，指天际夕阳火红的余晖。

【赏析】

马戴的五律诗超迈时人，自然秀朗，凝练含蕴，无晚唐纤靡僻涩之习。此诗写落日怅望之景之情，清·沈德潜《唐诗别裁》称："意格俱好，在晚唐中可云轩鹤立鸡群矣。"

立意好，旨在抒写客中久滞的思乡念归和惊颜伤逝，其中曲含了身世的落寞坎坷，却无衰飒哀沉之感。格局也好：采用一景一情交错的方式，一、三联写景，二、四联抒情，且情景相生相融。由云去鸟归到"念"还，再由落日下木到"惊"颜，显示出随景物而引起的情绪的层递和深化。古人作诗讲究有情有景，就律诗而言"四句两联，必须情景互换，方不复沓"（清·李重华《贞一斋诗说》）。诗人正用此写法，情景分写，既避免复沓，又衔接浑圆。

【辑评】

[明]周珽《唐诗选脉会通评林》：以云鸟起兴，自伤久滞他乡，不能如其倏聚倏归也。

[清]宋宗元《网师园唐诗笺》：笔意俱超（首二句）。

【今译】

一片孤云，悠悠　　　　　　　飞往栖息的深树边，
飘向远天　　　　　　　　　　悠悠，匆匆
一点归鸦匆匆　　　　　　　　只在片刻之间。

异乡滞留，太久	我，水边徘徊
为什么还不归还?	不敢俯身照看，
看，夕阳微微	只恐一照心惊
沉落在微昏的树颠，	噢，那水中倒影
西天的晚霞	憔悴渐老
野火一般，燃烧	不再是——
渐渐隐入秋山后面。	平昔红润的容颜。

楚江怀古（其一）

露气寒光集，　微阳下楚丘①。
猿啼洞庭树，　人在木兰舟②。
广泽生明月③，　苍山夹乱流。
云中君不见④，　竟夕自悲秋⑤。

【注释】

①楚丘：泛指楚地山峦。②"猿啼"二句：战国·屈原《九歌·湘夫人》："嫋嫋兮秋风，洞庭波兮木叶下。"《涉江》："船容与而不进兮，淹回水而凝滞。"此就屈原诗句写眼前情景。木兰舟，见柳宗元《酬曹侍御过象县见寄》注。③泽：指洞庭湖。④云中君：战国·屈原《九歌》中的云神。⑤竟夕：整个夜晚。竟，终了。

【赏析】

唐宣宗大中初年，诗人因直言获罪，贬龙阳县（湖南汉寿）尉。途经洞庭时，追慕前贤，感怀身世，写了《楚江怀古》三章，此是其一。

诗人浮泛兰舟一叶，仰俯于天地之间。残阳、冷露和寒光交织的迷茫江面，只听岸树萧瑟、猿啼声声，只见广泽月明、苍山乱流，不由怀想起连放江南"船容与而不进兮"的屈原，以及屈原歌吟的云中君；但是前贤逝矣，云神无由得见，只剩下诗人潇湘泛舟的独自悲秋。这贬谪之途的感秋怀古，阔大中，如此孤清落寞；静谧中，如此迷茫缭乱。但诗中不作粗放、不作明言，只是或曲曲反衬映照，或微微点染烘托，将一切隐现于其中，含婉于其中，使人于虚处意会其深微。整首诗如一幅洞庭月夜泛舟图，其情致、笔墨、意境和气象皆清淡超远，历来颇为传诵。

【辑评】

［明］胡应麟《诗薮》：晚唐"猿啼洞庭树，人在木兰舟"，宋人"雨砌堕危芳，风轩纳絮绵"，皆句格之近六朝。

［明］王夫之《唐诗评选》："云中君不见"五字一直下语，而曲折已尽，可谓笔外有墨气，奇绝。

俞陛云《诗境浅说》：唐人五律，多高华雄厚之作。此诗以清彻婉约出之，如仙人乘莲叶轻舟，凌波而下也。

【今译】

江面寒光凝结　　　　　　　　　洒照出一湖清幽，

漫起，迷茫的雾露，　　　　　　深邃的山峦

夕阳渐渐，没入　　　　　　　　青苍间夹泻乱流。

远处楚地的山丘。　　　　　　　屈子，云神

清怨的啼猿　　　　　　　　　　不见飘然降下

长啸在两岸森树茂林，　　　　　寻望里，逝矣邈矣

我，凌波飘游　　　　　　　　　千载悠悠，

轻摇一叶木兰舟。　　　　　　　这，清寂夜晚

无边的洞庭　　　　　　　　　　我独自悲叹

明月静静升起　　　　　　　　　木叶摇落的深秋。

灞上秋居①

灞原风雨定，　　　晚见雁行频。

落叶他乡树，　　　寒灯独夜人。

空园白露滴，　　　孤壁野僧邻。

寄卧郊扉久②，　　何年致此身③？

【注释】

①灞上：今陕西灞水附近的高原，在长安东。②郊扉：郊外。③致此身：进身仕途而为国效力，匡时济世。

【赏析】

这首诗乃感秋而作。诗人赴京求取官职，却久无进身之阶，故借此诗写秋居灞上的闭门寂寥之感。首联写灞上秋色，而情在景中。秋风冷雨，秋雁南飞，撩起异乡客子的一怀愁思。承接而来，第二、三联写秋夜乡思、孤贫处境：他乡树木已落叶纷纷，荒僻夜晚寒灯一盏，对此景，可见思乡的悲凉情怀；一园空寂了无人迹，院墙外以野僧为邻，对此情，可知孤处的索寞滋味。此景此情两相融会，故尾联写寄居感叹。诗人不甘寂寞而久蛰思动，希冀有朝一日施展才志，但"何年"一叹，表达出希冀的渺茫，整首诗落于求仕不成的低抑。

马戴的律诗蕴藉自然，如这首《灞上秋居》：状物，就眼前所见，不用浮辞雕饰；抒怀，乃真情实感，不作无病呻吟，景与情互相生发、互相映衬，语出秀洁而蕴涵深至。虽然该题材屡见于唐诗，但本诗仍具有真切的感染力。

【辑评】

　　[清]李怀民《重订中晚唐诗主客图》：意兴孤僻，纯是贾（假）想。极写荒僻（"空园"二句）。

378

俞陛云《诗境浅说》：三、四言落叶而在他乡，寒灯而在独夜，愈见凄寂之况，与"乱山残雪夜，孤烛异乡人"之句相似。凡用两层夹写法，则气厚而力透，不仅用之写客感也。

【今译】

灞水高原上
风雨初停，
傍晚，一行行大雁
南飞频频。
异乡树木深染秋色
已是落叶纷纷，
寒冷孤灯下
摇曳瘦长的身影。
一园空寂里
时见草叶的滴露

点点清莹，
孤零零四壁，只有
闲云野鹤的苦僧
隔着院墙相邻。
蛰居荒僻郊外
已久，心中抑郁不平，
空自一怀
匡时济世的才志
不知何时，能
——施展此身？

罗　隐

罗隐（833—910），本名横，字昭谏，号"江东生"，杭州新城（今浙江富阳）人。少时聪敏，才学出众，诗笔尤俊，但恃才自傲，为权贵所憎忌。宣宗大中十三年（859）至京师，应进士试，历七年不第。黄巢起义后，避乱隐居九华山。僖宗光启三年（857）依镇海节度使钱镠，历任钱塘令、司勋郎中、给事中等职。五代后梁太祖开平年间，迁盐铁发运副使。后寓于萧山，卒。

所撰杂文《谗书》五卷，为讽世之作，明快犀利，于晚唐文坛享有盛名。与罗虬、罗邺并称"江东三罗"（唐·王定保《唐摭言》）。与杜荀鹤、陆龟蒙等以诗往还。其诗多抒写个人潦落和衰世感伤，也颇有同情民生疾苦、讽刺现实之作，格调冷隽深沉，诗风平易俊爽，近于元、白。有《罗昭谏集》。

魏城逢故人 ①

一年两度锦江游②，　前值东风后值秋。
芳草有情皆碍马，　好云无处不遮楼。
山牵别恨和肠断，　水带离声入梦流。
今日因君试回首，　淡烟乔木隔绵州③。

【注释】

①魏城：今四川绵阳、梓潼之间有魏城镇。一题作《绵谷回寄蔡氏昆仲》。绵谷，今四川广元县。昆仲，兄弟。罗隐游锦江时结识蔡氏兄弟，后离去，经绵州回到绵谷，写此诗以寄。②锦江：在今四川成都市南。③绵州：今四川绵阳。

【赏析】

此诗追忆旧游，思怀故人。颔联两句分别承接两度游锦江"前值东风后值秋"而来，一写春色，一写秋景，虽是绘景，笔墨里却濡染着浓郁缠绵的情感色彩。一"碍"一"遮"，用笔迂回，不写自己流连忘返，却说芳草绊马不让离去，好云掩楼遮断望眼，碧草、白云皆有情有意，殷勤地将自己挽留。这一联以情取景，以景写情，景色很美而尽着人情，人极多情而尽醉美景，达到了物我浑融的境界。且风物潇洒，意态娴雅，尽得锦江美景之神韵，由此，衬垫出颈联肠断梦绕的别离之难，以及末联回首凝望的留恋之深。全诗情挚墨酣而又严整工巧，堪称罗隐律诗中的佳篇。

罗隐的诗大多尖锐刻露地刺世嫉邪，但其中也不乏含蓄蕴藉之作，如这首《魏城逢故人》。或认为此诗言近而意深，"芳草""好云"一联有君子、小人之比，正刺时事而"不敢明言，皆托意讽喻"（明·周珽《唐诗选脉会通评林》引程元初语）。

【辑评】

［清］宋宗元《网师园唐诗笺》：分承春秋，兴会绝佳（"芳草有情"联）。

[清]高步瀛《唐宋诗举要》：三、四写景极佳，而意极沉郁，是谓神行。若但以佳句取之，则皮相矣。

【今译】

记得，锦江胜地
一年两度漫游，
前次恰是春风煦暖
后值高爽的清秋。
春游锦城时
一地芳草，有情
绊缠着马蹄将人挽留，
秋游锦城时
云彩舒卷着轻盈
一层一迭，有心
遮住了远处的亭楼。

锦山，牵扯着别恨
扯断我的柔肠
一寸寸怅愁，
锦江带着离情
如慕，如诉
在我的梦里幽咽地流。
今日，思念你们
不禁再回头，
再回头，那远树
微耸着淡烟薄雾
一片迷蒙隔断绵州。

陆龟蒙

陆龟蒙（？—881？），字鲁望，别号"天随子""江湖散人""甫里先生"。姑苏（今江苏苏州）人。少时豪放，通晓六经，癖好藏书。举进士，不第。懿宗咸通末至僖宗乾符年间，曾任湖州、苏州刺史幕僚。后于笠泽隐居，不与流俗交接，躬耕南亩、垂钓江湖，常携书籍、茶灶、笔床、钓具乘舟任游于江湖间。

其诗亦忧念民生，但多为写景咏物、闲适隐逸之作。古体承韩愈一脉，力求奇崛博奥，七绝较为爽利。与皮日休多有唱和，同享盛名，时称"皮陆"。二人小品文多愤世嫉俗之作，抨击时弊，议论精切，在骈俪复盛、文风衰落的晚唐尤具特色。有《甫里先生集》。

和袭美春夕酒醒①

几年无事傍江湖②，　　醉倒黄公旧酒垆③。
觉后不知明月上，　　满身花影倩人扶④。

【注释】

①和：以诗相唱和，见杜审言《和晋陵陆丞早春游望》注。袭美：皮日休字袭美。②傍江湖：浪迹江湖。③黄公旧酒垆：典出南朝宋·刘义庆《世说新语·伤逝》，原指西晋时嵇康、阮籍等竹林七贤酣饮处。此处借以表示自己的放达纵饮。④倩（qiàn）：请。

【赏析】

皮日休的《春夕酒醒》，有"夜半醒来红蜡短，一枝寒泪作珊瑚"的诗句，写酒醒刹那间，睡眼朦胧中红烛消残、冷泪砌落。本篇是与皮日休的唱和之作。

罗隐另有《自遣》诗云："今朝有酒今朝醉，明日愁来明日愁。"此诗借以竹林七贤酣饮的典事，表现了自己的放达纵饮。诗中"觉后不知明月上，满身花影倩人扶"二句是传神妙笔，浑然融月、花、影、人于一体，醉态洒脱而情趣盎然，写出了一种翩然错落、迷蒙的情景，自有一种放达闲适的韵致。试将二诗比较，皮诗文辞奇艳，蜡短泪寒中熔铸了身世之叹，况味凄凉；而陆诗虽从"无事傍江湖"中透露出内心的一点愤悱，但笔意闲散，隐者的闲逸悠然远出。两人同是写醉酒，一哀一乐，唱和有致。

【辑评】

[唐]皎然《诗式》：题系酒醒，从"醉"字入，系题前起法。首句第曰无事，徐徐引起"醉"字。次句正面入"醉"字。三句转到"醒"字。四句承三句吟咏，尤切春夕。

[明]周珽《唐诗选脉会通评林》：周珽曰：珽读绝句，至晚唐多臻妙境。龟蒙别寻奇调，《自遣》之外，如《春夕（酒醒）》《初冬（偶作）》《寒夜》等作，俱有出群寡和之音。

【今译】

几年，悠然闲散
浪迹在江湖，
放情恣意地纵饮
常常醉倒
竹林七贤的旧酒垆。
醒来，不知明月

已爬上高高柳树，
我，摇曳着
满身婆娑花影
归去——
醉步蹒跚里
直是唤人搀扶。

怀宛陵旧游

陵阳佳地昔年游[①]，　　谢脁青山李白楼[②]。
唯有日斜溪上思[③]，　　酒旗风影落春流。

【注释】

①陵阳：山名，在今安徽宣城北，此代指宛陵。②"谢脁"句：此句的"山"与"楼"文义互见。楼，指谢公楼，因李白多次登临，也称"谪仙楼"。亦见李白《宣州谢脁楼饯别校书叔云》注。③思（sì）：思绪遐想。

【赏析】

宛陵，是汉代建置的古城，隋时改名"宣城"，南朝齐时建有谢脁楼。李白曾屡次登楼畅饮赋诗，因太白遗风所染，其楼遂成酒楼。

此诗追忆宣城旧游，而往年游历，留给诗人印象最深的"唯有日斜溪上思，酒旗风影落春流"。这两句的佳处，不只是炼字铸句的新巧省净，也不仅是描摹如画，堪称"诗中画本"（清·沈德潜《唐诗别裁》），而更在于它将诗人登楼怀古时，愧对前贤的沉沦和时逝世衰的迷惘，都融入了如画的风物之中。那惹引起的"思"绪是什么？并不曾说破，试想诗人所仰慕的清雅的谢脁、飘逸的李白，试看诗人笔下所描写的落日逝水，以及飘摇在流水中的破碎帘影，其"思"则不难意会了。这两句熔情于景，重在写意，于实景中见虚想，于形似中传神韵，确为佳句。

【辑评】

[唐]皎然《诗式》：题有"怀"字，处处须从"怀"字着想。首句"昔年游"三字，便从"怀"字含咀而起。次句但写宛陵名胜，而"怀"字之神自在。以下言有一种风景最系人思，如溪上日斜之际酒旗风动，影照春流。三句变换，四句发之，十四字作一句读，神韵最胜。

[明]敖英《唐诗绝句类选》：三、四佳，情景融会，句复俊逸。

俞陛云《诗境浅说续编》：宛陵为濒江胜地，诗吟澄练，楼倚谪仙，更得"风影""酒旗"佳句。客过陵阳，益彰名迹，犹之"桃花流水"，遂传西塞之名。

【今译】

宛陵，名胜之地　　　　　　　　　昔日曾经一游，

谢朓逸游的旧踪
李白豪饮的酒痕
犹存，依稀残留在了
青葱的陵阳山
苍翠的叠嶂楼。
最难忘，只有落日
西斜在句溪宛溪

牵惹起——
不尽的迷惘
不尽的闲愁，
那晚风中，酒帘飘摇
拂拂的帘影
落入春水，碎了
斜阳里黯淡地流。

韦 庄

韦庄（836？—910），字端己，长安杜陵（今陕西西安）人。世称"韦浣花"。唐初宰相韦见素后裔，中唐著名诗人韦应物之四代孙。少时孤贫，勤学，才敏过人，为人疏旷不拘。曾为避战乱，流寓江南等地。屡试不第，昭宗乾宁元年（894），年近六十始中进士，任校书郎、左补阙等职。天复元年（901），入西川节度使王建府为掌书记。唐亡，王建称帝，拜为宰相，开国典制多出其手。晚年，寓居浣花溪杜甫草堂遗址。卒，谥号"文靖"。

为晚唐五代重要词人、诗人。其词与温庭筠同为花间词代表作家，并称"温韦"。其诗多伤时、怀乡和感旧之作，近体圆稳浏亮，清丽雅正，尤为人称道。有《浣花集》。

台 城①

江雨霏霏江草齐，　　六朝如梦鸟空啼。
无情最是台城柳，　　依旧烟笼十里堤。

【注释】

①一题作《金陵图》。台城：一名"苑城"，即古建康宫城。从东晋到南朝，一直为朝廷和皇宫所在地，六朝时称禁城为"台"，故名。旧址在今南京市鸡鸣寺南。

【赏析】

这首诗凭吊六朝古迹，却抛开一切史事，不作正面铺写，只从侧面烘托。霏霏江雨、蒙蒙江草，还有空啼的春鸟、烟笼的堤柳，诗人着意营造一种如烟如织的伤感情调和如梦如幻的迷惘意境，整个地罩住台城，烘托出一种独特的抒情氛围，由此暗示六朝的兴衰，也预示出晚唐的覆亡。

诗中着意描写的是台城杨柳，它不管朝代更迭、人间兴亡，依旧是葱郁茂盛，年年吐绿，缭绕着轻烟薄雾笼罩十里长堤。然而，它已不再是六朝繁华的点缀，而是与台城遗址的破败荒凉形成鲜明对比。驻足凭吊时，这最是"无情"的台城柳色，寄寓了诗人的恍如隔世之感和历史沧桑之叹，透过那一片烟柳的迷蒙，仿佛能听到诗人一声长长的沉重而无奈的叹息。这首诗无论是吊古，还是伤今，全从虚处落墨，比一般借景寄慨的吊古诗更空灵蕴藉，而又不乏其深沉、精警。韦庄七绝造诣尤高，在晚唐仅次于杜牧、李商隐，如此诗无句不佳，堪称绝唱。

【辑评】

[宋]谢枋得《注解选唐诗》：台城乃梁武帝馁死之地。国亡主灭，陵谷变迁，人物换世，唯草木无情，只如前日。此柳必梁朝所种，至唐犹存，"无情""依旧"四字最妙。

[清]李锳《诗法易简录》：题画而寓兴亡之感，言外别有寄托。

刘永济《唐人绝句精华》："六朝如梦"，一切皆空也。"依旧"之物，惟柳而已，故曰"无情"。然则有情者不免感慨可知矣。此种写法，王士禛所谓"神韵"也。

【今译】

漫江雨丝霏霏　　　　　　　　　在空自悲啼。

江边，碧草如茵　　　　　　　　无情，最是台城的柳

已勃勃生齐，　　　　　　　　　春风中含翠吐绿，

六朝的绮罗繁华　　　　　　　　盛兮，衰兮

一场梦，散尽了　　　　　　　　依旧青青柳色堆烟

只有来回绕飞的鸟雀　　　　　　笼拂十里长堤。

古 离 别①

晴烟漠漠柳毵毵②，　　不那离情酒半酣③。

更把玉鞭云外指，　　断肠春色在江南。

【注释】

①古离别：即《古别离》，乐府旧题之一，属乐府杂曲歌辞。唐人多同题之作。②漠漠：云烟密布。毵毵（sān）：柳叶纷披下垂的样子。③不那：同"不奈"，即无奈。

【赏析】

这首《古离别》为韦庄早年所写，它采用"乐景写哀"则哀感倍生的写法。先着意点染烟柳毵毵的风姿，如此芳春美景不能同游共赏，却要黯黯别离、孑孑远行，用春光的明媚反衬出离筵别酒的无奈。三、四句再深进一层："更把玉鞭云外指，断肠春色在江南。"那玉鞭一指，栩栩如生，饶有深意，使惜别之意更加饱满，也更加悠远。整首诗以乐景写哀情，浓色与淡韵、浅出与深进、明艳与清新融成了和谐统一的美。

元·杨载《诗法家数》云：绝句之法"平直叙起为佳，从容承之为是。至如宛转变化功夫，全在第三句，若此转变为好，则第四句如顺流之舟矣"。此诗为晚唐短章名篇，四句诗平直叙起、从容承稳、宛转变化、自然圆合，绝诗起、承、转、合的作法可于其中体会。

【辑评】

[明]凌宏宪《唐诗广选》：高廷礼曰：晚唐绝句兴象不同，而声律亦未远。如韦庄《离别》诸篇，尚有盛唐余韵。

[明]周珽《唐诗选脉会通评林》：杨慎曰：妙品。

[清]黄生《唐诗摘钞》：读此益知王昌龄"更吹羌笛关山月，无那金闺万里愁"倒叙之妙。常建云"即今江北还如此，愁杀江南离别情"，与此同意，此作较饶风韵。

【今译】

纷披的柳枝　　　　　　　　　低拂漠漠轻烟，

依依，明朗晴光里　　　　　　无奈这离别

啊，只须将
别筵的酒喝个半酣。
起程上马时
再将马鞭向云外指点：

最愁断寸肠
是，此别一去
那春色——
更浓的江南。

聂夷中

聂夷中（837—884?），字坦之，河东（今山西永济）人。出身贫寒，备尝艰辛。懿宗咸通十二年（871）进士。曾久困长安，后补华阴尉，到任时，除琴书外，身无余物。

作诗善为短篇五言古体和乐府，语言洗净，风格平易而内容深刻，尤关教化，"多伤俗悯时之作，哀稼穑之艰难"（元·辛文房《唐才子传》），如《公子行》《伤田家》等，在晚唐靡丽诗风中独树一帜。《全唐诗》存其诗一卷，数首与孟郊、李绅诗重出。

伤　田　家

二月卖新丝，　　五月粜新谷①。
医得眼前疮，　　剜却心头肉②。
我愿君王心，　　化作光明烛。
不照绮罗筵③，　　只照逃亡屋。

【注释】

①粜（tiào）：出卖粮食。②剜（wān）却：用刀挖去。却，去掉。③绮罗筵：坐满身穿华美绸服的人的筵席。

【赏析】

晚唐战祸连年，农民遭受到更为惨重的压榨，以致流离失所，无以聊生。当时，一些出身贫寒、仕途失意的诗人，直视严酷的现实，写了不少同情民生疾苦、痛斥时弊的现实主义诗歌，《伤田家》是其中的优秀之作。

这首诗纯用白描"陈下民苦情"（清·沈德潜《唐诗别裁》），语言朴素简洁，取材造境典型。"医得眼前疮，剜却心头肉"一喻，出语惊心，揭示出农民不堪横征暴敛的深重苦难，以及无以生存的血淋淋的现实，既浅显又深刻，既具体又典型，其揭露与鞭挞可谓入木三分，但诗人未能超越时代和阶级的局限，把改良现实的希望寄托于"君王心"的慈悲。此诗可见聂夷中诗"洗剥到极净极真"（明·胡震亨《唐音癸签》）的特色。

这首《伤田家》与李绅的《悯农》前后辉映。据宋·司马光等《资治通鉴》载，后唐宰相冯道向明宗李嗣源述说农人之苦时，曾于朝堂上诵吟此诗。

【辑评】

［宋］司马光《资治通鉴》：上（后唐明宗）又问（冯）道："今岁虽丰，百姓赡足否？"道曰："农家岁凶则死于流殍，岁丰则伤于谷贱；丰凶皆病者，唯农家为然。臣记进士聂夷中诗云：'二月卖新丝……'语虽鄙俚，曲尽田家之情状。农于四人之中最为勤苦，人主不可不知也。"上悦，命左右录其诗，常讽诵之。

［清］宋宗元《网师园唐诗笺》：《国风》乎，《小雅》乎？悱恻乃尔（末四句）。

【今译】

二月，蚕蚁才出
抵作新丝贱价卖出，
五月秧苗刚插
就已押作了新谷。
这，好比忍痛
挖却心头的肉
将眼前的溃疮填补。
我，只愿——

君王恩慈的心
化作一炷光明的红烛。
不照贵族豪门
华美的酒筵歌舞，
只照——
卖青破产的农人
那举家逃亡
四壁如洗的空屋。

司空图

司空图（837—908），字表圣，自号"知非子""耐辱居士"。祖籍临淮（今安徽泗县），河中虞乡（今山西永济）人。少有文才，但不见称于乡里。懿宗咸通十年（869），进士及第。僖宗乾符四年（877）入宣歙观察使幕府，次年贬光律寺主簿。光启元年（885）拜知制诰、中书舍人。昭宗即位，复召用，不久以疾辞，归隐中条山王官谷，与高僧名士吟咏为乐。朱温篡位，召为礼部尚书，佯装老朽不任事，放还。后梁开平二年（905），闻唐哀帝被弑，绝食而卒。

其诗多为近体绝句，表现闲吟自适的情调，推崇王维、韦应物"趣味澄夐"（《与王驾评诗书》）的诗风，强调"韵外之致""味外之旨"（《与李生论诗书》）。所撰《二十四诗品》以诗论诗，开创了诗评的特殊体裁，对后世严羽、王士祯等的诗论影响甚大。有《司空表圣诗集》。

退居漫题（其三）①

燕语曾来客，　　花催欲别人②。
莫愁春已过，　　看着又新春。

【注释】

①《退居漫题》共七首，此是其三。漫题，即景随笔而写。题，写。②催：此指晚春催促花谢，也指花谢催促春晚。

【赏析】

唐末，司空图亲身经历黄巢农民起义的动乱，深感唐王朝的国势衰微，于是隐居家乡中条山王官谷，过着"身外都无事，山中久避喧。破巢看乳燕，留果待啼猿"（《退居漫题》其四）的林泉生活。其《退居漫题》七首，是作者归隐后的一组闲适之作，诗中表现出遁世的隐逸情怀。

这首诗写暮春之感，但又不落于迟暮伤感，似乎别有怀抱。诗人先用初春燕语和暮春花残的两度时间互为对衬，渲染春光的来去匆匆，流露出一种惜春的黯淡和惆怅。但"莫愁"一折，峰回路转，给人"看着又新春"的倏然远瞩，诗情为之振起，一脱颓萎低沉之气，转而为潇洒、为挺拔、为亮丽，为哲理性的隽永。司空图《诗品》论诗有"生气远出，不着死灰"一品，这首诗正是一个生动的实例。

【今译】

呢喃燕语，曾唤来
初春的温润，
转眼花飞花谢
一片落红催促春残
匆匆，辞别人。

啊，不必叹惜
今春已过尽，
看着看着，明年
燕语花开
又是温煦的新春。

独　望

绿树连村暗，　　黄花出陌稀①。
远陂春草绿②，　　犹有水禽飞。

【注释】

①"黄花"句：麦子熟时金黄一片，陌上垄头的野黄花就不显了，稀淡了。一作"黄花入麦稀"。②"远陂"
句：一作"远陂春早渗"。渗，干涸，水尽。

【赏析】

宋·苏轼《书黄子思诗集后》云："唐末司空图崎岖兵乱之间，而诗文高雅，犹有承平之遗
风。"如此诗不见乱世烟尘，只二十字构成了一幅清新闲静的田园美景。"绿树连村暗，黄花出陌
稀"两句，绘景细致独到，画面清朗而意境淡远，不但诗人自己乐道，认为"得味外味"，也颇为
苏轼称道。此诗纯写独望时暮春田野景色，而又悄然融入了诗人隐遁村居的静穆和闲淡。

不过，这偶然的闲适，是那么微妙轻淡的一丝，若有若无，透过纸面隐约可感，吟咏之间依
稀可得，却又难以一一指实。也许，这就是诗人所追求的"趣味澄夐，若清风之出岫"（唐·司空
图《与王驾评诗书》）。

【辑评】

［宋］苏轼《东坡志林》：司空表圣自论其诗，以为得味外味。"绿树连村暗，黄花入麦稀"，此
句最善。又："棋声花院闭，幡影石坛高。"吾尝独游五老峰，入白鹤观，松阴满地，不见一人，
惟闻琴声之音，然后知此句之工也。

刘永济《唐人绝句精华》：二十字构成一幅田园佳景，苏轼极赏此诗。

【今译】

绿树掩着村舍　　　　　　　　　远处，水塘边
绕下浓荫一围，　　　　　　　　春草芊芊，摇着
麦子熟了　　　　　　　　　　　柔长的碧翠，
金灿灿，映着　　　　　　　　　几只水鸟
垄头野花　　　　　　　　　　　从池塘悠然掠起
露出几点淡黄稀微。　　　　　　扑扑地飞……

钱 珝

钱珝（生卒年不详），字瑞文，吴兴（今浙江湖州）人。钱起之曾孙。僖宗乾符六年（879）进士。昭宗乾宁年间，得宰相王溥荐举，任知制诰、中书舍人。光化三年（900），王溥蒙冤被赐死，受牵连贬抚州司马。

能诗，所作五绝精练秀朗，《江行无题》百首，如展万里长江画卷，其感时伤乱，非泛写山水闲情者可比，尤为世人所称颂。《全唐诗》存其诗一卷。

未展芭蕉

冷烛无烟绿蜡干①，　　芳心犹卷怯春寒。
一缄书札藏何事②，　　会被东风暗拆看。

【注释】

①冷烛、绿蜡：比喻蕉心卷缩的芭蕉，笼着早春的寒气，如翠脂凝绿一般。清·曹雪芹《红楼梦》第十八回薛宝钗曾引此句。②一缄书札：古人书札大都作卷筒形，此比喻卷缩的芭蕉叶。缄，封。

【赏析】

此诗吟咏芭蕉，或另有寄托。在诗人美丽的想象中，料峭春寒里卷缩未展的芭蕉，仿佛一位柔弱含情的少女，因环境束缚，心灵受到压抑和禁锢，只能"芳心犹卷"；而这不展的芳心又好似一卷紧紧缄封的书札，当寒消春暖时，多情的春风会悄悄地将它拆看，到那时，少女深藏的美好情怀便显露出来。

诗人从蕉心到芳心，再从"芳心犹卷"到"一缄书札"，用翩翩联想作浑然连属的巧妙比喻，赋予未展芭蕉以少女含蓄不露的脉脉情愫、羞怯心理和柔美气质，达到了芭蕉与少女、物与人浑然一体的神似境界。其形象、想象、意境和情思之美妙，为前人咏芭蕉诗中不曾见。

【辑评】

[清]宋长白《柳亭诗话》：结语较辛稼轩"芭蕉渐展山公启"尤为风韵。若路延德（《芭蕉》）诗："叶如斜界纸，心似倒抽书。"未免近俗焉。

[清]宋宗元《网师园唐诗笺》：韵极（末二句）。

【今译】

未展的芭蕉	不见闪烁的光焰，
如翠脂凝结的绿蜡	不，它是少女芳心
是一炷冷烛	娇羞地卷缩着

怯怕早春的峭寒。
这芳心不展
恰是一卷密封的书札
会有什么心事

深深地藏掩？
可是，当春暖寒消
那多情的春风
也会悄悄将它拆看。

曹 松

曹松（828—903），字梦徵，舒州（今安徽潜山）人。少时家贫，早年栖居洪都西山。依投建州刺史李频，李频死后，长年流落江湖，无所遇合。热衷功名，昭宗光化四年（901），七十余岁始进士中第，与王希羽、刘象、柯崇、郑希颜称"五老榜"，传为佳话，特敕授官校书郎，任秘书省正字。不久，卒。

诗多行旅漫游之作，学贾岛，取境幽深，工于铸字炼句，但不流于晦涩。《全唐诗》存其诗二卷。

己亥岁（录一）①

泽国江山入战图②，　　生民何计乐樵苏③。
凭君莫话封侯事④，　　一将功成万骨枯。

【注释】

①己亥岁：唐僖宗乾符六年（879）。此诗题下注"僖宗广明元年"，大约是作者于广明元年（880）追忆去年（己亥年）时事而作。②泽国：指江汉流域。③樵苏：打柴为"樵"，割草为"苏"，"乐樵苏"意谓百姓以打柴割草平安度日为乐。④凭君：请君。

【赏析】

唐末爆发大规模的农民起义，朝廷大肆进行镇压，长江以南一片战火焦土。僖宗乾符六年（879），镇河节度使高骈以镇压黄巢农民起义之功受封赏，其杀人之多令人发指。本诗就其事有感而发。

诗的前两句写江山焦土、民不聊生的现实，虽只作词气委婉的描述，却蓄满了血与泪的沉重，自然逼出后两句辞苦声酸的呼告。末句"一将功成万骨枯"为全篇之警策，"一"与"万"，"荣"与"枯"，形成强烈对照，令人齿寒。它与杜甫《自京赴奉先县咏怀》的"朱门酒肉臭，路有冻死骨"，陈陶《陇西行》的"可怜无定河边骨，犹是春闺梦里人"，都是运用对比，以枯"骨"骇人眼目而勾勒画面的惊人之句。诗人以冷峻深邃的目光审视战乱、指斥时事，用笔尖锐而略无顾忌，这一句七字力透纸背，字字血泪淋漓，掷于地可迸然溅起。

【辑评】

[明]高棅《唐诗品汇》：谢（枋得）云：仁人君子闻此诗者，必不以干戈立功名矣。

[清]黄周星《唐诗快》：此即无定河边之骨也。一旦不忍，何况于万！然则，此侯竟当封为"万骨侯"可矣。

[清]吴昌祺《删订唐诗解》：吴昌祺云：不及"无定河"二语，而亦足警世。

【今译】

满目山川河流　　　　　　百姓流离失所
陷入一片战火焦土，　　　又哪能有

打柴度日的和睦。　　　　　　一将功成名就

请君别提　　　　　　　　　　啊，千坟万冢

——那立功封侯，　　　　　　累累白骨，尽枯。

南海旅次①

忆归休上越王台②，　　归思临高不易裁③。

为客正当无雁处④，　　故园谁道有书来。

城头早角吹霜尽，　　　郭里残潮荡月回。

心似百花开未得，　　　年年争发被春催⑤。

【注释】

①南海：郡治在今广州市。旅次：旅途暂住的地方。次，外出所居止的处所。②越王台：汉代南越王赵佗所建，台址在今广州市北越秀山。③裁：截断。④无雁处：古有鸿雁南飞不过衡阳回雁峰的传说。⑤"心似"二句：意谓平时归思处于抑制状态，一到春天便引起泛滥，如同被春风催开的百花，竞相开放不由自主。

【赏析】

作者屡试不第，长期流落他乡，这首诗写客居南海的羁旅之情。首联妙起，从"远望当归"的旧语翻新而出，将登高而泛滥的归思写得绵延、深沉；颔联接一反问，问出了居远思京的无限嗟怨和懊恼；颈联描写南海早晚凄清的景色，在明月、晓角、残潮、寒露这些牵人愁绪的特定景物中，融入年复一年的无尽无了的归思。如此层层蓄势，终于逼出了尾联："心似百花开未得，年年争发被春催。"这一比喻生动新颖，紧扣滞留之地花城，揭示出羁旅逢春的典型心境，状出了归思的生生不已、不由自主而又难以遏止的情状。至此，几经曲转，诗人的归思得到了尽情的抒泄。

这首诗以登高时心绪的起伏不平，作凄恻深切的倾诉，以迂曲婉转的笔触，写出万缕归思，呈现出情深意婉的艺术特点。

【辑评】

[清]黄生《唐诗摘钞》：起将"远望可以当归"语，突然翻过一层，便觉旅怀诗斩然新特。结云花当春而思发，人当春而思归，故心之不闲与花无异者也。

[清]屈复《唐诗成法》：七、八写归心，结全篇。句雅意远，晚唐所少。声调高亮，结不衰飒，尤难得。

【今译】

思归，莫登越王台　　　　　　常年他乡作客

一登高台啊　　　　　　　　　羁留边僻的南海，

归思如潮水泛滥　　　　　　　故国远在千里

不易收拾，不易断裁。　　　　谁说，那南飞鸿雁

能衔家书来？
清晨，城头画角
凄凉地呜咽
吹散漫天晓霜晨霭，
到清冷夜晚
残潮拍打城郭
一阵涌起，一阵退落

荡着明月皎白。
平日，这归心
如含苞待放的百花，
可一到春天
不由自主，纷纷
——被春风催开。

崔道融

崔道融（？—907？），自号"东瓯散人"，荆州（今湖北江陵）人。禀性高奇，早年游历陕西、湖北、河南、江西、浙江、福建等地。昭宗乾宁年间，出任永嘉令。后因避乱入闽，以右补阙召，未赴。

与司空图、方干为诗友。诗多近体，工于绝句。原有集，已佚。《全唐诗》存其诗一卷。

溪居即事

篱外谁家不系船，　　春风吹入钓鱼湾。
小童疑是有村客，　　急向柴门去却关①。

【注释】

①却关：解脱门扣。却，退。

【赏析】

这首诗朴素自然，得天然之趣。诗人将眼前所见信手拈入，展开一幅素淡清新的水乡风景画：疏落的篱笆，掩闭的柴门，水波粼粼的渔湾，随风飘荡的小船，还有那好奇粗心，误将小船当来客，撒腿急走的童儿。一切都是这样淳朴、平和，这样生趣盎然，散发出恬静而鲜活的水乡生活气息。透过这朴质疏野的画面，隐约可见一位翘首拈须、悠然自得的"溪居者"。

这是一首如沐春风的白描之作，自然疏朗，不作浮饰，只在平淡疏野中流溢出浓郁的诗情画意，景真、语浅、趣妙，读时不可忽略而过。

【今译】

疏落篱笆外　　　　　　　屋前玩耍的童儿
一溪绿水涨得满满　　　　忽然一抬头
不知是谁家　　　　　　　噢，有客人来村前，
一只小船忘了系拴，　　　撒腿就往回跑
春风一吹　　　　　　　　急急忙忙，去
小船悠悠荡荡　　　　　　解开柴门的扣关。
飘进了钓鱼湾。

韩偓

　　韩偓（842？—923），字致尧，小字冬郎，号"玉山樵人"，京兆万年（今陕西西安）人。少时曾即席赋诗，一座皆惊，得姨父李商隐称赏"雏凤清于老凤声"（《韩冬郎既席为诗相送因成二绝》）。昭宗龙纪元年（889）进士。历任左谏议大夫、翰林学士、中书舍人、兵部侍郎等职。朱温专权，不肯依附，贬为濮州、邓州司马。后召复原官，未敢赴任，举家入闽依威武军节度使王审知。后漫游南安，于葵山报恩寺旁建舍，躬自樵耕，病逝。

　　才华横溢，于晚唐诗名颇盛。早年所作《香奁集》，纯写宫闱艳情，绮丽华艳，称"香奁体"。其诗多感旧伤乱，怀古、咏物、写景均有可诵之作，词致婉丽，遭贬后转为凄楚，但切而不迫。有《玉山樵人集》。

已　凉①

碧阑干外绣帘垂，　　猩色屏风画折枝②。
八尺龙须方锦褥③，　　已凉天气未寒时。

【注释】

　　①此诗见于韩偓《香奁集》。或认为《香奁集》是后晋宰相和凝所作，据宋·沈括《梦溪笔谈》云："和鲁公有艳词一编名《香奁集》。凝后贵，乃嫁其名为韩偓，今世传韩偓《香奁集》，乃凝所为也。凝生平著述，分为《演纶》《游艺》《孝悌》《疑狱》《香奁》《籝金》六集，自为《〈游艺集〉序》云：'予有《香奁》《籝金》二集，不行于世。'凝在政府，避议论，讳其名，又欲后人知，故于《〈游艺集〉序》述之，此凝之意也。予在秀州，其曾孙和悸家藏诸本，皆鲁公旧物，末有印记甚完。"②猩色：血红色。③龙须：龙须草编织的凉席。

【赏析】

　　韩偓诗效学李商隐，其"香奁体"委婉缠绵，多写男女情爱，对后代诗风有一定影响。此诗是最为脍炙人口的一首，写天气转凉未寒时的深闺情景。

　　诗紧扣"已凉"二字由外及里，翠绿栏槛、低垂绣帘、猩红屏风、八尺锦褥，从室外写到室内，从环境写到心境。深曲的闺楼绣户，香艳的闺居氛围，含婉的闺情绮思，组合成一片旖旎的情景，从中透出一种温软的气息。诗中虽然只描写幽深的环境、华丽的陈设，女主人公不曾出现，却让人觉得"此中有人，呼之欲出"。屏风上雕绘的折枝图，容易使人产生"有花堪折直须折，莫待无花空折枝"（无名氏《金缕衣》）的联想；暑热已退的秋凉天气，容易引起人光阴流逝的感触。折枝屏风的暗示、已凉天气的烘染，使深闺寂寞中女主人公心境的细波微澜隐约可见。

　　韩偓早期仕途春风得意，生活优渥奢华，正如晚年他寓居南安整理《〈香奁集〉序》所自述"柳巷青楼，未尝糠秕；金闺绣户，始预（参与）风流"，故所作诗多艳词丽句，如这首《已凉》。此小诗虽然没有多少深意，但它纯然借助环境景物来婉曲传达人物的细微情感，构思精巧，笔意含蓄，情韵流丽，颇供读者玩味。

【辑评】

[清]周咏棠《唐贤小三昧集续集》：中具多少情事，妙在不明说，令人思时得之。

[清]蘅塘退士《唐诗三百首》：此诗通首布景，不露情思，而情愈深远。

俞陛云《诗境浅说续编》：由阑干、绣帘而至锦褥，迤逦写来，纯是景物，而景中有人。丽不伤雅，《香奁集》中隽咏也。

【今译】

碧玉栏杆外 　　　　　　八尺卧床，龙须草席

绣帘，垂得低低， 　　　　绸缎薄被的光泽

猩红的屏风 　　　　　　扑闪着迷离，

画着红袖佳人 　　　　　正天气转凉

斜倚，摘取花枝。 　　　　未到秋色清冷时。

深　院

鹅儿唼喋栀黄嘴①， 　凤子轻盈腻粉腰②。

深院下帘人昼寝， 　红蔷薇架碧芭蕉③。

【注释】

①唼喋（shàzhà）：呷水声。栀黄：嫩黄色。②凤子：蛱蝶。③架：一作"映"。

【赏析】

写景诗在唐末出现了新的转变，由对自然山川浑灏的歌咏，转入对人居住环境的细腻描写，于是出现了许多"庭院深深"的浅唱低吟，像韩偓的这首《深院》。

诗人用色调浓重的笔，描绘了一幅禽虫花卉闹春的深院小景：鹅儿自在地戏水，粉蝶翩然飞舞，蔷薇与芭蕉红绿交映。而这景物之热闹，色彩之繁丽，却又反衬出庭院的幽静和昼卧人的寂寥。深深的一围庭院，浓丽中见清淡，喧闹中见幽寂，令人玩味。韩偓自守节操，因不肯附逆而遭权贵忌恨，这"深院"似乎是他的一个逃薮，"昼寝"也许是醉酒高卧。只是，如果"一场愁梦酒醒时，斜阳却照深深院"，不知那"人"如何。

【辑评】

[宋]吴聿《观林诗话》：李义山云："小亭闲眠微酒消，山榴海柏枝相交。"韩致尧云："深院下帘人昼寝，红蔷薇映碧芭蕉。"皆微（小）词也。

俞陛云《诗境浅说续编》：写深闺昼寝，而以妍丽之风景映之，静境中有华贵气。唐树义诗："行近小窗知睡稳，湘帘如水不闻声。"虽极写静境，而含情在言外，与韩诗略同。

【今译】

鹅儿扁起栀黄小嘴　　　　　　　白昼，醉酒高卧
唼唼喋喋　　　　　　　　　　　竹帘低垂下
呷着春水嬉闹，　　　　　　　　一室闲适的静悄，
美丽蛱蝶，在舞　　　　　　　　只有院墙角
轻轻盈盈　　　　　　　　　　　一丛蔷薇
扭动着纤柔的粉腰。　　　　　　红艳艳，映着
这深深庭院　　　　　　　　　　碧绿的阔叶芭蕉。

春　尽

惜春连日醉昏昏，　　　　醒后衣裳见酒痕。

细水浮花归别涧①，　　　　断云含雨入孤村②。

人闲易有芳时恨③，　　　　地迥难招自古魂④。

惭愧流莺相厚意⑤，　　　　清晨犹为到西园。

【注释】

①别涧：泛指离别的涧水边。②断云：片云。③芳时恨：花谢春归引起的怅恨。④迥：偏远。招自古魂：招致古代精灵。招魂，语出战国·屈原《招魂》，原为祈祷死者复生，召唤亡失之魂归来，篇中有"魂兮归来反故乡些"等语。后用作思乡、思友的典故。⑤相厚意：指流莺的多情探顾。

【赏析】

清·杨逢春《唐诗绎》云："此亦应是避地之作。"即韩偓晚年携家入闽，异地依人时所作，抒写"春尽"的索寞情怀。

才华风流而一生坎坷的诗人，适逢衰世，又时值暮年，面对逝去的春光，时时袭来的是：家国沦亡之痛、有志难骋之愤、年华迟暮之愁和寄身异乡之苦。他把这触绪纷来的种种感慨，一并融入连日沉醉的斑斑酒痕，融入浮花别涧、断云孤村的凄清，融入世无知音、唯流莺相顾的落寞。诗中"春尽"的物境、心境、身境三者融合一体，即景即情，兴寄深微而哀婉入神。这，正是韩偓诗写景抒情的特色。

颔联为佳句，"含"字、"入"字是诗眼。清·谢榛《四溟诗话》云："武元衡曰'残云带雨过春城'，韩致光曰'断云含雨入孤村'，二句巧思，不及子美'淡云疏雨过高城'自然。"

【辑评】

［清］朱三锡《东岩草堂评订唐诗鼓吹》："花归别涧"，"雨入孤村"，自是"春尽"神理，但庸手为之，必定将雨写花前；此独于"花归别涧"下，以"雨入孤村"作对，手法特妙。

［清］赵臣瑷《山满楼笺注唐诗七言律》："惜春"二字，虽为主脑，然其中实有不止于借春者……怨而不怒，其斯为风人之遗乎？

【今译】

春光残尽，连日里　　　　　　　闲散无聊时
借酒浇愁　　　　　　　　　　　春归的落花流水
醉得昏昏沉沉，　　　　　　　　易牵惹怅恨，
醒后，衣襟上　　　　　　　　　这闽南，太僻远
斑斑点点　　　　　　　　　　　不见亲朋故友
满是放纵的酒痕。　　　　　　　也招请不来古人精灵。
涓细的溪水　　　　　　　　　　惭愧，这流莺
漂着零乱落花　　　　　　　　　晓解人意
流向黯然离别的水滨，　　　　　时时相顾殷勤，
天边，断云一片　　　　　　　　清晨，犹为我
含蕴凄冷疏雨　　　　　　　　　宛转啼啼
洒落在荒野孤村。　　　　　　　来到清寂的西园小庭。

寒 食 夜

恻恻轻寒翦翦风[①]，　　小梅飘雪杏花红[②]。
夜深斜搭秋千索　　　　楼阁朦胧烟雨中。

【注释】

①恻恻：指轻寒微微。翦翦：形容冷风尖细。②"小梅"句：一作"杏花飘雪小桃红"。

【赏析】

　　清·施补华《岘佣说诗》云："七绝用意，宜在第三句。"这首诗的四句中，诗人着意的正是第三句"夜深斜搭秋千索"，它是一个点破诗题、透露全诗消息的关键句。

　　其一，古代习俗，寒食以荡秋千为乐，这一句明写"夜"，暗写"寒食"，由此点破诗题。其二，诗人似乎与一佳人在寒食节的秋千架边，有过一段缠绵情事，如"秋千打困解罗裙，指点醒翻索一尊。见客入来和笑走，手搓梅子映中门"（《偶见》）。如今，秋千索虽斜搭空悬，却犹有当时"纤手香凝"，这一句透露出睹物思人的诗旨。其三，前两句"恻恻轻寒翦翦风，小梅飘雪杏花红"，一作凄迷，一作浓艳，两层意象的烘染，为的是托出第三句伊人不见的怅惘和恋情依旧的温馨。其四，尾句正从这第三句生发，将其怀人的情思延伸向楼阁烟雨的迷蒙和悠远。所以，这第三句既是作者刻意勾画之笔，又是全诗的中心，它将前后各句融汇为一体。

【今译】

微微的轻寒　　　　　　　　　　疏枝小腊梅
送着尖尖细细的风，　　　　　　飘落片片白雪

映着杏花一枝艳红。
寒食的夜
深了，沉了
只有架上的秋千索

斜斜地悬空，
红烛一点的楼阁
笼罩在一片
淡烟细雨的朦胧。

金昌绪

金昌绪（生卒年不详），余杭（今浙江杭州）人。《全唐诗》存其诗仅《春怨》一首，历来为人称赏。

春　怨①

打起黄莺儿，　　莫教枝上啼。
啼时惊妾梦②，　　不得到辽西③。

【注释】

①一题作《伊州歌》。②妾：古代妇女自称。③辽西：辽河以西，今辽宁西部。此处指征夫戍地。

【赏析】

这首诗选取入梦前打飞黄莺的细节，抒写闺妇思夫的"春怨"。一首小诗明了如话，平淡到几乎不见有诗，却屡屡被人称道，为什么？其妙处就在于它别具特色的章法。

此诗通篇只述一意，采用层层倒叙的手法，悬念迭起，曲折写来：首句"打起黄莺儿"突兀而起，令人生疑；第二句"莫教枝上啼"作解释，但为何不让黄莺啼转？欲说还吞；第三句"啼时惊妾梦"解答第二句，但那是怎样的一个梦？仍未一语道破；尾句"不得到辽西"让人恍然大悟，但为何梦绕辽西？却含而未尽伸，于篇外见余味。全篇只言一事，四句诗蝉联而下，句句相承转，形成了环环相扣的整体。明·王世贞《艺苑卮言》称道："不惟语意之高妙而已，其句法圆紧，中间增一字不得，著一意不得，起结极斩绝，而中自纡缓。"清·沈德潜《唐诗别裁》也云："一气蝉联而下者，以此为法。"皆不为过誉。

【辑评】

[宋]张端义《贵耳集》：作诗有句法，意连句圆。"打起黄莺儿……"一句一接，未尝间断。作诗当参此意，便有神圣工巧。

[清]宋宗元《网师园唐诗笺》：真情发为天籁，一句一意，仍一首如一句。

俞陛云《诗境浅说续编》：五七绝中，如"松下问童子"诗，"君自故乡来"诗，"少小离家老大回"诗，纯是天籁，唐诗中不易得也。

【今译】

赶走恼人的黄鹂，　　　　　　低一声，高一声
不让它，在　　　　　　　　　啼醒乍睡的梦，
枝头清脆地啼。　　　　　　　使我不能
那——　　　　　　　　　　　到丈夫征守的辽西。

于武陵

于武陵（生卒年不详），名邺，以字行，杜曲（今陕西长安县）人。宣宗大中年间，举进士不第，往来商洛、巴蜀间。不慕荣贵，卖卜于市。欲隐潇湘，未果，后终老于嵩阳别墅。

工诗，尤长于五律，多写景送别之作，"兴趣飘逸多感，每终篇一意，策名于当时"（元·辛文房《唐才子传》）。《全唐诗》存其诗一卷。

劝　酒

劝君金屈卮^①，　　满酌不须辞。
花发多风雨，　　人生足别离^②。

【注释】

①金屈卮（zhī）：古代一种名贵酒器。卮，酒器。②足：满，尝够、饱经。

【赏析】

这是一首饯行的祝酒歌。作者一生沉沦下僚，久作漂泊，深谙别离况味，这首《劝酒》虽是慰勉友人，实则自慰自勉。

诗人冷眼看人生，热诚向友人，以豪而不放、哀而不沉的独特情调，在殷勤劝酒的祝辞中道尽人生沉浮的甘苦。"花发多风雨，人生足别离"两句，以花作譬，借而抒发人生感慨：花放虽荣盛，可仍要经受无数风雨的摧折；人生亦如此，要练达成熟，就得尝够别离的滋味，经历种种磨炼。这是辛酸人作旷达语，含蕴了深邃的人生哲理意味，近于格言。明·周珽《唐诗选脉会通评林》评此诗："是真能劝酒者。"

【辑评】

［明］唐汝询《唐诗解》：言佳景难长，良会不数，酒固不当辞也。"花发"一联，在《三百篇》为兴体。

［明］李攀龙《唐诗训解》：辞婉意长，令人悲悲乐乐。

［清］张揔《唐风怀》：南邨曰：浅浅语，读之不堪。

【今译】

劝君酌满这杯酒　　　　　　许多的风风雨雨，
高高地举起　　　　　　　　啊，人生
莫要推辞。　　　　　　　　要想练达成熟
你看，花开得　　　　　　　就必须尝够
多么鲜艳美丽　　　　　　　痛苦滋味的别离。
可它还得经受

郑 谷

郑谷（851？—910？），字守愚，袁州宜春（今属江西）人。世称"郑都官"。幼聪颖，少时即有赋咏。僖宗光启三年（887）进士，游于西蜀、荆楚。昭宗景福二年（893）释褐授鄠县尉，迁右拾遗、右补阙。乾宁四年（897）仕至都官郎中。曾寓居云台道舍，与诗僧齐己游处唱和。入梁，卒。

时受司空图等人赏识，诗名颇高，所作七律《鹧鸪》传诵一时，被誉称为"郑鹧鸪"。其诗多为应酬唱和、感伤身世和写景咏物之作，轻巧婉丽，属晚唐流行的格调。今存《云台编》三卷。

中 年

> 漠漠秦云淡淡天①，　　新年景象入中年。
> 情多最恨花无语，　　愁破方知酒有权。
> 苔色满墙寻故第②，　　雨声一夜忆春田③。
> 衰迟自喜添诗学④，　　更把前题改数联。

【注释】

①秦云：此指长安天空的云絮，长安一带古属秦地，故云。②故第：旧时住宅。③春田：指家乡的农田。④诗学：作诗之学。

【赏析】

人值中年，往事已不可追，来日未必可期，瞻前顾后，最易百感交集。这首诗写诗人中年寓居长安又临新春的一怀思绪。诗中不作直接抒述，只是在对花无语、借酒破愁的无奈里，在苔色寻故宅、雨夜忆春田的寻忆中，以及诗学新添、旧题数改的排遣中，将迟暮之感、归隐之思和无聊之慰等种种中年滋味和心态，一并暗示和烘托出来。

郑谷的诗以轻巧流丽见称，尤善用简练明白的语言表达凝蓄深沉的情思，"往往于风调之中，独饶思致"（清·纪昀《四库全书总目提要》）。如此诗以清新凝练的辞笔，写出了典型的人到中年的感兴，思致宛转，韵味深长，实属上乘之作。

【辑评】

〔清〕谭宗《近体秋阳》：收结轻浅风逸，非得真趣于此道者不能。

〔清〕贺裳《载酒园诗话又编》：《中年》："情多最恨花无语，愁破方知酒有权。"《寄杨处士》："春卧瓮边听酒熟，露吟庭际待花开。"皆入情切景，然终伤婉弱，渐近宋元格调。

【今译】

> 长安，漠漠云絮　　　　　又值新春景象
> 遮着轻阴淡淡的天，　　　人，已入中年。

伤感的时候
最恨花不解人意
相对无言，
沉醉了，才知道
破除闲愁只需浓酒几盏。
也曾寻访旧宅
那苍苔爬满了颓墙
遗迹斑驳难辨，

一夜，春雨淅沥
让人忆念起
家乡，盈盈水田。
年岁渐老大
聊可自慰的，是
诗学又有新添，
且将旧时的诗稿翻出
再仔细修改数联。

杜荀鹤

杜荀鹤（846—904），字彦之，号"九华山人"，池州石埭（今安徽石台）人。传为杜牧出妾之子。出身寒微，早年读书于九华山。累举进士不第，漫游闽粤、荆楚、梁宋等地，长期隐居九华山。四十六岁始中进士。次年因政局动乱，复归山中。唐亡后，入后梁，授翰林学士、知制诰。患重疾，旬日而卒。

才华横溢，早享诗名。因身处晚唐乱世，又长期落魄穷困，其诗讽时讥世，同情民生疾苦，"清苦激越之句，能使贪吏廉，邪臣正，父慈子孝，兄友弟悌，人伦之纲纪备矣"（唐·顾云《〈唐风集〉序》），被时人赞为"壮言大语"。诗承续元、白一派，浅近明畅，将新乐府题材写入近体律绝，亦自成一体。有《唐风集》。

春 宫 怨①

早被婵娟误②，　　欲妆临镜慵③。
承恩不在貌④，　　教妾若为容⑤？
风暖鸟声碎⑥，　　日高花影重⑦。
年年越溪女⑧，　　相忆采芙蓉⑨。

【注释】

①春宫怨：一为唐人周朴作。据宋·欧阳修《六一诗话》："唐之晚年，诗人无复李、杜豪放之格，然亦务以精意相高。如周朴者，构思尤艰，每有所得，必极其雕琢，故时人称朴诗'月锻季炼，未及成篇，已播人口'，其名重当时如此，而今不复传矣。今少时犹见其集，其句有云：'风暖鸟声碎，日高花影重。'又云：'晓来山鸟闹，雨过杏花稀。'诚佳句也。"②婵娟：形容女子容姿美好。③慵：懒。④承恩：获得皇帝宠爱。⑤若为容：怎样打扮。⑥碎：形容鸟声细碎，叽喳不已。⑦重：重叠。⑧越溪女：西施曾浣纱越溪，入吴宫而得宠。后世常以"越溪女"借指宫女。越溪，即若耶溪，在今浙江绍兴，是当年西施浣纱的地方。⑨芙蓉：荷花的别称。

【赏析】

这首《春宫怨》清新秀逸，以颈联饮誉诗坛，时有谚云："杜诗三百首，惟在一联中，'风暖鸟声碎，日高花影重'是也。"（宋·毕仲询《幕府燕闲录》）虽誉之太过，但这一联确不失为名联。它妙在明写室外之景而暗写室内之人，风暖鸟碎、日高花重，室外浓丽盎然的生趣，恰与宫女临镜慵梳的死寂心境相映衬，窗外景色越温煦明媚，就越唤起对家乡采莲的思忆，更不堪深宫幽闭的孤寞和空虚。这一联以绚丽的春景反衬愁苦的怨情，写景实为写人，以景见情，以景见人，将"春"与"宫怨"密合无间、深微婉曲地抒写出来。当然，但若就全篇而论，亦是一首意境浑成的好诗。

或认为此诗不只是代宫女写怨，也是诗人自况。杜荀鹤科场失意近三十年，个中滋味尝尽。人臣得宠不全凭才学，如同宫女承恩不全在美貌，仕途险恶不及归隐自适，如同后宫逞妒不及越溪采莲，诗人实则借宫女之怨泄己之怨。作如此理解，也未尝不可。

【辑评】

[清]殷元勋《才调集补注》：默庵云：奇妙在落句，得力在额联。

[清]黄生《唐诗摘钞》：此感士不遇之作也。

[清]潘德舆《养一斋诗话》：杜荀鹤以"风暖鸟声碎"一联得名，愚按不如"暮天新雁起汀洲，红蓼花疏水国秋"清艳入骨也。

【今译】

错，错，早被
美貌耽误
禁闭这孤寂的深宫，
清晨，对镜梳洗
懒懒慵慵。
承取君王的恩宠
不在貌美，
又教我怎样精心打扮
如花的颜容？
窗外，春风融暖

叽喳的鸟声
细细脆脆送进帘栊，
丽日渐升高
枝头，摇曳花影
叠叠重重。
让人想起昔时
年年家乡
越溪，秀色浓浓，
二三女伴相邀
盈盈笑语采摘芙蓉。

溪　兴①

山雨溪风卷钓丝，　　瓦瓯篷底独斟时②。
醉来睡着无人唤，　　流到前溪也不知。

【注释】

①溪兴：溪上垂钓的兴致。②瓦瓯（ōu）：粗劣的瓦罐。

【赏析】

这是一首即兴之作。斜风细雨垂钓，篷底瓦瓯独饮，顺水舟中醉眠，一切都如此潇洒、如此自在，置身于世外而独乐其乐，这就是作者所要表现的溪上隐逸生活的兴味。但是细细加以体味，山雨溪风含带冷清，自酌自饮实是无聊，无人相唤也太孤寞，这潇洒闲适的背后，依约可感的是诗人看透世情的无奈，还有隐然一抹晚唐末世的衰寂清冷。

元·辛文房《唐才子传》云："荀鹤嗜酒，善弹琴，风情雅度，千载犹可仰望也。"杜荀鹤身处晚唐衰世，奔走无门，才志难伸，屡举进士不第，曾归隐家乡九华山达十余年，应该说诗中瓦瓯篷底独斟、闲适而无奈的溪上钓者，当是诗人的自我写照。

【辑评】

[宋]刘克庄《后村诗活》：《溪兴》云："山雨溪风卷钓丝……"荀鹤诗在罗隐、方干之下，半

山选唐诗只取四首。其五言最多，然每失之容易，七言差胜。

[清]刘宏煦《唐诗真趣编》：怀葛遗民。

【今译】

溪上，清寂的风　　　　　　　醉了，沉沉睡去
吹来山谷的雨　　　　　　　　也无人唤起，
渐渐细密时　　　　　　　　　小船儿——
卷起，一竿钓丝，　　　　　　一任风推波涌
瓦罐盛满酒　　　　　　　　　不知什么时候
独自闲饮在小船篷底。　　　　从后溪，流到了前溪。

贯 休

贯休（832—912），字德隐，俗姓姜，婺州兰溪（今浙江兰溪）人。七岁出家，日诵经千字，过目不忘。懿宗咸通初年游学于洪州，后漫游江西、吴越。僖宗乾符初年，返居婺州。昭宗天复二年（902），得罪荆南节度使被放逐黔州，冬潜逃南岳隐居。后入西蜀，受王建礼遇，赐号"禅月大师"，特建龙华院居之。

贯休博学多才，雅好吟诗，工书善画，为唐末五代著名诗僧、画僧。与方干、吴融、罗隐、韦庄、齐己等相唱酬。诗多以理胜，"其语往往得景物于混茫自然之际"（唐·吴融《〈西岳集〉序》），也有反映现实之作。诗风清新，别于晚唐雕饰纤弱之风。有《禅月集》。

春晚书山家屋壁（其一）

柴门寂寂黍饭馨，　　山家烟火春雨晴。
庭花蒙蒙水泠泠①，　　小儿啼索树上莺。

【注释】

①泠泠（líng）：水流动的清脆声。

【赏析】

这是诗人做客山家时的题壁之作。晚春天晴正是农夫抢耕季节，诗妙在只字不言忙，只着墨于写闲写静，却在闲中见农忙，于静中透生机。柴门寂寂掩着，炊烟袅袅上升，米饭的馨香阵阵扑鼻，却只有庭花迷蒙、涧水清冷，只有树上黄莺跳跃聒噪，逗得小儿哭索不休，而这正见出春雨晴后，家家无闲人，农夫们尽在田地抢耕的情景。此诗所写农家的耕作生活如此恬静平和，与尘世的喧嚣迥然相异，作为晚唐诗僧的贯休，不免于其中寄托了佛门遁世的情趣。

贯休诗善用叠字，如"一瓶一钵垂垂老，千水千山得得来"（《陈情献蜀皇帝》），因而被人称为"得得来和尚"。此诗三、四句叠字三见，如"寂寂""蒙蒙""泠泠"，不仅声韵优美，绘声绘形，而且造境传情。

【今译】

柴门，寂寂虚掩
一阵扑来
黄米饭的香馨，
山家茅舍的炊烟
依依，正是
一场春雨过后初晴。
庭院的花蒙蒙

独自开着
山涧流下的溪水
绕过篱笆，清冷，
只有——
卧地的小儿
在啼哭，要捉枝头
唱歌的黄莺。

崔 涂

崔涂（生卒年不详），字礼山，江南人。僖宗光启四年进士。穷年羁旅，久在巴蜀、吴楚、河南、秦陇等地为客。

诗多羁愁离怨之作，情调抑郁低沉，但"意味俱远"（元·辛文房《唐才子传》）。《全唐诗》存其诗一卷。

除夜有怀①

迢递三巴路②，　羁危万里身③。
乱山残雪夜，　孤烛异乡人。
渐与骨肉远，　转于僮仆亲④。
那堪正飘泊，　明日岁华新⑤。

【注释】

①除夜：除夕之夜。②三巴：见李白《长干行》注。③羁危：指羁旅路途艰难危险。④"渐与"二句：王维《宿卫州》诗有"孤客亲僮仆"句，语极沉至。此处从王诗衍化而来。⑤岁华：岁月。

【赏析】

作者壮年曾客居巴蜀，故作诗多写旅愁，这首《除夜有怀》即写除夕之夜独在异乡的情景。首联写蜀道孤行：巴路迢远，身在万里之外漂泊；颔联写除夜孤景：乱山残雪，孤烛照孤影一人；颈联写羁旅孤情：亲人远离，只与随身僮仆亲近；尾联写天涯孤感：明天新年，又是新的一程漂泊。整首诗一气旋下，"说尽苦情苦境"（清·吴乔《围炉诗话》），意脉清晰，语意畅达，虽有刻意锤炼处，也不见痕迹。诗人将思乡的愁绪，放在"除夕"的特定环境中，写得情真意切，句句从肺腑中流出，特别引人共鸣。

"乱山残雪夜，孤烛异乡人"两句，与马戴的"落叶他乡树，寒灯独夜人"（《灞上秋居》），一个写深冬，一个写晚秋，但同是以哀景衬情，在真切表现寒夜孤旅的愁怀方面，可谓异曲同工。

【辑评】

[明]胡应麟《诗薮》：司空曙"乍见翻疑梦，相悲各问年"，戴叔伦"一年将尽夜，万里未归人"，一则久别乍逢，一则客中除夜之绝唱也。李益"问姓惊初见，称名忆旧容"，绝类司空；崔涂"乱山残雪夜，孤烛异乡人"，绝类戴作，皆可亚之。

[清]贺裳《载酒园诗话又编》：读之如凉雨凄风，飒然而至，此所谓真诗，正不得以晚唐概薄之。

[清]范大士《历代诗发》：是阅历后语，客中除夕不堪展读。

【今译】

巴蜀的路途 越来越远，离
向无边的遥远延伸， 家乡的骨肉亲情，
万里之外 寻得一些慰藉
旅寄漂泊的一身。 转与身边的童仆亲近。
乱山重叠中 哪能再经受
寒夜，残雪未尽， 天涯孤旅的凄冷？
一炷孤烛昏黄 啊，挨到明日
独坐，我异乡之人。 又是一年新春。

孤雁（其一）

几行归塞尽， 念尔独何之[①]？
暮雨相呼失， 寒塘欲下迟。
渚云低暗度， 关月冷相随[②]。
未必逢矰缴[③]， 孤飞自可疑。

【注释】

①尔：你，此指孤雁。②关月：关塞明月。③矰（zēng）：短箭。缴（zhuó）：系箭的丝绳。

【赏析】

　　此诗紧扣一"孤"字咏孤雁。写孤雁暮雨失群的惊惶凄厉、寒塘欲下的迟疑彷徨、畏逢矰缴的心惊不定和云低月冷的只影无依，其意象、意境皆凄孤清冷。崔涂处唐末乱离之世，世路艰险而又漂泊穷年，故其诗多写羁况旅思，流露出孤危之感，如明·徐献忠《唐诗品》所感叹的："身遭乱梗，意殊凄怅。"这首诗笔笔咏孤雁，笔笔是自况，实乃托物言怀，借写孤雁而写羁忧离愁，子人与孤雁浑然为一。拟物诗不难在逼肖形似，而难在得神，此诗可谓得孤雁之神。

　　"暮雨相呼失，寒塘欲下迟"一联，写暮雨寒塘孤雁影单心怯，欲下未下，其惊呼伴侣的情态和迟疑畏惧的心理描写，可谓妙入毫颠，为篇中之警策。南宋亡后，张炎化用此联衍作《解连环·孤雁》一词，写国破家亡的凄哀悲苦，得"张孤雁"之名，

【辑评】

　　[元]方回《瀛奎律髓》：老杜云："谁怜一片影，相失万重云。"此云："暮雨相呼疾，寒塘欲下迟。"亦有味，而不及老杜之万钧力也。为江湖孤客者，当以此尾句观之。

　　[明]周珽《唐诗选脉会通评林》：周珽曰：夫一孤雁微物，行止犹撄人念如此，士君子涉世，落落寡合、流离无偶者，何异于是？此诗诚可以观。

　　[清]李怀民《重订中晚唐诗主客图》：一结真感深情，宛转无极（末二句）。

【今译】

几行鸿雁，翩翩
向塞外归飞
消逝在远远天际，
你，低空徘徊
要飞向哪里？
黄昏，冷雨迷茫
你寻呼同伴
一声比一声凄厉，
想歇息芦叶萧萧的水塘
欲下未下，迟疑。
浓云低压着

昏沉的江中小洲
你悄悄地穿徙，
将要飞越那边关要塞
只有惨淡的明月
与你相随相依。
一路，该不会
遇到羽箭的暗射冷击，
可失群孤飞的你
——惊魂未定
自是惶惶心悸。

春 夕①

水流花谢两无情，　送尽东风过楚城。
蝴蝶梦中家万里②，　子规枝上月三更③。
故园书动经年绝④，　华发春唯满镜生。
自是不归归便得，　五湖烟景有谁争⑤？

【注释】

①一题为《春日游冲相寺》。春夕：春夜。②蝴蝶梦：用"庄周梦蝶"的典故，见李商隐《锦瑟》注。此处意指梦境之虚幻短暂。③子规：见李白《蜀道难》注。④动：动辄，每每。⑤五湖：此处借指诗人家乡浙江桐庐一带的山水，并用范蠡"五湖泛舟"典故，表达辞官归隐之意。

【赏析】

崔涂一生漂泊，此诗当是诗人旅寓荆楚时所作。宋·王象之《舆地纪胜·渠州》此诗注："冲相寺距州城四十里，乃定光佛道场。此诗古老，相传是唐崔涂僖宗时避乱至蜀所题。今墨迹无存。唯定光岩间有题云：'前进士崔涂由此闲眺，翌日北归。'"

这首诗写景和抒情交织成篇，诗人因伤春而羁愁，因羁愁而伤春，触景生情而又缘情写景，故诗中景与情彼此渗透，融合为一。前半的水流花树，因旅思乡情的注入染上了悲苦凄怆的色调，后半的欲归不得，又因春色烟景的点染而加浓了苦闷无奈的情怀，情与景两相契合，自是哀婉动人。诗的颔联"蝴蝶梦中家万里，子规枝上月三更"尤为人称道。归思久积而入梦，乡梦温慰却缥缈短暂；梦醒之后月色凄迷，子规悲啼又归思更添。这一联造句新奇，对仗精工，韵律和谐，颇见功力。且一虚一实、一乐一悲，层递渐深地托出羁愁乡思，情语却以景语出之，营造了一种凄清的氛围和清远的意境。

【辑评】

〔清〕赵臣瑷《山满楼笺注唐诗七言律》：此诗之妙处在一起一结。

〔清〕田同之《西圃诗说》：唐人句如"一千里色中秋月，十万军声半夜潮"，"蝴蝶梦中家万里，子规枝上月三更"，"深秋帘幕千家雨，落日楼台一笛风"，人争传之。然一览便尽，初看整秀，熟视无神气，以其字露也。

〔清〕宋宗元《网师园唐诗笺》：秀语丽词，妙能传出旅情。

【今译】

流水，匆匆
落花，匆匆
带走春光两相无情，
客滞他乡的我
又送春风飘过楚城。
常在梦中的片刻
心魂游归
万里之外的故园小径，
可是梦醒时
三更月色愁淡

枝头啼鹃不忍听。
亲人，长年隔绝
杳然没有音信，
唯有一头白发
春来，疏疏密密
向明镜中繁生。
啊，自是不归去
如要归去
五湖泛舟的烟光水色
有谁与我相争？

秦韬玉

秦韬玉（生卒年不详），字仲明，京兆（今陕西西安）人。出身寒素，累举不中。出入宦官田令孜之门，交游权贵。曾随僖宗避乱入蜀，中和二年（882）特赐进士及第，擢工部侍郎。后不知所终。

早有诗名。其诗以七律居多，构思奇巧，辞藻清雅，"恬和浏亮"（元·辛文房《唐才子传》），多有佳句。原有集，已散佚。《全唐诗》存其诗一卷。

贫 女

蓬门未识绮罗香①，　　拟托良媒益自伤。

谁爱风流高格调②，　　共怜时世俭梳妆③。

敢将十指夸针巧，　　不把双眉斗画长。

苦恨年年压金线④，　　为他人作嫁衣裳。

【注释】

①蓬门：见杜甫《客至》注。此代指贫寒人家。②风流：风度举止潇洒。③怜：爱。俭梳妆：奇形怪状的服饰打扮。俭，通"险"，怪异。或解释为俭朴的梳妆。④苦恨：深恨。压金线：指用金线刺绣。

【赏析】

此诗咏"贫女"，却不作神态举止的描写，通篇都是贫女的诉说，以独白的方式，通过揭示人物内心深处的痛楚来刻画人物。其人物形象鲜明突出，掩卷沉吟，一个忧郁哀伤的未嫁贫女形象在眼前默然兀立。

宋·王谠《唐语林》载：秦韬玉"应进士举，出身单素，屡为有司所斥"。此诗当是诗人未中第时所作。良媒不问简陋蓬门，实是出身寒微、无人荐举的自哀；十指针巧不斗眉长，隐喻内美修能而孤高脱俗的自持；为他人作嫁衣裳，正是久屈下僚、为人捉刀的自叹。所以诗中语语皆贫女自伤，却又"语语为贫士写照"（清·沈德潜《唐诗别裁》），这隐然于贫女背后的贫士恰是诗人自己。末联两句不只是诗人之叹，更是封建社会贫寒志士不为世用的不平之鸣，具有深刻的内涵和广泛的社会意义，被世人传诵。

【辑评】

[明]廖文炳《唐诗鼓吹注解大全》：此韬玉伤时未遇，托贫女以自况也。

俞陛云《诗境浅说》：此篇语语皆贫女自伤，而实为贫士不遇者，写牢愁抑塞之怀。

【今译】

自小，蓬门陋户　　　　　　便暗自里哀伤。

不知绫罗绸缎的艳香，　　　世人，有谁欣赏

每想托媒说亲　　　　　　　不媚不俗的高洁大方，

都竞相追逐
时髦奇异的梳妆。
敢在人前夸耀
只有一双巧手
刺出的精美绣样，
啊，不会为了
争妍斗丽

将黛眉描得细长。
深深地怨恨
年复一年
埋头引针压线在绣床，
一针一线，只
为他人做嫁衣裳。

王 驾

王驾（生卒年不详），字大用，自号"守素先生"，河中（今山西永济）人。昭宗大顺元年（890）进士，授校书郎，官至礼部员外郎。后弃官归隐。

与司空图、郑谷为诗友，诗风亦相近。在晚唐略有诗名，作诗构思新巧，简洁含蓄，司空图称其"长于思与境谐"（《与王驾评诗书》），为之推崇。有诗六卷，已佚。《全唐诗》存其诗仅六首。

社　日①

鹅湖山下稻粱肥②，　　豚栅鸡栖半掩扉。
桑柘影斜春社散，　　家家扶得醉人归。

【注释】

①此诗一为张演作。据宋·罗大经《鹤林玉露》："农圃家风，渔樵乐事，唐人绝句模写精矣。余摘十首题壁间……张演云：'鹅湖山下稻粱肥（略）'。"社日：祭祀社神（土地神）的节日，一年两次，称"春社""秋社"。春社，祈求五谷丰登；秋社，告谢丰收喜讯，民间有饮酒、分肉、赛会、妇女停针线之风俗。②鹅湖山：在信州铅山（今江西铅山）东北，山有荷湖，因东晋龚氏曾居此养鹅，更名为"鹅湖"。

【赏析】

古时在春分前后祭祀土地神，人们欢宴歌舞，以娱神而祈祷丰年，称为"春社"。此诗写春社，但无一字铺叙社日热闹欢乐的场景，先只写农家稻粱壮肥、豚栅鸡栖的丰年富足景象，渲染出节日喜庆的气氛。前两句铺垫蓄势已足，三、四句本当顺承而下，描述社日之盛况，可诗人仅就日斜社散后"家家扶得醉人归"稍作勾勒，其社日狂欢畅饮的情景却让人从中想见，宛然目睹。明·周珽《唐诗选脉会通评林》中周敬称赏此诗："衢谣壤歌，点缀太平景象如画。"其实王驾身处衰微晚唐，已了无盛唐太平气象，所写当是文人"点缀"之笔。

此诗始终不从正面点笔落墨，只以典型的农家景象和真实的生活细节从侧面写社日，笔墨极省净而画面极生动，气息也极淳厚，读来诗短味长。

【辑评】

［清］沈德潜《唐诗别裁》：极村朴中传出太平风景。
［清］李锳《诗法易简录》：画出山村社日风景。

【今译】

鹅湖山下
丰沃无边的田野
稻粱又壮又肥，

猪圈在栅栏
鸡栖在墙坫
一户一院半掩柴扉。

欢闹的春社散了　　　　　　　　村民喝醉了
桑柘的树影　　　　　　　　　　一个个，蹒跚
拉着斜长的夕晖，　　　　　　　被家人邻里搀扶而归。

雨　晴

雨前初见花间蕊，　　　雨后全无叶底花。
蜂蝶纷纷过墙去，　　　却疑春色在邻家。

【赏析】

这首《雨晴》诗，清·黄生《唐诗摘钞》云："诗意盖讥炎凉之辈。"即认为此诗隐含寓意。识此而悟彼，寓意或有之，但作春景小诗来读更好。诗人于雨后漫步小园，见花落春残，即兴写下这首小诗。所写乃苦雨摧春，取景本极平常，但诗人以天真烂漫的联想写得妙趣横生："蜂蝶纷纷过墙去，却疑春色在邻家。"这两句以奇制平，活灵灵地写出了蜂蝶追逐春色的神态，更把春色写活了。那春色好似有脚似的，不耐自家小园的冷落清寂，跑去了邻家，顿时，这顽皮的春色一扫诗人怜花惜春的帐惘，平添几多情趣、几多兴味。

清·吴乔《围炉诗话》云："诗贵活句。"所谓"活句"，即指这种感受独特、想象奇异的鲜活灵动的诗句。如此诗后两句可谓奇思奇语，使一篇皆活。

【辑评】

〔明〕周珽《唐诗选脉会通评林》：周珽曰：贵幸之庭，车如流水；幽栖之户，可设雀罗：时势自然，何待挟刺扫门之徒纷纷他适，而后知荣华之有在也。"雨前""雨后"分景，蜂喧蝶扰异趋，识此可以悟彼。

【今译】

雨前，骨朵儿初吐　　　　　　采芳蜂蝶纷纷飞来
娇嫩地绽在枝丫，　　　　　　又纷纷飞出
雨后——　　　　　　　　　　小园的清冷篱笆，
残了，落了　　　　　　　　　叫人疑是
剩满枝绿叶　　　　　　　　　——烂漫春色
不见叶底的花。　　　　　　　跑到了隔墙邻家。

齐　己

　　齐己（863？—937？），俗姓胡，名得生，自号"衡岳沙门"，潭州益阳（今属湖南）人。幼时孤贫，颖悟，常取竹枝画牛背为小诗。剃度出家，拜仰山慧寂为师，隐栖岳麓山道林寺约十年，又徙居庐山东林寺。性好放逸，爱乐山水，遍游终南、华山及江南诸名胜。后梁末帝龙德年间，为居龙兴寺僧正，八十岁圆寂于江陵。

　　多才艺，擅长琴棋书法。为唐末著名诗僧，贯休、曹松、方干等多与之唱和。其诗多为登临题咏、酬和赠别之作，明·胡震亨《唐音癸签》评其诗"清润平淡，亦复高远冷峭"。有《白莲集》。

早　梅

万木冻欲折，　　孤根暖独回①。
前村深雪里，　　昨夜一枝开。
风递幽香出，　　禽窥素艳来②。
明年如应律③，　　先发望春台。

【注释】

　　①孤根暖独：意谓梅花不畏严寒，仿佛独凝地底的暖气于根茎。②禽：鸟类的通称。③应律：应时令节律。

【赏析】

　　此诗以清润素雅的笔调，吟咏梅花傲寒独立的品格和素艳不俗的风韵，写出了一种清峭高远的境界。咏梅实为托志寓怀，早梅孤根独暖的孑傲自赏、村野深雪的寂寞不遇、望春先发的自矜企盼，都隐匿了诗人自己的影子，其意蕴含蓄而隽永。

　　以梅花入诗者历来不乏佳篇，或咏梅的风姿，或吟梅的神韵，这首咏梅诗则侧重写一个"早"字。古人作诗讲究扣题，扣住题面而斟词酌字。此诗第二联，原作"前村深雪里，昨夜数枝开"。据元·辛文房《唐才子传》载：齐己曾将此诗求教于郑谷，郑谷读后曰："'数枝'非'早'也，不若'一枝'佳。"齐己深为佩服，遂改"数枝"为"一枝"，并叩拜郑谷为师。

【辑评】

　　[清]陶岳《五代史补》：时郑谷在袁州，齐己因携所为诗往谒焉。有《早梅》诗曰："前村深雪里，昨夜数枝开。"谷笑谓："数枝非'早'也，不如'一枝'则佳。"齐己矍然，不觉兼三衣叩地膜拜。自是士林以谷为齐己"一字之师"。

　　[清]宋宗元《网师园唐诗笺》：方外人乃有此领会（"前村"二句）。

　　[清]范大士《历代诗发》：幽洁，自为写照。

　　[元]方回选、李庆甲集评《瀛奎律髓汇评》：查慎行：造意、造语俱佳。

【今译】

千树，万树
严冻摧折将要凋败，
根茎独暖的腊梅
生气复回，傲寒不改。
昨夜，村东头
皑皑深雪里，
一枝红梅悄然早开。
幽幽的清香

随风，飘溢野外，
引得林中翠鸟
觑见这素雅清艳飞来。
红梅啊，明年
如果应时令吐放
不要在这荒村雪野，
当早早——
独放在望春台。

张 泌

张泌（生卒年不详），字子澄，淮南（今属安徽）人。长期滞留长安，唐末进士及第。唐亡前后，四处漂泊，传食诸侯，主要游于武安军节度使所辖的湖湘桂一带。

前人多将其与五代南唐张佖相混，《全唐诗》小传亦有误。存诗一卷。

寄 人（其一）

别梦依依到谢家[1]，　小廊回合曲阑斜[2]。
多情只有春庭月，　犹为离人照落花[3]。

【注释】

①谢家：此代指所思女子的家。②回合：回绕。③离人：离别之人，此诗人自指。

【赏析】

此诗题为《寄人》，即以诗代柬，寄于所思之人以倾吐衷肠。诗中叙述了一个美丽而惆怅的梦。那梦魂飘飘荡荡，寻寻觅觅，只有回廊依旧、曲栏如前，却终是伊人不见。诗人别后思忆的深切、物是人非的惆怅和鱼沉雁杳的责怨，都借这个梦婉曲地表达给了对方。宋·周邦彦《玉楼春》有"当时相候赤阑桥，今日独寻黄叶路"词句，写一种物是人非的惆怅心情，同样深切动人，只是张泌此诗以梦境出之，更觉宛转低徊。

后一联"多情只有春庭月，犹为离人照落花"，无情翻出有情。这一手法为唐人所乐用，如岑参"庭树不知人去尽，春来还发旧时花"（《山房春事》）等，庭月庭树为无情之物，却以多情有情写来，极妙。而此诗的句意、诗境更深进一层，明月依旧照临的有情，又反衬出佳人杳去的无情，而且有情无情，一切都融入了庭月清冷、落花飘飞和离人徘徊的一片朦胧幽清的意境中。

【辑评】

［明］敖英《唐诗绝句类选》：末二句无情翻出有情。

［明］周珽《唐诗选脉会通评林》：张泌《寄人》二诗，俱情痴之语。

［清］潘德舆《养一斋诗话》：比之司空表圣"故国春归未有涯，小栏高槛别人家。五更惆怅回孤枕，犹自残灯照落花"，风流略似。

【今译】

别后，相思的梦魂
悠悠荡荡
依稀飘到谢家，
可我倚遍了
曲折的长廊阑干
只时时听得
长廊的风声飒飒。

依旧多情，只有
这朦胧春夜
庭中的明月，
犹为独自徘徊的我
洒下一地清柔
一片一片
照着幽冷落花。

湘驿女子

据明·周珽《唐诗选脉会通评林》引《树萱录》载：广东番禺人郑愚（官至尚书右仆射）"尝游湘中，宿于驿楼，夜遇女子诵诗，……顷刻不见"。所诵即《题玉泉溪》。《全唐诗》收录此诗，题作者为"湘驿女子"。

题玉泉溪①

红树醉秋色，　　碧溪弹夜弦②。
佳期不可再，　　风雨杳如年③。

【注释】

①玉泉溪：地处湖南湘西，长 2 600 米左右，岩溶峡谷地貌，因湘驿女子的这首《题玉泉溪》而闻名。②弹夜弦：指溪水潺潺流动，像转转拨动的琴弦。③杳：昏暗。如年：度日如年。

【赏析】

枫叶如醉、碧溪如弦的月夜，依稀一位女子幽独地在溪边徘徊，似乎若有所思，若有所待。啊，多么美丽的夜色、多么美丽的倩影。可三、四句"佳期不可再，风雨杳如年"，陡然一转，变为绝望的哀怨。仿佛那碧溪夜弦拨动的是女子凄哀的情丝，是从她内心流泻出的幽咽。

这首诗用清丽凝练的笔墨，将景与情、虚与实融合而写，意境极凄清幽渺。读此诗，如同读到一个美丽的爱情悲剧，那爱情曾经有过枫叶醉秋的美丽，也许只因人世"风雨"的摧折，终于毁成了一段如泣如诉的悲哀。

【辑评】

俞陛云《诗境浅说续编》：唐人五绝中，有安邑坊女子《幽恨诗》云："卜得上峡日，秋江风浪多。江陵一夜雨，肠断《木兰歌》。"与此诗皆出女郎声口，感余心之未宁，溯流风而独写，如闻阳阿激楚之洞箫也。

【今译】

枫叶，醉了	啊，美好的佳期
浓浓秋色里	杳渺已去
醉出一片嫣红的烂漫，	一去不再复返
碧蓝的溪水流淌	只有不尽的悲哀
在清幽月夜	在如晦风雨里
淙淙，似弹拨	凄冷，漫漫
如泣如诉的琴弦。	——度日如年。

无名氏

金缕衣①

劝君莫惜金缕衣，　　劝君须惜少年时。
有花堪折直须折，　　莫待无花空折枝。

【注释】

①此诗作者不可考，清·彭定求等《全唐诗》题作《杂诗》，为无名氏作。金缕衣：金线所织的华贵衣服。

【赏析】

这是中唐时的一首流行歌词。元和年间，镇海节度使李锜酷爱此诗，常命侍妾杜秋娘于酒宴上演唱。清·沈德潜《唐诗别裁》将此诗系于杜秋娘名下，题作《金缕词》。

歌词含义单纯，每一句都似乎重复咏叹一个意思：莫负好时光。诗在反复中又寓以变化，上联直作抒写，下联宛曲设喻，"莫惜"—"须惜"，"堪折"—"空折"，肯定与否定间用，层层跌宕，使诗在回环往复中缓急曲直，摇曳多姿。所以此诗单纯而不单调，反复而不重复，气绪浑然流转，读来有一咏三叹之妙。其音韵之优美，可想见在唐代配乐演唱时如何令人心醉。

"有花堪折直须折，莫待无花空折枝。"创造了一个丰孕而不确定的意象，读者可用自己的体验和感受，去发挥它的不定内涵，补充出新的意蕴。对这两句诗，或认为并非只劝人及时行乐，诗旨重在警醒世人要惜取寸阴。

【辑评】

[唐]杜牧《杜秋娘诗》：老濞即山铸，后庭千蛾眉。秋持玉斝饮，与唱《金缕衣》。自注："劝君莫惜金缕衣（略）。"李锜长唱此词。

【今译】

劝君，不要吝惜　　　　　　能摘，只须摘取，
华贵的金缕衣，　　　　　　莫要等到——
劝君切要　　　　　　　　　落花凋谢了
爱惜青春年少时。　　　　　徒然，去折
如同春天花开　　　　　　　光秃秃的残枝。

无名氏

杂 诗

旧山虽在不关身^①，　　且向长安过暮春。
一树梨花一溪月，　　不知今夜属何人？

【注释】

①旧山：故园的山。

【赏析】

　　作者为何流寓长安？一怀羁愁为何？诗中不作直接叙说，舍弃其具体情事，只写今夜旧山的"一树梨花一溪月"。那梨花暗香飘襟，溪月举手可掬，依旧是一片雅洁清幽，可是"不知今夜属何人？"，而属于自己的，只有长安城中零落将残的暮春。其思乡未归的愁思，何等苦涩，何等无奈，尽从诗末一设问宛转而出。

　　常建的《落第长安》："家园好在尚留秦，耻作明时失路人。恐逢故里莺花笑，且向长安过一春。"与此诗不只字句、声韵相近，而且同写滞留长安的羁愁归思。只是常建诗写落第举子羁留京城的情事，用笔比较平实，不及这首《杂诗》避实就虚，从虚想落墨转出题旨，更为轻灵蕴藉而情味不尽。正如清·吴乔《围炉诗话》所云："实做则有尽，虚做则无穷。"作诗的实与虚，自可从此二诗领会。

【今译】

故园的山，虽在
未留住我身，
暂且羁居长安
这草木冷落的残春。
啊，故园

那一树洁白梨花
该浸沐——
一溪明月幽清，
可是，今夜
不知它属于何人？

跋

　　二〇〇二年春节前夕，范晓燕从深圳回到长沙，参加庆祝他们毕业二十周年的同学聚会。离长沙前，她告诉我，所编著的《唐诗三百首赏译》《宋词三百首赏译》两书拟将成套再版，并殷勤托我为此作序。她说，不是求老师为这两本小书说些什么，只是希望多年师生的情谊能留下点文字的痕迹。我听了很感动，于是欣然命笔，写了这篇短文。

　　我只能说是范晓燕在古代文学方面的一个启蒙教师。她是原湖南师范学院中文系七七级的学生，我曾为她所在班级讲授过一年半的古代文学史和作品。她很喜爱古代文学，尤其是唐诗宋词，听课非常仔细，常常会有一些疑难问题，课后便来与我交谈。时间长了，她给我的深刻印象是：聪颖灵秀，乐观大度，淡泊恬退，不刻意追求，却也不乏探究的热忱。我当时觉得，以她的性情才志，研究古典诗词倒是很合适的，所以乐意尽我所能给她一些指导。她后来发表的关于柳宗元山水诗的论文，就是基本在大学里写成的。

　　大学毕业，范晓燕分配到了沅水岸边的常德师范学校。我很少见到她，但心里仍对她有所期盼。果然，几年之后，她在全国师范学校的课堂教学录像比赛中获一等奖，所写研究论文也在全国性的期刊上发表。不久范晓燕调回母校任教，从此，我们由师生而成了同事。重返母校的范晓燕，脱去了学生时代的稚气，已是一个优秀的大学教师。学生们听她讲古代诗词，可说是一种高雅的艺术享受，所以每有讲座，邻近班级的学生也都蜂拥而至，填门塞户，那气氛十分热烈。但范晓燕并不满足于此，她所求乃内在自我的充实和完善。每次见到我，总说自己读书太少，希望能有时间系统地读书，深入钻研一些问题。面对她如饥似渴的神情，我内心深处便有不安之感。我对她说，我有心而无力，已难以把你带入一个更高的境界，你去寻求名师吧！

　　范晓燕先是跟着美学家杨安仑先生修完了文艺美学的硕士学位课程，后随诗话学家蔡镇楚先生完成了国家课题的古籍整理项目。1995 年调到深圳工作以后，又有幸去中国社会科学院文学所进修，师从刘扬忠先生研究词学。她既已具备坚实的基础，一经刘先生的妙手点拨，顿时豁然贯通。这次来长沙，她给我看了近年所写关于李商隐、柳永、苏轼、秦观的几篇专论，其堂庑境界，已非昔日可比，高屋建瓴的态势，辨析毫厘的精细，做到了有机的结合。我从其清新洒脱的论述文字中读到了她的成熟和自信，亦从内心深处为之庆幸。范晓燕终于走到了我未能走到却期盼她能走到的地界，我希望她心无旁骛地继续走下去，前面还有着更开阔的天地。

　　末了，再说到这两本书，它其实是作者多年来对唐诗宋词作微观研究的成果集结。在历代唐诗宋词选本中，蘅塘退士的《唐诗三百首》与上彊村民的《宋词三百首》珠联璧合，堪称雅俗共赏。范晓燕编著的《唐诗三百首赏译》《宋词三百首赏译》分别以此为底本，作了一定的增删，同时也参照了时贤不同的鉴赏注释本，择善从之。也许在许多人看来，唐诗宋词不宜翻译也很难翻译，几乎是一件耗费心血而徒劳无益的事，但范晓燕却数年潜心于此，正如作者自言："春去秋来，花开花落，无悔无怨——尽把鹏城都市的繁华，换作一纸沉浸与淡泊。"她无悔无怨地做了，终于将饱含她心血和心愿的两本书呈现在读者面前。对此，我以为最令人击节叹赏的，是范晓燕在古诗词翻译上所下的工夫。她将古代诗词译成优美的现代新诗，所译诗既能忠实于原诗原词的句意，又有诸多灵巧的处理，使古诗词的意境、韵味之美不致丧失，可以说每一篇译文都经过了她自己体悟的"再创作"。我觉得，单是这些译诗的清词丽句，就足够使人赏心悦目了，这可能就是这两本书与通行的其他选注本最大的不同之处吧。

彭炳成
于岳麓山下

图书在版编目（CIP）数据

唐诗三百首赏译/范晓燕编著 . —北京：中国人民大学出版社，2017.9
ISBN 978-7-300-23632-2

Ⅰ.①唐… Ⅱ.①范… Ⅲ.①唐诗-诗歌欣赏 ②唐诗-译文 Ⅳ.①I207.22

中国版本图书馆 CIP 数据核字（2016）第 279486 号

唐诗三百首赏译
范晓燕 编著
Tangshi Sanbaishou Shangyi

出版发行	中国人民大学出版社				
社　　址	北京中关村大街 31 号		**邮政编码**	100080	
电　　话	010 - 62511242（总编室）		010 - 62511770（质管部）		
	010 - 82501766（邮购部）		010 - 62514148（门市部）		
	010 - 62515195（发行公司）		010 - 62515275（盗版举报）		
网　　址	http://www.crup.com.cn				
经　　销	新华书店				
印　　刷	北京玺诚印务有限公司				
规　　格	185 mm×260 mm　16 开本		**版　　次**	2017 年 9 月第 1 版	
印　　张	27.75 插页 2		**印　　次**	2019 年 7 月第 2 次印刷	
字　　数	652 000		**定　　价**	58.00 元	